MARIA NIKOLAI

TÖCHTER DER HOFFNUNG

DIE BODENSEE-SAGA

ROMAN

Sollte diese Publikation Links auf Webseiten Dritter enthalten,
so übernehmen wir für deren Inhalte keine Haftung, da wir uns
diese nicht zu eigen machen, sondern lediglich auf deren Stand
zum Zeitpunkt der Erstveröffentlichung verweisen.

Penguin Random House Verlagsgruppe FSC® N001967

1. Auflage 2021
Copyright © 2021 by Penguin Verlag
in der Penguin Random House Verlagsgruppe GmbH,
Neumarkter Straße 28, 81673 München
Redaktion: Sarvin Zakikhani
Umschlaggestaltung: Favoritbuero
Umschlagabbildungen: © Richard Jenkins; Shutterstock/© yegorovnick,
© Studio Light and Shade, © Mazur Travel (2), © patpitchaya,
© Creative Travel Projects, © Mantikorra, © Suwicha, © Dai Yim,
© bluefish_ds, © Artiste2d3d, © CoffeeTime, © U-Design,
© Ragemax, © Stakhov Yuriy
Satz: Buch-Werkstatt GmbH, Bad Aibling
Druck und Bindung: GGP Media GmbH
Printed in Germany
ISBN 978-3-328-10794-1
www.penguin-verlag.de

»Ich möchte dir ein Liebes schenken,
Das dich mir zur Vertrauten macht:
Aus meinem Tag ein Deingedenken
Und einen Traum aus meiner Nacht.«

Rainer Maria Rilke

PROLOG

Meersburg am Bodensee, Juli 1907

Das eingerostete Gartentor klapperte vernehmlich, als Helena sich mit der ganzen Kraft ihrer elf Jahre dagegenwarf, um es aufzudrücken. Diese kleine Plackerei war ihr zum täglichen Ritual geworden, voller Mühe und zugleich voller Vorfreude. Denn sobald das schwere Holz ihren Bemühungen mit einem vertrauten Quietschen Anerkennung zollte, gab es den Weg frei in ihr Paradies.

Eine alte Mauer aus großen rechteckigen Steinen umgab den verwilderten Garten, der neben dem Gasthaus ihrer Eltern lag. Das Sommerlicht ließ die bunten Tupfen der Wildrosensträucher und anderer Blumen leuchten, deren Namen Helena nicht kannte. Rot und rosa, gelb und orange, blau und violett duckten sie sich ins Juligrün und verschmolzen mit Gras und Blattwerk zu einer wahren Farbenflut. Der knorrige, schief gewachsene Apfelbaum, dessen heranwachsende Früchte sich um diese Jahreszeit noch verschämt hinter den schützenden Blättern verbargen, markierte die Mitte.

Helena war überzeugt davon, dass er bereits seit dem Tag hier stand, an dem Gott Himmel und Erde erschaffen hatte. Diese ergreifende Geschichte vom Garten Eden erzählte der Pfarrer in der Kirche immer so gerne. Es musste – davon war Helena überzeugt – ganz bestimmt dieser Apfelbaum gewesen sein, von dem Adam damals die verbotene Frucht gegessen hatte. Deshalb achtete sie stets darauf, dass keine Schlange in den Zweigen saß, wenn sie die Früchte pflückte – denn eine Vertreibung aus ihrem Garten wollte sie auf keinen Fall riskieren.

Helena wartete, bis ihre jüngeren Schwestern Lilly und Katharina durch die efeubewachsene Pforte gegangen waren. Dann verschloss sie sorgfältig den Durchschlupf.

»Was möchtest du uns denn zeigen?«, fragte Katharina, während sie den von Gras und Unkräutern überwucherten Trampelpfad entlangliefen, der steil bergauf zu einem baufälligen Gewächshaus führte.

»Eine Überraschung!«

»Das behauptest du immer, wenn du uns hierher in deinen Urwald holst, Helena.« Lilly klang eine Spur herablassend. »Und dann ist es doch irgendetwas Komisches.«

»Hast du wieder Schnecken gesammelt?«, fragte Katharina mit ihrer glockenhellen Stimme.

»Nein, keine Schnecken.« Helena lächelte Katharina an.

»Vielleicht ein paar neue Mäuse?« Lilly lachte und zeigte dabei ihre Zahnlücke. Gestern erst hatte der rechte Schneidezahn den Kampf gegen Lillys rüttelnde Finger endgültig verloren. Nun ruhte er unter ihrem Kopfkissen in der

Hoffnung, dass die Gute Fee ihn in eine Münze verwandeln werde. Heute Morgen hatte er allerdings noch unverändert an seinem Platz gelegen. Lillys Enttäuschung darüber war so groß gewesen, dass Helena sie mit einer Zuckerstange hatte trösten müssen. Bestimmt war die Gute Fee zu beschäftigt gewesen, und ganz gewiss käme sie in der nächsten Nacht. Daraufhin hatte Lilly beschlossen, wach zu bleiben, um ein ernstes Wörtchen mit der Fee zu reden. Helena war gespannt, wie lange ihre Schwester sich heute Nacht des Schlafes würde erwehren können. Sie selbst jedenfalls hatte die Gute Fee noch nie zu Gesicht bekommen – trotz zahlreicher Versuche, ihr aufzulauern.

Die drei Mädchen waren beinahe am oberen Plateau des steilen Hanges angekommen. Dort, wo das Grundstück sich ein wenig weitete und in eine von Brombeerhecken und Himbeersträuchern eingehegte terrassierte Fläche überging, stolperte Katharina plötzlich über eine Wurzel und fiel der Länge nach hin. Wimmernd hielt sie sich das Knie, das nun großflächig eine wüste Schramme zierte.

Helena war sofort bei ihr, zog ein Taschentuch aus ihrer Schürzentasche und wischte vorsichtig Dreck und Blut ab.

»Tut es arg weh?«

Katharina schüttelte den Kopf, aber die Tränen in ihren Augen zeugten vom Gegenteil. Sie war immer so tapfer, obwohl sie erst sechs Jahre alt war. Wenn Lilly sich verletzte, dann war das Geschrei groß. Und Lilly war schon sieben.

Helena half ihrer Schwester aufzustehen. »Komm, Katharina! Die Überraschung wird dich trösten.« Sie reichte ihr die eine und Lilly die andere Hand, und gemeinsam gingen sie die letzten Schritte bis zum Gewächshaus, das sich selbstvergessen in eine Ecke des Wiesengrunds schmiegte.

Ihrem *Glashaus*, wie Helena es nannte, gab ein Gerüst aus Eisen Gestalt, das zahlreiche Fensterscheiben hielt. Viele von ihnen trugen stolz die Zeichen der Zeit, Risse und Sprünge, die eigene Geschichten erzählten. Doch das wackelige Äußere kümmerte Helena nicht. Denn hinter dem von Staub und Spinnweben blinden Glas verbarg sich ihr heimliches Reich.

»Ist es dort drin?«, erkundigte sich Katharina. Die Neugier hatte Schreck und Schmerz verdrängt, auch wenn ihre Stimme noch zaghaft klang.

»Nein«, entgegnete Helena. »Es ist dort drüben.« Sie zeigte auf eine Stelle, die ein gutes Stück vom Gewächshaus entfernt war.

Lilly machte gleich einen Schritt in die angegebene Richtung, aber Helena hielt sie am Arm zurück und machte ein bedeutungsvolles Gesicht. »Erst mal müsst ihr hier warten.«

Ungeduldig blieben Lilly und Katharina draußen stehen, während Helena den Draht der Holztür löste, die das Glashaus provisorisch verschloss.

Gedämpftes Nachmittagslicht lag über der kargen Möblierung, die Helenas Schätze barg: schiefe Regale mit Farben, Pinseln, Steinen, einigen Papierbogen, einem Kerzenhalter, Streichhölzern, Stoffresten. Ihrem Lieblingsmärchenbuch.

An der Glaswand gegenüber stand eine Bank aus morschem Holz, in der einige Holzwürmer lebten. Manchmal, wenn es ganz still war, konnte man hören, wie sie sich schabend durch ihre Leibspeise fraßen.

Auf dieser Bank, unter einer Tischdecke aus blau-weißem Leinen, hatte Helena eine kleine Porzellandose deponiert. Sie wischte den Staub beiseite, der sich auf der Sitzfläche breitgemacht hatte, und beobachtete fasziniert, wie sich die aufstiebende zartgraue Wolke durch die schräg einfallenden Sonnenstrahlen in einen geheimnisvollen Glitzernebel verwandelte. Dann zog sie die Dose hervor, hob den Deckel und warf einen Blick hinein. Der Zucker darin schimmerte weißlich, und außer einem kleinen Käfer hatte sich auch kein Ungeziefer darin breitgemacht. Helena fischte das Tierchen heraus und ging dann zurück nach draußen. »Kommt!«, sagte sie im Vorbeigehen zu ihren Schwestern.

Sie führte die beiden zu einem sonnenhellen Streifen des Gartens, an welchem die wilde Wiesenlandschaft einem kleinen Stückchen selbst geschaffenen Gartenlandes wich. Darauf standen einige niedrig wachsende Pflanzen, zwischen deren dreiteiligen Blättern es rot schimmerte.

Helena bückte sich, zupfte einige der Früchte ab und legte sie in die Zuckerschale.

»Erdbeeren!«, rief Lilly glücklich. »Oh, und mit Zucker!« Ohne Zögern griff sie zu.

Katharina beäugte die Früchte zunächst unentschlossen, aber auch sie konnte dem verlockenden Glanz nicht lange widerstehen. Als sie schließlich in die köstliche Frucht biss, liefen einige Tropfen roten Erdbeersafts über ihr Kinn und fanden zielsicher den Weg auf das weiße Spitzenkleid, das sie trug.

»Das wird Mutter gar nicht gefallen!«, stellte Lilly besorgt fest, und auch Helena hatte die Strafpredigt schon bildlich vor Augen, die vor allem sie selbst treffen würde, da sie nicht gut genug auf die Kleinste achtgegeben hatte.

Katharina stopfte sich erschrocken den Rest der Erdbeere in den Mund. Im Versuch, das Malheur ungeschehen zu machen, strich sie mit beiden Händen über den feinen Stoff ihres Kleides, sodass sich zu den unregelmäßig verteilten roten Tropfen noch einige erdbeerfarbene Fingerspuren gesellten. Im Kniebereich zeugten grüne und braune Flecken ohnehin vom vorangegangenen Sturz.

»Ach herrje«, entfuhr es Helena, als ihr das Ausmaß des Schadens bewusst wurde. »Ich werde es auswaschen«, bot sie gleich an und strich ihrer Schwester tröstend über das Haar. »Noch bevor Mutter es sieht.«

Katharina sah sie vertrauensvoll an und setzte sich erleichtert ins Gras.

»Ab heute helfen wir dir hier«, verkündete Lilly derweil. Auch ihr Kleid, ebenso hell wie Katharinas, war zur Leinwand der Natur geworden. »Und dann backen wir Erdbeerkuchen und kochen Marmelade.«

Helena schob sich selbst eine der Sommerbeeren in den Mund. Die Idee mit der Marmelade war gar nicht so schlecht. Die könnte sie vielleicht verkaufen, sonntags, wenn die Leute am Seeufer spazieren gingen. Über eine besonders leckere Torte aus Erdbeeren dachte sie ohnehin schon eine Weile nach. Eine riesige, wunderbare Erdbeertorte, die noch schöner sein würde als Käthes Erdbeerkuchen, den jeder sehr gerne mochte – auch sie selbst.

Von fern erklang ein Ruf.

»Mutter!«, sagten Lilly und Katharina wie aus einem Munde.

Helena spürte die Unruhe ihrer Schwestern. »Ich gehe vor und lenke sie ab. Ihr nehmt die Hintertür, zieht in eurem Zimmer die Kleider aus und versteckt sie im Schrank. Ich werde sie waschen, sobald es geht.«

Die Schwestern nickten und blieben dicht hinter Helena, als sie den Weg zurück zum Haus gingen. Bevor Helena das Gartentor verschloss, warf sie einen letzten Blick auf ihr Refugium, in dem sie der strengen Aufsicht ihrer Stiefmutter wenigstens für eine Weile entkam. Sie konnte diesen abgelegenen Teil des großen Gemüsegartens, den die Familie Lindner bewirtschaftete, für sich nutzen, weil er für den Anbau von Karotten, Zwiebeln und Kartoffeln zu steil war. Hier war es so herrlich wild und unordentlich, und an klaren Tagen konnte man über den See bis in die Schweiz sehen. Es war ein verzauberter Ort, der über den Dingen stand. Der Geheimnisse bewahrte. An dem man Luftschlösser bauen konnte. Und der hin und wieder ganz leise von der Zukunft erzählte.

TEIL 1
STÜRMISCHE ZEITEN

November 1917 bis Februar 1918

1. KAPITEL

Meersburg, zehn Jahre später, Mitte November 1917

Helena Lindner hatte den großen Weidenkorb ins Gras gestellt und suchte unter dem alten Apfelbaum nach dem restlichen Fallobst dieses Herbstes. Ein intensiver Duft stieg vom Boden auf, fruchtig und erdig, und kitzelte sie in der Nase, während sie mit flinken Händen die verstreut liegenden Äpfel einsammelte. Die meisten waren angefault, sie würde recht viel ausschneiden müssen, aber für den Apfelkuchen, den Käthe daraus backen wollte, lohnte die Mühe allemal.

Ihr Korb füllte sich rasch, und nachdem sie die letzten Früchte hineingelegt hatte, betrachtete sie glücklich ihre Ausbeute. Es war mehr als erwartet und würde nicht nur für einen Apfelkuchen reichen, sondern für eine gute Portion Apfelmus obendrein. Sie richtete sich auf und packte den Korb am Henkel.

Während sie den schmalen Pfad zum Gartentor entlangging, vorbei an abgeernteten Beeten und Obstbäumen, wurde ihr einmal mehr bewusst, dass dieses Stück Land die Familie vor schlimmerem Elend bewahrte. Denn selbst hier, in dieser fruchtbaren Gegend am See, war der einstige Überfluss karger Not gewichen.

Schuld daran war dieser unsägliche Krieg, der einfach kein Ende nehmen wollte.

Helena seufzte, als sie durch das erbärmlich quietschende Gartentürchen schritt, es hinter sich schloss und anschließend den Weg zum Haus einschlug. Ein blasses Farbenspiel aus Rot, Gelb und Orangetönen überzog die rebenbestandenen Hänge rings um Meersburg, und Helena war bewusst, dass in der kühlen Schönheit dieser letzten Herbsttage bereits die Unausweichlichkeit des kommenden Winters lag. Und mit ihm würde alles noch schlimmer werden.

Als wolle sie einen Gegenakzent zu Helenas schweren Gedanken setzen, streichelte die tief stehende Spätnachmittagssonne die großzügige Architektur des Lindenhofs, und Helena hielt einen Moment inne. *Mein Zuhause.*

Der zweiflügelige Bau mit seinen Brüstungen und Balkonen, den schmalen Säulen seitlich des Eingangs und den hohen Fenstern mit weißen Sprossen machte einen feudalen Eindruck. Betrachtete man das hellgelb gestrichene Gebäude allerdings näher, waren deutliche Spuren des Verfalls zu erkennen.

Helenas Vater hatte das heruntergekommene, uralte Adelsgut einst geerbt. Bis heute stand die schlechte Bausubstanz im Kontrast zum hübschen Äußeren, und so galt der Lindenhof als einfache Herberge, die es trotz ihrer Lage am Ortsrand unweit des Seeufers nie mit den alteingesessenen Wirtschaften wie dem *Bären*, dem *Schiff*, dem *Ochsen* oder dem *Wilden Mann* hatte aufnehmen können.

Für Helena aber war es der schönste Platz der Welt. Auch die vielen Maler, die einst regelmäßig über die Sommermonate bei ihnen abgestiegen waren, hatten das Besondere hier gespürt. Dieses Haus besaß eine eigene Seele – und obwohl seit Kriegsbeginn die Gäste nur noch spärlich kamen und sie täglich um ihre Existenz kämpfen mussten, fühlte sie mit der ganzen Gewissheit ihrer einundzwanzig Jahre, dass hier ihr Platz war.

Sie ging die letzten Schritte und stieg die steinernen Stufen der Freitreppe hinauf, die vor ein mit Ziersäulen bestandenes Portal führte. Dort drehte sie sich noch einmal um und genoss den wunderschönen Blick über den breiten, von Linden flankierten Kiesweg bis hin zum See, dessen Wasser blaugrau herüberschimmerte. Schließlich wandte sie sich der weiß gestrichenen Doppeltür unter dem halbrunden Oberlicht zu, drückte mit dem Ellenbogen des freien Armes die Klinke herunter und trat ein.

Die Eingangshalle, die sie empfing, wirkte auf den ersten Blick zwar herrschaftlich, aber die grob gezimmerte Rezeption mit dem abgenutzten Mobiliar revidierte den Eindruck sofort. Dieser Widerspruch schmerzte Helena. Die besondere Architektur und die einzigartige Lage am See prädestinierten den Lindenhof für Großes: In Helenas Vorstellung entstand anstelle des zweitklassigen Gasthofs bereits ein luxuriöses Hotel – dann, wenn der Krieg endlich einmal vorüber war.

Doch außer ihr schien niemand diese Möglichkeiten zu erkennen. Für Elisabeth, ihre Stiefmutter, war das Haus eine einzige Last, und Helenas Schwestern beschwerten sich ständig, weil es hie und da hereinregnete und selbst ein Kaminfeuer im Winter nie ganz die Kälte zu verdrängen vermochte. Zudem hatten sie weder elektrisches Licht noch fließendes Wasser, außer in der Küche, und der Abort befand sich hinter dem Haus. Einer der Flügel des Hauses war so marode, dass er nicht mehr benutzt werden konnte, im anderen war der schlichte Speisesaal des Gasthauses untergebracht. Aber wenn man alles neu herrichten würde ...

Helena packte den Korb fester und machte sich auf den Weg in die Küchenräume im Souterrain. Als sie den langen, in einem schwarz-weißen Schachbrettmuster gefliesten Gang entlangging, sah sie vor ihrem inneren Auge bereits nobel gekleidete Gäste aus aller Welt durch die geschmackvoll eingerichteten Räume flanieren.

»Stellen Sie die Äpfel auf den Tisch«, sagte Käthe, als Helena in die weitläufige Küche kam, die einst ein großes Haus versorgt hatte und deshalb gut ausgestattet war. Die hochgewachsene Köchin war vom ersten Tag an Teil des Gasthof-Personals gewesen, inzwischen war sie die Einzige, die noch ihre Stellung innehatte. Den Kellner, die Spülhilfe, das Zimmermädchen – sie alle hatte ihre Stiefmutter in den letzten Jahren entlassen, weil sie sie nicht mehr bezahlen konnte.

Helena tat wie ihr geheißen und wuchtete den Korb auf den großen Tisch aus massivem Holz. Käthe wischte sich die Hände an ihrer Schürze ab und machte sich sofort daran, den Inhalt zu begutachten. Trotz ihrer rauen Art hatte sie das Herz auf dem rechten Fleck. Vor allem aber konnte sie unsagbar gut kochen und backen, und schon seit Helena ein Kind war, versuchten sie sich zusammen an fantasievollen Kuchen und Torten.

Käthe holte ein weißes Tuch aus Leinen. Gemeinsam breiteten sie die Äpfel darauf aus und begannen, die wurmstichigen und faulen Stellen zu entfernen.

Sie hatten sich durch etwa die Hälfte der Früchte gearbeitet, als die Tür aufging und Katharina hereinkam, Helenas jüngste Schwester.

»Bekomme ich einen Kaffee, Käthe?«, fragte sie.

Käthe nickte und legte ihr Messer hin. Während die Köchin zum Herd ging, sah Katharina Helena über die Schulter. »Du warst im Garten! Kocht ihr Apfelmus ein?«

»Wir machen Apfelkuchen«, erwiderte Helena. »Und wenn etwas übrig bleibt, auch Apfelmus.«

»Apfelkuchen?« Katharinas Stimme nahm einen schwärmerischen Klang an. »Das gab es schon lange nicht mehr!«

»Ja, ein Luxus in diesen Tagen. Es war schwer genug, alles zu organisieren.« Helena nahm sich den nächsten Apfel. »Aber die Hühner hatten so viele Eier gelegt, dass ich welche gegen Zucker und Mehl eintauschen konnte. Und etwas Butter.« Mit einem schabenden Geräusch glitt die Klinge durch das Fruchtfleisch.

»Mhm. Wann kann man denn ein Stück vom Kuchen versuchen?«, fragte Katharina.

Käthe füllte einen blau bemalten Becher mit heißem Wasser und rührte Getreidekaffee hinein, den sie in einer hellen Porzellandose aufbewahrte. »Wir servieren ihn heute Abend als Nachtisch«, sagte sie und drückte Katharina den Kaffeebecher in die Hand.

»Danke, Käthe!« Katharina blies vorsichtig in die dampfende Flüssigkeit, bevor sie daran nippte.

Der würzige Duft schmeichelte Helenas Nase. Als habe Käthe es geahnt, machte sie eine weitere Tasse fertig und stellte sie vor Helena hin.

»Sie sind die Beste!« Helena lächelte Käthe an, die mit den Vorbereitungen für den Apfelkuchen fortfuhr.

Katharina hatte sich derweil auf die schmale Bank gesetzt, die unter einem der Fenster an der Wand stand. Helena fand, dass sie abgekämpft aussah. Seit Katharina im Meersburger Spital arbeitete, war sie ständig im Einsatz, tagsüber und auch in der Nacht. Häufig kam sie nur für ein paar Stunden nach Hause.

»Was gibt es denn zum Abendessen?«, fragte Katharina in diesem Moment.

»Eier und Kartoffeln«, antwortete Käthe. »Und Kotelett von Steckrüben.«

Katharina verzog das Gesicht, und Helena teilte ihre Abneigung. Steckrüben gab es seit dem letzten Winter viel zu oft, und auch wenn Käthe das knollige Gemüse recht schmackhaft zubereitete, wünschten sich alle endlich wieder einmal ein richtiges Stück Fleisch.

Die Äpfel waren fertig geschnitten. Helena gab etwas geschmolzene Butter in eine Backschüssel aus weißer Keramik und ließ Zucker dazu rieseln. Während sie beides mit einem Schneebesen schaumig rührte, verquirlte Käthe vier Eier und schüttete sie hinein. Helena schlug alles kräftig durch, bis eine feine Creme entstand, und als sie sah, dass Käthe die Waage einstellte, um Mehl abzuwiegen, tauchte sie rasch einen Finger in die Mischung.

»Ach, Fräulein Helena, das sollten Sie doch nicht tun!«, rügte Käthe prompt.

»Ohne Naschen macht das Backen nur halb so viel Spaß«, rechtfertigte sich Helena lächelnd.

Käthe schnaubte, schmunzelte zugleich aber wissend, denn Helena kostete seit ihrer Kindheit jeden Kuchenteig.

Feiner weißer Staub legte sich auf die hellgelbe Masse in Helenas Schüssel, als Käthe das abgewogene und mit etwas Natron gemischte Mehl darübersiebte. Mit geübten Bewegungen verarbeitete Helena die Zutaten zu einem glatten, zähflüssigen Teig.

Käthe hatte bereits die Kuchenform vorbereitet und knackte nun einige Walnüsse. Helena gab den Teig in die Form, ritzte die Apfelviertel ein und setzte sie vorsichtig darauf.

Käthe nickte anerkennend. »Sehr schön!«

»Eine süße Abwechslung in diesen Zeiten«, erwiderte Helena und wusch sich die Hände.

Während Käthe die Walnüsse über die Äpfel streute und den Kuchen ins Rohr schob, nahm Helena ihren Becher und setzte sich zu ihrer Schwester auf die Bank. »Musst du noch einmal ins Spital?«

»Nein«, antwortete Katharina. »Aber morgen habe ich in aller Frühe wieder Dienst.«

»So kannst du nicht weitermachen, Katharina. Du wirst irgendwann zusammenbrechen.«

»Was soll ich denn tun? Wir sind überbelegt. Eigentlich bräuchten wir dringend mehr Zimmer. Und auch mehr Personal.«

Helena drang nicht weiter in sie. Seit sie denken konnte, half ihre Schwester Kranken und Verletzten. Als Kind hatte sich Katharinas Wirkungsbereich auf Hunde, Katzen und anderes Getier erstreckt, später um die Familienmitglieder erweitert. An ihrem sechzehnten Geburtstag im April hatte sie sich schließlich als Hilfsschwester im Spital gemeldet. Das bisschen Lohn, das sie für die Schinderei dort bekam, musste sie zu Hause abgeben.

Aber so war Katharina. Die Medizin war ihre Leidenschaft, dafür ging sie an ihre Grenzen. Ganz im Gegensatz zu Lilly, der mittleren der Schwestern, die sich Aufgaben gern entzog. Mit siebzehn Jahren könnte man von ihr eine gewisse Reife erwarten, aber ihre Welt bestand aus Tanz, Büchern und allem, was mit Schönheit zu tun hatte.

Helena schloss einen Moment die Augen und trank von ihrem warmen Getreidekaffee. »Es werden nicht weniger Verletzte werden«, sagte sie dann zu Katharina. »Mich wundert, dass sie überhaupt noch genügend Soldaten an der Front haben.«

»Mich wundert vor allem, dass die Versehrten sich wieder ins Feld schicken lassen, wenn sie einigermaßen einsatzfähig sind«, entgegnete Katharina. »Man sieht die Angst in den Gesichtern, wenn sie sich von uns verabschieden.«

»Sie haben keine Wahl. Auf Desertieren steht die Todesstrafe.«

»*Ich* würde mich verstecken. Da bekäme mich keiner hin.« Katharina seufzte. »Weißt du, ich frage mich jeden Tag, wozu dieser Krieg gut sein soll. Die Männer werden abgeschlachtet, und zu Hause sterben ihre Kinder. Das ist doch grausam und sinnlos!«

Helena nickte und sah ihre Schwester von der Seite an. Katharinas fein geschnittenes Gesicht war blass, ihre grünen Augen mit dem feinen Bernsteinring um die Iris blickten müde. Einige hellblonde Strähnen hatten sich aus ihrem geflochtenen Knoten gelöst und stahlen sich unter der weißen Schwesternhaube hervor. Unwillkürlich strich sich Helena eine ihrer schweren, dunklen Locken aus dem Gesicht. »Wir können es nicht ändern.«

»Nur bet'n«, rief eine wohltönende, tiefe Stimme.

»Pater Fidelis!«, rief Helena und stand auf, um den korpulenten Zisterzienser-Mönch in seinem weiß-schwarzen Habit zu begrüßen. »Ihr seid pünktlich. Es dauert nicht mehr lange bis zum Abendessen.«

»Aufs Abendessen im Lindenhof freu ich mich jed'n Tag!« Obwohl er ursprünglich aus München stammte, gehörte Pater Fidelis dem Kloster Mehrerau bei Bregenz an und hatte sich auf Geheiß seines Ordens nun für längere Zeit im Lindenhof eingemietet, um die nahe gelegene Wallfahrtskirche Birnau genauer in Augenschein zu nehmen.

Helena sah, wie ein kurzes Lächeln über das Gesicht der Köchin glitt. »Zum Nachtisch gibt es heute frischen Apfelkuchen!«, erklärte Käthe, und ein wenig Stolz schwang in ihrer Stimme mit.

»Dann lass ich die Hauptspeis ausfallen!« Pater Fidelis schnupperte. »Des riecht schon guat!« Derzeit war er der einzige Gast im Lindenhof und mit seiner hilfsbereiten und fröhlichen Art schon vom ersten Tag an in die Familie aufgenommen worden.

»Wie war Euer Besuch in der Basilika, Pater Fidelis?«, fragte Helena.

»*Omne initium difficile est*«, rezitierte er nun. »Und ein Anfang is noch net mal g'macht. Bis dort'n wieder dem Höchsten g'huldigt wird – des dauert!« Das säkularisierte und schon lange nicht mehr als Gotteshaus genutzte Gebäude sollte in die Hände der katholischen Kirche zurückgeholt werden, und Pater Fidelis war auserkoren, seinen Erhaltungszustand zu dokumentieren.

»Ist es denn so schlimm?«, wollte Helena wissen.

»Furchtbar ist es! Man hat dort'n den Heiligen Raum als Ziegenstall hergenommen.« Er schüttelte den Kopf. »Auch wenn die Ziegen gewiss im Garten des Herrn weiden dürfen, glaub ich net, dass die Viecherl so recht zu würdigen wussten, dass sie in einer Kirche fressen und ihr G'schäft verrichten durften.«

»Wer weiß? Vielleicht haben sie deshalb eine ganz besonders gute Milch gegeben?«

Pater Fidelis lachte. Laut, tief und freundlich klang es

durch den Raum. »Der war guat, Fräulein Helena!« Er hustete. »Na, des wird scho. Hauptsache, des *Gnadenbild* wird bald zurückgebracht von Salem und die Muttergottes endlich wieder an den Platz gestellt, wo's hingehört.«

»Ich würde es Euch wünschen, Pater Fidelis«, erwiderte Helena. »Darf ich Euch einen Getreidekaffee anbieten? Es gibt ja leider keinen echten …«

»Ich mag des Gebräu schon, was ihr da habt«, erwiderte Pater Fidelis, dann hielt er inne. »Eh … warten S'.« Er zog einen aufgerissenen, zerknitterten Briefumschlag aus seiner Kutte. »Des ist von der Frau Elisabeth. Sie hat's mir aufm Flur mitgeb'n.«

Verwundert nahm Helena den Brief entgegen. Als sie las, wer der Absender war, begann ihre Hand zu zittern. Zu lange hatten sie nichts von ihm gehört.

»Was ist denn, Helena? Von wem ist er?«

»Von Vater«, antwortete Helena tonlos.

»Was schreibt er denn?«, drängte Katharina.

Helena zog den Briefbogen aus dem Umschlag, entfaltete ihn und las die wenigen Zeilen. »Gütiger Gott …« Sie schlug die Hand vor den Mund.

Käthe hob den Kopf, Pater Fidelis sah sie aufmerksam an. Katharina stand auf und trat neben sie. »Bitte, Helena, sag!«

»Er lebt.« Sie lächelte und schloss einen Moment lang die Augen. »Und er kommt nach Hause.«

Katharina stieß einen jubelnden Laut aus.

»Dem Herrn sei's gedankt!«, rief Pater Fidelis und machte das Kreuzzeichen.

»Aber ... er ... ist verwundet.« Helena hatte weitergelesen. »Er schreibt, dass die Verletzung schwer ist. Eine Granate.« Sie griff nach der Hand ihrer Schwester. »Aber ... wir werden ihn einfach wieder gesund pflegen, nicht wahr, Katharina? Das Wichtigste ist doch, dass wir ihn endlich wieder daheim haben!«

2. KAPITEL

Petrograd, 20. November 1917

Nachts kamen die Schatten. Bedrohlich, unausweichlich. Sie drängten sich in seine Träume, nahmen ihm die Luft zum Atmen und jagten ihn aus dem Bett – immer um dieselbe Stunde.

Schweißgebadet fand er sich am Fenster der fremden Datscha wieder, in der er in der Hoffnung untergekrochen war, dass ihn hier niemand aufstöberte. Er riss einen Flügel auf und atmete hinaus in die bitterkalte Winternacht. In der Ferne leuchteten die Lichter der Stadt.

Obwohl er mehrere Kleiderschichten übereinander trug, begann er rasch zu frösteln. Der russische Winter war unerbittlich.

Eigentlich hatte er diese Jahreszeit immer gemocht, wenn der Schnee sich meterhoch türmte und die Flüsse und Seen so fest zufroren, dass man darauf Schlittschuh laufen konnte. Doch die Tage, da er nach einer herrlichen Schlittenpartie mit Lidia und den Kindern am Kaminfeuer gesessen und eine Geschichte von Väterchen Frost erzählt hatte, schienen nicht nur Ewigkeiten fort zu sein, sondern aus einem anderen Leben zu stammen.

Dabei war noch nicht einmal ein Jahr vergangen, seit er mit den Buben das letzte Mal ein Schneehaus gebaut und ein Lagerfeuer darin entfacht hatte. Noch immer vermeinte er die Stimmen und das Lachen der Kleinen zu hören, zu fühlen, wie sich ihre Ärmchen um seinen Hals schlangen – mit geröteten Wangen und stolz auf das, was sie gemeinsam geschaffen hatten.

Nachts begegnete er Lidia in seinen Träumen. Sah sie mit den Buben spielen und die Kleine wiegen, fing ihr Lächeln auf, das Wärme und Licht brachte – und das jedes Mal in Blut, verzweifelten Schreien und Dunkelheit erstarb.

Sie waren tot.

Er stützte sich mit dem Unterarm an dem rauen hölzernen Fensterrahmen ab, lehnte seine Stirn dagegen und schloss die Augen. Unerträgliche Trauer flutete seine Seele, gepaart mit dem nagenden Schuldgefühl, die Seinen nicht beschützt haben zu können.

Wer hatte ihnen das angetan?

Einzig der unermessliche Drang, Antworten zu finden, ließ ihn jeden Morgen aufstehen. Er brauchte Klarheit, wollte die Schuldigen finden, ihnen ihr Dasein so unerträglich machen, wie ihm das seine war.

Als die Kälte zu tief in seine Knochen kroch, schloss er das Fenster, nahm eine kleine irdene Schale und ging hinaus, um sie mit Schnee zu füllen. Anschließend entzündete er ein paar Kerzenstummel, hielt zunächst seine Hände über die spärlichen Flammen und dann die Schale. Nachdem das weiße Häufchen darin zu lauwarmem Wasser geworden war, stellte er das Gefäß auf einer hohen Kommode ab. In langsamen Bewegungen tauchte er eine Hand hinein und benetzte sein Gesicht, tat es wieder und wieder, bis er das Gefühl hatte, den Dreck ein wenig abgewaschen zu haben, der sich darauf festgesetzt hatte.

Dann sah er auf und blickte in einen kleinen Spiegel, der über der Kommode angebracht war.

Eine rosa Narbe zog sich von seinem rechten Ohr bis zum Mundwinkel, eine zweite quer über die Stirn. Die Hiebe hätten ihn töten sollen wie Lidia und die Kinder – doch er hatte überlebt. Mit dem Finger fuhr er vorsichtig die unregelmäßigen, empfindlichen Erhebungen nach, dann ließ er die Hand sinken und wandte sich ab. Er erkannte sich nicht in dem Mann im Spiegel, dessen dunkles Haar lockig in die Stirn hing, dessen Bart an den eines Popen erinnerte und dessen Augen leblos in einem Gesicht standen, das durch die Hiebe eines Bajonetts grausam entstellt worden war. Der so viel älter wirkte als die dreißig Jahre, die er zählte.

Er nahm seine Pelzmütze und zog sie auf, dann stopfte er die wenigen Habseligkeiten, die er noch besaß, in seinen Rucksack. Noch bevor der Morgen graute, hatte er den Rest des Wassers getrunken, die Kerzen gelöscht und sämtliche Spuren seiner Anwesenheit beseitigt. Schließlich zog er seinen Mantel an und machte sich auf in die mondhelle Nacht.

3. KAPITEL

Meersburg, in jenen Novembertagen

Elisabeth Lindner breitete eine weiße Tischdecke über der schweren Platte aus Eichenholz aus und strich sie glatt. Dann verteilte sie Teller und Besteck, stellte Krüge mit Wasser und einen Korb mit Brot dazu. Im großen Speisesaal des Gasthauses wirkte der einzige gedeckte Tisch verwaist. Außer zwei alten Männern, die am Tresen beim Bier saßen und sich unterhielten, waren heute Abend keine Gäste da. Gleich würde sich der Raum wenigstens ein wenig beleben, wenn sich alle um den langen Tisch versammelten.

Während sie äußerlich ruhig ihre Arbeit tat, kreisten ihre Gedanken um Gustavs Brief. Ihr Mann kam heim. Bald sogar. Für viele Ehefrauen war dies ein Grund zur Freude – nicht aber für sie. Nachdem schon seit vielen Monaten kein Lebenszeichen mehr von ihm eingetroffen war, hatte sie insgeheim gehofft, dass er gar nicht mehr zurückkehren würde. Das klang gewiss hartherzig, doch wie sollte sie sich einen Mann nach Hause wünschen, für den sie noch nie tiefe Gefühle gehegt hatte? Die Heirat mit ihm war eine Gelegenheit gewesen, ihr von Armut und Trunksucht geprägtes Elternhaus hinter sich zu lassen. Gustav wiederum hatte eine Mutter für seine kleine Tochter gesucht, und so hatten sie beide profitiert. Helena, das musste Elisabeth zugeben, war ein anständiges Kind gewesen, und Elisabeth hatte sie versorgt, genauso wie ihre eigenen Töchter, die kurze Zeit später geboren worden waren. Gustav dagegen war ihr mehr und mehr zur Last geworden. Elisabeth hatte bei ihrer Heirat auf ein Leben an der Seite eines erfolgreichen Gastwirts gehofft. Diese Hoffnung war im Laufe der Jahre ebenso gestorben wie ihr Respekt für Gustav, der es nicht geschafft hatte, das Gasthaus zur Blüte zu bringen. Hinzu kam die ungewöhnlich enge Bindung, die er zu Helena hatte. Seine älteste Tochter schien die Einzige zu sein, der er irgendetwas zutraute. Bei seinem letzten Fronturlaub hatte er dann überraschend verkündet, dass Helena einmal den Lindenhof übernehmen würde. Beim Gedanken daran verkrampfte sich jedes Mal Elisabeths Magen. Er hatte sie einfach übergangen und damit um ihr Lebenswerk betrogen. Helena würde sie bestimmt nicht des Hauses verweisen, aber von ihrer Stieftochter abhängig zu sein, das konnte Elisabeth sich nicht vorstellen. Damals war ihr klar geworden, dass ihr nichts anderes übrig blieb, als ihr eigenes Spiel zu spielen, wenn sie ihre Interessen wahren wollte.

Sie hatte lange nachgedacht. Fast ein ganzes Jahr. Hatte heimlich Gelder abgezweigt, um sich finanziell abzusichern. Doch der Kampf ums wirtschaftliche Überleben war inzwischen so hart geworden, dass es in ihren Augen nur noch eine Möglichkeit gab: Sie musste den Lindenhof verkaufen – und zwar bevor Helena darüber mitbestimmen konnte. Seit Kurzem hatte sie endlich einen möglichen Käufer, und er gefiel ihr gleich in mehrerlei Hinsicht gut ...

Elisabeth verteilte ein paar Kerzen im Raum und zündete sie an. Ihr Flackern warf unruhige Schatten an die leeren, rissigen Wände.

Nun war er also auf dem Heimweg, der Gustav, und auf einmal drängte die Zeit. Wollte sie nicht alles verlieren, musste sie die Dinge beschleunigen.

Helena fiel Elisabeths geistige Abwesenheit während des Abendessens auf, aber sie dachte sich weiter nichts dabei. Eigentlich war es angenehm, wenn ihre Stiefmutter nicht ständig mit Unmutsäußerungen und Tadel die Stimmung verdarb. Vielleicht war es ja auch die Anwesenheit von Pater Fidelis, die sie zurückhaltend bleiben ließ.

Der unterhielt derweil alle mit Anekdoten aus seiner Kindheit, und Helena wunderte sich, wie ein so frecher Rotzbengel sich für ein Leben im Kloster hatte entscheiden können.

Pater Fidelis schien ihr diese Frage an der Nasenspitze anzusehen und antwortete unaufgefordert: »Des Bier, Fräulein Helena, des Bier! Wenn i des hab, brauch i nix anders mehr! Und im Kloster gibt's halt des beste Bier!« Er hielt kurz inne. »Aber einen Wein – den würd ich mir auch g'fallen lassen!«

Als alle Teller und Schüsseln geleert waren, trug Käthe zur Freude aller den Apfelkuchen auf. Er schmeckte fein und fruchtig, und Helenas Gedanken wanderten zu einer Idee, die schon seit Kindertagen in ihrem Kopf herumspukte: eine außergewöhnliche Torte zu kreieren, passend zum Meersburger Schloss, königlich und festlich. Sie sah sie schon vor sich, doch angesichts des Mangels an Zutaten kam sie damit nicht recht weiter. Außerdem hatte sie sich darin verstiegen, dass diese unbedingt mit Erdbeeren gefüllt sein sollte, und die gab es im Winter nun einmal nicht. Obwohl – sie hatten noch Erdbeermarmelade vom Sommer, vielleicht war das eine Möglichkeit?

Kaum war die letzte Schüssel geleert, hob Elisabeth die Tafel auf und verabschiedete sich. Helena wunderte sich. Hatte ihre Stiefmutter noch etwas vor?

Sie fragte Käthe, während sie mit ihr zusammen das Geschirr abwusch und aufräumte.

»Ich weiß es nicht«, antwortete Käthe. »Aber es wäre nicht das erste Mal, dass sie nachts noch aus dem Haus geht.«

»Sie macht das öfter?« Helena war überrascht.

Käthe nickte. »Es ist mir schon ein paar Mal aufgefallen. Ich hab mir bisher nicht viel dabei gedacht. Aber inzwischen …«

»Warum haben Sie mir das nicht gesagt?«

»Ach, Fräulein Helena. Das geht mich ja nichts an.«

Helena stellte die letzten sauberen Teller ins Regal. »Wenn sie es wieder tut, Käthe, geben Sie mir bitte Bescheid.«

»Wenn ich es bemerke«, antwortete Käthe ausweichend.

»Bitte, Käthe …«

Käthe nickte müde. Sie hatte einen langen Tag hinter sich.

Helena hängte das Abtrockentuch auf und wünschte ihr eine gute Nacht.

Auf dem Weg in ihr Zimmer dachte sie darüber nach, weshalb es ihre Stiefmutter so spät noch hinaustrieb. Sie konnte es sich kaum vorstellen, aber – hatte Elisabeth am Ende einen Liebhaber?

4. KAPITEL

Meersburg, Ende November 1917

Ungestüm peitschte der Sturm über den wolkenverhangenen Bodensee und wiegelte das graue Wasser zu unruhigen Wellen auf, deren Kraft sich mit hartem Schlag an der Hafenmauer brach. Die aufspritzende Gischt benetzte Helenas Gesicht, nässte ihr Haar, durchfeuchtete ihre Kleidung und verstärkte die Kälte dieses Novembertags, der die Sonne wohl nicht zu sehen bekommen würde. Ohnehin drangen deren Strahlen nur selten durch den winterlichen Dunst, der sich während der Wintermonate wie eine Glocke über den See und die Orte an seinem Ufer legte, um mitunter tagelang nicht zu weichen.

Fröstelnd zog Helena das wollene Tuch enger, das sie um die Schultern gelegt hatte, und richtete ihren Blick über den Hafen hinweg auf das trübe Nichts, das die vertraute Silhouette des gegenüberliegenden Ufers verschluckt hatte.

»Ob sie werden anlegen können?« Katharina trat neben sie. Der Wind zerrte an den Zipfeln des dunklen Umhangs, den sie über ihrer hellen Rot-Kreuz-Schwesterntracht trug.

»Ich denke schon«, antwortete Helena, hielt ihren Blick aber auf den See gerichtet. »Der Sturm hat nachgelassen.«

»Er ist noch immer stark genug, um ein Boot kentern zu …« Katharinas Worte gingen im lang gezogenen Tuten eines Schiffshorns unter.

Kurz darauf zeichnete sich ein stattlicher dunkler Umriss in der diesigen Wolkenwand ab. Die *Kaiser Wilhelm* war angekommen.

Helena und Katharina wichen auf die Promenade zurück, als der Kapitän mehrere Versuche unternahm, sein Schiff trotz des widrigen Wetters an die Anlegestelle zu manövrieren.

»Ich hab es ja gesagt«, sagte Katharina. »Das wird schwierig heute.«

»Er schafft es.« Helena beobachtete den Schiffsrumpf, der mehrmals gegen den Steg tanzte, und auf einmal stand ihr das Bild heller Sommertage vor Augen, an denen unter den fröhlichen Klängen eines Blasorchesters elegant gekleidete Ausflügler von Bord des Salondampfers gingen – die Herren mit Strohhut, die Damen mit Sonnenschirm. Fast glaubte sie, ihr unbeschwertes Scherzen und Lachen zu hören, doch die harten Kommandos der Männer um sie herum holten sie unbarmherzig in die Wirklichkeit zurück. Der Schiffsanbinder hatte die ihm zugeworfene Leine zu fassen bekommen und vertäute den Dampfer fest am Poller.

Als die ersten Männer an Land gingen, legte sich eine schwere Beklommenheit auf Helenas Brust. Mehr als drei Jahre waren vergangen, seit ihr Vater die feldgraue Uniform angezogen, den Tornister mit dem Kochgeschirr auf den Rücken geschnallt und das Gewehr geschultert hatte, um für den Kaiser ins Feld zu ziehen. Auf die Blume im Lauf hatte er verzichtet.

»Das wird kein Spaziergang«, hatte Gustav Lindner zu Helena gesagt. »Das wird ein Gewaltmarsch.«

Inzwischen wusste Helena, dass er recht gehabt hatte. Jeder der ausgemergelten, teilweise furchtbar verstümmelten Körper, die sich in diesem Augenblick wenige Meter von ihnen entfernt über die Planken schleppten, erzählte vom Grauen der Schlachtfelder.

»Gut, dass Lilly nicht mitgekommen ist«, sagte Katharina. »Sie hätte diesen Anblick womöglich schlecht verkraftet.«

»Es gibt Situationen, in denen man die eigenen Befindlichkeiten hintanstellen muss«, erwiderte Helena. »Keiner dieser Männer hat sich sein Schicksal ausgesucht.«

Am Hafen herrschte Hochbetrieb. Verletzte wurden von Rot-Kreuz-Schwestern empfangen und anschließend auf Fuhrwerke verteilt, die sie ins Spital in der Oberstadt bringen würden. Wer noch gut genug zu Fuß war, musste den steilen Weg aus eigener Kraft bewältigen. Wenigstens regnete es jetzt nicht mehr.

Helena vermochte nicht, ihren Vater in dem Pulk an Männern auszumachen, der die Anlegestelle flutete. Es waren unzählige, und die Helfer versperrten die Sicht zusätzlich.

Schließlich spürte sie ein Zupfen am Ärmel. »Ich glaube, dort ist er!«, sagte Katharina und deutete in Richtung des *Gredhauses*.

Helenas Augen glitten über die Menschenmenge, bis sie den einzelnen Mann sah, der erschöpft an der Mauer des einstigen Kornhauses mit den markanten Treppengiebeln lehnte. Ein Rucksack stand zu seinen Füßen, mit gesenktem Kopf stützte er sich auf einer Krücke ab.

»Du hast recht. Das könnte er sein.« Helena machte sich sofort auf den Weg zu ihm, drängelte sich durch die Hektik des Hafens, wich einem Wagen aus und war ein bisschen außer Atem, als sie wenige Minuten später das Gredhaus erreichte. »Papa?«

Der Mann hob den Kopf. Das Haar unter seiner Kappe war schlohweiß geworden, seine grünen Augen wirkten abwesend.

»Du bist wieder zu Hause!« Sie hätte ihn gerne in den Arm genommen, war sich aber nicht sicher, wie er reagieren würde. Fast hatte sie das Gefühl, einem Fremden gegenüberzustehen.

»Helena«, sagte er so leise, dass sie es kaum hören konnte.

»Ja, Papa ...«

Eine Weile standen sie voreinander, suchten vorsichtig den Blick des anderen, brauchten Zeit, um das Wiedersehen zu realisieren.

»Lass uns erst einmal nach Hause gehen«, schlug Helena schließlich vor. »Ich helfe dir mit dem Gepäck.«

Sie bückte sich und wollte gerade nach seinem Rucksack greifen, als ihr Blick an seinem Holzbein hängen blieb.

»Ist es ... das?« Sie sah zu ihm auf.

»Ja.« Er wich ihrem Blick aus. »Die Wunde wurde brandig. Da haben sie es abgenommen.«

»Papa ...«

»Ich bin ein Krüppel, Helena. Ohne dieses Ding«, er deutete mit dem Kinn auf die Krücke, »kann ich nicht mehr gehen.«

Helena rang um eine Antwort. »Du wirst wieder ...«

»Nichts wird wieder«, unterbrach er sie barsch. »Wenn Gott gnädig gewesen wäre, hätte er mich im Feld verrecken lassen.«

Seine Hoffnungslosigkeit erschütterte Helena. Aber sie verstand.

Er, der vor Kraft gestrotzt hatte, an Körper und an Geist, war nur noch ein Schatten seiner selbst. Nicht nur sein Körper war gezeichnet, sondern auch seine Seele.

Wut stieg in ihr auf. Übermächtige, unbändige Wut. Auf diejenigen, die einen Krieg befahlen, der zu nichts taugte, als aus gesunden Männern Invaliden zu machen. Der unendlich viel Leid ausschüttete über einem Vaterland, das vorgeblich geschützt und bewahrt werden sollte. Ein Krieg, von dem niemand wusste, wann er endlich zu Ende gehen würde.

»Du bist kein Krüppel, Papa«, sagte sie energisch und schulterte den Rucksack. »Das bist du nur dann, wenn du dich dazu machen lässt.«

»Ach, Kind.« Er lachte bitter. Dann richtete er sich mühsam auf und verlagerte das Gewicht. »Lass uns gehen.«

Helena nickte und sah sich nach Katharina um, die sie noch in der Nähe wähnte. Doch von ihrer Schwester war nichts mehr zu sehen.

»Katharina hat sich eines blinden Soldaten angenommen«, erklärte ihr Vater, der ihre Geste offenbar bemerkt hatte. »Ich habe gesehen, wie sie ihm geholfen hat, auf eines der Fuhrwerke zu steigen.«

»Ah! Na gut.« Helena verstand zwar nicht, warum Katharina den Vater nicht wenigstens begrüßt hatte, wollte aber keine Missstimmung aufkommen lassen. »Sie arbeitet im Spital als Hilfsschwester«, sagte sie deshalb entschuldigend.

»Ist schon recht. Da hat sie heute alle Hände voll zu tun.« Er tat einige Schritte. »Komm, Helena.«

Schweigend machten sie sich auf den Heimweg. Das dumpfe Klopfen des Holzbeins auf dem Pflaster tat ihr in der Seele weh. Bei aller Freude, die sie empfand, wurde ihr schmerzlich bewusst, dass das Leben nie wieder so sein würde wie vor dem großen Krieg.

Kirchturmhoch türmten sich die Wellen vor Meersburg, drohten, den kleinen Ort zu verschlingen. Schiffe voller Soldaten kämpften gegen einen See, dessen unbändige Wut keine Gnade kannte. Helena wollte weglaufen, kam aber keinen Meter voran. Es war, als hindere eine unsichtbare Kraft sie daran, ihre Beine zu bewegen, während die Situation immer bedrohlicher wurde. In das Tosen der Wassermassen mischten sich Stimmen, die einer Frau, kurz darauf auch die eines Mannes ...

Die Szenerie verschwamm und machte einigen zusammenhanglosen Bildern Platz. Nur die Stimmen waren noch da, mal lauter, mal kaum zu vernehmen, und sie blieben auch dann, als Helena den Fängen ihres Albtraums entkam. Es hörte sich an, als ob jemand stritt.

Helena setzte sich im Bett auf und horchte in die Dunkelheit, doch mit einem Mal war es still. Vermutlich hatte sie sich alles nur eingebildet, eine Nachwirkung der im Traum ausgestandenen Angst. Auch ihr Herz schlug noch viel zu schnell.

Als es weiterhin ruhig blieb und auch ihr Puls wieder zum gewohnten Rhythmus zurückgefunden hatte, legte sie sich zurück in ihr Kissen. Doch der Schlaf wollte nicht wiederkommen. Eine Weile lang lauschte sie den regelmäßigen Atemzügen ihrer Schwestern, deren Betten an der gegenüberliegenden Wand des Mansardenzimmers standen, das sie miteinander teilten – dann schob sie die Bettdecke zurück, nahm ein Wolltuch, zündete die Kerze in einer kleinen Laterne an und verließ damit das Zimmer. Ein Glas angewärmte Milch würde ihr das Einschlafen leichter machen.

Über die breite Treppe aus Marmor ging Helena ins Erdgeschoss und weiter zu den Küchenräumen. Käthe schlief in einer Kammer im Souterrain, damit sie ihr Refugium im Blick behielt. Deshalb bemühte sich Helena, möglichst leise zu sein, als sie die Laterne abstellte und einen Topf auf den holzbefeuerten gusseisernen Herd setzte, der noch etwas Restwärme ausstrahlte. Anschließend gab sie aus einer hellblauen Emaillekanne Milch hinein, die sie mit Wasser streckte.

Während sie darauf wartete, dass sich die Flüssigkeit erwärmte, nahm sie einen Becher vom Holzregal an der Wand – und hielt inne, als sie wieder Stimmen vernahm. Diese kamen aus dem Speisesaal. Hatte sie vorhin doch nicht geträumt?

Sie stellte den Becher zurück, zog den Topf vom Herd und ging auf Zehenspitzen zur Tür, die in den Speisesaal führte. Diese war nur angelehnt.

»Du wagst es, mir Vorwürfe zu machen?«, keifte Elisabeth in diesem Augenblick.

Die Eltern stritten.

»Du weckst das ganze Haus auf, wenn du weiterhin so schreist.« Die Stimme ihres Vaters klang müde.

Er tat Helena leid, genauso wie sie Elisabeths Art wütend machte. Schon als Kind hatte Helena sich geweigert, sie Mutter zu nennen, denn anstelle mütterlicher Wärme strahlte sie eine abweisende Strenge aus. Das lag nicht nur an ihrem hageren, scharf geschnittenen Gesicht mit dem zu einem straffen Knoten zusammengenommenen, früh ergrauten Haar. Ihren blassgrünen Augen fehlte jede Herzlichkeit. Ein Lächeln konnte sie sich nur selten abringen. Nun war Elisabeth Helenas Stiefmutter, aber selbst im Umgang mit Lilly und Katharina gab es wenig Liebevolles – und die beiden waren ihre leiblichen Töchter.

»Verbiete *du* mir nicht das Wort!«, hob Elisabeth wieder an.

Der Vater antwortete nicht.

»Wie sollen wir das schaffen?«, fuhr sie fort, wenn auch gedämpfter. »Ich brauche einen ganzen Mann, wenn wir hier überleben wollen, verstehst du, Gustav? Keinen … ach …«

»Ich verstehe dich durchaus, Elisabeth. Dennoch werde ich den Lindenhof nicht verkaufen. Er ist mein Leben … und unsere Existenz.«

Der verzweifelte Unterton, der in seinen Worten lag, schmerzte Helena.

»Mit diesem Geld könnte man woanders neu beginnen«, erwiderte Elisabeth hartnäckig.

»Ich sage Nein. Und die Summe, die du genannt hast, ist lächerlich gering noch dazu.«

»Du vergisst, welche Zeiten wir haben!«

»Wie könnte *ich* je vergessen, welche Zeiten wir haben!« Nun fuhr der Vater auf.

»Du wirst sehen, was du davon hast«, fauchte Elisabeth. »Das Angebot ist gut. Ein besseres werden wir nicht bekommen! Außerdem haben wir fast kein Geld mehr. Ein oder zwei Monate reicht es noch. Dann ist Schluss.«

»Lass es mich erst einmal durchrechnen!«

»Ich habe es hundertmal durchgerechnet, ach was, tausendmal!«

»Es hat keinen Zweck zu diskutieren, Elisabeth. Ich weiß, wie wenig dir der Lindenhof bedeutet.«

»Hast du dich jemals gefragt, warum das so ist?« Elisabeths Stimme bebte. »Wir leben in einer Ruine. Und du hast es so weit kommen lassen. Wundere dich deshalb nicht über die Folgen.«

Helena hatte mit wachsendem Entsetzen zugehört. Elisabeth wollte den Lindenhof verkaufen. *Ihren* Lindenhof. Denn Helena wusste, dass ihr Vater *sie* – trotz ihrer erst einundzwanzig Jahre – als die Erbin seines Lebenswerks betrachtete. Das hatte er bereits vor allen verlautbart. Stand nun plötzlich alles auf Messers Schneide?

Wie betäubt schlich Helena zurück in ihr Zimmer. An Schlaf war in dieser Nacht nicht mehr zu denken. Ihre Gedanken suchten fieberhaft nach Wegen, die drohende Pleite des Lindenhofs abzuwenden. Als der Morgen graute, zeichnete sich eine Möglichkeit ab, noch vage und voller Fragezeichen, aber immerhin eine Idee. Allerdings würde nicht nur sie selbst ihre ganze Kraft investieren müssen – auch ihrem Umfeld würde die Umsetzung alles abverlangen.

5. KAPITEL

Moskau, 28. November 1917

Der Moskauer Nikolaibahnhof katapultierte Maxim Baranow in eine Welt zwischen den Zeiten. Das letzte Mal, da er hier gewesen war, hatte er Lidia am Arm geführt, die ihm schon lange das Versprechen abgerungen hatte, mit ihr im Bolschoi-Theater *Salambo* anzusehen. Er hatte ihre unbekümmerte Vorfreude auf die Ballettaufführung damals genossen, und fast war ihm, als würde ihr glockenhelles Lachen noch in der Luft schweben und ihr zartes Parfum seine Sinne locken. Doch während er den Bahnsteig entlangging, schob sich die Wirklichkeit erbarmungslos vor alle Erinnerungen. Die Alte Welt war in der Revolution untergegangen, und ihre Erben kämpften ums nackte Überleben.

Er zog seine Fellmütze tief ins Gesicht. Die Welle der Mitreisenden spülte ihn durch die prächtige Eingangshalle bis zum Platz vor dem Bahnhof. Von dort aus machte er sich zu Fuß auf den Weg in die Stadt.

Der Schnee trug eine graue Patina und knirschte unter seinen Stiefeln, während er die Straßen entlangging. Eine unterschwellige Aggressivität lag in der Luft, begleitete jeden seiner Schritte. Ihm, der sich niemals vor etwas gefürchtet hatte, saß am helllichten Tag die Angst im Nacken.

Unwillkürlich ballte Maxim die Fäuste. Was war aus Russland geworden? Wohin trieb das riesige Reich, das in den vergangenen Monaten seiner Identität beraubt und mit dem Blut so vieler Unschuldiger besudelt worden war? Maxim und viele seiner Freunde hatten wohl gesehen, dass sich im russischen Volk über Jahre und Jahrzehnte einiges angestaut hatte – und die Wut der einfachen Menschen durchaus verstanden, die immer vehementer nach längst überfälligen Reformen verlangt hatten: mehr Rechte für die unterdrückten und ausgebeuteten Bauern, bessere Bedingungen für die Arbeiter, weniger Privilegien für den Adel.

Doch dass sich alles mit einer solch vernichtenden Eruption Bahn brechen würde, war unvorstellbar gewesen.

Vielleicht wäre alles anders gekommen ohne diesen Krieg, der seit drei Jahren bitterste Not und unerträglichen Hunger über das Land brachte. Der die Menschen im letzten Februar zunächst in einen verzweifelten Streik und anschließend auf die Straßen Petrograds getrieben hatte, um ihren Forderungen nach Brot und Frieden Nachdruck zu verleihen. Vielleicht wäre eine Eskalation zu vermeiden gewesen, hätte der Zar nicht versucht, die anwachsende revolutionäre Massenbewegung gewaltsam niederzuschlagen – viele der dabei eingesetzten Soldaten waren zu den Aufständischen übergelaufen. Das Zarentum hatte dem Sturm schließlich nichts mehr entgegenzusetzen gehabt und nach dreihundert Jahren mit der Abdankung von Nikolaus II. Mitte März sein Ende gefunden.

Damals hatte Maxim noch Hoffnung gehabt, dass die gemäßigten Kräfte ihre Chance nutzen könnten, eine Demokratie in Russland zu etablieren – doch der Versuch war letzten Endes an der Schwäche der eingesetzten *Provisorischen Regierung* in Petrograd gescheitert. Lenin und die Bolschewiki hatten die Gunst der Stunde erkannt und genutzt: Vor drei Wochen war der Sitz der Regierung im Winterpalast gestürmt und im Anschluss an den Staatsstreich die *Sozialistische Sowjetrepublik* ausgerufen worden. Nun versuchten die Bolschewiki, ihre Macht zu sichern. Und das taten sie mit roher Gewalt.

Maxim packte die Riemen seines Rucksacks fester.

Schon vor einiger Zeit hatte er seinen Diener Boris nach Moskau vorausgeschickt mit dem Auftrag, verschiedene Möglichkeiten zu suchen, um dort unerkannt unterzutauchen. Dieses Gefühl, nicht allein zu sein, gab Maxim Halt. Denn Boris war an seiner Seite geblieben, als sämtliche Dienstboten das Stadtpalais der Baranows in Sankt Petersburg von einem Tag auf den anderen verlassen und sich der neuen Bewegung angeschlossen hatten. Er war es gewesen, der Maxim in der Nacht des Überfalls schwer verletzt gefunden und zum Landgut der Familie gebracht hatte, drei Reitstunden von der Stadt entfernt. Der bei ihm geblieben war und seine Wunden versorgt hatte, bis feststand, dass Maxim mit dem Leben davonkommen würde. Der dafür gesorgt hatte, dass Lidia und die Kinder dort ihre letzte Ruhe finden konnten. Und der ihm nun von Moskau aus die lang ersehnte, verschlüsselte Nachricht hatte zukommen lassen, dass er die Stadt wohlbehalten erreicht und einen Unterschlupf für sie beide gefunden hatte.

Aus einer Seitenstraße kam eine größere Gruppe Männer. Sie führten rote Flaggen mit sich und sangen die russische Version der *Marseillaise* »Lasst uns der Alten Welt abschwören«.

Unwillkürlich zügelte Maxim seinen Schritt, wich an die Hauswand zurück und vergrub das Kinn im Kragen seines zerschlissenen Mantels. Er vernahm ihre Parolen: »Fort mit dem Krieg! Fort mit den Blutsaugern!«, die sich in die Melodie des französischen Revolutionslieds mischten. Das hasserfüllte Brüllen kroch ihm bis ins Mark.

Als einer von ihnen ausscherte und auf ihn zukam, jagte ein Schauer über seinen Rücken.

»Komm mit uns, Genosse«, forderte der Mann ihn auf, »Es gibt eine Kundgebung!«

»Ich warte noch auf die anderen Genossen.« Maxim nuschelte absichtlich, um sich nicht über seine Sprache als Angehöriger der einstigen Adelsklasse zu verraten. »Wir kommen nach.«

»Warte nicht zu lang!« Der Mann sah ihm eindringlich in die Augen, wandte sich dann ab und schloss sich wieder dem Zug der Revolutionäre an.

Maxim atmete auf.

Unter seinem ungepflegten Äußeren vermutete niemand einen Angehörigen der *burschui*, der Bourgeois, die den aufgestachelten Massen so verhasst war wie alles, was kultiviert und vornehm wirkte. Inzwischen reichte ein gepflegtes Äußeres, um die Wut des Pöbels auf sich zu ziehen. Maxim wollte gern an das Gute in den Menschen glauben, ihre Motive und ihr Handeln verstehen – doch nach all dem, was er erlebt hatte und was er täglich erfuhr, war es ihm nahezu unmöglich.

Es begann zu schneien.

Die weißen Flocken trugen eine schlichte Reinheit in sich, die sie verloren, sobald sie sich mit dem schmutzigen Straßenschnee vereinten. Moskau wirkte steif und abweisend, vor allem jetzt, im Winter, und mit jedem Meter, den er weiterging, verstärkte sich die innere Kälte, die er seit Monaten in sich trug. Lange Zeit hatten ihn seine Geschäfte in der Stahlindustrie regelmäßig hergeführt, zudem die eine oder andere politische Angelegenheit. Doch schon immer war er froh gewesen, wenn ihn der Zug mit gleichmäßigem Rattern die sechshundertfünfzig Kilometer zurück ins prächtige, verspielte Sankt Petersburg geschaukelt hatte, bequem im Schlafwagen, mit allem Komfort, und voller Vorfreude auf zu Hause.

Maxim rief sich zur Ordnung. Es hatte keinen Sinn, einer Vergangenheit nachzuhängen, die es nie mehr geben würde. Aus Sankt Petersburg war schon vor Jahren Petrograd geworden. Für Maxim hatte die Stadt damit ihre Seele verloren.

Inzwischen waren in ihr Antlitz tiefe Wunden geschlagen worden, so, wie in sein Gesicht. Schmerzhaft. Verstümmelnd. Wunden, die niemals ganz heilen würden.

6. KAPITEL

Meersburg, das Spital, zwei Tage später

»Schwester Katharina?«

Katharina legte vorsichtig eines der Skalpelle zum übrigen Operationsbesteck in eine der bereitstehenden *Schimmelbuschtrommeln*, damit sie später über heißem Wasserdampf sterilisiert werden konnten. Dann wandte sie sich zur Oberschwester um, die in der Tür stand. »Haben Sie eine andere Aufgabe für mich? Ich bin noch nicht fertig ...«

»Unten ist Besuch für Sie«, erwiderte die Oberschwester.

»Besuch?« Katharina war überrascht.

»Eine junge Frau.« Die Oberschwester nahm Katharina den Sterilisationsbehälter ab. »Gehen Sie nur. Ich kümmere mich in der Zwischenzeit hierum. Aber halten Sie sich nicht zu lange auf. Wir erwarten wieder Neuzugänge.«

»Natürlich nicht.« Katharina trat an eines der Waschbecken an der Wand und wusch sich gründlich die Hände. Dann nahm sie die weiße Schürze ab, die sie über ihrer Schwesterntracht trug.

»Ich beeile mich!« Sie nickte der Oberschwester zu.

Der eindringliche Geruch nach *Lysol* begleitete ihren Weg vom Operationssaal über die Gänge und Treppen bis zum Eingangsbereich des Krankenhauses. Zu ihrer Verwunderung sah sie dort ihre Schwester stehen.

»Helena! Was machst du hier? Ist zu Hause etwas passiert?«

»Nein, Katharina.« Helena nahm sie kurz in den Arm. »Aber es gibt etwas, das ich unbedingt mit dir besprechen muss.«

»Und das hat nicht Zeit, bis ich nach Hause komme?«, fragte Katharina.

Helena schüttelte den Kopf.

»Dann komm.« Katharina ging ihrer Schwester voraus in ein schmales Zimmer, in dem frische Wäsche aufbewahrt wurde. »Hier sind wir ungestört. Ich habe nur wenig Zeit. Wir erwarten einen Transport.«

»Dann ist es umso wichtiger.« Helena sah sie ernst an. »Ich habe Papa und Elisabeth belauscht. Vorgestern Nacht.«

»Belauscht?«

»Durch Zufall. Ich war in der Küche und habe mir eine Milch angewärmt.« Helena legte ihren Zeigefinger auf die Unterlippe, eine typische Geste, wenn sie etwas beschäftigte. »Stell dir vor, Elisabeth möchte den Lindenhof verkaufen.«

»Wirklich? Wer kauft denn in diesen Zeiten ein altes Haus?«

»Es ist mehr als ein altes Haus.« Helena wirkte getroffen. »Es ist … Es hat eine Seele.«

Katharina schüttelte unmerklich den Kopf. »Mir war gar nicht bewusst, dass du ein *so* inniges Verhältnis dazu hast.« Sie legte Helena eine Hand auf die Schulter. »Aber auch ich hänge daran. An unserem Lindenhof und unserem Garten mit dem Glashaus. Es ist unsere Kindheit.«

Für einen Augenblick hingen beide still ihren Gedanken nach. »Helena«, hob Katharina schließlich wieder an und ließ ihre Hand von Helenas Schulter gleiten, »bist du deshalb eigens heraufgekommen? Um mir das zu erzählen?«

»Nicht nur. Elisabeth setzt Vater unter Druck. Angeblich haben wir kein Geld mehr. Deshalb sei ein Verkauf nicht zu umgehen. Und sie hat wohl schon einen Käufer.« Helena seufzte. »Papa wehrt sich, so gut er kann. Rechnet die Situation immer wieder durch.«

»Ohne sein Einverständnis kann sie bestimmt nicht verkaufen«, stellte Katharina fest. »Und das würde sie auch nicht. Mutter ist schwierig, aber nicht betrügerisch.«

»Aber sie ist einfach viel stärker als Papa, jedenfalls im Moment. Er braucht Ruhe, und ich habe das Gefühl, sie möchte ihn zermürben.« Helena nestelte an ihrem Wolltuch. »Deshalb habe ich nachgedacht.«

»Und? Hast du eine Lösung gefunden?«

»Zumindest habe ich eine Idee. Aber dafür brauche ich deine Unterstützung.«

»Erzähl!«

»Wenn wir Verwundete von hier, vom Spital aufnehmen würden … dann könnten wir damit vielleicht genügend verdienen, um die nächsten Monate zu überstehen.«

»Du möchtest ein Lazarett im Lindenhof einrichten?« Katharina sah ihre Schwester verblüfft an.

»Ganz genau.«

»Bist du dir im Klaren darüber, was das bedeutet?«

»Vielleicht nicht ganz – aber ich habe schon von einigen Hotels gelesen, die zu Lazarettbetrieben umfunktioniert wurden.«

»Mhm.« Katharina dachte nach. »Wir sind wirklich überbelegt«, sagte sie schließlich. »Und ständig schicken sie weitere Soldaten her. Die Zimmer hier im Spital reichen schon lange nicht mehr.«

»Dann findest du meine Idee überlegenswert?«

»Habe ich jemals eine deiner Ideen nicht überlegenswert gefunden?« Katharina lächelte. »Allerdings habe ich keine Ahnung, ob Doktor Zimmermann sich darauf einlassen wird. Es bedeutet zunächst einen unglaublich großen Aufwand. Für das Spital und für euch.«

»Das ist mir bewusst, Katharina. Ich habe schon nachgedacht, wie wir den Lindenhof am besten für die Kranken vorbereiten können.«

Katharina sah sie zweifelnd an. »Du weißt nicht, was da alles auf dich zukommt, Helena. Aber lass uns zum Doktor gehen und deinen Vorschlag unterbreiten. Mehr als ablehnen kann er nicht.«

»Darauf hatte ich gehofft!« Helena wirkte erleichtert. »Meinst du, er empfängt uns vielleicht jetzt sofort?«

»Zeit hat er ohnehin kaum. Also versuchen wir es.« Katharina hielt bereits die Türklinke in der Hand. »Allerdings müssen wir uns beeilen. Wenn nachher das Schiff ankommt, wird es hier hektisch!«

Die beiden Schwestern machten sich auf den Weg zum Arbeitszimmer des Chefarztes. Vor der Tür strich Katharina ihren Rock glatt und drückte anschließend die Hand ihrer Schwester.

»Also – du bist dir sicher?«

Als Helena nickte, hob Katharina die Hand und klopfte.

Am Abend desselben Tages

Ungeduldig hatte Elisabeth das Abendessen abgewartet und sich anschließend so rasch wie möglich zurückgezogen. Schon seit zwei Jahren bewohnte sie einen Schlafraum in einem der leer stehenden Gastzimmer. Andere hätten ihn wohl als karg bezeichnet, aber Elisabeth brauchte nicht mehr. Ein Eisenbett, ein schmaler Schrank und ein Nachtkästchen reichten ihr aus. Jeder Nippes war ihr zuwider, sie bevorzugte eine schlichte Ordnung, in der sie niemals den Überblick verlor.

Während sie ihre Kleider wechselte, sammelte Elisabeth ihre Gedanken. Seit Gustavs Ankunft hatte sie sich nicht mehr wegstehlen können, ohne dass es aufgefallen wäre. Heute Abend musste sie unbedingt los, denn Gustavs Reaktion auf ihren Vorschlag mit dem Verkauf war wenig ermutigend gewesen. Sie hatte einiges zu besprechen.

In ihrem Nachtkästchen befand sich eine Flasche mit selbst gebranntem Rübenschnaps, von dem sie einige kräftige Schlucke nahm, bevor sie ihren Wintermantel vom Haken neben der Tür nahm und sich auf den Weg machte.

Wie immer ging sie leise über die Treppe nach unten. Im Haus war alles ruhig. Katharina tat Dienst im Spital, Helena und Lilly waren auf ihrem Zimmer, und Gustav hatte sich in eine kleine Kammer im Küchentrakt zurückgezogen, die er seit seiner Heimkehr bewohnte, damit er sich mit seinem Holzbein hindernisfrei bewegen konnte.

Während sie durch die Eingangshalle lief, überkam Elisabeth plötzlich das unerklärliche Gefühl, nicht allein zu sein. Sie blieb stehen und lauschte, konnte aber nichts Ungewöhnliches feststellen. Alles war ruhig.

Als sie die Tür öffnete, strich eine der Katzen um ihre Beine. Elisabeth atmete auf und verließ das Haus.

Auf der Steigstraße begann es zu schneien, der Schnee war schwer und nass und verwandelte den mit den Hinterlassenschaften von Ochsen- und Pferdefuhrwerken verschmutzten steilen Weg in eine Rutschpartie. Elisabeth hatte Mühe voranzukommen, denn die Sohlen der schweren Halbschuhe, die sie trug, waren abgelaufen und boten ihr auf dem schlüpfrigen Untergrund kaum Halt. Sie kämpfte sich hinauf und lief weiter in Richtung Obertor.

Als sie endlich ihr Ziel erreicht hatte, blickte sie sich kurz um. Es war besser, wenn man sie hier nicht sah. Aber bei diesem Wetter war ohnehin niemand unterwegs, also stieß sie das schmale Tor zum Wirtsgarten des Ochsen auf, überquerte den Rasen und gelangte durch eine Seitentür ins Haus. »Otto?«

»Nicht so laut«, raunte eine Stimme im Dunkeln. »Du weißt, dass meine Else um diese Zeit in der Küche steht.« Er kam mit schweren Schritten näher. »Wir hatten ausgemacht, dass du nicht unangekündigt zu uns ins Haus kommst.«

»Ich habe dir etwas mitzuteilen«, erwiderte Elisabeth ungerührt. Sie kannte seine schroffe Art. Und sie wusste um seine lungenkranke Ehefrau, die sich jeden Tag in die Gasthausküche schleppte, weil er keine Köchin einstellen wollte.

»So?« Er stand jetzt unmittelbar vor ihr, ein großer, breiter Mann, wohlgenährt trotz der mageren Zeiten.

»Gustav hat das Angebot abgelehnt.«

»Hast du ihm gesagt, dass es von mir war?«

»Nein.«

Am anderen Ende des Flurs klapperte Geschirr. Jemand hustete.

Otto sah sich nervös um. »Komm mit.«

Er nahm sie am Oberarm und führte sie über eine steinerne Wendeltreppe hinunter in das Kellergewölbe. Entlang eines schmalen Ganges lagen vier schwere Holztüren. Er öffnete eine davon und drängte Elisabeth in die dahinterliegende Vorratskammer. »Erzähl mir mehr!« Er entzündete eine Laterne.

Der Raum war voller Nahrungsmittel. Ein herrlicher Anblick in diesen kargen Zeiten. Auch wenn sie selbst einigermaßen über die Runden kamen, wurden Elisabeths Augen magisch angezogen von diesem Überfluss an Kartoffeln, Mehl, Schinken, Wurst, Gläsern und Steinzeugtöpfen mit Eingemachtem, Zucker, Öl und Eiern. Ein Anflug von Neid machte sich in ihr breit, zugleich kalkulierte ihr Kopf fieberhaft den Wert der hier angesammelten Waren. Wie schaffte es Otto, in diesen Zeiten so viel zu horten?

»Du erzählst niemandem von dem, was du hier siehst!« Es schien, als habe er ihre Gedanken gelesen.

»Natürlich nicht.« Elisabeth fiel es schwer, ihren Blick von den Vorräten zu nehmen. »Gib mir einfach etwas davon ab.«

»Ah ... so geht das Spiel«, stellte Otto fest und ließ seine Augen über ihren Körper wandern. »Du kannst dir nachher eine Wurst nehmen.«

Insgeheim hatte Elisabeth Respekt vor dem Ochsenwirt. Sie konnte sich denken, warum es ihm so gut ging – er war gerissen. Und skrupellos. Bereits kurz nach Kriegsbeginn war er verletzt nach Meersburg zurückgekommen und hatte erwirkt, dass er nicht mehr an die Front zurückgeschickt wurde. Eine beeindruckende Narbe am Unterarm zeugte von seiner Verwundung. Doch im Ort hielten sich hartnäckige Gerüchte, dass der Ochsenwirt sich die Verletzung damals selbst beigebracht habe, um dem Schützengraben zu entkommen. Elisabeth traute ihm das ohne Weiteres zu, zumal er über sehr gute Verbindungen zur Obrigkeit verfügte. Und diese nutzte er mit Sicherheit auch dann, wenn es um gute Geschäfte ging.

»Also. Dein Mann will nicht verkaufen«, brachte Otto das Gespräch auf Elisabeths Anliegen zurück. »Geht's euch doch nicht so schlecht?«

»Wir haben fast kein Geld mehr, das hatte ich dir doch gesagt.«

»Und kriegsversehrt ist er auch, habe ich gehört. Er hat nur noch ein Bein.«

»Allerdings!« Elisabeth rang die Hände. »Deshalb verstehe ich auch nicht, warum er deinem Angebot nicht sofort zugestimmt hat! Ich will nicht, dass wir im Elend enden.«

»Wo hat er sich denn die Verletzung geholt?«

»Das war ...«, überlegte Elisabeth. Dann fiel ihr der Name wieder ein. »Er hat etwas von *Ypern* gesagt. Ein seltsamer Name.«

»Ypern.« Otto strich sich über seinen vollen Backenbart. »Das ist in Flandern. Ganz groß im Tuchgeschäft war die Stadt, aber wie man hört, liegt sie jetzt in Schutt und Asche. Tausende Soldaten sind da gefallen in den letzten Jahren.«

»Ich habe noch nie etwas von Ypern gehört.«

»Die Westfront.« Otto wirkte nachdenklich. »Anno neunzehnvierzehn haben sie dort miteinander Weihnachten gefeiert – die Briten und die Franzosen und die Deutschen. Haben einfach die Waffen niedergelegt und Fußball gespielt, als wären sie Freunde und keine Feinde. Danach ging der Kampf weiter.«

»Das ist doch eine Mär!«

»Nein, das ist keine Mär, der Waffenstillstand an Weihnachten.« Otto schüttelte den Kopf. »Aber er war einmalig. Später haben die deutschen Kommandeure dort vier Regimenter mit blutjungen Burschen in den Kampf geschickt. Abiturienten. Fast alle sind gestorben. Ypern – das steht für *Abschlachten.*«

»Gustav hat es offensichtlich überlebt.«

Otto räusperte sich. »Du hast nicht damit gerechnet?«

»Ich hatte so lange nichts von ihm gehört.« Elisabeth fühlte sich auf einmal unwohl. »Schon seit dem Frühjahr nicht.« Sie hatte sich schon darauf eingestellt, ihn gebührend zu betrauern, um später … wenn Else vielleicht auch nicht mehr war …

»Damit ist mein Angebot hinfällig.« Ottos Worte trafen Elisabeth ins Mark.

»Sag das nicht!«

»Er hatte seine Chance. Und du auch.«

»Gib mir noch etwas Zeit, Otto. Bitte. Er wird einsehen, dass er es in seinem Zustand niemals schaffen wird, das Gasthaus am Leben zu erhalten.«

»Mhm.«

»Otto. Du hast die Möglichkeit, der bedeutendste Wirt in Meersburg zu werden. Gibst du jetzt auf, nur weil Gustav nicht sofort verkauft?« Elisabeth wusste, dass Otto alles darum geben würde, um die Wirte vom Schiff, vom Bären und vom Wilden Mann in den Schatten zu stellen. Der Ochsen lag in der Oberstadt. Um das erste Haus am Platz zu werden, brauchte Otto dringend ein zweites Quartier am Seeufer.

»Der Lindenhof ist ideal für dich«, fügte sie noch an. »Und das weißt du.«

Mit einer unschlüssigen Geste strich sich Otto erneut über den Bart. »Dann ...« Er machte einen Schritt auf Elisabeth zu, legte ihr in einer besitzergreifenden Geste die Hand in den Nacken und presste seinen Mund auf ihren. Anschließend ließ er sie abrupt los. »... hängt es von dir ab.«

Elisabeth schwindelte. Mit bebenden Fingern tastete sie nach ihren brennenden Lippen. »Ich werde alles tun, damit du den Lindenhof bekommst«, versicherte sie. »Alles.« Mühsam unterdrückte sie das aufgeregte Zittern in ihrer Stimme. Seine Küsse wühlten sie mehr auf, als ihr lieb war.

»Dann vertraue ich auf dein Wort.« Otto kratzte sich im Nacken. »Aber der Preis bleibt, Elisabeth. Nicht dass er am Ende mehr will. Mein Angebot ist angemessen!«

»Du würdest auch noch etwas dazulegen, Otto.«

Der Ochsenwirt brummte etwas Unverständliches und ging zur Tür – ein leichtes Kopfnicken aber bedeutete Elisabeth, dass er sein Angebot aufrechterhielt.

Bevor sie ihm folgte, nahm sie sich ein Stück Räucherschinken von einem der Haken, an denen die Wurstwaren hingen.

Als Otto das sah, stieß er einen leisen Pfiff aus. »Ich weiß nicht, ob mir deine Dreistigkeit gefällt.«

»Wir sind hiermit im Geschäft«, erwiderte Elisabeth. »Es soll doch keiner erfahren, was hier so alles hängt. Du gibst mir hin und wieder etwas ab. Ich halte den Mund und sorge dafür, dass du den Lindenhof bekommst.«

Otto stieß einen ärgerlichen Laut aus. Dann legte er eine Hand auf ihr Gesäß und drückte schmerzhaft zu. »Alles hat seinen Preis, Elisabeth Lindner.«

Sie schob seine Hand weg. »Alles hat seine Zeit, Otto.«

7. KAPITEL

Zur selben Zeit im Mansardenzimmer der Schwestern

Der herzförmige Anhänger lag schwer in Helenas Hand. Sie kniete auf dem Boden und betrachtete ihn mit einer unbestimmten Wehmut, versuchte, Erinnerungen einzufangen, die sie mit dem wertvollen Stück zu verbinden meinte. Es hatte ihrer Mutter gehört, die einer vermögenden Familie entstammte – aber darüber hinaus wusste sie nur wenig. Ihr Ursprung, so schien es, wollte sich ihr nicht wirklich offenbaren, und diese verwaiste Stelle ihres Herzens schmerzte ständig.

Vorsichtig öffnete sie das Medaillon, das ihr der Vater bereits als Kind gegeben hatte, und besah sich zum tausendsten Mal die beiden Miniaturbildnisse unter Glas in seinem Inneren – die gemalte Darstellung der Gottesmutter auf der linken Seite, deren goldener Heiligenschein mit kleinen, glitzernden Diamanten bekränzt war. Und dann die junge Frau auf der rechten Seite, nach Aussage ihres Vaters ihre Großmutter, in der sie sich immer wieder selbst erkannte – das dunkle Haar, die blauen Augen, die hohe Stirn.

Hatte sie sonst noch etwas von ihr geerbt? Die Art zu sprechen oder zu lachen? Die Freude an der Malerei und der Musik? Das feine Gespür für die Menschen? Den starken Willen?

Helena hob den Kopf.

Vor dem Fenster tanzten Schneeflocken. Unbekümmert und leicht schwebten sie vorüber, matt erhellt vom Lichtschein, der durchs Fenster nach draußen drang. Kaum zu glauben, wie schnell der Winter gekommen war.

Ihr Blick wanderte zu Lilly, die auf ihrem Bett lag und las. Manchmal wünschte sie, sie besäße dieselbe Unbekümmertheit wie die mittlere der drei Schwestern. Inmitten größter Sorgen konnte Lilly sich in andere Welten davonträumen.

Helena hielt einen Moment inne, dann drückte sie die beiden Hälften ihres Medaillons zusammen und legte es zurück in seine samtene Schatulle. Bevor sie den Deckel schloss, strich sie mit dem Zeigefinger noch einmal über das schwarz glänzende Emaille, fuhr die feinen, mit Blattgold versehenen und mit Diamanten besetzten Blumengirlanden nach. Ihr war bewusst, dass das Schmuckstück sehr alt und kostbar war. Aber es zu veräußern, war selbst dann undenkbar, wenn sie damit den Lindenhof retten könnte. Sie würde sich der einzigen mütterlichen Wurzeln beraubt fühlen, die sie besaß.

Sie schob die Schatulle zurück unter die Matratze ihres Bettes und stand auf.

»Ich gehe zu Papa, Lilly!«, sagte sie zu ihrer Schwester.

»Mhm«, murmelte Lilly, ohne die Augen von den Seiten zu nehmen. »Ist gut.«

Helena traf ihren Vater nicht in seiner Kammer an. Einen kurzen Moment fragte sie sich sorgenvoll, wo er denn sein könnte, dann kam ihr eine Idee, und sie machte sich auf in den ersten Stock des Lindenhofs. Dort lag sein Arbeitszimmer, in dem auch die Verwaltung des Lindenhofs untergebracht war. Als auf ihr leises Klopfen hin keine Antwort kam, trat sie einfach ein.

»Ach. Meine Gute!« Gustav Lindner saß am Schreibtisch, hielt einen Bleistift in der Hand und wirkte hoch konzentriert. Vor ihm stapelten sich Ordner und Mappen. »Was führt dich zu mir?«

»Ich wollte dich sprechen.« Helena zog sich einen Stuhl heran und deutete auf die Unterlagen. »Bist du noch immer dabei, die Buchhaltung zu überprüfen?«

Erst jetzt sah er auf. »Ich versuche mir einen Überblick zu verschaffen.«

»Und? Kommst du voran?«

Er schüttelte den Kopf. »Es ist schwierig, Helena. Denn ich kann mir unsere große Geldnot einfach nicht erklären. Selbst zu Kriegszeiten – eigentlich waren Rücklagen vorhanden. Jetzt sind sie nahezu weg.«

»Bist du dir sicher?«

»Ja.« Der Vater legte den Bleistift hin. »Für die meisten Ausbuchungen gibt es nicht einmal Belege. Und wenn doch, steht nicht drauf, wofür das Geld verwendet wurde.«

»Ich möchte Elisabeth sicherlich nicht in Schutz nehmen, aber es war wahrscheinlich unumgänglich, Geld zu entnehmen. Wir haben kaum etwas verdient in den letzten Jahren.«

»Dann werde ich die Buchhaltung gar nicht nachvollziehen können?«

»Misstraust du Elisabeth?«, fragte Helena.

»Ich weiß es nicht.« Gustav lehnte sich zurück. »Du?«

Helena sah ihren Vater nachdenklich an. »Ich möchte keinen Unfrieden stiften. Ob Elisabeth vorsätzlich Geld unterschlagen hat, das weiß ich nicht.« Sie verschränkte die Hände in ihrem Schoß. »Aber ihre Pläne, unseren Lindenhof zu verkaufen, die halte ich für bedrängend.«

»Hat sie dir davon erzählt?«

»Nein.« Helena knetete ihre Finger. »Ich habe es zufällig mit angehört – in der Nacht, in der du nach Hause gekommen bist.«

»Ah.« Gustav nickte. »Es ist gut, dass du es weißt. Ich hätte es dir ohnehin bald erzählt.«

»Ich kann mir nicht vorstellen, nicht mehr hier zu leben, Papa.«

»Nein. Ich mir auch nicht.«

»Deshalb habe ich mir Gedanken gemacht – und vielleicht eine Lösung gefunden.« Helena war unsicher, was ihr Vater zu ihren Neuigkeiten sagen würde.

»So schnell?« Gustav Lindner richtete sich ein wenig auf.

»Ich war heute bei Doktor Zimmermann im Spital. Zusammen mit Katharina habe ich ihm vorgeschlagen, einen Teil seiner Patienten bei uns unterzubringen. Vor allem diejenigen, die bereits recht weit genesen sind. Gegen Entgelt.«

»Du willst hier ein Lazarett einrichten?« Gustav schien skeptisch.

»Ganz genau.« Helena sah ihn hoffnungsvoll an. »Über die Höhe der Zahlungen für die Patienten, die wir übernehmen, müsstest du mit dem Spital noch verhandeln. Aber dort ist alles überbelegt. Bestimmt kannst du gute Konditionen vereinbaren. Und wir hätten Planungssicherheit, was unsere Einnahmen betrifft.« Sie stand auf und trat an das hohe Fenster, das zur Lindenallee vor dem Eingangsportal des Lindenhofs hinausging. »Wir haben derzeit so gut wie keine Übernachtungsgäste, abgesehen von Pater Fidelis und dem einen oder anderen Reisenden. Auch die Anzahl der verkauften Essen ist stark gesunken. Ein wenig Geld kommt mit unseren Kuchen herein, die wir verkaufen. Also brauchen wir dringend eine andere Einnahmequelle – zumindest, bis es Frieden gibt.«

Da Gustav Lindner nicht gleich antwortete, beobachtete Helena eine Weile die unberührte Schneefläche, die sich auf dem halbrunden Platz vor dem Treppenaufgang gebildet hatte.

»Also gut«, hörte sie ihn schließlich sagen. »Ich werde mit dem Spital sprechen. Auch weil ich es großartig finde, wie du dich für unseren Lindenhof einsetzt. Aber es wird einiges auf uns zukommen, wenn wir hier tatsächlich Verwundete versorgen. Ich möchte dir diese Idee nicht ausreden, aber ich weiß nur zu gut, wovon ich spreche.«

Helena nickte. »Das hat mir Doktor Zimmermann auch schon klargemacht.«

»Gut. Dann lass es uns versuchen.«

In diesem Augenblick nahm Helena eine Bewegung auf

dem glatten Weiß draußen wahr. Eine dick vermummte Gestalt stapfte durch den Schnee zum Haus. »Wer ist denn das?«, entfuhr es ihr.

»Wer?«, fragte Gustav alarmiert.

»Ich glaube, da wird uns noch etwas gebracht. Lass mich nachschauen.« Helena eilte zur Tür. »Ich komme nachher wieder zu dir.«

Sie eilte die Treppe hinunter und stieß beinahe mit der Frau im Wollmantel zusammen, die gerade die Haustür hinter sich schloss.

»Käthe! Wo kommen Sie denn her?«

Käthe legte bedeutsam den Finger auf den Mund. »Ich bin der Frau Lindner nachgegangen heute.«

»Ist sie wieder …?«

»Nicht so laut, Fräulein Helena«, mahnte Käthe.

»Wohin ist sie denn gegangen?«, fragte Helena gedämpft.

»In die Oberstadt. Aber ich habe sie in der Nähe des Ochsen verloren.«

8. KAPITEL

Meersburg, das Spital, Anfang Dezember 1917

»So viele Patienten. Es wird immer schlimmer.« Die Oberschwester stellte ein Tablett mit Arzneiflaschen auf den Rollwagen, an dem Katharina stand, und strich sich mit dem Handrücken über die Stirn. »Vermutlich werde ich die ganze Nacht im Operationssaal verbringen, wir haben einige Notfälle. Ich muss Sie bitten, Schwester Hedwig bei der Nachtwache auf dieser Station hier zu unterstützen. Auch wenn ich weiß, dass Sie den ganzen Tag auf den Beinen waren.«

»Sie können sich auf mich verlassen, Oberschwester«, versicherte Katharina, die gerade Verbandmaterial sortierte. »Ich bin nicht müde.«

»Das wird noch kommen«, erklärte die Oberschwester. »Und unterschätzen Sie nicht die Situation. Einige der neu aufgenommenen Patienten sind in schlechtem Zustand.«

»Das ist mir bewusst.«

»Gut. Dann verlasse ich mich auf Sie.« Die Oberschwester nickte ihr aufmunternd zu. »Sie sind eine großartige

Unterstützung, Schwester Katharina. Ich habe selten eine Hilfsschwester erlebt, die sich in so kurzer Zeit so gut eingearbeitet hat.«

Katharina war ein wenig bang vor dieser Nacht. Aber das Lob der Oberschwester klang in ihrem Inneren nach und erfüllte sie mit Stolz und Zuversicht. Sie würde Schwester Hedwig bestmöglich zur Seite stehen.

Gegen Mitternacht war Katharina noch nicht einmal dazu gekommen, einen Schluck zu trinken. Die Luft im Krankensaal war stickig, und die Unruhe der Patienten schien wie ein unsichtbares Vibrieren darüberzuliegen. Ohne Pause huschte Katharina durch die Reihen der Betten, wechselte Verbände, wischte Erbrochenes auf, schob Bettpfannen unter, verabreichte Medizin. Viele Handgriffe waren ihr bereits vertraut, bei Fragen hatte sie sich mit Schwester Hedwig besprochen. Allerdings war diese vor einer guten Stunde unerwartet auf eine andere Station gerufen worden, sodass Katharina im Augenblick allein für vierzehn Männer zuständig war.

Ein Hauptmann, der bereits seit einigen Tagen bei ihnen lag, hielt sie auf: »Ich habe Durst!«

Katharina sah, dass der Becher an seinem Bett leer war, und holte frisches Wasser.

»Kommen Sie, ich helfe Ihnen. Dann ist es leichter für Sie.« Sie legte einen Arm unter die Achseln des Soldaten und half ihm, sich aufzurichten. Dann hielt sie ihm das Wasser an die Lippen.

Er trank in kleinen Schlucken. Als er ihr andeutete, genug zu haben, stellte sie den Becher zurück auf den Nachttisch.

»Bleiben Sie doch noch ein Momentchen bei mir, Schwester.«

Katharina wollte sich eigentlich dem nächsten Patienten zuwenden, aber der bittende Blick, mit dem er sie ansah, war von einer solchen Eindringlichkeit, dass sie sich einen Hocker an sein Bett zog.

»Könnten Sie für mich ein gutes Wort beim Herrn Doktor einlegen, Schwester?«

»Weshalb wünschen Sie das?«

»Es ist so ... bevor ich wieder ins Feld muss, würde ich gerne meine kleine Tochter kennenlernen. Sie ist jetzt bald zwei Jahre alt, und ich habe sie noch nicht gesehen! Deshalb wäre es mir recht, wenn er mich entsprechend ... empfehlen würde.«

Katharina sank das Herz. Seine Hoffnung war so simpel – und doch schien sie in diesen Zeiten wie der Wunsch nach einer Reise zu den Sternen.

»Bitte, Schwester!«, insistierte er, nachdem Katharina nicht gleich antwortete.

»Ich ... werde es versuchen«, versprach sie schließlich in dem Wissen, dass ihre Fürsprache am Gang der Dinge nichts ändern konnte. Genesene Soldaten wurden so schnell wie möglich wieder an die Front geschickt.

Doch ihre Antwort schien den Mann zufriedenzustellen. Er entspannte sich und schloss die Augen.

Sie versorgte einen anderen Soldaten, der nach einem

Trümmerbruch des Oberschenkelknochens im Streckverband lag.

»Wie lange wird es noch dauern, Schwester?«, fragte er.

Katharina wusste, dass der Bruch außergewöhnlich langsam verheilte. »Es wird jeden Tag ein bisschen besser gehen«, antwortete sie diplomatisch, während sie im diffusen Licht der Nachtbeleuchtung einige vom Liegen wunde Hautstellen an seinem Rücken eincremte. Schließlich gab sie dem Mann ein paar Tropfen Lavendeltinktur in den Tee und wusch sich anschließend die Hände.

Sie war noch dabei, diese abzutrocknen, als ein weiterer Patient lautstark nach einem Schmerzmittel verlangte. Katharina legte das Handtuch beiseite, um zu ihm zu gehen, doch schon nach wenigen Schritten spürte sie auf einmal eine Hand auf ihrer Hüfte, dann eine zweite. Erschrocken drehte sie sich um.

Einer der heutigen Neuzugänge war aufgestanden und stand mit starrem Blick hinter ihr, versuchte, sie enger an sich zu ziehen.

»Lassen Sie mich los!« Katharina wollte sich seinem Griff entwinden, aber er packte sie nur noch fester.

Sie begann, sich heftig zu wehren. Der Mann gab einen brummenden Laut von sich, schien nicht bei sich zu sein. Als er hustete und sie einen Augenblick lang losließ, machte Katharina zwei schnelle Schritte nach vorn, weg von ihm. Er setzte ihr nach, schlang seine muskulösen Arme um ihre Brust und begann, sie fest an sich zu pressen. Wie in einem Schraubstock hielt er sie.

Katharina keuchte. Im Krankensaal bewegte sich etwas,

einige der Patienten schienen ihre Notlage zu bemerken. Sie wollte um Hilfe rufen, doch er drückte so fest zu, dass ihr Schrei im Keim erstickt wurde. In seiner bedrohlichen Umarmung grub sich jede einzelne seiner Rippen in ihren Rücken.

Als sie das Gefühl hatte, nicht mehr atmen zu können, ging plötzlich ein Ruck durch ihren Körper. Sie merkte, wie sie zu Boden fiel. Vor ihren Augen tanzten glitzernde Punkte. Dann versank alles in Dunkelheit.

»Schwester? Geht es Ihnen gut?« Wie durch Watte drangen die Worte an ihr Ohr. Irgendjemand zupfte vorsichtig an ihrem Ärmel. »Schwester?«

Katharina hob die Lider. Als sie sah, dass ein schmaler junger Mann im Nachthemd über ihr kniete, entfuhr ihr ein Schreckenslaut.

»Haben Sie keine Angst, Schwester. Ich tu Ihnen nichts.« Er richtete sich auf und trat einen Schritt zurück. »Sie sind überfallen worden.«

»Ja ...« Katharina versuchte, sich zu orientieren. Ihr Kopf schmerzte. »Ja. Ich weiß.« Sie setzte sich auf.

Hinter dem Patienten, der ihr hatte aufhelfen wollen, hielten zwei weitere Verwundete den Angreifer fest, der sich heftig wehrte. Katharina befürchtete, dass die geschwächten Männer ihm auf Dauer nicht gewachsen wären, und Hilfe zu holen, dauerte zu lang. Der Patient musste beruhigt werden.

Mühsam stand sie auf. Sofort begann der Raum sich um sie zu drehen. Katharina hielt sich an einem der Betten fest, bis der Schwindel etwas nachließ, dann ging sie mit unsicheren Schritten zu einem der Rollwagen mit Arznei und Verbandmaterial, griff nach einer Spritze und zog mit bebenden Händen ein Beruhigungsmittel auf. Mit einem tiefen Atemzug versuchte sie, ihre Nerven im Zaum zu halten.

Den beiden anderen Patienten war es inzwischen gelungen, den großen, kräftigen Mann in sein Bett zurückzubringen. Wieder hustete er. Katharina näherte sich vorsichtig. Dann setzte sie die Spritze.

Er stöhnte, als sie die Flüssigkeit in seinen Oberarm drückte, doch schon nach kurzer Zeit wurde sein Widerstand schwächer. Als er schließlich zur Ruhe gekommen war, zitterte er am ganzen Leib.

»Sie können sich wieder hinlegen«, sagte Katharina zu den Patienten, die ihr geholfen hatten. Alle drei wirkten erschöpft. »Ich danke Ihnen.«

Zögernd begaben sich die ermüdeten Männer wieder zurück in ihre Betten, während Katharina den Zustand des Kranken vor ihr überprüfte. Sein Puls war trotz des Beruhigungsmittels noch beschleunigt, kalter Schweiß durchnässte sein weißes Nachthemd, Schüttelfrost ließ seine Zähne klappern. Er schien hohes Fieber zu haben. Katharina ignorierte das Pochen in ihrem Kopf, holte eine zusätzliche Decke und breitete sie über ihn.

»Schwester Katharina!«

Katharina drehte sich um und sah erleichtert, dass Schwester Hedwig hereinkam, gefolgt von Doktor Zimmermann und einem weiteren Patienten, der offensichtlich Alarm geschlagen hatte.

»Sie haben Schwierigkeiten?«, fragte der Arzt.

»Er ist nicht bei sich«, antwortete Katharina.

Mit einem Blick erfasste er den Zustand des Kranken. »Eine auffällige Verschlechterung.«

Schwester Hedwig überprüfte bereits den Puls. »Kniesteckschuss. Er schien schon recht gut ausgeheilt, die Verletzung ist mehr als vier Wochen her. Wir hatten uns eigentlich darauf eingestellt, ihn bald zu entlassen.« Sie hob die Decken. Der Arzt löste den Verband am Knie des Patienten. »Unauffällig. Bitte verbinden Sie ihn neu, Schwester Katharina.«

»Ja, Herr Doktor.« Katharina hatte sich inzwischen wieder vollständig gefangen. »Während der letzten Stunden, bevor er … ausfällig wurde … also, da hat er schon sehr viel gehustet.«

Doktor Zimmermann nickte.

Schwester Hedwig legte den breiten Oberkörper des Patienten frei und drehte ihn auf die Seite, damit der Arzt ihn an Brust und Rücken abhorchen konnte.

»Pneumonie«, diagnostizierte dieser schließlich. »Das hatte ich befürchtet. Separieren Sie ihn, soweit es möglich ist. Wir geben Chinin subcutan. Morgen besprechen wir die weitere Therapie.« Er steckte das Stethoskop in die Tasche seines Arztkittels. »Bereiten Sie die Chinin-Injektion vor, Schwester Hedwig? Und sollte er wider Erwarten Anstalten machen, noch einmal aufzustehen, verabreichen Sie ihm eine zweite Dosis Beruhigungsmittel.«

Er sah Katharina an. »Ich denke, Sie wissen, dass Injektionen nur von ausgebildeten Schwestern vorgenommen werden dürfen.«

»Selbstverständlich.« Katharina war sich ihres eigenmächtigen Verhaltens bewusst. Aber was hätte sie tun sollen?

Der Arzt schien ihren Gedankengang nachzuvollziehen. »In dieser besonderen Notsituation haben Sie richtig gehandelt, Schwester Katharina. Es muss aber eine absolute Ausnahme bleiben.«

»Ja, natürlich«, erwiderte Katharina.

»Ich übernehme die volle Verantwortung, Doktor«, versicherte Schwester Hedwig, »und werde sie künftig nicht mehr allein lassen.«

»Gut«, erwiderte der Arzt. »Ich muss weiter. Wenn eine Veränderung eintritt, lassen Sie es mich bitte sofort wissen.«

Während Schwester Hedwig zu einem verschlossenen Schrank mit Medikamenten ging, besorgte sich Katharina frisches Verbandmaterial und trat noch einmal an das Bett des Verletzten. Er wirkte Furcht einflößend und hilflos zugleich. Sein Gesicht war ebenmäßig und kantig, seine verstrubbelten Haare braun. Die Hände, mit denen er die Decke festhielt, waren kräftig und schön. Auf dem Nachttisch, den er sich mit seinem Bettnachbarn teilte, lag ein Namensschild.

Thomas von Bogen, Stabsarzt, las Katharina.

Er gab einen leisen Laut von sich. Trotz seiner tiefen Stimme hörte es sich beinahe so an, als wimmere ein Kind im Schlaf.

9. KAPITEL

Moskau, Mitte Dezember 1917

Mit einem ungewohnten Gefühl der Zufriedenheit verließ Maxim das Haus seines langjährigen Moskauer Geschäftspartners Leonid – eines Unternehmers mit adeligen Wurzeln wie er selbst. Gemeinsam hatten sie in den letzten Jahren einen erfolgreichen Stahlhandel aufgebaut und bereits vor den Ereignissen im Februar einen Teil ihrer Geschäfte in das Vereinigte Königreich und nach Frankreich verlagert. Nun sollte der Rest folgen. Nicht nur weil der Krieg den Nachrichtenaustausch und damit die Abwicklung ihrer Aufträge einschränkte – die Lage in Russland wurde mit jedem Tag undurchsichtiger und schwieriger. Heute hatten sie das weitere Vorgehen abgestimmt.

Ähnlich wie Maxim sah Leonid kaum Möglichkeiten, in Russland zu bleiben. Beide hatten bereits vor Monaten Vorbereitungen für eine mögliche Emigration getroffen, allerdings waren sie gleichermaßen von der Dynamik der Ereignisse überrumpelt worden.

Leonid hatte von Maxims Unglück gehört.

»Uns haben sie auch gedroht«, hatte er zu Maxim gesagt, »und das nicht nur einmal. Bisher sind darauf keine Taten gefolgt. Allerdings erging es Iwan Petrowitsch Jurjew wie dir. Er und seine Familie wurden kaltblütig umgebracht.«

»Das darf doch nicht wahr sein.« Die Nachricht hatte Maxim erschüttert. »Unser Freund Iwan Petrowitsch …«

»Für unsereins, Maxim, gibt es in Russland keine Zukunft mehr. Es mag sich pathetisch anhören, vielleicht sogar zynisch, aber die Zeiten des Adels in Russland sind vorbei.«

Maxim wusste, dass er recht hatte. Der Umbruch war zu tief greifend und zu brutal, als dass es eine Rückkehr zur alten Ordnung geben könnte.

Inzwischen hatte Leonid für sich und seine Familie die Ausreise nach Frankreich vorbereitet und riet Maxim, so bald wie möglich nachzukommen. Maxim dachte ohnehin darüber nach, Russland zu verlassen. Vielleicht wäre eine neue Umgebung nicht nur die Rettung vor den Repressalien, denen die ehemalige Aristokratie ausgesetzt war, sondern auch ein erster Schritt in ein neues Leben.

Mit Leonids Pariser Adresse in der Tasche war Maxim nun auf dem Heimweg zur Wohnung von Wassily Kandinsky, bei dem er seit seiner Ankunft in Moskau vor knapp einem Monat lebte.

Der Schneefall hatte zugenommen, als er den Zubovskaya-Platz erreichte. Von hier aus waren es nur noch wenige Schritte bis zur Burdenkostraße. Als sein Blick an der eleganten Fassade des Mietshauses Nummer acht nach oben wanderte, spürte er, wie die übermächtige Anspannung der letzten Wochen ein wenig nachließ. Er klingelte und drückte die Tür auf.

Zum allgegenwärtigen Geruch der Straße nach Rauch aus Schornsteinen und Öfen gesellte sich ein Hauch Bohnerwachs, als Maxim das Treppenhaus betrat und die ausgiebig knarzenden Treppenstufen nach oben ging.

»Maxim!« Kandinskys Ehefrau Nina hatte bereits die Wohnungstür geöffnet. Sie hielt ihren Sohn im Arm, der leise vor sich hin meckerte. »Wsewolod hat Hunger«, sagte sie entschuldigend.

Maxim lächelte. »Dann muss er sich zu Wort melden, der Kleine. Meine Buben haben ihren Hunger auch immer lautstark kundgetan ...« Auf einmal fiel es ihm schwer weiterzusprechen.

Nina legte ihm mitfühlend eine Hand auf den Arm.

»Es ist schon gut, Nina«, sagte Maxim rau. »Es muss ... weitergehen. Irgendwie ...« Er zog seine Jacke aus und hängte sie an den langen Haken hinter der Tür.

Nina nickte. »Wassily ist im Atelier.«

Maxim mochte den Atelierraum, er war hell und groß, so wie die ganze Wohnung. In der Mitte befand sich eine große Staffelei, auf der ein begonnenes Werk auf seine Vollendung wartete. Einige Bilder standen entlang der Wände, farbenreich und mit freier Formgebung. Kandinsky selbst hatte eine kleinere Leinwand in der Hand und drehte sich um, als er Maxim bemerkte. »Ah, Maxim, du bist zurück? Hast du Leonid denn angetroffen?«

Maxim nickte. »Ja. Ich berichte heute Abend, wenn Boris dabei ist.« Er trat näher und betrachtete das Bild, das der Maler in den Händen hielt. »Du hast den Ausblick aus dem Wohnzimmer festgehalten. Über die Dächer von Moskau hinweg bis zum Kreml.«

»Ganz genau.« Die hellen Augen des Malers funkelten mit seinem schmalen goldenen Brillengestell um die Wette.

»Inzwischen löst du die Gegenständlichkeit fast immer auf, Wassily Wassiljewitsch.«

»Das habe ich dir ja schon erklärt: Form kann selbstständig existieren. Farbe dagegen nicht. Also beeinflusst die Form die Farbe.« Er lächelte. »Auch du solltest wieder malen, Maxim. Für uns Künstler ist es so wichtig wie Essen und Atmen.«

»Ach, Wassily, ich denke nicht …« Die Türglocke unterbrach Maxims Antwort. Unwillkürlich drehte er sich zur Zimmertür um.

Kandinsky folgte seiner Bewegung. Kurz darauf kam eine vertraute Gestalt herein.

»Boris! Mein Freund!« Mit wenigen Schritten war Maxim an der Tür und schloss seinen Getreuen in die Arme. »Du bist heil zurück!«

»Seit gestern, Maxim.« Boris stellte seinen Rucksack ab. Er war noch einmal in die zerstörten Räume des Baranow-Palais in Petrograd zurückgekehrt, um nach Papieren und Wertsachen zu suchen.

Boris war deutlich kleiner als Maxim, ein schlanker, aber zäher Mann mittleren Alters, dessen grau meliertes Haar allmählich schütter wurde. Freund und Vertrauter, einer der letzten, auf den er sich blind verlassen konnte. Diener mochte Maxim ihn deshalb nicht mehr nennen, weshalb er auch darauf bestand, von Boris mit Vornamen und *Du* angesprochen zu werden. Derzeit wohnte Boris bei Verwandten in Moskau.

»Ich muss mich zwar gleich auf den Weg ins Kommissariat machen«, seufzte Wassily, »aber Zeit für einen Begrüßungstrunk muss sein, Freunde.«

»Den kann ich gebrauchen.« Boris grinste.

Während Kandinsky Wodka einschenkte, besah sich Maxim einmal mehr dessen Schöpfungen und stellte überrascht fest, dass er dabei tatsächlich den Impuls spürte, selbst zum Pinsel zu greifen. Es war lange her, dass er gemalt hatte – Landschaften und Porträts. Hin und wieder hatte er sich an einer Ikone versucht. Aber die abstrakten Techniken, die er hier sah, waren besonders, und es reizte ihn durchaus, auf diese Art zu arbeiten. Er würde Wassily bitten, ihm die Grundlagen zu zeigen. Vielleicht konnte das wirklich ein erster Schritt zur Heilung seiner Seele sein.

Sie stießen an.

Als der Wodka angenehm brennend durch seine Kehle floss, überkam Maxim ein ungewohntes Gefühl von Normalität. Und eine halbe Stunde später – es mochte am Alkohol liegen – keimte zum ersten Mal seit jenen schrecklichen Ereignissen in Petrograd Hoffnung in ihm auf.

Hoffnung, dass es doch noch eine Zukunft für ihn geben könnte.

»Ich muss dir noch einmal dafür danken, dass du bei Wassily um Unterkunft für mich angefragt hast«, sagte Maxim zu Boris, nachdem Kandinsky sich verabschiedet hatte, um seinen Termin im *Kommissariat für Volkskultur* wahrzunehmen.

»Es war keine besondere Eingebung, sondern einfach naheliegend.« Boris trank seinen Wodka aus. »Mir war in den Sinn gekommen, dass du vor einigen Jahren von ihm berichtet hast. War sein Vater nicht der Teehändler deiner Großeltern?«

»Ja. Er hat meiner Familie jahrelang Tee geliefert.«

Boris nickte. »So etwas war mir im Gedächtnis geblieben. Und auch, dass ihr euch hin und wieder geschrieben habt.«

»Wassily hat sich bei mir gemeldet, als er neunzehnvierzehn von Deutschland zurück nach Russland gekommen ist.«

»Ihr Künstler habt einfach eine besondere Verbindung.« Boris stellte sein Glas ab und wandte sich zur Tür.

»Wo möchtest du denn hin?«, fragte Maxim überrascht.

Boris lächelte vielsagend. »Warte einen Moment, ich bin gleich zurück.«

Als er wiederkehrte, hielt er einen Pelzmantel in den Händen und legte ihn vorsichtig in Maxims Arme. »Ich bin durch euer Palais in Petrograd gegangen«, sagte er leise. »So, wie du es mir aufgetragen hattest.«

»Und?« Maxim wurde es eng um die Brust.

»Es steht leer.«

»Leer ...« Maxim räusperte sich. »Das wundert mich. Sonst hat der Pöbel doch alles besetzt, jedes Zimmer, jedes Haus.«

»Ich habe mich auch gewundert.« Boris nickte nachdenklich. »Und mich zugleich daran erinnert, dass die Personen, die euch damals angegriffen haben, vermummt gewesen waren. Weißt du noch?«

»Vage. Meine Erinnerungen an diese Nacht bestehen nur aus Bruchstücken«, erwiderte Maxim.

»Schwarze Gestalten.« Boris fasste sich an die Nasenwurzel. »Kein Aufständischer, der Jagd auf Adelige macht, verhüllt sein Gesicht. Außerdem hätten die Schinken und Schmalz gefressen, den Weinkeller leer gesoffen und anschließend auf den Resten ihres Festmahls getanzt. Nichts davon war der Fall. Allerdings haben sie das Palais von oben bis unten durchsucht.«

»Und vermutlich alles an Wert mitgenommen.«

»Einiges. Aber Ausgesuchtes. Vor allem Schmuck. Und das wundert mich.«

Maxim rieb sich über die Stirn. Wieder stellte sich ihm die Frage, was die Eindringlinge bezweckt hatten. Raub? Mord? Politisches Kalkül? »Wo hast du den Mantel gefunden?«, fragte er Boris.

»In einem Überseekoffer im Keller.«

»Ach, der Koffer.« Maxim lächelte wehmütig. »Lidia hat darin einige Dinge aufbewahrt, die ihr wichtig waren.«

»Der Koffer war ungeöffnet. Also wurde er entweder

übersehen, oder er schien ihnen nicht wichtig zu sein«, fuhr Boris fort. »Was mir aufgefallen ist: Im Mantel steht ein Name: Maria Pawlowa.«

Maxim nickte. »So hieß Lidias Großmutter. Sie ist schon lange verstorben. Von ihr hat Lidia den Zobel geerbt.«

»Im Koffer fand ich auch noch Bücher, Geschirr und einiges mehr. Alles konnte ich nicht mitnehmen, also entschied ich mich für das Wertvollste. Ganz unten lag ein Schreiben.« Boris hielt ihm einen vergilbten Brief hin.

Maxim nahm den Umschlag und wendete ihn einige Male hin und her. »Das könnte eine Abschrift von Marias Testament sein. Da Lidias Mutter bei der Geburt des zweiten Kindes gestorben ist, ging Marias Erbe an Lidia, als ihre einzige lebende Enkelin. Und an Lidias Tante Wera, jeweils zu gleichen Teilen.« Er riss ihn vorsichtig auf und zog ein zusammengefaltetes Papier heraus. Als er das Schriftstück entfaltete, fielen einige getrocknete Rosenknospen auf den Zobel. Maxim nahm eine davon auf und betrachtete sie gedankenvoll. Dann konzentrierte er sich auf das Papier ... und hielt inne. »Eigenartig ...«

»Was ist eigenartig?«

Maxim fuhr sich mit einer Hand durch das Haar. »Das hier ist Lidias Stammbaum.«

»Den kennst du sicherlich.«

»So dachte ich. Aber ... hier ist etwas merkwürdig.« Maxim hielt Boris die mit dunkler Tinte aufgezeichnete Ahnentafel hin. »Bisher dachte ich, dass Maria zwei Kinder gehabt hatte. Lidias Mutter Irina und ihre Schwester Wera.

Aber hier …« Er deutete mit dem Finger auf die Stelle des Stammbaums. »Hier ist eindeutig ein dritter Name unkenntlich gemacht worden.«

Boris besah sich die Stelle genau. »Vielleicht ist ein Kind sehr jung gestorben?«

»Das könnte sein. Aber … dann würde man den Eintrag doch nicht entfernen. Auf mich macht das einen anderen Eindruck … eher, als habe man jemanden aus der Familiengeschichte tilgen wollen.«

»Aber weshalb ist dir das wichtig?«

Maxim fiel es schwer, in Worte zu fassen, was ihn angesichts der manipulierten Stammtafel bewegte. Erinnerungen? Irritation? Misstrauen?

»Ich möchte gerne wissen, um wen es sich dabei handelt.«

Boris deutete mit dem Finger auf die verzweigten Linien. »Denkst du, dass es eine Verbindung zu dem Überfall auf euch geben könnte?«

Maxim zuckte mit den Schultern. »Ich glaube, ich sollte keinen Ansatzpunkt ausschließen, auch wenn er noch so vage ist.« Er strich über den Pelz, auf dem noch immer die Blüten lagen. »Dieser Zobel bedeutet mir viel. Allein deshalb, weil Lidia ihn berührt hat.« Er atmete tief aus. »Hier werde ich beginnen. Wirst du mich auf dieser Suche begleiten, Boris?«

10. KAPITEL

*In der Mansarde des Lindenhofs,
am Morgen des 30. Dezember 1917*

Aufmerksam betrachtete Lilly ihr Spiegelbild, während sie die Fülle ihrer blonden Haare bürstete. Am Vorabend hatte sie sie gründlich gewaschen und mit Essig gespült. Jetzt glänzten sie wie gesponnenes Gold. Sorgfältig teilte sie drei Strähnen ab und flocht sie zu einem festen Zopf, den sie zu einem Knoten schlang und mit Haarnadeln feststeckte. Die Frisur betonte ihr herzförmiges Gesicht mit den hohen Wangenknochen, dem vollen Mund und den großen blauen Augen.

Lillys Mutter Elisabeth betonte immer, dass Eitelkeit eine Sünde sei. Aber warum sollte es Sünde sein, wenn man sich um seinen Körper kümmerte? Schließlich hatte ihm der liebe Gott genauso das Leben gegeben wie dem Geist und der Seele. Für Lilly gehörte alles zusammen.

Die Schublade ihres Frisiertischs klemmte, und so rüttelte Lilly vorsichtig daran, bis sie sich endlich aufziehen ließ. Darin hütete sie einen ihrer wertvollsten Schätze – eine gelbe Dose, auf der in schnörkeliger Schrift und von grün-roten Ornamenten umrahmt »Nivea Creme zur Hautpflege« stand. Lilly hob den Deckel und roch an der schneeweißen Creme. Der feine Duft ließ sie sofort ins Träumen geraten, und in Gedanken flanierte sie einen Augenblick lang am Arm eines hübschen Burschen an der Meersburger Uferpromenade entlang, in einem teuren Kleid mit passendem Hut und eleganter Frisur. Eines Tages …

Behutsam tauchte sie einen Finger in die weiße Kostbarkeit, verteilte sie in ihrem Gesicht und genoss das samtige Gefühl auf der Haut. Anschließend verschloss sie die Creme wieder sorgfältig und räumte sie zurück in die Schublade. Noch einmal sah sie sich im Spiegel an, drehte den Kopf hin und her, sodass sich die schlichten goldenen Ohrringe bewegten, die sie trug. Die Großmutter Lindner hatte ihr und ihrer Schwester Katharina zur Geburt jeweils ein Paar dieses kostbaren Ohrschmucks geschenkt. Leider lebte Vaters Mutter schon lange nicht mehr. Auch wenn sie sie nur selten hatte besuchen können, weil sie in Singen gelebt hatte, so erinnerte Lilly sich doch gerne an sie. Ihre dick mit Zimtzucker bestreuten Quark-Kartoffelplätzchen waren die leckersten der Welt gewesen.

Lilly stand auf und trat an einen altmodischen Waschtisch. Noch gab es in den Zimmern des Lindenhofs kein fließendes Wasser, deshalb ließ sie welches aus dem gefüllten Krug in die weiße Porzellanschüssel fließen. Auf einer Kommode daneben standen drei Gläser mit Zahnbürsten und einer Tube *Kalodont*. Sie gab ein wenig von der Zahncreme auf die Bürste und reinigte damit behutsam ihre regelmäßigen, weißen Zähne.

Lilly hielt inne, als auf dem Flur rasche Schritte zu hören waren. Unmittelbar darauf flog auch schon die Tür auf.

»Lilly?« Helena fegte ins Zimmer, und Lilly wusste, dass die Zeit ihrer geruhsamen Morgentoilette vorbei war. »Wir brauchen dich bei den Vorbereitungen.«

Lilly nickte, spülte den Mund aus und stellte die Zahnbürste zurück ins Glas. Mit einem leisen Seufzen wandte sie sich zu ihrer Schwester um. »Ich komme.«

Lilly ging den Tag grundsätzlich in Ruhe an. Anders als Katharina, die sich stets diszipliniert ihren Aufgaben widmete, oder Helena, die trotz ihres Sinnes für Schönes und Kunstvolles niemals ihre Pflichten vernachlässigte. Lilly war anders. Wenn es für Katharina nur Krankheiten und Medizin gab und Helena stets die nächste Aufgabe sah, die sie angehen wollte, dann vertiefte Lilly sich lieber in die Seiten eines *Favorit-Moden-Albums* oder eines Romans. Oder sie befasste sich mit der Pflege ihres fast achtzehnjährigen Körpers.

Helena legte ihr einen Arm um die Schultern. »Du musst dich noch anziehen.«

»Ich weiß«, entgegnete Lilly, löste sich sofort aus der schwesterlichen Umarmung, zog ihren Morgenmantel aus und griff nach einem dunkelblauen Baumwollkleid.

»Ich habe dir doch gestern eine Schwesterntracht bereitgelegt.« Helena klang bestimmt, aber in ihren Augen lag ein nachsichtiger Ausdruck.

»Kann ich wirklich nicht eines meiner eigenen Kleider nehmen? Ich bin doch gar keine richtige Krankenschwester.«

»Nein. Wir tragen alle die Uniform, Lilly.«

Widerwillig schlüpfte Lilly mit Helenas Hilfe in das abgetragene hellgraue Kleid und band sich die weiße Schürze um.

»Aber die Haube brauche ich doch wirklich nicht …«, protestierte sie, als Helena ein weißes Häubchen auf ihren Kopf setzen wollte.

»Doch, die brauchst du.« Helena steckte die Haube mit einigen Haarklammern fest. »Sie gehört dazu.«

Ein mulmiges Gefühl breitete sich in Lilly aus, als sie hinter Helena das Zimmer verließ und die Treppe hinunterging. Bereits in den vergangenen Wochen hatte sich so viel verändert, dass es Lilly befremdete.

Der Speisesaal und auch ein Nebenraum waren mit Betten vollgestellt, zwischen denen sich jeweils ein Nachttisch befand. Das Spital hatte alles geliefert, neben der Möblierung auch Verbandmaterial, Bettpfannen und Waschgeschirr, dazu Decken, Kissen und noch vieles mehr. Ab dem kommenden Dienstag würde der Lindenhof den Lazarettbetrieb aufnehmen.

Die Mutter hatte getobt, als sie davon erfahren hatte, und nach unzähligen Auseinandersetzungen mit dem Vater sogar damit gedroht, die Familie zu verlassen. Das war an Weihnachten gewesen. Aber Vater und Helena hatten nicht nachgegeben, sondern alles in die Wege geleitet, um mit dem Beginn des neuen Jahres die ersten Patienten zu beherbergen – fremde Soldaten. Für Lilly war das nicht nur unangenehm. Es machte ihr Angst.

Sie folgte Helena in die Küche. Käthe war, wie immer, seit dem frühen Morgen auf den Beinen. Es duftete bereits nach einem kräftigen Eintopf, und die besondere Würze, die in der Luft lag, deutete auf ein Stück Speck hin, das zwischen Steckrüben und Kartoffeln vor sich hin köchelte.

In der Küche befanden sich außerdem Pater Fidelis, der ihr kurz zuzwinkerte, und ein junges Mädchen, das Lilly nicht kannte.

»Was soll ich hier tun, Helena? Käthe helfen?«, fragte Lilly.

»Nein«, sagte Helena. »Du wirst mit Pater Fidelis zusammenarbeiten. Für Käthe habe ich eine Küchenhilfe eingestellt. Erna.«

Das Mädchen sah kurz auf, als es seinen Namen hörte, und widmete sich dann wieder seiner Arbeit. Mehrere Schüsseln mit Brotteig warteten darauf, durchgeknetet und zu Laiben geformt zu werden. Heute war Backtag, und Käthe wappnete sich offenkundig für den erwarteten höheren Bedarf.

»Deine Aufgabe wird es sein, Pater Fidelis bei der Herstellung von Pflanzenarznei zu helfen.« Helena deutete auf den Mönch. »Er hat ein großes Wissen, was Heilkräuter anbelangt. Im Augenblick sind Medikamente knapp, weil die notwendigen Zutaten nicht nach Deutschland gelangen können und die Vorräte der Arzneifabriken fast erschöpft sind. Also werden wir versuchen, einiges selbst herzustellen.«

»Wirklich?« Lilly war erleichtert. Dieser Anforderung fühlte sie sich gewachsen. »Das ist eine schöne Aufgabe, Helena.« Sie hatte schon befürchtet, unter Käthes Regiment durch die Küche gescheucht zu werden. Denn so umgänglich die Köchin eigentlich war, so streng war sie, was die Arbeit anging.

Helena drückte Lilly kurz an sich. »Ich muss weiter. Heute Nachmittag weise ich dich und Pater Fidelis dann in die Abläufe der Pflege ein. Kommt bitte um vier Uhr in den Gastraum. Bis später!«

Lilly sah ihr einen Moment nach, dann trat sie zu Pater Fidelis, der sich an einen großen Tisch in einer Ecke der Küche zurückgezogen hatte. Darauf befanden sich verschiedene Fläschchen und Dosen, mehrere Beutel aus Leinen und einige Pflanzengebinde.

»Ja, da hab'n wir a große Aufgab'n.« Der Mönch roch an einem der mit Blüten gefüllten Stoffbeutel. »Da kannst was lernen, Fräulein Lilly.« Er hielt ihr den Beutel unter die Nase. »Na, was is des?«

Lilly schnupperte. »Das sind Kamillenblüten.«

Pater Fidelis nickte, nahm ein Fläschchen mit einer tiefdunkelblauen Flüssigkeit und zog den Stopfen heraus. »Und das?«

»Das riecht auch nach Kamille«, erwiderte Lilly.

»Des is ein ätherisches Öl aus der Kamille. Ich hab mir des alles vom Kloster schicken lass'n.«

Neugierig betrachtete Lilly die verschiedenen Ingredienzen. »Ich möchte sehr gerne etwas über die Pflanzen und ihre Wirkung lernen«, sagte sie. »Meint Ihr, dass man einige davon auch für Schönheitsmittel benutzen kann?«

Pater Fidelis grinste. »Was dem Krank'n nutzt, is recht und billig für den G'sunden. Hör' mir gut zu, Fräulein Lilly. Dann wirst selbst merk'n, wofür die Sachen hergenommen werden.«

Und dann verging die Zeit wie im Flug.

Pater Fidelis erklärte ihr die Grundlagen der Klostermedizin, zeigte ihr die wichtigsten Heilkräuter und ihre Verwendungsmöglichkeiten: Ringelblume, Fenchel, Schafgarbe und Beifuß, Arnika, Baldrian, Melisse und Lavendel, Salbei und viele andere. Anschließend gingen sie über zu den Gewürzen: Muskatnuss, Zimt, Nelken, Kümmel und Koriander. Schwarzer Pfeffer, Safran, Senf. Er benannte die heilenden Anteile, referierte ausführlich über die verschiedenen Zubereitungsmöglichkeiten und Arten, sie anzuwenden. Bald schwirrte es in Lillys Kopf wie in einem Bienenkorb.

Einige seiner Ausführungen aber blieben ihr im Gedächtnis. Petersilie und Kamille waren gut gegen Hautunreinheiten, Ringelblumenbutter dagegen half bei Schrunden und trockenen Stellen am Körper. Rosmarin sorgte für kräftiges Haar, Pfefferminze wirkte gegen rote Pickel im Gesicht.

»Wir werden's viel mit Wunden und Narben zu tun haben. Und Schmerz'n«, sagte Pater Fidelis abschließend. »Und die Mannsbilder haben Schlimmes g'sehn. Da brauchen s' was zum Schlafen. Manche finden keine Ruh' mehr.«

Lilly nickte, doch ihre Gedanken waren bereits weitergewandert. »Pater Fidelis? Wenn der Sommer kommt, könnten wir doch Blumen und Kräuter aus unserem Garten nehmen und daraus Öle und Essenzen bereiten, nicht wahr?«

»Aber sicher! Woran denkst denn da genau, Fräulein Lilly?«

Lilly dachte an eine Substanz, die in fast jedem der Romane, die sie las, eine Rolle spielte. »Ich möchte gerne ein Rosenöl herstellen.«

Pater Fidelis kratzte sich am Kopf. »Des wird schwierig, So viele Ros'n, wie es dafür braucht, wachsen in ganz Meersburg net. Aber weißt was – i frag im Kloster, ob's dort noch ein Flascherl haben.«

»Das würdet Ihr tun?«

»Ja, freilich.« Pater Fidelis lächelte breit. »Versprechen kann ich's dir halt net. Aber wir lassen uns auf alle Fälle ein paar schöne Rezepterln einfallen. Für die Schönheit.«

Lilly freute sich. Noch heute Abend würde sie ihm aufschreiben, welche Wässerchen und Tinkturen sie genau im Sinn hatte.

Sie sah auf ihre Armbanduhr. Es war schon kurz vor vier. »Wir müssen los, Pater Fidelis. Helena wollte uns doch in die Pflege einweisen.«

»Was, jetzt scho?«, rief Pater Fidelis auf. »Dann lass uns g'schwind rübergehn, Fräulein Lilly.«

Im Flügel mit dem Speisesaal waren bereits alle versammelt. Käthe und Erna hatten sich Lilly und Pater Fidelis angeschlossen. Selbst Katharina war anwesend, was Lilly erstaunte. In den letzten Tagen hatte sie ihre Schwester so gut wie nicht mehr zu Gesicht bekommen. Ihr Vater saß neben Helena auf einem Stuhl. Nur die Mutter fehlte.

»Das neue Jahr steht kurz bevor«, begann der Vater und schien nicht zu erwarten, dass seine Frau noch dazustieß, »und wenn ich ehrlich bin, habe ich nicht geglaubt, es noch erleben zu dürfen.«

Lilly sah, wie sich Helena eine Träne aus dem Augenwinkel wischte.

»Aber der Herrgott scheint noch etwas vorzuhaben mit mir«, fuhr er fort, »und mit dem Lazarett hier hat er mir und damit uns allen eine große und wichtige Aufgabe gegeben. Es liegt eine schwierige Zeit vor uns. Der Krieg ist noch nicht vorüber, und wir wissen nicht, wann er es sein wird. Aber was wir tun können, ist, jeden Tag aufs Neue die Schmerzen zu lindern, die er über die Menschen bringt.« Er räusperte sich. »Die Männer, die in wenigen Tagen bei uns eintreffen werden, haben unsagbar Schreckliches erlebt. Ich weiß, wovon ich spreche. Viele von ihnen werden an die Front zurückkehren müssen. Doch solange sie hier sind, sollen sie sich erholen und Kräfte sammeln. Dafür ist es wichtig, dass wir zusammen anpacken.«

»Es wird sicherlich eine Weile dauern, bis wir die Abläufe alle beherrschen«, übernahm Helena das Wort. »Aber da sich die Patienten, die wir übernehmen, bereits auf dem Weg der Besserung befinden, werden wir das schaffen. Das Spital stellt uns mit Schwester Hedwig eine gelernte Krankenschwester zur Seite. Außerdem …«, Helena deutete lächelnd auf Katharina, »… freue ich mich sehr, dass Katharina uns heute eine Einführung in die wichtigsten Themen der Krankenpflege geben wird. Katharina – wenn du beginnen möchtest?«

Lilly hörte ihrer jüngeren Schwester zunächst nur mit einem Ohr zu, aber dann konzentrierte sie sich doch auf Katharinas Erklärungen, die vom Verbandwechsel über die Krankenkost und Hygiene bis hin zu den verordneten Therapien reichten. Lilly war es zwar ein Rätsel, wer das alles machen sollte, aber Helena schaute so zuversichtlich drein, dass sie ihre Zweifel wegschob.

Als Katharina allerdings detailliert von den unzähligen Verletzungsarten berichtete, die sie demnächst zu Gesicht bekommen würden, wurde es Lilly übel.

»Meinetwegen«, platzte es schließlich aus ihr heraus, »helfe ich Pater Fidelis mit den Arzneien oder sogar Käthe in der Küche oder mit der Wäsche. Aber ihr könnt nicht von mir verlangen, dass ich so furchtbare Wunden pflege. Das halte ich nicht aus!« Damit drehte sie sich auf dem Absatz um und floh in die Mansarde.

11. KAPITEL

*Meersburg, vier Wochen später,
Ende Januar 1918*

Müde zog Helena die blutbeschmierte Schürze aus und legte sie in den für die Wäsche vorgesehenen Korb. Sie war völlig erschöpft. Noch vor dem Morgengrauen war sie aufgestanden, hatte sich mit ihrem Vater besprochen und war dann in die Küche gegangen, wo Käthe und Erna bereits die Mahlzeiten des Tages vorbereiteten. Diese mussten genau geplant werden – manche der Kranken benötigten eine spezielle Diät.

So weit ging bisher alles einigermaßen gut. Der Ablaufplan, den sie akribisch entworfen hatte, half dabei, die immensen logistischen Aufgaben zu bewältigen, die seit der Ankunft der ersten Patienten vor vier Wochen den Alltag bestimmten.

Schwester Hedwig trat zu ihr, einen Stapel gebrauchter Bettwäsche im Arm. Sie war bereits Mitte sechzig und verfügte über einen reichen Erfahrungsschatz. Ihre daraus resultierende Gelassenheit brachte eine konzentrierte Routine in die Unsicherheit dieser Tage.

Helena war froh darüber. Denn neben ihrem Vater war es sie, die die Hauptverantwortung trug. Dabei musste sie sich bereits jetzt eingestehen, dass sie völlig unterschätzt hatte, was es bedeutete, ein Lazarett zu führen, und auch, wie ihre fehlende Erfahrung die Arbeit erschwerte.

»Wer übernimmt die Nachtwache?«, fragte Schwester Hedwig und lud den Wäschestapel ab. »Ich muss nach meiner Nichte in Hagnau sehen. Sie ist schwanger, und ihr geht es nicht gut.«

»Ja, das habe ich schon gehört«, antwortete Helena. »Pater Fidelis springt ein.«

Neben Schwester Hedwig war auch Pater Fidelis mit seinem heilkundlichen Wissen eine große Stütze. Hin und wieder half zudem Katharina aus, und Helena bewunderte die Sachlichkeit und die ruhige Kraft, mit der die jüngste Schwester arbeitete. Meistens wurde Katharina allerdings im Spital eingesetzt, und so konnten sie nicht mit ihr planen.

Lillys anfänglicher Widerstand gegen eine Mithilfe war zunehmend brüchig geworden und hatte einer schüchternen Tatkraft Platz gemacht. Da Helena um Lillys Sensibilität wusste, hatte sie sie Schritt für Schritt an die unterschiedlichen Aufgaben herangeführt. Zunächst hatte sie bei der Verteilung der Mahlzeiten geholfen, zudem die gewaschenen Verbände geplättet und aufgerollt, um schließlich das Vorbereiten der Arzneigaben zu übernehmen. Nach dem Ausführen kleinerer Verbandwechsel hatte Helena Lilly schließlich bei der Wundversorgung hinzugezogen. Inzwischen waren sie gut eingespielt. Allerdings nutzte Lilly regelmäßig diverse Ausreden, um schwierigen Aufgaben aus dem Weg zu gehen. Helena appellierte dann an ihr Verantwortungsbewusstsein, und das meistens erfolgreich.

Schwester Hedwig reichte Helena eine frische Schürze. »Dann kümmern wir uns jetzt um die Entlassungen?«

Helena nickte und band die Schürze um. Gemeinsam gingen sie in den Lazarettsaal. Der große rechteckige Raum hatte im Moment nichts mehr mit dem Speisesaal gemein, der er einst gewesen war. Zwanzig Betten hatten darin Platz gefunden, sämtliche Ablageflächen waren mit Tüchern, Schalen und anderen Behältnissen zugestellt, in denen Fieberthermometer, Scheren, Pinzetten und weitere Utensilien lagerten. Krücken und ein Rollstuhl standen an der langen Innenwand, die Fenster waren mit hellen Tüchern abgehängt, die zwar Licht durchließen, zugleich aber für Sichtschutz sorgten. Auch wenn sie versuchten, regelmäßig zu lüften, lag über allem der stickige Geruch von Körperausdünstungen und Desinfektionsmittel.

Schwester Hedwig nahm zwei Krankenakten von einem der Rollwagen und reichte sie Helena. »Es handelt sich um diese beiden Patienten.«

Helena nickte und warf einen Blick in die Hefte. »Sie haben die Papiere schon vorbereitet, Schwester Hedwig«, stellte sie fest.

»Ja«, antwortete Schwester Hedwig. »Wir schauen noch einmal, wie es ihnen geht, und händigen sie ihnen dann aus.«

Helena nickte, gab die Akten an Schwester Hedwig zurück und folgte ihr an die Krankenbetten.

»Jetzt kommt das Entlassungskomitee!«, scherzte einer der beiden, ein großer schlanker Mann, der noch sehr blass in den Kissen lag.

»Wie fühlen Sie sich?«, fragte Schwester Hedwig.

»Angesichts der Tatsache, bald auf eine so charmante Betreuung verzichten zu müssen, fühle ich mich plötzlich doch noch etwas schwach!« Er grinste.

Schwester Hedwig ignorierte die flapsige Bemerkung. Stattdessen ließ sie sich von Helena die Akte geben und machte eine letzte Notiz. »Sie werden morgen früh nach Friedrichshafen zum Zug gebracht.«

»Jawoll, Schwester!« Der Mann deutete ein Salutieren an.

Helena legte ihren Handrücken vor den Mund, um ein Schmunzeln zu verbergen.

Das bemerkte wiederum der Mann daneben, der ebenfalls die letzte Nacht in Meersburg verbrachte, und zwinkerte ihr zu. Er war groß und kräftig, mit dunkelbraunem Haar und klugen dunkelbraunen Augen. Laut seiner Krankenakte hatte er sich erstaunlich schnell von einer schweren Lungenentzündung erholt, und auch der Kniesteckschuss, der ihn von der Westfront zurück nach Deutschland gebracht hatte, war gut verheilt.

»Sie werden bald wieder einsatzfähig sein«, sagte Schwester Hedwig, die sich nun ihm zuwandte und eine Blutdruckmanschette um seinen Oberarm legte. Anschließend maß sie mithilfe des Stethoskops den Blutdruck.

»Bitte nicht!« Schlagartig war der Schalk aus seinen Augen gewichen. »Ich … kann noch nicht wieder zurück … in den Krieg.«

Helena hatte den Schatten gesehen, der über sein Gesicht gezogen war. »Sie haben bestimmt Schlimmes erlebt«, sagte sie vorsichtig, denn sie wusste nicht, ob er davon erzählen wollte. Für manche war es wichtig, sich die Geschehnisse an der Front von der Seele zu reden. Andere hatten sich ganz in sich zurückgezogen und ertrugen es nicht, an die Schrecknisse erinnert zu werden.

Der Mann wartete, bis Schwester Hedwig die Blutdruckmanschette entfernt hatte und sich daranmachte, die Werte in seine Akte einzutragen. Dann schloss er die Augen. »Unser Feldlazarett war an vorderster Front. Ich bin eigentlich Stabsarzt, wissen Sie. Den ganzen Tag lieferten sie uns die frisch Verwundeten vom Feld. Manche lebten noch einige Stunden, andere ein paar Tage. Schließlich gerieten wir selbst unter Beschuss. Es ist apokalyptisch dort.« Er öffnete die Augen und sah sie an. »Ach, was erzähle ich …«

»Ich habe schon einiges gehört«, ermutigte ihn Helena. »Machen Sie sich darüber keine Gedanken.«

Als er schwieg hatte sie schon Sorge, ihm unwissentlich zu nahe getreten zu sein.

»Ich habe eigentlich etwas anderes auf dem Herzen«, erklärte er schließlich.

»Und das wäre?«

»Oben im Spital arbeitet eine junge Hilfsschwester. Mir wurde gesagt, dass sie hier wohnt.«

»Im Spital? Das kann dann nur Katharina sein, meine jüngste Schwester.«

»Ja, Katharina. Wissen Sie, es gab einen Vorfall. Ich hatte Fieber und war nicht bei mir ... Aber das spielt ja keine Rolle.« Er räusperte sich. »Ihre Schwester sollte die Medizin weiterverfolgen. Sie ist dort am richtigen Platz.«

Helena nickte. »Ich weiß. Aber der Weg von Meersburg an eine Universität ist weit.«

»Das mag sein. Aber wenn sie es will, wird sie es schaffen.« Er nestelte ein Stück Papier aus der Tasche seiner Uniformjacke, die neben ihm auf dem Bett lag. »Das ist meine Anschrift in München. Richten Sie ihr bitte aus, dass ich mich freue, wenn sie zu ihrer Berufung findet. Der Krieg wird irgendwann zu Ende sein. Sollte ich ihn überleben und sie ein Studium in München beginnen, dann darf sie mich gerne kontaktieren. Ich kann ihr mit Sicherheit den einen oder anderen Weg ebnen.« Er reichte Helena den Zettel.

DOKTOR THOMAS VON BOGEN

CHIRURG

MONTGELASSTRASSE 2

MÜNCHEN-BOGENHAUSEN

Helena sah ihn erstaunt an. »Das ist sehr großzügig von Ihnen, Doktor von Bogen. Ich bin mir sicher, dass Katharina Ihr Angebot zu schätzen weiß.«

»Da bin ich mir nicht so sicher.« Sein Grinsen geriet ein

wenig schief. »Sie hat sich von mir ferngehalten in der letzten Zeit.«

Helena verstand nicht recht, worauf er hinauswollte. Hatte er sie belästigt? Das konnte sie sich angesichts der guten Manieren des Stabsarztes nicht vorstellen.

Er bemerkte ihre Irritation und lachte leise. »Offensichtlich hat sie nichts erzählt. Dann werde ich das auch nicht tun. Bewahren Sie meine Anschrift bitte auf und geben Sie sie ihr, wenn Sie denken, dass es Zeit dafür ist. Und sagen Sie ihr, dass es eine Art ... Wiedergutmachung ist.«

12. KAPITEL

Meersburg, Anfang Februar 1918

Lilly war aufgeregt. Deshalb fiel es ihr schwer, sich auf die Erklärungen von Pater Fidelis zu konzentrieren, der sich heute wieder einmal Zeit genommen hatte, um mit ihr in der Küche des Lindenhofs an Heilmitteln zu arbeiten. Denn Lilly, die sich bisher eher widerstrebend in die Lazarettstube begeben hatte, trieb es seit einigen Tagen eben dorthin.

»Bei der Melasse musst' aufpass'n, weil's alles verfärbt«, sagte Pater Fidelis und hielt ein Glasschälchen mit einer nahezu schwarzen Zuckerflüssigkeit hoch.

Lilly zwang sich zur Aufmerksamkeit, denn sie wusste, dass Helena ihn eigentlich nicht mehr für diese Lehrstunden entbehren konnte – mittlerweile war der Lindenhof mit Patienten überbelegt.

»Wozu nimmt man denn die Melasse? Nur für die Haut oder hat sie auch eine Wirkung, wenn man sie einnimmt?«

»Wir nehmen's her fürs Blut. Die Mannsbilder haben oft viel Blut verlor'n und brauchen Kraft. Und sie schlafen damit besser. Am besten gibst ein Löffelchen in den Tee, lauwarm. Das schmeckt sogar gut.« Pater Fidelis stellte das Schälchen hin. »Und wenn s' einen Schleim auf der Brust haben, löst's den auch.«

Lilly nickte. Sie wusste schon einen Patienten, der noch ein wenig zu Kräften kommen musste. Sie konnte es ohnehin kaum erwarten, nach ihm zu sehen. Er hieß Arno Reichle, kam aus Stuttgart und war seit einer guten Woche da. Schon vom ersten Tag an folgte er jeder ihrer Bewegungen mit den Augen. Inzwischen zwinkerte er ihr zu, wenn sie durch die Reihen der Betten ging. Und jedes Mal machte Lillys Herz einen kleinen Satz.

»Und hier«, Pater Fidelis deutete auf eine weiche, hellgelbe Masse, die er ebenfalls in einer Glasschale bereithielt. »Des heißt sich *Laneps*. Ist neu, ich hab's vom Kloster bekommen. Und jetzt hörst gut zu, Fräulein Lilly. Aus dem mach'mer eine Salbe. Wir misch'n des jetzt mit Zincum oxydatum und Stärke. Die Hälft'n Laneps, die anderen Zutaten zu jeweils gleichen Teilen. Und des machst jetzt.« Er trat einen Schritt zur Seite und gab damit Lilly seinen Platz am Tisch frei.

Lilly wog die Zutaten genauestens ab und gab sie in eine Schale mit hohem Rand, die sie wiederum in ein vorbereitetes Wasserbad stellte. Dann erwärmte sie die Mischung und rührte mit einem Holzstäbchen so lange, bis sich alles gut verbunden hatte. Pater Fidelis beobachtete sie zufrieden. »Ja, sauber, Fräulein Lilly! Du hast schon viel g'lernt. Die Salbe kannst nachher gleich hernehmen für die, die noch Wunden vom Liegen haben.«

»Dieses *Laneps*, das kann man aber doch auch für andere Salben verwenden?«

»Ja, freilich. Wennst magst, nimmst Ringelblumen, Rosmarin oder Eibisch.«

»Oder Rosen ...«

»Ich weiß, Fräulein Lilly, ich hab dir was versprochen, mit dem Rosenöl. Aber ich hab keins bekommen vom Kloster.«

»Oh ... schade.«

»Schau, Fräulein Lilly«, Pater Fidelis sah sie mitfühlend an, »des Rosenöl ist so kostbar. Des bekommen wir erst her, wenn wieder Fried'n ist.«

»Wenn wieder Frieden ist ... irgendwie kann ich mir das gar nicht richtig vorstellen ...«

Pater Fidelis sah sie verständnisvoll an. »Wie alt bist jetz', Fräulein Lilly?«

»Ich bin im Januar achtzehn Jahre alt geworden.«

»Weißt ...«, er seufzte, »von meine fünfzig Jahr ist der Krieg net so viel Zeit. Aber von deine achtzehn Jahr ... da ist es sozusagen a Viertel Leb'n.«

Lilly füllte vorsichtig die Salbe um. »Das stimmt, Pater Fidelis. So habe ich das noch gar nicht betrachtet. Aber ich bete jeden Abend um Frieden.«

Zwei Stunden später wechselte Lilly ihre Schürze und ging in den Lazarettsaal. Wie immer schwirrte ihr Kopf von all den Informationen über Kräuterweine und Pflanzenpresssäfte,

Extrakte und Tinkturen, Pflanzenpulver, Umschläge, Bäder und Inhalationen. Pater Fidelis hatte beinahe nicht mehr aufgehört mit seinem Vortrag, und als er irgendwann dazu übergegangen war, nur noch die lateinischen Namen der Pflanzen zu verwenden, war es Lilly trotz ihres guten Willens nicht mehr möglich gewesen, ihm zu folgen. Schließlich hatte sie vorsichtig angedeutet, dass noch Arbeit auf sie warte, und damit seinen Redefluss weitgehend zum Stillstand gebracht. »Geh nur, Fräulein Lilly«, hatte er gemeint, »wir mach'n ein andermal weiter.«

Inzwischen war es fast fünf Uhr am Nachmittag, und Lilly stellte am Behandlungswagen mit den Medikamenten die Verordnungen für den Abend zusammen. Gleich würden Käthe und Erna das Abendessen verteilen. Helena war ins Arbeitszimmer gegangen, um gemeinsam mit dem Vater finanzielle Dinge zu besprechen. Schwester Hedwig kümmerte sich um einen Neuzugang, der in einem Nebenraum untergebracht war, weil er noch mehr Ruhe und eine intensivere Betreuung benötigte als die anderen Patienten.

Während sie die Medikamentenschälchen verteilte und darauf achtete, dass alle ihre Arznei einnahmen, sah sie aus den Augenwinkeln immer wieder zu Arno Reichle hin, dessen Bett am Fenster stand. Doch anders als in den letzten Tagen beachtete er sie nicht, sondern konzentrierte sich auf einen Brief, den er in der Hand hielt. Lilly war irritiert. War da vielleicht ein Liebchen, das ihm geschrieben hatte?

Schließlich war nur noch seine Medikamentenschale mit einem kleinen Becher darauf übrig. Er bekam ein Eisen-

Mangan-Präparat. Lilly machte sich mit klopfendem Herzen auf den Weg zu seinem Bett.

Als sie zu ihm trat, legte er den Brief weg und sah sie an. »Der Abendstern geht auf!«

Lilly lächelte unsicher und hielt ihm den Becher hin.

»Eigentlich sollte ich diese Medizin nicht nehmen. Denn solange Sie hier arbeiten, möchte ich gar nicht entlassen werden.« Er grinste.

»Doch, doch, nehmen Sie sie.« Lilly wich seinem Blick aus. »Der Arzt hat es angeordnet.«

»Es ist mir gleichgültig, was der Arzt sagt«, sagte Arno, griff aber folgsam zum Becher. »Ich nehme sie nur für Sie!«

»Ach, was reden Sie.« Lilly wusste nicht, wie sie auf seine Bemerkungen reagieren sollte. Es fühlte sich schön an, so umworben zu werden, aber gewiss war das nicht anständig.

Arno leerte den Becher, ohne den Blick von ihr zu nehmen. »So. Sind Sie zufrieden, hübsche Schwester?«

Lilly nickte und spürte, wie eine leichte Hitze in ihre Wangen stieg. Sie sollte nicht bei ihm stehen bleiben. Er war hier, um gesund zu werden, und nicht, um ihr schöne Augen zu machen. Außerdem scherzten die Männer mit den Schwestern, das war nichts Ungewöhnliches, und sie durfte nicht zu viel hineindeuten. Aber irgendetwas hielt sie an ihrem Platz. *Lilly, du liest zu viele Romane*, rief sie sich zur Ordnung.

»Meine Mutter hat geschrieben«, fuhr er fort. Seine Stimme hatte auf einmal einen ernsten Unterton.

»Das freut mich.«

»Meine Eltern haben die Seifenfabrik in Stuttgart. Sie

stellen dort Seife und Waschpulver her.« Er legte den Brief neben sich. »Darüber haben wir uns ja schon ein paarmal unterhalten.«

Lilly nickte. Sie hatte ständig daran gedacht. An ihn – und an die Seifenfabrik.

»Sie mögen das, nicht wahr?«, fragte Arno schmunzelnd. »Ihre Augen leuchten immer, wenn ich davon erzähle.«

»Ja«, erwiderte Lilly, »ich mag alles, was mit Sauberkeit und Pflege zu tun hat.«

»Und mit Schönheit«, ergänzte er.

Lilly verschluckte sich und musste husten. Arno lachte leise.

»Ich weiß, dass die Menschen gerade keine teuren Cremes brauchen«, sagte sie und stellte den Becher auf den Nachttisch.

»Im Augenblick nicht«, erwiderte er. »Wenn der Hunger nagt, ist alles andere unwichtig. Aber es wird die Zeit kommen, in der sie nachholen wollen, was sie durch den Krieg versäumt haben. Wo das Schöne wieder wichtig wird.«

»Wenn Sie meinen ...«

»Ich bin mir dessen sogar sehr sicher.« Er nahm vorsichtig ihre Hand. »Wissen Sie, ich bin das einzige Kind meiner Eltern. Als sie die Nachricht von meiner Verwundung erhielten, war die Sorge groß, dass ich nicht mehr ganz gesund werde. Wer sollte dann die Nachfolge antreten?«

»Sie werden die Fabrik erben?« Die Berührung seiner Finger war verwirrend.

Er nickte. »Der Firma geht es zudem sehr gut. Trotz der

Kriegswirtschaft. Wir haben Aufträge für die Armee, aber auch für Krankenhäuser und Lazarette. Womöglich wird diese Wäsche hier«, er strich mit der freien Hand über die Bettdecke, »mit einem Waschpulver von uns gesäubert.«

Lilly merkte, dass ihr Atem vor Aufregung flach geworden war. Und noch immer hielt er ihre Hand.

»Was wir aber brauchen«, fuhr er fort, »ist eine Vision, wie es nach dem Krieg weitergeht.« Er zog sie ein wenig näher zu sich und senkte die Stimme. »Weißt du, dass du mir neue Hoffnung gibst? Seit wir uns über die Cremes unterhalten haben, gibt es endlich wieder Momente, in denen ich nicht an Granaten und Maschinengewehrfeuer denke. Sondern an zarte Haut und goldblondes Haar.«

Lilly hielt den Atem an. Er war unerwartet zum »Du« übergegangen. Und er sagte wunderschöne Dinge …

»Komm mich besuchen, wenn ich wieder zu Hause bin«, bat Arno und holte tief Luft. »Bevor ich dieses Lazarett verlasse, musst du mir versprechen, zu mir zu kommen.«

Lilly schüttelte unmerklich den Kopf.

»Bitte. Meine Verletzung ist fast ausgeheilt. Noch ein paar Tage hier, dann ein paar Tage Genesungsurlaub zu Hause – und dann schicken sie mich wieder in das Gemetzel.«

Auf einmal spürte sie, dass sich hinter seiner Tändelei eine große Angst verbarg.

»Ich würde das vielleicht gerne tun – aber es ist nicht möglich.« Lilly strich verlegen über ihre Schürze.

»Sorgst du dich um deinen Ruf?«

»Nun ja. Welches anständige Mädchen tut das nicht?«

»Wäre es weniger anstößig, wenn ich dich vorher fragen würde, ob du mich heiraten möchtest?«

Einen Wimpernschlag lang setzte Lillys Herz aus. Als es wieder weiterschlug, spürte sie ihren Puls hart in der Brust. Ihre Gedanken rasten. »Vielleicht nach dem Krieg …«, wich sie zunächst aus.

»Ich weiß ja nicht einmal, ob ich diesen Krieg überlebe. Ich möchte …«, er drückte fest ihre Hand, »ach, was rede ich um den heißen Brei herum. Lilly, du gefällst mir einfach gut. Ich habe nicht viel Zeit, dich zu umwerben. Aber meine Frage ist vollkommen ernst gemeint.«

Lilly räusperte sich. Ihre Stimme wollte ihr dennoch nicht gehorchen »Ich … kann hier nicht weg«, brachte sie schließlich heraus. So hatte sie sich ihren Heiratsantrag nicht vorgestellt – bei aller Liebe zu dramatischen Wendungen in ihren Romanen.

»Versprich mir, wenigstens darüber nachzudenken. Und dir vorzustellen, wie es sein könnte … mit dir und mir.«

»Nun …«

»Wir leben in einem schönen Anwesen. Du wirst Bedienstete haben. Und wenn du möchtest, kannst du dich in der Fabrik umschauen. Vielleicht entwickelst du dort deine eigene Kosmetik?«

Lilly stutzte und sah ihn an. »Meinen Sie … meinst du das wirklich ernst?«

»Das mit der Kosmetik?« Arno hielt ihren Blick fest. »Selbstverständlich meine ich das ernst.«

Mit dem Daumen streichelte er über ihre Fingerknöchel.

»Wie lange?«, fragte Lilly tonlos. In ihrem Kopf spielte sich ein Gedankengewitter ab – sie sah sich bereits als die Gattin eines gut aussehenden Seifenfabrikanten die Welt der Cremes und der Schönheit erobern.

»Was meinst du ... wie lange?«, fragte er irritiert.

»Wie lange kann ich nachdenken?«

»Nicht allzu lange.« Er räusperte sich. »Uns fehlt die Zeit. Aber ... bedenke, dass du einen solchen Antrag nicht alle Tage bekommst.«

13. KAPITEL

Meersburg, eine Woche später, 9. Februar 1918

Nur selten fand Helena Zeit, den Lindenhof zu verlassen. Doch an diesem Mittwochnachmittag hatte sie sich losgeeist, um Katharina etwas zu essen zu bringen. Sie machte sich Sorgen um ihre jüngste Schwester. Katharina kam nur noch selten nach Hause und wenn, dann meistens, weil im Lazarettbetrieb Bedarf bestand. Sie gönnte sich nur wenige Stunden Schlaf, und dies allzu oft auf einem einfachen Stuhl irgendwo im Spital. Helena zweifelte zudem daran, dass sie regelmäßige Mahlzeiten zu sich nahm, denn ihre ohnehin sehr schlanke Figur war inzwischen beängstigend dünn. So reif und erwachsen Katharina auch wirkte – sie war erst siebzehn Jahre alt, und in ihrem Enthusiasmus für ihre Arbeit ging sie über ihre Kräfte.

Während Helena die Steigstraße in die Oberstadt hinaufging, bereitete ihr noch eine andere Person Kopfzerbrechen: Elisabeth. Seit Käthe sich vor gut zwei Monaten an deren Fersen geheftet und sie in der Nähe des Ochsenwirts gesehen hatte, war es ihnen nicht mehr gelungen, sie bei einem nächtlichen Ausflug zu beobachten. Käthe ging davon aus, dass Elisabeth schlicht in Schwarzhandelsgeschäfte verwickelt war, weil sie nun öfter Lebensmittel mitbrachte, die sich auf normalem Wege nicht mehr beschaffen ließen. Helena aber trieb nach wie vor die Sorge um, dass ihre Stiefmutter versuchte, einen Verkauf des Lindenhofs einzufädeln. Nach außen hin schien sie sich zwar mit den Dingen arrangiert zu haben, kümmerte sich gemeinsam mit einer Frau aus dem Ort um die Lazarettwäsche und hatte die Besorgung von Nahrungsmitteln übernommen. Dennoch konnte Helena ein ungutes Gefühl nicht ganz abstreifen.

Elisabeth ließ den Vater spüren, dass sie ihn nicht mehr als vollen Mann ansah. Und im Hinblick auf die kaufmännischen Belange des Gasthauses trugen die Eheleute täglich einen Kleinkrieg aus, in dessen Verlauf Gustav Lindner dazu übergegangen war, das Arbeitszimmer abzuschließen. Er ließ Elisabeth nur mit seiner oder Helenas Begleitung darin arbeiten, was Elisabeth immer wieder aufs Neue erzürnte.

»Ich habe dir dieses Haus durch die Jahre gerettet«, schimpfte sie dann, »und jetzt verwehrst du mir den Zugriff auf die Bücher!«

»Du hast unser Haus nahezu ruiniert, Elisabeth.«

»Das Haus war bereits ruiniert, als du in den Krieg gezogen bist.«

Sie fanden keinen Frieden miteinander, und im Stillen fragte Helena sich, wie das weitergehen sollte.

Wirklich froh war sie dagegen über die Tatsache, dass ihr

Vater mit viel handwerklichem Geschick seine Prothese verbessert hatte. Inzwischen bewegte er sich deutlich schneller und wendiger und hatte bereits angedeutet, baldmöglichst auch Aufgaben im Pflegebetrieb übernehmen zu wollen.

Helena erreichte den steinernen Brunnen, der etwa auf halber Höhe der Steigstraße stand. Einen Moment hielt sie inne, dann drehte sie sich um. Über den Häusergiebeln blinzelte die Februarsonne durch den Hochnebel, der ausnahmsweise den Blick auf den See freigab. Noch lag keine Ahnung kommender Frühlingstage in diesem Bild, aber nach einem viel zu trüben Januar genoss sie das Licht.

Sie ließ ein Fuhrwerk passieren, das Fässer geladen hatte. Dann setzte sie ihren Weg fort, ging über den Marktplatz in die Vorburggasse. Am Durchgang zum Innenhof des Spitals fiel ihr eine Frau mit flammend rotem Haar unter einem dunkelblauen Filzhut auf, die ein Stück Papier in der Hand hielt und sich suchend umsah.

Als sie Helena erblickte, zog sich ein offenes Lächeln über ihr feines, sympathisches Gesicht. »Fräulein ... können Sie mir bitte helfen? Ich möchte zu Doktor Zimmermann, dem neuen Chefarzt hier.«

»Doktor Zimmermann? Dann kommen Sie doch gleich mit mir mit, ich habe ihn bereits kennengelernt! Außerdem arbeitet meine Schwester hier im Spital. Am besten fragen wir sie, wo Sie ihn finden können.«

»Wunderbar!« Die Dame legte in einer eleganten Bewegung den Kopf zur Seite. »Ich heiße übrigens Kasia von Szadurska.« Sie hielt Helena die Hand hin.

Helena stutzte einen Augenblick ob des ungewöhnlichen Namens. »Ich bin Helena Lindner. Meiner Familie gehört der Lindenhof.«

»Ach! Der hübsche Gasthof unten am See, in der Nähe des Hafens.«

»Ja, genau.«

»Ich habe mir schon ein paar Mal überlegt, ihn zu malen. Er hat so etwas Verträumtes.«

»Sie sind Malerin?«, fragte Helena interessiert.

»Ja. Deshalb suche ich Doktor Zimmermann, und zu Hause war er nicht anzutreffen. Er hat ein großes Gemälde in Auftrag gegeben, und ich möchte noch einige Details mit ihm klären.«

Helenas Neugierde war geweckt. »Ist es unhöflich zu fragen, woher Sie kommen?«

»Ach nein, überhaupt nicht.« Kasia von Szadurskas Augen blitzten. »Ich lebe in Konstanz, bin aber in Moskau geboren und in Dresden aufgewachsen. Mein Ehemann wiederum ist hier in Meersburg ansässig. Doktor Ehinger.«

Jetzt dämmerte Helena etwas. »Sie sind die Ehefrau von Doktor Ehinger? Dem die Brauerei gehört?«

»Das *Meersburger Schützen-Bier*. So ist es.«

»Wir haben es auch ausgeschenkt. Aber derzeit ruht unser Wirtshausbetrieb.«

»Ja, diese Zeiten sind nicht einfach. Aber wenn endlich wieder Frieden ist, wird Meersburg zu neuem Leben erwachen, glauben Sie mir. Das Örtchen ist so malerisch – die Leute werden in Scharen kommen. Und dann auch in Ihrem Gasthof einkehren.«

»Darauf hoffe ich. Im Augenblick haben wir ein Lazarett darin eingerichtet.«

»Alles zu seiner Zeit, Fräulein Lindner.« Kasia von Szadurska deutete lächelnd in Richtung Spital. »Wollen wir nun hineingehen?«

Während sie gemeinsam den Innenhof querten, erinnerte sich Helena vage an den Tratsch um die kapriziöse Ehefrau des Brauereibesitzers Ehinger, die sich fern von ihrem Mann in Konstanz niedergelassen hatte und dort als Malerin lebte und arbeitete. Helena hatte sich nicht darum geschert, und interessanterweise war ihr auch der Name nicht geläufig gewesen. Nun, da sie ihr persönlich begegnete, war Helena beeindruckt von ihrer Ausstrahlung.

Katharina begrüßte sie überrascht, erklärte sich aber sofort bereit, Kasia von Szadurska zu Doktor Zimmermann zu bringen.

Als Kasia sich verabschiedete, fasste Helena sich ein Herz und sagte: »Ich würde mich sehr freuen, wenn Sie den Lindenhof als Motiv für eines Ihrer Werke auswählen. Sie sind jederzeit herzlich eingeladen!«

»Oh!« Kasia von Szadurska lächelte erfreut. »Das ist ein wunderbares Angebot! Es könnte sein, dass ich bald darauf zurückkomme!«

Eine gute Stunde später war Helena zurück im Lindenhof. Die Begegnung mit Kasia von Szadurska klang noch in ihr nach, und sie verspürte eine wunderbare Leichtigkeit, als sie sich zu Käthe und Erna in die Küche begab. Es war Zeit, das Abendessen auszuteilen.

»Heute gibt es eine dicke Suppe aus Rindfleisch und Kartoffeln«, sagte Käthe, die wie immer in einem dunklen Arbeitskleid mit weißer Schürze am Herd stand, das dünne Haar unter einer weißen Haube zu einem straffen Knoten aufgesteckt. »Damit die Mannen wieder zu Kräften kommen.«

»Es duftet schon sehr gut!« Helena sah in einen der Töpfe, die auf dem großen Herd standen.

Plötzlich stand Elisabeth neben ihr. »Pater Fidelis sagte mir, ich würde hier gebraucht.«

Helena sah fragend von Elisabeth zu Käthe. Es kam selten vor, dass sich ihre Stiefmutter um den täglichen Betrieb kümmerte.

»Ja«, nickte Käthe. »Wir bräuchten Hilfe bei der Essensausgabe. Pater Fidelis und Fräulein Lilly sind losgezogen, um Mistelkraut zu sammeln.«

»Deshalb soll ich einspringen? Wegen ein paar Misteln?«, fragte Elisabeth unwirsch. »Dann lasst uns wenigstens gleich anfangen. Ich habe nicht lange Zeit.«

Erna war bereits dabei, die Teller in einer Reihe auf den großen Holztisch zu stellen. Käthe begann, sie mit Suppe zu füllen. Schließlich servierten Helena, Erna und Elisabeth das Essen.

Als eine halbe Stunde später alle Patienten versorgt waren, setzte Helena sich selbst mit einer Schale Suppe in die Küche. Ihr Magen knurrte.

Auch Erna machte eine kurze Essenspause, während Käthe bereits damit begann, das Frühstück für den nächsten Tag vorzubereiten.

»Wie gefällt es dir denn bei uns, Erna?«, fragte Helena das Mädchen, weil sie bisher kaum Gelegenheit gefunden hatte, ein näheres Gespräch mit ihr zu führen.

»Ich bin sehr gerne hier«, erwiderte Erna. »Und ich lerne viel von Frau Käthe. Ich habe auch zu Hause schon gekocht, aber nur einfache Gerichte.«

»Hast du Geschwister?«

»Wir sind acht Kinder zu Hause. Ich bin die Älteste.«

»Und deine Eltern?«

»Der Vater ist gefallen. Gleich am Anfang des Krieges.«

»Das tut mir leid.«

»Danke.« Erna legte ihren Löffel beiseite. »Die Mutter näht.«

Helena ahnte, dass die Situation bei Erna zu Hause nicht einfach war. »Kannst du auch backen?«

»Bisher hatte ich noch nicht viel Gelegenheit dazu.«

»Käthe macht herrliche Kuchen! Sie wird es dir sicherlich bald zeigen.«

»Wir machen demnächst wieder einen Apfelkuchen mit Nüssen«, ließ Käthe sich vernehmen.

»Oh ... Apfelkuchen!«

Helena mochte die Begeisterung, die aus den Augen des Mädchens sprach. »Wenn du dich weiterhin so gut einarbeitest, Erna, dann können wir dir möglicherweise eine längerfristige Stelle anbieten.«

»Ehrlich?«

»Ja.« Helena rührte Ernas schlichte Freude. Sie legte ihr kurz eine Hand auf den Arm. Dann stand sie auf und trug ihr Geschirr zum Ausgussbecken. »Wo ist eigentlich meine Stiefmutter?«, fragte sie Käthe.

»Die Frau Lindner wollte noch Wäsche plätten«, wusste Erna, und Käthe nickte bestätigend.

Helena war es recht. »Dann tragen wir beide das Essen ab. Komm, Erna!«

Nachdem alles versorgt war und Pater Fidelis die Nachtwache übernommen hatte, ging Helena ins Mädchenzimmer in der Mansarde. Lilly lag bereits lesend im Bett, und Helena war so müde, dass sie nicht einmal schimpfte, weil Lilly nach ihrem Ausflug mit Pater Fidelis nicht mehr im Lazarettsaal erschienen war, um zu helfen. »Was liest du denn?«, fragte sie stattdessen.

»*Die Biene Maja und ihre Abenteuer*«, antwortete Lilly abwesend.

»Die Biene Maja? Keinen Liebesroman heute?« Helena begann, ihre Schwesterntracht auszuziehen.

»Mhm.« Lilly hatte offensichtlich keine Lust auf ein Gespräch über ihre Lektüre.

»Der Patient Reichle ist eine Weile lang verschwunden gewesen heute Abend«, bemerkte Helena. »Ich habe Erna geschickt, ihn zu suchen, aber sie hat ihn nicht gefunden.

Irgendwann lag er wieder in seinem Bett. Er habe dringend frische Luft schnappen müssen, hat er gemeint.«

»Das kann ja sein.« Nun wirkte Lilly interessierter, steckte ihre Nase zugleich aber noch ein wenig tiefer in ihr Buch. »Frische Luft ist gesund, oder? Das sagst du doch immer.«

»Aber nicht an einem kühlen Februarabend, wenn man sich gerade von einer schweren Verletzung erholt.«

Lilly antwortete nicht.

Helena zog ihr Nachthemd über den Kopf. »Er wird ohnehin spätestens in der nächsten Woche entlassen.«

»Ja?« Lilly sah Helena nun doch über den Rand ihres Buches hinweg an.

»Er hat gute Fortschritte gemacht, und wir brauchen den Platz. Vom Spital kommen täglich neue Anfragen.«

Lilly schwieg, aber Helena wusste, dass es hinter ihrer hübschen Stirn arbeitete. Die Funken, die zwischen ihr und dem verletzten Soldaten hin- und herflogen, hatten alle bemerkt. Sie beschloss, direkt nachzuhaken. »Wo warst du mit Herrn Reichle heute Abend?«

»Ich … Ähm, ja also.« Lilly räusperte sich. »Er hat mir erklärt, dass er nachts nicht schlafen kann, wenn er die ganze Zeit drinbleiben muss. Und bevor er allein hinausgeht … habe ich gedacht, dass ich ihn lieber begleite.«

»Wo seid ihr hingegangen?«

»Wir … waren im Glashaus.«

»Lilly!« Helena sah ihre Schwester ernst an. »Du weißt, dass das nicht geht! Zum einen mag ich es nicht, wenn Fremde dort hingebracht werden. Vor allem aber solltest du dort kein Stelldichein abhalten. Hat euch jemand gesehen?«

»Nein!« Lilly wich ihrem Blick aus.

»Ist denn ... etwas vorgefallen zwischen euch?«

Lilly drückte sich tiefer in die Kissen. »Nein.«

Helena schüttelte den Kopf. »Ich kann nicht glauben, dass du so ... so leichtsinnig bist.«

»Ich bin doch seine Krankenschwester. Was ist daran leichtsinnig, dass ich mich um meinen Patienten kümmere?«

»Das weißt du selbst, Lilly.« Helena kroch unter ihre Bettdecke. »Bitte! Tu das nicht noch einmal.«

»Herr Reichle wird doch entlassen«, erwiderte Lilly, und es klang trotzig. »Da gibt es eh keine Gelegenheit mehr.«

»Du weißt, was ich meine.«

»Ja, ja, schon gut, Helena.« Lilly löschte das Licht.

»Gute Nacht, Lilly.« Helena hoffte, dass Lilly die Wahrheit sagte. Doch bevor sie genauer darüber nachdenken konnte, fielen ihr schwer die Augen zu.

Das Nächste, was Helena wahrnahm, war eine Hand, die nervös an ihrer Schulter rüttelte. »Wach auf, Helena! Schwester Hedwig ist da. Sie sagt, dass so viele spucken müssen!« Das war Lilly.

Helena war sofort hellwach. Lilly hatte sich bereits angezogen, Schwester Hedwig stand in der Tür: »Wir haben eine Notlage im Lazarettsaal, Fräulein Helena! Und brauchen jede Hand!«

»Wir sind sofort da!«, erwiderte Helena und griff nach ihrem Schwesternkleid.

Als sie den Krankensaal erreichten, erkannte Helena sofort das ganze Ausmaß der Katastrophe. Mindestens ein Drittel der knapp zwanzig Patienten, die sie derzeit versorgten, hatte sich übergeben, einige litten zusätzlich unter Durchfall. Pater Fidelis war bereits dabei, Erbrochenes aufzuwischen und Bettwäsche zu wechseln. Dabei murmelte er ständig *Sanctus stercus* vor sich hin. Da er diese Worte gerne gebrauchte, wusste Helena, was sie bedeuteten: Heilige Scheiße.

»Möglicherweise eine Bauchgrippe?« Helena versuchte ruhig zu bleiben und sich einen Überblick zu verschaffen. »Wie viel Uhr ist es denn?«

»Eine Stunde vor Mitternacht«, erwiderte Schwester Hedwig. »Ich wollte gerade gehen, als sich der Erste übergeben hat. Ich vermute auch eine Bauchgrippe.«

»Lilly, bitte wecke Käthe auf. Sie muss uns Brühe und Tee kochen.«

Während Lilly sich auf den Weg zur Schlafkammer der Köchin machte, trat Pater Fidelis zu Helena.

»Lasst's uns die zusammenlegen, die net speien und scheiß'n!«, schlug er vor.

Helena schüttelte den Kopf. »Das ist derzeit kaum möglich, Pater Fidelis. Wir werden ein paar Trennwände aufstellen. Das Spital hat doch erst kürzlich welche herbringen lassen.«

»Wennst meinst, Fräulein Helena …«

»Wir müssen zusehen, dass alle genügend Flüssigkeit bekommen. Und die Wäsche sauber gemacht wird.« Sie versuchte, die Beklommenheit zu ignorieren, die in ihr aufstieg.

»Gebts ihnen Melasse in den Tee«, riet Pater Fidelis, der bereits wieder auf dem Weg zum nächsten Kranken war. »Und Salz. Dann wird des bald vorbei sein.«

Schwester Hedwig nahm Helena zur Seite. »Hatte die Köchin denn das Suppenfleisch länger aufbewahrt? Es kommt mir so vor, als würde das Ganze mit dem Abendessen zusammenhängen.«

In den Augen der Älteren spiegelte sich Helenas eigene Sorge. Was, wenn es sich nicht nur um eine harmlose Bauchgrippe handelte, sondern um eine Lebensmittelvergiftung? Wäre das das Ende des Spitalbetriebs?

14. KAPITEL

*Eine Siedlung vor den Toren Moskaus,
in jenen Februartagen*

Die Dächer der kleinen, einfachen Datschen trugen schwer an der Last des Schnees, der sich auf ihnen türmte. Im Gegensatz zu den Gebäuden in Moskau, wo sich das Weiß unter dem Ruß zahlreicher Holzkohleöfen verbarg, glitzerte er hier hell und rein in der kalten Wintersonne. Nur am Boden – angereichert mit der Erde der unbefestigten Straße und dem Dung, den die Ochsenkarren hinterließen – verwandelte er sich in eine braungraue Melange.

Maxim und Boris waren durch den Matsch gestapft und standen nun vor der Tür eines versteckt gelegenen Häuschens. Maxim sah an sich hinunter und verzog das Gesicht: »Ich fürchte, meine Schuhe sind hinüber.«

»Überlasse sie meiner Behandlung, wenn wir wieder in Moskau sind. Danach sehen sie aus wie neu.«

»Ich nehme dich beim Wort!«

Boris klopfte an das raue Holz. »Ich hoffe, sie ist zu Hause.«

Zunächst rührte sich nichts.

Erst nachdem Boris es ein zweites und dann ein drittes Mal versucht hatte, waren schlurfende Schritte zu hören. Mit einem lauten Knarren öffnete sich die Tür.

Die alte Frau, die darinstand, ging gebeugt unter der Last ihrer über achtzig Lebensjahre, aber die Augen in ihrem mit Falten durchzogenen Gesicht blickten wach und offen.

»Boris! Was für eine Überraschung! Und du hast sogar jemanden mitgebracht?« Ihr Lächeln war nahezu zahnlos, aber von großer Herzlichkeit.

»Das ist Baron Baranow«, bemerkte Boris.

»Ich erkenne ihn«, antwortete die alte Frau, und ein warmes Lächeln huschte über ihr Gesicht. »Der Ehemann der kleinen Lidia.«

»Ja.« Maxims Stimme stockte. »Lidia war meine Frau.«

Die Njanja bemerkte seine Traurigkeit. »Es tut mir so leid, Baron Baranow. Natürlich hat sich herumgesprochen, was Ihnen passiert ist.« Ihr Blick war voll ehrlichem Mitgefühl. »Lidia hatte mir kurz davor noch geschrieben ...«

Maxim fuhr sich mit dem Handrücken über die Augen. Plötzlich waren die Schatten wieder da und legten sich schwer auf sein Herz. »Ich wusste gar nicht, dass sie den Kontakt zu Ihnen gehalten hat«, sagte er matt.

»Doch! Seit ihre Mutter Irina gestorben war, hat sie sich hin und wieder gemeldet. Und ich habe mich jedes Mal ehrlich darüber gefreut.«

Maxim nickte.

Boris hatte die einstige Kinderfrau von Lidias Mutter und

ihren Schwestern über ein Netz von ehemaligen Dienstboten des Petrograder Adels ausfindig gemacht. Maxim hoffte, dass die alte Frau etwas über Lidias Familiengeschichte wissen könnte, das ihm selbst nicht geläufig war. Etwas, das möglicherweise half, die eigenartige Lücke im Stammbaum der Pawlowa-Mädchen zu erklären.

»Es ist gut, dass Sie da sind«, sagte die Njanja. »Bitte! Kommen Sie doch herein!«

Maxim und Boris folgten ihr in den einzigen Raum der Datscha, der einfach eingerichtet war mit einem Bett und einem Tisch, einem Küchenofen und einem Büfett.

Die Frau bot ihnen Plätze auf zwei klapprigen Stühlen an, dann servierte sie Wodka, hartes Brot und eine deftige Kohlsuppe, die wohl schon länger auf dem Ofen vor sich hin geköchelt hatte. »Ich habe nicht viel«, sagte sie entschuldigend. »Aber ich hoffe, dass es euch trotzdem schmeckt.«

Die Suppe war heiß und würzig und wärmte von innen, genauso wie der Wodka. Als sie ihre einfache Mahlzeit beendet hatten, fühlte Maxim sich ruhiger und begann, die heimelige Atmosphäre zu genießen.

Die Njanja räumte das Geschirr beiseite und setzte sich zu ihnen. »Was führt euch denn heute zu mir?«

»Wir brauchen deine Hilfe.« Boris sah zu Maxim. »Zeigst du es ihr?«

Maxim holte den Stammbaum aus der Innentasche seines Mantels und legte ihn auf die bunt bestickte Tischdecke.

Die Njanja beugte sich darüber. »Ach! Meine Mädchen!« Ihre knöchernen Finger fuhren liebevoll über das Papier und verharrten beim ersten Namen. »Irina. Sie war die Älteste. Und sie hat gewusst, wie schön sie war. Die Burschen haben sie umschwärmt wie die Bienen die lieblichste Blume auf der Wiese.« Ihr Zeigefinger glitt ganz nach rechts, zu Wera. »Sie hat darunter gelitten. Irina war die Rose. Wera das Mauerblümchen. Man hat sie immer übersehen, die Wera. Aber sie hat nicht geklagt. Sie hat ihrer großen Schwester die Haare aufgesteckt und ihr wie eine Dienerin in die Kleider geholfen. Wie es in Weras Herzen wirklich ausgesehen hat, das hat niemand je erfahren. Und hier ...« Als sie die leere Stelle in der Mitte berührte, stutzte sie. »Was haben sie denn hier gemacht? Der Name fehlt!«

»Wessen Name fehlt?«, fragte Maxim vorsichtig.

»Olga Pawlowa!« Die Njanja sah Maxim an. »Ich hätte nie gedacht, dass sie ... deshalb sogar ausgelöscht wird ...« Ein paar Tränen tropften auf das zerknitterte Papier.

»Was ist mit Olga geschehen?«

»Sie hat ... eines Tages war sie weg.« Die Njanja wischte sich mit dem Handrücken über die nassen Augen. »Sie war mein Liebling, die Olga. Ich habe alle drei Pawlowa-Mädchen gemocht, aber Olga ganz besonders. Wissen Sie, Herr Baron, Olga liebte die Natur und die Tiere. Sie war draußen, wann immer es ging. Vor allem im Sommer, wenn die Familie auf dem Landsitz war, konnte man sie kaum halten. Aber da haben die Kinder ja eh immer miteinander gespielt – die der Herrschaft und die aus dem Dorf.«

»Und irgendwann ist sie verschwunden? Und nicht mehr zurückgekommen?«

»Ja.« Die Njanja seufzte. »So war es.«

»Dann scheint etwas Gravierendes vorgefallen zu sein. Sonst hätte man ihren Namen nicht aus dem Stammbaum entfernt.«

»Eine Vermutung habe ich wohl ... aber ich weiß nicht, ob ich darüber sprechen möchte.« Die Njanja schloss die Augen.

Maxim und Boris wechselten einen Blick und überließen sie ihren Erinnerungen. Schließlich hob die alte Frau die Hand, um die Aufmerksamkeit der beiden Männer zu bündeln, und begann zu erzählen:

»Immer wenn die Familie auf ihrem Landsitz war, hat sich Olga mit einem Jungen aus dem Dorf getroffen. Die beiden kannten sich von Kindesbeinen an, deshalb dachte sich niemand etwas dabei. Aber irgendwann hat Olga sich verändert. Sie wurde blass und gereizt, hat an Gewicht verloren. Wir konnten uns das alles nicht erklären und dachten an eine Verstimmung des Gemüts. Es war die Zeit, in der die Jüngste, Wera, endlich einen Verehrer hatte.«

»Fürst Pronsky?« Maxim hatte den Fürsten auf einigen Familienfesten getroffen, allerdings war das Verhältnis zu ihm und Wera stets distanziert geblieben.

»Ja. Fürst Pronsky«, fuhr die Njanja fort. »Man feierte die Verlobung und plante die Hochzeit. Und mitten in all diesem Trubel verschwand unsere Olga. Das ist jetzt mehr als zwanzig Jahre her. Und immer noch plagt mich mein Gewissen.«

»Sie meinen, Sie hätten das verhindern können?«

»Wahrscheinlich nicht ... aber ich hätte es doch zumindest versuchen müssen, nicht wahr?«

»Wie hat denn die Familie darauf reagiert?«

»Alle haben so getan, als wäre nichts geschehen. Als ich einmal nachgefragt habe, wurde mir der Mund verboten.«

»Dazu passt die Tilgung aus der Ahnenlinie.«

Die Njanja sah ihn an. »Sehen Sie, Baron, die Mutter der drei war eine Aristokratin gewesen. Eine von denen, die sehr auf ihren Stand geachtet haben. Ihr waren gesellschaftliche Verpflichtungen stets wichtiger gewesen als ihre Kinder. Wir Dienstboten haben versucht, den Mädchen die Wärme zu geben, die sie von ihrer Mutter nicht bekamen. Aber wir konnten die fehlende Liebe und Aufmerksamkeit nicht ersetzen.«

Maxim nickte. Ähnliches hatte auch Lidia von ihrer Großmutter Maria Pawlowa erzählt. Eine Frau, die streng auf die Etikette geachtet hatte. Allerdings war sie recht früh gestorben – Lidia war damals noch ein Kind gewesen. Maxim hatte Maria Pawlowa deshalb nie kennengelernt.

»Wissen Sie was?«, brach es plötzlich aus der Njanja heraus. »Die Olga war damals guter Hoffnung.« Sie schenkte Wodka nach.

»Olga bekam ein Kind?«

Die Njanja nickte. »Die Zimmermädchen erzählten, dass sie nicht mehr geblutet hatte. Und all die anderen Anzeichen ...«

»Der Junge aus dem Dorf?«, hakte er nach.

»Na ja, mit eigenen Augen gesehen habe ich es zwar nicht – aber wer sollte es sonst gewesen sein?«

»Sind die beiden heimlich fortgegangen?« Maxim betrachtete noch einmal den Stammbaum. Nichts deutete darauf hin, dass außer Olgas Name eine weitere Eintragung unkenntlich gemacht worden war. Sollte Olga tatsächlich entbunden haben, war hinsichtlich des Kindes zumindest hier keine Dokumentation erfolgt.

»Ausgerissen?«, fragte die Njanja. »Das wären sie vielleicht gern. Nein. Man hat diskret dafür gesorgt, dass sie ihn nicht mehr wiedersah. Er blieb im Dorf und heiratete irgendwann ein Nachbarsmädchen.« Die Njanja holte tief Luft. »Ein paar Jahre später habe ich durch Zufall ein Gespräch zwischen Olgas Mutter und ihrer Schwester Wera mitgehört. Die beiden waren sehr aufgeregt, weil Olga angeblich aus Genf geflohen war.«

»Aus Genf?«

»Ja.« Sie seufzte. »Dieses Gespräch ist mir nicht mehr aus dem Kopf gegangen. Denn da habe ich verstanden, dass man Olga ... verstoßen hatte.«

In diesem Augenblick spürte Maxim deutlich, wie zerrissen sich die Njanja all die Jahre gefühlt haben musste. Zugleich wurde ihm klar, dass ein Schlüssel zur Lösung einiger Fragen möglicherweise in der Schweiz lag. »Gab es denn einen Bezug nach Genf?«, hakte er nach.

»Zu Lebzeiten des gnädigen Herrn, also des Vaters der Mädchen, verbrachte die Familie stets einige Wochen des Jahres im Süden Frankreichs. Hin und wieder reisten sie dabei über Genf. Ich denke, der gnädige Herr hatte dort geschäftlich zu tun.«

»Und kannte sich dementsprechend aus«, folgerte Maxim.

»Ganz gewiss.«

Maxim nickte. »Dann hat Olga dort vermutlich heimlich ihr Kind zur Welt gebracht.«

»Vermutlich. Was ich trotzdem nicht verstehe«, überlegte die Njanja laut, »ist ihre Flucht. Gut, ein solcher Fehltritt ist schon schlimm, aber sie ist ja nicht das einzige adelige Fräulein, dem so etwas passiert. Das Kind hätte man an eine Familie vermittelt, sie selbst wäre nach Petrograd zurückgekehrt und hätte ihr normales Leben wieder aufgenommen.«

»Vielleicht wollte sie einfach nicht auf ihr Kind verzichten und ist mit ihm untergetaucht?« Maxim erinnerte sich an die Geburten seiner eigenen Kinder. Lidia wäre zur Löwin geworden, hätte man sie gezwungen, auch nur eines davon wegzugeben.

»Mhm. Daran hatte ich noch nicht gedacht.« Die Njanja sah wieder auf den Stammbaum und strich mit dem Daumen gedankenvoll über die Abstammungslinien der Mädchen.

Irina, Lidias Mutter, die bei der Geburt ihrer zweiten Tochter gestorben und mit dem tot geborenen Kind beerdigt worden war. Olga, deren Name man nicht mehr erkennen konnte. Und Wera, die Jüngste, die mit ihrer Heirat aus dem Schatten ihrer Schwestern zur Fürstin Pronsky aufgestiegen war.

»Also«, sagte Boris plötzlich und streckte die Beine aus, »ist Wera die Einzige, die etwas wissen könnte – und noch lebt.«

»Das Gleiche habe ich auch gerade gedacht«, meinte Maxim. »Wo lebt sie denn derzeit? Lidia und ich haben seit den Aufständen im Februar nichts mehr von ihr gehört.«

»Einmal noch hat sie mir geschrieben, die Wera.« Die Njanja stand auf, ging zum Büfett und zog eine Schublade auf. Es raschelte, während sie sie durchsuchte. Schließlich hielt sie ein feines Büttenpapier in der Hand, auf dem Maxim das Wappen der Pronskys erkannte. »In ihrem Brief hat sie erwähnt, dass sie und Fürst Pronsky Russland verlassen wollen. Das war das letzte Lebenszeichen.« Sie legte den Brief zum Stammbaum auf den Tisch. »Wenn Sie meine Olga finden – werden Sie mir schreiben, Baron Baranow?«

»Wera zu suchen, dürfte verlorene Zeit sein«, sagte Maxim zu Boris, als sie sich auf den Rückweg nach Moskau machten.

»Das sehe ich genauso«, erwiderte Boris. »Allerdings steigt auch für dich jeden Tag die Gefahr, die Kehle durchgeschnitten zu bekommen. Es brodelt überall. Und wenn die *Tscheka* dich erst einmal ins Visier genommen hat …«

Maxim nickte. Er wusste selbst, dass die Hetzjagd auf Adelige in vollem Gange war. Und die Tscheka, die im vergangenen Dezember gegründete Staatssicherheit des kommunistischen Sowjetrusslands, machte die Situation noch viel prekärer. Niemand wusste, ob er bereits auf ihrer Liste stand. Diejenigen, welche sie verfolgte, mussten mit Internierung, meist sogar mit dem Tod rechnen.

Doch es war nicht nur sein eigenes Leben, dessen er sich nicht mehr sicher sein konnte. Mit seiner Anwesenheit gefährdete er auch die Kandinskys. Er würde ihre Gastfreundschaft deshalb nicht mehr länger als unbedingt nötig in Anspruch nehmen. »Ich werde in die Schweiz gehen, Boris«, sagte er ruhig.

Boris grinste. »Ich weiß. Und nach dem, was wir heute erfahren haben, denke ich, dass du dich insbesondere für Genf erwärmen könntest.«

»So ist es. Ich werde bald aufbrechen.«

»*Wir* werden bald aufbrechen, Maxim. In den nächsten Tagen. Wenn du heil in die Schweiz gelangen willst, dann brauchst du mich als Fluchthelfer.«

»Das hatte ich befürchtet!«, frotzelte Maxim und schlug Boris freundschaftlich auf die Schulter. »So wie ich dich kenne, hast du bereits eine Route ausgekundschaftet.« Insgeheim war er heilfroh, den Freund an seiner Seite zu wissen.

»Es gibt einige Varianten«, bestätigte Boris. »Lass sie uns heute Abend in Ruhe besprechen.«

Maxim sah Boris dankbar an. »Möge die Entscheidung für Genf die richtige sein, Boris. Was stünde sonst noch zur Wahl? Zürich? Paris?«

»Es gibt keine falsche Entscheidung, Maxim. Du musst außer Landes, das ist Fakt. Und du willst die Zusammenhänge zwischen Lidias Tod und Olgas Geschichte aufklären. Lass uns damit in Genf beginnen.«

15. KAPITEL

Meersburg, am Morgen des 15. Februar 1918

Gustav Lindner ignorierte die Kopfschmerzen, die ihn seit Wochen plagten. Mal waren sie mehr, mal weniger stark. Eine Folge der Erlebnisse auf dem Schlachtfeld, die ihn wie in einem Schaubstock gefangen hielten und seinen Geist nicht zur Ruhe kommen ließen. Immer wieder durchlebte er das Grauen, die Einschläge der Granaten, das Maschinengewehrfeuer, das Sterben der Kameraden. Er spürte die Bedrängnis, die ständige Gefahr, die Enge des Schützengrabens, obwohl er im sicheren Meersburg war. Sein Körper litt unter den Folgen genauso wie seine Seele. Überlebt zu haben, bedeutete nicht, in gewohnte Bahnen zurückzukehren, geschweige denn sein Leben wiederzubekommen.

Er riss sich zusammen. Vor ihm auf dem Schreibtisch lagen die Lazarettabrechnungen für Januar, die am nächsten Tag ans Spital gehen sollten. Daran hing derzeit ihre Existenz, also prüfte er sorgfältig Posten für Posten. Abgesehen vom leisen Kratzen des Bleistifts war das laute Ticken einer großen Standuhr das einzige Geräusch, das die Stille im Raum durchdrang.

Gustavs körperliche Einschränkungen machten einen Einsatz im Alltagsbetrieb des Lazaretts beschwerlich. Wenn er sah, wie viel Helena und die anderen leisteten, fiel es ihm nicht leicht, das zu akzeptieren. Schlimmer aber waren Elisabeths abfällige Bemerkungen bezüglich seines Holzbeins und seiner vermeintlichen Schwäche. Zunächst hatte ihre Verachtung ihn tief getroffen, aber inzwischen war ein Stück seiner inneren Kraft zurückgekehrt. Das Leben, das er vor dem Krieg gehabt hatte, war vorbei. Aber er hatte noch einige Jahrzehnte vor sich, und die würde er gestalten – für sich und seine Töchter.

Also hatte er seinen Platz im Betrieb wieder eingenommen und im gleichen Zug Elisabeths Kompetenzen eingeschränkt. Inzwischen durfte sie weder Bestellungen tätigen noch Geld anweisen, die Bücher ließ er sie nur in seinem Beisein einsehen. Es machte ihm keine Freude, so mit ihr umzugehen. Er bedauerte das Misstrauen zutiefst, das zwischen ihnen stand. Und im Grunde wusste er gar nicht, woran sie gescheitert waren. Vielleicht würden sie wieder zueinanderfinden, wenn der Krieg einmal zu Ende ging und die Zeiten besser wären. Bis dahin aber musste er dafür sorgen, dass der Lindenhof durchkam. Schon allein wegen der Mädchen. Helena, die ihm am nächsten stand mit ihrer pragmatischen, zupackenden und dennoch liebevollen und fürsorglichen Art. Lilly, deren Hang zur Oberflächlichkeit ihre Empfindsamkeit kaschierte, und Katharina, die kühl, manchmal sogar abweisend wirkte und dennoch ein weites Herz für die Menschen hatte.

Alle drei, das war ihm in den letzten Wochen klar geworden, waren ihm Hoffnung und Zuversicht in diesen dunklen, schweren Zeiten.

Er hatte die Abrechnung fast fertig, als es klopfte.

»Ja, bitte?« Gustav sah auf. »Helena!«

Helena schob Lilly in den Raum. »Können wir dich sprechen, Papa?« Sie schloss sorgfältig die Tür hinter sich und trat dann neben ihre Schwester. »Lilly möchte dir etwas sagen.«

»Natürlich.« Gustav legte den Bleistift hin, sah Helena an, in deren Miene er Besorgnis las, und richtete seine Aufmerksamkeit schließlich auf seine mittlere Tochter. »Was gibt es denn, Lilly?«

»Ich möchte, ähm, ich werde …«, begann Lilly und nestelte an der Schürze ihrer Schwesterntracht. »Es ist so, dass ich …« Sie sah Hilfe suchend zu Helena.

»Sag es ihm einfach, Lilly.« Helena fasste ihre Schwester sanft am Ellenbogen und nickte ihr aufmunternd zu.

»Ich möchte heiraten, Papa«, sagte Lilly schnell und schlug die Augen nieder.

»Wie bitte?« Gustav meinte sich verhört zu haben. »Lilly!«

Lilly holte rief Luft. »Ich habe jemanden kennengelernt.«

Gustav richtete sich in seinem Stuhl auf. »In diesen Zeiten?«

Lilly nickte, wagte aber nicht, aufzusehen.

»Du hattest doch gar keine Gelegenheit, um zu poussieren!« Er kratzte sich nervös am Kopf.

»Es handelt sich um einen unserer Patienten«, brachte sich jetzt Helena ein. »Arno Reichle aus Stuttgart. Er wird morgen entlassen. Und nun hat Lilly Sorge, dass sie ihn dann nicht mehr wiedersieht.«

»Deshalb musst du doch nicht gleich heiraten!« Gustav wusste noch immer nicht, wie er mit dieser Nachricht umgehen sollte.

»Ich bin verliebt«, erwiderte Lilly mit einem trotzigen Unterton, der sich immer dann zeigte, wenn sie Gefahr lief, ihren Willen nicht durchsetzen zu können.

»Verliebt.« Gustav schüttelte den Kopf. »Dazu muss man sich doch erst einmal näher kennen!«

»Muss ich das?« Nun wurde Lilly schnippisch. »Hast du Mutter gut gekannt, bevor du sie geheiratet hast?«

»Das ist etwas anderes ...« Gustav wusste gar nicht, warum er sich rechtfertigte. Aber Lilly hatte eine wunde Stelle seines Herzens berührt. »Seit wann ... fühlst du dich denn zu ihm hingezogen?«

»Vom ersten Tag an, als er hier ankam.«

»Das war dann vor zwei Wochen?«

»Drei.«

»Ah. Mhm.« Was sollte er ihr sagen? Er konnte sie doch unmöglich einfach so heiraten lassen. Sie war jung und sollte etwas aus ihrem Leben machen. Es gestalten. Das war es, was er sich für seine Töchter wünschte. Und nicht einen dahergelaufenen Soldaten ehelichen, den sie kaum kannte.

Gustav nahm den Bleistift wieder auf und drehte ihn nervös zwischen Daumen und Zeigefinger. »Du weißt, dass mir dein Glück am Herzen liegt, Lilly. Aber in diesem Fall kann ich meine Zustimmung nicht geben. Du bist noch zu unerfahren, um die Tragweite einer solchen Entscheidung abzusehen. Du kannst mit dem jungen Mann in Briefkontakt bleiben, und dann könnt ihr sehen, ob die Zuneigung, die ihr zu fühlen meint, dauerhaft ist.«

»Papa. Es ist anders.« Die Ernsthaftigkeit, mit der Helena ihn ansah, irritierte Gustav.

»Wie meinst du das, Helena?«

»Sie ...«, setzte Helena an, aber Lilly unterbrach sie: »Ich *muss* ihn heiraten.«

»Was soll das heißen, du *musst*?« Gustav versuchte, Lillys Blick aufzufangen, aber seine Tochter starrte auf den Fußboden. »Sag bloß ...?«

»Es ist wohl zu einer ... unziemlichen Begegnung gekommen«, erklärte Helena.

Gustav fiel der Bleistift aus der Hand. »Hier? Unter meinem Dach?«

Lilly nickte. Ihre Wangen waren flammend rot.

»Nach so kurzer Zeit!« Gustav fuhr sich mit beiden Handflächen über das Gesicht. »Oh, Mädchen!«

»Es tut mir leid, Papa«, sagte Helena schuldbewusst. »Ich hätte besser auf sie aufpassen müssen.«

»Du kannst nichts dafür, Hele...«

In diesem Augenblick klopfte es erneut.

Lilly sah kurz zu ihrer Schwester, ging dann zur Tür und öffnete. Der junge Mann in Uniform, der eintrat, begab sich sofort an den Schreibtisch und salutierte vor Gustav. »Arno Reichle!«

Einmal mehr verfluchte Gustav seine Behinderung, denn in diesem Augenblick wäre er am liebsten aufgesprungen, um den jungen Mann am Schlafittchen zu packen und in die Schranken zu weisen. So musste er sich mit einem strengen Ton begnügen: »Ich muss sagen, Sie haben Mut, Herr Reichle.« Er wandte sich an seine Töchter. »War das abgesprochen?«

Lilly zuckte mit den Achseln, während Helena den Kopf schüttelte.

Arno Reichle fixierte einen Moment lang seine Braut, er wirkte verunsichert. Dann hob er entschlossen das Kinn. »Ich habe ein Anliegen, Herr Lindner.«

»Davon gehe ich aus.« Gustavs Stimme klang eisig. »Offensichtlich haben Sie bereits Fakten geschaffen.«

»Bitte denken Sie nicht, dass ich Lilly einfach kompromittiert habe und jetzt nicht anders kann, Herr Lindner. Denn es ist mein aufrichtiger Wunsch, Sie um die Hand Ihrer Tochter zu bitten.«

Gustav sah ihn so lange schweigend an, bis Arno Reichle sich unter seinem Blick zu winden begann.

»Es ist so, dass wir uns beide wohl … vergessen haben«, rechtfertigte sich der junge Soldat.

Diese Bemerkung verärgerte Gustav. »Wie alt sind Sie, Herr Reichle?«

»Siebenundzwanzig.«

»Damit sind Sie neun Jahre älter als meine Tochter.«

»Worauf wollen Sie hinaus, Herr Lindner?«

»Wenn es zwischen einem Mann Ihres Alters und einem Mädchen von gerade einmal achtzehn Jahren zu ... zu so etwas kommt, dann hat sie sich nicht vergessen. Dann wurde sie verführt.«

Der junge Reichle ballte seine Hände zu Fäusten. »Ich übernehme die volle Verantwortung für das, was geschehen ist. Lilly wird es mit mir gut gehen. Meine Eltern haben eine gut gehende Seifenfabrik. Ich kann ihr ein angemessenes Leben bieten.«

Nun kam Bewegung in Lilly. Sie hob den Kopf und strahlte Reichle an, und Gustav wusste sofort, womit der junge Soldat ihre Gunst errungen hatte: Es war nicht zu übersehen, dass Lilly sich in der Rolle der künftigen Fabrikantengattin gut gefiel. Reichle hatte ihre Naivität erkannt und sie geschickt umgarnt.

Gustav sah zu Helena. Die hob die Hände in einer hilflosen Geste, aber ihm war klar, dass sie ähnlich dachte wie er. Sollte das Techtelmechtel zwischen Lilly und Reichle Folgen haben, wäre es besser, die Dinge bereits jetzt in ordentliche Bahnen zu lenken.

Gustav rieb sich den Nacken. »Sie wissen, dass Sie mich in eine unmögliche Situation zwingen, Herr Reichle.«

»Das ist mir bewusst.« Noch immer stand Arno Reichle in militärischer Haltung vor ihm. »Auch wenn es nicht beabsichtigt war.«

Gustav schüttelte den Kopf. »Lasst mich bitte für ein paar Minuten allein«, bat er dann.

»Selbstverständlich«, erwiderte Helena und wandte sich zum Gehen.

»Nein, Helena, du bleibst bitte. Lilly und Herr Reichle – ihr wartet einen Moment vor der Tür.«

Als die beiden hinaus waren, winkte Gustav seine Älteste an seine Seite. »Ich habe keine Wahl, nicht wahr?«

»Ich zerbreche mir genauso den Kopf. Es muss ja nicht sein, dass diese Leichtsinnigkeit Folgen hat.«

»Wenn wir in normalen Zeiten leben würden, Helena, dann würde ich tatsächlich abwarten. Aber was ist, wenn sie wirklich schwanger ist und der Reichle in den nächsten Wochen fällt? Dann wird ihr immer ein Makel anhaften. Natürlich hätte sie hier immer ein Obdach – aber das ist kein Leben für ein Mädel wie unsere Lilly.«

»So ähnlich denke ich auch, Papa. Sie ist zumindest besser abgesichert, wenn sie ihn heiratet. Wenn sie allerdings nicht guter Hoffnung ist und der Herr Reichle irgendwann putzmunter nach Hause kommt – dann ist sie an einen Mann gebunden, den sie kaum kennt.«

Gustav nickte. Genau hier lag das Dilemma.

Allerdings wurden kriegsbedingt viele Ehen nach einer recht kurzen Zeit des Kennenlernens geschlossen, eben weil die jungen Männer im Feld standen und nicht wussten, ob sie wieder nach Hause kommen würden. Von dieser Warte aus konnte er den jungen Reichle sogar verstehen. Viele Möglichkeiten, eine Familie zu gründen, hatte er nicht.

»Also«, hörte Gustav sich sagen, »geben wir Lillys Wunsch

unseren Segen.« Er seufzte. »Weißt du eigentlich, ob sie schon mit Elisabeth gesprochen hat?«

»Nein, Papa, das hat sie nicht. Sie wollte es dir zuerst sagen.«

»Ah.«

Helena legte sanft eine Hand auf seine Schulter. »Ich glaube, ich weiß, wie du dich fühlst, Papa. Mir geht es genauso.« Sie lächelte ihn an. »Aber ich denke, dass es im Augenblick die beste Entscheidung ist. Ob sie richtig ist, wird sich zeigen.«

»Ja. So wird es wohl sein.« Gustav atmete hörbar aus. »Holst du die Turteltauben bitte wieder herein, Helena?«

TEIL 2
VERBORGENE TRÄUME

März bis August 1918

16. KAPITEL

Meersburg, am 3. März 1918

Weiches Sonnenlicht tanzte in den kahlen Ästen des Apfelbaums, an dem eine vergessene Frucht den Winter überdauert hatte. Braun und verschrumpelt hielt sie sich dort mit letzter Kraft fest, während um sie herum die neuen Knospen darauf warteten, bald aufzuspringen. Wie nah Werden und Vergehen doch beieinanderlagen.

Mit tiefen Zügen atmete Helena die laue Luft ein, während sie durch den Garten zum Glashaus hinaufging. Gelbe und lilafarbene Krokusse leuchteten im noch wintermüden Gras, muntere Schneeglöckchen bildeten weiß-grüne Kissen. Der Frühling stand vor der Tür.

Helena hatte auf einen Mantel verzichtet und trug lediglich ein graues Wolltuch über ihrer Schwesterntracht, die sie inzwischen kaum noch ablegte, um in eines ihrer eigenen hübschen Kleider zu schlüpfen. Für Eitelkeiten blieben weder Zeit noch Raum. Der schnelle Blick in den Spiegel bei der Morgentoilette offenbarte ihr stets ein angespanntes, übernächtigtes Gesicht, obwohl ihre Haut selbst im Winter wirkte, als würde sie den Tag an der frischen Luft und nicht in einem Krankensaal verbringen.

Als sie das Glashaus erreichte, fiel ihr Blick auf das kleine, mit Stroh vor der winterlichen Kälte geschützte Erdbeerfeld, das sie mit ihres Vaters Hilfe bereits als Kind angelegt und seither sorgfältig gehegt hatte. Und mit einem Mal freute sie sich auf die Erdbeerzeit, so wie früher als Kind. Sie schüttelte schmunzelnd den Kopf über sich selbst und löste den dicken Draht, mit dem die Holztür des Glashauses gesichert war.

Drinnen zauberte das durch die matten Fenster einfallende Licht eine mystische Stimmung. Helena, die sich seit Wochen keine Ruhe gegönnt hatte, merkte mit einem Mal, wie müde sie war.

Eigentlich hatte sie hier nur nach einem Buch von Karl May schauen wollen, das sie einem Patienten versprochen und im Haus nicht gefunden hatte, aber die Aussicht auf eine kleine Erholung war so verlockend, dass sie sich auf einen Holzschemel setzte, der an einer Wand stand. Nur für ein paar Minuten, so sagte sie sich, wollte sie ausruhen. Dann würde sie das Regal nach dem Buch durchsuchen und zu ihren Pflichten zurückkehren.

Sie ließ den Blick durch den kleinen Raum wandern, über ihre Gartengeräte und die großen und kleinen Schätze ihrer Kindheit, wie die Kisten voller Holzfiguren, die der Vater ihr geschnitzt und für die sie aus Stoffresten passende Kleider geschneidert hatte. Wann immer es möglich gewesen war, hatte sie sich mit ihren Schwestern hier Elisabeths Aufsicht entzogen.

Helena atmete mit einem leisen Seufzen ein. Wie nah diese Tage auf einmal schienen – und zugleich so fern.

Aus Kindern waren Erwachsene geworden.

Inzwischen hatte Lilly in einer schlichten familiären Zeremonie geheiratet. Sie war eine hübsche Braut gewesen in ihrem wadenlangen weißen Brautkleid und einem Kranz aus echten Blumen im Haar. Auch Arno Reichle – in Uniform, mit Helm, Stiefeln und Säbel – hatte ein beeindruckendes Bild abgegeben, sodass selbst Elisabeth sichtlich gerührt gewesen war. Helena allerdings war es wehmütig ums Herz gewesen angesichts der Tatsache, dass Lilly Hals über Kopf das gemeinsame Zuhause verließ.

Nicht lange nachdem die beiden Jungvermählten nach Stuttgart abgereist waren, hatte man Arno wieder an die Front gerufen. Lilly lebte nun mit seinen Eltern in deren riesigem Haus und tat sich in ihrer neuen Umgebung offensichtlich schwer – aus ihren Briefen sprachen Unsicherheit und großes Heimweh.

Helena seufzte.

Was würden die kommenden Wochen und Monate bringen? Würde der Lazarettbetrieb von weiteren Erkrankungswellen verschont bleiben? Würde dieser Krieg irgendwann einmal zu Ende gehen, und im Lindenhof statt der Kriegsversehrten wieder Sommergäste logieren?

Diese Gedanken machten sie sehnsüchtig – und vor ihrem geistigen Auge zogen die Bilder eines neuen Lindenhofs herauf, hell und exklusiv gestaltet, einladend und voller Leben.

Und dieser Garten hier – sie würde ihn unbedingt einbeziehen. Es ließen sich unzählige hübsche Plätze einrichten, die der Ruhe, dem Lesen, dem Malen oder auch einer sportlichen Betätigung dienen könnten. Keine der Herbergen in Meersburg bot Vergleichbares. Gemeinsam mit Käthe würde sie herrliche Kuchen zaubern, serviert an geschwungenen weißen Tischchen mit filigranen Stühlen. Fast glaubte Helena, den aromatischen Duft eines echten Bohnenkaffees wahrzunehmen. Und auf weißen Porzellantellern lockte etwas Kostbares, Feines, als sei man zu Gast in der höheren Gesellschaft – eine einzigartige Torte. So einzigartig wie die Silhouette von Meersburg, mit den Weinbergen, der Burg und dem Schloss ... Die Meersburger Schlosstorte.

Ein unbewusstes Lächeln glitt über Helenas Gesicht. Wie selbstverständlich ihr dieser Namen in den Sinn gekommen war. Und wie selbstverständlich sich die Kreation der Meersburger Schlosstorte in ihrem Kopf ausformte inmitten einer Zeit, in der bereits ein einfacher Obstkuchen ein Fest für die Sinne bedeutete.

Erdbeeren mussten hinein, die hatte sie schon immer darin gesehen. Frische Erdbeeren im Sommer oder zu einem feinen Kompott gekochte, mit einem Likör abgeschmeckte Früchte in der Winterzeit.

Zuunterst ein feiner mürber Boden. Für den Biskuit würde sie eine dunkle Variante bevorzugen, gefärbt mit Kakaopulver. Dazwischen eine sahnige Erdbeercreme.

Und womit die Torte überziehen? Auf einer hellen Vanillecreme würden sich frische Erdbeeren besonders gut abheben. Dazu das Grün frischer Minzblättchen.

In ihrer Fantasie stach Helena mit der Gabel durch die unterschiedlichen Schichten der Torte und probierte – doch irgendetwas fehlte.

Sie überlegte.

Etwas Knuspriges wäre schön. Die Erdbeeren kandieren? Das böte sich an, dann würden sie sich zudem gut halten. Aber das reichte nicht.

Walnüsse? Deren Geschmack wäre vielleicht zu dominant. Dasselbe galt für Haselnüsse, die besser zu Schokolade passten oder kräftigem Herbstobst wie Äpfeln oder Birnen.

Mandeln! Mandeln könnte sie sich sehr gut dazu vorstellen. Am besten mit etwas Zucker geröstet, ein Mandelkaramell, das wäre zudem knackig. Und würde sich als Dekoration auch optisch gut machen.

Am liebsten hätte Helena sofort damit begonnen, die Torte zu backen. Sich endlich wieder einmal etwas Schönem hingegeben …

Es klopfte.

Helena erschrak und stand ruckartig auf. Vor dem Glashaus zeichnete sich ein Schatten ab.

»Fräulein Helena?« Das war Käthe.

Helena atmete auf und öffnete ihr die Tür.

»Sie waren nicht aufzufinden!« Käthe klang vorwurfsvoll. »Wir haben uns Sorgen gemacht.«

In der Tat dämmerte es bereits. Sie musste wohl eingedöst sein, während sie über Erdbeeren und Biskuit nachgedacht hatte.

»Würden Sie mir helfen, eine *Meersburger Schlosstorte* zu backen?«, fragte Helena die Köchin unvermittelt, während sie rasch das Regal nach dem Buch von Karl May absuchte, welches sie hatte mitnehmen wollen.

»Wie bitte?« Käthe stand noch draußen.

Helena fand das Buch hinter einer Kiste mit Malutensilien und nahm es an sich. »Eine *Meersburger Schlosstorte*!«, wiederholte sie etwas lauter, trat zu Käthe ins Freie und verschloss das Glashaus. »Eine Schlosstorte? Was soll denn das sein, Fräulein Helena?«

»Das ist eine Erfindung von mir. Kommen Sie, Käthe, wir gehen zurück. Ich erkläre es Ihnen unterwegs.«

Während sie den Hang hinunterstiegen, schilderte Helena der Köchin ihre Idee. Käthe dachte sofort laut darüber nach, wie man wohl die Zutaten für eine solche Torte beschaffen könnte, damit sie bis zur Erdbeerzeit alles bevorraten konnten. Einfach würde das nicht werden, denn Lebensmittel gab es nur auf Karten. Mandeln und Vanille waren derzeit ohnehin kaum zu bekommen.

Kurz bevor sie auf den Weg zum Gartentor einbogen, hielt Käthe Helenas Arm fest. »Da hinten ist jemand.« Sie deutete auf die Ecke des Nutzgartens, wo zwischen zwei Birnbäumen ein Baumstumpf stand. Dahinter befanden sich tatsächlich zwei Gestalten, aber in der beginnenden Dämmerung war schwer auszumachen, um wen es sich handelte. »Was suchen die denn da?«

Helena versuchte, irgendetwas zu erkennen. »Das ist meine Stiefmutter«, stellte Helena schließlich fest. »Aber wer ist bei ihr?«

Käthe kniff die Augen zusammen. »Das könnte der Ochsenwirt sein. Kein anderer im Ort hat sich in so mageren Zeiten einen so fetten Ranzen angefressen.«

»Möglicherweise wickelt sie gerade eines ihrer schwarzen Geschäfte ab«, schlussfolgerte Helena.

»Das kann sein.«

Helenas Blick flog noch einmal kurz über die Baumgruppe. »Dann wollen wir sie nicht auf uns aufmerksam machen. Gehen wir besser weiter, Käthe.«

Zur selben Zeit

»Hast du das gehört?« Otto war sichtlich nervös. »Ist jemand in der Nähe?«

»Nein, ich habe nichts gehört.« Elisabeth hatte das leise Quietschen des Gartentors wohl vernommen, aber sie wollte nicht, dass er gleich wieder ging. »Und wenn, dann war es vielleicht Käthe, die einige Kräuter für die Küche geholt hat.«

»Du weißt, dass ich nicht möchte, dass irgendjemand von unseren Zusammenkünften erfährt.«

»Es ist dämmerig, und keiner erwartet uns hier. Selbst

wenn sie im Garten ist oder war, dann bedeutet das nicht, dass sie uns sieht oder gar erkennt.«

Otto horchte noch einen Moment schweigend, aber als nichts mehr zu vernehmen war, entspannten sich seine breiten Schultern. Er zog Elisabeth hart an sich, küsste sie auf seine grobe Art und ließ sie sofort wieder los. »Also. Hat es funktioniert?«

»Ich habe das Pulver schon vor vier Wochen beim Essenausteilen unter die Suppe gerührt. Dadurch bekamen es aber nur die Patienten, denen *ich* das Essen gebracht habe.«

»Hm. Das war vielleicht sogar besser so. Wenn es auf einmal allen schlecht geht, dann ist das auffälliger. Gab es Folgen? Hat dein Mann sich Gedanken gemacht, ob er das Lazarett gut genug führt?«

»Er hat nichts dazu gesagt.«

»Nicht? Vertraut er dir nicht genug?«

Elisabeth zuckte mit den Achseln. »Wir führen keine Ehe mehr, das weißt du. Wieso sollte er mir da Dinge anvertrauen?«

»Dann sieh zu, dass euer Verhältnis besser wird. Wenn er dir nichts mehr sagt, haben wir es schwerer.«

Elisabeth behagte diese Aussicht nicht. Sie mied Gustavs Nähe und wollte nicht einmal so tun, als würde sie sie wieder suchen. Außerdem war die Beziehung zu ihm bereits so brüchig, dass es seltsam anmuten würde, wenn sie sich auf einmal anders verhielte. »Wir werden sehen«, antwortete sie ausweichend.

»Ich erwarte es, Elisabeth!«

»Ich kann es noch ein zweites Mal versuchen mit dem Pulver und gebe ein wenig mehr hinein. Vielleicht so, dass einer der ganz Schwachen stirbt. Dann darf Gustav das Lazarett bestimmt nicht mehr weiterführen und geht auf ein Kaufangebot ein …«

»Nein, Elisabeth. Ein Toter zieht zu viel Aufmerksamkeit auf sich. Und Arsen ist nachweisbar. Sobald auch nur der geringste Verdacht besteht, dass es sich um eine vorsätzliche Vergiftung handelt, werden sie genau hinsehen. Das könnte gefährlich werden.«

»Für *Gustav* wird es gefährlich!«

»In so einem Fall wäre das Spital indirekt mit betroffen, und man würde ausgiebig ermitteln. Und dann wäre es denkbar, dass sie eine Verbindung zwischen dem Lindenhof und dem Ochsen herstellen. Meersburg ist klein.« Er strich über seinen Bart. »Ich werde darüber nachdenken, wie du künftig vorgehen sollst. Und lasse es dich rechtzeitig wissen.«

»Otto …«

»Guten Abend, Elisabeth.« Er verließ sie ohne einen weiteren Kuss.

Elisabeth war bewusst, dass er mit ihr spielte, aber zum Glück war sie diszipliniert. Eines Tages wollte sie seine Frau sein, das stand außer Frage. Aber deshalb würde sie ihm nicht die Oberhand in dieser *Geschäftsbeziehung* lassen. Das entsprach nicht ihrem Naturell, sie war eine Kämpfernatur. Außerdem – einen Mann wie Otto musste man ständig neu herausfordern. Sonst würde sie enden wie seine Else – krank in der Küche.

17. KAPITEL

Unterwegs in Österreich-Ungarn, Mitte März 1918

Die gleichmäßige Schaukelbewegung des Eisenbahnwaggons lullte Maxim ein. Zwar nahm er noch wahr, was um ihn herum geschah, hörte die leisen Gespräche der Mitreisenden, seine Lider aber waren so schwer, dass er dem Drang, sie zu schließen, irgendwann nachgab.

Die letzten Wochen hatten ihn erschöpft. Und noch waren er und Boris nicht am Ziel ihrer Flucht angekommen, sondern unterwegs in einem Europa, das tief in Krieg und Gewalt versunken war. In Maxims Herzen hatte sich Fatalismus breitgemacht. Ohne dessen gleichgültigen Grundton würde es ihn zwischen Trauer und Hoffnungslosigkeit zerreißen.

Der Abschied von Russland war Maxim unendlich schwergefallen. Denn während er sein schmales Bündel geschnürt hatte, war ihm klar geworden, dass er seine Heimat womöglich niemals wiedersehen würde.

Inmitten dieses Strudels aus Unvorhersehbarkeit und

ständiger Gefahr war Boris' Treue ein großer Halt. Ein Stück Sicherheit in einer Welt, die völlig aus den Fugen geraten war – und auf einer Reise ohne Wiederkehr.

»Schläfst du?« Boris' Stimme durchdrang Maxims Dämmerzustand.

Maxim brauchte einige Augenblicke, um zu reagieren. »Mhm. Ich muss wohl weggenickt sein.« Er blinzelte.

Boris grinste ihn an. »Du könntest einen starken Kaffee gebrauchen.«

Maxim rieb sich über die Stirn. »Ich weiß nicht einmal mehr, wie Bohnenkaffee schmeckt.«

Boris sah auf die Feldflasche mit schalem Wasser, die er in den Händen hielt. »Irgendwann werden wir wieder echten, starken Bohnenkaffee trinken.« Er prostete Maxim zu, bevor er trank, während seine Worte mit unerschütterlicher Zuversicht im Raum standen.

Maxim schüttelte den Kopf. Boris war ein Phänomen. Ein Fels in der härtesten Brandung.

Er ließ die Augen durch das Zugfenster nach draußen wandern. Die Alpen mit ihren schneebedeckten Gipfeln, die zuweilen näher, zuweilen weiter entfernt die Strecke flankierten, boten ein grandioses Panorama. Alles wirkte so friedlich. Doch in Wirklichkeit lieferten sich dort die Truppen der k.u.k.-Armee und der italienischen Streitkräfte einen erbitterten Gebirgskrieg. »Gibt es irgendetwas Gutes an diesen ganzen Kämpfen?«, fragte Maxim nachdenklich. »Die Deutschen gegen Franzosen und Engländer. Die Österreicher gegen die Italiener. Die Russen gegen die Russen ...«

Boris zuckte mit den Achseln. »Nach einem Vulkanausbruch ist der Boden fruchtbar für neues Wachstum.«

»Aber zu welchem Preis?«

Boris gab Maxim die Feldflasche. »Wir zwei können den Krieg nicht aufhalten.« Er lehnte sich in seinem Sitz zurück. »Immerhin haben wir so viel erlebt, dass wir einen Roman schreiben könnten. So wie Karl May.«

»*Der Schatz im Genfer See*?« Maxim lachte bitter. Manchmal war Boris' Humor beißend.

Während Maxim trank, dachte er an den langen Weg, der hinter ihnen lag. Getarnt als Bauern und ausgestattet mit gefälschten Papieren, waren sie an die russische Südgrenze und über die Ukraine auf die tschechischen Gebiete des Habsburgerreiches gelangt. Zu Fuß, auf Fuhrwerken, selten auf der Pritsche eines Lastwagens. Sie hatten in ausgebrannten Dörfern genächtigt, waren den sich ständig verschiebenden Fronten ausgewichen und vor verstreuten Soldateneinheiten geflohen – ständig begleitet von einem nagenden Hungergefühl, denn das Land war in jeder Hinsicht ausgeblutet.

Schon vor der Einreise in die habsburgischen Lande hatten sie ihre Kleidung gewechselt. Da Russland und die Mittelmächte Deutschland und Österreich-Ungarn jüngst einen Separatfrieden ausgehandelt hatten, war der einstige Feind Anfang März zum Verbündeten geworden. Und so waren Maxim und Boris aus der Rolle unauffälliger russischer Bauern in die von russischen Handelsreisenden geschlüpft. Die Kleider, die sie hierfür in Kissenbezügen versteckt mitgeführt hatten, zeigten allerdings schonungslos die Entbehrungen auf, die sie durchlitten hatten: Sie waren ihnen erkennbar zu weit geworden.

»Es heißt, dass die Deutschen Lenins Reise aus dem Exil in der Schweiz nach Petrograd organisiert haben«, sagte Boris in diesem Moment. »Zumindest haben sie ihn unbehelligt durch das Land reisen lassen. In seinem verplombten Eisenbahnwaggon.«

»In der Tat«, erwiderte Maxim. »Und es ist genau das eingetreten, was sie damit bezweckt hatten: Russland wurde durch die bolschewistischen Umtriebe so instabil, dass ihre Ostfront zusammengebrochen ist.«

»Und jetzt können sie die dadurch freigesetzten Kräfte an der Westfront zusammenziehen.«

»Es wird für die Deutschen trotzdem schwer, diesen Krieg noch zu gewinnen«, konstatierte Maxim. »Er wird nur länger dauern und noch mehr Tote fordern.«

Boris nickte. »Sie werden noch einmal alles in die Waagschale werfen. So wie du sehe auch ich sie nicht als Sieger.«

»Allen geht die Kraft aus. Den Franzosen, den Engländern. Aber ganz besonders den Deutschen.«

»Deshalb wird der Krieg mit seinen Soldaten sterben. Es würde mich nicht wundern, wenn das Deutsche Reich noch in diesem Jahr kapituliert.« Boris nahm Maxim die leere Feldflasche ab und verstaute sie in seinem Rucksack. »Aber bis Mütterchen Russland Frieden findet, wird es noch lange dauern.«

»Es wird so lange dauern, bis wir Mütterchen Russland nicht mehr wiedererkennen.« Maxim trommelte mit den Fingern auf die Armlehne seines Sitzes. »Machen wir uns nichts vor. Es hätte einen fähigen Zaren gebraucht. So umgänglich Nikolaus gewesen sein mag – ihm fehlte das Format. Statt souverän zu führen, hat er gezaudert. Und ansonsten gab und gibt es niemanden, der die vernünftigen Kräfte unseres Landes auf einen gemeinsamen Kurs einschwören könnte.«

»Der Zar war der falsche Mann zur falschen Zeit«, bestätigte Boris.

Zwei Soldaten drängten sich ins Abteil, das ohnehin schon überfüllt war. Dabei unterhielten sie sich lautstark über einen Luftangriff, der eine Stadt in Süddeutschland getroffen haben musste.

Boris nahm seinen Rucksack und rutschte so nah wie möglich ans Fenster, um Platz zu machen. »Die Kriegsführung aus der Luft trägt die Kämpfe weit ins Land«, sagte er leise zu Maxim. »Und in die Häuser der Menschen.«

Maxim nickte. »Die ersten Bomben in diesem Krieg wurden von einem deutschen Zeppelin abgeworfen. Auf Lüttich und Antwerpen. Die Menschheit ist gut darin, sich gegenseitig zu zerstören.«

»Wohl wahr.« Boris sah eine Weile nachdenklich aus dem Fenster. »Es ist nicht mehr weit bis zur Grenze«, murmelte er schließlich.

Maxim nickte. »Ich bete, dass wir in Genf Antworten finden.«

»Zumindest sollten wir so viel in Erfahrung bringen, dass wir entscheiden können, wie wir weiter vorgehen«, erwiderte Boris. »Aber was du dort gewiss findest, ist Sicherheit. Und das ist schon mehr als genug.«

Als sie eine Stunde später die scharfen Grenzkontrollen durchliefen, überkam Maxim auf einmal ein eigenartiges Gefühl. Es war ihm, als stünde Lidia an seiner Seite und begleitete ihn in diese neue Welt. Und als die Beamten den Zug verlassen hatten und sie weiterrollten, schlief Maxim mit dem Gedanken ein, dass man nur in sich selbst ein wirkliches, unzerstörbares Zuhause finden konnte.

18. KAPITEL

Meersburg, in diesen Märztagen 1918

»Bomben?« Helena ließ die Schüssel fallen, welche sie gerade hatte aufräumen wollen. Sie zersprang mit einem lauten Klirren auf dem Küchenboden.

Käthe hatte aufgehört, den Brotteig zu kneten. Erna verharrte still neben ihr.

»Was ist mit Lilly?« Helena merkte, wie ihr der Schreck das Blut in die Beine sacken ließ. Sie setzte sich auf die Küchenbank.

»Ich weiß es nicht.« Auf seine Krücke gestützt, ging Gustav Lindner die wenigen Meter zu Helena und setzte sich neben sie. »Ich weiß es nicht«, wiederholte er.

»Wo ist Elisabeth?«, fragte Helena. »Wir müssen uns doch besprechen. Alle. Wer holt Katharina? Am besten wäre es, wenn jemand von uns nach Stuttgart fahren würde …«

»Wir müssen Ruhe bewahren, Helena«, mahnte ihr Vater. »Im Augenblick ist das Reisen nicht ungefährlich.«

Helena schüttelte den Kopf. Ein Flugzeug mit Bomben.

Wann hatte dieser Irrsinn endlich ein Ende? »Ein Angriff aus der Luft – das kann ich mir kaum vorstellen. Meinst du nicht, dass es sich dabei um ein Gerücht handelt?«

Ihr Vater schüttelte den Kopf. »Das *Seeblatt* hat bereits berichtet.«

»Wie genau ist das denn zugegangen?«

»Wohl um die Mittagszeit sind zehn britische Doppeldecker von Frankreich gekommen und haben Stuttgart und Esslingen bombardiert.«

»Aber – können die denn überhaupt so schwere Lasten tragen?« Helena vermochte sich das Szenario kaum vorzustellen.

Aber ihr Vater nickte. »Einige der Bomben sollen zweihundert Kilogramm schwer gewesen sein.« Ein düsterer Ausdruck glitt über sein Gesicht. »In diesem Fall dient der Fortschritt dem Unheil.«

»Wie viele Verletzte hat es gegeben, Papa? Wurden Menschen getötet?«

»Einige Gebäude hat es getroffen. Verletzte gab es angeblich auch.« Gustav Lindner legte eine Hand auf Helenas Arm. »Aber keine Toten.«

»Keine Toten? Gott sei Dank.«

»Hoffen wir, dass es stimmt.«

»Was ist, wenn sie wiederkommen? Und noch einmal angreifen?«

»Ich denke nicht, dass das so schnell passieren wird. Das feindliche Geschwader wurde von deutschen Jagdfliegern verfolgt. Im Nordschwarzwald hat man sie zur Landung gezwungen und die Besatzungen gefangen genommen.«

»Gut.« Helena merkte, wie sie ruhiger wurde.

»Dennoch ist es eine enorme Bedrohung. Wenn nicht heute oder morgen, so werden Angriffe aus der Luft mit Sicherheit zunehmen. Das darf uns durchaus Sorgen machen.«

»Wir müssen Lilly nach Hause holen. Lass uns zusammensitzen und sehen, was wir tun können«, drängte Helena.

»Die Frau Elisabeth ist nach Konstanz rüber«, wusste Käthe. »Sie hatte gehört, dort gäbe es Milch.«

»Ah.« Helena seufzte und hob die Augenbrauen. »Wann wird sie wiederkommen?«

Käthe zuckte mit den Achseln. »Sie hat nichts gesagt.«

»Was sie genau treibt, das weiß ohnehin niemand«, sagte Gustav Lindner mit einer gewissen Resignation in der Stimme. »Allerdings hilft uns ihre neu entdeckte Freude an der Hamsterei. Wir haben ausreichend Nahrungsmittel, und sie mischt sich kaum mehr in die Belange des Lindenhofs ein.«

Ein leises Scheppern setzte ein, als Erna begann, die Scherben auf dem Boden zusammenzukehren. Käthe formte derweil die Brotlaibe und setzte sie in Gärkörbchen, damit sie darin noch weiter aufgehen konnten, bevor sie sie zu knusprigen Broten ausbacken würde.

Während diese alltäglichen Handgriffe eine gewisse Normalität vermittelten, rumorte in Helenas Innerem die Angst um ihre Schwester. Sie betete inständig, dass Lilly in Sicherheit war.

»Ich gehe wieder ins Arbeitszimmer, Helena.« Gustav machte Anstalten aufzustehen.

»Bitte warte noch, Papa.« Helena hielt seine Hand fest. »Lass uns …«

»Fräulein Helena!« In diesem Augenblick kam Schwester Hedwig in die Küche. Sie wirkte nervös. »Wir haben wieder fünf Patienten mit einer Magen-Darm-Erkrankung und brauchen Tee.«

»Dass das gar kein Ende nimmt«, schimpfte Käthe. »Bald alle paar Tage hat einer Durchfall!«

»Ich kümmere mich darum«, versprach Helena sofort und stand auf. »Ich gebe nur noch die Anweisungen für das Abendessen. Den Tee bringe ich dann mit, wenn ich wieder in den Krankensaal komme.«

»Danke.« Schwester Hedwig nickte ihr zu. »Übrigens: Pater Fidelis wird einige der gesunden, kräftigeren Männer nach draußen begleiten. Es ist so schön sonnig heute Nachmittag.«

»Das ist eine gute Idee«, erwiderte Helena und setzte einen Kessel mit Wasser auf. »Es ist ohnehin Zeit, die Betten neu zu beziehen.«

Die Tür klapperte leise, als Schwester Hedwig die Küche verließ. Helena war klar, dass sie trotz der schlimmen Ereignisse in Stuttgart einen kühlen Kopf bewahren musste. Da hatte der Vater recht.

»Ich würde vorschlagen«, sagte sie zu ihm, während sie getrocknete Kamillenblüten in ein Sieb gab, »dass wir uns heute Abend gegen acht Uhr bei dir im Arbeitszimmer treffen und uns wegen Lilly besprechen. Wir müssen so schnell wie möglich wissen, wie es ihr geht und ob sie Hilfe braucht.

Schickst du jemanden ins Spital, der Katharina Bescheid gibt? Bis dahin dürfte auch Elisabeth wieder zu Hause sein.«

»Einverstanden«, antwortete der Vater, nahm seine Krücke und erhob sich. »Um acht.«

Nachdem er gegangen war, machte Helena den Tee fertig. Sie war gerade dabei, Melasse und etwas Salz unterzurühren, als jemand die altmodische Klingel des Lindenhofs betätigte. Bedeutungsschwanger stand der schrille Ton im Raum.

Helena wechselte einen ahnungsvollen Blick mit Käthe. »Ich gehe.«

Sie legte den Löffel zur Seite und eilte zur Eingangshalle. Als sie die Tür öffnete, stand dort ein Bote der Post.

»Grüß Gott, Fräulein Lindner. Ich habe ein Telegramm aus Stuttgart für Sie.«

Helenas Herz pochte heftig. »Ich nehme es an.«

Sie ließ sich das Schriftstück aushändigen.

Der Telegrammbote tippte sich an die Schirmmütze und stieg auf das klapprige Motorrad, mit dem er immer unterwegs war. Helena schloss die Tür hinter ihm.

Noch während sie zur Küche zurückging, entfaltete sie die Nachricht. »Oh, mein Gott!«, entfuhr es ihr, nachdem sie die wenigen Worte überflogen hatte, die unter dem Reichsadler standen. »Lilly!«

19. KAPITEL

Genf, Anfang Mai 1918

Nach regnerischen Apriltagen hatte sich endlich die Sonne durchgesetzt. Sie zauberte helle Lichtreflexe auf das tiefblaue Wasser des Genfer Sees, dessen Südwestspitze ins Hafenbecken der Stadt floss. Die frühsommerliche Wärme, die sich über Häuser und Parks gelegt hatte, umschmeichelte Körper und Sinne; der Tag war so klar, dass man mühelos den strahlend weißen Gipfel des Montblanc in der Ferne erkennen konnte.

Maxim war die gewundenen Spazierwege des hübsch angelegten *Jardin Anglais* entlanggegangen und hatte sich auf einer Bank in Ufernähe niedergelassen. Er war mit Boris verabredet, und während er auf seinen Freund wartete, beobachtete er die Fontäne des *Jet d'eau*, die steil aus dem See aufstieg. Eindrucksvolle neunzig Meter schoss sie in die Höhe. Ein willkommen unterhaltsames Schauspiel, das nur selten zu sehen war.

Maxim hatte sich erstaunlich schnell eingelebt in Genf,

was auch daran liegen mochte, dass er dank seiner guten Ausbildung neben Deutsch und Englisch nahezu fließend Französisch sprach. Er genoss den kulturellen und landschaftlichen Reichtum der Stadt, denn diese schöpfte nicht nur aus einer bedeutungsvollen Historie, sondern auch aus dem Geist eines Rousseau und eines Voltaire – und ihrer einzigartigen Lage.

Trotzdem blieb er innerlich unruhig und aufgewühlt. Denn alle Idylle konnte nicht über den Unmut der Menschen hinwegtäuschen, der – geboren aus gesellschaftlicher Ungerechtigkeit und schierer Not – auch hier ein vorrevolutionäres Brodeln verursachte. Maxim hatte Sorge, dass sich Russlands Geschichte auf Schweizer Boden wiederholen könnte oder am Ende gar in ganz Europa.

Die Trauer um Lidia und die Kinder war immer noch da. Aber in den Zorn, der ihn seit Monaten umtrieb, mischte sich mittlerweile eine Sehnsucht nach innerer Ruhe. Zugleich war Maxim klar, dass er wirklichen Frieden erst dann finden würde, wenn er wusste, weshalb sie hatten sterben müssen. Ob sie lediglich ein Zufallsopfer der Revolution geworden waren, wie so viele andere Adelige, oder ob es sich um ein gezieltes Verbrechen gehandelt hatte.

»Das Plätzchen hier ist wirklich einladend!« Boris' Stimme holte ihn aus seinen Gedanken. »Und heute haben sie sogar den Springbrunnen angestellt!« Er setzte sich neben Maxim auf die Bank, beschattete seine Augen mit einer Hand und fixierte den *Jet d'eau*.

»Vermutlich müssen sie ihn ab und zu sprudeln lassen, damit er nicht verstopft«, überlegte Maxim. »Ansonsten gibt es derzeit keinen Grund für einen solchen Luxus.«

»Es ist gut für die menschlichen Gemüter, wenn er hin und wieder angestellt wird«, erwiderte Boris. »Immerhin ist er eine Art Wahrzeichen hier. An so etwas halten sich die Leute in schwierigen Zeiten fest.«

»Solange sie nicht wissen, wie sie ihre Kinder satt bekommen sollen, werden es die meisten für Verschwendung halten«, entgegnete Maxim.

»Wie dem auch sei.« Boris krempelte die Ärmel seines Hemdes auf. »Wir haben heute eine Unterredung mit dem Priester.«

»Tatsächlich?« Maxim setzte sich auf. »Wann?«

»In einer Viertelstunde. Allerdings habe ich ihm für seine Unterstützung eine großzügige Spende für die orthodoxe Gemeinde in Aussicht stellen müssen.«

»Alles hat seinen Preis.« Maxim stützte seine Unterarme auf die Oberschenkel und verschränkte die Hände. »Es ist gut, dass er uns endlich empfängt.«

Eine Weile sahen sie beide schweigend auf den See hinaus und Maxim war froh, dass er inzwischen Zugriff auf sein in die Schweiz und nach England transferiertes Vermögen hatte. Gemeinsam mit Leonid in Paris arbeitete er zudem daran, ihre Geschäftsbeziehungen auszubauen und den Stahlhandel weiterzutreiben. Er würde die benötigte Summe aufbringen können.

»Ich hoffe für dich, dass wir endlich ein Stück weiterkommen«, sagte Boris schließlich. »Bisher treten wir auf der Stelle.«

»Mir war bewusst, dass wir einige Zeit brauchen werden, um stichhaltige Informationen zu Olga zu finden«, erwiderte Maxim. »Immerhin sind wir den Bolschewiki entkommen und wohlbehalten in Genf. Wir stehen am Anfang. Und wir haben Zeit.«

Laute Kinderstimmen schallten durch die Parkanlage. Einige Buben kamen den Weg entlang und schienen einen Platz für ein Ballspiel zu suchen. Sie entschieden sich für ein Rasenstück, das nur wenige Meter von der Bank entfernt war, auf der Maxim und Boris saßen. Mit Gejohle begannen sie, sich den aus Lumpen zusammengebastelten Ball zuzuwerfen.

Maxim richtete sich auf. »Wir müssen anders suchen, Boris.«

»Wie meinst du das?«, fragte sein Freund.

»Bisher hatten wir Olga im Fokus. Wenn Olga aber hier womöglich ein Kind geboren hat …« Maxim sah Boris erwartungsvoll an.

»… dann lautet die Frage: Wo ist das Kind?«, schlussfolgerte dieser. »Danach habe ich den Priester auch gefragt.«

Es waren nur fünf Minuten zu Fuß vom *Jardin Anglais* zur *Kreuzerhöhungskathedrale*. Schon von Weitem sah man die fünf vergoldeten Kuppeln des prächtigen weißen Gebäudes im Sonnenlicht glänzen. Fast schien es, als wetteiferten sie darum, welche von ihnen die schönste sei.

Obwohl Maxim nicht besonders fromm war, empfand er doch eine wehmütige Ehrfurcht, als er zusammen mit Boris durch die Eingangstür ins Innere trat. Der Geruch nach kaltem Weihrauch, die Säulen, die Malereien und Ikonen, die sakrale Stimmung, die hier herrschte – all das erinnerte ihn an Russland. Unwillkürlich formte sich ein Gebet in seinem Inneren.

Der schwarz gewandete Priester, der sie einige Minuten später vor einer Ikonenwand begrüßte, war mittleren Alters. »Lasst uns nach draußen gehen«, schlug er vor. »Dort können wir uns besser unterhalten.«

Maxim und Boris folgten ihm hinaus in die Nachmittagssonne.

»Baron Baranow«, sagte der Priester, während sie langsam die Kathedrale umrundeten. »Wie mir Ihr Freund kürzlich berichtete, suchen Sie nach einer gewissen Olga Pawlowa.«

»So ist es. Sie hat wohl eine Zeit lang hier in Genf gelebt.« Maxim machte eine kalkulierte Pause. »Durch die Umstürze in Russland gibt es ein Erbe, das ihr zukommen soll. Wir sind hier, um ihren Aufenthaltsort ausfindig zu machen.«

»Auch das hat Ihr Freund mir mitgeteilt. Und ich habe mich kundig gemacht.« Der Priester blieb stehen und zupfte an seinem langen grau melierten Bart. »Aufzeichnungen zu einer Olga Pawlowa habe ich keine gefunden. Wohl aber zu einer Jelena Pawlowa.«

»Jelena Pawlowa?« Maxim kam sofort ein Verdacht. »Eventuell könnte es sich um ihre Tochter handeln.«

»Dazu kann ich keine Auskunft geben.« Der Priester

machte eine uneindeutige Kopfbewegung. »Ich habe zu diesem Zeitpunkt noch nicht hier in Genf gedient.«

»Ist ein Datum notiert?«

»Das wohl. Jelena Pawlowa wurde im Oktober 1896 in unserer Kirche getauft. Aber es gibt keine Eintragung zur Mutter. Und auch keine zum Vater.«

Maxim rechnete rasch nach. Jelena Pawlowa musste heute einundzwanzig oder zweiundzwanzig Jahre alt sein. »Gibt es sonst irgendwelche Angaben zur Familie?«, fragte er.

»Nein«, erwiderte der Priester. »Aber zwei Jahre später ist ein Sterbevermerk angebracht worden.«

»Das Kind ist tot?« Obwohl Maxim nicht sicher wusste, ob es sich tatsächlich um Olgas Kind handelte, versetzte ihm diese Nachricht einen Stich. »Dann wurde es hier beerdigt?«

Der Priester schüttelte den Kopf. »Nein. Hier wurde keine Jelena Pawlowa im fraglichen Zeitraum beigesetzt.«

»Vielleicht wurde die Kleine vermisst?«, warf Boris ein.

»In diesem Fall wäre sie für tot erklärt worden«, erwiderte der Priester. »Wenn sie beispielsweise ertrunken ist, aber ihr Körper nicht gefunden wurde. Das ist denkbar.«

»Also besteht die Möglichkeit, dass ihr etwas in der Art zugestoßen ist«, sagte Maxim. »Habe ich das richtig verstanden?«

»So ist es. Mehr kann ich zu Ihrer Suche im Augenblick nicht beitragen.« Der Priester breitete die Hände aus, so als wolle er zeigen, dass sich nichts darin befände.

»Sie haben uns bereits weitergeholfen.« Maxim reichte ihm einen Umschlag.

»Seid bedankt«, erwiderte der Priester und steckte den Umschlag weg. »Wenn Gott es will, so werdet ihr finden, wonach ihr sucht.«

»Wir haben zu danken«, erwiderte Maxim. »Wollen wir hoffen, dass der Höchste sich gnädig zeigt.«

»Du hattest es aber eilig, dich zu verabschieden«, sagte Boris, als sie kurz darauf zurück in Richtung See gingen. »Ich hätte erwartet, dass du ihn auspresst wie eine Zitrone.«

»Ich fühle mich nicht ganz wohl«, entgegnete Maxim.

»Wie meinst du das?«, fragte Boris. »Vorhin warst du doch noch ganz munter?«

»Ach, das ist bestimmt nichts Ernstes« erwiderte Maxim. »Mir tut ein wenig der Kopf weh, und die Glieder spüre ich auch. Vielleicht brüte ich etwas aus.«

»Dann gehen wir am besten gleich nach Hause. Ich werde heute Abend noch einmal nach dir sehen.« Sie hatten zwei Zimmer in einem günstigen Hotel gemietet.

»Das wird das Beste sein.« Maxim rieb sich den Nacken. Ihn fröstelte. »Eines noch, Boris.«

»Ja?«

»Angenommen, das Kind wurde für tot erklärt ... lebt aber noch? Wem könnte dies nutzen? Olga? Dem Vater des Kindes? Irgendjemandem sonst?«

Boris blieb stehen und sah ihn an. »Das ist eine gute Frage. Im Stammbaum ist das Kind ja auch nicht aufgeführt.«

»Lass uns darüber nachdenken, Boris. Und morgen, wenn ich wieder bei Kräften bin, gehen wir dem nach.«

20. KAPITEL

Zur selben Zeit im Grandhotel Beau-Rivage in Genf

Die großzügige Suite im ersten Stock des Grandhotels Beau-Rivage, in der Wera Pronskaia mit ihrem Gatten Fürst Igor Sergejewitsch Pronsky seit einiger Zeit lebte, verströmte eine luxuriöse Opulenz. Wera schätzte die Pracht des Grandhotels, seine bevorzugte Lage am Genfer See, das aufmerksame Personal, die ausgezeichnete Küche und das weltläufige Flair. Igor und sie bewohnten zwar jeder ein eigenes Zimmer, hielten sich aber viel im repräsentativen Wohnbereich auf, um zu lesen oder ihre Korrespondenz zu erledigen. Hin und wieder widmeten sie sich einem gemeinsamen Damespiel.

Während Igor noch etwas arbeitete, saß Wera bereits in der barocken Sitzgruppe. Sie hatte sich eines der exquisiten handgemachten Pralinés des Hauses in den Mund geschoben und ließ es auf der Zunge zergehen. Gutes Essen und Süßes waren schon immer Weras große Schwächen, doch seit sie sich in Genf aufhielten, war die Schweizer Schokolade dazugekommen und ließ ihre ohnehin üppige Figur noch fülliger werden. Aber deshalb auf all die Köstlichkeiten zu verzichten, wäre ihr niemals in den Sinn gekommen.

Genussvoll seufzend, griff sie nach ihrem Champagnerglas und richtete ihre Aufmerksamkeit auf die Schmuckschatulle aus Mahagoni, die auf dem runden Tisch vor ihr stand.

»Ich bin gleich bei dir«, rief ihr Ehemann, der am Sekretär saß und raschelnd einige Papiere sortierte, zu ihr herüber.

Wera nickte, tauchte ihre schokoladigen Finger in eine bereitgestellte Wasserschale und trocknete sie an einer Serviette ab. Anschließend strich sie bedächtig über die glatte, warme Oberfläche der rechteckigen Kassette, die mit aufwendigen Intarsien ausgestaltet war. Sie steckte das zugehörige Schlüsselchen ins Schloss, drehte es um und hob den Deckel.

Das Bild, welches ihr der auf der Innenseite befindliche Spiegel zurückwarf, ignorierte sie – Wera wusste, dass sie älter wirkte als die vierzig Jahre, die sie zählte. Stattdessen konzentrierte sie sich auf die herrliche Tiara, die ihr auf einem Bett aus tiefrotem Samt entgegenfunkelte.

Sie ließ ihre Fingerkuppen über die kostbaren in Weißgold gefassten Steine wandern, empfand die hufeisenförmige Form nach, spürte den harten, kalten Schliff, der die hochkarätigen Diamanten und Smaragde zu wertvollen Juwelen machte. Schließlich nahm sie das Schmuckstück heraus und hielt es gegen das helle Nachmittagslicht, das durch die bodentiefen Fenster hereinströmte und den Edelsteinen faszinierende Effekte entlockte. Der Schöpfer des Pawlowa-Ensembles musste ein Genie gewesen sein.

Wera legte die Tiara vorsichtig zurück, zog anschließend

die untere der beiden Schubladen der Schatulle heraus und betrachtete liebevoll die darin liegenden Ohrgehänge. Sie bestanden jeweils aus zwei großen Smaragden in Tropfenform, die durch einen Solitär miteinander verbunden waren. Sie legte die Ohrgeschmeide zur Tiara. Die mittlere Schublade berührte sie nicht. Diese war leer.

»So.« Igor setzte sich zu ihr. In der Hand hielt er eine alte handschriftliche Beschreibung des Pawlowa-Schmucks. »Ich habe einen Makler gefunden«, sagte er.

»Ja?« Wera streichelte noch einmal über die Tiara. »Der Schmuck hat es verdient, wieder vollständig zu sein.«

»Du wirst ihn nicht behalten können«, gab Igor zu bedenken.

»Das weiß ich«, erwiderte Wera spitz. Es versetzte ihr jedes Mal einen Stich, wenn er sie daran erinnerte, dass sie das Geschmeide würde hergeben müssen.

Er sah sie einen Moment lang zweifelnd an. Dann deutete er auf das Schriftstück in seinen Händen. »Ich werde diese Beschreibung dem Auftrag beifügen. In einer Stunde geht ein Kurier nach Moskau, der die Unterlagen mitnehmen und dem Makler übergeben wird. Und dann findet sich hoffentlich bald eine Spur des Colliers.«

Wera nickte. Das spektakuläre Herzstück des Pawlowa-Ensembles war seit Langem verschollen, sein Platz in der Schmuckschatulle verwaist. Obwohl Igor seit Jahren alles daransetzte, den Halsschmuck zu finden, war dieser wie vom Erdboden verschluckt. Und nun, da sie sich zu ihrer eigenen Sicherheit hatten ins Exil begeben müssen, gab es für ihn keine Möglichkeit mehr, selbst danach zu suchen. Igor hatte sich deshalb in der russischen Exilgemeinde Genfs umgehört und einen Agenten in Moskau empfohlen bekommen.

Wera löste widerstrebend ihren Blick von den Schmuckstücken und sah ihren Mann an. »Ist dieser Makler vertrauenswürdig?«

»Er soll sich in mehreren kniffligen Fällen bewährt haben. Und er verfügt wohl über ausgezeichnete Kontakte.«

»Ah. Du wirst dich entsprechend versichert haben ...«

»Das habe ich. Sei unbesorgt. Unsere Zukunft hängt an diesem Schmuck, deshalb mache ich mich besser an die Arbeit, damit ich pünktlich fertig werde. Räumst du alles wieder in den Tresor?«

»Lass mich ihn noch ein wenig ansehen, Igor.«

»Meinetwegen.« Igor stand auf und kehrte an den Sekretär zurück.

Wera gab sich noch einmal der Aura des Geschmeides hin. Erst als Igor zur Rezeption hinunterging, klappte sie mit einem leisen Seufzen den Deckel der Schatulle zu und schloss sie ab. Während sie die Kassette zum Tresor im Schlafzimmer ihres Mannes trug, überkam sie auf einmal eine traurige Bitterkeit.

Das Leben hatte ihr so vieles vorenthalten: Schönheit, Gewandtheit, Charme – all das, was ihre älteren Schwestern Irina und Olga ausgemacht hatte. Auch die Anerkennung der eigenen Mutter, die sich nach zwei Mädchen eigentlich einen Sohn gewünscht hatte, war ihr versagt geblieben – genauso wie die Liebe ihres Mannes, der sich von ihr zurückgezogen hatte, seit ein Arzt ihnen eröffnet hatte, dass Wera aufgrund einer seltenen Laune der Natur keine Kinder bekommen konnte.

Wera vermochte es sich nicht zu erklären, aber sie hatte das Gefühl, erst dann ganz sie selbst zu sein, wenn der gesamte Schmuck ihr gehörte. Er wurde seit Generationen in der weiblichen Linie der Familie weitervererbt, doch als ihre Mutter Maria Pawlowa das Ensemble unter ihren drei Töchtern aufgeteilt hatte, war sie, Wera, mit den Ohrringen abgespeist worden. Eine Demütigung, wie es davor schon so viele gegeben hatte. Nach Lidias Tod hatte Igor dafür gesorgt, dass Wera die Tiara bekommen hatte – welch Genugtuung. Doch erst wenn sie alle drei Teile des Pawlowa-Ensembles bei sich vereint hätte, würde Weras Glück umfassend sein. Sie hatte nicht vor, ihn jemals wieder herzugeben. Aber davon würde Igor noch früh genug erfahren.

21. KAPITEL

Meersburg, das Mansardenzimmer, in diesen ersten Maitagen 1918

»Ach du liebe Zeit, Lilly!«, rief Helena besorgt, als Lilly sich zum dritten Mal an diesem Morgen in ihren Nachttopf übergab.

»Es ist nicht so schlimm, Helena. Heute Abend ist es bestimmt wieder weg.« Lilly sah auf und stellte das Gefäß auf den Boden neben ihr Bett. Dunkle Schatten lagen unter ihren Augen.

Helena feuchtete einen Waschlappen an und reichte ihn ihr. »Wir gehen heute Nachmittag zu Katharina ins Spital. Ein Arzt soll dich untersuchen.«

»Es geht mir schon wieder besser.« Lilly wischte sich das Gesicht ab. »Lass uns mit der Arbeit beginnen.«

»Du bleibst heute erst einmal im Bett, Lilly. Bis wir genauer wissen, was mit dir ist. Am Ende hast du etwas Ansteckendes.«

»Ich habe bestimmt nichts Ansteckendes, Helena. Sonst wäre mir doch den ganzen Tag schlecht.« Lilly ließ sich zurück in ihr Kissen sinken. »Das geht vorüber. Weißt du – es ist so viel Schreckliches passiert. Ich habe einfach Angst. Und dieses Gefühl geht gar nicht mehr weg. Im Traum höre ich immer das Geräusch der Motoren.«

»Das stimmt. Entschuldige bitte, ich war unbedacht.« Helena sah ihre Schwester mitfühlend an, die seit einigen Wochen wieder mit ihr im Mansardenzimmer lebte.

»Ist schon gut.«

»Zum Glück warst du nicht in der Fabrik, als die Flugzeuge gekommen sind.«

Lilly barg den Kopf in ihren Händen. »Es war trotzdem … einfach furchtbar …« Ihre Stimme versagte.

Noch konnte Lilly nicht richtig darüber sprechen, was sie am Tag des Bombenangriffs erlebt hatte. Sie sei nicht in Esslingen gewesen, wo die Seifenfabrik der Reichles gestanden hatte, sondern habe sich in der Stuttgarter Villa der Industriellenfamilie aufgehalten. Das war nahezu das Einzige, was sie dem Vater und Helena erzählt hatte. Wobei sich Helena nicht sicher war, ob das wirklich stimmte. Ihr schien es, als hätte Lilly den Angriff und die Stunden danach weitgehend ausgeblendet.

»Bitte, lass mich arbeiten, Helena«, bat Lilly, »ich mag nicht den ganzen Tag im Bett bleiben.«

Aber Helena schüttelte den Kopf. Erst vor wenigen Tagen war Doktor Zimmermann vom Spital bei ihnen gewesen, hatte sich wegen der häufigen Krankheitsfälle erkundigt und angekündigt, Konsequenzen zu ziehen, sollten die Lindners das Geschehen nicht bald beherrschen. Der Vater hatte ihn beruhigen können, indem er die allgemeine Versorgungsproblematik angesprochen und ihm die ergriffenen Hygienemaßnahmen erläutert hatte.

Für Helena allerdings war die Warnung deutlich gewesen, deshalb hatte sie sich sofort darangemacht, zusammen mit Käthe und Erna die Küche auf den Kopf zu stellen und die Vorräte zu überprüfen. Es war nichts Auffälliges festzustellen gewesen. Anschließend hatte sie sich mit Pater Fidelis über die Herstellung der Hausarzneien beraten, aber auch hier war alles geordnet, übersichtlich und sauber.

»Helena?«, fragte Lilly vorsichtig. »Ich könnte doch bei der Wäsche helfen. Selbst wenn ich eine Krankheit hätte, kann ich dabei niemanden anstecken.«

»Also gut.« Helena gab nach. »Dann hilfst du bei der Wäsche.«

Lilly lächelte dankbar und schlug die Decke zurück. Fünf Minuten später saß sie bereits angezogen vor dem Spiegel und steckte ihr Haar auf.

Helena nahm sich ein Glas mit Wasser. Sie war bereits früh im Lazarettsaal gewesen und eigentlich nur noch einmal hinauf in die Mansarde gegangen, um nach ihrer Schwester zu sehen. Jetzt nutzte sie die kurze Pause, um etwas zu trinken und anschließend nach der Schatulle mit dem Medaillon unter ihrer Matratze zu tasten. Diese Angewohnheit war ihr in Fleisch und Blut übergegangen, getrieben von der ständigen Sorge, dass es ihr abhandenkommen könnte. Als sie das Kästchen ertastete, war sie beruhigt.

»Ich bin fertig!« Lilly stand bereits an der Tür.

»Gut!« Helena strich über ihre Schürze. »Gehen wir.«

Am Abend desselben Tages im Arbeitszimmer von Gustav Lindner

»Gut, dass du gekommen bist, Lilly«, sagte Gustav Lindner.

»Was gibt es denn, Papa?« Lilly sah ihn fragend an.

Gustav sah seine Tochter an. »Ich muss dir heute eine traurige Nachricht überbringen. Dein Schwiegervater ... hat es nicht geschafft.«

Er sah, wie Lillys Augen sich verdunkelten.

»Die Verletzungen waren zu schwer«, fuhr er fort. »Es tut mir leid, Lilly.«

Lilly antwortete nicht. Gustav merkte, dass sie versuchte, die Nachricht einzuordnen. »Dann leben sie beide nicht mehr«, stellte sie schließlich fest. Es klang erstaunlich nüchtern.

»Nein.«

Lillys Schwiegereltern waren die einzigen Toten, die der Bombenangriff auf Esslingen gefordert hatte. Zumindest bislang.

»Armer Arno ... wir müssen ihm schreiben«, sagte Lilly. »Er war schon furchtbar traurig wegen seiner Mutter. Und jetzt ...«

»Ja. Informiere deinen Mann, Lilly. Das ist jetzt das Wichtigste.«

Lilly nickte.

»Ich nehme an, dass er der Erbe seiner Eltern ist«, fuhr Gustav fort.

»Das ist er. Er hat ja keine Geschwister.«

Gustav nickte. »Da er derzeit im Feld steht, kommen einige Aufgaben auf uns zu.«

»Arnos Onkel Fritz hat sich doch schon um alles gekümmert.«

Der Bruder von Lillys Schwiegervater, der ebenfalls in Stuttgart lebte, war Lilly gleich nach dem Unglück beigesprungen. Gustav hatte ihn dafür zunächst sehr geschätzt. Doch als er erfahren hatte, dass Lilly eine Vollmacht hatte unterschreiben müssen, die dem Onkel vorauseilend weitgehende Rechte einräumte – sowohl was die Belange der Seifenfabrik als auch die der Reichle-Villa betraf –, war er nachdenklich geworden. Es war vordringlich, Lillys Rechte und Befugnisse zu klären, vor allem, da sie noch nicht volljährig war.

»Auch wenn sich der Onkel derzeit um alles sorgt«, sagte Gustav, »so ist es dennoch an dir, dich um das Erbe deines Mannes zu kümmern. Diese Verantwortung hast du mit deiner Heirat übernommen.«

»Ich weiß doch gar nicht, was ich mit so einem großen Haus und einer kaputten Fabrik anfangen soll, Papa«, wiegelte Lilly ab. »Außerdem möchte ich nicht mehr nach Stuttgart zurück.«

Gustav sah sie ernst an. »Du kannst dich nicht hier am Bodensee verkriechen, Lilly. Ich sehe ein, dass du Schweres erlebt hast. Aber du darfst nicht die Augen verschließen und alles dem Onkel deines Mannes überlassen.«

Lilly schüttelte energisch den Kopf. »Ich *kann* nicht zurück.«

»Wir werden dich unterstützen, das weißt du.« Gustav fiel es nicht leicht, sich derart unerbittlich zu zeigen.

»Papa ...«

»Ich kann es dir nicht ersparen. Du *musst* nach Stuttgart zurückkehren und dich um deine Zukunft kümmern. Und zwar bald.«

Nachdem Lilly niedergeschlagen das Arbeitszimmer verlassen hatte, nahm Gustav seine Krücke, begab sich ans Fenster und sah hinaus auf den Hof und das Seeufer.

Ein Jungvogel hockte auf dem Boden und piepste herzzerreißend. Offensichtlich war ihm ein Flugversuch missglückt. Ein Elternteil war bereits in der Nähe und beobachtete das Kleine, machte aber keine Anstalten, ihm zu helfen. Das Vögelchen würde selbst lernen müssen, seine Flügel zu benutzen.

Gustav seufzte.

Im Nachhinein war er froh, dass Helena seine Bedenken in den Wind geschlagen hatte und einfach nach Stuttgart gefahren war, nachdem Lillys Telegramm mit der Bitte um Hilfe eingetroffen war. Eine knappe Woche war sie in Stuttgart geblieben und hatte sich um die wichtigsten Dinge gekümmert und bei dieser Gelegenheit auch besagten Onkel Fritz kennengelernt. Aber erst nachdem sie mit Lilly nach Hause zurückgekehrt war, hatten sie von der Vollmacht erfahren.

Das hatte Gustav zwar schon damals Kopfzerbrechen bereitet, aber da er davon ausgegangen war, dass Lillys Schwiegervater genesen würde, hatte er nichts unternommen. Doch nun, mit dem Tod des Familienoberhaupts und Inhabers der Seifenfabrik, standen die Dinge anders.

Arno Reichle war der Erbe. Aber was, wenn er nicht mehr zurückkehrte? Im Krieg blieb, wie so viele?

Er lehnte sich an den Fensterrahmen und schloss die Augen. Obwohl er Lillys schneller Hochzeit zu Beginn kritisch gegenübergestanden war, hatte es ihn erleichtert, wenigstens eine seiner Töchter finanziell versorgt zu wissen. Denn seine eigene Existenz war nach wie vor nicht gesichert.

Es würde nicht leicht werden für Lilly, das war Gustav bewusst. Er musste daran glauben, dass sie ihre Aufgabe annehmen und daran wachsen und reifen würde. War es nicht so, dass die Eltern ihre Küken aus dem Nest stießen? Damit sie die Flügel ausbreiteten und fliegen lernten?

22. KAPITEL

Moskau, Ende Mai 1918

»Ich garantiere Ihnen, dass ich liefern werde.« Nikita fixierte sein Gegenüber mit einem Blick, von dem er wusste, dass er außerordentlich einschüchternd wirkte. »Aber ich verlange die Hälfte der Summe vorab.«

»Das ist viel Geld«, erwiderte der Mann, der mit ihm am Tisch saß, ein schlanker Mittvierziger, von dem er nur den Vornamen wusste, der vermutlich nicht einmal stimmte. Andrej.

Nikita antwortete nicht, sondern zog lediglich eine Braue nach oben.

Andrejs Augen verengten sich. »Zu viel.«

»Betrachtet man den gesamten Wert des Geschäfts, ist diese Vorauszahlung mehr als angemessen.« Nikita lehnte sich auf dem Stuhl mit den gedrechselten Füßen und der kostbaren Brokatpolsterung zurück.

Andrejs Wohnung war eine Ansammlung protziger Möbel, die in ihrer Zusammensetzung davon zeugten, dass ihr

Besitzer keinerlei Geschmack besaß. So wie viele dieser Parteifunktionäre, die im Fahrwasser der Revolution groß wurden und alles an Kultur und Stil zerstörten, was Russland über Jahrhunderte hinweg hervorgebracht hatte. Gleichzeitig umgaben sie sich mit dem zusammengewürfelten Erbe der Monarchie, die sie angeblich so verachteten, und dieser Widerspruch prägte die russische Gesellschaft – oder vielmehr das, was von ihr übrig war.

Und noch etwas brachte dieser Widerspruch mit sich: Das Leben war unberechenbar und gefährlich geworden. Wer heute dein Freund war, konnte morgen schon dein Feind sein.

Nikita schlug sich gut durch diese Zeiten. Als uneheliches Kind eines Adeligen profitierte er von seinen Kontakten in die verschiedenen Welten – in die des untergegangenen Zarenreichs und die des aufstrebenden Sowjetrusslands. Sein Handel mit Schmuck, Antiquitäten und Büchern florierte. Und nebenbei versuchte er, die Bolschewiki über den Tisch zu ziehen, wann immer es ging. Er verachtete die brutale Art, wie sie das Land mit Blut und Dreck überzogen.

Nicht dass er sonderlich viel von den russischen Adelshäusern gehalten hätte, die von den Kommunisten hinweggefegt worden waren. In ihren Palais und auf ihren Landgütern hatten sie ein Leben fernab der Wirklichkeit geführt und dabei auf Kosten anderer gelebt. Hatten ihre Privilegien in die Wiege gelegt bekommen und erst viel zu spät bemerkt, dass es so etwas wie ein Geburtsrecht nicht gab. Dass auch der einfache Mann gut leben sollte, wenn er täglich hart dafür arbeitete. Dennoch – die Aristokraten besaßen Kultiviertheit und Bildung, gute Umgangsformen und Geschmack und hatten Russland damit ein Gesicht gegeben, mit dem es vor sich selbst und der Welt hatte bestehen können.

Nikita schlug gelassen die Beine übereinander und wartete, bis Andrej aus der Reserve kam. Darin war er Meister – den Kontrahenten schmoren zu lassen, bis er zu Zugeständnissen bereit war. Und in diesem Fall machte es ihm eine ganz besondere Freude, denn Nikita hasste Profiteure wie Andrej, die vorgaben, Russland in ein neues, gerechtes Zeitalter zu führen. Die so taten, als stünden sie auf einer Stufe mit dem Volk – und sich in Wirklichkeit schlimmer gebärdeten, als ein Fürst oder Baron des alten Adels es je gewagt hätte. Die das Volk systematisch bespitzeln, wegsperren oder für völlig aus der Luft gegriffene Vergehen hinrichten ließen. Die neue Ordnung, der dies alles dienen sollte, war in Nikitas Augen ohnehin blanker Hohn. Es sollte keine Klassenunterschiede mehr geben, aber Lenin selbst bediente sich schamlos am Fuhrpark des Zaren und ließ sich vorzugsweise mit den französischen Luxusautos von *Delaunay-Belleville* durch sein revolutioniertes Imperium kutschieren.

»Bringen Sie mir das erste Stück. Dann bezahle ich die anderen in einer Summe«, schlug Andrej nun vor und schenkte zum wiederholten Mal Wodka nach. Nikita wusste, dass die eigentlichen Verhandlungen heute Nacht mit der Schnapsflasche ausgetragen wurden.

Er nahm das Glas, leerte es wie die anderen davor in

einem Zug und warf es hinter sich, sodass es mit einem lauten Klirren an der Kante eines teuren, alten Möbelstücks zersprang. »Sie wissen, worum es sich bei diesem Auftrag handelt?«

»Verkaufen Sie mich nicht für dumm, Nikita«, warnte Andrej und stürzte seinerseits den Wodka hinunter. »Es könnte Sie teuer zu stehen kommen.« Er stellte sein Glas betont laut zurück auf den Tisch. »Sie wissen ja, wir können auch anders.«

Nikita wusste das sehr gut und hatte seine Taktik darauf abgestimmt. Denn Geld war nicht das vorrangige Ziel seines Kalküls. Er wollte etwas anderes von Andrej.

»Sie werden niemanden finden, der Ihnen etwas Derartiges beschaffen kann«, sagte er und gab seiner Stimme eine raue Geschmeidigkeit. »Tiara, Collier und Ohrgehänge sind seit hundert Jahren in Familienbesitz. Die verarbeiteten Smaragde stammen aus dem Ural, die Diamanten sind lupenrein. Schliff und Färbung sind von ausgesuchter Schönheit. Alles gefasst in hochkarätiges Weißgold.«

Andrej hatte bereits wieder Wodka nachgefüllt. »Das ist mir bekannt«, sagte er lapidar und hob sein Glas. »Auf die Revolution!«

»Auf gute Geschäfte!« Das nächste Glas fand sein scherbenreiches Ende. Nikita vertrug viel. Diesen Wettstreit würde Andrej verlieren, das sah er an dessen Augen – sie wurden bereits glasig. »Die Hälfte vorab«, wiederholte Nikita.

Andrej rülpste. »Ein Zehntel.«

Nikita lachte. »Was war Ihr Vater von Beruf?«, fragte er Andrej herausfordernd.

Andrej war irritiert. »Was hat denn mein Vater damit zu tun?«

»Mehr als Sie denken. Was hat er gearbeitet?«

»Er war ... bei der Eisenbahn.« Andrej stand auf und schlug mit der Faust auf den Tisch, sodass die Wodkaflasche einige Zentimeter in Richtung Tischkante wanderte. »Verdammt noch mal. Was hat das mit unserem Geschäft zu tun?«

»Sehen Sie«, erklärte Nikita so, als erkläre er einem Kind den Mond. »Der Vater war bei der Eisenbahn. Sein Sohn dagegen sitzt in dieser pompösen Wohnung und verhandelt mit mir um Schmuck von enormem Wert.«

»Das Ergebnis der Revolution!«

»Moment! Dass der Sohn dank der Revolution so etwas tun kann, heißt nicht, dass er auch etwas davon versteht.«

»Sie sind unverschämt!«

»Wir wissen beide, dass wir das sein müssen.« Nikita lächelte. »Bekomme ich noch einen?«

Andrej stellte ihm ein neues Glas hin und setzte sich widerstrebend zurück an den Tisch.

So zechten sie weitere Stunden. Als Andrej nur noch schleppend sprach, entschloss sich Nikita zum entscheidenden Zug.

»Ich mache Ihnen ein letztes Angebot!«

»Ach«, Andrej kicherte und wedelte mit der Hand durch die Luft. »Und das wäre?«

»Keine Vorabzahlung. Aber Sie sorgen dafür, dass ich innerhalb und außerhalb Russlands reisen kann. Uneingeschränkt.«

»Eine Art ... Freibrief?«

»Einen Freifahrtschein.«

»Warum sollte ich Ihnen den verschaffen?«

»Weil sich der Schmuck in der Schweiz befindet.«

»Ah!« Andrej gab vor nachzudenken. Dabei fielen ihm immer wieder die Augen zu. »Bringen Sie ihn dann gleich mit? Den Schmuck, meine ich.«

»Ja.«

»Mhm. Gut.«

Nikita grinste und dankte Gott für Andrejs schlichtes Gemüt, denn er hatte mitnichten vor, den Schmuck nach Moskau zu bringen. Den nutzte er lediglich als Köder. Sobald er hatte, was er wollte, würde er Andrej eine Alternative anbieten und ihm dazu neue Kostbarkeiten in Aussicht stellen. Im Gegenzug profitierte er von dessen Beziehungen in die Politik. Wenn man sich zwischen den Welten bewegte, so wie Nikita, war das Schaffen solcher Abhängigkeiten unabdingbar.

Heute brauchte er Reisepapiere, um einigermaßen sicher durch Europa reisen zu können. Denn er war dabei, seine Geschäfte phänomenal zu erweitern. Immer mehr Adelige zog es ins Exil, und mit diesen Emigrationsbewegungen gab es kostbaren Besitz zu retten, zu verkaufen oder zu verstecken – je nachdem, was die Eigentümer vorhatten. Manche brachen ihre Zelte in Russland für immer ab, andere dachten an eine Rückkehr. Für Nikita tat sich hier ein weites und einträgliches Feld auf.

Die Geschichte mit dem Schmuck war daher nicht aus der Luft gegriffen, sondern hatte mit einem wichtigen Auftrag zu tun: Er sollte nach einem verloren gegangenen Collier des bekannten Pawlowa-Geschmeides forschen. Im Erfolgsfall hatte man ihm ein horrendes Honorar in Aussicht gestellt. Obwohl Nikita in den letzten Wochen alle seine Möglichkeiten und Kontakte genutzt hatte, war das Schmuckstück bisher nicht aufzufinden gewesen. Möglicherweise befand es sich gar nicht mehr in Russland, zumal sich sein Auftraggeber selbst im Schweizer Exil aufhielt. Der Mann, ein russischer Fürst, war wohl im Besitz der anderen Teile des Ensembles aus Smaragden und Diamanten. Nikita hatte beschlossen, ihm einen Besuch abzustatten, um sich zum einen von der Echtheit der Ohrgehänge und der Tiara zu überzeugen und zum anderen etwas mehr über die Familiengeschichte der Pawlowas herauszufinden. Manchmal ergaben sich daraus neue Ansätze.

Er betrachtete Andrej, dessen Kopf inzwischen auf der Tischplatte lag. »Nun? Sind Sie zu einem Schluss gekommen, Andrej?«

Andrej erschrak und rappelte sich auf. »Ähm ...«

Nikita sah ihn eindringlich an.

»Ah, ja, also ...« Andrej griff nach der Flasche und versuchte, sich einen weiteren Wodka einzuschenken, aber der klare Schnaps fand nicht mehr den Weg ins Glas. Stattdessen bildete er eine Pfütze auf dem Tisch und lief in mehreren

Rinnsalen zu Boden. »Dann, ähm, ja. Ich … ich bin einverstanden.«

»Ich hole die Papiere in zwei Tagen ab.«

»In zwei Tagen?« Andrej rieb sich die Augen. »Ich weiß nicht, ob ich das schaffe …«

»Natürlich schaffen Sie das.« Nikita stand auf. »Denken Sie einfach daran, was Ihre Revolutionsfreunde sagen werden, wenn Sie ihnen den Schmuck präsentieren. Das gibt reichlich Devisen, und die werden doch benötigt, nicht wahr? Ihnen dürfte ein guter Posten sicher sein.«

Andrej brauchte eine Weile, bis er Nikitas Worte eingeordnet hatte. Dann grinste er. »Devisen, ja. Damit der Kommunismus weiter gedeihen kann. Einverstanden. Über … morgen.«

»Es ist mir ein Vergnügen.« Nikita trat zu Andrej und tätschelte ihm wohlwollend die Schulter. »Ich finde hinaus. Sie brauchen mich nicht zu begleiten.«

Andrejs Kopf sank zurück auf die Tischplatte.

Nikita lächelte und setzte seinen Hut auf. Mit Männern dieses Formats würden sich die Bolschewiki nicht lange halten können.

Als er durch die Nacht nach Hause ging, pfiff er die Marseillaise.

23. KAPITEL

Meersburg, Anfang Juni 1918

Die schlichte Freude beim Anblick der ersten roten Früchte zwischen den grünen Blättern war dieselbe wie in Kindertagen. Helena schmeckte die feine Süße der Erdbeeren, noch bevor sie sich die erste in den Mund gesteckt hatte. Wie oft hatte sie dieses Vergnügen mit ihren Schwestern geteilt, an hellen Frühsommertagen wie diesem, wenn sich Pfingstrosen, Margeriten, Hortensien und die ersten Rosen mit all den anderen frisch erblühten Blumen ein duftendes Stelldichein gaben.

Heute Vormittag dagegen war es Pater Fidelis, der sie in den Garten begleitet hatte. Der Mönch arbeitete täglich im Lazarettbetrieb mit und vernachlässigte darüber seine Aufgaben bezüglich der Klosterkirche in Birnau, was Helena nicht entgangen war. Darauf angesprochen, beteuerte er jedoch stets, dass sein Abt in Bregenz es guthieß, dass er seine Kraft derzeit für die Menschen und nicht für Steine einsetzte.

Ihre Schwestern dagegen waren von ihren eigenen Aufgaben herausgefordert. Katharina fand sich nur unregelmäßig zu Hause ein – ihr Leben spielte sich im Spital ab. Und Lilly war gemeinsam mit ihrem Vater vor einigen Tagen nach Stuttgart gefahren. Gustav Lindner hatte sich in seiner Werkstatt eine neue Holzprothese gezimmert und war dank dieser nun fast so agil und zupackend wie einst. Er würde Lilly dabei helfen, den Haushalt in der Industriellenvilla zu übernehmen. Zudem wollte er sich mit Arnos Onkel bezüglich der zerstörten Fabrik beratschlagen. Alle gingen davon aus, dass Lillys Ehemann bald Fronturlaub bekam, und warteten auf entsprechende Nachrichten. Lilly selbst ging es wieder besser, die Übelkeit hatte aufgehört, was auch immer die Ursache dafür gewesen sein mochte. Der Arzt im Spital hatte von einer nervlichen Überlastung gesprochen.

»Die Erdbeere«, erklärte Pater Fidelis, während Helena bereits in die Hocke ging, um mit dem Pflücken zu beginnen, »gehört ja zu den *Rosengewächsen.*«

»Ein Rosengewächs?«, fragte Helena. »Das wusste ich nicht.« Sie war froh, dass sie sich heute die Zeit zum Ernten hatte nehmen können. In den letzten Tagen waren viele Patienten entlassen worden, und die Neubelegungen wurden erst am Abend erwartet – die Vorbereitungen dafür waren weitgehend abgeschlossen.

»Das hab ich mir gedacht.« Pater Fidelis grinste und zeigte auf die niedrigen Stauden »Was da hängt, ist eine Gartenerdbeere. *Fragaria ananassa.*«

Helena schmunzelte in sich hinein, als er den botanischen Namen so langsam und deutlich aussprach wie sonst seine lateinischen Sprüche.

»Ich kenne sie nur als Erdbeere, Pater Fidelis«, erwiderte sie, während sich ihr Korb allmählich füllte. »Und als solche ziehe ich sie schon seit vielen Jahren.«

»Des machens guat, Fräulein Helena«, erwiderte Pater Fidelis gutmütig. Dann betrachtete er die Erdbeerpflanzen. »Ich würd dir ja gern helfen. Aber wenn ich mich da runtersetz, dann komm ich nimmer auf.«

Nun musste Helena lachen. »Das ist nicht schlimm. Erzählt mir noch ein wenig über die Gartenerdbeere, während ich pflücke.« Pater Fidelis' Bauch war trotz der kargen Zeiten nicht bedeutend kleiner geworden. Und auch wenn er bei der Pflege der Soldaten kraftvoll zupackte, schaffte er es aufgrund seiner Leibesfülle nicht, in die Hocke zu gehen.

»Ja mei, die Gartenerdbeere, also des ist ja eine Nuss. Aber des weißt sicher schon, Fräulein Helena«, begann er.

»Ich dachte, sie sei eine Rose?«

»Ah, nein, das hast falsch verstanden. Ein Rosen*gewächs*! Sie ist schon verwandt mit der Rose. Aber auch mit einem Apfel oder einer Birne.«

»Auch das sind meines Wissens keine Nüsse«, erwiderte Helena und trug ihr Körbchen ein Stück weiter, wo sie die nächsten Stauden aberntete. »Sondern Obst mit Kernen. Oder sehe ich das falsch?«

Pater Fidelis lachte laut, sodass sein Bauch wippte. »Also, die Erdbeere ist eine Nuss. Gibst mir eine?«

Helena reichte ihm eine Beere.

»Schau, Fräulein Helena.« Pater Fidelis beugte sich vor und deutete auf die vielen kleinen grünen Körner, die auf der Oberfläche verteilt waren. »Des sind die Früchte. Und wennst richtig hinschaust, dann siehst, dass des Nüsse sind. Ganz kleine halt.«

Helena pflückte eine weitere Frucht und besah sie sich genau. Die kleinen harten Punkte auf dem Fruchtfleisch hatte sie bisher gar nicht näher beachtet. Aber dass die Erdbeere deshalb eine Nuss sein sollte?

»Glaubst des net?« Pater Fidelis war in seinem Element. »Fräulein Helena, das ist natürlich ein bisserl anders. Wennst es ganz genau nimmst, ist die Erdbeere eine *Sammelnussfrucht*. Und da sind wir wieder bei den Rosen. Denn ein paar von den Rosengewächsen haben die Nüsse.«

Helena verstand inzwischen gar nichts mehr, aber sie hörte weiterhin folgsam zu, während sie vorsichtig die letzten reifen Erdbeeren abzupfte.

»Die kleinen Nüsse, des sind die Früchte. Aber weil's auf dem roten Fruchtfleisch hocken, fressen's die Tiere. Die scheißen's anderswo wieder aus. Und dann wachst da eine neue Erdbeerpflanze.«

Helena richtete sich auf. »Danke, Pater Fidelis. Nun weiß ich endlich, wie sich die Erdbeeren fortpflanzen.« Sie konnte sich kaum das Lachen verkneifen.

»Ah, des ist doch gern geschehn! Darf ich des Körberl abnehmen, Fräulein Helena?«

»Danke.« Helena übergab ihm den vollen Korb. »Aber

passt auf, dass die Erdbeer-Nüsse nicht herausfallen, Pater Fidelis. Sonst streicht Euch Käthe das Abendbrot.«

Als Helena und Pater Fidelis zum Haus zurückgingen, fiel Helena eine schlanke Gestalt auf, die sich auf der halbrunden Kiesfläche vor dem Lindenhof aufhielt. Im Näherkommen erkannte sie Kasia von Szadurska, welche im Begriff war, eine Staffelei aufzubauen.

»Würde es Euch etwas ausmachen, vorauszugehen und Käthe die Erdbeeren zu bringen, Pater Fidelis?« Helena wollte gerne ein paar Worte mit der Künstlerin wechseln. »Sagt ihr, ich komme in zehn Minuten nach.«

»Freilich sag ich ihr des!«, erwiderte Pater Fidelis und machte eine schwungvolle Bewegung in Richtung des Eingangs, sodass der Korb mit den Erdbeeren vorübergehend in eine gefährliche Schräglage geriet.

Helena hielt unwillkürlich die Luft an und stieß sie erleichtert wieder aus, als Pater Fidelis mitsamt den Erdbeeren in der Tür verschwunden war. Dann wandte sie sich zu Kasia um, die gerade dabei war, einen kleinen Hocker aufzuklappen. Als diese Helena bemerkte, blickte sie auf. »Fräulein Lindner! Wie schön, Sie zu sehen.«

»Frau von Szadurska!«, entgegnete Helena und reichte Kasia die Hand. »Die Freude ist ganz auf meiner Seite!«

Kasia deutete auf die Staffelei. »Ich habe mir erlaubt, Ihrer Einladung Folge zu leisten, den Lindenhof zu malen. In der Hoffnung, Sie mit meinem Vorhaben nicht zu überrumpeln!«

»Oh, nein! Sie überrumpeln mich nicht, und wenn, dann nur im besten Sinne! Ich finde es wunderbar, dass Sie den Weg zu uns gefunden haben!«

»Es ist schon eine Weile her, seit wir uns oben im Spital getroffen haben.« Kasia lächelte. »Und heute versprach der Tag schon beim Aufstehen ein ideales Licht, um hier zu malen.«

Helena nickte und deutete auf den Kasten mit Farben, der im Gras stand. »Malen Sie in Öl?«

»Heute nicht. Ich werde mit Gouache arbeiten. Aber grundsätzlich male ich natürlich auch in Öl.«

»Ich würde Ihnen sehr gerne über die Schulter schauen«, bekannte Helena. »Es gab eine Zeit, in der ich selbst gerne gemalt habe.«

»Tatsächlich? Dann kommen Sie doch einfach mit dazu, und wir malen gemeinsam.«

»Das hört sich verlockend an. Aber derzeit habe ich weder Farbe noch Leinwand. Und vor allem keine Zeit.« Helena seufzte. »Leider.«

»Das Material bekommen Sie von mir. Und die Zeit … die müssen Sie sich nehmen.«

»Ich weiß«, erwiderte Helena unglücklich, »aber wir haben den Lazarettbetrieb hier – seither bin ich froh, wenn ich überhaupt noch zum Schlafen komme.«

Kasia zog ihren Hut ab und legte ihn auf den Hocker. »Zunächst einmal möchte ich, dass Sie mich Kasia nennen. Mein Nachname ist zu lang und zu kompliziert.«

»Sehr gern, Kasia. Ich heiße Helena.«

»Und dann – ich wollte ohnehin gerne etwas Sinnvolles tun in diesen unsinnigen Zeiten.«

»Aber Sie tun doch etwas Sinnvolles«, erwiderte Helena. »Sie bereiten den Menschen mit Ihren Bildern Freude.«

»Das mag sein. Ich meine etwas, das wirklich Not lindert. Wie wäre es, wenn ich hier im Lazarett mithelfe? Natürlich nur dann, wenn Sie mich gebrauchen können.«

»Wir sind für jede Hilfe dankbar«, sagte Helena, überrascht von Kasias Angebot. »Aber wir können die Arbeit nicht vergüten. Deshalb …«

»… können Sie mich nicht beschäftigen, meinen Sie?« Kasia winkte ab. »Es geht mir nicht ums Geld. Ich bin versorgt. Mir geht es darum, mich nützlich zu machen.«

»Aber wenn ich dazu noch Leinwand von Ihnen bekomme und Farben …«

»… und ein wenig Unterricht?« Kasia lächelte. »Sehen Sie, Helena. Wir neigen dazu, das, was wir bekommen, und das, was wir geben, gegeneinander aufzurechnen. Wir möchten nichts schuldig bleiben. Das ist ein großer Fehler. Wenn ich etwas gebe, dann erwarte ich nichts dafür. Mein Lohn besteht darin, jemanden glücklich gemacht zu haben. Und wenn man weiterdenkt, dann bin ich sicher, dass alles zu einem zurückkommt. Und zwar dann, wenn man es gar nicht erwartet.« Sie machte eine Pause. »Also?«

Helena erwiderte Kasias Lächeln. »Ich bin … überwältigt. Das ist sehr großzügig von Ihnen, Kasia.«

»Wann kann ich beginnen?«

»Sobald es Ihnen möglich ist.« Helena strich über die

Schürze ihrer Schwesterntracht. »Ich kann Ihnen ein Gästezimmer in unserem Haus anbieten. Vermutlich aber werden Sie lieber bei Ihrem Ehemann unterkommen.«

»Mein Ehemann und ich leben ohnehin nicht zusammen, wie Sie vielleicht wissen.« Kasia zwinkerte Helena zu. »Ich nehme gerne das Gästezimmer. Hin und wieder werde ich nach Hause müssen, aber Konstanz ist ja nicht weit.«

»Dann lasse ich ein Zimmer vorbereiten und lade Sie ein, später mit uns zu Mittag zu essen.«

»Danke.« Kasia nickte ihr zu. »Und für unsere Malstunden richten wir feste Zeiten ein. Man muss für sich selbst sorgen, wenn man für andere Sorge trägt. Nicht nur für den eigenen Körper. Auch für das Gemüt.«

»Ja«, erwiderte Helena und dachte an Katharina. »Ich weiß.«

Als Helena kurz darauf in die Küche kam, stand der Korb mit den frischen Erdbeeren auf dem Holztisch. Käthe beugte sich gerade darüber und betrachtete den Inhalt.

»Sehr schön, Fräulein Helena«, sagte sie, als Helena zu ihr trat. »Damit können wir etwas anfangen.«

»Ja, ich war auch überrascht, wie viele schon reif sind«, erwiderte Helena und naschte eine Erdbeere. »Und sie sind wunderbar süß!«

Käthe lächelte. »In letzter Zeit habe ich hin und wieder etwas von unseren Vorräten für die Meersburger Schlosstorte abgezweigt.«

»Wunderbar. Das war bestimmt nicht ganz einfach.«

»Nein«, erwiderte Käthe. »Aber was ist derzeit schon einfach. Ich hole die Zutaten.«

»Lassen Sie mich mitkommen!« Helena folgte Käthe in die angrenzende Vorratskammer.

Dort duftete es wie immer nach Getreidekaffee, Kartoffeln, Wurzelgemüse, Zwiebeln und Gewürzen, dazu gesellten sich süße Aromen von Trockenfrüchten und Backwaren und der harzige Geruch der hölzernen Regalreihen.

»Hier«, Käthe deutete auf einige Gefäße aus hellem Porzellan mit blauem Rand, »habe ich alles gesammelt.«

»Dann tragen wir die Sachen am besten zusammen.«

Nach und nach fanden die Zutaten ihren Platz auf dem Tisch mit dem Erdbeerkorb: Zucker, Vanillezucker und Einmachzucker, Honig, Eier, Mehl, Stärke und Butter, Natron, Salz und Kakaopulver. Ein paar Walnüsse vom letzten Herbst. Zuletzt nahm Käthe Milch und Quark aus der Kühlung.

Helena stahl sich noch eine Erdbeere.

»Wir fangen lieber gleich an.« Käthe beobachtete sie dabei mit einem bedeutungsvollen Blick. »Sonst sind am Ende keine Erdbeeren mehr übrig. Ich würde drei Viertel davon zu Püree verarbeiten.«

»Einverstanden«, erwiderte Helena.

Gemeinsam machten sie sich an die Arbeit, kochten einen Teil der Früchte ein, fertigten aus Mehl, Zucker, Butter und Eiern eine dünne runde Mürbteigplatte und aus Eiern, Zucker, Mehl und Kakao mehrere dunkle Biskuitböden. Käthe hatte wirklich an alles gedacht, und so entstanden unter den geschickten Händen der beiden Frauen karamellisierte Walnüsse, kandierte Erdbeerscheibchen und eine feine, mit Vanillezucker aromatisierte und durch die Stärke stabilisierte Quarkcreme. Eine Hälfte davon vermischten sie mit der ausgekühlten Erdbeermarmelade.

»So. Jetzt können wir alles zusammensetzen«, sagte Käthe schließlich zufrieden und legte den Schneebesen zur Seite.

Helena setzte den Mürbeteig auf eine Tortenplatte und bestrich ihn mit Erdbeermarmelade, unter die sie zuvor noch ein wenig Schnaps gerührt hatte. Anschließend legte Käthe vorsichtig den ersten Biskuitboden auf.

»Wir nehmen zunächst die helle Creme«, entschied Helena und verteilte diese mit geschickten Handgriffen auf dem dunklen Biskuit. Darüber verteilte sie die kandierten Erdbeeren.

Es folgte ein zweiter Biskuitboden, dann die rosafarbene Erdbeercreme. Nachdem der dritte Boden aufgesetzt war, strichen sie die ganze Torte sorgfältig mit der restlichen Vanillecreme ein.

Während Helena einige Blätter frischer Minze wusch und abtrocknete, setzte Käthe mit einem Spritzbeutel einen Rand aus hübschen Tupfen, die sie jeweils mit einer Erdbeerhälfte und einer Walnuss garnierte. Helena steckte ein Minzblatt dazu, den äußeren Rand verzierten sie mit den karamellisierten Walnüssen.

Plötzlich kam Helena eine ungewöhnliche Idee. »Warten Sie, bitte!«, rief sie Käthe zu, wusch sich schnell die Hände und eilte hinaus.

Im Garten zupfte sie einige hellrosa und weiße Rosenknospen ab.

»Fräulein Helena«, entschlüpfte es Käthe entsetzt, als Helena zurückkehrte und begann, die halb geschlossenen Blütenköpfe in der Mitte der Torte zu arrangieren. »Das kann man doch nicht essen!«

»Pater Fidelis hat mir erzählt, dass man Rosen sehr wohl essen kann«, erwiderte Helena. »Wer sie nicht mag, kann sie ja zur Seite legen.«

Käthe schüttelte zwar den Kopf, aber Helena begeisterte sich an dem Anblick der frischen Röschen. Vielleicht wäre es sinnvoll, die Rosen zu kandieren wie die Erdbeeren. Das wollte sie beim nächsten Mal versuchen.

Als sie gerade fertig waren und Käthe sich ans Aufräumen machte, kam Erna herein, die im Lazarettsaal ausgeholfen hatte. »Wir brauchen …« Ihre Augen wurden groß, als sie die Torte erblickte. »Das ist … wundervoll!« Sie kam näher und besah sich das Gebäck.

»Das ist die allererste Meersburger Schlosstorte, liebe Erna«, sagte Käthe, und Helena hörte, wie stolz sie war.

»Eine Meersburger Schlosstorte«, echote Erna. Ihre Augen wanderten sehnsuchtsvoll über das eindrucksvolle Backwerk. »Ist die für die Patienten?«

»Nein«, erwiderte Helena. »Diese Torte ist für uns alle, die wir hier jeden Tag hart arbeiten.«

»Oh!« Ein strahlendes Lächeln glitt über Ernas Gesicht.

»Packst du Teller und Gabeln ein? Und eine große Decke?«

Erna nickte eifrig.

»Draußen vor dem Lindenhof arbeitet eine Malerin«, erklärte Helena. »Du kannst sie nicht übersehen. Sie hat ganz rote Haare.«

»Ja … wir haben sie schon bemerkt.« Erna nestelte verlegen an ihrer Schürze.

»Sehr schön. Wir treffen uns um vier Uhr dort bei ihr und suchen anschließend einen schönen Platz für ein Kaffee-Picknick.«

24. KAPITEL

Am selben Nachmittag im Arbeitszimmer des Lindenhofs

»Dann wollen wir mal sehen, wie es dem Lindenhof wirklich geht«, sagte der Ochsenwirt und setzte sich behäbig in den Stuhl vor Gustav Lindners Schreibtisch. »Hast du den Schlüssel zu den Schränken?«

Elisabeth nickte und legte ihm das Gewünschte in die aufgehaltene Hand. Otto warf den Schlüssel gut gelaunt in die Luft, doch als er ihn auffangen wollte, entglitt er seinen Fingern und landete mit einem leisen Klirren auf dem Boden.

»Bringst du ihn mir?«, fragte Otto.

Elisabeth mochte seinen befehlenden Tonfall zwar nicht, ging aber trotzdem in die Hocke und reichte ihm den Schlüssel. Es hatte etwas Glück und eine List gebraucht, um ihn an sich zu bringen.

Denn bevor Gustav mit Lilly nach Stuttgart abgefahren war, hatte er ihn für Helena in der obersten Schublade seines Schreibtischs hinterlegt. Elisabeth, die in den Tagen davor Augen und Ohren offen gehalten hatte, war diese Tatsache nicht entgangen, und so hatte sie einigen Patienten rechtzeitig ausreichend Glaubersalz verabreicht. Etwa um die Uhrzeit, da Lilly und Gustav nach Unteruhldingen hatten aufbrechen müssen, um den Zug zu erreichen, war im Lazarettsaal eine Menge zu tun gewesen und Helena dort gebunden, um die Durchfallgeplagten zu versorgen. Diesen Moment hatte Elisabeth genutzt, um den Schlüssel zu den Arbeitszimmerschränken an sich zu nehmen. Um zu verhindern, dass Helena diesen vermisste, hatte Elisabeth ihr mitgeteilt, dass Gustav den Schlüssel versehentlich mitgenommen habe.

Helena war zwar verwundert gewesen, aber in der täglichen Hektik hatte sie nicht weiter nachgefragt.

»Das ... klemmt«, knurrte Otto, der aufgestanden war und sich an den Aktenschränken zu schaffen machte.

Elisabeth eilte ihm zu Hilfe, drehte den Schlüssel gefühlvoll um und öffnete die schmale Tür. »Bitte.«

Otto antwortete nicht, sondern durchsuchte sofort einen Regalboden nach dem anderen.

»Ich denke, wir brauchen nur die Aufzeichnungen von diesem Jahr«, wandte Elisabeth ein, da sie fürchtete, dass Otto in seinem Eifer ein Durcheinander hinterlassen würde; das wiederum könnte Gustav auffallen, wenn er zurückkehre – Elisabeth war seine Ordnung nicht geläufig, weil er sie nicht mehr in die Buchhaltung einbezog.

Otto trat wortlos ein Stück zurück und ließ sie suchen. Schließlich legte sie drei Bücher auf den Schreibtisch.

Während der Ochsenwirt sich daranmachte, alles durchzusehen, ging Elisabeth ans Fenster, um sicherzugehen, dass Helena und ihre Picknickgesellschaft nicht ins Haus zurückkehrten. Aber weder von ihr noch von der Belegschaft mitsamt der verrückten Malerin war etwas zu sehen. Elisabeth fragte sich ohnehin, weshalb Helena der Szadurska erlaubt hatte, auf dem Grund und Boden des Lindenhofs ihrer Kunst nachzugehen. Eine Bemerkung dazu hatte sie sich allerdings verkniffen – immerhin handelte es sich um die Frau vom Ehinger, das hatte sie gleich an den roten Haaren erkannt. Ein eigenartiges Weib – lebte getrennt von ihrem Mann in Konstanz. Vielleicht wollte aber auch der Ehinger sie nicht in Meersburg haben, wer wusste das schon? Die Leute jedenfalls zerrissen sich das Maul über die beiden.

»Was gibt es denn da draußen so Interessantes zu sehen?«, wollte Otto wissen. »Ich brauche Stift und Papier!«

»Ich achte darauf, dass niemand kommt«, erwiderte Elisabeth, verließ ihren Platz am Fenster und suchte ihm das Gewünschte zusammen.

»Du kannst wieder rausschauen«, sagte der Ochsenwirt und begann, sich Aufzeichnungen zu machen, »pass nur gut auf.«

Die Zeit verging.

Mehrmals fragte Elisabeth nach, ob er Hilfe benötige, was er verneinte. Eine ganze Zeit lang blieb sie am Fenster stehen, als sich draußen aber nichts tat, setzte sie sich auf einen Stuhl neben Otto und sah ihm über die Schulter.

Endlich lehnte er sich zurück und verschränkte die Hände im Nacken: »Also. Dein Gatte fährt auf Sicht durch einen schweren Sturm. Wenn es so weitergeht, dann wird er mich irgendwann auf Knien anflehen, diese Ruine hier zu kaufen.«

Elisabeth nickte.

»Lassen wir ihn noch ein bisschen Lazarettleiter spielen.« Er schlug die Bücher zu, faltete seine Notizen zusammen und steckte sie in die Innentasche seiner Jacke. »Wenn er bis Weihnachten durchkommt, wäre das schon ein Wunder. Spätestens nächstes Jahr ist er reif.«

»Was heißt das dann genau?«, fragte Elisabeth, nahm die Bücher vom Tisch und legte sie zurück in den Schrank.

»Ich werde die kommenden Monate dazu nutzen und meine Pläne für den Lindenhof fertigstel…«

Auf der Treppe waren Schritte zu hören, unregelmäßig und schwer.

Elisabeth erschrak, zog rasch die Tür des Schranks zu, schloss ab und legte den Schlüssel zurück in die Schreibtischschublade. »Steh doch auf!«, sagte sie zu Otto, der aber blieb sitzen.

Mit einem leisen Knarren öffnete sich die Tür.

Gustav erstarrte, als er bemerkte, dass jemand in seinem Arbeitszimmer war. Und als er sah, dass der Ochsenwirt in seinem Schreibtischstuhl saß und keine Anstalten machte, diesen zu räumen, stieg kalte Wut in ihm auf.

»Was machst du denn hier, Otto?«, fragte er barsch.

»Lass mich erklären, Gustav«, sagte Elisabeth sofort. Sie stand einige Meter hinter dem Ochsenwirt und hielt die Hände auf dem Rücken. Gustav hatte das Gefühl, dass sie sich bei etwas ertappt fühlte.

»Du brauchst mir nicht zu erklären, was der Ochsenwirt an meinem Schreibtisch macht, Elisabeth«, erwiderte Gustav scharf. »Das möchte ich von ihm selbst hören.«

»Ach, Lindenwirt«, kam es nun von Otto. »Dein Eheweib hat Schulden bei mir angehäuft und behauptet, sie könne nicht bezahlen. Da bin ich hergekommen und habe mich nach etwas umgesehen, womit sie die Außenstände begleichen kann.«

»Soso. Außenstände.« Gustav glaubte ihm kein Wort. Letztes Jahr hatte Otto den Lindenhof kaufen wollen. Und nun saß er auf einmal auf seinem Stuhl, als wäre er bereits der Eigentümer. Gustav trat direkt vor den Schreibtisch und stützte seine Hände auf die Tischplatte. »Wieso sollte ich dir trauen, Otto?«

»Es ist wahr, Gustav«, sprang Elisabeth dem Ochsenwirt bei. »Wir stehen in seiner Schuld.«

»Das gibt ihm kein Recht, sich in meinem Arbeitszimmer aufzuhalten!« Gustav wusste schon längere Zeit, dass Elisabeth mit Otto Geschäfte machte, und hatte das hingenommen. Auch wenn der Mann nicht nur für seine Schiebereien, sondern auch für allerlei andere Betrugsgeschichten bekannt war. »Und wenn wir ihm wirklich etwas schuldig sind, dann werden wir das begleichen.«

»Gustav …«

Gustav winkte unwirsch ab. »Lass es sein, Elisabeth!« Er konzentrierte sich wieder auf Otto. »Verlass mein Haus, Ochsenwirt.«

»Ach, komm, Lindner«, entgegnete dieser. »Wir sitzen doch alle im selben Boot.« Er erhob sich nun doch und deutete auf den Stuhl. »Bitte, dein Platz. Du bist sicher müde, wenn du gerade erst aus Stuttgart angekommen bist. Ich muss ohnehin weiter. Nichts für ungut!«

»Wieso bist du eigentlich schon wieder hier?«, fragte Elisabeth vorwurfsvoll.

Gustav fand diese Frage genauso anmaßend wie den Spott des Ochsenwirts davor und antwortete nicht. Mit festem Schritt umrundete er den Schreibtisch und ließ seinen Blick über die Tischplatte gleiten. Dort lag nichts Verdächtiges.

»Papa?«

Gustav sah auf.

In der Tür stand Helena und schien beim Anblick der Szenerie genauso perplex zu sein wie er kurz zuvor.

»Was geht denn hier vor sich?«, fragte sie.

»Wir hatten eine geschäftliche Besprechung«, entgegnete Elisabeth. »Der Ochsenwirt wollte gerade gehen.«

Damit marschierte sie an Helena vorbei zum Treppenhaus.

Otto folgte ihr, blieb aber neben Helena stehen. »Wenn man eine so üppige Torte serviert wie Sie, Fräulein Lindner, dann sollte man dafür sorgen, dass nicht jedermann dabei zusehen kann. Es dürfte der Obrigkeit ein Dorn im Auge sein, wenn dringend benötigte Grundlebensmittel auf diese Weise verschwendet und der Volksernährung entzogen werden.« Sein Blick enthielt eine klare Warnung, sich nicht mit ihm anzulegen.

Helena ließ sich nicht von ihm einschüchtern. »Das sehe ich ganz genauso«, gab sie zurück. »Man darf der Volksernährung keine Lebensmittel vorenthalten.«

»Seien Sie nicht so vorlaut, Fräulein Lindner. Das ist ein gut gemeinter Rat.«

Damit verließ er das Arbeitszimmer.

25. KAPITEL

Genf, Ende Juni 1918

Mit geschickten Fingern band Nikita seine Krawatte. Dabei betrachtete er zufrieden sein Konterfei, das ihm aus einem voluminösen Spiegel mit Goldrahmen entgegenblickte. Die Komposition wirkte wie ein Porträt in einer ehrwürdigen Ahnengalerie. Und der Gedanke, sich auf diese Weise zu verewigen, löste ein spontanes Wohlgefühl in ihm aus. Vielleicht würde er sich einmal so malen lassen.

Nikita rückte den Knoten zurecht, legte den Kragen seines weißen Hemdes um, nahm das Sakko vom Bügel, schlüpfte hinein und betrachtete noch einmal sein Spiegelbild. Alles saß tadellos.

Nikita wusste, dass er deutlich älter wirkte, als er war. Wie fast alle seiner männlichen Ahnen hatte er schon mit Anfang zwanzig das Haupthaar vollständig verloren und einen Bartwuchs ohnehin kaum entwickelt. Nahezu haarlos waren auch seine Wimpern und Brauen.

Zudem war er klein gewachsen und deshalb als Kind so

häufig verspottet und verprügelt worden, dass er sich ab seinem zwölften Lebensjahr harten Leibesübungen unterzogen hatte. Er war durch Eislöcher in die bitterkalte Wolga eingetaucht, hatte Baumstämme und Gesteinsbrocken gestemmt, war auf die Jagd gegangen und hatte dabei unzählige Kilometer zu Fuß zurückgelegt. Im Laufe der Zeit hatte er seinen Körper gestählt. Nun, mit dreiunddreißig Jahren, wusste er, dass der Schlag seiner Faust tödlich sein konnte.

Das Blau des Genfer Sees grüßte Nikita, als er das *Ritz-Carlton Hotel de la Paix* verließ. Er atmete die sommerliche Luft ein und nahm sich eine Minute Zeit, um sich zu sammeln. Er war auf professionelle Weise angespannt vor der ersten Begegnung mit dem vorgeblichen Besitzer des Pawlowa-Schmucks, Fürst Pronsky, die mit etwas Verspätung nun endlich bevorstand.

Es war Nikitas Verschulden, dass sich dieser Termin um mehr als drei Wochen verzögert hatte. Doch den Nachforschungsauftrag, der unmittelbar vor seiner Abreise aus Moskau an ihn herangetragen worden war, hatte er nicht ablehnen können – eine Muttergottesikone aus dem 16. Jahrhundert. Es war nicht allzu kompliziert gewesen, das mit Gold, Edelsteinen und Perlen verzierte sakrale Kunstwerk aufzustöbern. Schwieriger war gewesen, es dem neuen – unrechtmäßigen – Eigentümer abzujagen und außer Landes zu schaffen.

Dass Pronsky über den Verzug verärgert gewesen war, hatte Nikita hingenommen. Er wusste sich konkurrenzlos in der Riege der Kunstmakler, insbesondere im Hinblick auf

Aufträge, die Sachkenntnis, Diskretion und zugleich die Anwendung unkonventioneller Mittel erforderten.

Das Beau-Rivage, in dem der Fürst mit seiner Ehefrau residierte, lag nur wenige Minuten entfernt. Nikita strich sich über das Revers und wandte sich nach links. Das rhythmische Klackern seiner Absätze und der Spitze seines Gehstocks auf dem Asphalt begleiteten seinen Weg.

Mit größter Sorgfalt hatte Wera ihre Tiara und die dazugehörenden Ohrringe auf zwei Kissen aus dunkelgrünem Samt arrangiert. Mit einem letzten kritischen Blick prüfte sie die Wirkung und stellte zufrieden fest, dass der Schmuck seine ganze glitzernde Anmut zeigte. Igor stellte Wodka und Gläser bereit, doch noch bevor er damit fertig war, klopfte es.

Wera sah auf die goldene Uhr mit den exotischen Tieren, die leise tickend auf dem Kamin stand. Der russische Makler war überpünktlich.

»Du weißt, dass du mich sprechen lässt!«, mahnte Igor.

Als Wera nickte, ging er zur Tür, um zu öffnen. Nervös wartete sie, bis er den Besucher ins Zimmer führte.

»Gnädigste!« Die Bewegung, mit der ihr Gast den Gehstock unter dem Arm trug und einen Handkuss andeutete, war elegant, obwohl er durch seine gedrungene, muskelbepackte Gestalt auf den ersten Blick vierschrötig wirkte. »Gestatten: Nikita.«

»Wera Pronskaia. Ich freue mich, Sie kennenzulernen.«

Die grauen Augen des Mannes, die nicht länger als der Höflichkeit geschuldet auf ihr ruhten, wanderten neugierig durchs Zimmer.

»Seien Sie uns willkommen!« Igor trat an den Tisch, schenkte den kristallklaren Wodka ein und reichte dem Gast ein erstes Glas. »Auf Russland!«

»Auf Russland«, antwortete der Fremde, nahm den angebotenen Platz ein und deutete ohne Umschweife auf den ausgestellten Schmuck auf dem Tisch. »Das hier ist also das Pawlowa-Geschmeide.« Seinen Gehstock behielt er in der Hand.

»In der Tat«, antwortete Igor.

Wera presste nervös die Handflächen aneinander.

Einige Minuten lang begutachtete Nikita Tiara und Ohrringe. »Ich habe an keinem der von Ihnen im Zusammenhang mit dem Schmuck genannten Orte Hinweise auf den Verbleib des fehlenden Colliers gefunden«, erklärte er schließlich und lehnte sich in seinem Stuhl zurück. »Deshalb ist es zunächst wichtig zu wissen, woher die Stücke in Ihrem Besitz genau stammen. Sie schrieben, dass sie zum Erbe Ihrer Gattin gehören?« Wera fiel auf, wie emotionslos er wirkte. Beeindruckte ihn der Schmuck so wenig?

»So ist es«, erwiderte Igor und nippte an seinem Wodka. »Das Pawlowa-Erbe wird innerhalb der weiblichen Linie der Familie Pawlowa weitergegeben. Meine Frau Wera ist die Tochter der letzten Besitzerin.«

»Gibt es weitere weibliche Erbberechtigte dieser Linie? Töchter, vielleicht Enkelinnen? Tanten Ihrer Frau?«

»Die Mutter meiner Frau hatte keine Geschwister«, antwortete Igor, »es gibt also keine Tanten.«

»Und Ihre Frau selbst?« Nikita sah Wera an, doch bevor Wera antworten konnte, hob Igor die Hand. »Die ältere Schwester meiner Frau ist bereits gestorben«, fuhr er fort. »Und deren Tochter Lidia mitsamt Familie ist wiederum bei einem Überfall von revolutionärem Gesindel getötet worden.«

»Eigentlich trachten die *Roten* danach, solche Werte rasch zu Geld zu machen. Wäre es ihnen dabei in die Hände gefallen, dann hätte ich durch meine bisherigen Nachforschungen zumindest Hinweise auf den Verbleib erhalten müssen«, stellte Nikita fest. »Bleiben wir also bei der Familie: Gibt es denn noch weitere Schwestern?«

»Ja. Olga«, kam Wera nun ihrem Mann zuvor. »Sie ist schon seit mehr als zwanzig Jahren verschollen.«

»Ah!« Nikita hob aufmerksam die Brauen. »Das haben Sie mir bisher nicht mitgeteilt.« Er wandte sich an Igor: »Wenn ich erfolgreich für Sie tätig sein soll, Fürst Pronsky, dann darf es keine Geheimnisse geben.«

Igor runzelte die Stirn. »Erzähl es ihm, Wera«, wies er sie barsch an.

»Meine Schwester fiel aufgrund einer unangemessenen Schwangerschaft in Ungnade«, begann Wera und sah ihren Mann verunsichert an. »Zur Entbindung brachte man sie hierher nach Genf. Sie bekam ihr Kind, doch anstatt nach Hause zurückzukehren, verschwand sie. Seither haben wir nichts mehr von ihr gehört.«

»Und das Kind? Ein Mädchen oder ein Junge?«

»Ein Mädchen. Jelena«, erwiderte Wera. Sie irritierte, dass Igor einen Moment lang geistesabwesend in sein Wodkaglas starrte. »Es ist offensichtlich verstorben«, fuhr sie zögernd fort. »Wir haben den Priester der Gemeinde hier in Genf gefragt. Nicht wahr, Igor?«

Igor räusperte sich. »Ja ... in der Tat.«

»Dann befindet sich das Collier unter Umständen bei besagter Olga«, schlussfolgerte Nikita. »Aber kommen wir noch einmal auf den Überfall zurück ... dieser ist Ihrer Nichte widerfahren, sagten Sie.«

»Ja. Lidia Baranowa«, antwortete Wera.

»Wissen Sie von Überlebenden?« Nikita zupfte sich nachdenklich am Kinn. »Und was war mit den Bediensteten?«

»Es ist nicht auszuschließen, dass jemand überlebt hat«, erwiderte Igor. »Und natürlich gab es Bedienstete. Aber die hätten eine solche Beute sicherlich längst zu Geld gemacht.«

Nikita nickte. »Davon ist auszugehen. Konzentrieren wir uns also auf die verschwundene Olga. Wie lange hat sie sich damals in Genf aufgehalten?«

»Etwa ein Jahr«, erwiderte Wera. »Jedenfalls soweit wir das wissen.«

»Gibt es irgendjemanden, zu dem Olga ein besonderes Vertrauensverhältnis hatte?«

Wera zögerte. »Unsere *Njanja* vielleicht«, sagte sie schließlich. »Olga war ihr Liebling.«

»Interessant! Ist diese Frau noch am Leben?«, wollte Nikita wissen.

»Ich habe nichts Gegenteiliges gehört. Sie lebt in einer Datscha außerhalb von Moskau.«

Nikita strich nachdenklich über den vergoldeten Knauf seines Gehstocks. »Sie könnte eine wichtige Spur sein. Ihr Einverständnis vorausgesetzt, Fürst Pronsky, würde ich gerne persönlich mit ihr sprechen.«

»Persönlich? Dazu müssten Sie zurück nach Russland reisen.«

»Reisen gehört zu meinem Beruf. Ich muss nächste Woche ohnehin wieder nach Moskau und Petrograd.«

Der Fürst nickte und stand auf, während Wera eine Hand auf Nikitas Arm legte. »Ich möchte Ihnen noch etwas zeigen.«

»Nur zu.«

Sie nickte und ging in den angrenzenden Schlafraum. Als sie wiederkam, hielt sie ein Miniaturporträt in der Hand. »Das ist meine Mutter, Maria Pawlowa.« Sie legte es vor ihn auf den Tisch. »Wie Sie sehen, trägt sie hier den Pawlowa-Schmuck. Dann haben Sie einen Eindruck davon, wie das Collier aussieht.«

»Ah!« Nikita nahm das Bild und besah es sich konzentriert. »Anhand der vorliegenden Schmuckstücke und dieser Darstellung kann ich mir ein gutes Bild des Ensembles machen. Das erleichtert die Suche natürlich.« Er gab Wera die Miniatur zurück.

Ihr Mann hatte in der Zwischenzeit etwas auf einem Kalenderblatt notiert. »Hier ist die Anschrift der Njanja. Ich hoffe, dass sie noch am Leben ist.« Er gab Nikita das Kalenderblatt zusammen mit einem Umschlag. »Und dazu das vereinbarte Teilhonorar für Sie. Wir erwarten baldige Nachrichten von Ihnen.«

»Ich werde liefern, Fürst Pronsky. Ich liefere immer.«

26. KAPITEL

Stuttgart, die Reichle-Villa, Mitte Juli 1918

»Siehst du? Mein Bauch sieht aus, als würde ich gemästet«, sagte Lilly zu Helena und wandte ihr ihre Silhouette zu. »Dabei habe ich überhaupt keinen Appetit!«

Helena betrachtete ihre Schwester, die vor dem Spiegel in ihrem ehelichen Schlafzimmer stand. Die kleine Wölbung fiel auf den ersten Blick gar nicht auf, aber beim genaueren Hinsehen wusste sie, wovon Lilly sprach.

»Und dann«, fuhr Lilly fort und legte eine Hand auf ihren Unterleib. »Habe ich das Gefühl, als hätte sich ein Vogel darin ein Nest gebaut. Immer wieder scheint etwas darin herumzuflattern.«

Rasch zählte Helena eins und eins zusammen. Lillys Übelkeit, als sie in Meersburg war. Und jetzt diese Rundung, in der sich etwas zu regen schien.

»Meinst du, ich bekomme ein Kind, Helena?« Lilly sprach aus, was Helena dachte.

»Ich nehme an, dass du deine monatliche Blutung auch

nicht mehr bekommen hast.« Helena nahm Lilly in den Arm.

Lilly schüttelte den Kopf. »Nein. Aber ich habe gedacht, es liegt an dem, was in den letzten Monaten passiert ist. Ich war mit Arno ja ... also, wir hatten ja nicht viel Gelegenheit für diese ... ehelichen Dinge.«

»Wie wir wissen, habt ihr diese ›ehelichen Dinge‹ bereits ausprobiert, bevor ihr geheiratet habt.«

Lilly senkte verlegen den Blick. »Aber dass es so schnell geht ...«

»Wie dem auch sei, Lilly. Und um deine Frage zu beantworten: Ja, ich denke, dass du schwanger bist. Am besten, du stellst dich so schnell wie möglich einem Doktor vor.«

»Der in Meersburg hat sich vertan.«

»Ganz offensichtlich.« Auch wenn sie sich darüber ärgerte, konnte Helena die Fehldiagnose dem Arzt nicht einmal übel nehmen. Sie wusste, unter welcher Dauerbelastung das Spital stand. Zwischen den vielen Versehrten, die es nach der Erstversorgung in den Frontlazaretten bis nach Meersburg geschafft hatten, wirkte die Klage einer jungen Frau über ein wenig Übelkeit schlichtweg belanglos.

»Arno wird glücklich sein!« Lillys Gesicht spiegelte Unsicherheit, aber auch verhaltene Freude.

In Helena löste Lillys Zustand dagegen Sorge aus, denn sie selbst würde nicht allzu lange in Stuttgart bleiben können – im Lindenhof wurde jede Hand gebraucht, auch wenn Kasia sie vertrat und der Vater versichert hatte, einige Tage lang ohne sie auskommen zu können.

»Möchtest du mit mir nach Hause fahren, Lilly?«, fragte sie daher spontan. Das wäre die einfachste Lösung.

»Hm«, erwiderte Lilly. »Nein … eigentlich nicht. Ihr habt so viel Arbeit. Und mir geht es hier so weit ganz gut. Außerdem hat sich Arno endlich gemeldet.«

»Wirklich? Du hast Post von ihm bekommen? Oh, Gott sei Dank!«

»Ja. Sein Brief ist vorhin angekommen.« Lilly löste sich aus Helenas Umarmung und setzte sich aufs Bett. »Der erste seit Langem. Er hat Fronturlaub eingereicht. Ich möchte gerne hier sein, wenn er nach Hause kommt.«

»Du weißt also noch nicht, ob er genehmigt wird?« Helena lehnte sich an Lillys Frisiertisch.

Lilly schüttelte den Kopf. »Nein. Aber ich hoffe, dass es bald sein wird.«

»Das sind sehr gute Neuigkeiten, Lilly. Dann kann Arno die wichtigsten Dinge hier und mit der Seifenfabrik in Esslingen regeln.« Helena fühlte sich erleichtert.

»Ich hatte solche Angst, dass ihm etwas passiert sein könnte. Wochenlang habe ich kein Wort von ihm gehört – obwohl ich in meinen Briefen mehrfach von den Fliegerangriffen auf uns berichtet habe.«

»Das kann ich gut verstehen. Darf ich wissen, was er dir geschrieben hat?«

»Nicht viel.« Lilly strich sich eine Strähne ihres zu einem geflochtenen Nackenknoten frisierten Haares zurück. »Er ist geschockt von allem, was passiert ist. Und macht sich Sorgen um mich und die Firma.«

»Das ist verständlich. Bis er heimkommen kann, gibt es immerhin den Onkel Fritz, der sich kümmert.«

»Schon. Aber Arno möchte sich natürlich lieber selbst an den Wiederaufbau der Fabrik machen.« Sie legte den Kopf schief. »Und mich dabei einbeziehen.«

»Dann plant er eine Abteilung für Schönheit?« Helena zwinkerte ihr zu.

Lilly lächelte. »Erst einmal für Pflege.«

Unwillkürlich warf Helena einen Blick in den großen Spiegel, der eine Wand in Lillys Schlafzimmer aus Kirschbaumholz zierte. Auch wenn sie die Schwesterntracht für die Zeit ihres Aufenthalts in Stuttgart gegen ein dunkelrotes Baumwollkleid getauscht hatte, fühlte sie sich unscheinbar – in dieser Umgebung voll wertvoller Möbel, kostbarer Teppiche, dekorativer Wandtapeten und prächtiger Lüster. Überall standen chinesische Vasen und anderer Nippes aus feinstem Porzellan und Palmen in Kübeln. Der Kontrast zur Welt am Bodensee hätte größer nicht sein können.

Es klopfte leise.

»Ja, bitte?« Lilly wandte sich um.

»Es wäre Zeit für das Abendessen, gnädige Frau!« In der Tür stand eines der Zimmermädchen.

Lilly hakte Helena unter und drückte ihren Arm. »Heute habe ich wirklich großen Hunger, Helena! Das liegt sicherlich daran, dass du da bist!«

Die Köchin der Reichles erinnerte Helena ein wenig an Käthe. Da das Personal des riesigen Anwesens kriegsbedingt deutlich reduziert worden war, half sie zusammen mit dem Hausmädchen beim Auftragen. Die Speisen, die auf blumigem, goldgerändertem Porzellan serviert wurden, waren entsprechend der verfügbaren Zutaten einfach, aber ausgezeichnet zubereitet. Es gab eine Karottensuppe als Vorspeise und anschließend Kohlrouladen, die mit wenig Fleisch und viel Kartoffeln gefüllt waren. Dazu reichte man eine sämige Soße und Spätzle.

Helena ließ sich Zeit mit dem Essen – ein Luxus, den sie in der Hektik des Lazarettalltags kaum mehr hatte. Dabei unterhielt sie sich leise mit Lilly, die wissen wollte, wie es dem Vater und ihrer Mutter ging, und vor allem, ob Katharina immer noch so viel arbeitete.

»Ja, das tut sie«, antwortete Helena wahrheitsgemäß. »Und sie möchte so gerne Medizin studieren.«

»Ach, unsere kleine Schwester«, seufzte Lilly. »Sie würde eine gute Ärztin sein. Ich hoffe, dass sich ihre Träume erfüllen.«

Schließlich stand der Nachtisch vor ihnen. Ein Vanilleeis mit frischen Erdbeeren.

»Ich kann verstehen, wenn du jetzt nicht mit nach Hause kommen möchtest, Lilly«, sagte Helena und tauchte den Silberlöffel in die helle Eiscreme. »Aber du könntest trotzdem darüber nachdenken, in Meersburg zu entbinden.«

Lilly antwortete nicht gleich. Sie löffelte ihren Nachtisch und schien zu überlegen. »Das kann ich schon machen«, erwiderte sie schließlich. »Darüber nachdenken meine ich. Ich komme aber nur, wenn Arno zu diesem Zeitpunkt nicht in Stuttgart ist. Noch dauert es ja eine Weile, bis das Kind kommt ... irgendwann im November, schätze ich.« Sie zerbiss genussvoll eine der roten Beeren. »Weißt du noch, Helena, wie wir immer deine Erdbeeren im Garten genascht haben?«

»Daran denke ich jedes Mal, wenn ich zum Glashaus gehe. In diesem Jahr haben wir eine besonders gute Ernte. Der Mai war so sonnig und warm, da gab es die ersten Früchte eine Woche früher als sonst. Käthe hat die meisten davon eingelegt oder zu Marmelade eingekocht. Und wir haben eine Torte daraus gebacken!«

»Oh, wie lecker!« Lilly kratzte den letzten Rest Sahne von ihrem Dessertteller. »Glaubst du, dass Erdbeeren auch für die Haut gut sind?«

»Um Himmels willen!« Helena schüttelte lachend den Kopf. »Ich fände es um jede einzelne Frucht schade, die auf dem Gesicht anstatt im Bauch landet. Aber wer weiß – vielleicht hat Pater Fidelis eine passende Rezeptur?«

»Ich werde ihm schreiben und ihn fragen«, überlegte Lilly. »Wenn ich meine ersten Cremes anbiete, dann sollen sie etwas Besonderes sein.«

»Im Moment hat er sehr viel zu tun, Lilly. Ich schlage dir vor, dich erst einmal noch etwas umfassender über die Grundlagen der Herstellung von Cremes und anderer Körperpflege kundig zu machen. Und dann zu überlegen, welche Spezialitäten man entwickeln könnte.«

»Ach, Helena«, erwiderte Lilly und lächelte Helena liebevoll und ein wenig altklug an. »Du bist immer so vernünftig!

Bevor du mir meine Ideen ausredest, würde ich an deiner Stelle erst einmal anfangen zu träumen – denn ohne Träume wissen wir doch gar nicht, wohin unser Leben führen soll.«

Im ersten Moment fühlte Helena sich getroffen. Denn das, was Lilly sagte, stimmte ganz und gar nicht. In ihr wohnten so viele Träume, dass sie gar nicht dazu kam, sie alle zu verfolgen. Sie mochte es zu singen und würde gerne ein Instrument spielen. Am liebsten Klavier. Mit dem Malen hatte sie dank Kasia wieder begonnen. An ihrem großen Traum vom eigenen Hotel arbeitete sie jeden einzelnen Tag. Und manchmal ... ja, manchmal dachte sie sogar daran, wie es wäre, sich zu verlieben. So wie Lilly, Hals über Kopf, ohne groß nachzudenken. Nur war sie einfach nicht so unbedarft wie Lilly – oder ihr war eine solche Liebe einfach noch nicht begegnet.

»Hast du Lust, Helena?«, fragte Lilly in diesem Moment.

»Ähm ... wozu?« Helena blinzelte.

»Ich habe gefragt, ob wir eine Partie Dame spielen.«

»Nun ... ja, gern!«

Lilly sah sie grinsend an. »Hast du womöglich gerade geträumt, Helena?«

27. KAPITEL

Meersburg, tags darauf, Mitte Juli 1918

Gustav Lindners Werkstatt befand sich seit jeher in einem der Kellerräume des Lindenhofs. In den ersten Wochen nach seiner Rückkehr war er zu schwach gewesen, um die Treppe hinunterzugehen, geschweige denn etwas zu arbeiten. Inzwischen aber tüftelte er dort an immer neuen Möglichkeiten, seine Beinprothese zu verbessern – aus dem grob gezimmerten Holzbein, mit dem er vor mehr als einem halben Jahr nach Hause gekommen war, war bereits ein gut tragbarer Ersatz für seinen verlorenen Unterschenkel geworden. Zugleich hatte er mit kräftigenden Übungen Muskulatur und Sehnen seines Körpers gestärkt, sodass er in seinem Bewegungsradius kaum mehr eingeschränkt war. Und mit der Kraft war auch die Lebenslust zurückgekehrt.

Heute Abend allerdings beschäftigte er sich nicht mit seiner Prothese, sondern mit anderen Holzarbeiten. Er wollte endlich einmal wieder frühmorgens zum Fischen auf den See hinausfahren. Doch zuvor musste er seinen alten Holzkahn aufarbeiten, der seit Kriegsbeginn in einem großen Schuppen hinter dem Haus lagerte. Da einige Planken morsch waren, fertigte er gerade Ersatzstücke an, die er später einpassen wollte. Dabei dachte er über die neuesten Nachrichten nach: Der Zar war umgebracht worden. Überhaupt schien es in Russland recht unruhig zu sein, obwohl das Land bereits aus dem Krieg ausgetreten war. Sorgenvoll wanderten seine Gedanken zu Olga. Ob sie noch lebte? Und wenn ja, wo?

Ein forsches Klopfen veranlasste ihn dazu, sich umzudrehen.

»Grüß Gott!«

»Ah, Pater Fidelis!« Gustav legte sein Werkzeug zur Seite. »Was verschafft mir die Ehre Eures Besuchs hier unten?«

»Lasst die Ehr beim Herrgott«, lachte Pater Fidelis. »Da ist's besser aufgehoben als bei mir.«

»Ehre, wem Ehre gebührt«, gab Gustav zurück. »Was macht denn unsere Klosterkirche? Ihr wart doch heute drüben in der Birnau?«

Pater Fidelis nickte. »Des wird eine längere G'schicht. Aber wir werden uns schon einig werden mit den Markgrafen von Baden. Dem Max.«

Gustav nickte. »Er wird Euch die sakrale Baustelle mit Sicherheit verkaufen. Werden dann wieder Mönche drüben leben?«

»Also des ist gewiss! Auf jeden Fall werd *ich* dort leben!«

»Davon gehe ich aus!« Nun musste auch Gustav lachen. »Und dann helfe ich beim Restaurieren. Die Birnau könnte ein Schmuckstück werden, wenn man sich ihrer annimmt. Zudem steht sie an einem einzigartigen Platz.«

»Das wird schon. Warten S' nur ab! Die Birnau wird die schönste Basilika werden, die man in Süddeutschland je gesehen hat!« Pater Fidelis strahlte ihn an. »Wie sie dort steht, mitten in den Weinbergen, hoch über dem See! Des Platzerl hat der Herrgott persönlich ausgesucht!«

»Das stimmt allerdings, Pater Fidelis. Dort fühlt man sich dem Himmel nah.«

»Genau. Deshalb wird es dort'n auch wieder eine Wallfahrt geben!«

»Plant das Euer Abt?«

»Ja, freilich.«

»Wie viele Jahre ist es denn her, seit das letzte Mal Pilger zur Birnau unterwegs waren?«

»Oh!« Pater Fidelis machte eine ausholende Handbewegung in Richtung Decke. »Weit über hundert Jahr'!«

»Dann wird es Zeit.« Gustav Lindner nickte.

Pater Fidelis musste niesen und holte ein Taschentuch aus seiner weißen Tunika hervor. »Aber heut hab ich ein anderes Anliegen«, erklärte er, nachdem er kräftig geschnäuzt hatte.

»Und das wäre?«

»Es gibt oben in unserem Lazarett einen jungen Mann. Der hat genauso den Unterschenkel verloren wie Sie, Herr Lindner. Und weil er Sie jeden Tag so herumspringen sieht, hat er gefragt, ob er auch so eine Prothese bekommen kann.«

»Nun, ja, ich bin kein Fachmann«, erwiderte Gustav.

»Aber versuchen könnten wir es. Wie lange wird er denn noch hier sein?«

»Also der ist ja erst seit vier Tagen da. Der bleibt noch mindestens zwei Woch'n.«

»Wisst Ihr was, Pater Fidelis? Dann gehe ich am besten gleich zu ihm hoch.«

»Des ist recht, Herr Lindner. Ich schau derweil nach den zwei neu Eingelieferten. Einer davon hat mir gar net gefallen. Ich hab mich gewundert, dass sie ihn aus dem Spital überhaupt zu uns gegeben haben.«

»Das ist aber freundlich, dass Sie sich die Mühe machen, Herr Lindner«, sagte der ihm von Pater Fidelis anempfohlene junge Mann, als Gustav sich eine halbe Stunde später dessen amputiertes Bein ansah. Schwester Hedwig hielt die Krankenakte und erläuterte die Art der Verletzung.

»Ist das Ihre bisherige Prothese?«, fragte Gustav schließlich und deutete auf das Holzbein, das am Fußende des Bettes lag.

»Ja«, erwiderte der Patient. »Ich kann mich damit nicht fortbewegen. Sie haben ja die ganzen wunden Stellen gesehen. Sobald ich mein … Bein da hineinpresse, leide ich Höllenqualen.«

Gustav nickte. »Zunächst müssen die Druckstellen ausheilen, das ist ja bereits angeordnet worden. Wenn Sie einverstanden sind, dann messe ich alles genau aus und passe Ihre Prothese entsprechend an. Dann können Sie es bald wieder versuchen mit dem Gehen.«

»Kann ich keine neue bekommen?«

»Wenn Sie in Ihre Heimat verlegt werden, lassen Sie sich dort eine passende Prothese fertigen. Von einem, der sich wirklich darauf versteht. Ich habe bisher nur meine eigene so umgebaut, dass ich besser damit zurechtkomme.«

»Ach so …«

»Ich hoffe, Pater Fidelis hat Ihnen keinen falschen Eindruck von mir vermittelt.« Gustav hob entschuldigend die Schultern.

»Er hat Sie in den höchsten Tönen gelobt.«

Gustav zog die Decke über den Beinstumpf. »Sehen Sie, ich habe meine eigenen Erfahrungen und nach Möglichkeiten gesucht, mein Schicksal erträglicher zu machen. Ich verspreche Ihnen, dass ich für Sie tue, was ich kann.«

»Ja, gut. Das ist immerhin etwas.«

»Aber«, fuhr Gustav fort und sah ihn ernst an, »das Entscheidende ist letzten Endes nicht nur die Qualität des Beinersatzes. Sondern vor allem tägliche, harte Übung. Und damit können Sie sofort beginnen – wenn Sie dazu bereit sind.«

»Natürlich bin ich bereit!«

»Gut. Dann zeige ich Ihnen als Erstes die grundsätzlichen Dinge – im Liegen, im Sitzen und dann auch im Stehen. Wenn Sie konsequent sind, sehen Sie bald erste Erfolge.«

Der junge Mann nickte. »Fangen wir morgen an?«

»Wenn Sie möchten, gerne. Bis dahin wünsche ich Ihnen eine ruhige Nacht!«

Als Gustav Lindner den Lazarettsaal verließ, traf er noch

einmal auf Pater Fidelis, der frischen Tee aus der Küche geholt hatte.

»Ich wollt noch was sagen«, der Mönch zögerte kurz, »Ihr Maderl, des Fräulein Helena, des ist schon eine Besondere. Wenn man sieht, was sie hier alles macht und schafft – Hut ab, sag ich da!«

»Danke, Pater Fidelis.«

Gustav ging nachdenklich zurück in seine Werkstatt. Helena war wirklich eine besondere junge Frau. Klug und zugewandt, musikalisch und künstlerisch begabt, verantwortungsbewusst, mit einer natürlichen Überzeugungsgabe und Durchsetzungskraft. Und dennoch wusste er tief in ihr eine feinfühlige, verletzliche Seele: ihr russisches Erbe.

Als er sich wieder über seine Holzarbeiten beugte, zog sich sein Herz schmerzhaft zusammen. Helena. Morgen würde sie aus Stuttgart zurückkommen.

Sie war erwachsen geworden. Und mit jedem Jahr, das verging, wurde der Druck größer, ihr die Wahrheit zu sagen. Eine Wahrheit, die ihre Welt bis in die Grundfeste erschüttern würde, auf die sie aber dennoch ein Recht hatte.

Seine Finger glitten über das raue Holz, prüften, wo er ansetzen musste. Dann umwickelte er einen Holzblock mit Schleifpapier und begann, die Unregelmäßigkeiten glatt zu schleifen.

Und während er darüber nachdachte, wie er ihr alles sagen sollte, behutsam, aber klar, hoffte er inständig, dass ihre Liebe zu ihm stark genug wäre, diese Wahrheit zu ertragen.

28. KAPITEL

Genf, etwa zur selben Zeit Mitte Juli 1918

Sein Freund Kandinsky hatte ihm erklärt, dass Farben für ihn wie die Tasten eines Pianos seien, die der Künstler spielt, wenn er malt. Dementsprechend meinte Wassily Musik zu hören, wenn er Farben betrachtete, gab sogar vor, sie zu fühlen – als kühle Seide oder weichen Samt. Er ordnete ihnen Formen zu oder Gerüche.

Maxim konnte das nicht nachvollziehen. Für ihn war eine Farbe eine Mischung aus Pigmenten, die er mit einem Pinsel auf eine Leinwand auftrug. Aber die Werke, die unter den begabten Händen Kandinskys entstanden, waren grandios. Ob erfühlt, erhört oder andersartig erspürt – ihm gelangen einzigartige Kompositionen.

Maxim hatte sich während seiner Moskauer Zeit in Wassilys Techniken einführen lassen und arbeitete mit wachsender Begeisterung an einfachen abstrakten Bildern. Einige Studien waren bereits fertig – nun wollte er sich an einem ersten Motiv versuchen: der Genfer Kreuzerhöhungskathedrale.

Auf der Staffelei vor ihm stand eine Leinwand mit einer groben Skizze. Es fiel ihm nicht leicht, die Gegenständlichkeit in Formen aufzulösen, dabei dem Motiv gerecht zu werden und die unzähligen Hinweise zur Gestaltung der Bildfläche zu beachten, die Wassily ihm gegeben hatte.

Nachdem er eine halbe Stunde lang gründlich nachgedacht hatte, öffnete er den Farbkasten mit der Gouache, den er neu gekauft hatte, entnahm die oben liegende Holzpalette und drückte einige Blautöne aus den Tuben, dazu etwas Schwarz und Weiß. Mit vorsichtigen Pinselstrichen lasierte er die ersten Flächen, wurde dann mutiger und ging zu einem pastösen Farbauftrag über. Er betrachtete die Fülle an Farbtuben und fügte Gelb, Orange und Violett hinzu. Bald war die Palette von einem bunten Farbteppich überzogen, und Maxim gelang es immer besser, mit lockerer Hand zu arbeiten.

Er war völlig versunken, als plötzlich mit lautem Poltern ein Stuhl in seinem Zimmer umfiel und ein lauter Fluch erklang. Erschrocken drehte er sich um.

»Boris!«, rief er, als er seinen Freund erkannte. »Wo kommst du denn her?«

»Dreimal darfst du raten.«

»Aus deinem Zimmer?«

»Falsch.« Boris rieb sich die Wade und stellte dann den Stuhl wieder auf, den er umgeworfen hatte. »Es wäre hilfreich, wenn du auf mein Klopfen antworten würdest. So war ich gezwungen, mir allergrößte Sorgen um dich zu machen und sozusagen mit der Tür ins Zimmer zu fallen.«

Maxim lachte, legte die Palette zur Seite und stand auf. »Weshalb hast du dir so große Sorgen gemacht, dass du gleich einbrechen musstest?«

Boris verdrehte die Augen. »Mein Lieber. Du wärst vor nicht allzu langer Zeit beinahe an einer Grippe gestorben, falls du dich erinnerst.«

Maxim schmunzelte. »Das war im Mai. Jetzt ist Juli.«

»Du bist immer noch schwach.«

»Das war ich, Boris. Aber seit zwei Wochen geht es mir beständig besser. Diese schreckliche Müdigkeit ist weg, das hatte ich dir doch gesagt. Ich fühle mich fast so gut wie … im April.« Er grinste.

»Fast.« Boris schüttelte den Kopf.

»Ein Teil des Gesundwerdens ist auch der Entschluss, nicht mehr krank zu sein. Zumindest bei mir«, erklärte Maxim.

»Das … würde mich freuen.« Boris schien noch nicht ganz überzeugt. Er deutete auf Maxims angefangenes Werk. »Auf jeden Fall malst du ein interessantes Bild.«

»Danke.« Maxim sah auf seine Leinwand, dann wieder zu Boris. »Aber du bist nicht gekommen, um mir das zu sagen.«

»Nein. Ich habe möglicherweise eine Person gefunden, die uns bei der Suche nach Jelena weiterbringen kann.«

Maxim sah ihn an. »In der Hebammenschule?«

Boris nickte.

Maxims Herz schlug schneller. So lange hatten sie im Trüben gefischt, dass er die Hoffnung beinahe aufgegeben hatte, noch irgendetwas über Olgas Tochter in Erfahrung zu bringen.

»Ich dachte, wir gehen dort zusammen hin«, erklärte Maxim und zog seinen Malerkittel aus. »Jetzt hast du dich vorgedrängt.«

»Es tut mir leid, Maxim, ich wollte dir nicht vorgreifen. Aber ich habe mir das Gebäude heute von außen angesehen, und als eine Frau im entsprechenden Alter hineingehen wollte, habe ich sie einfach gefragt.«

»Ach so ... und sie hat zufällig Jelena Pawlowa auf die Welt gebracht?« Maxim konnte sich diese Ironie nicht verkneifen. Denn ihre Suche während der letzten Wochen, in Krankenhäusern, bei Ärzten und Hebammen, selbst bei den Priestern unterschiedlichster Glaubensrichtungen, war genauso erfolglos gewesen wie die Nachfragen in den Gasthöfen und Hotels der Stadt.

»Sie kennt drei Frauen, die am Ende des letzten Jahrhunderts als Hebammen tätig waren und zu, wie soll ich sagen, *delikaten* Entbindungen gerufen wurden.«

»Zum Beispiel, wenn eine Tochter aus reichem Hause einen Bastard auf die Welt brachte?«

»Unter anderem«, erwiderte Boris.

Maxim nickte nachdenklich und zog ein frisches Hemd an. »Erzähl weiter!«

»Sie sagte, dass alle drei inzwischen nicht mehr praktizieren, was eher unüblich ist. Zwei davon sind ins Ausland gegangen. Eine lebt noch in der Nähe. Sie muss in eine böse Sache hineingeraten sein und darf ihren Beruf nicht mehr ausüben.«

»Und wie treten wir mit diesen Frauen in Kontakt?« Maxim

merkte, wie seine Hoffnung wieder schwand. Zwei der Hebammen befanden sich im Ausland – das war in diesen kriegsgeschüttelten Tagen ungefähr so weit weg wie Moskau vom Mond. Blieb noch die dritte. Konnte sie der Schlüssel sein?

»Ich habe eine Anschrift«, sagte Boris.

Maxim hielt inne. »Tatsächlich?«

Boris nickte.

Maxim sah auf seine Taschenuhr. »Wir haben vier Uhr. Was meinst du, sollen wir sie heute noch aufsuchen?«

Eine Viertelstunde später verließen sie ihr Hotel in der Rue Verdaine und machten sich auf den Weg nach Choulex, einem kleinen Örtchen vor den Toren Genfs. Sie mussten nicht lange suchen, bis sie unter der angegebenen Adresse einen kleinen Bauernhof fanden. Auf ihr Klopfen hin öffnete eine weißhaarige Greisin.

»Wir haben gehört, dass es hier Kartoffeln und Milch zu kaufen gibt«, sagte Maxim auf Französisch und lächelte freundlich. Er war sich gewahr, dass sein vernarbtes Gesicht oftmals ablehnende Reaktionen hervorrief, und hielt ihr einige Münzen hin, um die Ernsthaftigkeit seiner Anfrage zu untermauern.

Sie sah kurz auf seine Handfläche, verschränkte dann aber die Arme. »Wie viel brauchen Sie?«

»Zwei Kilogramm Kartoffeln und drei Liter Milch.«

»Warten Sie.«

Sie schloss die Tür.

»Meinst du, die kommt wieder?«, fragte Boris zweifelnd.

»Bestimmt.« Maxim nickte. »Du könntest dich derweil ein wenig umsehen«, schlug er vor.

»Daran habe ich auch gerade gedacht«, erwiderte Boris und machte sich auf einen kleinen Erkundungsgang um das Wohnhaus.

Maxim wartete.

Es dauerte eine Weile, bis die Tür wieder aufging. »Wo haben Sie Ihre Milchkanne?«, fragte die Frau und gab Maxim einen kleinen Sack mit Kartoffeln. »Eigentlich können Sie direkt in den Stall gehen für die Milch.«

»Ähm ... ich habe keine dabei.«

Die Frau schüttelte verständnislos den Kopf. »Wie wollen Sie dann die Milch mitnehmen?«

Maxim bemühte sich um einen zerknirschten Gesichtsausdruck. »Normalerweise kümmert sich meine Frau um diese Dinge. Aber sie ist gerade unpässlich ...«

»Na gut. Ich leihe Ihnen eine.«

»Könnte ich sie Ihnen denn nicht abkaufen?« Maxim wollte nichts schuldig bleiben.

»Gehen Sie schon einmal vor zum Stall. Ich suche eine Kanne«, entgegnete sie. »Aber das wird teuer.«

Ein paar neugierige Kühe empfingen Maxim, als er den Stall betrat. Noch während er sich umsah, kam eine weitere Frau herein. Er schätzte sie auf etwa fünfzig Jahre, auch wenn ihr Gesicht verhärmt und dadurch älter wirkte. In der Hand hielt sie eine verbeulte Blechkanne. »Sie wollen Milch?«

Maxim nickte. »Ja, bitte.«

»Kommen Sie.« Sie ging in einen Nebenraum und begann, Milch aus einer der riesigen Blechkannen zu schöpfen, die dort standen.

Maxim räusperte sich. »Meine Frau steht kurz vor der Niederkunft.«

Sie zuckte kurz zusammen.

»Ihre Familie hat sie verstoßen, und die Geburt wird nicht mehr lange auf sich warten lassen«, fuhr er fort. »Könnten Sie uns ... helfen?«

Die Frau schöpfte schweigend weiter. Schließlich legte sie den Schöpfer beiseite und verschloss seine Milchkanne mit einem Querriegel. »Ich arbeite schon seit zehn Jahren nicht mehr. Wie kommen Sie darauf, mich so etwas zu fragen?«

»Eine Empfehlung.«

Sie fuhr sich mit dem Handrücken über die Stirn und sah ihn an. »Wer empfiehlt mich denn noch?« Sie wirkte wachsam, aber ruhig, und so wagte Maxim sich weiter vor.

»Ehrlich gesagt – es geht um etwas anderes.«

In ihr Gesicht trat ein misstrauischer Ausdruck.

»Es hat mit einer Entbindung zu tun, die etwa zwanzig Jahre her ist«, fuhr Maxim fort.

»Ich möchte mich zu meiner Vergangenheit nicht äußern.«

»Bitte ... hören Sie mir zu. Es handelte sich um eine sehr junge Russin mit Namen Olga Pawlowa. Sie wurde im Juli 1896 von einem Mädchen entbunden, das sie offenbar Jelena nannte. Die Schwangerschaft und auch die Geburt sollten geheim gehalten werden. Olga Pawlowa war die Tante meiner Frau.«

»Die schwanger ist?«

»Nein«, sagte Maxim tonlos. »Meine Frau ist nicht schwanger. Sie ist tot.«

»Ich dachte, Sie suchen jemanden, der bei der Geburt hilft?« Sie kniff die Augen zusammen. »Wer sind Sie? Und was wollen Sie von mir?«

»Mein Name ist Baron Baranow. Ich stamme aus Petrograd – so wie Olga Pawlowa.« Er hielt den Blickkontakt. »Meine Frage nach der Entbindung sollte sicherstellen, dass es sich bei Ihnen wirklich um diejenige handelt, die mir für meine Nachfragen empfohlen wurde. Bitte verzeihen Sie diese Lüge.«

Sie nickte, blieb aber auf der Hut.

»Meine Frau ... lebt nicht mehr«, fuhr Maxim fort. »Sie wurde umgebracht. So wie meine drei kleinen Kinder. Nun suche ich nach den Verantwortlichen.«

Sie sah ihn prüfend an. »Das tut mir leid«, sagte sie dann.

Maxim fuhr sich über die Stirn. »Das Leben fragt nicht.«

»Nein. Das tut es wirklich nicht.« Mit einer müden Handbewegung fasste sie sich in den Nacken. »Und diese Olga Pawlowa hat mit Ihrer verstorbenen Frau zu tun?«

»Sie ist ihre Tante.«

»Ah.« Sie schloss einen Moment lang die Augen, schien sich zu konzentrieren. »Ich habe einigen Kindern auf die Welt geholfen, die unerwünscht waren«, sagte sie dann. »Meist hat man sie gleich in fremde Obhut gegeben, und die Mütter sind nach dem Wochenbett zu ihren Familien zurückgekehrt.«

»Olga Pawlowa nicht.«

Noch einmal hielt sie inne. »Wenn ich Ihnen Auskunft gebe, dann nur unter der Bedingung, dass Sie mich niemals gesehen haben.«

»Ich versichere Ihnen, dass diese Begegnung unter uns bleibt.«

Sie strich gedankenvoll über die verschlossene Milchkanne, dann schien sie sich entschieden zu haben, ihm zu vertrauen. »Es gab eine Entbindung, die mir nahegegangen ist. Das war … im Sommer sechsundneunzig.«

»Das könnte passen. Wo wurde das Kind geboren? Hier in Genf?«

Die Frau nickte. »In einem kleinen Gasthof, etwas außerhalb der Stadt. Die Gebärende, eine russische Adlige, hatte ihre Dienerin dabei, die schon älter war und sich wie eine Aufpasserin verhielt. Ich habe verstanden, dass die junge Frau darauf drängte, mit mir allein zu sein. Nachdem die Geburt nur langsam voranschritt, verließ die Dienerin das Zimmer – das war am frühen Abend. Bevor sie ging, wies sie mich allerdings mit Nachdruck an, das Kind gleich nach der Geburt der Amme zu geben, die in einem anderen Raum wartete. Sie selbst wollte am nächsten Morgen wiederkommen.«

»Olga sollte ihr Kind also gar nicht sehen?«

»Nein. Das ist üblich bei dieser Art von Entbindung. Als das Kind endlich auf der Welt war, verlangte die Mutter aber so flehentlich danach, dass ich es nicht übers Herz brachte, es ihr wegzunehmen. Ich sagte der Amme, dass das Kind nicht überleben werde, und schickte sie nach Hause.«

»Das war mutig von Ihnen.«

Sie zuckte mit den Achseln. »Mag sein. Für mich war es einfach das Richtige.«

»Das Kind hat überlebt.«

»Es war sogar sehr munter. Die Mutter legte es an die Brust, und während sie stillte, bat sie mich inständig, auch ihrer Dienerin zu sagen, dass das Kind gestorben sei – so wie der Amme.«

»Was haben Sie ihr geantwortet?«

»Ich habe ihr gesagt, dass wir das tun müssten, was das Beste für das Kind sei. Sie antwortete, das Beste für das Kind sei, eine Mutter zu haben. Ich konnte ihr nicht widersprechen.«

»Nein.« Maxim war, als spürte er Olgas Not.

»Mitten in der Nacht kam auf einmal ein junger Mann ins Zimmer, wohl der Vater des Kindes. Die Mutter war eingeschlafen, aber als er sie sanft weckte, strahlte sie ihn voller Zuneigung an und gab ihm das Kind. Ich erinnere mich gut, dass die Kleine die Augen öffnete und ihn lange ansah. Er hat ihr dann ein Wiegenlied gesummt. Man konnte die Liebe zwischen den dreien wirklich fühlen.« Sie seufzte. »Ich habe mich dann auf einen Stuhl in einer Zimmerecke gesetzt und die Augen zugemacht, schlief aber nicht. So bekam ich mit, wie sie ihm sagte, dass sie dem Kind den Namen Jelena geben wolle. Er solle es taufen lassen und dann nach

Deutschland bringen. Sie würde so schnell wie möglich nachkommen. Da war ich natürlich alarmiert.«

»Haben Sie ihn daraufhin weggeschickt?«

»Nein. Ich dachte, wenn die beiden einen Plan gefasst haben und das Kind dadurch bei seinen Eltern aufwachsen kann – dann ist es das Beste für alle. Sonst wäre das Mädchen in fremde Hände gekommen. Ich bin also sitzen geblieben und habe abgewartet. Sie unterhielten sich leise darüber, wo und wie sie leben wollten. In diesem Moment beschloss ich, den beiden zu helfen.«

»Hat sie den jungen Mann mit Namen angesprochen?«

»Sie nannte ihn mehrfach Gustave.«

Maxim hatte diesen Namen noch nie gehört. Er klang französisch, nicht russisch. Hatte Olga einen französischen Liebhaber gehabt und ihn am Ende mit nach Genf gebracht? Oder hatte dieser sie zu sich in die Schweiz geholt? Hier schien es einige Widersprüche zu geben. »Können Sie sich denn an den Ort erinnern, an dem die beiden leben wollten?«, fragte er weiter.

»Das war am Bodensee. Merbourg oder so ähnlich. Ich fand den Namen schön, Meer und Burg, deshalb habe ich ihn mir gemerkt.« Sie seufzte. »Eigentlich hätte ich Ihnen nichts davon erzählen dürfen. Aber ich bin ohnehin ruiniert. Und mich hat das Schicksal dieser kleinen Familie nicht losgelassen. All die Jahre nicht. Ich hoffe, sie haben ihr Glück gefunden.«

Maxim nahm die abgearbeitete Hand der einstigen Hebamme und deutete einen Handkuss an. »Wenn nur jeder in seiner schweren Stunde einen Engel wie Sie an seiner Seite hätte. Dann wäre diese Welt eine bessere.«

Sie lächelte. Ein warmes, helles Lächeln, das ihre Gesichtszüge weich und weiblich werden ließ.

Sie nahm die Milchkanne und reichte sie ihm. »Bitte. Ihre Milch.«

»Was bin ich Ihnen schuldig?«

»Nichts.«

Sie gingen nach draußen.

Als er sich verabschiedete, drückte Maxim ihr einen Hundertfrankenschein in die Hand. Sie wollte protestieren, aber Maxim schüttelte den Kopf. »Es ist hochverdient.«

Dann ging er den schmalen Pfad zum Wohnhaus zurück. Boris wartete bereits auf ihn. »Ich sehe es dir an, Maxim. Wir haben eine Spur.«

»Ja. Ich erzähle dir alles auf dem Heimweg.«

29. KAPITEL

Konstanz, Anfang August 1918

Schwüle Luft und Stimmengewirr umfingen Maxim, als er in Konstanz aus dem Zug stieg. Er wollte innehalten, um sich zu orientieren, wurde aber von der Menschenmenge weitergeschoben, die sich auf dem Bahnsteig tummelte. Ein großes, mit immergrünen Zweigen umrahmtes Schild begrüßte die Ankommenden: »Willkommen in der Heimat«.

Maxim bewegte sich in Richtung Ausgang. Um ihn herum spielten sich bewegende Szenen ab, und jede davon erzählte eine eigene Geschichte: der schmerzvolle Abschied eines jungen Paares. Die Mutter, die ihrem jugendlichen Sohn in Uniform ein Päckchen mit Proviant zusteckte. Der Vater, der Frau und Kind noch einmal an sich drückte, bevor der Zug die Männer an die Front bringen würde.

Keiner wusste, ob sie je wiederkehrten.

Diejenigen, denen der Willkommensgruß galt, hatten ihren Preis bezahlt. Sie entstiegen den Waggons mit ihren Wunden – den sichtbaren und den unsichtbaren.

Und doch war da auch Glück. Maxim lief an einer kleinen Gruppe vorbei, die ganz offensichtlich die Rückkehr ihres Soldaten feierte. Der Mann trug einen Kranz aus frischen Blumen um den Hals, auf der einen Seite hatte sich eine junge Frau, auf der anderen ein greiser Mann untergehakt. Der Alte kämpfte mit den Tränen. Die ausgestandenen Ängste standen ihm ins Gesicht geschrieben. Der junge Mann dagegen grinste unsicher, so, als könne er nicht glauben, dass er wieder zu Hause war. Krankenschwestern in weißen Trachten hatten sich um ihn und die Familie versammelt, ein Fotograf hielt den Augenblick im Bild fest. Auch wenn der Soldat äußerlich unversehrt schien, waren Fotografien wie diese den nachfolgenden Generationen hoffentlich eine Warnung – Kriege töteten und verstümmelten. Sie rissen Familien auseinander und traumatisierten eine ganze Generation. Kein militärisches oder politisches Ziel konnte das rechtfertigen.

Maxim verließ das Bahnhofsgebäude. Seine Glieder waren steif nach der stundenlangen Zugfahrt in größter Enge, doch er war froh, dass er ungehindert hatte einreisen können. Zusammen mit Boris hatte er die verschiedenen Reisemöglichkeiten von Genf nach Meersburg überprüft, und die Route über Konstanz war ihnen schließlich am sichersten erschienen. Die deutsche Garnisonsstadt lag direkt an der Schweizer Grenze. Hier wurden Kriegsgefangene und Verletzte ausgetauscht und weitertransportiert. Doch wie überall war die Grenze zwischen der Eidgenossenschaft und dem Deutschen Reich außerhalb dieser Abkommen nahezu undurchlässig. Gegen ein horrendes Entgelt hatte er sich einem dieser Transporte des Schweizerischen Roten Kreuzes anschließen können. In diesem Fall hatte ihm sein entstelltes Gesicht gute Dienste geleistet – niemand hatte daran gezweifelt, dass er ein Kriegsversehrter sei.

Boris war vorerst in Genf geblieben. Sie wollten abwarten, wie sich Maxims Aufenthalt in Meersburg gestaltete. Erst dann würde er nachkommen.

Bis zum Konstanzer Hafen waren es nur wenige Minuten zu Fuß. Vom See her wehte ein lauer Wind und kräuselte die Wasseroberfläche, an einem langen Steg lagen zwei Dampfschiffe. Doch auf seine Nachfrage, ob eines von ihnen heute noch nach Meersburg übersetzen würde, erntete er nur Kopfschütteln. Eines würde Friedrichshafen, das andere Bregenz ansteuern. Ein Hafenarbeiter empfahl ihm, sich im nebengelegenen Gondelhafen zu erkundigen – möglicherweise fand sich dort ein Fischer, der bereit war, ihn nach Meersburg zu bringen.

Maxim ging den Bootssteg zurück bis zu einem großen Gebäude mit Walmdach, in dem ein Lazarett untergebracht war. Hier herrschte dieselbe Hektik wie vorhin am Bahnhof. Überall Soldaten, Kriegsverletzte und Krankenschwestern, dazwischen lungerten Kinder herum, verhärmt und ausgehungert, und bettelten die Vorübereilenden um Almosen an. Maxim verteilte ein paar Rappen und lief dann zügig weiter bis zu den Anlegern der Fischerboote.

Der Fischer, der schließlich anbot, ihn für eine nicht unerhebliche Summe Schweizer Franken nach Meersburg überzusetzen, war ein drahtiger Mann um die sechzig, mit intelligenten Augen und einem verschlagenen Lächeln. Sein Boot war etwas größer als die anderen Kähne, die ringsherum vertäut lagen, und glitt dank seines Außenbordmotors ruhig und flott aus der Hafenmole hinaus auf den See.

Die frische Luft tat gut. Sie wehte die Gerüche nach Schweiß und Elend fort, die Maxim seit der Abfahrt in Genf vor zwei Tagen begleitet hatten. Und die Farbgebung des Wassers, changierend vom Türkis der Uferzonen bis hin zu den dunklen Blautönen der Tiefen, schuf eine faszinierende Weite. Auf einmal fühlte Maxim sich leicht. Die Sonne spielte ein kristallenes Funkeln in die feine Gischt, die das Boot begleitete, und zauberte ein Leuchten auf das gegenüberliegende Ufer in der Ferne. Er atmete tief ein.

»Ja, es ist schön hier«, sagte der Fischer im Dialekt der Gegend. »Ich fahr schon so viele Jahre raus, aber es ist jedes Mal wieder beeindruckend.«

Maxim nickte. »Von Konstanz nach Meersburg ist es ja nicht weit.«

»Mit dem Boot braucht man nur ein paar Minuten. Der See ist net so arg breit, aber lang.« Der Mann hob die Hand und deutete in die Richtung, in der sich das Blau des Wassers in der Ferne verlor: »Des große Becken, des ist der Obersee. An seinem Ende liegt Bregenz. Dahin dauert's ein paar Stund.«

»Ich habe mir den Bodensee auf einer Landkarte angesehen. Seine Form erinnert mich an einen ausgestreckten Salamander«, erwiderte Maxim.

»Des ist ein Vergleich, den hab ich noch nie gehört. Aber interessant.« Der Fischer sah Maxim an. »Sie klingen jetzt net unbedingt, als wären sie aus der Gegend hier.«

»Nein.«

»Aber Sie können Deutsch. Wo kommen Sie denn her?«

»Von weit her«, wich Maxim aus. Er wollte nichts von sich preisgeben.

Der Fischer verstand und konzentrierte sich ganz auf sein Steuer, während einige Möwen das Boot umkreisten. Ihr Kreischen mischte sich in das leise Tuckern des Motors.

Maxim genoss die Sonne und den warmen Fahrtwind auf seiner Haut und schloss für einen Moment die Augen. Als er sie wieder aufschlug, war das andere Ufer bereits deutlich näher gekommen. Im milden Spätnachmittagslicht zeichnete sich die pittoreske Gestalt eines kleinen Städtchens ab: Vor ihnen lag Meersburg.

Verwinkelte Häuser zogen sich von der Uferlinie einen steilen Hügel hinauf, reizvoll konturiert durch das sich abwechselnde Spiel von Licht und Schatten. Bekränzt wurde die Silhouette von einer mittelalterlichen Burg und einem sich daran anschließenden barocken Schloss. In einträchtiger Herrschaftlichkeit sahen sie auf den See herab. Rebenbestandene Hänge rahmten alles zu einem opulenten Bild, das Maxim angesichts der geringen Größe des Ortes nicht erwartet hatte.

Geschickt manövrierte der Fischer sein Boot in die Hafeneinfahrt. Im Gegensatz zu Konstanz wirkte Meersburg ruhig und beschaulich. Ein Fuhrwerk ruckelte an der Häuserzeile vorbei, die den Uferweg säumte, spielende Kinder vertrieben sich die Zeit, Frauen mit Körben oder Leiterwagen eilten vorüber. Einige ältere Männer standen beisammen, unterhielten sich und beobachteten das gemächliche Treiben am Hafen.

Sie erreichten einen der Holzstege. »Konrad!«, rief der Fischer und warf einem Hafenarbeiter das dicke Tau zu, das am Bug des Bootes befestigt war.

Der Angesprochene, ein kleiner, älterer Mann mit schwarzgrau meliertem Haar, half beim Festmachen. »Eddi! Gut, dass du kommst. Ich hab einen neuen Auftrag für dich.«

»Ich wär morgen eh hergekommen.« Eddi zwinkerte Konrad zu. »Jetzt lassen wir erst mal den Herrn aussteigen. Dann kannst du mir sagen, was ich machen soll.«

Maxim hatte eben die Uniformjacke und die Mütze in den Rucksack gepackt, die Boris ihm für die Reise besorgt hatte, und war dabei, eine dunkle Weste über sein weißes Hemd zu ziehen, als er bemerkte, dass Eddi ihn beobachtete.

»Wenn Sie irgendwann Hilfe brauchen«, sagte der Fischer leise, »dann sagen Sie es dem Konrad. Wir Fischer hier erledigen gern spezielle Aufträge.« Er sah zu, wie Maxim einen verknautschten Strohhut aus dem Rucksack zog. »Nix für ungut, gell? Aber ich mein's schon ernst. Sie sind net der Einzige, den wir über den See bringen und der net erkannt werden will.«

Maxim, der sich irgendwie ertappt fühlte, zurrte die Riemen seines Rucksacks fest und hievte ihn auf den Rücken. »Ich suche eine Familie, die vor etwa zwanzig Jahren nach Meersburg gezogen ist. Gibt es hier einen Mann, der Gustave oder Gustav heißt? Mit einer Frau Olga und einer Tochter namens Jelena?«

Eddi sah Konrad an. »Du kennst doch hier die Leut.«

Konrad dachte nach. Schließlich schüttelte er den Kopf. »Eine Olga haben wir gar net hier. Aber Gustav viele.«

»Und Jelena?«

»Nein, Jelena auch net.«

»Denk genau nach, Konrad!«, befahl Eddi.

»Ja, also …« Konrad kratzte sich am Kopf, wobei seine Schiebermütze verrutschte. »Wir haben halt die Lindner *Helena* hier. Ist ein hübsches Mädle. Aber sie heißt net *Je-lena*.«

Maxim rechnete rasch eins und eins zusammen. »Wo lebt diese Helena?«

»Na, im Lindenhof. Ihr Vater ist der Wirt dort. Und der … der heißt, glaub ich, Gustav. Der Lindner Gustav.« Konrad nickte, als wolle er die Richtigkeit seiner Angaben unterstreichen.

»Wo liegt denn dieser Lindenhof?«, fragte Maxim nach.

»Der Lindenhof ist gar net weit weg. Ich führ Sie hin, wenn Sie wollen. Das ist eigentlich ein Gasthof.«

»Bring ihn nur, Konrad.« Eddi zündete sich eine Zigarette an. »Ich wart solang. Mehr als zehn Minuten brauchst du ja net.«

»Ja, dann mach ich das«, erwiderte Konrad und hielt die Hand auf. Maxim legte ein paar Münzen hinein, und Konrad machte ihm ein Zeichen, ihm zu folgen.

Es waren tatsächlich nur wenige Minuten des Weges, bis ein recht feudales Gebäude in ihr Blickfeld geriet, umstanden von einigen alten Bäumen und in eine ungepflegte Rasenfläche eingebettet. Eine baumbestandene Zufahrt zweigte vom Uferweg ab und führte über einen runden Platz und eine steinerne Treppe zum Eingangsportal.

»Also, da ist es«, erklärte Konrad und rückte seine Schiebermütze zurecht. »Was ich noch sagen wollte – der Lindenhof ist gerade ein Lazarett.« Er nickte Maxim zu. »Wenn Sie mal was brauchen – ich bin immer am Hafen. Oder im Wilden Mann.« Er hob noch einmal die Hand zum Gruß und machte sich auf den Rückweg.

Maxim blieb einen Moment stehen, um sich zu sammeln. Sein Blick wanderte hinaus auf den See, zu dessen Ufer es nur wenige Schritte waren, und verlor sich in den diesigen Bergen in der Ferne.

Hierhin hatte sein Leben ihn also geführt: aus den hellen, mit Fröhlichkeit und Trubel gefüllten Mauern seines Petrograder Palais in dieses beschauliche Dörfchen, inmitten einer aufgewiegelten Welt, weit fort von allem, was ihm Heimat und Glück gewesen war. Auch wenn er in den letzten Monaten gelernt hatte, trotz Bitterkeit und Trauer seinen Weg weiterzugehen, gab es diese Momente, in denen ihn bedrängende Wehmut überkam. Dann versuchte er, sich die Gesichter seiner Kinder ins Gedächtnis zu rufen und sich vorzustellen, wie Lidias Kopf sich beim Einschlafen immer an seine Schulter geschmiegt hatte.

Er schloss die Augen und wartete, bis seine Gedanken ein wenig zur Ruhe gekommen waren. Er musste akzeptieren, dass nichts berechenbar war.

Schließlich zog er seinen Strohhut tiefer ins Gesicht in der Hoffnung, dass seine Narben dadurch nicht sofort ins Auge fallen würden, und bog in den mit Linden bestandenen Kiesweg ein, der zum Haus führte.

Als er näher kam, sah er auf dem Vorplatz einige Bänke stehen, auf denen offenkundig Patienten des Lazaretts saßen. Etwas abseits absolvierte ein junger Soldat mit Holzbein einen Hindernisparcours. Maxim vermutete, dass er seine Geschicklichkeit trainierte. Ein dicker Mann im Mönchsornat gab ihm dabei Anweisungen.

In diesem Moment wurde die Gruppe vor dem Haus auf ihn aufmerksam. Einige Männer schützten ihre Augen mit der Hand gegen das abendliche Sonnenlicht und sahen in seine Richtung.

Maxim war bereits dabei, sich eine passende Begrüßung zurechtzulegen, als ein leises, helles Lachen an sein Ohr drang. Unwillkürlich verharrte er und sah in die Richtung, aus der es gekommen war.

Auf einer Rasenfläche linker Hand standen zwei Frauen. Sie hatten Staffeleien aufgebaut, scherzten und genossen ganz offensichtlich nicht nur die Malerei, sondern auch die Gesellschaft der jeweils anderen. Die Größere der beiden war überschlank und ihr Haar von einem flammenden Rot. Sie malte in energischen Bewegungen, während ihre Begleiterin die Farben mit sicherem, aber behutsamem Pinselstrich auftrug. Ihr dunkelbraunes Haar war im Nacken zu einer Flechtfrisur gesteckt, ein paar Locken hatten sich gelöst und ringelten sich verspielt an Schläfen und Wangen entlang. Ihre hübsche Figur umspielte ein Kleid in Altrosé mit Spitzenbesatz. Sie hatte sich eine Schürze umgebunden, um es vor Farbflecken zu schützen. In diesem Moment lachte sie wieder und legte dabei den Kopf ein wenig in den Nacken. Maxims Blick fiel auf ihren schlanken Hals.

Auch wenn der Anblick der beiden Frauen eine heitere Anziehungskraft auf ihn ausübte, machte er einen Schritt auf das Haus zu, um nicht aufdringlich zu wirken. In diesem Moment aber schien ihn die Dunkelhaarige bemerkt zu haben, denn sie sagte etwas zu ihrer Begleiterin, legte den Pinsel ab und ging auf ihn zu.

Als sie näher kam und sich ihre Blicke trafen, hatte Maxim das Gefühl, als begegne er seiner eigenen Vergangenheit. Denn die Augen, in denen er sich plötzlich verlor, waren von einem klaren Blau, das ihn an den wundesten Punkt seines Herzens erinnerte: Lidia.

30. KAPITEL

Helena hatte den Mann noch nie gesehen, der mitten auf dem Kiesweg stehen geblieben war und offensichtlich nicht recht wusste, wohin er sich wenden sollte. Ein Versehrter, der um Aufnahme bat? Aber das Spital hatte für heute keinen Neuzugang angekündigt. Er wirkte so ganz anders als die ausgezehrten Kriegsrückkehrer und Soldaten, die ihr im letzten Jahr begegnet waren. Groß war er und stattlich, die Schultern unter dem hellen Stoff seines Leinenhemds kräftig, seine Haltung selbstbewusst. Er trug eine Uniformhose, die nicht so recht zum Rest seiner Erscheinung passte, die eher auf einen Sommerreisenden schließen ließ. Vielleicht ein Gast?

Helena war in respektvollem Abstand vor ihm stehen geblieben und strich mit den Händen über ihre Schürze. »Kann ich etwas für Sie tun?«

»Fräulein Helena Lindner?«, fragte er vorsichtig. Seine Stimme war tief, dunkel und warm.

»Die bin ich.«

»Mein Name ist Maxim Baranow.« Er nahm den Hut ab.

Helena erschrak, als sie sein Gesicht sah. Es war von einer

markanten Schönheit und trug zugleich entsetzliche Narben. Was hatte dieser Mann erlebt, dass er so gezeichnet war?

Er schien diese Reaktion gewohnt zu sein, denn der Blick aus seinen schwarzbraunen Augen blieb freundlich und gewinnend. »Ich bin auf der Suche nach einer Unterkunft«, fuhr er fort, ohne ihr das Gefühl zu geben, ihm zu nahegetreten zu sein. »Und nach Arbeit.«

»Nun ja …«, erwiderte Helena und verschränkte nervös ihre Hände. »Zimmer vermieten wir derzeit keine. Unser Haus ist ein Lazarettbetrieb.«

»Das wurde mir gesagt«, erwiderte er. »Deshalb würde ich gerne meine Unterstützung anbieten. Gegen Kost und Logis.«

Sein ausgesprochen kultiviertes Auftreten irritierte Helena genauso wie der kaum wahrnehmbare Akzent, mit dem er Deutsch sprach. War es Russisch?

Sie widerstand ihrem ersten Impuls, ihn gleich wieder wegzuschicken. Stattdessen dachte sie kurz nach. »Kommen Sie«, sagte sie schließlich. »Am besten ist es, wenn wir mit meinem Vater darüber sprechen.«

»Sehr gerne.« Er setzte seinen Hut wieder auf.

Helena nickte ihm zu, und gemeinsam gingen sie zum Haus. Auf der Treppe drehte sie sich noch einmal nach Kasia um, aber ihre Freundin war bereits wieder in ihrer Malerei versunken.

Helena führte den Fremden zum Arbeitszimmer ihres Vaters und war froh, dass dieser tatsächlich am Schreibtisch saß und nicht irgendwo im Haus unterwegs war.

»Helena!«, rief er überrascht, als sie ins Zimmer trat. Sein Blick wanderte zu ihrem Begleiter. »Wen hast du mitgebracht?«

»Das ist Herr Baranow, Papa. Er fragt um Arbeit an.«

Maxim Baranow zog seinen Hut. »So ist es. Ich suche eine Unterkunft und ein Auskommen.«

Gustav Lindner hatte ein eigenartiges Gefühl beim Anblick des Fremden, der in gebührendem Abstand hinter Helena stand. Ein Mann im Vollbesitz seiner körperlichen Kräfte, der nicht an der Front war – und dann dieser leichte russische Klang in seiner Aussprache. Gustav war alarmiert. »Vom Schlachtfeld kommen Sie nicht«, stellte er fest.

Baranow sah ihn offen an. »Nein. Schwierige Umstände haben mich gezwungen, meine Heimat zu verlassen. Jetzt suche ich einen Ort, an dem ich neu beginnen kann.«

Gustav fiel es schwer, ihn einzuschätzen. Baranow wirkte integer, aber das konnte täuschen. »Ah. Schwierige Umstände.« Er richtete sich in seinem Stuhl auf. »Und da haben Sie sich Meersburg ausgesucht?«

»Ich will ehrlich sein, Herr Lindner. Sie haben sicherlich bereits an meiner Aussprache gehört, dass ich russische Wurzeln habe. Ursprünglich stamme ich aus Petrograd. Seit die Bolschewiki die Macht ergriffen haben, bin ich in meiner Heimat ein Verfolgter.«

»Mhm.« Gustav war sich unsicher, wie er reagieren sollte. Ein Russe in abgetragener Kleidung, der ein gewähltes Deutsch sprach und in Meersburg Zuflucht vor den Kommunisten suchte – das schien so weit hergeholt, dass er versucht war, Baranow hochkant hinauszuwerfen.

»Herr Lindner.« Baranow schien sein Zögern erwartet zu haben. »Lassen Sie mich einige Zeit bei Ihnen wohnen. Es soll Ihr Nachteil nicht sein. Für eine Schlafstatt und etwas Brot würde ich in Ihrem Lazarett mithelfen.«

Gustav sah zu Helena. Diese nickte unmerklich.

»Ihr Ansinnen ist ungewöhnlich, Herr Baranow«, sagte sie.

»Dessen bin ich mir bewusst.«

»Nun brauchen wir derzeit aber dringend jede helfende Hand. Also können Sie bleiben«, erklärte Gustav Lindner.

»Ich danke Ihnen, Herr Lindner.« Der Russe wirkte erleichtert.

Gustav wandte sich an seine Tochter. »Gibst du Herrn Baranow bitte die Nummer 210, Helena?«

Das war ihr bestes Zimmer. Es bestand aus zwei Räumen, die durch ein Bad verbunden waren, weshalb er und Helena die 210 auch gerne als Suite bezeichneten. Vor allem aber lag sie seinen eigenen Räumlichkeiten im zweiten Stock gegenüber, die er erst vor ein paar Wochen bezogen hatte. So hatte er das Gefühl, den Unbekannten im Auge behalten zu können.

»Natürlich.« Helena ging zur Tür. »Ich richte sie sofort her. Das dauert etwa eine Stunde.«

»Danke, Helena.« Gustav nickte ihr zu und wartete, bis sie die Tür hinter sich zugezogen hatte. »Über welche Fähigkeiten verfügen Sie, Herr Baranow?«

»Ich war im Stahlhandel tätig und habe ein Landgut verwaltet. Trotz meiner Narben bin ich gesund und körperlich voll belastbar. Worin ich mich nicht auskenne, werde ich lernen. Sie können mir also jede Art von Arbeit übertragen, die getan werden muss.«

Gustav merkte, wie seine Vorbehalte schwanden. Baranow schien intelligent und patent. Dass es ihn aus Russland ausgerechnet nach Meersburg verschlagen hatte, war zwar ungewöhnlich, aber diese Zeiten wirbelten Europa in der Tat so durcheinander, dass sich die kuriosesten Lebenswege ergaben.

»Haben Sie noch mehr Gepäck, Herr Baranow?«, fragte er und deutete auf den Rucksack des Fremden.

»Nein.«

»Gut. Bis Ihr Zimmer fertig ist, können Sie ihn entweder hier bei mir oder unten in der Eingangshalle lassen.«

»Ich behalte ihn bei mir. Danke.«

»Wie Sie möchten. Sie können sich die nächste Stunde im Garten oder am See vertreiben und sich anschließend wieder bei mir melden. Wir werden gemeinsam zu Abend essen. Ihre Aufgaben werde ich heute noch mit meiner Tochter besprechen.«

»Haben Sie vielen Dank, Herr Lindner.«

Derweil hatte Helena Putztücher, Seife und Wäsche aus einem mit Blumengirlanden bemalten Schrank geholt und sich in die kleine Zimmer-Suite mit der Nummer 210 begeben. Wie überall im Lindenhof nagte auch hier der Zahn der Zeit an vielem, aber die Suite bot einen schönen Blick auf den See.

Helena legte die Wäsche auf den Tisch und ging ans Fenster. Sie öffnete beide Flügel und genoss einen Augenblick das malerische Panorama, dann lehnte sie sich ein Stückchen hinaus und sah den Fremden mit langen Schritten über den Rasen gehen, auf dem sie vorhin mit Kasia gemalt hatte. Er wirkte auf natürliche Weise elegant … und seine Narben, die jedes andere Gesicht entstellt hätten, schienen seine ungewöhnliche Ausstrahlung noch deutlicher zu unterstreichen.

Da Helena nicht wollte, dass er sie bemerkte, wandte sie sich ab, nahm die weiße Wäsche und begann, sein Bett zu beziehen. Während sie Kissen und Decke drapierte, abstaubte und das Waschgeschirr überprüfte, wanderten ihre Gedanken immer wieder zu ihm hin. Er ging ihr auch dann nicht aus dem Kopf, als sie den Boden nass aufwischte und bei Käthe ein Tellerchen mit Hafergebäck holte, welches sie ihm als kleine Aufmerksamkeit auf den Tisch stellte.

Als sie fertig war und die Zimmertür hinter sich zuzog, beschloss sie, noch einmal ihren Vater aufzusuchen.

31. KAPITEL

Sie könnte es sein. Auch wenn Helena deutlich kleiner war als Lidia, bestand eine frappierende Ähnlichkeit: dasselbe dunkle, schwere Haar, dieselben hohen Wangenknochen – aber vor allem dieselbe spektakuläre Augenfarbe.

Dennoch war Maxim bewusst, dass er behutsam sein musste, denn er konnte sich nicht sicher sein, ob Helena überhaupt um ihre Herkunft wusste. Außerdem hatte er das Misstrauen ihres Vaters deutlich gespürt. Er konnte es ihm nicht verdenken.

Maxim schlenderte über den halbrunden Kiesplatz vor dem Haus. Die Lazarettpatienten, die bei seiner Ankunft vorhin noch in der Sonne gesessen hatten, waren nicht mehr zu sehen. Allerdings befand sich die rothaarige Malerin noch am selben Platz im Garten, auch wenn sie bereits dabei war, ihre Farben einzupacken.

Kurz entschlossen betrat Maxim den Rasen und ging auf die extravagant wirkende Frau zu. »Genug für heute?«, fragte er.

Sie sah überrascht auf. »Guten Abend, Herr …?«

»Entschuldigen Sie. Ich habe mich Ihnen noch gar nicht

vorgestellt. Mein Name ist Maxim Baranow. Herr Lindner hat mich heute für den Lazarettbetrieb eingestellt.«

»Ach, das ist ja wunderbar! Wir können Hilfe sehr gut gebrauchen!« Sie reichte ihm die Hand. »Ich bin Kasia von Szadurska.«

»Arbeiten Sie denn auch im Lazarett, Frau von Szadurska?«

»Wann immer ich Zeit dazu finde. Meine Profession aber ist das Malen.«

Maxim deutete auf die Leinwände, die noch auf den Staffeleien standen. »Ein schönes Motiv!«

»Es gibt viele schöne Villen hier in der Gegend. Aber ja, dieses alte Gebäude hat etwas Besonderes. Man sieht den Zahn der Zeit, um es mit Shakespeare zu sagen. Trotzdem steht es vollendet harmonisch hier am See. Solche Gegensätze bringen Spannung.«

»Mit gefällt Ihr Stil«, sagte Maxim. »Modern, großflächig, mit kräftigem, sattem Farbauftrag.«

»Sie kennen sich aus«, stellte Kasia von Szadurska überrascht fest. »Malen Sie auch?«

Maxim nickte. »Ja. Auch wenn ich es nicht zum Beruf gemacht habe.« Er besah sich die beiden Gemälde näher. »Das zweite Bild ist von Helena Lindner, nicht wahr?«

»Ja. Sie hat großes Talent.«

»Ihr Pinselstrich ist weich und sehr harmonisch, aber mit klaren Akzenten«, stellte Maxim fest. »Interessant.«

»Sie malt sehr gefühlvoll«, bestätigte Kasia und klappte den Farbkasten zu. »So. Es gibt gleich Abendessen. Deshalb sollte ich mich ein wenig beeilen.«

»Kann ich Ihnen beim Aufräumen behilflich sein?«, bot er an.

»Oh, gern! Die Staffeleien mit den Leinwänden müssen in die Eingangshalle. Dann können Helena und ich morgen gleich weitermachen.«

»Gut.« Maxim nahm vorsichtig Helenas Bild von der Staffelei, Kasia das ihre. Gemeinsam trugen sie alles in Richtung Haus.

»Könnten Sie sich vorstellen, mir beim Besorgen von Staffelei und Leinwand behilflich zu sein, Frau von Szadurska?«

Kasia von Szadurska hob freudig überrascht die Brauen. »Inspirieren wir Sie?«

»Einen Künstler zu inspirieren, ist nicht schwer.«

Sie warf ihm einen wissenden Blick zu. »Das ist wahr. Bei wem haben Sie gelernt?«

»Malunterricht hatte ich bereits als Kind«, erwiderte Maxim. »Aber Entscheidendes hat mich ein Freund gelehrt. Sein Name ist Wassily Kandinsky. Vielleicht haben Sie schon von ihm gehört?«

Kasia blieb ruckartig stehen. »Kandinsky? Wassily Kandinsky? Vom *Blauen Reiter*?«

»Ebendieser.«

»Oh, das ist ja ein unglaublicher Zufall! Wissen Sie, ich finde Kandinskys Werke sehr inspirierend. Wir waren damals zur selben Zeit in München. Persönlich begegnet aber sind wir uns nie. Heute bedauere ich das sehr.«

»Sie waren in München? Zur selben Zeit wie Wassily?« Maxim konnte es kaum glauben. »Schade, dass Sie ihn nicht kennenlernen konnten«, fuhr er fort. »Er ist nicht nur als Maler außergewöhnlich. Inzwischen lebt er übrigens wieder in Moskau.«

»Ja, davon habe ich gehört«, sie stutzte. »Und Sie, Herr Baranow, Sie sind wohl auch aus Russland?«

»So ist es. Ich bin erst vor einigen Wochen in die Schweiz ausgereist.«

»Ich bin in Moskau geboren.«

»Tatsächlich?« Maxim freute sich, so unvermutet einem Stück Heimat in der Fremde zu begegnen.

»Ja. Allerdings habe ich nur vier Jahre in Moskau gelebt. Dann wurde ich adoptiert und bin bei einem deutschen Ehepaar in Dresden aufgewachsen.« Einen Augenblick wirkte sie gedankenverloren. »Ach, es ist sicherlich sehr schwierig in Russland«, fuhr sie dann fort. »Man hat viel gehört – obwohl ich schon so lange in Deutschland lebe, geht es mir sehr nah, was in Russland derzeit geschieht. Anfangs hoffte ich, dass der Umsturz die Verhältnisse dort verbessert. Aber nach allem, was man hört, ist dem nicht so.«

Maxim schüttelte den Kopf. »Es kommt sicherlich darauf an, aus welcher Perspektive man es betrachtet, aber für die meisten hat sich das Leben drastisch verschlechtert. Selbst wenn der Grundgedanke, mit dem Lenin angetreten ist, gar nicht so falsch war, ist die Umsetzung eine Katastrophe.«

Sie setzten ihren Weg fort und erreichten das Eingangsportal.

»Ich bin gespannt, was in Deutschland geschieht, wenn

der Krieg zu Ende geht. Auch hier gibt es kommunistische Umtriebe.« Kasia stieß den linken der beiden Flügel auf.

Maxim trat hinter ihr ein. »Beten Sie, dass es nicht zu einer kommunistischen Revolution kommt. Die Botschaft mag sich betörend anhören – alle sind gleich, es gibt keine Klassenunterschiede mehr –, aber die, welche nun das Sagen haben, nutzen ihre Macht genauso aus wie alle anderen vor ihnen.«

»Hoffen wir, dass uns solches erspart bleibt.« Kasia stellte ihre Staffelei ab. »Allerdings kann ich mir auch nicht vorstellen, dass es so weitergeht wie die letzten Jahre.«

»Es gibt sicherlich andere Möglichkeiten, eine Gesellschaft neu zu gestalten. Mit gefällt der Gedanke einer Demokratie.« Er rückte Helenas Staffelei neben Kasias.

»Mir auch! Vor allem für uns Frauen. Auch uns sollte erlaubt sein, so zu leben, wie wir es uns vorstellen.«

»Ja, das sollte wohl so sein ...«

»Dank meiner Geschichte habe ich den Mut dazu. Meine Eltern ließen mich meinen eigenen Weg gehen. Dieses Privileg haben die wenigsten Frauen.«

»Da ... haben Sie wohl recht.« Maxim bewegten ihre Worte. Er hatte sich noch nie bewusst gemacht, dass Frauen für das kämpfen mussten, was für ihn als Mann selbstverständlich war.

»Wer weiß, wie mein Leben verlaufen wäre, wenn ich nicht adoptiert worden wäre«, sagte sie leise. »Mein leiblicher Vater war ein polnischer Adeliger – vermutlich hätte ich mich anpassen müssen.«

»Ihr Name ist demzufolge der Ihres polnischen Vaters?«

Sie nickte. »Ach ... und wenn wir gerade von Namen sprechen – bitte nennen Sie mich doch Kasia.«

»Gern. Ich bin Maxim.« Sie hatte eine offene und einfühlsame Art, stellte Maxim fest, mit einem Hang zur ungekünstelten Exzentrik. Er hob Helenas Leinwand auf und stellte sie auf die Staffelei.

»Ich hoffe«, sagte Kasia und platzierte die ihre ebenfalls, »dass Helena sich morgen Nachmittag auch wirklich die Zeit nimmt und an ihrem Bild weiterarbeitet.«

»Das sollte sie tun. Sie ist begabt.«

»Begabt und zugleich sehr pflichtbewusst.« Kasia betrachtete die beiden angefangenen Gemälde. »Deshalb achte ich darauf, dass sie bei sich selbst bleibt.«

»Sie ermutigen sie zu malen.« Maxim sah sie an. »Und ihren eigenen Weg zu gehen.«

»So ist es.« Kasia lächelte. »Sie haben gut zugehört, Maxim.«

»Nun, das sollte eigentlich selbstverständlich sein.«

»Das ist es leider nicht. Viele Menschen tun das nicht.« Sie schüttelte ihren roten Haarschopf. »Ich werde meine Farben auf mein Zimmer bringen und dann bei der Essensausgabe für die Patienten helfen. Sie entschuldigen mich? Wir sehen uns sicherlich später beim gemeinsamen Abendessen.«

»Ich freue mich darauf«, erwiderte Maxim. »Und bis dahin genieße ich meine freie Zeit und mache einen kleinen Spaziergang am See.«

32. KAPITEL

Eine gute Stunde später hatte Maxim seine Zimmer bezogen und sich frisch gemacht – nun wies ihm ein köstlicher Duft den Weg zum Abendessen.

Maxim fand alles, wie ihm beschrieben worden war, und begab sich ins Souterrain. Die Tür zur Küche stand offen, zwei Frauen werkelten darin, und Maxim merkte auf einmal, wie groß sein Hunger war. Seit dem Morgen hatte er nichts mehr gegessen. Als er kurz stehen blieb, um sich zu orientieren, spürte er unvermittelt einen sanften Rempler und drehte sich um.

»Oh, entschuldigen S' vielmals!«, rief der Ordensmann im weiß-schwarzen Ornat, den Maxim bereits bei seiner Ankunft vor dem Haus gesehen hatte. »Sie sind bestimmt der neue Helfer!«

Maxim nickte. »Ja. Maxim Baranow.« Gustav Lindner schien das Haus bereits über seine Anwesenheit informiert zu haben.

»Zu mir sagen S' Pater Fidelis. Freut mich, dass Sie da sind, Herr Maxim.« Er legte Maxim leutselig die Hand auf die Schulter und schob ihn weiter zu einem kleinen Saal unmittelbar neben der Küche.

Ein langer Tisch mit rot-weiß karierter Tischdecke dominierte den Raum. Das helle Steingutgeschirr, mit dem eingedeckt worden war, wies zwar deutliche Gebrauchsspuren auf, war aber tadellos mit einem einfachen Besteck arrangiert. Zwei Vasen mit frischen Wiesenblumen vervollständigten die Tafel, die trotz – oder gerade wegen – ihrer Schlichtheit sehr einladend wirkte.

Noch während Maxim sich umsah, fand sich Helena ein. Anstelle des roséfarbenen Kleides vom Nachmittag trug sie nun eine grau-weiße Schwesterntracht. Ihr Gesicht wirkte frisch und klar, mit den großen Augen und dem vollen, fein geschwungenen Mund.

»Sie haben unseren Speisesaal gefunden«, stellte sie lächelnd fest.

»Das war nicht weiter schwer. Ihr Vater hatte es mir genau erklärt.«

»Früher haben hier die Dienstboten gegessen.«

»Ich störe mich überhaupt nicht daran, Fräulein Lindner.« Einen Moment lang verflochten sich ihre Blicke, dann zeigte sie auf einen der Stühle. »Im Laufe der letzten Wochen hat sich eine feste Sitzordnung ergeben. Ich hoffe, es ist Ihnen recht, wenn Sie hier neben Pater Fidelis Platz nehmen?«

Dieser hatte sich bereits niedergelassen und stopfte den Serviettenzipfel in den Kragen.

»Wenn Pater Fidelis damit einverstanden ist?«, erwiderte Maxim und stellte sich hinter den ihm zugewiesenen Stuhl.

»Ja, freilich.« Pater Fidelis strich die Serviette vor seiner

Brust glatt. »Ich nehm Ihnen heut Abend halt nur keine Beichte mehr ab, Herr Maxim.«

Maxim musste schmunzeln. »Dafür würde ein Abend vermutlich auch nicht ausreichen, ehrenwerter Pater.«

Allmählich füllte sich der Raum. Kasia kannte er schon, sie schenkte ihm ein breites Lächeln und begab sich an Fidelis' andere Seite. Ihr folgte Gustav Lindner, der, das fiel Maxim erst jetzt auf, eine Unterschenkelprothese trug. Er nickte Maxim kurz zu. Noch während alle ihre Stühle rückten und sich leise unterhielten, kam eine weitere Frau dazu, die Maxim bisher noch nicht gesehen hatte. Mit ihrem Eintreten aber veränderte sich kurzzeitig die Stimmung im Raum. Der Blick, mit dem sie die Anwesenden musterte, war abweisend und kühl. Sie setzte sich neben Gustav Lindner, drehte sich aber ostentativ von ihm weg.

»Des ist die Frau Lindner«, flüsterte ihm Pater Fidelis ins Ohr.

»Ah!«, erwiderte Maxim leise. Es gab also eine Gattin, auch wenn das Verhältnis zwischen den Eheleuten angespannt zu sein schien.

In diesem Augenblick trug die ältere Frau aus der Küche einen großen Suppentopf herein und stellte ihn mitten auf den Tisch. In ihrem Schatten schlüpfte ein junges, unscheinbares Geschöpf in den Raum und verteilte zwei Körbe mit Brot.

»Schwester Hedwig wird später essen, wenn Pater Fidelis den Nachtdienst übernimmt«, sagte Helena.

Frau Lindner streifte Helena mit einem distanzierten Blick.

Ihr Mann sprach ein kurzes Tischgebet, zu dem sich alle noch einmal erhoben. Anschließend sah er zu Maxim: »Lasst mich noch Herrn Maxim Baranow an unserem Tisch willkommen heißen. Er wird uns fortan im täglichen Betrieb unterstützen. Bitte helft ihm, sich schnell bei uns einzufinden.«

»Danke, Herr Lindner.« Maxim nickte in die Runde. Dann nahmen alle ihre Plätze ein.

»Wir können beginnen, Käthe«, sagte Helena, woraufhin die Köchin die heiß dampfende Suppe austeilte.

Maxim tauchte den Löffel hinein. Sie schmeckte herrlich, nach Karotten, Kräutern und Rauchfleisch, auch einige Kartoffeln fanden sich darin. Das Brot war frisch gebacken und hatte eine knusprige Rinde.

Während des Essens fiel Maxim auf, dass Gustav und Helena Lindner einander sehr verbunden und liebevoll begegneten und auch der Umgang der anderen Tischgäste untereinander wertschätzend und entspannt war. Nur Gustav Lindners Ehefrau schien nicht dazugehören zu wollen. Sie aß mit fahrigen Bewegungen, den Blick starr auf den Teller gerichtet. Wenn sie etwas sagte, dann war es lediglich eine barsche Anweisung an die Köchin.

»Maxim«, sprach ihn auf einmal Kasia an, »für Sie als Künstler dürfte es vielleicht interessant sein, dass Carl Spitzweg in Meersburg gewesen ist und hier gemalt hat.«

»Carl Spitzweg?«, fragte Maxim. »War es nicht *Der arme Poet*, der ihn recht bekannt gemacht hat?« Er bemerkte, dass Helena überrascht zu ihm herübersah.

Kasia nickte. »Ja, *Der arme Poet*, aber auch viele seiner anderen Bilder. Ich mag den offensichtlichen Spott, diese feine Ironie, die er in seine Werke gelegt hat.«

»Haben Sie denn Interesse an der Malerei, Herr Baranow?«, fragte Helena.

»Ja, stell dir vor«, erwiderte Kasia, bevor Maxim antworten konnte, »er malt sogar selbst!«

»Tatsächlich?«, fragte Helena, und ihr Erstaunen war ihr deutlich anzusehen. »Dann werden Sie in Meersburg viele Motive finden, Herr Baranow.«

»Ich mache mich gerne auf die Suche«, erwiderte Maxim und sah zu Gustav Lindner, der ihrer Unterhaltung aufmerksam folgte. »Wenn es mir die Zeit überhaupt erlauben wird ...«

Helena nickte. »Die Tage sind kurz, und unsere Arbeit hier fordert uns sehr. Ich finde auch viel zu selten eine Stunde für die Malerei.«

»Man muss sich die Zeit eben nehmen«, bemerkte Kasia.

»Das sagst du so leicht«, entgegnete Helena.

»Jetzt ist ja Herr Baranow da und entlastet uns. Da könnten wir doch regelmäßige Malstunden abhalten.«

»Es würde sich lohnen, Fräulein Lindner.« Maxim suchte Helenas Blick. »Sie malen ganz ausgezeichnet.«

»Das ist doch alles reine Zeitverschwendung!«, kam es auf einmal von ihrer Mutter.

Maxim sah, dass Helena kurz zusammenzuckte, sich dann aber aufrichtete, als wolle sie sich gegen weitere Angriffe wappnen.

»Lass sie, Elisabeth«, sagte Gustav Lindner barsch. »Helena kann sich sehr wohl die Zeit zum Malen nehmen.«

Elisabeth Lindners Wangen wurden rot. In einer ruckartigen Bewegung stand sie auf und verließ wortlos den Speiseraum.

»Ja, mei«, seufzte Pater Fidelis in die peinliche Stille hinein, »*non omnibus unum est quod placet!*«

Maxim gab ihm recht. Es gab wirklich nichts auf dieser Welt, was allen gefiel.

Das junge Mädchen, Erna, begann, die geleerten Suppenteller abzuräumen, während die Köchin den Topf hinaustrug. Im Anschluss servierten sie eine Platte mit Schnitzeln und eine Schüssel Kartoffeln.

Maxim freute sich, als er zwei der panierten Stücke auf seinen Teller gelegt bekam, doch als er probierte, merkte er, dass es sich keineswegs um Fleisch handelte.

Helena musste ihn aus den Augenwinkeln beobachtet haben. »Das ist Sellerie«, erklärte sie ihm. »Wir panieren ihn und backen ihn aus, dann schmeckt er wie ein Schnitzel. Wenigstens ein bisschen.«

»Es ist ganz ausgezeichnet«, sagte Maxim und meinte es ehrlich. Der feinherbe Sellerie passte sehr gut zu den Kartoffeln und dem mit Gartenkräutern angerührten Quark, der dazu gereicht wurde.

»Jetzt hat scho lang keiner mehr die Scheißerei g'habt«, kam es so unvermittelt von Pater Fidelis, dass Helena sich beinahe an ihrem Kartoffelstück verschluckte.

»Das muss an Euren Gebeten liegen, Pater«, erwiderte Gustav Lindner trocken.

Pater Fidelis grinste breit, Kasia lachte laut auf, und

selbst die Köchin und das Mädchen kicherten leise vor sich hin.

»Ja, ich hab den Herrgott vor die Wahl g'stellt: Entweder er lässt des Lazarett endlich in Frieden, oder ich komm nauf zu ihm.« Pater Fidelis hatte seinen Teller bereits geleert und tätschelte zufrieden seinen Bauch. »Dann war endlich Ruhe.«

»Ich sage ja, dass wir auf Eure Fürsprache nicht verzichten können!«, scherzte Gustav Lindner und zwinkerte Maxim zu.

»*Ergo bibamus!*« Pater Fidelis grinste und führte sein Wasserglas zum Mund. Doch bevor er trank, schien ihm etwas einzufallen, und er hielt inne. »Wo bleibt der Wein? Mir fallt mehr zum Beten ein, wenn ich a bisserl einen Wein hab!«

»In diesem besonderen Fall«, entgegnete Gustav Lindner und stand auf, »sehe ich nach, was ich für Euch tun kann.«

Nachdem Gustav Lindner tatsächlich einen Wein hervorgezaubert hatte und die Flasche unter Beifallsbekundungen kredenzte, brachten Käthe und Erna zu Maxims Überraschung einen Nachtisch: kleine Eierkuchen und dazu mehrere Schüsselchen mit Marmelade.

»Das Fräulein Helena und ich, wir haben uns einige besondere Marmeladensorten ausgedacht«, erklärte die Köchin. »Sie dürfen jetzt alle versuchen.«

»Und uns sagen, welche ganz besonders gut schmeckt«, ergänzte Helena.

»Ja, gebts nur her!«, rief Pater Fidelis. »Ich verkost euch alle!«

»Wollt ihr etwa einen Marmeladenverkauf eröffnen?«, fragte Gustav Lindner.

Helena lachte, während Käthe das Gebäck verteilte. »Weißt du, Papa, wir haben so viele Früchte, und sie einfach nur einzumachen, fanden Käthe und ich schade. Und so haben wir ein paar unterschiedliche Marmelade-Rezepturen ausprobiert.«

Die kleinen Eierkuchen waren herrlich locker, und die fein abgeschmeckten Marmeladen ergänzten sie perfekt. Müsste Maxim sich für eine Sorte entscheiden – es würde ihm schwerfallen.

»Wir haben Erdbeeren mit Johannisbeeren und ein wenig Pfeffer gemischt, ebenso wie Brombeeren mit Kirschen«, erklärte Helena. »Aber es gibt noch mehr Varianten, wie Pflaumen mit Zimt und Nelken, oder die Aprikosen mit Minze, die bei Pater Fidelis stehen.«

»Sie haben die Stachelbeeren vergessen, Fräulein Helena«, wandte Käthe ein.

»Stimmt. Die Stachelbeeren haben wir mit Pfirsich veredelt. Und mit etwas Birnenschnaps.«

»Also«, hob Pater Fidelis an und wischte sich mit seiner Serviette den Mund ab, »wennst mich fragst: Ich tät die Pflaumenmarmelade nehmen.«

»Ich mag sie alle«, befand Kasia. »Helena. Du hast so gute Ideen in der Küche, ob Torten oder Kuchen oder Marmeladen – ihr solltet den Verkauf vergrößern. Warte ab – du wirst noch die Meersburger Zuckerfürstin!«

33. KAPITEL

Die Datscha der Njanja bei Moskau, Mitte August 1918

»Ich freue mich, dass Sie bis hier herausgekommen sind, um mir diesen Gruß von Olga zu überbringen!« Der alten Frau, an deren Tisch er saß, liefen die Tränen über das Gesicht, und Nikita beglückwünschte sich zu seiner grandiosen Idee.

Nach der Besichtigung des Schmucks im Beau-Rivage hatte er eine Nacht lang darüber nachgedacht, wie er diese russische Njanja dazu bewegen könnte, ihm mitzuteilen, was sie über Olga und das Pawlowa-Ensemble wusste. Am nächsten Tag hatte er noch einmal die Pronskys aufgesucht und nachgefragt, welches Verhältnis die Kinderfrau damals zu den drei Mädchen gehabt hatte. Schnell war ihm klar geworden, dass sie die verschwundene Olga bevorzugt haben musste – und Wera Pronskaia bis heute erkennbar eifersüchtig auf ihre Schwestern war.

Dabei lebte die Älteste, Irina Pawlowa, schon gar nicht mehr. Also blieb Nikita nur Olga, um der Njanja eine Geschichte aufzutischen. Auf der Reise von Genf nach Moskau hatte er deshalb eine Legende entworfen, die zwar die verfügbaren Fakten enthielt, zugleich aber vage genug blieb, um Widersprüche zu vermeiden.

Ein einfacher Gruß von Olga stand an ihrem Anfang – und hatte prompt verfangen.

»Geht es ihr denn gut?«, fragte die Njanja, als sie sich etwas beruhigt hatte. »Wo lebt sie denn? Ist sie verheiratet?«

Nikita hatte sich für einen Ansturm an Fragen gerüstet und parierte sie gelassen.

Olga gehe es leider nicht gut, er habe mit ihr im Gefängnis in Moskau Kontakt gehabt, und sie habe ihn gebeten, ihrer Njanja einige letzte Worte auszurichten, da sie zu mehreren Jahren Haft in einem Arbeitslager verurteilt worden sei.

»Meine Olga? Im Gefängnis?« Die Unterlippe der alten Frau zitterte.

Ihren Schock hatte er einkalkuliert. »Ja. Aufgrund ihrer adeligen Herkunft.«

Die Njanja schüttelte den Kopf. »Nein … nicht Olga … sie hat doch niemandem etwas getan.«

»Ich wünschte wirklich, ich könnte Ihnen bessere Nachrichten überbringen.«

»Kann ich sie denn besuchen? Im Gefängnis?«

Nikita schüttelte den Kopf.

»Und … und sie war …«, die Stimme der Alten zitterte. »Olga war in Moskau? All die Jahre?« Sie sah ihn an. »Und hat mich nicht besuchen wollen?«

Nikita versicherte ihr, dass Olga zurückgezogen und in

großer Armut in Perm gelebt habe, einer Stadt am Uralgebirge, und erst kürzlich durch die Wirren der Revolution nach Moskau gekommen sei, nachdem jemand sie als Angehörige des Adels denunziert hatte.

Er machte eine Pause und beobachtete die Reaktion der alten Frau. Als diese nichts sagte und nur nachdenklich auf die bunt bestickte Tischdecke starrte, die auf dem kleinen Tisch lag, fügte er an, dass Olga verheiratet gewesen, ihr Mann aber vor wenigen Wochen von den Bolschewiki erschossen worden sei. Inzwischen war er so berauscht von seiner Lügengeschichte, dass er sie fast selbst glaubte.

»Mein armes, armes Mädchen! Meine Olga!« Fast tat es Nikita leid, sie so in den Schmerz zu treiben, aber je aufgewühlter sie war, umso eher würde sie ihm Dinge anvertrauen, die sie sonst womöglich für sich behalten hätte. Schließlich saß er ihr als Wildfremder gegenüber. Im Zweifelsfall könnte er nicht beweisen, dass er Olga Pawlowa tatsächlich persönlich kannte.

Die Njanja hob den Kopf und sah ihn mit vom Weinen rot geränderten Augen an. »Hat sie denn Kinder? Ich könnte mich kümmern, wenn sie nun allein sind – ohne Vater und ohne Mutter!«

Nein, erklärte Nikita, Olga habe keine Kinder außer jener Tochter, die sie in Genf geboren habe und deren Schicksal ungewiss war.

Wieder versank die alte Frau in Schweigen.

Offensichtlich wusste die Njanja nichts über Olgas möglichen Aufenthalt, das erschloss sich deutlich aus ihren Reaktionen. Nun galt es, nach den kleinen Spuren zu suchen, die ihn vielleicht weiterbrachten.

»Es waren hübsche Kinder, die Pawlowa-Mädchen, nicht wahr?«, fragte er, um sie wieder ins Gespräch zu holen.

Sie reagierte sofort. »Oh, ja, das waren sie. Alle mit wunderschönen Augen, und Olga ganz besonders.«

Nikita dachte verwundert an Weras farblose Erscheinung, bestätigte aber, dass auch er ein blasses Blaugrau für eine ganz besonders schöne Farbe hielt.

»Blaugrau?«, fragte die Njanja, und ihr misstrauischer Unterton zeigte Nikita an, dass er eine falsche Schlussfolgerung gezogen hatte.

»Nun ja, im Gefängnis ist kein gutes Licht«, warf er rasch ein, »und die Augen der meisten Gefangenen sind verändert. Ihnen fehlt ... die Seele. Sie haben viel Elend erlebt.«

»Was haben sie nur mit meinem Mädchen gemacht«, seufzte die alte Frau. »Sie hatte so wunderschöne blaue Augen, die Olga. Das Pawlowa-Blau.«

»Ja, das berühmte Pawlowa-Blau«, bestätigte Nikita. »Es ist eine Schande, dass sie ihr Strahlen verloren haben.«

Er war erleichtert, diese Klippe halbwegs elegant umschifft zu haben, und stellte für sich fest, dass Wera das Pawlowa-Blau nicht geerbt hatte. Ohnehin war sie keine schöne Frau.

Die Njanja hatte ein Taschentuch aus ihrer Schürzentasche geholt, wischte ihre Augen ab und schnäuzte sich. »Es ist eine Schande.«

»Olga hat mir von dem Familienschmuck der Pawlowa berichtet«, tastete er sich behutsam weiter vor.

»Schmuck?«, fragte sie prompt irritiert. »Natürlich gab es Schmuck. Die Familie war sehr vermögend.«

»Ich meine das Pawlowa-Ensemble.«

In ihre Augen trat ein wehmütiger Glanz. »Wunderschön war das, vor allem, wenn die Mutter der Mädchen es trug. Sie erhellte dann den ganzen Ballsaal.«

»Ist er denn nicht mehr im Besitz der Familie?«

»Die Großmutter Pawlowa hat die Stücke unter ihren Töchtern aufgeteilt. Wera hatte die Ohrringe, Irina die Tiara. Olga sollte das Collier bekommen, aber ich denke nicht, dass sie es ihr nach allem, was passiert ist, noch gegeben hat. Ich könnte mir vorstellen, dass sie es stattdessen ihrer Enkelin Lidia zugedacht hatte. Auch wenn die noch ein Kind war, als ihre Großmutter Maria gestorben ist. Und Lidia ist jetzt auch tot ... ach, es scheint ein echter Fluch auf dieser Familie zu liegen.«

»Es ist kein Fluch«, tröstete Nikita. »Es ist das Leben.«

»Ich werde mich niemals damit abfinden.« Die Njanja seufzte. »Kann ich denn irgendetwas für meine Olga tun?«

Auf diese Frage hatte er gehofft. »Ja. Das können Sie«, erwiderte er vielsagend. »Sie wünscht – und deshalb hat Sie mich zu Ihnen geschickt –, einige Erinnerungsstücke mitzunehmen, die sie trösten, wenn sie aus ihrem Moskauer Gefängnis in ein sibirisches Lager gebracht wird. Als man sie verhaftete, musste sie alles zurücklassen.«

»Diese Unmenschen!«, rief die Njanja aus.

»Ich verfüge über gute Verbindungen, die ich gerne nutze, um unschuldigen Menschen wie Olga zu helfen«, gab Nikita vor. »Gibt es Fotos oder eine *Matrjoschka*, irgendetwas ...«

Die Njanja dachte kurz nach, dann holte sie etwas aus ihrer Nachttischschublade und legte es vor Nikita hin. »Ich gebe Ihnen meine Muttergottesikone für Olga mit«, sagte sie. »Ihre Mutter hat sie mir einst geschenkt, für meine Verdienste. Und dann«, sie deutete auf eine abgegriffene Fotografie, »dies ist ein Familienbild, das ich in einem törichten Moment an mich genommen habe. Das war unredlich, ich weiß, aber es ist die einzige Erinnerung an die vielen Jahre bei den Pawlowas. Und jetzt ist es meine Buße, sie zurückzugeben. Olga wird es ganz gewiss ein Trost sein.«

Nikita betrachtete die Familie, die für das Foto festlich gekleidet Aufstellung genommen hatte. Er fuhr mit dem Finger über Mitglieder, ohne konkret auf jemanden zu zeigen. »Ja, die Familie ...«

»Es ist Irinas Familie«, erklärte die Njanja und zeigte auf eine junge Frau. »Das ist Irinas Tochter Lidia – Olgas Nichte. Im Arm hält sie ihre eigene Tochter. Hier vorne, in den Matrosenanzügen, stehen die beiden Söhne, auch sie noch klein. Und das ist Lidias Mann, Baron Maxim Baranow.«

Nikita studierte jedes einzelne Familienmitglied genau. Für die Aufnahme hatten sich Lidia und ihr Ehemann mit ihren Kindern in und um zwei elegante Stühle gruppiert. Ein dunkler Zobel lag über einer der Lehnen. Lidia – in einem weißen Kleid mit Spitzenbesatz und kunstvoll aufgestecktem Haar – war außergewöhnlich hübsch. Ihm fiel auf, dass sie die Pawlowa-Tiara trug, also hatte Irina diese an ihre Tochter weitergegeben. Und wenn Olga im Zuge der Erbschaft ihrer Mutter Maria wirklich übergangen worden war, wonach es aussah, könnte das fehlende Collier tatsächlich in Lidias Umfeld zu finden sein. Da Wera keine Kinder hatte, wären Lidia und ihre Tochter die einzigen weiblichen Erben des Pawlowa-Schmucks gewesen.

Die Njanja seufzte. »Lidia und die Kinder leben nicht mehr.«

»Ich weiß von diesem tragischen Unglück. Die Revolution hat viele dahingemetzelt.« Nikita legte Bedauern in seine Stimme. »Lebt der Mann eigentlich noch?«

Die Miene der alten Frau hellte sich auf. »Ja! Stellen Sie sich vor! Der Baron hat überlebt, zum Glück. Er war sogar hier, bei mir, und hat sich nach Olga erkundigt. Und jetzt sucht er sie – in Genf!« Die Njanja schüttelte bedauernd den Kopf. »Und dabei ist sie hier in Moskau. Ich kann es nicht fassen. Ach, wenn Sie doch nur ein paar Wochen früher gekommen wären …«

Nikita tätschelte ihr tröstend den Arm. Er wusste, dass er nicht nur eine Spur gefunden hatte. Hinter dem verschwundenen Collier steckte weit mehr, als es zunächst den Anschein gehabt hatte. Es würde ihm großes Vergnügen bereiten, alles herauszufinden – und am Ende vielleicht sogar doppelt daran zu verdienen.

34. KAPITEL

Meersburg, in der dritten Augustwoche 1918

Helena wusste nicht, wie Kasia es fertiggebracht hatte, Maxim Baranow dazu zu überreden, an diesem frühen Sonntagvormittag mit ihnen in die Weinberge zu gehen, um zu malen. Denn seit er vor knapp drei Wochen zum ersten Mal seinen Lazarettdienst angetreten hatte, brachte er sich unermüdlich ein. Die Entlastung war enorm – vor allem, weil er bereitwillig einen Großteil der Nachtschichten übernahm.

Rasch hatte er sich das nötige Wissen um die Versorgung von Wunden und Verletzungen angeeignet. Inzwischen kümmerte er sich vorrangig um die Patienten, die Teile ihrer Extremitäten eingebüßt hatten, half dem Vater dabei, die angefertigten Prothesen anzupassen, und ermutigte die Männer, sich selbst wieder zu vertrauen. Für die Versehrten war er ein Segen – nicht nur weil er sie aufgrund seiner körperlichen Kraft besser unterstützen konnte als Helena oder Schwester Hedwig, sondern weil er auch die richtigen Worte für die traumatisierten Männer fand.

Dennoch wusste Helena, dass ihr Vater ihm gegenüber Vorsicht walten ließ und auch ihr geraten hatte, den Abstand zu Maxim Baranow zu wahren. Aber selbst wenn Helena seinen Rat hätte befolgen wollen – im Lazarettbetrieb arbeitete man nun einmal eng zusammen. Zudem hatte sich eine gewisse Nähe von Anfang an ergeben, weil Kasia Baranow in ihr Herz geschlossen hatte und vertraut und freundschaftlich mit ihm umging. Sie war es auch gewesen, die eine gemeinsame Malstunde vorgeschlagen hatte. Und selbst wenn sie das Gefühl nicht ganz abschütteln konnte, ihre Pflichten zu vernachlässigen, hatte Helena sich während der letzten Tage richtiggehend darauf gefreut.

Nun also waren sie zu dritt losgezogen, kaum dass die Sonne ihre ersten Strahlen über Meersburgs Dächer geschickt hatte. Sie wollten das erste Morgenlicht ausnutzen und auch die relative Kühle, bevor sich wieder die Hitze über das Land legte. Helena trug ein schlichtes hellblaues Sommerkleid mit einer Schürze darüber, das Haar hatte sie locker zusammengesteckt und einen breitkrempigen Strohhut aufgesetzt. Später würde die Sonne unbarmherzig herabscheinen – nicht nur auf die Reben, denen sie mit jedem Tag die Früchte versüßte, sondern auch auf ihre Köpfe.

Kasia hatte sich für eine Tunika in kräftigen Orange- und Blautönen entschieden, die mit dem Rot ihres Haares konkurrierte, ihr aber dennoch ausgezeichnet stand. Auch Maxim Baranow sah gut aus in seiner schlichten hellen Kleidung, den Hut wie immer etwas tiefer ins Gesicht gezogen.

Sie verließen Meersburg in Richtung Unteruhldingen, bogen aber bald darauf rechts ab und folgten ein kleines Stück dem Weg zum *Glaserhäusle*, hinauf in die Weinberge. Kasia und Helena gingen voran, Maxim Baranow folgte mit dem Leiterwagen, auf dem sie ihre Malutensilien untergebracht hatten.

Unterwegs wurde Helena wieder einmal bewusst, wie schön ihre Heimat war. Der See, das Licht, die sanften Farben. Und allen Schwierigkeiten zum Trotz, vor die das Leben sie immer wieder stellte, erfüllte sie Dankbarkeit, hier zu Hause zu sein. Selbst der Krieg schien weiter weg zu sein als anderswo in Deutschland. Das wurde ihr besonders bewusst, wenn sie Lillys Briefe aus Stuttgart las oder sich mit ihrem Vater unterhielt. In den großen Städten herrschte teilweise bittere Not.

Kasia blieb stehen und machte eine einladende Handbewegung. »Wie wäre diese Stelle?«

Helena kannte die Aussicht gut. Sattgrüne Reben standen vor der Burg mit der Unterstadt, rechter Hand glitt der Blick in Richtung Obersee und die Schweizer Alpen. »Ein sehr schöner Platz, Kasia. Lass uns hierbleiben.«

»Wunderbar!« Kasia strahlte.

»Es ist sicherlich eine hervorragende Weingegend hier, nicht wahr?« Maxim Baranow hatte sie eingeholt und stellte den Leiterwagen ab.

»Oh, ja«, erwiderte Helena. »Hier wird schon seit Ewigkeiten Wein angebaut.« Sie schmunzelte und sah Kasia an. »Es gibt aber auch Bier!«

»Mein Gatte ist der hiesige Brauereibesitzer«, erläuterte Kasia mit Blick auf Maxim. »Dennoch tendiere ich eher zu einem guten Glas Meersburger Burgunder.«

Maxim lud vorsichtig die Staffeleien ab. »Jedes Zipfelchen Land scheint hier mit Reben bepflanzt zu sein. Das ist mir schon aufgefallen, als ich mit dem Schiff von Konstanz herübergekommen bin.«

»Der Ort ist in Reben gebettet«, bestätigte Kasia. »Warten Sie ab, Maxim! Im Herbst wird aus dem Laub ein grandioses Farbenspiel!«

Helena nahm ihre Staffelei entgegen und setzte eine Leinwand darauf. Während Maxim Baranow sich direkt neben ihr platzierte, wählte Kasia einen etwas weiter entfernten Standort. Vorher besprach sie mit Helena allerdings noch einige Fragen zur Gestaltung.

Helena skizzierte ihren Bildausschnitt und begann recht zügig mit der Untermalung. Für die Gouache-Farben hatte Kasia gesorgt, und Helena liebte es, aus den vielen Schattierungen zu wählen, den Pinsel in die kleinen Seen aus Farbe einzutauchen und mit Tönen und Mischungen zu experimentieren. Bald war ihre Palette ein buntes Farbenspiel aus Tupfen und Schlieren.

So verging die erste Stunde in konzentriertem Schweigen. Helena legte den Hintergrund in Hellgelb und Hellblau an, dann setzte sie die weißen Schneefelder der Alpengipfel darauf und verlieh ihnen durch dunkelblaue Schatten Kontur. Schließlich begann sie mit der markanten Silhouette der Meersburg am linken Bildrand.

Sie war so vertieft, dass sie kurz zusammenzuckte, als Maxim neben sie trat. »Ihre Farbwahl ist bemerkenswert«, sagte er anerkennend.

Sein Lob freute Helena. Mit dem Pinsel deutete sie auf Kasia. »Ich habe eine gute Lehrmeisterin.«

»Das stimmt. Sie denkt und sieht weit. Das merkt man auch ihren Bildern an.« Er strich sich durch sein dunkles, leicht gelocktes Haar, das ihm fast bis in den Nacken reichte.

»Sie ist nicht überall gern gesehen in Meersburg«, sagte Helena. »Vor allem, weil sie verheiratet ist, aber nicht bei ihrem Mann lebt.«

»Frauen wie sie sind zu stark für die meisten Menschen«, erwiderte Maxim. »Viele reagieren dann mit Ablehnung. Sonst müssten sie sich mit Ansichten auseinandersetzen, denen sie sich nicht gewachsen fühlen.«

Helena setzte ein paar braunschwarze Farbakzente. »Ich denke sogar, dass manche Frauen eifersüchtig sind, weil sie sich traut, so zu leben, wie sie möchte.« Sie hielt inne. »Viele Männer dagegen haben Angst, dass sie ihre Ehefrauen anstecken könnte und die ganze Ordnung, in der sie leben, durcheinandergeraten könnte. Nicht jeder geht damit so gut um wie Doktor Ehinger.«

»Nur ein selbstbewusster Mann kann schätzen, was eine selbstbewusste Frau in eine Verbindung einbringt.« Er sah sie an. »Dabei ist eine solche Ehe viel erfüllender …« Er unterbrach sich, schien einen Augenblick gedankenverloren. »Würde es Ihnen etwas ausmachen, wenn wir uns beim Vornamen nennen?«, fragte er schließlich.

Helena erwiderte seinen Blick. »Ja ... ähm ... Ich meine, nein, es macht mir nichts aus.« Sie spürte das Pochen ihres Herzens.

»Dann bin ich Maxim.« Seine dunklen Augen umfingen sie wie ein Mantel aus Samt.

»Ja.« Sie lächelte unsicher. »Und ich ... Helena.«

»Helena. Ein wunderschöner Name«, erwiderte Maxim. »Jelena sagt man auf Russisch. Die Strahlende.«

Helena erfasste ein eigenartiges Gefühl, das von ihrem Nacken bis in ihre Kniekehlen reichte. »Meine Mutter war Russin«, sagte sie schnell.

»War?« Maxim ließ ihren Blick nicht los.

»Ich kenne sie nicht.« Helena konnte sich der Nähe nicht entziehen, die er schuf.

»Darf ich Sie etwas fragen, Helena?«

»Ja ... natürlich.«

»Sagt Ihnen der Name Olga Pawlowa etwas?«

»Nein.«

»Sicher nicht?«

»Ich habe den Namen noch nie gehört.« Wieder bemerkte Helena, wie eindringlich er sie ansah. Ihr kam ein ungeheuerlicher Gedanke. »Ist das ... ist das meine Mutter?«

»Ich gehe davon aus.« Seine Stimme hatte einen weichen Klang angenommen.

»Sind Sie deshalb hier, Maxim? Kommen Sie ... aus meiner Vergangenheit?«

»In gewisser Weise, ja.« Er atmete tief durch, und Helena merkte, dass ihm dieses Gespräch nicht leichtfiel. »Das ist eine lange Geschichte. Ich würde sie Ihnen gerne in Ruhe erzählen.«

Sie löste ihre Augen von den seinen und ließ ihren Blick über den See schweifen. »Wann wäre das?«

»Wann immer Sie Zeit dafür haben.«

»Dann habe ich ... jetzt Zeit.«

Er räusperte sich. »Dann also ... gleich. Wollen wir uns setzen?«

Helena schüttelte den Kopf und sah sich kurz nach Kasia um. Die Malerin hatte ihnen den Rücken zugewandt und arbeitete selbstvergessen an ihrem Werk.

Maxim hatte ihren Blick bemerkt und lächelte. »Sie ist gerade in einer anderen Welt.« Er nestelte einen Umschlag aus seinem Jackett, entnahm ihm ein Papier und entfaltete es. »Hier. Das ist der Stammbaum der Pawlowa-Frauen.«

Helena legte die Palette beiseite. Ihre Augen wanderten über die Zeichnung mit Namen und Linien. Konnte es wirklich sein, dass sie hier auf ihre eigene Herkunft blickte? Zugleich war sie enttäuscht. »Ich kann nichts lesen.«

»Das ist Kyrillisch. Hier oben steht der Name Ihrer Großmutter, Maria Pawlowa. Sie hatte drei Töchter. Irina, Olga und Wera.« Mit dem Finger fuhr er die einzelnen Namen nach, unter denen Jahreszahlen standen. Schließlich hielt er an einer Stelle inne. »Sehen Sie hier?«

»Da ist ein Name unkenntlich gemacht worden.«

»Zwischen Irina und Wera stand der Name Ihrer Mutter. Olga.«

Ein kurzer Schwindel erfasste Helena. »Sie gehen davon aus, dass Olga wirklich meine Mutter ist, nicht wahr?«

»Ja«, gab er zu. »Ich bin mir ziemlich sicher. Aber das erkläre ich Ihnen später genauer.«

»Warum wurde ihr Name gelöscht?«

»Das versuche ich herauszufinden.«

Helena sah ihn an. »Woher kennen Sie die Familie Pawlowa, Maxim?«

Sie sah, wie sich plötzlich ein Schatten in seinen Blick legte. Er deutete auf einen anderen Namen. »Lidia Pawlowa war meine Frau. Und wenn Olga Pawlowa Ihre Mutter ist, dann war Lidia Ihre Cousine.«

»Ihre Frau ... war meine Cousine?«, fragte Helena verwirrt. »Lebt sie denn nicht mehr?«

Er schüttelte den Kopf. »Sie wurde vor mehr als einem Jahr ermordet. Sie und unsere drei Kinder.« Einen Augenblick lang breitete sich betroffene Stille zwischen ihnen aus. »Ich bin hergekommen, um Antworten zu finden, Helena. Antworten, die auch Sie suchen.«

Helena nickte. Plötzlich schlug ihr das Herz bis zum Hals. Maxim war der Mann ihrer verstorbenen Cousine. Ihre Mutter hatte endlich einen Namen, und Helena war auf einmal Teil ihrer fremden russischen Familie. Noch fiel es ihr schwer, die Tragweite dieser Erkenntnisse zu erfassen.

Maxim steckte den Stammbaum wieder ein und betrachtete noch einmal ausgiebig das Bild, das Helena begonnen hatte. »Sie haben die Technik von Monet gewählt«, bemerkte er schließlich, nahm ihre Palette und reichte sie ihr.

Helena räusperte sich. Sie war ihm dankbar für den Themenwechsel. »Ich mag sehr, wie er mit Licht und Schatten spielt. Allerdings versuche ich, die Farbe flächiger zu setzen.«

Maxim nickte. »Ja, das wirkt eindrucksvoll.«

»Mit fehlt das Gefühl für die Abstraktion. Bei Kasia ist es immer stimmig. Ich dagegen tue mir schwer damit.« Sie sah zu seinem angefangenen Bild hinüber. »Und Sie beherrschen diese Technik auch.«

»Auch ich hatte einen guten Lehrer.«

»Ja? Bei wem haben Sie die Malerei gelernt?«

»Kandinsky.«

»Oh! Kandinsky?« Helena verschlug es einen Moment die Sprache.

Maxim schien es zu bemerken. »Wassily Kandinsky ist ein Freund von mir«, erklärte er.

Inzwischen überschlugen sich die Gedanken in Helenas Kopf. »Wer sind Sie wirklich, Maxim?«

»Mein voller Name ist Baron Maxim Baranow.«

Helena sah ihn überrascht an. »Sie sind adelig?«

Er nickte. »Aber, Helena … würden Sie das, was wir hier miteinander sprechen, vorläufig für sich behalten? Ich möchte Ihren Vater nicht noch mehr beunruhigen, als meine Anwesenheit es ohnehin schon tut. Es wäre mir wichtig, ihn zum entsprechenden Zeitpunkt selbst über meine Identität zu informieren.«

»Ja, natürlich.« Sie betrachtete ihre Palette, auf der die Farben langsam eintrockneten. »Mein Vater hat mir bisher eh so gut wie nichts über meine Mutter und ihre Herkunft erzählt.«

»Er wird seine Gründe haben.«

»Denken Sie, er vermeidet bewusst, mit mir darüber zu reden?«

»Ich könnte es mir zumindest vorstellen. Vieles, was Olga Pawlowa betrifft, ist rätselhaft. Vielleicht schweigt er aus Sorge, Ihnen mit seinem Wissen zu viel zuzumuten.«

Helena seufzte. »Ich bin erwachsen. Er muss mich nicht schonen.«

Ein Vogel zwitscherte in die Stille hinein, die sich zwischen ihnen ausbreitete.

»Um auf meinen Freund Kandinsky zurückzukommen«, wechselte Maxim unvermittelt zurück zur Malerei, »soll ich Ihnen seine Maltechnik zeigen, Helena?«

»Wie ... zeigen?« Helena war verwirrt.

Maxim berührte Helenas Ellenbogen. Sie durchlief ein Gefühl, als gleite sie einen Wasserfall hinunter.

»Darf ich?«, fragte er.

Helena nickte.

Er stellte sich hinter sie, führte ihren Arm und deutete durch leichte Bewegungen an, wie er zu den Formen und Flächen fand, die seinen Malstil ausmachten.

Anfangs war Helena noch nervös, doch nach und nach fand sie Gefallen an dieser Art von Unterricht – und an seiner Nähe.

»Was für ein herrlicher Vormittag«, war plötzlich Kasia zu vernehmen. Helena erschrak, denn sie hatte die Freundin ganz vergessen.

»Schade«, sagte Maxim leise und ließ ihren Arm sinken.

Dann drehte er sich zu Kasia um. »Ich fürchte, dass ich mit dem Fortschritt meines Gemäldes weit hinter den Damen bin.«

»Das nimmt mich nicht wunder.« Kasia grinste wissend und betrachtete Helenas Leinwand. »Helenas Bild aber hat sich sehr ... interessant entwickelt.«

Helena war ihr dankbar, dass sie der Situation ihre Peinlichkeit nahm. »Maxim hat mir Kandinskys Maltechnik erklärt.«

»Und das hat er gut gemacht«, erwiderte Kasia augenzwinkernd. »Ich denke, dass er dir noch einiges beibringen wird.«

35. KAPITEL

*Meersburg, das Mansardenzimmer der Schwestern,
einige Tage später*

Helena saß an Lillys Frisiertisch im Mansardenzimmer und bürstete sich das Haar. Mit langen, kräftigen Strichen fuhr sie durch die dunklen Fluten, fasste sie schließlich zusammen und steckte sie auf. Dann betrachtete sie ihr müdes Gesicht im Spiegel.

Seit Kasia und sie gemeinsam mit Maxim in den Weinbergen gemalt hatten, waren ihre Nächte nicht sonderlich gut. Zu viele Gedanken machten ihr das Einschlafen schwer, und wenn sie endlich zur Ruhe gefunden hatte, wachte sie allzu früh wieder auf. Dass Maxims Leben möglicherweise untrennbar mit ihrer eigenen Familiengeschichte verbunden war, versetzte sie in spannungsvolle Aufregung – zugleich fürchtete sie um das Schicksal, das ihre Mutter getroffen haben könnte. Was, wenn auch sie den Schergen der Bolschewiki zum Opfer gefallen war?

»Helena?« Katharinas Stimme unterbrach ihre Gedanken.

»Guten Morgen, Katharina!« Lächelnd drehte Helena sich zu ihrer Schwester um, die sich gerade im Bett aufsetzte.

»Du bist schon auf! Habe ich verschlafen?« Katharina rieb sich die Augen.

»Oh, nein«, erwiderte Helena. »Du hast endlich einmal ein wenig von dem Schlaf nachgeholt, der dir fehlt.«

»Du weißt, dass mir das nichts ausmacht. Die Patienten brauchen mich.«

»Natürlich weiß ich das. Dennoch – dein Körper hat sich schlicht zu seinem Recht verholfen. Sei ihm dankbar dafür.«

Katharina schob gähnend ihre Füße über die Bettkante. »Wann fangen wir denn mit der Mirabellenernte an?«

»Sobald wir ganz wach sind!«, neckte Helena.

Katharina zog eine Grimasse, stand auf und goss etwas Wasser in die Waschschüssel.

Während sich ihre Schwester frisch machte, räumte Helena den Platz am Frisiertisch, nahm ein braunrotes Arbeitskleid vom Kleiderhaken und schlüpfte hinein. Anschließend griff sie nach einer hellen Schürze – und ertappte sich bei einem stillen Lächeln. Etwas in ihr freute sich schon jetzt darauf, Maxim beim Dienst heute Abend zu sehen. Mehr noch. Ihr Bauch kribbelte, wenn sie an ihn dachte. Und immer wieder kam ihr der Augenblick in den Sinn, als er ihren Arm berührt und dabei Kandinskys Maltechnik erklärt hatte. So nah war er ihr gewesen, dass sie seinen Duft wahrgenommen hatte. Frisch und herb, männlich …

»Hast du eigentlich Lillys Brief gelesen?«, fragte Katharina.

»Ja.« Helena schüttelte ihr Kissen auf.

»Findest du nicht auch, dass sie ... komisch schreibt?«

»Ich bin froh, dass sie überhaupt hat von sich hören lassen. Manchmal habe ich das Gefühl, dass sie sich innerlich von uns verabschiedet hat.«

»Ich mache mir Sorgen um sie«, seufzte Katharina. »Lilly ist immer so verträumt gewesen. Und jetzt muss sie sich in einer fremden Umgebung zurechtfinden. Nach den Bomben, ohne ihren Mann ... und dazu auch noch schwanger. Das ist ein bisschen viel.«

Helena legte ihre Bettdecke zusammen und richtete sich auf. »Das stimmt. Aber das Dienstpersonal der Reichles gibt sich wirklich große Mühe, ihr das Leben und vor allem die Schwangerschaft so angenehm wie möglich zu gestalten. Und auch dieser Onkel Fritz, der sich um die Fabrik kümmert, greift ihr doch viel unter die Arme.«

Katharina knöpfte ihr dunkelgraues Kleid zu. »Weißt du, Helena, bei dir und bei mir hätte ich keine Sorgen. Jede von uns beiden hat die Kraft, sich durchzusetzen. Bei Lilly bin ich mir da nicht so sicher.«

»Meistens wächst man doch durch solche Herausforderungen«, erwiderte Helena. »Außerdem ... vielleicht möchte sie uns ja etwas beweisen? Dass sie allein durchkommt und nicht auf unsere Hilfe angewiesen ist?«

Katharina zuckte mit den Schultern. »Mag sein. Auch wenn es nicht so richtig zu ihr passt.« Sie war ebenfalls fertig und rückte ihren Rock zurecht. »Gehen wir los, Schwesterherz? Ich habe große Lust auf Mirabellen!«

»Ich auch, Katharina. Aber vorher muss ich etwas essen.«

Etwa eine Stunde später

Der Mirabellenbaum im Garten bog sich unter der Last unzähliger gelborangefarbener Kugeln. »Ich liebe den August!«, schwärmte Katharina und pflückte einige der reifen Früchte und biss hinein. »So schmeckt der Sommer!«

Helena lachte. Auch sie fühlte sich frischer, seit Käthe ihr in der Küche einen Becher Kaffee und zwei Scheiben frisch gebackenes Brot mit Marmelade serviert hatte. Das Frühstück hatte ihre Lebensgeister zurückgebracht.

Sie stellte den großen Korb ab, den sie unter dem Arm getragen hatte, und entnahm ihm einige große Leinentücher.

Katharina war flugs an ihrer Seite, um beim Ausbreiten der Linnen zu helfen. Bald war die grüne Wiese unter dem Baum mit weißen Stoffbahnen bedeckt.

Die gemeinsame Mirabellenernte hatte Tradition bei den Lindner-Schwestern, und Helena war glücklich, dass Katharina sich auch in diesem Jahr die Zeit dazu genommen hatte – trotz der Arbeit im Spital. So konnten sie endlich wieder einmal ein paar Stunden miteinander verbringen. Zudem wurde im Garten gerade vieles gleichzeitig reif, was eine Menge an zusätzlicher Arbeit bedeutete. Da war jede helfende Hand willkommen.

»Also, legen wir los!« Katharina nahm eine lange Holzstange, positionierte sich an einem besonders reich behangenen Ast und schüttelte kräftig daran. Bald waren die Laken mit Mirabellen übersät.

Helena begann, die Früchte einzusammeln.

»Weißt du, das erinnert mich einfach immer an früher«, sagte Katharina und schüttelte erneut.

»Nicht auf meinen Kopf!«, rief Helena und drohte ihrer Schwester spielerisch mit dem Zeigefinger. »Sonst darfst du nachher nichts vom Kuchen essen!«

Katharina grinste. Es war lange her, dass Helena sie so fröhlich erlebt hatte.

Sie arbeiteten eingespielt und konzentriert. Katharina schüttelte die Zweige ab, um Helena anschließend beim Auflesen zu helfen. Der Korb füllte sich binnen kurzer Zeit.

»Was wirst du aus den Mirabellen machen? Außer dem Kuchen natürlich. Marmelade?«, wollte Katharina wissen, als sie eine kleine Pause machten.

»Ich dachte an eine Marmelade mit Rosmarin.« Helena nahm sich ein paar Mirabellen und setzte sich ins Gras.

»Wieder eine besondere Sorte. Ich finde deine Ideen großartig.«

Katharina band ihr Kopftuch neu.

»Danke.« Helena steckte sich eine Mirabelle in den Mund

und spürte dem perfekten Verhältnis aus Süße und Säure nach. Dieses wollte sie in ihrer Marmelade weiterführen, um die Sonne, den Garten und die Leichtigkeit dieses Sommertags darin einzufangen – und auf diese Weise für die kalte, dunkle Winterzeit aufzubewahren.

Katharina setzte sich neben sie und berührte sie am Arm. »Ich möchte etwas mit dir besprechen, Helena.«

»Ja?«

»Es geht um meine Zukunft.«

»Die Medizin.« Es war eine Feststellung.

»Ja. Ich möchte das Abitur machen, Helena.«

Helena nickte. »Ja. Das brauchst du dazu. Nur ist es im Augenblick nicht möglich.«

»Ich weiß. Aber die Soldaten reden immer, dass der Krieg bald zu Ende sein wird.«

Diese Gerüchte waren auch Helena zu Ohren gekommen. Es hieß, die Westfront sei eingebrochen. Aber stimmte das wirklich?

»Man munkelt, es würde schon verhandelt.« Katharina spielte mit einem Zipfel ihrer Schürze.

»Über Frieden?«

»So habe ich das verstanden.«

»Also, wenn man allein das betrachtet, was wir hier jeden Tag an kampfunfähigen Soldaten sehen ... dann wundert es mich nicht, wenn Deutschland irgendwann kapituliert.«

Katharina nickte. »Sie müssen diesen sinnlosen Krieg endlich beenden.«

»Hoffen wir, dass es die Heeresleitung genauso einschätzt.« Helena sah ihre Schwester an. »Hast du dir schon Gedanken gemacht, wo du das Abitur machen möchtest?«

Katharina nickte. »In München.«

»In München? Ich hätte gedacht, dass du vielleicht an die Töchterschule in Lindau gehst?«

Katharina schüttelte den Kopf. »Nein. Ich habe mit einem Patienten gesprochen, der behauptet, dass mir in München alle Möglichkeiten offenstehen.«

»Mit Doktor von Bogen?«

Katharina sah Helena irritiert an. »Wieso von Bogen? Was hast du mit ihm zu tun?«

»Gar nichts. Er war hier, bevor er entlassen wurde. Ich dachte, weil er Arzt ist ...«

»Nein. Nicht der.« Katharina klang abweisend. »Auf jeden Fall ist München eine interessante Stadt. Mit einer guten Universität.«

»Da hat dir dieser Patient ja schon einiges erzählt.«

»Ja. Er möchte selbst Arzt werden.« Katharina streckte sich im Gras aus.

»Aber er ist ein Mann«, gab Helena zu bedenken. »Als Frau hat man es nicht so leicht.«

»An der Ludwig-Maximilians-Universität gibt es eine medizinische Fakultät, an der auch Frauen studieren können.«

»Wirklich?« Helena legte sich ebenfalls hin und verschränkte die Arme unter ihrem Hinterkopf.

Gemeinsam sahen sie eine Weile in den blauen Himmel, an dem gemächlich weiße Wolkenfetzen dahinzogen.

»Du hast recht, Katharina«, sagte Helena schließlich. »Nutze deine Möglichkeiten und folge deinem Traum. Und wenn er dich nach München führt, dann ist dort dein Platz.« Sie drehte den Kopf und sah ihre Schwester an. »Ich stehe hinter dir. Und Papa ganz gewiss auch.«

»Es wird Geld kosten ...«

»Wir werden es aufbringen. Bis du dort hingehst, ist der Krieg vorbei, dann haben wir hier ganz andere Möglichkeiten. Und werden wieder besser verdienen.« Jedenfalls hoffte sie das.

Katharina lächelte glücklich. »Du bist die beste große Schwester, die ich habe.«

»Und du und Lilly, ihr seid die besten kleinen Schwestern, die ich habe.«

»Dürfen wir euch den Korb zurücktrag'n? Einen neuen haben wir dabei!«

Helena erschrak, als sie Pater Fidelis' wohlbekannte Stimme vernahm. Rasch stützte sie sich auf ihren Unterarmen auf. »Pater Fidelis ... Oh, Maxim!«

Hinter dem Mönch kam Maxim über die Wiese zum Mirabellenbaum geschlendert. Er trug eine hellbraune Hose und ein einfaches weißes Leinenhemd, dessen Ärmel er aufgekrempelt hatte. Helena spürte, dass ihre Wangen sich röteten – es war ihr peinlich, von ihm beim Dösen überrascht worden zu sein.

»Was ist denn, Helena?« Katharina rieb sich verschlafen die Augen.

»Bleibts nur liegen.« Pater Fidelis stellte seinen leeren Korb neben Helenas gefüllten. »Ihr arbeitet genug. Da dürfts auch einmal ausruhen!«

Seine gut gemeinte Bemerkung machte es für Helena nur noch schlimmer, doch bevor sie aufstehen konnte, war Maxim an ihrer Seite und bot ihr die Hand. »Darf ich, Helena?«

Das Lächeln, das seine galante Geste begleitete, verursachte einen Aufruhr in Helenas Magengegend, und dieses Gefühl verstärkte sich, als er ihr aufhalf und sie einen Moment festhielt – keinesfalls anzüglich, eher so, als wollte er verhindern, dass sie auf dem unebenen Boden ins Straucheln geriet.

Derweil war Katharina aufgesprungen und ließ schon wieder Mirabellen regnen.

»Kommt, Pater Fidelis!«, rief sie frech, »Wer andere aufweckt, muss helfen!«

Pater Fidelis' Lachen steckte alle an. »Na, dann wollen wir mal!«

Als der kräftige Ordenspriester am Baum rüttelte, flogen ihnen die Mirabellen nur so um die Ohren. Maxim zog Helena zur Seite, damit sie nicht getroffen wurde.

»Fertig! Ich hab meine Schuldigkeit getan!« Pater Fidelis betrachtete zufrieden die beträchtliche Anhäufung von Früchten. »Einsammeln dürfts ihr!« Vereinzelt plumpsten noch immer Mirabellen zu Boden.

Maxim sah Helena auffordernd an. »Na, dann wollen *wir* mal!«

Zu dritt machten sie sich ans Auflesen, während Pater Fidelis sich erschöpft an den Stamm lehnte und alsbald ins Gebet versunken schien.

Maxim blieb dicht bei Helena. Hin und wieder begegneten sich ihre suchenden Hände, so beiläufig, dass Helena sich nicht sicher war, ob es absichtlich geschah.

Schließlich war auch der zweite Korb randvoll.

»*Nisi Dominus frustra*«, rezitierte Pater Fidelis, der just in diesem Moment seine Kontemplation beendete. »Da hat's der Herrgott gut mit uns gemeint!« Er pflückte ein paar hängen gebliebene Mirabellen von den Zweigen, um sie in einer großzügigen Geste obendrauf zu legen. Anschließend versammelten sich alle um die beiden Körbe.

»Ja, das hat sich gelohnt«, stellte Katharina zufrieden fest. »Das ergibt einige Gläser Marmelade.«

»Wann musst du denn zum Dienst, Katharina?«, fragte Helena.

»Erst heute Abend. Bis dahin werde ich Schwester Hedwig zur Hand gehen.«

»Das ist gut«, erwiderte Helena. »Dann kann ich zusammen mit Erna die Mirabellen verarbeiten.«

»Mei, is der schwer«, hörten sie Pater Fidelis stöhnen, der sich bereits mit einem der beiden Körbe abmühte.

»Ich helfe Euch, Pater Fidelis!«, rief Katharina und zwinkerte Helena und Maxim zu. »Wir sehen uns später!«

Die beiden nahmen den Korb auf und machten sich auf den Weg zum Haus.

Helena sah ihnen hinterher.

»Dieser da ist dann wohl unserer«, hörte sie Maxim sagen. Er nahm gerade den übrig gebliebenen Korb auf.

»Sie brauchen ihn nicht allein zu tragen«, protestierte Helena. »Ich kann doch helfen!«

»Oh, nein! Lassen Sie mich ein bisschen zuvorkommend sein.«

»Na, gut.« Helena lächelte.

Der Mirabellenbaum stand im unteren Teil des großen Lindenhof-Gartens. Um zum Gartentor zu gelangen, kamen sie an der Stelle mit den beiden Birnbäumen und dem Baumstumpf vorüber, an der Helena vor einigen Wochen Elisabeth und den Ochsenwirt zusammen gesehen hatte. In Helena stieg ein ungutes Gefühl auf. Seit sich die beiden heimlich an den Büchern des Lindenhofs zu schaffen gemacht hatten, war Helena von tiefem Misstrauen gegen Elisabeth erfüllt.

Ihr Blick fiel auf Maxim, der vor ihr herging. Am liebsten hätte sie sich ihm anvertraut.

In diesem Augenblick blieb er stehen und drehte sich um, wohl um zu sehen, ob sie noch hinter ihm herging. »Habe ich etwas falsch gemacht?«, fragte er, als er ihre ernste Miene sah.

»Oh … nein. Überhaupt nicht. Ich habe gerade … an meine Schwester Lilly in Stuttgart gedacht.«

»Es gibt außer Katharina noch eine Schwester?«

Helena nickte. »Lilly hat in diesem Jahr geheiratet und ist weggezogen.«

»Dann ist sie älter?«

»Nein, Lilly ist die Mittlere. Ich bin die Älteste, Katharina ist die Jüngste. Aber uns trennen nicht allzu viele Jahre. Und Sie, Maxim? Haben Sie Geschwister?«

»Leider nein.«

»Gibt es in Russland noch jemanden, der zu Ihnen gehört?«

Maxim schüttelte den Kopf und stellte den Korb ab. »Lass uns ein paar Schritte gehen, Helena.«

36. KAPITEL

Maxim nahm Helena sanft an der Hand und ging langsam auf den Pfad zu, der den Hang des Gartens hinaufführte. »Gibt es irgendwo einen Ort, an dem wir ungestört sprechen können?«, fragte er.

Helena wurde unruhig, denn er schlug den Weg zum Glashaus ein. Wollte sie ihre Zuflucht bereits mit ihm teilen? Unwillkürlich ging sie etwas langsamer.

Er schien ihr Zögern gemerkt zu haben. »Ich habe nichts Unredliches vor, Helena. Dein Vertrauen ist mir wichtig.«

»Ich habe keine Angst«, erwiderte Helena. »Es ist nur so ... das alte Gewächshaus dort oben«, sie zeigte den Hügel hinauf, »ist ein besonderer Ort für mich.«

»Entschuldige bitte. Das habe ich nicht gewusst.« Er war stehen geblieben und sah sich im Garten um. »Wir können uns auch hier unten ein ruhiges Plätzchen suchen.«

Helena war unschlüssig. Etwas in ihr drängte sie, ihm das Glashaus zu zeigen. Aber wer es betrat, erhielt Zugang zu ihrer Seele.

Maxim wartete geduldig, bis sie ihren inneren Kampf

ausgefochten hatte. »Wir gehen hinauf«, sagte sie schließlich.

»Sicher?«

Sie nickte.

Er drückte ihre Hand. Dann ließ er sie los, und Helena ging ihm voraus den schmalen Pfad hinauf. Gemeinsam betraten sie das Glashaus.

Eine Weile lang standen sie still nebeneinander. Dann sah Maxim sie an. »Es ist so sehr ... du hier drin. Das ist wundervoll.«

Unter seinem Blick verspürte Helena mit einem Mal ein tiefes Sehnen. Vielleicht wäre es doch besser, wenn sie wieder zurückgingen – aber seine Anwesenheit hier fühlte sich auf besondere Art richtig an.

»Möchtest du ... dich hinsetzen?«, fragte sie.

»Gerne. Wenn ich darf.«

»Ja«, sagte Helena leise. »Hier.« Sie nahm ein paar Bücher von einem alten Stuhl, der neben dem Regal stand. Mit einer Hand wischte sie den Staub beiseite, der sich darauf angesammelt hatte. »Bitte!«

Während Maxim Platz nahm, ließ sie sich auf einem der kleinen Hocker nieder, nahm ihr Kopftuch ab und steckte einige Strähnen fest, die sich aus ihrem Haarknoten gelöst hatten.

Als sie zu Maxim hinübersah, bemerkte sie, dass er ihren Bewegungen mit den Augen folgte. »Du bist schön, Helena«, sagte er.

Seine schlichte Bemerkung ließ eine zarte Wärme in Helena aufsteigen. Sie breitete sich aus, je intensiver sich ihre Blicke ineinander verflochten. *Wie soll ich meine Seele halten, dass sie nicht an deine rührt ...* Rainer Maria Rilkes Vers zog durch ihren Sinn und fasste in Worte, was sie selbst nicht benennen konnte. Hier geschah etwas, das sich ihrem Willen und ihrem Verstand entzog.

Er räusperte sich. »Uns verbindet viel, Helena. Deshalb möchte ich dir mehr von mir erzählen.«

Helena nickte.

»Du hast dich sicherlich gefragt, woher meine Narben stammen. Jeder fragt sich das.«

»Nun ...« Helena blinzelte verlegen. Sie wollte nicht direkt auf seine Wunden schauen und suchte deshalb seine Augen.

Sein Blick aber war auf einmal in die Ferne gerichtet. »Sie kamen mit Säbeln und Bajonetten. Ich habe überlebt. Für Lidia und die Kinder aber waren die Hiebe tödlich.«

Auch wenn Helena bereits wusste, dass er seine Familie auf grausame Art verloren hatte, gingen ihr seine Worte durch Mark und Bein. Die Narben in seinem Gesicht waren lediglich die, welche er außen trug. Was mochte es mit einem Menschen anstellen, hilflos mit ansehen zu müssen, wie seine Liebsten bestialisch umgebracht wurden? Und ihnen nicht helfen zu können?

Der Schmerz, der ihn umgab, war erschütternd.

Wie soll ich meine Seele halten, dass sie nicht an deine rührt?

»Ich werde keine Ruhe finden, ehe ich weiß, was geschehen ist«, sagte er rau.

»Das kann ich ... verstehen«, flüsterte Helena.

Maxim rieb sich den Nacken und schüttelte den Kopf. Helena wagte nicht, sich zu rühren, und wartete, bis er weitersprechen konnte.

»Meine Eltern sind bereits tot. Es gibt eine deutsche Ahnenlinie vonseiten meiner Mutter, deshalb spreche ich deine Sprache.« Er stützte die Unterarme auf seinen Oberschenkeln ab. »Bei meiner Suche nach denjenigen, die uns diese Gräuel angetan haben, bin ich auf den Stammbaum gestoßen, den ich dir im Weinberg gezeigt habe.«

Helena wurde es unwohl. »Suchst du die Schuldigen ... hier bei uns?«

Maxim schüttelte den Kopf. »Nein, Helena. Ich habe mich ungeschickt ausgedrückt. Ich denke, dass die Ermordung meiner Familie und das Schicksal deiner Mutter denselben Hintergrund haben könnten.«

Helena nickte. »Ich weiß nicht einmal, ob sie noch lebt. Oder warum sie mich bei meinem Vater zurückgelassen hat.«

Maxim sah sie nachdenklich an. »Vielleicht wäre es besser, wenn wir alles Weitere in Gegenwart deines Vaters besprechen.«

»Nein!«, entfuhr es Helena.

»Nein?« Maxim wirkte überrascht. »Auch wenn ich deine Entscheidung selbstverständlich respektiere – aber gibt es dafür einen bestimmten Grund? Ich hatte den Eindruck, dass du ein gutes Verhältnis zu deinem Vater hast.«

»Das schon«, erwiderte Helena, »aber dieses Thema war

und ist irgendwie ein Tabu. Das hatte ich dir ja schon angedeutet.« Sie tat einen tiefen Atemzug. »Wenn du Dinge weißt, die er mir nicht erklären wollte, dann möchte ich dich bitten, sie mir zu sagen.«

Maxim legte die Handflächen aneinander.

»Deine Familie stammt wie meine aus altem russischem Adel. Alle lebten ein privilegiertes Leben. Und doch gab es Geheimnisse.« Er streichelte vorsichtig Helenas Hand. »Du hast gesehen, dass Olgas Name aus dem Stammbaum der Familie entfernt wurde.«

Helena nickte.

»Olga Pawlowa ist nach deiner Geburt verschwunden. Man hat nie wieder etwas von ihr gehört. Du selbst wurdest später für tot erklärt.«

Helena hielt entsetzt inne. »Was sagst du da?«

»Es gibt einen Sterbevermerk in den Kirchenbüchern in Genf. Keiner kann erklären, wieso er angebracht wurde.« Maxim griff nach ihrer Hand. »Das, was ich dir hier erzähle, ist eine Zumutung, nicht wahr?«

Helena schüttelte den Kopf. Für einen Moment saßen sie ganz still und stellten sich gemeinsam gegen all den Schmerz, der in ihnen wütete. »Ich bin froh, dass ich endlich etwas erfahre«, sagte sie dann. »Auch wenn es schrecklich verworren ist ...«

»Tatsächlich rankt sich ein großes Geheimnis um deine Geburt, Helena. Und um deine Mutter.«

»Und da du hier nach Olga suchst, hast du es bisher nicht lösen können.«

»Nein.«

»Aber wie hast du *mich* gefunden? Nachdem ich eigentlich nicht mehr am Leben bin.«

»Ich habe die Hebamme ausfindig gemacht, die dich entbunden hat.« Maxim lächelte und verschränkte seine Finger fest mit den ihren.

»Wirklich?« Helena überlief ein freudiger Schauer. »Was hat sie erzählt?«

»Alles deutet darauf hin, dass Olga ungewollt schwanger war. Da man die Sache ohne Ansehensverlust für die Familie lösen wollte, wurde sie nach Genf geschickt. Dort sollte sie das Kind bekommen und anschließend allein nach Russland zurückkehren. Wann hast du Geburtstag, Helena?«

»Ich wurde am 17. Juli 1896 geboren.«

Maxim nickte. »Das passt zu meinen Erkenntnissen. Und nach allem, was ich bisher herausgefunden habe, wurdest du auf den Namen Jelena getauft.«

»Die russische Form von Helena, wie du mir ja schon erklärt hast.«

»Genau. Du heißt also Jelena Pawlowa.«

»Und nicht Helena Lindner.«

»Ich denke, du trägst beide Namen in dir.«

»Es mag sich eigenartig anhören, aber es fühlt sich sogar passender an. Weißt du, manchmal ist mir, als würde ich meine russische Seite spüren. Jetzt, da ich um diesen Namen weiß, bin ich sogar ein bisschen ... vollständiger.« Sie hielt inne. »Es gibt etwas, das ich dir zeigen muss.«

»Ja?« Er sah sie offen und erwartungsvoll an.

»Ich habe es nicht hier, es ist in meinem Zimmer. Ein Schmuckstück meiner Mutter.«

»Das ist interessant. Und könnte uns weiterbringen.« Maxim löste seine Finger aus den ihren. »Wir werden herausfinden, was mit ihr geschehen ist. Und mit meiner Familie.« Er hob die Hand und strich ihr eine Strähne aus dem Gesicht. Dann stand er auf. »Es ist spät geworden. Wollen wir langsam zurückgehen?«

37. KAPITEL

Meersburg, am nächsten Abend

Sie hatte ihn in seinen Räumen aufgesucht, nachdem das Haus eigentlich schon zur Ruhe gekommen war und Pater Fidelis den Nachtdienst im Lazarettsaal übernommen hatte. Einen Moment lang hatte Maxim gezögert, abgewogen, ob es ziemlich wäre, sie in sein Zimmer zu lassen, doch er hatte gespürt, dass es ihr sehr wichtig war.

Nun saß sie an seinem kleinen Tisch, noch in Schwesterntracht, nachdenklich und müde und bezaubernd. Die Haube hatte sie abgenommen, ihr Haar war zu einem schlichten Zopf geflochten, der ihr über Schultern und Brust bis zur Taille reichte.

»Ich wollte dir doch etwas zeigen«, sagte sie, nahm seine Hand und legte vorsichtig ein Medaillon hinein. »Das ist es.«

»Danke.« Maxim betrachtete das Herz und strich über das glänzende schwarze Emaille. »Eine Kostbarkeit.«

»Du darfst es öffnen«, sagte Helena.

»Ich danke dir für dein Vertrauen, Helena«, erwiderte Maxim, »aber es ist dein ganz persönlicher Besitz.« Er reichte es ihr. »Öffne du es. Zumindest dieses Mal.«

Helena nahm das Medaillon und ließ es aufspringen. Dann zeigte sie ihm die beiden Bildnisse.

Maxim erkannte sie sofort. »Das ist deine Großmutter. Maria Pawlowa«, sagte er, »als junge Frau.«

Helena nickte. »Ich habe es vermutet.«

Er betrachtete das kleine gemalte Porträt. Es zeigte Maria Pawlowa in weit ausgeschnittener Abendrobe aus heller Seide. Ihre Ähnlichkeit mit Lidia und Helena war in der Tat frappierend. Feine Haut, blaue Augen, dunkles Haar.

»Sie trägt den Pawlowa-Schmuck«, stellte er fest.

»Auf den Schmuck habe ich bisher gar nicht geachtet.« Helena drehte die Innenseite des Medaillons zu sich. »Ich habe immer … mich selbst in diesem Bild gesucht.« Sie lächelte unsicher. »Das klingt seltsam, nicht wahr?«

»Nein, das klingt nicht seltsam. Du möchtest wissen, wer du bist.«

Helena nickte. »Trug sie den Schmuck immer bei festlichen Anlässen?«

»Ich denke schon«, erwiderte Maxim. »Ich bin ihr nie persönlich begegnet. Sie war bereits tot, als ich in die Familie kam.«

»Oh! Dann ist sie jung gestorben.«

Maxim nickte. »Die Tiara, die sie auf dem Bild im Haar trägt, hat Lidia geerbt, meine Frau. Die Ohrgehänge müssten an Wera gegangen sein, die jüngste Schwester.«

»Man hat das Ensemble also aufgeteilt.« Helena legte

einen Finger an die Unterlippe. »Ich finde das schade. Es gehört doch eigentlich zusammen.«

»Der Pawlowa-Schmuck wurde immer innerhalb der weiblichen Linie der Familie weitergegeben. Maria hat jede ihrer Töchter bedacht.«

»Das wiederum erscheint mir gerecht.« Sie dachte kurz nach. »Dann müsste Olga, also meine Mutter, das Collier bekommen haben«, folgerte sie schließlich.

Maxim musste Helena recht geben. Was die Suche nach Olga betraf, hatte die Geschichte des Pawlowa-Geschmeides für ihn bislang keine Rolle gespielt. Aber vielleicht ergab sich daraus ein neuer Weg, um sie zu finden?

Boris hatte berichtet, dass Lidias Tiara, so wie ihr übriger Schmuck auch, bei dem Überfall gestohlen worden war. Dass ein ganz bestimmtes Schmuckstück der Grund für den Raubmord gewesen sein könnte, hatte Maxim bisher nicht in Erwägung gezogen. Vielleicht ein Fehler. Denn auf einmal drängte sich ein Gedanke auf: Hatte jemand Interesse daran, das Pawlowa-Ensemble zusammenzuführen?

Aber wer würde dafür über Leichen gehen? Führte diese Spur am Ende tatsächlich zu Olga, die das Collier besaß? Und fehlten dann nicht immer noch die Ohrgehänge von Wera?

Maxim nahm sich vor, alles mit Boris zu besprechen. Im Russland dieser Zeit war vieles möglich. Viele Adelige, die durch die Umwälzungen ihr Geld verloren hatten, versetzten ihren Familienschmuck für ein wenig Essen. Windige Händler versuchten daran zu verdienen – und das mit Smaragden und Diamanten besetzte Pawlowa-Geschmeide hatte einen immensen Wert.

Ein Klicken unterbrach seine Überlegungen. Helena hatte das schwarze Herz-Medaillon zugeklappt. »Meine Mutter hat es mir mitgegeben, als ich ein Säugling war«, sagte sie wehmütig. »Damit ich eine Erinnerung an sie habe. So hat es mir jedenfalls mein Vater erzählt.«

Maxim sah sie an. »Ich weiß, dass es dir widerstrebt, Helena. Aber ich denke, es wäre richtig, nun deinen Vater einzubeziehen. Wenn wir wirklich eine Spur zu deiner Mutter finden wollen, ist er einer der wichtigsten Zeugen. Sie muss ihm vertraut haben, denn er war in der Nacht deiner Geburt bei ihr.«

»Wirklich? Er war dabei, als ich auf die Welt kam?«

»Nicht unmittelbar. Aber kurz danach.«

»Woher weißt du das?«

»Das hat mir die Hebamme erzählt.«

Helena sah ihn geschockt an.

»Warum hat er nichts erzählt?« Ihre Stimme war kaum zu vernehmen. »Das ist ... ich habe ihm immer vertraut. Und ... ich habe doch eigentlich nur ihn.« Maxim sah, dass sie den Tränen nah war.

Er legte seine Hand auf ihre. »Helena ...«

Sie reagierte nicht.

Maxim streichelte vorsichtig über ihre Finger, wollte für sie da sein, ihr Halt geben, doch sie schloss die Augen.

»Lass mir ein bisschen Zeit, Maxim, bitte. Ich muss erst einmal über all das nachdenken, was ich gerade gehört habe.«

38. KAPITEL

Zwei Tage später im Arbeitszimmer des Lindenhofs

Gustav Lindner war noch spät auf. Wieder und wieder rechnete er Ausgaben und Einnahmen durch, und immer wieder kam er auf dasselbe Ergebnis: Wenn kein Wunder geschah, würden sie spätestens zu Beginn des neuen Jahres aufgeben müssen. In den nächsten Tagen würde er noch einmal zum Spital gehen und über die Pauschale sprechen, die sie für einen Patienten bekamen, die aber nicht einmal ansatzweise ausreichte.

Gustav rieb sich die Schläfen, die heute wieder besonders schlimm schmerzten. Allmählich zweifelte er an sich selbst. Hatte Elisabeth vielleicht sogar recht und es lag an ihm, dass es mit dem Lindenhof nicht voranging?

Durch das geöffnete Fenster vernahm er fernen Donner. Über dem See waren bereits die ersten Blitze zu sehen. Das aufziehende Gewitter und die Schwüle der vergangenen Tage machten ihm zu schaffen.

Er klappte das Buch zu, stellte es zurück in den Schrank

und begann gerade damit, seinen Schreibtisch aufzuräumen, als es klopfte.

»Ja, herein.« Wer mochte das noch sein, um diese späte Stunde?

Als Helena und Maxim Baranow eintraten, fiel ihm sofort die angespannte Miene seiner ältesten Tochter auf.

»Ist etwas passiert, Helena?«

Helena schüttelte den Kopf. »Ich ... wir müssen etwas mit dir besprechen.«

Gustav war alarmiert. Ihm war nicht entgangen, dass die beiden einander ausgesprochen zugeneigt waren. Zugleich erschien es ihm aber kaum vorstellbar, dass Helena sich genauso kopflos in eine Ehe stürzen würde, wie Lilly es getan hatte.

»Vielleicht ist es besser, wenn ihr erst einmal Platz nehmt«, bot er an.

Während sich die beiden auf den Stühlen vor seinem Schreibtisch niederließen, holte Gustav eine Flasche Meersburger Sylvaner samt dreier Weingläser aus dem Schrank und schenkte ein.

»Nun denn.« Er hob sein Glas. »Zum Wohl!«

»Auf Ihr Wohl, Herr Lindner«, entgegnete Baranow freundlich.

Helena dagegen schwieg, während sie geistesabwesend mit ihnen anstieß. Seinem Blick wich sie aus.

Gustav stellte das Glas ab. »Also. Was gibt es Wichtiges?« Er setzte sich ebenfalls.

Als Helena ihn endlich ansah, spürte Gustav plötzlich

ein Kältegefühl im Nacken. Das Donnergrollen wurde lauter.

»Es ist an der Zeit, Papa.« Sie holte etwas aus ihrer Rocktasche und legte es mit einem klirrenden Geräusch auf die Schreibtischplatte. Es handelte sich um Olgas Medaillon. »Du musst mir sagen, was du über meine Mutter weißt. Jetzt. Ich habe ein Recht darauf!«

Gustav sah ihre schreckliche innere Anspannung, während sein Puls plötzlich hart gegen die Schläfen hämmerte. Dieses Gespräch konnte er nicht sofort führen. Er brauchte Zeit, um sich die richtigen Worte und Erklärungen zurechtzulegen. »Ich habe seit zweiundzwanzig Jahren nichts mehr von ihr gehört«, antwortete er daher ausweichend. »Und wenn du mit mir über dieses Thema sprechen willst, Helena, dann sollten wir das besser unter vier Augen tun.«

»Nein, Papa. Du hattest lange genug Zeit, mit mir in Ruhe darüber zu reden. Inzwischen haben sich ... manche Dinge geändert.« Helena sah kurz zu Baranow, der ihr beruhigend zunickte. In Gustav stieg eine Ahnung auf. »Sie ... Sie sind nicht zufällig hier, Baranow.«

»Nein, Herr Lindner. Das bin ich nicht.« Baranow holte ein Stück Papier aus der Innentasche seines Jacketts, entfaltete es und legte es zu dem Medaillon. »Mein voller Name ist Maxim Baron Baranow. Ich war mit Lidia Pawlowa verheiratet, Helenas Cousine. Olga Pawlowa war die Tante meiner Frau.«

Gustav sah auf den Stammbaum. Er kannte die Namen, die ihm Baranow mit leiser Stimme vorlas. Olga hatte ihm von ihrer Mutter Maria erzählt und oft von ihren Schwestern gesprochen – dann wurde ihm bewusst, dass die Stelle zwischen Irina und Wera leer war.

Der Raum begann sich zu drehen. Erinnerungen fluteten Gustavs Geist und Herz, während über dem Lindenhof die Blitze zuckten. »Ist Olga ... tot?«

»Ich weiß es nicht«, erwiderte Baranow. »Ich bin selbst auf der Suche nach ihr und hatte gehofft, von Ihnen etwas über sie zu erfahren.«

Gustav schüttelte den Kopf. »Ich weiß ... wirklich nichts von ihr. Aber hier«, er legte seine Hand auf den Stammbaum, »sehe ich doch, dass sie gestorben sein muss! Ihr Name fehlt!«

»Die Streichung ist meiner Ansicht nach aus einem anderen Grund erfolgt«, sagte Baranow. »Irina lebt auch nicht mehr und wurde nicht unkenntlich gemacht.«

»Das stimmt ...«

»Bisher habe ich nicht in Erfahrung bringen können, was mit Olga wirklich geschehen ist. Und warum sie aus der Stammtafel ihrer Familie getilgt werden sollte.«

In Gustavs Innerem breitete sich ein riesiger See aus Wehmut und Sehnsucht aus. Gefühle, die er jahrzehntelang verdrängt hatte. Olga.

Sie war so verzweifelt gewesen und zugleich voller Stärke und Fürsorge für ihr ungeborenes Kind. Dass sie seine Gefühle erwidert hatte, war Gustav damals wie ein Wunder erschienen.

Er versuchte, Fassung zu bewahren. »Herr Baranow. Vielleicht wäre es zunächst an Ihnen, sich näher zu erklären. Ich meine – Sie kommen in mein Haus, lassen sich anstellen, suchen die Nähe meiner Tochter …«

»Papa!«

»Bitte, Helena, lass mich ausreden.« Gustav Lindner merkte, dass ihm der Schweiß auf die Stirn trat. »Woher soll ich wissen, dass Ihre Absichten ehrenhaft sind?«

»Ich gebe Ihnen mein Wort. Auch wenn das vermutlich nicht die Sicherheit ist, die Sie suchen.« Baranow deutete auf die Ahnentafel. »Neben diesem Stammbaum kann ich Ihnen meinen eigenen zeigen. Das Geschlecht der Baranows lässt sich bis ins 18. Jahrhundert zurückverfolgen.«

Als Gustav nicht gleich antwortete, mischte sich Helena ein: »Was soll er denn an Beweisen bringen, Papa? Du bist doch derjenige, der nicht ehrlich gewesen ist.«

Ihr scharfer Ton traf Gustav.

»Sieh dir seine Narben an!«, fuhr sie mit bebender Stimme fort. »Lidia und die Kinder sind vor seinen Augen ermordet worden. Das war auch *meine* Familie. Dass er selbst überlebt hat, ist ein Wunder. Ich denke, du weißt so gut wie ich, dass er die Wahrheit sagt, Papa.«

Einen Augenblick lang herrschte Stille. Draußen tobte das Gewitter.

»Ich kann Ihre Sorge gut nachvollziehen, Herr Lindner«, sagte Baranow schließlich. »Und wenn Sie möchten, erzähle ich Ihnen in den nächsten Tagen meine ganze Geschichte.«

»Das … stelle ich Ihnen frei. Ich weiß, wie schwer es ist, über solche Dinge zu sprechen.«

»Wenn wir uns vertrauen wollen, dann sollten Sie es wissen.« Baranow sah ihn an. »Was Olga Pawlowa angeht«, fuhr er fort, »so ist ihr Schicksal ein mögliches Puzzlestück bei der Suche nach denjenigen, die meine Familie getötet haben. Die Umstände von Helenas Geburt könnten Hinweise liefern, ob sie noch lebt und wo. Und dass Helena selbst sehnsüchtig darauf hofft, alles von ihrer Mutter zu erfahren, ist mehr als verständlich.«

»Das ... das weiß ich doch!«, brach es aus Gustav heraus. Helena sah ihn erschrocken an.

Er zwang sich zur Ruhe und nahm sein Weinglas. »Als junger Mann mit großen Ambitionen in der Hotellerie habe ich einige Jahre im Ausland verbracht. Zu jener Zeit hatte ich gerade eine gute Stellung in einem großen Hotel in Genf, dem Beau-Rivage.« Er leerte das Glas und betrachtete gedankenverloren den Rest darin. »Eines Tages bezog eine junge Frau aus Russland dort Quartier. Sie kam in Begleitung einer älteren Dienerin und mietete sich für längere Zeit ein.«

»Meine Mutter.«

»Olga Pawlowa.« Gustav nickte und stellte das Weinglas zurück auf den Tisch. »Sie war scheu und lebte sehr zurückgezogen. Doch hin und wieder begegneten wir uns. Sie sprach recht gut Deutsch, und mit der Zeit kamen wir uns immer ... näher. Das durfte natürlich niemand wissen. Und so versuchten wir, unsere Treffen mit Aufträgen zu verbinden, die sie mir gab: Ich sollte sie in die Stadt begleiten oder zur Kirche bringen.«

»Und dann wurde sie schwanger.« Helena sah ihn eindringlich an.

Gustav stockte. »Nein, Helena.« Er presste seine Handflächen aneinander. »Olga, sie ... war bereits schwanger, als sie in Genf ankam.« Jetzt war es gesagt.

»Du bist ...« Helena rang nach Luft. »Du bist nicht mein Vater?«

Das Entsetzen in ihrem Gesicht schnitt tief in seine Seele. Deshalb hatte er die Erklärung all die Jahre so gescheut.

»Ich bin nicht deine leibliche Tochter?« Tränen liefen über Helenas Wangen. »Sag, dass das nicht wahr ist!«

Gustav schüttelte den Kopf. »Das kann ich nicht. Ich kann nicht einmal sagen, dass ich es mir wünschte – denn dann wärst du nicht du.«

Helena schluchzte. Als sie sich wieder etwas gefangen hatte, reichte Baranow ihr ein Taschentuch.

Sie wischte die Tränen ab. »Wieso hast du mir das verschwiegen?«

Gustav schenkte Wein nach. Der Alkohol machte es ihm etwas leichter. »Ach, Helena. Manche Entscheidungen trifft man aus Liebe – und vielleicht auch aus Angst.«

»Dennoch ...«

Gustav sah sie bittend an. »Gib mir die Gelegenheit, dir alles zu erzählen.«

Helena nickte.

»Olga vertraute mir recht schnell an, dass sie schwanger war, und erzählte auch von ihrer Befürchtung, dass man ihr das Kind nach der Geburt wegnehmen könnte. Das wollte sie keinesfalls. Ich begann, mich nach einer Möglichkeit umzusehen, wie ich für uns eine Existenz schaffen könnte.

Denn obwohl wir uns noch nicht lange kannten, war ich fest entschlossen, mit ihr und dem Kind eine Familie zu gründen. Du warst also bereits in meinem Herzen, noch bevor du geboren wurdest, Helena.« Er betrachtete seine Tochter liebevoll. »Etwa zur selben Zeit starb mein Großonkel hier in Meersburg und vererbte mir unseren Lindenhof. Er hatte keine leiblichen Nachkommen und war von meiner Idee, daraus ein Gasthaus zu machen, sehr angetan. Für mich war es ein Wink des Himmels, denn damit war der Grundstein für die kleine Familie, die ich auf einmal hatte, gelegt. Also habe ich dich als Neugeborenes in meine Arme genommen und nicht mehr losgelassen.«

»Papa …«

»Um dich aus der Reichweite deiner russischen Familie zu bringen, bin ich mit dir von Genf nach Meersburg gereist in der Gewissheit, dass deine Mutter uns folgt, sobald sie kann. Aber … sie ist nie gekommen.« Trauer legte sich auf Gustavs Brust.

Er hatte gewartet. Tag für Tag. Woche um Woche. Jahr für Jahr. Er hatte gehofft, sich gesorgt und schließlich aufgegeben.

Helena runzelte die Stirn. »Aber warum hast du mich für tot erklären lassen?«

»Nachdem ich nichts mehr von deiner Mutter gehört hatte, wollte ich nicht riskieren, dass irgendjemand nach dir sucht.« Er rieb sich mit Daumen und Zeigefinger die Nasenwurzel.

»Was ist mit ihr geschehen?«, fragte Helena leise.

»Das ist es ja. Wie ich vorhin sagte – ich weiß es nicht, Helena.«

»Du hast nie wieder etwas von ihr gehört?«

Gustav schüttelte den Kopf. Nur noch vereinzelt erhellten Blitze den nächtlichen Himmel, das Donnergrollen verebbte.

»Weißt du ...« Helena schluckte. »Weißt du denn, wer mein ...« Das Wort *Vater* brachte sie nicht über die Lippen.

»Nein. Ich weiß nur, dass ich dein Papa bin und immer sein werde. Wenn du es mir erlaubst, Helena.« Er stand auf und trat hinter Helenas Stuhl.

Baranow verstand, erhob sich und trat ans Fenster, während Gustav sich zu seiner Tochter setzte und sie in die Arme nahm. Als Helena nach einigem Zögern den Kopf an seine Schulter legte, so, wie sie es als Kind oft getan hatte, begann er zu weinen. Um seine Tochter. Und um seine verlorene Liebe.

TEIL 3
VERZWEIFELTE HOFFNUNG

Oktober bis Dezember 1918

39. KAPITEL

Meersburg, Mitte Oktober 1918

Helena half Käthe bei der Zubereitung des Abendessens. Erna hatte über Kopfschmerzen und Unwohlsein geklagt und war deshalb vor einer Viertelstunde nach Hause geschickt worden. Bereits in den vergangenen Tagen waren vereinzelte Fälle von Fieber unter den Patienten aufgetreten. Vermutlich hatte Erna sich dort angesteckt. Auch Kasia fiel derzeit aus. Nicht wegen Krankheit, sondern weil sie eine wichtige Auftragsarbeit fertigstellen musste und sich deshalb in ihrer Wohnung in Konstanz aufhielt.

Umso dankbarer war Helena Maxim, der sich inzwischen bei vielen Arbeiten rund um den Lazarettbetrieb einbrachte. Er war sich auch nicht zu schade, neben der Betreuung der Patienten kräftezehrende Putzarbeiten zu übernehmen. Sie achteten penibel auf Sauberkeit, und bisher war es glücklicherweise zu keinen weiteren Magen-Darm-Erkrankungen gekommen. Die neuen Fieberfälle aber beunruhigten Helena.

Maxim. Während sie Karotten, Sellerie und Zwiebeln in Würfel schnitt, wurde ihr bewusst, wie sehr er ein Teil ihrer Familie geworden war, weit über die Anziehung hinaus, die es zwischen ihnen gab. Denn sie teilten eine gemeinsame Vergangenheit.

In langen Erzählungen hatte er sie mitgenommen in sein früheres Leben. In eine unbeschwerte Kindheit, dem Heranwachsen im Wissen um die Traditionen und Werte einer alten Adelsfamilie, in die Sommer auf dem Familien-Landgut und die Winter im Stadtpalais.

Sie hatten über das Russland gesprochen, das untergegangen war, und die Sozialistische Sowjetrepublik, die an dessen Stelle getreten war, sowie über die schlimmen Folgen für die Aristokratie. Immer wieder streute er Erlebnisse mit Lidia und den Kindern ein, und so teilte Helena seine Erinnerungen genauso wie seine Trauer. Gleichzeitig erspürte sie mehr und mehr ihre russischen Wurzeln.

Maxim dagegen half ihr, die Beziehung zu ihrem Vater zu heilen. Nach dem Gespräch in jener Gewitternacht im Sommer hatte Helena lange gehadert – nicht nur mit der Tatsache, dass Gustav Lindner nicht ihr leiblicher Vater war, sondern auch damit, dass er es ihr so lange verschwiegen hatte. Seither hatte er immer wieder versucht, ihr seine Gründe darzulegen: Zunächst war Helena zu klein gewesen, dann hatte er Elisabeth kennengelernt und gespürt, dass es in dieser Konstellation besser wäre, keine Zweifel an Helenas Legitimität aufkommen zu lassen. Zudem wollte er keinen Tratsch riskieren, denn Meersburg war ein kleines Städtchen.

Irgendwann hatte er befürchtet, den richtigen Zeitpunkt verpasst zu haben, und das Thema immer weiter hinausgeschoben – in Sorge um ihre Ablehnung.

»Weißt du, Papa«, hatte Helena gesagt, »ich kann dich schon verstehen. Aber es ist eigenartig, wenn man einen Teil von sich nicht kennt. Man versucht ständig, sich vollständig zu machen. Aber das geht ja gar nicht, wenn man überhaupt nichts weiß.«

Nun wusste sie mehr, doch dadurch waren die Fragen nicht weniger geworden, ganz im Gegenteil: Sie war ihrer Mutter nähergekommen und hatte zugleich ihren Vater verloren. »Eigentlich hat sich ja nichts geändert, Helena«, hatte Maxim geantwortet, nachdem sie ihm ihre Empfindungen geschildert hatte. »Alles, was sich geändert hat, sind deine Gedanken. Versuche, es anzunehmen. Und mit Neugier auf die Suche zu gehen.«

Helena gab das geschnittene Gemüse in den großen Topf mit Salzwasser, der auf dem Herd stand, und holte mehrere Stangen Lauch. Während sie diese in Ringe schnitt, zog der Duft einer *Birnenwähe* durch die Küche, die Käthe ins Rohr geschoben hatte und die sie zum Nachtisch servieren wollte.

Trotz der Betriebsamkeit in der Küche vernahm Helena die Türglocke. Vermutlich die Post. Kurz darauf kam Elisabeth herein und hatte tatsächlich einen Brief in der Hand.

Sie übergab ihn Helena. »Von Lilly. Kümmere dich bitte darum.«

Helena trocknete ihre Hände an einem Geschirrtuch ab und öffnete den Umschlag.

Liebe Helena,

entschuldige bitte, dass ich mich nun länger nicht gemeldet habe. Ich weiß, dass du auf Nachricht von mir wartest, deshalb schreibe ich dir in aller Eile diesen Brief.

Ich bin wohlauf, und auch dem Kind geht es gut. Darauf lassen jedenfalls die kräftigen Tritte schließen, mit denen es mich schon jetzt Nacht um Nacht wach hält. Ganz sicher möchte es mich auf das vorbereiten, was mich erwartet, wenn es erst einmal auf der Welt ist.

Die Haushälterin hat bereits eine Hebamme bestellt, die regelmäßig herkommt und mich untersucht. Sie sagt, dass alles gut ist und ich auf eine normale Geburt hoffen darf. Es ist lustig, wenn sie das Hörrohr auf meinen dicken Bauch drückt, damit sie den Herzschlag des Kindes vernehmen kann.

Arno ist noch nicht zu Hause, aber seine Ankunft steht unmittelbar bevor. Deshalb werde ich in Stuttgart bleiben und zur Entbindung nicht nach Meersburg kommen. Hier ist für alles gesorgt.

Natürlich lasse ich es euch sofort wissen, wenn es da ist.

Sei umarmt von deiner

Lilly

Helena faltete den Brief zusammen und steckte ihn in ihre Schürzentasche.

»Geht es Lilly gut?«, fragte Elisabeth, die Brotscheiben auf Teller verteilte.

»Ja, es geht ihr gut.«

»Und dem Kind?«

»Auch. Es ist sehr lebhaft. Möchtest du den Brief lesen?«

Elisabeth schüttelte den Kopf. »Lass nur. Du wirst mir schon sagen, wenn sie etwas von mir braucht.«

»Na ja. Du bist ihre Mutter.«

»Ich muss mich um den Tee für die Patienten kümmern.«

Auch wenn Helena ihre Stiefmutter nicht anders kannte, fand sie es doch bedrückend, wie wenig Interesse sie an ihrer Tochter und dem ungeborenen Enkelkind zeigte.

Als die fertige Suppe gerade ausgegeben werden sollte, kam Schwester Hedwig in die Küche. »Fräulein Helena, schicken Sie nach einem Arzt. Wir haben zwei Patienten, denen es sehr schlecht geht.«

»Ich laufe schnell hoch zum Spital!«, bot sich Elisabeth an, legte ihre Schürze ab und machte sich sofort auf den Weg.

»Was ist denn passiert?«, fragte Helena, als sie mit Schwester Hedwig in den Krankensaal eilte. »Wieder Durchfall und Erbrechen?«

»Nein«, erwiderte Schwester Hedwig. »Es scheint auf die Lunge zu gehen. Wir haben seit ein paar Tagen die Grippe im Haus, aber das, was hier passiert, habe ich noch nie gesehen.«

Wenige Minuten später zeigte Schwester Hedwig ihr den ersten Patienten.

»Sehen Sie die Haut?«

»Sie ist ganz blau.« Helena schüttelte den Kopf. Der Patient atmete flach und wirkte apathisch.

»Schwester Hedwig!« Das war Pater Fidelis. Er saß an

einem Bett auf der anderen Seite des Raumes. »Da kimmt Blut aus der Nas'n!«

»Ich weiß nicht, warum die Symptome so schlimm sind.« Schwester Hedwig deckte den Mann wieder zu. »Aber wenn das so weitergeht, dann gibt es noch heute Nacht die ersten Toten.«

Helena versuchte das Grauen zu verdrängen, das durch ihre Adern kroch. Sollte Schwester Hedwigs Prophezeiung eintreffen, dann ... Sie wagte nicht, weiter zu denken.

Während Schwester Hedwig zu Pater Fidelis eilte, kam ihr Vater herein, gefolgt von Maxim.

»Was ist passiert?«, fragte Gustav Lindner.

»Gut, dass du kommst, Papa. Sieh dir das an!« Helena nahm vorsichtig wieder die Decke vom Körper des Kranken, an dessen Bett sie noch immer stand.

Ihr Vater atmete hörbar aus, als er die verfärbte Haut sah. »Der hat keinen Sauerstoff mehr im Blut. Das habe ich im Krieg ein paarmal gesehen.« Er ließ seinen Blick durch den Raum gleiten. »Wie viele Kranke haben wir?«

»Gestern hatten fünf Patienten Fieber und Schmerzen.«

»Heute sind zwei davon schon in einem kritischen Zustand«, ergänzte Schwester Hedwig, die in diesem Augenblick wieder zu ihnen stieß, nachdem sie Pater Fidelis geholfen hatte. »Das Nasenbluten ist auch ungewöhnlich.«

»Herr Lindner?« Eine tiefe Stimme drang durch den Raum.

Gustav drehte sich um. »Doktor Zimmermann!«, rief er und eilte dem Arzt entgegen.

»Gott sei Dank ist er so schnell gekommen!« Schwester Hedwig klang erleichtert.

Doktor Zimmermann ließ sich sofort die Betroffenen zeigen. Gemeinsam gingen sie von Bett zu Bett.

»Bei uns oben im Spital ist die Lage ähnlich«, erklärte er. »Die Patienten fiebern innerhalb weniger Stunden auf über vierzig Grad.«

»Und die blaue Haut ...«, ergänzte Schwester Hedwig.

Doktor Zimmermann nickte. »Manche spucken auch Blut. Es scheint fast, als hätten sie die Lungenpest, aber die tritt in unseren Breiten schon längst nicht mehr auf. Ich gehe daher von der Influenza aus. Die geht auch oft auf die Lunge.«

»Was können wir tun?«, fragte Helena. Ihr Blick tastete hilflos die Krankenbetten ab.

»Ich horche die Patienten mit Fieber ab. Den schweren Fällen spritze ich Chinin. Wenn die Patienten schwitzen, versuchen Sie, das Fieber mit Wadenwickeln zu senken. Wenn sie frieren, muss man sie warm halten. Allerdings dürfen sie nicht überhitzen, darauf müssten Sie achten.«

Helena nickte, während der Arzt sein Stethoskop auspackte.

»Haben Sie Bohnenkaffee?«

»Nur sehr wenig.«

»Kochen Sie Kaffee, so viel Sie können. Und geben Sie ihn denjenigen, die kreislaufschwach sind.«

Er stellte ein Glas mit weißen Tabletten auf einen der Nachttische. »Ich habe Aspirin mitgebracht. Die Verteilung und Dosierung soll Schwester Hedwig vornehmen, sie kennt sich aus.«

Während er sich mit Schwester Hedwig an seiner Seite daranmachte, die Patienten zu behandeln, trat Maxim zu Helena.

»Das sieht ernst aus«, sagte er.

»Ja. Sehr ernst.«

40. KAPITEL

Meersburg, eine Woche später

Fassungslos stand Helena vor den leeren Betten des Krankensaals. Pater Fidelis war gerade dabei, die letzten Leintücher von den Matratzen zu entfernen. Sein Gesicht war fahl, das Entsetzen hatte seinen unbekümmerten Humor verdrängt. Schwester Hedwig hatte den Lindenhof mit dem letzten Patienten verlassen und war nun wieder oben im Spital, während Kasia in Konstanz geblieben war. Elisabeth hatte man seit zwei Tagen nicht mehr gesehen. Maxim dagegen war pausenlos im Einsatz, zusammen mit der Waschfrau war er dabei, die Unmengen an Wäsche zu säubern, die angefallen waren – blutbefleckte, durchgeschwitzte Zeugen ihres aussichtslosen Kampfes.

Wie hatte es binnen weniger Tage so weit kommen können?

Mehr als zehn ihrer Patienten waren jämmerlich erstickt, die anderen ausnahmslos so krank und schwach gewesen, dass man sie ins Spital zurückverlegt hatte. Schließlich hatte

Doktor Zimmermann ihnen mitgeteilt, dass sämtliche Verlegungen von Konstanz nach Meersburg ausgesetzt waren und dem Lindenhof auf absehbare Zeit keine Patienten mehr zugewiesen werden würden. »Es handelt sich um eine Pandemie biblischen Ausmaßes«, hatte er zu Helena gesagt. »Und sie ist nicht nur hochansteckend, sie ist tödlich! Achten Sie strikt auf Hygiene, auch wenn Sie keine Patienten mehr versorgen. Und benutzen Sie ein Tuch oder einen anderen Mundschutz, sobald Sie das Haus verlassen.« Er hatte auf seinen eigenen gedeutet und sie zur Tür begleitet. »Bleiben Sie gesund, Fräulein Lindner!«

Helena strich sich mit dem Handrücken über die Stirn, wandte sich ab und machte sich auf den Weg ins Arbeitszimmer. Sie musste mit ihrem Vater darüber sprechen, wie es nun weitergehen sollte mit dem Lindenhof. Nach Jahren der Unsicherheit und des Krieges zog nun auch noch eine unheimliche Seuche über das Land. Wovon sollten sie leben, jetzt, da die Kooperation mit dem Spital wegfiel und sie keine regelmäßigen Einkünfte mehr hatten? Der Verkauf von Kuchen und Marmelade, den sie nebenher betrieben, würde bei Weitem nicht ausreichen, um sie durchzubringen. Mit zahlenden Gästen war derzeit nicht zu rechnen. Zudem waren die Ausbeuten von Elisabeths Hamstertouren beständig kleiner geworden. Und nun lauerte auch noch überall der Tod. Was, wenn jemand von ihnen so schwer erkrankte, dass er starb?

Helenas Herz war schwer, als sie die Treppe in den ersten Stock hinaufstieg. Mit jeder Stufe wurde ihr deutlicher bewusst, dass das Leben an einem seidenen Faden hing. Würde die Zukunft mit all ihren Träumen und Hoffnungen zerstieben wie die Gischt der Wellen, die der Sturm an die Hafenmauern peitschte?

»Helena!« Ihr Vater kam hinter seinem Schreibtisch hervor, kaum dass Helena das Arbeitszimmer betreten hatte. »Es ist eine Katastrophe!«

»Ja, Papa, eine furchtbare Katastrophe«, erwiderte Helena. »Mir fällt es schwer, das alles zu begreifen. Die Grippe kommt doch immer wieder. Warum ist sie dieses Mal so schlimm?«

»Der Keim, der die Krankheit verursacht, muss sich verändert haben.« Gustav fuhr sich mit der Hand über den Nacken und ging zum Fenster. »Ich habe darüber gelesen. Man spricht von der *spanischen Krankheit*.«

Helena trat neben ihn. Durch das Fenster sah sie den Nebel, der sich über dem See ausgebreitet hatte. Dicht und grau. Es schien, als hätte mit der Sonne auch das Glück diesen Ort verlassen.

Gustav holte tief Luft. »Ich möchte dir etwas sagen, Helena.«

Die Bedachtsamkeit in seiner Stimme alarmierte sie. »Papa, es ist sicherlich schwierig, aber wir können es schaffen.«

»Die Lage ist mehr als ernst, Helena.« Er sah sie an. »Sie war schon während der letzten Monate prekär, aber nun ist sie unhaltbar geworden.«

»Was meinst du damit?«

»Ich weiß, dass du diese Entscheidung nicht gutheißen wirst. Aber es blieb mir nichts anderes mehr übrig.« Er räusperte sich. »Ich habe den Lindenhof heute Morgen verkauft.«

Helena war, als durchzucke sie ein Blitz. Er hinterließ eine schwarze, öde Leere, und die Machtlosigkeit, die sie angesichts der Endgültigkeit dieser Aussage fühlte, drohte ihr die Luft zu nehmen.

Sie drehte sich um und rannte aus dem Zimmer, hörte noch, dass der Vater ihr etwas hinterherrief, doch sie konnte nicht bleiben. Sie eilte die Treppe hinunter, stolperte, fing sich gerade noch rechtzeitig und lief weiter, durch die Eingangshalle, hinaus in den trüben Nachmittag.

Sie nahm den Weg nicht bewusst. Ihre Füße trugen sie wie von selbst dorthin, wo sie allein sein konnte. Doch als sie die Tür zum Glashaus öffnete, wurde ihr schlagartig bewusst, dass auch dieser Schlupfwinkel bald für immer verloren war.

Sie hatte ihn nicht wahrgenommen. Völlig verstört, war sie an ihm vorbeigehastet, den Blick wie den einer Puppe starr geradeaus gerichtet. Maxim war erschrocken, denn das war nicht die Helena, die er kannte. Selbst die Dramatik der letzten Tage hatte sie nicht in einen solchen Zustand versetzt. Was um Himmels willen war geschehen?

Er legte die frisch getrocknete Bettwäsche ab, die er zum Plätten hatte bringen wollen, und folgte ihr nach draußen. Schon nach wenigen Metern war ihm klar, wo sie hinwollte, deshalb ging er in größerem Abstand hinter ihr her. Als er schließlich vor dem Glashaus stand, flackerte drinnen bereits das Licht einer Kerze.

Er klopfte vorsichtig an, aber sie reagierte nicht.

Noch einmal machte er sich bemerkbar, diesmal etwas lauter. »Helena?«

Als wieder keine Reaktion erfolgte, wurde er unruhig.

»Helena«, rief er mit gedämpfter Stimme. »Kann ich etwas für dich tun?«

Er legte die Hand auf das morsche Holz der Tür und lauschte angespannt. »Bitte, Helena. Lass mich wenigstens wissen, ob es dir gut geht.«

Weitere Zeit verging. Maxim überlegte, ob er bleiben oder gehen sollte, doch schließlich öffnete sich mit einem knarrenden Geräusch die Tür.

Sie hatte nicht geweint. Doch der apathische Zustand, in dem sie sich befand, besorgte Maxim weitaus mehr.

»Darf ich hereinkommen?«

Sie nickte.

Eine Weile saßen sie nahezu regungslos nebeneinander auf den Hockern. Dann legte sie eine Hand auf seinen Unterarm. »Papa hat den Lindenhof verkauft.«

Maxim verstand.

Er umfasste ihre Hand mit der seinen, ließ sie spüren, dass sie nicht allein war, sagte aber nichts, sondern wartete, bis sie weitersprach: »Weißt du, wir haben uns schon immer schwergetan gegen die Konkurrenz aus dem Ort. Der Lindenhof hat nie viel abgeworfen. In manchen Jahren war es besser, dann wieder schlechter.«

»Der Lazarettbetrieb sollte euch vor dem Ruin bewahren, nicht wahr?«

Helena nickte. »Ich bin davon ausgegangen, dass wir durchhalten, bis die Zeiten wieder besser werden. Und dann ...«

»Und dann?«

Zunächst antwortete sie nicht, schien nachzudenken – bis auf einmal wieder Leben in sie kam. »Ich habe einen Traum, Maxim. Es mag sich überheblich anhören, und gewiss ist es alles andere als realistisch, vor allem jetzt ... aber ich würde aus dem Lindenhof so gerne ein Grandhotel machen. Das erste Haus in Meersburg, luxuriös und besonders. Ganz anders als die vielen Gasthöfe, die es hier gibt.«

Maxim nahm die Veränderung in ihr erleichtert wahr. »Was genau schwebt dir denn vor?«

Und Helena erzählte ihm von ihren Ideen, von einem großen Umbau, der die gutsherrschaftliche Architektur des Lindenhofs mit modernem Komfort verbinden sollte, dabei den wunderbaren Garten und die herrliche Lage am See einband. Sie schilderte ihm die unterschiedlichen Angebote, die sie ihren Gästen offerieren wollte, vom Malaufenthalt bis zum Sportkurs, von Ausflügen in die Schweiz oder nach Österreich bis hin zum organisierten Feuerwerk auf dem See, das von eigens gemieteten Booten aus betrachtet werden konnte.

»Vor allem aber«, sie wand sich eine dunkle Locke um den Finger, die ihrem Haarknoten entflohen war, »sollen sich unsere Gäste an einen Aufenthalt voller Genüsse zurückerinnern. Wir werden eine exquisite Küche anbieten. Und feine Konditorware. Darunter etwas ganz Exklusives – die Meersburger Schlosstorte.«

»Die Meersburger Schlosstorte? Das hört sich verlockend an.«

Sie nickte. »Eine Torte, die in Meersburg entwickelt wurde und auf die Burg und das Schloss verweist. Und die nach Sommer schmeckt.«

Er streckte die Beine aus und seufzte genüsslich. »Diese Torte würde ich gerne probieren.«

»Ich werde sie für dich backen.« Helenas Blick wanderte in die Ferne. »Solange wir noch im Lindenhof sind ...«

»Hör nicht auf zu träumen, Helena! Auch wenn es jetzt den Anschein hat, dass alles zusammenbricht. Das Leben geht weiter. Ich weiß es.«

»Es ist nur so schwer, daran zu glauben.«

»Du darfst nicht aufgeben. Sieh mich an. Mir wurde alles genommen. In mir war schwärzeste Nacht ...« Seine Stimme brach.

Helena wandte sich zu ihm um, und er spürte, wie sich das unsichtbare Band zwischen ihnen enger zog – gewoben aus Vertrauen und Sehnsucht und geteiltem Leid.

»Maxim ...«, sagte sie tonlos.

Niemand hatte sie je so angesehen. Tiefgründig und erwartungsvoll, und zugleich voller Fragen. Unter seinem Blick begann Helenas Herz schnell und unregelmäßig zu schlagen.

Sie spürte seine Hand. Mit zurückhaltender Zärtlichkeit drückte er die ihre, streichelte über ihre Fingerknöchel.

»Ich mache mir keine Illusionen, Helena«, sagte er leise. »Mein Gesicht ist entstellt ... und auch meine Seele hat hässliche Narben.«

Helena drehte ihre Handfläche nach oben und umschloss seine Finger. »Diese Narben gehören zu dir. Sie erzählen dein Leben.« Sie hob die andere Hand und strich vorsichtig über die Male in seinem Gesicht. »Du bist wunderschön.«

»Helena ...«

Die Arme, die sie umfingen, waren voll schützender Kraft. Und der Mund, der sich weich auf den ihren legte, weckte nie gekannte Gefühle in ihr.

Vorsichtig erkundete er ihre Lippen, erfahren und sacht, und als sie schließlich seine Zungenspitze spürte, lockend, aber bestimmt, öffnete sie sich ihm mit selbstverständlicher Hingabe. Mit einer Hand fasste er sanft ihren Hinterkopf, küsste sie inniger und tiefer, löste mit geschickten Fingern ihre Haarnadeln, bis die dunklen Locken über ihren Rücken tanzten.

»Davon habe ich in den letzten Wochen immer geträumt, Helena«, flüsterte er an ihrem Mund, »dir das Haar zu öffnen, dir so nah sein zu dürfen ...«

Die Bewegung, mit der er sie mit sich auf den Boden des Glashauses zog, war ruhig und sanft. Helena fühlte, wie ein Drängen sie flutete. Intuitiv schlang sie die Arme um ihn und suchte die Nähe seines Körpers, während er mit den Lippen ihren Hals erkundete und seine Fingerspitzen am Ausschnitt ihres Kleides entlangwanderten. Schließlich strich er über den Stoff, der ihre Brust behütete. Und Helena wünschte sich mehr – wollte seine Hände auf ihrer Haut, damit sie das zarte Glühen weitertrieben und zur Flamme werden ließen.

Mit einem leisen Stöhnen löste er sich von ihr. »Ich würde dir so gerne mehr zeigen ...« Er setzte sich auf. »Aber ich darf es nicht.«

Helena hätte ihn am liebsten festgehalten. »Nein. Natürlich nicht.« Sie mussten der Vernunft folgen, und doch fühlte sie sich seiner Nähe beraubt – und in diesem Moment wusste sie, welch unglaubliche Kraft die Leidenschaft besaß.

Während Maxim sich erhob und seine Kleidung ordnete, sammelte sie ihre Haarnadeln ein und steckte ihr Haar zu einem losen Knoten auf. Dann wanderte ihr Blick vorsichtig an ihm hoch.

Er musste die Enttäuschung und die Verwirrung in ihrem Gesicht erkannt haben, denn er hielt einen Moment inne, kniete sich dann neben sie und fasste sie behutsam am Ellenbogen. »Ich begehre dich, Helena. Mit jeder Faser meines Körpers.«

Er half ihr auf und legte die Hand an ihre Wange. »Das hier ist der Beginn, Helena. Wenn die Zeit reif ist, werden wir die ganze Fülle dessen auskosten, was zwischen zwei Menschen möglich ist. Ich kann dir nicht beschreiben, was es für mich bedeutet, dir so nahegekommen zu sein. Du bist ... so viel für mich.«

41. KAPITEL

Genf, das Beau-Rivage, etwa zur selben Zeit

»Wir dachten schon, Sie hätten uns betrogen«, stellte Fürst Igor Pronsky klar, als Nikita im Foyer des Beau-Rivage einen Bückling andeutete. »Und wir hegen ernsthafte Zweifel, ob wir Ihnen vertrauen können.«

Nikita hatte mit einer solchen Bezichtigung gerechnet. »Dafür habe ich Verständnis. Ich möchte Sie mit dem, was mir in den letzten beiden Monaten widerfahren ist, nicht belästigen. Aber es geschah in Ausführung meines Auftrags.« Er hustete. »Verzeihung. Ich muss mir wohl eine Erkältung eingefangen haben.«

»Ihnen ist bewusst, Nikita, dass Sie uns eine glaubhafte Erklärung schulden. Ansonsten betrachte ich unsere Zusammenarbeit für beendet.«

»Es wäre gut, wenn wir dies in Ihren Räumen und nicht hier in der Öffentlichkeit besprechen könnten, Fürst Pronsky.«

»Aus welchem Grund?«

»Ich habe interessante Beweisstücke mitgebracht.« Er deutete mit dem Knauf seines Gehstocks auf die Ledertasche unter seinem Arm.

Pronsky hob die Brauen.

Nikita konnte die Gedankengänge seines Gegenübers in dessen Gesicht ablesen, deshalb sprach er leise weiter. »In Russland herrscht Bürgerkrieg, Fürst Pronsky, da ist das Reisen ein Risiko. Ich bin in einen Hinterhalt von Donkosaken geraten, und es hat mich Zeit und Geld gekostet freizukommen.« Die Kosaken kämpften, wie die Verbände der *Weißen Armee*, gegen die *Rote Armee* der Bolschewiki. Das hatte Nikitas Freibrief, den Andrej ihm überlassen hatte, nicht nur wertlos, sondern gefährlich gemacht.

Pronsky sah ihn zweifelnd an. »Kommen Sie«, sagte er schließlich.

Kurz darauf legte er den Pronskys vor, was er der Njanja abgeschwatzt und trotz aller Gefahren sicher nach Genf gebracht hatte.

Wera Pronskaia griff sofort nach der Muttergottesikone. »Oh, sie ist wieder da! Ich wusste nicht, wo sie geblieben war.« Sie küsste das mit Blattgold und Diamanten verzierte Marienbild. »Ich hätte nie gedacht, dass Mutter so unklug ist, ein derart kostbares Stück an die Dienerschaft zu verschenken.« Auf einmal war ihr Ton verächtlich. »Die wissen so etwas doch gar nicht zu schätzen.« Sie presste die Ikone an ihre Brust, dann warf sie einen Blick auf die Fotografie und erstarrte.

Nikita beobachtete ihre Reaktion genau.

»Das … das ist Lidia, meine Nichte, und ihre Familie. Warum haben Sie dieses Bild mitgebracht?«, fragte sie. Es klang beinahe wie ein Vorwurf.

»Neben der Ikone ist dies das zweite Beweisstück, dass ich tatsächlich mit der Njanja gesprochen habe.«

Fürst Pronsky nahm das Familienbild an sich. »Lass uns bitte allein, Wera.«

Wera zögerte, begab sich aber dann ins angrenzende Schlafzimmer und schloss die Tür.

»Wollen wir ein paar Schritte gehen?« Der Fürst deutete zur Tür. »Es könnte für Wera zu aufwühlend sein, Einzelheiten zu erfahren. Ich werde ihr anschließend erzählen, was sie verkraften kann.«

»Einverstanden.« Nikita nahm Gehstock und Aktentasche.

Während sie am See entlang promenierten, erörterten sie zunächst die augenblickliche politische Lage in Russland.

Den Fürsten interessierten vor allem die Intervention der *Entente*-Mächte in Nordrussland und die Entwicklung der Kämpfe zwischen der monarchistischen Weißen Armee und der Roten Armee der Bolschewiki. »Haben Sie Neuigkeiten hierzu, Nikita? Sie sind doch gerade erst zwischen die Fronten geraten?«

»So könnte man es ausdrücken.« Nikita lachte. »Wenn Sie meine Meinung hören wollen: Den *Weißen* fehlt die richtige Botschaft und damit der Rückhalt in der Bevölkerung. Das wiederum liegt daran, dass ihre Kommandeure unterschiedliche Interessen verfolgen und es daher nicht schaffen, die Menschen hinter sich zu versammeln.«

»Aber sie bekommen doch Unterstützung von Frankreich, den Staaten und anderen«, erwiderte Pronsky.

»Deshalb sind sie auch immer wieder erfolgreich. Wir werden sehen, wer sich durchsetzen kann. Für mich ist es keineswegs sicher, dass es die *Weißen* sind.«

»Russland bringt sich selbst um«, konstatierte Fürst Pronsky düster. »Und wir können nichts tun. Selbst wenn die *Weißen* siegen, ist das Land ruiniert.«

»Da haben Sie recht.«

»Deshalb ist es wichtig, dass wir unsere Zukunft nicht vom Schicksal unserer Heimat abhängig machen.« Pronsky hüstelte. »Bitte berichten Sie von Ihrem Besuch bei Weras Njanja.«

»Ich habe sie bei guter geistiger und altersgerechter körperlicher Verfassung angetroffen. Ihre Aussagen dürften verlässlich sein.«

»Gut, gut … weiter.«

»Sie weiß aber nicht, ob Olga Pawlowa noch lebt. Oder wo sie sich aufhält.«

»Das wiederum sind schlechte Nachrichten.«

»Einerseits, ja. Andererseits haben mich ihre Erzählungen dennoch auf eine interessante Spur geführt.«

»Tatsächlich?«

»Sie haben das Familienbild an sich genommen, Fürst Pronsky.« Nikita beobachtete zwei Schwäne, die majestätisch auf dem Wasser dahinglitten. »Auf dieser Fotografie trug die Nichte Ihrer Frau die Pawlowa-Tiara.«

Der Fürst blieb abrupt stehen. »Wollen Sie mir irgendetwas unterstellen?«

»Wieso sollte ich?«

»Lidia hat die Tiara bereits zu einem früheren Zeitpunkt an Wera weitergegeben«, erklärte Pronsky.

Nikita war sich nicht sicher, ob der Fürst die Wahrheit sagte. Warum sollte Lidia Baranowa die Tiara ihrer Tante überlassen, ein in weiblicher Linie weitergegebenes Erbstück – wenn diese Tante überhaupt keine Nachkommen, sie selbst aber eine kleine Tochter hatte?

»Der Ehemann der Nichte, Baron Baranow«, fuhr Nikita fort, »hat das Massaker in seinem Haus offensichtlich überlebt.«

»Sind Sie sicher?«

»Die Njanja hat mir berichtet, dass er sie aufgesucht habe.«

»Dann ist Baranow auch hinter dem Collier her?«

»Möglicherweise. Er sucht wie wir nach Olga. Im Übrigen soll er sich ebenfalls in Genf aufhalten.«

»Er ist … hier?« Die Stimme des Fürsten bebte. Dann hustete er, stieß seinen Spazierstock fest auf den Boden und setzte sich wieder in Bewegung. »Finden Sie heraus, wo Baron Baranow ist!« Es klang wie ein Befehl. »Wenn wir Glück haben, ist das Collier bei ihm. Und … kein Wort über ihn in Gegenwart meiner Frau.«

Zur selben Zeit bestieg Boris im Genfer Bahnhof einen Krankentransportzug in Richtung deutsche Grenze. Im Gepäck hatte er alles, was er an Habseligkeiten besaß, und zudem das, was Maxim bei seiner Abreise zurückgelassen hatte. Ihre beiden Hotelzimmer waren gekündigt. Maxims Telegramm hatte keinen Zweifel daran gelassen, dass er Jelena gefunden hatte und seinen Lebensmittelpunkt vorerst nach Meersburg verlagern würde. Boris war gespannt, was ihn dort erwartete.

42. KAPITEL

Meersburg, Ende Oktober 1918

Helena war es, als trüge sie Eisengewichte an den Füßen. Schon seit dem Morgen schleppte sie sich zwischen dem ehemaligen Krankensaal und der Eingangshalle des Lindenhofs hin und her. Heute wurde die Ausstattung abgeholt, die ihnen das Spital zur Verfügung gestellt hatte – Bettzeug und Bettgestelle, Nachttische, Matratzen und anderes mehr. Zwei Fuhrwerke fuhren im Wechsel vor und besorgten den Transport, Maxim und Pater Fidelis halfen beim Beladen.

Helena war kalt, obwohl sie vor Anstrengung so sehr schwitzte, dass ihr der Schweiß über Stirn und Nacken rann. Ihr Kopf schmerzte ebenso wie ihre Glieder. Sobald sie hier fertig waren, wollte sie Käthe um einen Tee bitten und bald zu Bett gehen. Wochenlang hatte sie sich über die Signale ihres Körpers hinweggesetzt und ihm die benötigte Erholung verweigert. Nun ließ er sie ihre Ignoranz spüren.

Als sie einen der Rollwagen hinausschob, damit Maxim ihn übernehmen konnte, begann der Raum zu schwanken.

Krampfhaft hielt sie sich am Gestell des Rollwagens fest, aber die Schwere ihres Körpers zwang sie in die Knie. Sie setzte sich auf den Boden, schlang die Arme um ihre angezogenen Beine und legte den Kopf darauf. Für einen Moment fühlte sie sich leichter.

»Helena?« Maxims Stimme kam aus weiter Ferne. »Was ist mit dir? Geht es dir nicht gut?«

Sie schüttelte den Kopf.

»Komm.« Arme umfingen sie und hoben sie auf. Dann wurde sie vorsichtig an eine Brust gedrückt und weggetragen. Wohin, das erfasste sie nicht mehr.

Maxim hatte Helena am Boden kauern sehen und sofort geahnt, was sich abspielte. Als er sie auf seine Arme nahm, murmelte sie etwas Unverständliches. Ihre Augen waren glasig, ihr Körper schweißgebadet. Sie zitterte.

»Hast du Schmerzen?«, fragte er, während er sie die Treppen hinauf in seine kleine Zimmerflucht trug.

Sie antwortete nicht, und als er sie auf sein Bett legte, war sie bereits eingeschlafen.

Er hoffte inständig, dass sie nur erschöpft war, befürchtete aber Schlimmeres. Einen Moment lang betrachtete er sie. Dann zog er ihr die Schuhe aus und deckte sie sorgfältig zu. Seine Sorge wuchs, zumal auch Helenas Schwester Katharina krank das Bett hütete.

Maxim begab sich in die Küche und bat um Tee, besorgte

ein Fieberthermometer und einige Handtücher. Dann kehrte er an Helenas Krankenbett zurück.

Statt erholsam zu schlafen, wälzte sie sich unruhig hin und her. Ab und zu murmelte sie etwas vor sich hin, aber ihre Worte ergaben keinen Sinn.

Maxim legte gerade die Dinge, die er besorgt hatte, auf dem Nachttisch ab, als sie versuchte, sich aufzurichten.

»Helena …«

»Mir ist … so übel.«

Maxim holte rasch die Schüssel seines Waschgeschirrs. Kaum war er wieder bei ihr, erbrach sie sich. Maxim hielt sie, bis der Würgereiz nachließ. Dann wischte er ihr mit einem feuchten Tuch sanft das Gesicht ab und säuberte die Schüssel.

Anschließend holte er das Thermometer aus seiner Metallröhre. »Ich sollte dir die Temperatur messen, Helena«, sagte er vorsichtig. »Darf ich?«

»Hab ich … Fieber?«

»Ich denke ja.«

Er half ihr dabei, die Schwesterntracht auszuziehen, bis sie nur noch ihr ärmelloses Unterkleid anhatte. Dann schob er das Fieberthermometer in ihre Achselhöhle und wartete. Als er es einige Minuten später ablas, bestätigte sich seine Befürchtung: Ihre Temperatur betrug fast vierzig Grad.

»Maxim …«

»Ja?« Er legte das Thermometer zur Seite und schenkte Tee ein.

»Denkst du, dass ich sterben werde?«

»Nein, Liebes. Du wirst nicht sterben.« Der Kosename war ihm herausgerutscht, aber das schwache Lächeln, das sich in ihre Mundwinkel stahl, zeigte ihm, dass es ihr gefiel.

Sie drehte sich langsam zur Seite und fiel wieder in einen angespannten Schlaf. Maxim feuchtete ein Tuch an und tupfte ihr damit über das schweißnasse Gesicht.

Er wachte an ihrem Bett. Wenn sie zu sich kam, flößte er ihr etwas Tee ein, bettete sie bequem, kühlte Stirn und Nacken, strich ihr über das Haar.

Später in der Nacht kam Gustav. Auch er wirkte angeschlagen. Maxim bat ihn um zwei saubere Nachthemden für Helena und ging aus dem Raum, als Gustav seine Tochter umzog.

»Wenn sie sich wieder nass schwitzt, dann können Sie ihr ruhig das Nachthemd wechseln«, sagte er anschließend zu Maxim. »Jetzt ist nicht die Zeit für falsche Scham. Übrigens ... ich bin Gustav.« Damit hielt er ihm die Hand hin, und Maxim schlug ein. »Maxim.«

»Morgen schicke ich Katharina herauf. Ihr geht es schon deutlich besser. Dann kannst du dich ein wenig ausruhen.«

»Mir wird es nicht zu viel«, erwiderte Maxim. »Die nächsten Stunden sind entscheidend.«

»Das weiß ich.« Gustav ging zur Tür. »Ich denke, ich brüte dasselbe aus.«

»Ich werde mich kümmern, Gustav.«

»Das weiß ich. Danke. Eine gute Nacht wird das wohl kaum werden, dennoch sei sie euch gewünscht.«

43. KAPITEL

Am nächsten Morgen wachte Maxim davon auf, dass Helena zusammenhangloses Zeug plapperte. Er hatte sich einen Stuhl an das Bett gezogen gehabt und war darauf eingenickt, nun fühlte er sich steif und zerschlagen. Seine linke Hand kribbelte, und er bewegte die Finger, damit das Gefühl darin zurückkehrte. Dann stand er auf und wusch sich rasch mit etwas Wasser.

Er warf noch einmal einen Blick auf Helena, aber sie schlief wieder ruhiger, deshalb nutzte er die Zeit, um in die Küche zu gehen. Käthe war bereits dabei, eine Brühe zu kochen.

»Ihnen geht es noch gut, Herr Baranow?«, fragte sie.

»Ich hatte die Grippe bereits in diesem Jahr«, erwiderte Maxim. »Vermutlich werde ich sie nicht noch einmal bekommen. Und Ihnen?«

»Ich merke nichts. Aber ich bin eh selten krank. Vielleicht geht dieser Kelch an mir vorüber.« Sie rührte einen Getreidekaffee an und gab ihn Maxim. »Schauen Sie, dass Sie bei Kräften bleiben. Der Herr Lindner ist auch krank, aber er sitzt trotzdem in seinem Arbeitszimmer.«

»Ich werde später bei ihm vorbeischauen.« Der heiße Kaffee mit seinem malzigen Geschmack tat gut, auch wenn er nach dieser Nacht einen echten Bohnenkaffee hätte gebrauchen können.

»Hoffentlich wird unser Fräulein Helena wieder gesund.« Käthe klang bedrückt. »Es wäre nicht auszudenken ...«

»Sie wird wieder gesund«, entgegnete Maxim. »Sie ist jung und kräftig.«

»Ich hab gehört, dass es gerade die jungen Menschen trifft.«

»Ich werde Helena nicht gehen lassen. Machen Sie sich keine Sorgen.«

Als er mit Brühe und Tee in sein Zimmer zurückkehrte, war Helena wach. Völlig ermattet lag sie in den Kissen, das Gesicht blass und mit Schatten unter den Augen, das dunkle Haar wild zerzaust.

Ihr Anblick rührte Maxim. »Wie geht es, Liebes?«

»Ich habe die Grippe, nicht wahr?«

Maxim nickte.

»Wenn ich ... sterbe, dann ...«

»Du stirbst nicht. Darüber reden wir erst gar nicht.« Er setzte sich zu ihr und nahm ihre Hand. »Wir haben noch so viel vor.«

Sie lächelte schwach. »Im Moment kann ich mir nicht vorstellen, jemals wieder etwas vorzuhaben.«

Maxim schmunzelte. »Warte es ab.«

Mit seiner Hilfe nahm sie ein paar Löffel Brühe zu sich, dann maß er noch einmal Fieber. Die Temperatur war leicht gesunken. »Siehst du? Es wird schon besser.«

»Das liegt daran, dass du bei mir bist.«

Es klopfte, und Katharina trat ins Zimmer. »Maxim, da ist ein Besucher für dich da.« Sie waren schon vor einer Weile zum »Du« übergegangen. »Er wartet in der Halle unten. Ich würde jetzt bei Helena bleiben, dann kannst du zu ihm.«

»Ein Besucher? Das kann nur Boris sein!« Er stand auf. »Danke, Katharina!«

Kurz darauf umarmte er in der Eingangshalle seinen Freund. »Du hast es hergeschafft! Trotz der Pandemie!«

»Das war gar nicht so einfach«, erwiderte Boris. »Überall haben sie Angst vor der spanischen Krankheit und lassen einen nur mit Maske in den Zug. Auch an der Grenze passen sie auf.«

»Aber nun bist du da. Und du hast alles mitgebracht.« Maxim deutete auf die beiden großen Rucksäcke, die Boris neben sich abgestellt hatte.

»Der größere ist voll mit deinen Sachen.«

»Danke!« Maxim zwinkerte ihm zu. »Dann zeige ich dir dein Zimmer.«

»Bist du hier angestellt?«

»Sozusagen. Fast alle hier im Haus sind krank. Und ich kenne mich inzwischen gut genug aus. Einschließlich der Bügelwäsche.« Er grinste. »Lass uns nach oben gehen. Du wirst direkt neben mir wohnen.«

Maxim holte Bettzeug und führte Boris in den zweiten Stock. »Beziehen kannst du es ja selbst«, sagte er, als er ihm den Raum zeigte.

»Ich werde mir Mühe geben. Und dann werde ich mir erst einmal eine Aufgabe suchen.«

»Deren gibt es genügend. Ich schau noch einmal kurz zu Helena, dann zeige ich dir das Haus. Und stelle dich Helenas Vater vor.«

»Helena?«

»Ja. So heißt Jelena heute.«

Helena schlief, als Maxim nach ihr sah. Katharina hatte sich an das Fußende des Bettes gesetzt und las in einem Buch. »Ich bleibe bei ihr«, versicherte sie. »Im Moment scheint es ihr ein bisschen besser zu gehen.«

»Ich danke dir«, erwiderte Maxim, strich Helena über die Stirn und ging dann zurück zu Boris.

Gemeinsam machten sie sich auf den Weg zu Gustav Lindner.

Schon einige Meter vor der Tür waren laute Stimmen zu vernehmen, die Maxim irritierten. Er blieb stehen und gab Boris ein Zeichen. Sie verharrten still und lauschten.

»Du hast die vereinbarte Summe nicht in voller Höhe entrichtet, Ochsenwirt. Also hast du kein Recht, uns von hier zu vertreiben.«

»Dieses Haus ist keinen Pfennig mehr wert, Gustav. Es ist abbruchreif, und das weißt du. Ich habe exakt den Wert des Grundstücks bezahlt. Eigentlich hätte ich noch etwas für die Abrisskosten abziehen sollen, aber darauf habe ich verzichtet.«

»Dass ich nicht lache! Dieses Haus ist sicherlich renovierungsbedürftig«, entgegnete Gustav Lindner, »aber keinesfalls abbruchreif!«

»Im Zweifel, Gustav, werde ich ein entsprechendes Gutachten vorlegen.«

»Du spielst mit falschen Karten. Das ist schäbig.«

»Ich halte mich an die Realitäten. Also: Ich gebe euch vier Wochen – bis dahin ist das Gebäude geräumt. Alles, was sich zu diesem Zeitpunkt noch darin befindet, gehört dann mir, als neuem rechtmäßigem Eigentümer.«

»Ich wiederhole mich: Du hast noch nicht einmal den vollen Kaufpreis bezahlt. Solange das nicht erfolgt ist, hast du überhaupt nichts zu fordern.«

»Ich würde jeden Rechtsstreit gewinnen. Aber so weit muss es nicht kommen. Dein Weib hat hohe Schulden bei mir.«

»Schulden? Wofür denn? Wir haben alles bezahlt, was du uns geliefert hast.«

»Es sind neue aufgelaufen.«

»Noch einmal: Du spielst falsch, Ochsenwirt. Auf dieses Niveau begebe ich mich nicht.«

»Was glaubst du denn, wo die Unmengen an Lebensmitteln herkamen, mit denen ihr eure Lazarettgäste gefüttert habt?«

»Elisabeth hat sie eingetauscht.«

Der Ochsenwirt lachte schallend. »Ach Lindner, mich wundert nicht, dass es mit dem Lindenhof so weit gekommen ist. Du bist einfach zu gutgläubig. Deine Elisabeth hat bei mir auf Kredit eingekauft. Einen Teil hat sie abgearbeitet. Sie war damit einverstanden, den Rest zu verrechnen.«

»Du meinst, deine Kartoffeln und Lauchstangen waren eine Anzahlung auf das Haus?« Ungläubigkeit sprach aus Lindners Worten. »Das war zu keinem Zeitpunkt Bestandteil unseres Vertrags. Und da du ja ein sehr intensives Verhältnis zu meiner Ehefrau pflegst, ist dir sicherlich bekannt, dass Elisabeth schon lange keine Einsicht mehr in die Bücher hat. Und auch keinerlei Befugnis, im Namen oder auf Rechnung des Lindenhofs zu handeln oder Geschäfte zu tätigen. Das, was du hier vorträgst, ist nicht von Belang.«

Die folgende Stille konnte Maxim nicht einschätzen. Er machte Boris abermals ein Zeichen, dass er ihm folgen solle. Leise liefen sie die Treppen hinunter und positionierten sich in einer versteckten Nische der Eingangshalle. So konnten sie sehen, wer die Treppe herunterkam, blieben selbst aber unentdeckt.

»Du siehst, es gibt gleich Arbeit für dich«, erklärte Maxim leise. »Wir werden dem Ochsenwirt nachsetzen und ihn ein für alle Mal dazu bringen, den Lindenhof in Ruhe zu lassen.«

»Ich würde zwar sagen, dass dich das Ganze nichts angeht«, erwiderte Boris, »aber ich vertraue darauf, dass du gute Gründe hast. Und für meinen Teil kommt dazu, dass ich durchaus Lust auf ein wenig Arbeit habe. In Genf war es ohne dich doch recht langweilig.«

Maxim grinste seinen Freund an, gleichzeitig schlug eine Tür. Wenig später eilte die große Gestalt des Ochsenwirts an ihnen vorüber. Maxim und Boris folgten ihm in sicherem Abstand.

44. KAPITEL

Der Ochsenwirt schlug den direkten Weg zu seinem Gasthaus ein. Auf der Steigstraße lief auf einmal Elisabeth auf ihn zu und suchte das Gespräch, der Mann aber beachtete sie nicht und ging einfach weiter. Elisabeth versuchte, mit ihm Schritt zu halten.

»Das ist die Frau von Gustav Lindner«, erklärte Maxim seinem Freund. »Elisabeth. Helenas Stiefmutter. Sie ist seit einiger Zeit nicht mehr zu Hause gesehen worden, und alle haben sich gefragt, ob sie bei einer ihrer Hamstertouren erwischt und festgesetzt wurde. Das scheint nicht der Fall zu sein.«

»Stattdessen hat sie den Verkauf des Lindenhofs mit eingefädelt?«

»So ist es. Helena hat das bereits befürchtet. Und ehrlich gesagt – diese Frau scheint Gift zu sein. Möglicherweise haben wir sie alle unterschätzt.«

Inzwischen hatten sie den Ochsen erreicht. Elisabeth und der Wirt blieben kurz stehen und wechselten einige Worte – dann verschwanden sie in der Tür des Gasthauses.

Boris sah Maxim an: »Ich würde gleich hineingehen.«

»Natürlich gehen wir sofort hinein. Dann bereiten wir ihnen eine hübsche Überraschung.«

Sie umrundeten das Gasthaus, um sich zunächst einen Überblick über die räumliche Situation zu verschaffen. Dann durchquerten sie den Wirtsgarten und gelangten über eine nicht abgeschlossene Seitentür ins Haus. Ein langer Flur empfing sie.

»Hast du den Schatten gesehen?«, fragte Maxim.

Boris nickte. »Da ist jemand die Stiege hinuntergegangen.« Er deutete auf eine Treppe, die in den Keller führte.

Maxim nickte und ging voran ins Halbdunkel des Gewölbes.

»Das sind ja viele Türen hier«, raunte Boris, als sie den modrig riechenden Flur entlangschlichen. »Ah! Sieh!« Er blieb stehen.

Auch Maxim hatte den schwachen Lichtschein entdeckt, der unter einem breiten Türspalt herausfiel. Zugleich waren Geräusche zu vernehmen, die sie nicht zuordnen konnten.

»Sollen wir warten?«, fragte Boris.

»Nein, wir …«

In diesem Moment flog die Tür auf und der Ochsenwirt kam heraus, gefolgt von Elisabeth. Maxim und Boris hatten keine Möglichkeit mehr, sich zu verstecken. Der Wirt bemerkte, dass zwei ihm unbekannte Männer in seinem Keller standen, und blieb abrupt stehen, woraufhin Elisabeth in seinen Rücken stolperte. Mit einem leisen Fluch drehte der Ochsenwirt sich nach ihr um.

Diesen Augenblick der Unachtsamkeit nutzte Maxim und

versetzte dem wenige Zentimeter größeren Mann einen krachenden Faustschlag gegen den Kiefer. Er sah noch die Verwunderung in den Augen des Wirtes, bevor dieser vor ihm auf den Boden sackte. Sofort war Maxim über ihm und fixierte ihn.

»Was haben Sie getan!«, schrie Elisabeth und grub ihre Finger in Maxims Rücken.

Boris packte sie und schob sie zurück in den Raum, aus dem sie soeben gekommen war.

»Was erlauben Sie sich?«, hörte Maxim sie noch rufen. »Das wird Sie ins Gefängnis bringen!«

»Bleiben Sie ruhig«, brummte Boris, bevor sich die Tür hinter ihm und Elisabeth schloss. Maxim wusste, dass Elisabeth kein Haar gekrümmt würde.

Der Ochsenwirt kam stöhnend zu sich. Als er merkte, dass er am Boden festgehalten wurde, begann er, sich hin und her zu winden.

»Sie werden erst wieder aufstehen, wenn ich das möchte«, sagte Maxim ruhig.

»Verdammt noch mal. Sie sind doch der Russe, der sich beim Lindner eingeschlichen hat!«

»Baron Maxim Baranow.«

»Lassen Sie mich sofort los! Sie wissen nicht, mit wem Sie sich hier angelegt haben. Ich kenne die richtigen Leute ...«

»Und ich kenne die richtigen Handgriffe!«

»Was wollen Sie von mir?«

»Sie werden mir den Kaufvertrag für den Lindenhof aushändigen.«

»Was?« Wieder versuchte der Ochsenwirt, sich zu befreien.

Maxim packte ihn fester. »Ich kann Ihnen die Luft abschnüren«, warnte er. »Und ich werde nicht zögern, es zu tun.«

»Sie ... würden gehängt, wenn Sie es wagen ...«

Maxim verstärkte seinen Griff. »Geben Sie mir den Kaufvertrag und Sie sind frei.«

»Es ... gibt keinen ... Kaufvertrag.«

»Es gibt einen Kaufvertrag. Sie haben Gustav Lindners Notlage ausgenutzt und ihn dazu gebracht, den Lindenhof zu verkaufen.«

»Gar nichts ... hab ich ...«

»Wo ist er?«

Als noch immer keine Antwort kam, begann Maxim zuzudrücken. Der Ochsenwirt wehrte sich mit aller Kraft, und Maxim fiel es nicht leicht, seine ruckartigen Bewegungen zu parieren. Kurz rangen sie miteinander, dann merkte Maxim, dass dem anderen die Luft ausging, und verringerte den Druck.

Der Ochsenwirt schöpfte japsend Atem. »Verdammt. Mein ... Jackett«, presste er schließlich heraus.

In diesem Augenblick kam Boris aus dem Raum hinter ihnen. »Die Frau wird vorerst nicht mehr stören, ich hab sie inmitten köstlicher Lebensmittel angebunden«, erklärte er zufrieden und betrachtete die Szenerie. »Alle Achtung, Maxim. Du hast nicht verlernt, wie man kämpft!«

»Wir müssen in der Innentasche seines Jacketts nachsehen.«

Boris suchte sofort die Jacke des Ochsenwirts ab. »Nichts«, vermeldete er schließlich.

»Wo ist der Vertrag?«, wiederholte Maxim, und seine Worte enthielten eine deutliche Warnung. Zugleich drückte er dem Ochsenwirt erneut einige Sekunden lang die Kehle zu. »Überlegen Sie genau!«, sagte er, als er losließ. »Wenn ich das nächste Mal zudrücke, ist nicht sicher, ob Sie wieder aufwachen.«

»Er ist …«, keuchte der Ochsenwirt, »… im Vorratsraum. Im Tresor.«

»Und der Schlüssel dazu?«

»Am … Schlüsselbund.«

Während Maxim den Mann weiter in Schach hielt, ertastete Boris den Schlüsselbund und zog ihn mit einem leisen Klirren unter dem schweren Körper des Mannes hervor. Dann nickte er Maxim zu und ging rasch in den Raum zurück, in dem er Elisabeth Lindner zurückgelassen hatte.

Als er kurz darauf zurückkehrte, hielt er ein Dokument in die Höhe. »Ich habe, was du suchst, Maxim!«

»Wir fesseln ihn und sperren ihn zu seiner Geliebten«, sagte Maxim. »Anschließend soll uns Gustav Lindner bestätigen, dass es sich tatsächlich um den Vertrag handelt und es keine weiteren Abschriften gibt, die er eigenhändig unterzeichnet hat.«

»Und dann übergibst du das Papier den Flammen.«

»Seien Sie sicher, Baron Baranow«, knurrte der Ochsenwirt. »Ich werde Sie hinter Gitter bringen.«

»In Ihrem Tresor lagerten noch andere interessante Dokumente.« Boris richtete den Blick auf den Ochsenwirt. »Ich habe sie zu unserer Sicherheit eingesteckt. Sie handeln vom Desertieren und diversen Schmuggelaktivitäten. Wenn die Obrigkeit von diesen Umtrieben erfährt, können Sie die Zelle mit Baron Baranow teilen.«

»Verdammte Russen-Brut!«

Es kostete Maxim und Boris noch einmal viel Kraft, den sich heftig wehrenden Mann mit Stoff und Seil so zu binden, dass er sich nicht mehr bewegen konnte. Anschließend zogen sie ihn in den Vorratsraum, wo bereits Elisabeth lag.

»Wie lange wird es dauern, bis die beiden sich befreit haben?«, fragte Boris, als sie den Ochsen verließen und den Weg zurück zum Lindenhof einschlugen.

»Keine Stunde«, erwiderte Maxim.

»Ich denke, sie brauchen etwas länger.« Boris grinste. »Das Weib wird erst noch einen veritablen Streit vom Zaun brechen, weil er sich den Kaufvertrag hat abjagen lassen.«

»Das mag sein.«

»Aber deine Vorstellung war beeindruckend, Maxim. Ich hätte auch Angst gehabt.«

»Es macht mir keine Freude, jemanden auf diese Weise zu behandeln. Aber er hat mir keine Wahl gelassen.«

»Hoffen wir, dass die Warnung eindrücklich genug war und er die Lindners künftig in Ruhe lässt.«

»Hoffen wir es. Sicher bin ich mir da keineswegs.«

45. KAPITEL

*Der Lindenhof, in der darauffolgenden Nacht,
Anfang November 1918*

Vom Dach des Lindenhofs lösten sich Ziegel und schlugen mit lautem Klirren auf der Erde auf, gefolgt von den ersten Steinen aus den Giebeln. Helena stand wie erstarrt auf dem Kiesplatz vor der Freitreppe. Sie war unfähig, sich von der Stelle zu rühren. Die Erde begann zu beben. Risse fraßen sich durch die geliebten Mauern, wurden immer breiter. Mehr und mehr Steine lösten sich und polterten zu Boden. Mit einem Mal tat sich zwischen ihr und dem Haus ein Spalt auf, der drohte, sie zu verschlingen. »Hilfe!«, rief Helena. »Hilfe ...«

Eine Berührung an ihrer Wange irritierte sie. »Nein!« Sie schlug um sich.

»Schscht. Ganz ruhig, Liebes.« Maxims Stimme drang zu ihr durch, sanft und warm. »Du hast nur schlecht geträumt.«

Helena hob mühsam die Lider.

»Du zitterst ja!« Maxim hatte eine Kerze angezündet und sah sie besorgt an.

»Mir ist ... so furchtbar kalt.«

»Hast du Schmerzen?«

Helena nickte. Kopf, Glieder und auch der Rücken taten ihr weh. Sie fühlte sich elend.

»Am besten, wir wechseln erst einmal das Nachthemd. Dann messe ich deine Temperatur. Einverstanden?«

Helena nickte und schloss wieder die Augen. Während Maxim sie umzog und ihr anschließend das schmale Glasröhrchen unter die Achsel schob, streichelte er ihr immer wieder beruhigend über den Arm.

Helena seufzte. Am Morgen hatte sie sich besser gefühlt und den Tag über sogar etwas Brühe und Apfelmus zu sich genommen. Als Maxim zudem die frohe Kunde überbracht hatte, dass der Kauf des Lindenhofs rückgängig gemacht worden war und die Lindners bleiben konnten, hatte sie sich sogar im Bett aufgesetzt und einen Schluck Bier getrunken. Beim Einschlafen war die Erschöpfung zurückgekehrt. Und nun …

Einige wirre Traumbilder bemächtigten sich ihrer, aus denen sie abermals Maxims Stimme befreite. »Du hast Fieber.«

»Ja?« Helenas Zähne schlugen aufeinander. Sie fror noch immer. »Hoch?«

»Sehr hoch. Ich hole Katharina.«

Wieder dämmerte Helena in bizarre Welten hinüber. Als sie das nächste Mal die Augen aufschlug, saß Katharina an ihrer Seite. In der Hand hielt sie ein Glas mit einer trüben Flüssigkeit. »Trink, Helena«, sagte sie.

Mühsam würgte Helena die bitter-salzige Medizin hinunter. Aspirin. Das Frieren aber hörte nicht auf.

»Wir müssen schauen, dass du es angenehm warm hast. Diese Decke ist durchgeschwitzt. Ich hole eine frische.« Katharina stand auf.

Auch Maxim war plötzlich nicht mehr da. Oder träumte sie schon wieder?

Maxim hatte den Zobel geholt, den Lidia einst von ihrer Großmutter geerbt hatte, dann die Bettdecke zur Seite gelegt und ihn vorsichtig über Helena gebreitet. Es fühlte sich gut an, sie in das feine Fell einzuhüllen, das so viele Geschichten aus Helenas russischer Vergangenheit erzählte.

»Möchtest du den Mantel wirklich liegen lassen?« Katharinas Frage unterbrach seine Gedanken. »Hier – ich habe zwei frische Decken dabei.«

»Der Zobel gehörte Helenas Großmutter und später ihrer Cousine«, erwiderte Maxim. »Ich bin gewiss nicht abergläubisch, aber ich denke, nach all dem, was sie in letzter Zeit erfahren musste, tut ihr das vielleicht gut. Diese Nähe zur Familie ihrer Mutter – wenn auch nur unbewusst.«

Katharina nickte und legte vorsichtig eine der Decken über den Pelz. »Käthe ist auch wach und kocht gerade Tee«, sagte sie. »Wir müssen sie zum Schwitzen bringen, andererseits darf ihre Temperatur nicht zu hoch ansteigen. Achtest du darauf?«

»Ja, natürlich.« Maxim setzte sich auf den Stuhl am Bett.

»Die Ereignisse der letzten Zeit haben ihr sehr zugesetzt.«

Katharina ließ sich wieder am Fußende des Bettes nieder. »Sie war geschockt, weil sie dachte, dass wir den Lindenhof verlassen müssen. Und dann rumort sicherlich noch die Sache mit Papa in ihr. Auch wenn sie sich nichts anmerken lässt.«

»Das sehe ich wie du.« Maxim legte sich eine Hand in den Nacken. »Ihre Welt hat sich verändert. Es braucht Zeit, das zu bewältigen. Außerdem kennt sie weder ihren leiblichen Vater noch ihre Mutter. Das ist schwierig.«

»Einerseits, ja.« Katharina seufzte. »Aber eine Mutter, die man zwar kennt, die einen aber nicht wirklich liebt, ist auch schlimm.«

Maxim kratzte sich verlegen am Hinterkopf. »Ich wollte dir mit meiner Bemerkung nicht zu nahe treten, Katharina.«

»Das hast du nicht getan. Es ist ja offensichtlich.« Katharina gähnte.

»Möchtest du nicht zurück ins Bett gehen, Katharina?«, schlug Maxim vor. »Dann kannst du besser schlafen. Und mir wäre es recht, wenn du morgen wieder bei ihr bist. Es gibt einige Dinge, die ich erledigen muss.«

»Ja. Das ist vermutlich besser.« Sie stand auf und sah noch einmal auf ihre Schwester. »Danke, Maxim. Es ist gut, dass du hier bist. Hab eine gute Nacht.«

Im selben Moment, da Katharina den Raum verließ, kam Käthe mit dem Tee herein. Sie trug ein bodenlanges weißes Nachthemd und hatte eine Wollstola um ihre Schultern geschlungen. Auf dem Kopf saß eine Nachthaube. »Der Herr Lindner ist auch noch wach und sitzt am Küchentisch, obwohl er ins Bett gehört«, sagte sie, als sie das Tablett mit

Kanne und Tasse abstellte. »Er macht irgendwelche Berechnungen. Brauchen Sie noch etwas, Herr Baranow? Wenn nicht, würde ich mich wieder hinlegen.«

»Natürlich, Käthe, gehen Sie nur zu Bett. Mit dem Tee kommen wir durch den Rest der Nacht.«

Nachdem Helena im Laufe der zweiten Nachthälfte zu schwitzen begonnen, aber dennoch recht gut geschlafen hatte, war auch Maxim ein wenig zur Ruhe gekommen.

Er hatte sich in einen Sessel gesetzt und die Augen geschlossen. Vieles war ihm dabei durch den Kopf gegangen: die Trauer um die Seinen, die niemals ganz verging. Die dunklen Abgründe, die in seiner Seele lauerten und von denen er nicht wusste, was sie in ihm noch anzurichten vermochten. Und schließlich seine Gefühle für Helena. Nach all dem, was geschehen war, hatte er sich nicht vorstellen können, wieder eine Frau in sein Herz zu lassen – zumindest nicht so schnell. Und doch hatte sie sich hineingeschlichen, sanft, aber bestimmt. Sie brachte Farbe in seine Gedanken und die Liebe zurück in sein Leben, sie weckte sein Begehren und gab ihm Hoffnung. Es fühlte sich an, als wäre er heimgekommen, und das mitten in der Fremde. Doch gerade deshalb musste er vorsichtig sein. Noch wusste er nicht, wer für das Massaker an seiner Familie verantwortlich war und wie weit die Arme derjenigen reichten. Dieses neue zarte Glück durfte er nicht in Gefahr bringen.

Über all diesen Gedanken war er schließlich eingenickt und erst wach geworden, als er ein Stupsen an seiner Schulter gespürt hatte. Katharina war ans Krankenbett ihrer Schwester zurückgekehrt, und Maxim konnte sich auf den Weg in die Küche machen. Dort fand er Gustav tatsächlich am Küchentisch. »Guten Morgen, Gustav. Hast du etwa die ganze Nacht hier gearbeitet?«

Gustav richtete sich etwas auf. »Guten Morgen, Maxim. Ja, hier ist es angenehm warm. Ich habe glatt vergessen, zu Bett zu gehen.«

»Geht es dir gut? Du hast dich gestern doch auch krank gefühlt.«

»Mich scheint die Grippe nur zu streifen, Gott sei Dank. Pater Fidelis hat es schlimmer erwischt. Er liegt seit gestern im Bett.« Gustav legte den Bleistift zur Seite, mit dem er Zahlenkolonnen auf ein Blatt notiert hatte. »Wie geht es Helena?«

»Sie ist noch nicht über den Berg, aber sie kämpft tapfer.«

»Ich werde gleich nach ihr sehen.« Gustav rieb sich mit einer Hand über das Gesicht.

Auch Käthe war bereits auf und stellte zwei Becher mit heiß dampfendem Getreidekaffee vor sie hin, dazu einen Teller mit Brot und etwas Käse.

»Danke!« Maxim setzte sich.

Gustav nahm den Becher und trank in kleinen Schlucken.

»Ich schätze, dass du eure finanzielle Situation durchgerechnet hast«, begann Maxim. »Nachdem der Kauf gescheitert ist.«

»So ist es.« Gustav nickte und starrte auf seine Aufschriebe. »Ich bin dir natürlich dankbar, dass du dem Ochsenwirt den Kaufvertrag abgejagt hast. Ich habe ihn verbrannt. Aber ist damit der Lindenhof gerettet? An der Tatsache, dass ich verkaufen muss, hat sich ja nichts geändert.«

»Du musst an niemanden verkaufen. Helena hat unglaubliche Ideen für die Zukunft dieses Hauses.«

»Sie möchte ihn zum Grandhotel machen. Aber wie?«

»Ihr braucht lediglich einen Kredit.«

Gustav lachte bitter. »Ja. Lediglich …«

»Ich mache dir ein Angebot, Gustav.«

»So?« Gustav hob überrascht die Augenbrauen.

»Als ich dir gegenüber erwähnte, dass ich nicht ganz unvermögend sei, war das nicht nur so dahingesagt.« Er nahm einen Schluck Kaffee. »Du und Helena, ihr bekommt von mir ein Darlehen in ausreichender Höhe, um den Lindenhof großzügig umzubauen. Wir vereinbaren einen günstigen Zins und einen Rückzahlungsmodus, mit dem ihr gut zurechtkommen werdet. Ich habe nur eine Bedingung.«

»Und die wäre?« Gustav wirkte misstrauisch.

»Helena darf nichts davon erfahren.«

»Mhm … warum das?«

»Weil sie sich nicht von mir abhängig machen würde.«

»Das könnte durchaus sein. Die Frage ist, ob ich mich abhängig machen möchte?«

»Du hättest den Lindenhof an den Ochsenwirt verkauft – warum also kein Kreditangebot von mir annehmen? Mir geht es hier nicht um ein Geschäft, mir geht es um den Erhalt eures Zuhauses. Und um Helena.«

»Gib mir einen Tag Bedenkzeit, Maxim.«

»Selbstverständlich. Ich notiere dir meine Bedingungen, dann entwickeln wir daraus den Kreditvertrag.«

Gustav räusperte sich. »Wenn wir das richtig machen wollen, dann wird das keine Kleinigkeit. Der gesperrte Seitenflügel des Lindenhofs allein ist sehr marode.«

»Helena hat ihn mir gezeigt. Es wäre gut, wenn man die Reparaturen dort möglichst bald veranlasst und auch die Statik des Gebäudes überprüft. Denn erst dann kann mit der Ausgestaltung begonnen werden.«

»Die wir wiederum Helena überlassen.«

»So ist es. Es soll ihr Werk werden.«

In Gustavs Miene zeigte sich vorsichtige Hoffnung. »Dann würde ich sie im neuen Jahr als Miteigentümerin des Lindenhofs eintragen lassen.«

»Da kann ich dir nur zuraten. Mit dem Kapital, das ihr nun zur Verfügung habt, lässt sich aus dem Lindenhof etwas Großes machen.«

»Dein Angebot ist mehr als großzügig, Maxim. Geradezu unheimlich großzügig.« Er rieb sich am Kinn. »Du ermöglichst uns eine neue Zukunft. Eines Tages muss Helena das erfahren.«

»Mag sein, dass sich eines Tages ein günstiger Zeitpunkt dafür findet.«

Gustav räusperte sich. »Ich kann es noch gar nicht glauben ... mein Lindenhof wird zum Grandhotel.«

»Es wird Helenas Hotel werden.« Maxim schmunzelte. »Aber wenn du Glück hast, dann lässt sie dich mitmachen.«

»Das will ich doch hoffen!«, konterte Gustav.

»Was mich betrifft«, fuhr Maxim fort, »sollte sie meinen Rat suchen, dann werde ich ihr selbstverständlich zur Verfügung stehen.«

»Was geschieht eigentlich«, fragte Gustav auf einmal nachdenklich, »wenn du Meersburg irgendwann verlässt? Oder Helena sich … jemand anderem zuwendet? Machst du dann Ansprüche geltend?«

»Du hast Sorge, dass ich Helena über diesen Kredit an mich binde?«

»Nun, es ist eine Überlegung, die ein liebender Vater anstellen muss.«

»Sei unbesorgt. Der Kreditvertrag wird zwischen dir und mir abgeschlossen. Ich gebe dir mein Wort, dass dies alles unabhängig davon ist, ob Helena und ich … also, ob wir eine gemeinsame Zukunft haben werden.«

Gustav nickte, nahm sich ein Stückchen Brot und tunkte es in seinen Getreidekaffee. »Meinst du es ernst mit ihr?«

Seine direkte Frage überraschte Maxim. »Absolut. Allerdings gibt es etwas, das ich erledigen möchte, bevor ich mich erneut binde. Damit meine zukünftige Familie in Sicherheit ist.«

Für einen kurzen Moment breitete sich Stille zwischen ihnen aus.

Schließlich räusperte sich Gustav. »Ich weiß, dass du mit Helena großes Glück hast.« Er lehnte sich in seinem Stuhl zurück. »Ach, und Elisabeth wollte heute zu mir zurückkehren. Ich habe ihr gesagt, dass ich mich von ihr scheiden lassen werde, sobald es möglich ist.«

»Ich dachte, dass sie ohnehin den Ochsenwirt bevorzugt?«

Um Gustavs Mundwinkel zuckte es amüsiert. »Wenn ich sie richtig verstanden habe, möchte der doch sein Weib behalten. Sie darf aber gegen Kost und Logis in der Küche mitarbeiten.«

»Das ist vermutlich nicht das, was sie sich erhofft hatte.«

Gustav zuckte mit den Achseln. »Wie man sich bettet, so liegt man.«

46. KAPITEL

Meersburg, am frühen Morgen des 5. November 1918

Das Erste, was Helena beim Aufwachen wahrnahm, war die eigenartige Schwere der Bettdecke, die auf ihr lag. Mühsam hob sie einen Arm und suchte nach dem Grund für das ungewöhnliche Gewicht. Sie berührte aber nicht das vertraute Leinen, sondern ertastete etwas Fellartiges. Langsam bewegte sie ihre Handfläche über den weichen Pelz. Es fühlte sich wundervoll an, aber wo kam er her?

»Das ist ein Zobel«, hörte sie Maxim sagen.

Sie schlug die Augen auf und blinzelte.

Im Zimmer war es noch dunkel, lediglich die kleine Öllampe auf ihrem Nachttisch warf einen schwachen Lichtkegel in den Raum. Maxim saß auf einem Stuhl neben ihrem Bett und sah sie aufmerksam an. Er wirkte übernächtigt, die Narben schnitten markant in sein Gesicht, seine braunen Augen aber drückten Wachsamkeit und Liebe aus.

»Willkommen im Leben.« Er beugte sich über sie und nahm sie vorsichtig in die Arme.

»Ich war doch nicht tot ... oder?«, versuchte Helena zu scherzen, merkte aber selbst, wie matt sie klang.

Maxim schüttelte den Kopf. »Zum Glück nicht. Aber zwischendurch waren wir wirklich in Sorge um dich. Nachdem es dir kurzzeitig besser ging, hast du auf einmal wieder hoch gefiebert.«

»Die spanische Krankheit ...«

»Und eine beginnende Lungenentzündung. Katharina hatte sogar Doktor Zimmermann geholt.«

»So schnell ... werdet ihr mich nicht los.« Helena lächelte. Sie fühlte sich zwar noch schwach, aber tief in ihr regte sich eine vertraute Kraft.

»Wir hätten dich nicht gehen lassen«, erwiderte Maxim. »*Ich* hätte dich nicht gehen lassen.«

»Welcher Tag ist heute?« Helena versuchte, sich zu orientieren.

»Der 5. November.«

»Der 5. November?« Erst jetzt wurde Helena bewusst, dass ihr wohl einige Tage ihres Lebens fehlten. Ihre Erinnerungen an diese letzte Zeit waren diffus – schreckliche Schmerzen hatten ihren Körper geplagt, dazu der heftige Druck auf ihrer Brust. Immer wieder waren die Stimmen von Maxim, Katharina und ihrem Vater an ihr Ohr gedrungen, während sie abwechselnd gefroren und geschwitzt hatte. Sie erinnerte sich dunkel daran, dass man sie hin und wieder umgebettet, umgezogen und ihr etwas eingeflößt hatte. Richtig zu sich gekommen aber war sie nicht.

»Das Fieber ist gestern bereits gefallen, und du hast tief

und ruhig geschlafen.« Er strich ihr das Haar aus der Stirn. »Nun fühlst du dich angenehm kühl an. Und dein Blick ist wieder klar.«

»Ich fühle mich, als wäre ich dreimal im Gewitter um die Erde gerannt. Mit einem Rucksack voller Steine.«

Maxim musste lachen. »Das glaube ich dir. Lass dir Zeit, um ganz gesund zu werden.« Seine Finger zogen die Linie ihres Haaransatzes nach.

Helena genoss seine fürsorgliche Berührung. »Warum liegt eigentlich dieser Zobel auf meinem Bett?«

»Das ist eine längere Geschichte.« Maxim half Helena, sich aufzurichten, und legte zwei Kissen in ihren Rücken, damit sie eine bequeme Sitzposition hatte. »Er gehörte deiner Großmutter Maria Pawlowa. Sie gab ihn an Lidia weiter, die ihn wohl weggepackt hatte. Er ist dann Boris in die Hände gefallen, als er unser verlassenes Palais ein letztes Mal durchsucht hat. Jetzt gehört er dir.«

Helena zog den Pelzmantel näher zu sich heran und schmiegte sich hinein. »Danke, dass du ihn mir anvertraust.«

»Ich bin mir sicher, dass Maria und Lidia glücklich wären, wenn sie dich damit sehen könnten.«

»Ich hätte sie so gerne kennengelernt.« In diesem Moment war Helena, als schließe sich die Lücke ein Stück, die sie in ihrer Seele spürte.

Während Maxim aufstand und ihr einen Tee einschenkte, erkundete sie mit ihren Fingern das dicke Fell, dachte an die verworrenen Wege, die das Leben manchmal ging. Auf einmal stutzte sie. »Maxim?«

»Ja?« Mit dem Becher in der Hand setzte er sich wieder zu ihr.

»Da ist irgendwas.«

»Wie meinst du das?« Er stellte den Becher auf den Nachttisch.

Sie hielt ihm den Zobel hin. »Da ... unter dem Kragen ist eine unebene Verdickung.«

Maxim tastete die Stelle ab.

»Spürst du es auch?«, fragte sie.

»Ja, du hast recht.« Maxim nahm den Mantel und untersuchte ihn systematisch. »Wir trennen ihn auf«, entschied er schließlich. »Da ist etwas, das dort nicht hingehört.« Er nahm eine Nagelschere aus der Schublade seines Nachttischs und begann, die Naht am Mantelkragen zu öffnen.

Helena sah ihm gespannt zu. Vielleicht waren einige Münzen darin eingenäht? Als Maxim den Pelz auseinanderzog, befand sich darin ein halbkreisförmiger Stoffbeutel, der wiederum mit dem Mantelfutter vernäht worden war.

»Was auch immer es ist – es befindet sich nicht zufällig dort.« Maxim trennte den Stoffbeutel heraus und legte ihn neben den Zobel auf Helenas Bett.

»Geld?«, fragte Helena.

»Wir werden es gleich erfahren«, erwiderte Maxim und schnitt den Beutel auf. Ein abgerundetes Etui aus feinem, dünnem Leder kam zum Vorschein, das mit mehreren Bändern verschlossen war.

»So etwas habe ich noch nie gesehen«, sagte Helena.

»Ich auch nicht. Es scheint eigens für den Inhalt angefertigt worden zu sein.« Er hielt Helena das Etui hin. »Möchtest du es öffnen? Es ist von deiner Großmutter und gehört damit dir.«

Respektvoll nahm Helena das Futteral entgegen und löste vorsichtig die Bänder. Das Etui ließ sich nun ganz aufklappen. Und dort, auf einem Untergrund aus dunkelrotem Samt, lag ein kunstvoll gestaltetes Collier aus glitzernden Diamanten und funkelnden Smaragden.

Helena verschlug es die Sprache.

Auch Maxim starrte das Schmuckstück fassungslos an.

»Das ist ... das trägt doch meine Großmutter auf dem Porträt?«, wisperte Helena schließlich.

Maxim nickte. »In der Tat. Das ist das Collier des Pawlowa-Schmucks.«

»Ein Vermächtnis?«

»Das könnte ich mir durchaus vorstellen. Aber wieso es in den Zobel eingenäht worden ist, kann ich dir nicht sagen.«

»Vermutlich wurde es versteckt.« Helena tastete vorsichtig über die kostbaren Steine. »Vielleicht ist ein Schreiben beigelegt. Oder irgendein anderer Hinweis.«

Maxim griff nach dem Stoffbeutel und fasste nochmals hinein. »Tatsächlich! Da, da ist noch etwas ...« Er holte eine vergilbte, knittrige Fotografie heraus und sah sie sich kurz an, bevor er sie wortlos an Helena weiterreichte.

Helena begann zu zittern. »Das ist ... nicht wahr? Das ist ...«

Maxim nickte.

Helena starrte auf das Antlitz, bis es vor ihren Augen verschwamm. Dann wendete sie die Fotografie. *1894* stand dort, mit Bleistift notiert, der bereits etwas verwischt war. Helena fuhr die Zahl mit dem Finger nach, drehte das Bild wieder um und betrachtete es noch einmal ausführlich.

Sie erfasste das dunkle, kunstvoll aufgesteckte Haar, das ovale Gesicht mit den großen, hellen Augen, die fein geschwungene Nase. Und das herzförmige Medaillon, welches das von einem feinen Spitzenausschnitt gerahmte Dekolleté schmückte.

»Das muss meine Mutter sein«, sagte Helena tonlos.

47. KAPITEL

Das Mansardenzimmer der Schwestern, am 12. November 1918

In der vergangenen Nacht hatte Helena recht gut geschlafen, obwohl es am frühen Morgen zu regnen begonnen hatte und die Tropfen seither laut auf das Dach des Lindenhofs prasselten.

Sie setzte sich auf und blinzelte in die Dunkelheit. Als ihre Augen die Konturen der Möbel erfassten, stand sie auf.

Jeden Tag kehrte ein Stück ihrer Kraft zurück, und sie sehnte sich danach, sich endlich wieder nützlich zu machen. Auch wenn der Lindenhof keine Patienten mehr beherbergte, gab es doch genügend zu tun. Zum Glück hatte auch Pater Fidelis die Grippe überstanden – lediglich sein Bauchumfang war merklich geschrumpft, ansonsten war er fast schon wieder ganz der Alte.

Helena war allein im Mansardenzimmer. Katharina hatte ihren Dienst im Spital wieder aufgenommen, sie selbst war schweren Herzens von Maxims Räumen in ihr eigenes Bett zurückgekehrt, als die kritische Phase ihrer Krankheit überwunden gewesen war. Auch wenn sie verstand, dass er das Vertrauen ihres Vaters nicht aufs Spiel setzen wollte, vermisste sie des Nachts seine Nähe.

Sie entzündete eine Kerze und setzte sich an den Frisiertisch. Mit flinken Fingern entflocht sie den langen Zopf, den sie stets über Nacht trug, und bürstete ihr Haar. Während sie es aufsteckte, wanderte ihr Blick zum gerahmten Bild ihrer Mutter, das auf dem Nachttisch neben ihrem Bett stand.

Noch immer fiel es ihr schwer zu begreifen, dass sie nun eine Fotografie von ihr besaß, wusste, wie sie aussah. Sie fühlte eine fremde Verbundenheit mit der jungen Frau, die sie auf die Welt gebracht hatte. Zugleich kamen Fragen auf. Lebte Olga Pawlowa noch? Und wenn ja, dachte sie manchmal an das Kind, das sie hatte zurücklassen müssen?

Manchmal fiel es Helena aber auch schwer, die widerstreitenden Gefühle zu ertragen, die Olgas Fotografie in ihr auslöste. Sehnsucht und Hoffnung wechselten sich ab mit Unsicherheit und einer unterschwelligen Wut, dass ihr das Schicksal die Mutter vorenthalten hatte. Manchmal wiederum war sie einfach erfüllt von Staunen und Glück.

Sie hatte gerade ihre Morgentoilette beendet, als es klopfte.

»Maxim?«

Helena hörte das Klacken des Türknaufs und drehte sich um.

»Guten Morgen, meine Liebe.« Er lächelte sie an und schloss die Tür. Dann trat er hinter sie und legte ihr die Hände auf die Schultern.

Einen Moment lang begegneten sich ihre Blicke im dreiteiligen Spiegel des Frisiertischs.

»Ich habe eine Überraschung für dich.« Er lächelte vielsagend und gab ihr einen zarten Kuss auf die Stirn.

»Seit du bei uns bist, jagt eine Überraschung die nächste«, neckte Helena ihn. »Ich wollte Käthe heute in der Küche helfen.«

»Käthe wird sich gedulden müssen.«

»Du machst mich neugierig.«

»Ich warte vor der Tür, bis du dich angezogen hast.«

»Du brauchst nicht hinauszugehen«, sagte Helena. »Du hast mich in den Tagen meiner Krankheit ja auch ... so gesehen.«

»Das war etwas anderes. Aber wenn du darauf bestehst, dann bleibe ich natürlich.« Maxim grinste breit.

»Es reicht, wenn du dich umdrehst.«

Maxim grinste noch breiter und bewegte seinen Kopf ein wenig zur Seite, aber Helena wusste, dass er aus den Augenwinkeln beobachtete, wie sie ihr Nachthemd ablegte, Strümpfe, Unterhemd und Unterrock anzog und schließlich in einen dunkelbraunen Rock und eine weiß-braun gemusterte Bluse schlüpfte.

»Ich bin fertig.«

Sofort war er bei ihr und bot ihr den Arm. »Du siehst bezaubernd aus. Darf ich bitten?«

»Wir haben doch keinen Hausball heute Morgen?«, neckte sie ihn lachend.

»Nein, aber dir wird gleich nach Tanzen zumute sein.«

Fünf Minuten später standen sie im bisher gesperrten Trakt des Lindenhofs. Helena traute ihren Augen kaum, als sie sah, dass überall Leitern und Eimer standen und einige Handwerker dabei waren, die Wände des großen Saales auszubessern. Durch die undichten Fenster lief das Regenwasser herein, Erna war dabei, die Pfützen aufzuwischen.

Auf einmal stand Boris neben ihnen. »Es geht gut voran!«

»Das freut mich zu hören«, erwiderte Maxim.

»Was ... was ist das hier?«, fragte Helena irritiert.

»Pater Fidelis würde von Errettung sprechen.«

»Wie ...?« Helena runzelte fragend die Stirn.

»Dein Vater und ich haben uns erlaubt, den Neuanfang des Lindenhofs vorzubereiten.«

Helena brauchte einen Moment, um seine Antwort zu verarbeiten. »Wir haben doch gar kein Geld für so etwas«, sagte sie schließlich.

»Doch. Das Geld ist da. Sonst hätte dein Vater niemals derart umfangreiche Arbeiten veranlasst.«

Sie sah ihn misstrauisch an. »Woher hat er denn so viel Geld?«

»Er hat einen Interessenten gefunden, der mit einem Kredit den Ausbau des Lindenhofs unterstützt. Das Gebäude hat für ihn eine ... persönliche Bedeutung.«

»Aber dann möchte dieser Gönner doch sicherlich etwas davon haben. Niemand auf dieser Welt vergibt Almosen in diesem Umfang.«

»Dein Vater hat ihm deine Vision von einem Grandhotel Lindenhof geschildert. Das hat ihn beeindruckt.«

»Ah.« Helena war noch immer nicht überzeugt.

»Ich und dein Vater haben den Investor einer gründlichen Prüfung unterzogen, damit es für euch kein böses Erwachen gibt, Helena. Allerdings kommen auf dich sehr viele Aufgaben zu.« Maxim winkte einen älteren Herrn herbei, der eine Papierrolle unter dem Arm trug. »Darf ich dir Herrn Horn vorstellen? Er ist Architekt aus Überlingen und wird die Umbauten nach deinen Wünschen planen.«

»Darf ich kurz unterbrechen?«, bat Boris und legte Maxim eine Hand auf die Schulter. »Ich würde dir gerne etwas zeigen, Maxim.«

»Ihr entschuldigt mich einen Augenblick?« Maxim sah von Helena zu Herrn Horn.

Der Architekt nickte ihm zu. Als Maxim und Boris sich entfernt hatten, deutete er eine Verbeugung an. »Ich freue mich sehr auf die Zusammenarbeit, Fräulein Lindner.«

Helena schüttelte ungläubig den Kopf.

Vor einer Woche noch war sie schwer krank gewesen … und nun stand sie bereits vor der Verwirklichung ihres Zukunftstraums?

»Ich verfüge über eine ausgezeichnete Expertise, Fräulein Lindner«, ergänzte der Architekt, nachdem Helena nicht antwortete. »Wir werden bestimmt gute Lösungen finden. Der Schnitt des Gebäudes bietet fantastische Ansätze.«

»Entschuldigen Sie, Herr Horn«, erwiderte Helena und reichte dem Architekten die Hand. »Ich bin etwas … überrascht.«

»Ich habe bereits einen groben Plan des Hauses angefertigt.« In den Augen des Architekten stand große Tatkraft. »Hätten Sie Zeit, ihn durchzusprechen?«

Allmählich ließ sie sich von der Betriebsamkeit ringsherum anstecken. »Das wäre vermutlich das Beste.«

»Dann würde ich eine Begehung des Gebäudes vorschlagen. Dabei kann ich einige Details ergänzen und erste Ideen vermerken.«

»Ja, das hört sich vernünftig an.« Auch wenn sie noch ein wenig wackelig auf den Beinen war, erwachte ihr Schaffensdrang. Sie gab Maxim ein Zeichen, der sich mit Boris und einem der Handwerker unterhielt.

Er sah sie über Boris' Schulter hinweg an, nickte ihr zu, sagte etwas zu seinen Gesprächspartnern und kehrte an Helenas Seite zurück. »Und? Wie wollt ihr beginnen?«

»Herr Horn schlägt eine Bestandsaufnahme vor, ergänzt durch meine Vorstellungen.«

»Auf dieser Basis können wir dann die Detailpläne erstellen und die Statik berechnen«, ergänzte Horn.

»Würdest du mitkommen, Maxim? Du kannst besser abschätzen, welche Vorschläge überhaupt machbar sind. Zudem nehme ich an, dass Vater dir mitgeteilt hat, welches Budget uns zur Verfügung steht.«

Maxim nickte. »Das mache ich gerne. Möchten Sie gleich hier beginnen, Herr Horn?«

Der Architekt war einverstanden, und so verbrachten sie die folgenden beiden Stunden damit, intensiv die Möglichkeiten auszuloten, den Lindenhof umzugestalten.

Der bislang gesperrte Seitenflügel sollte künftig einen

Ballsaal im Erdgeschoss, Verwaltungsräume im ersten, und zwei luxuriöse Suiten im zweiten Obergeschoss beherbergen. In der Mansarde darüber, die bisher als Lagerraum für alte Möbel genutzt wurde, würden die Zimmer für das Personal untergebracht.

Besonders wichtig war Helena ein großzügig und einladend gestalteter Empfangsbereich. Dazu müsste die Eingangshalle samt Rezeption entkernt und der Zugang zu den Küchen- und Vorratsräumen im Souterrain verlegt werden. Der bisherige Speisesaal im anderen Gebäudeflügel, in dem das Lazarett untergebracht gewesen war, sollte besser an die Küche angebunden und mit einigen Extravaganzen versehen werden, unter anderem einem verglasten Anbau mit Blick auf den See. Dort wollte Helena zudem ein Café einrichten, das mit besonderen Torten und Kuchen aufwartete. Im Stockwerk darüber sollten komfortable Gästezimmer untergebracht und die dortige Mansarde zu einer verspielten Suite für Hochzeitspaare umgebaut werden.

Horn notierte alles sorgfältig. Anschließend begaben sie sich trotz des schlechten Wetters hinaus in den Garten. Schon lange hatte Helena sich mit dem Gedanken getragen, im Falle eines Ausbaus des Hotelbetriebs die Wohnräume der Familie zu separieren. Horn ging sofort auf diese Anregung ein. An der Stelle des Glashauses könnte ein dem Stil des Lindenhofs angepasstes Wohnhaus mit genügend Platz für die Familie stehen – allerdings erst nach Fertigstellung und Inbetriebnahme des Grandhotels.

Der untere Teil des Gartens würde nach Helenas Vorstellungen gestaltet und in den Hotelbetrieb einbezogen werden.

Als sie schließlich ins Haus zurückkehrten, war Helena erfüllt von den vielen Möglichkeiten, die sie erörtert hatten. Zugleich aber war ihr klar, dass die Um- und Neubauten Unsummen verschlingen würden, zumal Klempner- und Elektrikerarbeiten in großem Umfang anstanden, um zukunftsweisenden Komfort anzubieten.

Maxim verabschiedete den Architekten mit der Bitte um eine genaue Aufstellung der Kosten und vor allem eines Zeitplans, innerhalb dessen das Vorhaben realisiert werden könnte.

»Freust du dich?«, fragte Maxim, als Horn zur Tür hinaus war und sie über den Flur zur Küche gingen, um eine Kleinigkeit zu essen.

»Gewiss – aber es ist unumgänglich, einige Abstriche zu machen.«

»Weshalb?«

»Hast du einmal darüber nachgedacht, was das alles kosten wird?«

»Gewiss. Ich habe deinen Vater diesbezüglich beraten.«

Helena blieb stehen. »Ich möchte mich nicht mit dir streiten, Maxim. Aber ich werde nicht zulassen, dass wir uns bis über die Halskrause verschulden. Noch wissen wir kaum, wie wir die Lebensmittel für den nächsten Tag kaufen sollen – und wir planen hier einen Palast. Ich habe Träume, ja. Aber nicht um jeden Preis.«

Maxim legte den Arm um sie. »Ich weiß, dass es dir

schwerfällt. Aber bitte – vertraue uns und vor allem deiner Vision! Und, um dich zu beruhigen: Allein das Medaillon, das du besitzt, ist immens viel wert. Du bist also keineswegs mittellos.«

»Der Schmuck steht nicht zur Disposition!« Helena merkte, wie wund dieser Punkt war. »Niemals könnte ich diese Stücke verkau…«

»Helena! Maxim!«, unterbrach Gustav Lindners Stimme ihre Unterhaltung.

Helena drehte sich überrascht um. Ihr Vater strahlte über das ganze Gesicht.

»Was ist denn, Papa?«

Gustav Lindner hatte sie eingeholt und legte einen Arm um Helena, den anderen um Maxim.

»Es gibt gute Neuigkeiten. Nein, es gibt grandiose Neuigkeiten! Deine Schwester Lilly hat einen gesunden Buben auf die Welt gebracht. Und das Deutsche Reich hat gestern ein Waffenstillstandsabkommen unterschrieben. Der Krieg ist aus!«

48. KAPITEL

Genf, das Ritz-Carlton, zwei Tage später

Frustriert saß Nikita im Foyer seines Hotels, trank Champagner und wartete auf Fürst Pronsky. Er würde seinem Auftraggeber auch heute keine konkreten Fakten präsentieren können. Obwohl er seit Wochen auf der Suche war, verliefen alle Spuren im Nirgendwo: Baron Maxim Baranow, der sich angeblich in Genf aufhalten sollte, schien unauffindbar.

Immerhin war Nikita jetzt klar, dass Baranow nicht zufällig in der Stadt war. Denn die Überprüfung von Krankenhäusern, Ärzten und Hebammen in Genf im Hinblick auf Olga Pawlowa und ihre Tochter hatte zwar keine neuen Erkenntnisse bezüglich Mutter und Kind ergeben, wohl aber hatten einige der Befragten ausgesagt, dass bereits vor Monaten jemand auf der Suche nach den beiden gewesen sei. Nikita hatte bereits frohlockt, war er aufgrund der Personenbeschreibung doch überzeugt davon, dass es sich dabei um Baranow gehandelt haben musste. Anschließend war ihm auch noch recht schnell gelungen, das Hotel ausfindig zu machen, in welchem der Baron zusammen mit einem Freund gelebt hatte – nur um zu erfahren, dass die Zimmer inzwischen geräumt worden waren.

Nun war Nikita nervös. Denn die Vorstellung, dass Baranow ebenfalls das Collier finden wollte und ihm womöglich um die entscheidende Nasenlänge voraus sein könnte, war ihm unerträglich.

Doch Aufgeben war keine Option. Inzwischen war Nikita nicht nur von der Aussicht auf das horrende Honorar getrieben, sondern zusätzlich von seinem persönlichen Ehrgeiz – keinesfalls wollte er an dieser Sache scheitern.

Zunächst aber hatte er sich einen neuen Verbindungsmann in Moskau suchen müssen, denn Andrej war nach Sibirien versetzt worden. Nikita kam diese Entwicklung dahingehend gelegen, als dass Andrej ihn zuletzt penetrant bedrängt hatte, endlich den Schmuck beizubringen. Nun war der Kontakt abgebrochen, und Nikita musste ihn nicht länger hinhalten. Mit Oleg, der ebenfalls mit Kunst und Schmuck handelte und darüber hinaus gute Beziehungen zu Lenins Umfeld pflegte, war ein idealer Nachfolger gefunden.

Gerade als Nikita auf die Uhr sah, traf der Fürst ein. »Sie haben mich herbestellt?« Pronsky verzichtete auf eine Begrüßung.

»Danke, dass Sie gekommen sind, Fürst Pronsky.«

»Ich hoffe, Sie haben Neuigkeiten, Nikita!« Ungeduld und Unmut standen dem Adligen ins Gesicht geschrieben.

»Champagner?«, fragte Nikita ruhig.

Der Fürst stutzte, nickte dann aber und setzte sich Nikita gegenüber.

»Was sagen Sie zu den Ereignissen von Compiègne, Fürst Pronsky?«, führte Nikita das Gespräch zunächst auf unverfängliches Terrain, während der Kellner die Champagnerflöten füllte.

Pronsky runzelte die Stirn. »Es wird Russland nicht helfen, dass im Rest Europas Frieden herrscht.«

»Das mag sein. Doch für alle, die im Exil leben, eröffnen sich nun neue Möglichkeiten.« Nikita hob das Glas. »Auf eine friedliche Welt!« Er verschluckte sich. »Verzeihung.«

»Lenin hat die Stütze des Landes verraten und vernichtet. Ohne die Aristokratie ist Russland seiner Seele beraubt«, sagte Pronsky düster. »Das ist unverzeihlich.«

Nikita hasste dieses Selbstverständnis des Adels ebenso wie die Glorifizierung des Kommunismus. »Russlands Seele ist weit«, erwiderte er kryptisch.

»Sie war es. Lenin hat sich an ihr vergangen. Und Russland dafür seinen Feinden ausgeliefert.«

»Den Deutschen und ihren Verbündeten?«

»So ist es. Brest-Litowsk war einer der Sargnägel für das Russland, das wir kannten.«

»Die Aufhebung des Friedens von Brest-Litowsk ist Bestandteil der Waffenstillstandsvereinbarung der Deutschen«, erläuterte Nikita. »Zudem müssen sie alle besetzten Gebiete in Russland und an der östlichen Front räumen.«

»Damit überlassen sie den Kommunisten vollends das Feld. Es gibt keine Rettung für Russland.«

»Ich gehe mit Ihnen konform, Fürst. Da ist es auch nur ein schwacher Trost, wie sehr Deutschland für diesen Frieden bluten muss.«

»Sie haben Elsass-Lothringen verloren«, bemerkte Pronsky. »Das ist eine Amputation, aber nichts im Vergleich zu dem, was Russland sich selbst antut.«

Nikita zuckte mit den Schultern. »Das linke Rheinufer wird besetzt. Vor allem aber müssen die Deutschen Reparationszahlungen leisten. Das wird sie wirtschaftlich stark schwächen.«

Pronsky zuckte mit den Schultern. »Ich habe kein Mitleid. Immerhin haben sie Lenin protegiert. Zudem liegt meine Zukunft weder in Deutschland noch in der Schweiz.«

»Frankreich?«

»Am besten wird sein, man verlässt dieses unselige Europa ganz.«

»In den Vereinigten Staaten lässt es sich angeblich auch recht gut leben«, bemerkte Nikita.

Pronsky ließ sich Champagner nachschenken. Dann kniff er die Augen zusammen und sah Nikita an: »Wo auch immer ich mich niederlasse – ich werde ausreichende Mittel brauchen. Was ist mit Ihren Nachforschungen?«

»Ich gehe davon aus, dass sich Baron Baranow nicht mehr in Genf aufhält.« Nikita bot Pronsky eine Zigarre an.

»Danke.« Pronsky bediente sich. »Das ist keine bahnbrechende Erkenntnis«, erwiderte er und kappte die Spitze.

Nikita wartete, bis der Fürst seine Zigarre entzündet hatte und den Rauch in die Luft blies. Dann erst nahm er sich selbst eine *Villiger*. »Mein Kontakt in Russland hat mich wissen lassen, dass Baranow von London aus seine Stahl-Geschäfte weiter betreibt. Offensichtlich recht erfolgreich.«

Pronsky paffte an seiner Zigarre.

»Ich würde deshalb vorschlagen, unmittelbar in London zu recherchieren«, fuhr Nikita fort.

»Denken Sie wirklich, dass er sich in das Vereinigte Königreich abgesetzt hat?«

»Das nicht unbedingt. Aber er wird den Kontakt mit seinen Angestellten dort pflegen. Die wiederum könnten Hinweise auf seinen Aufenthaltsort liefern.«

»Eine Sache muss ich noch ergänzen.« Pronsky wirkte nachdenklich. »Ich weiß aus sicherer Quelle, dass Olga Pawlowa im Herbst 1896 nach Russland zurückgekehrt ist.«

Nikita stutzte. »Das sagen Sie erst jetzt?«

»Ihre Spur hat sich vor Jahrzehnten verloren. Irgendwann kam das Gerücht auf, dass sie noch einmal nach Genf gefahren sei, um nach ihrer Tochter zu suchen. Aber ob das stimmt, weiß ich nicht.«

Nikita konnte kaum glauben, dass Pronsky ihm diese wichtige Information vorenthalten hatte. »Wenn Olga Pawlowa nach Russland zurückgekehrt ist, muss ich das wissen! Sie könnte das Collier dort an irgendjemanden weitergegeben haben.«

»Daran habe ich bereits gedacht. Aber das scheint nicht der Fall zu sein.«

»Haben Sie danach gesucht?«

»Natürlich! Im gesamten Familienumfeld und darüber hinaus.«

Nikita paffte an seiner Zigarre, um seinen Ärger zu zügeln. »Wenn das Collier irgendwo angeboten worden wäre, hätte ich mit großer Sicherheit davon gehört. Ich werde aber weitere Nachforschungen in Russland in Auftrag geben.«

»Sie reisen nicht selbst?«

»Zunächst würde ich London vorziehen. In Russland habe ich einen zuverlässigen Kontaktmann, den ich mit der Sache betrauen werde. Sollte das nicht fruchten, stünde eine persönliche Recherche in Russland an.«

»Ich wünschte, ich könnte mich selbst kümmern …« Pronsky wirkte auf einmal melancholisch.

»Sie liefen unmittelbar Gefahr, im *Taganka*-Gefängnis eingesperrt zu werden.«

»Dessen bin ich mir bewusst, Nikita.« Pronsky legte seine Zigarre in den gemusterten Porzellanaschenbecher auf dem Tisch und stand auf. »Reisen Sie nächste Woche nach London. Und finden Sie endlich etwas zu Baranow!« Er setzte seinen Hut auf. »Ihnen ist nach wie vor bewusst, dass meine Frau diese Sache zu sehr aufregt.«

Nikita nickte. »Ich habe nicht vor, die Nerven Ihrer Gattin zu strapazieren. Seien Sie diesbezüglich beruhigt, Fürst Pronsky.«

49. KAPITEL

Meersburg, Anfang Dezember 1918

»Ich würde vorschlagen, das Foyer in mehrere Zonen zu unterteilen«, sagte der Architekt und legte Helena eine Skizze vor, welche die umgestaltete Eingangshalle des Lindenhofs zeigte. »Hier«, er deutete mit einem Bleistift auf den Bereich unmittelbar hinter dem Eingang, »werden Grünpflanzen in Kübeln und einige schlichte Säulen eine angenehme Empfangssituation schaffen und zugleich einen Korridor zur Rezeption bilden. Die Rezeption wiederum fungiert als Zentrum. Dort läuft der Eingangskorridor mit den beiden Gängen zusammen, die zu den Gebäudeflügeln führen.« Er vollzog seine Erläuterungen mit einem Stift nach. »Edel gemaserte Hölzer bei der Möblierung und *Gauinger Travertin* bei der Ausgestaltung des Raumes unterstreichen den Gutshauscharakter des Lindenhofs. Zugleich wirken sie modern.« Er griff hinter sich in ein Regal und entnahm ihm zwei ziegelsteingroße Gesteinsproben. Eine davon legte er auf den Tisch. »Bitte sehr, Fräulein Lindner. Schauen Sie sich das

Beispiel hier an. Man nennt ihn auch den Gauinger Marmor.«

Helena ließ ihre Finger über die raue Oberfläche gleiten. »Das ist wirklich ein sehr schöner Stein!«

»Alternativ«, fuhr Horn fort, »könnte ich mir einen *Rorschacher Sandstein* vorstellen.« Er setzte den zweiten Stein daneben. »Reizvoll daran ist, dass er aus dem Schweizer Bodenseeraum stammt. Allerdings könnte das grünliche Grau im Innenbereich ein wenig trist wirken.«

Helena nickte und betrachtete die beiden Muster. »Ich würde den Travertin vorziehen. Werden nur die Böden oder auch die Säulen aus diesem Stein gefertigt?«

»Auch die Säulen. Der Stein und die Pflanzen werden sich sehr harmonisch ergänzen – farblich, aber auch vom Material her. Dieser Travertin wird übrigens in Württemberg abgebaut, etwa neunzig Kilometer von Meersburg entfernt.«

Helena nahm den hellbeigen Stein in beide Hände und besah ihn sich noch einmal genauer. Plötzlich fiel ihr etwas auf: »Das ist ja interessant ... ist das ein Stück einer Muschel?« Sie deutete auf eine Stelle im Stein.

»Ja«, erwiderte Horn. »Der Gauinger Travertin ist ein Süßwasserkalkstein. Deshalb finden sich darin Bruchstücke verschiedener Fossilien. Muscheln, Schnecken, Pflanzen.«

»Das ist außergewöhnlich!« Helena legte den Stein zurück auf den Tisch. »Ich würde ihn auch für die Ausgestaltung der Säle verwenden.«

»Das ist ohne Weiteres möglich. Ich werde darauf achten, dass wir eine möglichst helle Färbung einkaufen.«

Noch immer war Helena unsicher, ob sie sich eine derart kostspielige Neugestaltung überhaupt leisten konnten. »Wie steht es denn mit dem Preis für diesen Stein?«, fragte sie vorsichtig.

»Ich habe den Kostenvoranschlag für alle Gewerke vorbereitet. Bitte warten Sie einen Augenblick.« Er ging in ein Nebenzimmer und kehrte kurz darauf mit einem dicken Umschlag zurück. »Gehen Sie die Posten in aller Ruhe mit Ihrem Vater durch, Fräulein Lindner. Ich habe versucht, sämtliche Wünsche zu berücksichtigen und zugleich günstige Angebote zu bekommen. Sollte das Budget überschritten sein, können wir über einfachere Gestaltungsmöglichkeiten nachdenken.« Er übergab Helena die Unterlagen. »Was die Baumaterialien angeht, die derzeit rar und teuer sind: Wo immer möglich, werden wir die Substanz des Lindenhofs erhalten beziehungsweise wiederverwenden. Das ist nicht nur günstiger, sondern unabdingbar, wenn wir den ambitionierten Zeitplan einhalten wollen.«

»Danke, Herr Horn.«

»Ein großes Problem sind allerdings die fehlenden Handwerker«, gab der Architekt zu bedenken. »Durch den Krieg sind viele Männer im besten Alter entweder gefallen, in Gefangenschaft oder kriegsversehrt. Das könnte die Arbeiten erheblich verzögern.«

»Daran hat mein Vater auch gedacht. Wir werden versuchen, Hilfskräfte bereitzustellen und überall dort, wo es möglich ist, selbst mit anzupacken. Allerdings benötigen wir das entsprechende Fachwissen. Daher müsste uns jemand anleiten und unterstützen.«

Horn nickte. »Ein paar Fachleute habe ich in der Hinterhand. Sie sind zwar schon älter, dadurch aber sehr erfahren. Sobald Sie mir die Kosten freigegeben haben, kümmere ich mich darum.«

»Sehr gut.«

»Das Grandhotel Lindenhof weist in eine bessere Zukunft, Fräulein Lindner. Ich freue mich, Teil davon zu sein.«

Helena war guter Dinge, als sie die Steigstraße hinunterging. Auch wenn der Bodensee seine Ufer wieder in zähen Hochnebel gehüllt hatte, lag eine frohe, geradezu befreite Aufbruchsstimmung über Meersburg. Nicht nur das Kriegsende hatte den Menschen eine schwere Last genommen, auch die verheerende Grippewelle war abgeebbt. Die Kinder gingen wieder zur Schule, die Menschen begegneten einander ohne Angst vor einer Ansteckung. Katharina berichtete, dass im Spital nur noch wenige Patienten wegen der spanischen Krankheit behandelt wurden und kaum mehr welche starben. Und auch im Lindenhof waren alle wieder gesund. Glücklicherweise waren Lilly und ihr Kind in Stuttgart verschont geblieben.

Nun richtete sich der Blick nach vorn.

Helena machte einen großen Bogen um einen Haufen Kuhdung, der auf der Straße lag. Die Hinterlassenschaften der Ochsenfuhrwerke waren ein übel riechendes Ärgernis –

nicht nur für die Einwohner. Meersburg musste sich auf die Fremden und Kurgäste vorbereiten, die das bald anbrechende neue Jahr hoffentlich in die Stadt bringen würde. Helena beschloss, bei der Stadtverwaltung vorstellig zu werden und den Verantwortlichen klarzumachen, dass der Ort sich künftigen Gästen sauber und adrett präsentieren musste. Das war auch für das künftige Grandhotel Lindenhof von enormer Bedeutung.

Sie seufzte.

Seit die Planung konkret wurde, schwankte sie zwischen Hoffen und Bangen. Die anstehenden Investitionen waren umfangreich; ein Scheitern würde die Existenz ihrer Familie auf Jahrzehnte hinaus gefährden. Aber ohne Mut und Risikobereitschaft ließ sich kein Traum dieser Welt verwirklichen. Das hatte Maxim noch einmal betont – und damit hatte er recht.

Eine gackernde Schar Hühner lief ihr direkt vor die Füße, gefolgt von einer grau getigerten Katze, die schnurrend um ihre Beine strich. Einige Marktfrauen standen auf dem Heimweg schwatzend und lachend am Brunnen, die nahezu leer gekauften Körbe, in denen sie ihr Gemüse oben auf dem Markt angeboten hatten, unter den Armen. Helena grüßte und freute sich, als ihr die Frauen einige übrig gebliebene Kartoffeln und Zwiebeln mit auf den Weg gaben. Noch waren die Folgen der Kriegsjahre spürbar, Nahrungsmittel waren knapp und nicht alles verfügbar, aber das Frühjahr würde das hoffentlich ändern.

Sie nahm die hübschen Treppen der Burgweganlage, bog

in die Unterstadtstraße ein, passierte den Hafen und lief den Uferweg entlang. Als sie schließlich den Kiesweg zum Lindenhof erreichte, erkannte sie zu ihrer großen Freude eine vertraute Gestalt, die gerade die Außentreppe hinaufstieg.

»Kasia!« Helena beschleunigte ihren Schritt.

Kasia von Szadurska drehte sich um und wartete, bis Helena zu ihr aufgeschlossen hatte. »Ich bin viel zu lange nicht mehr hier gewesen«, stellte die Malerin fest, als sie gemeinsam die Eingangshalle betraten.

»Gibt es denn mein Zimmer noch?«

»Ja – noch«, erwiderte Helena und lächelte entschuldigend. »Wir werden vermutlich bald mit dem Umbau beginnen.«

»Ihr wagt es wirklich? Wann geht es los?«

»Im neuen Jahr. Wenn alles gut geht.«

»Kasia!« Maxim kam gerade die Treppe vom Arbeitszimmer herunter. »Wie schön, dich zu sehen!«

»Ich höre gerade, dass ihr große Pläne habt, Maxim!«

»So ist es. Helena hat bestimmt nichts dagegen, wenn du gleich mit den Malerarbeiten beginnst!«

»Dann wird der Lindenhof aber recht bunt werden.« Kasia lachte.

»Ich hole gerade etwas Tee für Gustav und für mich«, sagte Maxim. »Kommt doch gleich mit ins Arbeitszimmer. Ich bin gespannt, was du von deinem Besuch bei Horn berichtest, Helena. Und wir können Kasia in die Zukunft des Lindenhofs blicken lassen.«

50. KAPITEL

Eine Viertelstunde später hatten sie sich im Arbeitszimmer versammelt – Maxim, Gustav, Helena und Kasia –, und gemeinsam beugten sie sich über Horns Ausarbeitungen. Inzwischen hatte neben dem Schreibpult ein großer Holztisch mit zwei Stühlen seinen Platz darin gefunden. Gustav hatte alles in den ungenutzten Mansardenräumen des gesperrten Seitentrakts aufgestöbert und hergerichtet.

»Die Idee mit dem Travertin ist großartig«, befand Kasia und ließ sich auf einem der hochlehnigen Stühle nieder. »Ich mag diesen Stein sehr. Wenn ihr damit die Innenräume gestaltet, wird das sehr gut wirken.«

»Das denke ich auch«, erwiderte Helena. »Das Grandhotel Lindenhof soll einzigartig werden. Durch die Lage am See, aber auch dadurch, dass wir den Charakter der Region darin widerspiegeln.«

»Du meinst die Seele des Hauses.«

»So könnte man es nennen. Keinesfalls soll es durch ein beliebiges anderes Luxushotel austauschbar sein.«

»Das ist vollkommen richtig«, pflichtete Maxim ihr bei. »Wir werden neue Maßstäbe setzen.«

»Ich habe hier den Kostenvoranschlag, Papa.« Helena reichte ihrem Vater den Umschlag, den ihr der Architekt mitgegeben hatte.

»Danke. Wir sehen ihn uns gleich gemeinsam an.« Gustav drehte ihn kurz in den Händen und legte ihn dann neben die Pläne. »Wir werden gut wirtschaften müssen.«

»Ich bin zuversichtlich, dass das gelingt«, erwiderte Maxim. »Ihr habt gute Voraussetzungen.«

»Ich mag deinen Optimismus, Maxim, das weißt du. Aber sei mir nicht böse, wenn ich ihn nicht im selben Maße teile.« Gustav sah in die Runde. »Denn was mir neben allen Unsicherheiten, die es ohnehin gibt, Kopfzerbrechen bereitet, sind diese Arbeiter- und Soldatenräte, die überall ihre Forderungen stellen.«

»Meinst du wirklich, dass die gefährlich werden?«, fragte Helena.

Gustav Lindner zuckte mit den Schultern. »Zumindest muss man die Entwicklung im Auge behalten. Denn es brodelt nicht nur in Berlin oder in München. Auch in Friedrichshafen und Lindau und anderen Orten hier am See ist es unruhig. Wenn das weiter Schule macht … dann könnte es schwierig werden.«

»Das darf … nicht passieren.« Maxim spürte, wie dunkle Erinnerungen ihn bedrängten. Gustav hatte recht, die Revolution waberte durch Deutschland, und es gab durchaus Bestrebungen, die russische Version einer Rätedemokratie zu verwirklichen. Noch war es alles andere als ein Flächenbrand – ganz zu leugnen war diese Gefahr allerdings nicht.

»Ich finde die Vorstellung einer Republik reizvoll«, sagte Kasia in die entstandene Stille hinein. »Und jetzt dürfen ja endlich auch wir Frauen wählen! Es ist also nicht alles schlecht, was sich seit dem Kriegsende entwickelt hat.«

»Eine Republik mit Teilhabe, unbedingt«, erwiderte Maxim. »Aber man muss darauf achten, dass die extremen Kräfte nicht das Ruder übernehmen. Sonst drohen Elend, Verfolgung und Untergang.«

»In Konstanz haben sie auf dem Rathaus kurzzeitig die rote Fahne gehisst«, erzählte Kasia. »Aber letzten Endes ist alles beim Alten geblieben. Die Beamten des bisherigen Stadtrats haben den neu gegründeten Arbeiter- und Soldatenrat davon überzeugt, dass sie für die Aufrechterhaltung der öffentlichen Ordnung und den Wiederaufbau des Vaterlands unverzichtbar sind.« Kasia machte ein verschmitztes Gesicht. »Also hat sich der Arbeiter- und Soldatenrat mit der Aufsicht begnügt.«

»Das hat der Stadtrat schlau angepackt«, erwiderte Gustav. »Ich bezweifle, dass es in jeder Stadt so einfach sein wird. Aber – es gibt tatsächlich positive Tendenzen. Auf Reichsebene hat sich die Mehrheit der Arbeiter- und Soldatenräte für eine parlamentarische Demokratie entschieden.«

»Deshalb lass uns nach vorn schauen, Gustav«, erwiderte Maxim. »Deutschland muss auf die Füße kommen. Dazu braucht es Hoffnung und Menschen, die Initiative zeigen. Dann sind die Leute weniger anfällig für extreme Parolen.«

»Mag sein.« Gustav nahm Horns Umschlag, öffnete ihn

und überflog den mehrere Seiten umfassenden Kostenvoranschlag. Maxim sah zu Helena, die ihren Vater beobachtete.

»Die Entwürfe sind übrigens ganz entzückend«, befand Kasia, bevor Gustav zu den Kosten Stellung nahm. »Das wird ein Fest, wenn wir den neuen Lindenhof einweihen.« Sie richtete sich auf und umarmte Helena. »Jetzt werde ich euch aber erst einmal allein lassen. Mein Gatte erwartet mich.«

»Du kannst vorerst gerne dein Zimmer hier wieder beziehen!«, beteuerte Helena.

»Ich werde euch bei eurem Vorhaben nach Kräften unterstützen. Aber hier wohnen …« Kasia schüttelte lachend den Kopf. »Da bin ich nur im Weg. Außerdem sehen es die Meersburger gerne, wenn ich hin und wieder meine bürgerliche Seite zeige und den Platz einnehme, an den eine rechtschaffene Frau ihrer Meinung nach gehört.«

Nachdem Kasia das Arbeitszimmer verlassen hatte, gingen Helena, Gustav und Maxim die einzelnen Posten der Aufstellung Horns durch.

»Auf den ersten Blick sieht das alles sehr vernünftig aus«, stellte Maxim fest. »Der Mann hat gut kalkuliert.«

»Na ja«, Gustav kratzte sich am Hinterkopf. »Man kann nur hoffen, dass das Grandhotel diese Summen tatsächlich wieder einspielt.«

»Wir planen in anderen Dimensionen, der Lindenhof ist jetzt kein Landgasthof mehr. Ich gebe euch mein Wort, dass sich alle Investitionen in absehbarer Zeit amortisieren werden. Der Krieg ist zu Ende, die Menschen lechzen nach Erlebnissen. Schon im Sommer werden sie dieses Städtchen überrennen.« Er zwinkerte Helena zu. »Und da ich im neuen Jahr nach London reisen muss, werde ich auch dort kräftig Werbung für Meersburg machen.«

»Du fährst weg?« Helena war verunsichert.

»Ja. Ich schiebe diese Reise schon viel zu lange hinaus.« Maxim sah von ihr zu Gustav. »Im vergangenen Jahr konnten mein Partner und ich alles recht gut bewerkstelligen, ohne dass ich vor Ort sein musste. Jetzt aber steht eine Neuausrichtung an, für die meine Anwesenheit erforderlich ist.«

»Es ist ein Segen, dass es dir gelungen ist, deinen Stahlhandel zu retten.« Gustav sortierte die Blätter auf seinem Tisch zu einem säuberlichen Stapel. »Selbstverständlich musst du dich darum kümmern.«

Maxim nickte ihm dankbar zu. »Bis zu meiner Abreise ist es noch eine Weile hin«, sagte er dann zu Helena. »Abgesehen davon, dass ich nicht länger als drei Wochen unterwegs sein werde, wirst du dann so beschäftigt sein, dass du mich gar nicht vermisst.«

»Es ist ja nicht so, dass ich dich nicht fahren lassen möchte«, erwiderte Helena. »Es kommt nur etwas überraschend.«

»Es hat sich auch erst in den letzten Tagen konkretisiert.«

»Und wann wird das sein?«, fragte Helena.

»Voraussichtlich im Februar.«

»Das ist wirklich noch eine Weile hin.« Helena nahm einen tiefen Atemzug. Maxim lächelte ihr aufmunternd zu.

»Also, dann lasst uns wieder zu unseren Planungen zurückkommen.« Gustav deutete auf den mehrseitigen Kostenvoranschlag vor sich. »Wenn ich ehrlich bin, dann sind das schon unvorstellbare Dimensionen. Ganz abgesehen von der politischen Lage – noch wissen die Leute ja nicht einmal, wo sie die nächste Mahlzeit hernehmen sollen oder die Kohlen für den Ofen. Da werden sie mit Sicherheit nicht an Ausflüge oder die Sommerfrische denken!«

»Glaub mir, Gustav, das werden sie!«, sagte Maxim voller Überzeugung.

»Wir müssen optimistisch sein, da hat Maxim recht.« Helena sah ihren Vater ermutigend an. »Unsere Pläne sind so weit gediehen, und sie sind grandios. Alle werden mit anpacken. Selbst Pater Fidelis kann kaum erwarten, dass es losgeht – auch wenn ihn momentan wieder die Birnau beschäftigt.«

»Unser Pater Fidelis.« Maxim grinste. »Er wird für das gute Gelingen beten, nicht wahr? Oder wolltest du ihn auf die Leiter schicken, um die Deckenbalken zu erneuern?«

Helena knuffte ihn in die Seite.

»Wir brauchen Fachleute«, wandte Gustav ein.

»Herr Horn wird uns welche empfehlen«, antwortete Helena. »Daran scheitert es nicht.«

»Ich habe noch einen Vorschlag.« Maxim richtete sich auf. »Als ich damals von Genf zu euch gereist bin, hat mich ein Fischer von Konstanz nach Meersburg gebracht. Es klang so, als kenne er nicht nur die besten Plätze zum Fischen, sondern als habe er auch hervorragende Beziehungen rund um den See. Bestimmt kann er einen Trupp fähiger Männer zusammenstellen. Und Frauen.«

»Männer ja.« Gustav lehnte sich zurück. »Aber für Frauen ist das nichts.«

»Oh, doch, Papa, natürlich ist das etwas für Frauen!«, widersprach Helena energisch. »Waren es nicht Frauen, die das Land durch die vergangenen Jahre gebracht haben? Die Essen und Kleidung organisiert, Kinder aufgezogen und in den Fabriken Munition hergestellt haben?« Sie holte tief Luft. »Ihr Männer müsst uns endlich etwas zutrauen.«

Maxims Blick ruhte respektvoll auf ihr. »Da hat sie recht.«

»Die Sache ist«, stellte Gustav lächelnd fest, »dass Helena fast immer recht hat. Also gut ... packen wir es an!«

TEIL 4
LEUCHTENDER GLANZ

April bis August 1919

51. KAPITEL

Meersburg, Anfang April 1919

Der Abendbrottisch war reichlich gedeckt. Käthe hatte frisches Brot gebacken, es gab Schinken und Käse, eingelegte Gurken und hart gekochte Eier. Dazu Butter, einen Quark mit Gartenkräutern und ein erfrischendes Bier.

Gustav schnitt dünne Scheiben von einem prächtigen Stück Rauchfleisch ab, das würzig duftend auf einem Holzbrett lag. »Wer möchte denn auch etwas davon?«

Pater Fidelis meldete sofort Bedarf an, und Gustav reichte ihm eine gut bemessene Portion. »Nun, Pater Fidelis? Wie laufen die Verhandlungen um die Birnau?«

»Siebzigtausend Mark wollen s'«, erwiderte Pater Fidelis mit vollem Mund. Nachdem er durch die Grippe deutlich an Gewicht verloren hatte, rundete sich seine Körpermitte inzwischen wieder merklich.

»Siebzigtausend Mark muss Euer Orden für die Birnau bezahlen?«, vergewisserte sich Gustav.

Pater Fidelis nickte.

»Wann wird die Wallfahrtskirche dann endgültig Mehrerau gehören?«

»Ich denk, des wird Herbst. Aber derweil schau ich schon danach, dass die Kirch herg'richtet wird. Und des Schloss Maurach. Die Birnau soll ja ein *Priorat* werden.«

»Dann bleibt Ihr uns noch eine Weile erhalten, Pater Fidelis?«, fragte Helena.

»Ja, freilich!« Pater Fidelis nahm einige Schlucke Bier. »Ihr brauchts mich ja auch.«

Helena war froh, dass der Mönch vorerst im Lindenhof blieb und es ihn auch nicht gestört hatte, dass er in ein Zimmer neben Käthes Kammer im Souterrain hatte umziehen müssen. Die Umbauarbeiten waren in vollem Gange und die Gästezimmer geräumt. Maxim hatte sich gegenüber von Helenas Mädchenzimmer in der Mansarde einquartiert.

»Pater Fidelis?«, fragte Erna vorsichtig.

»Ja, was magst wiss'n, Fräulein Erna?« Pater Fidelis wischte sich mit dem Handrücken den Bierschaum vom Mund.

»In der Birnau, da gibt es doch den Honigmann.« Als alle am Tisch zu ihr hinsahen, überzog eine feine Röte ihr Gesicht.

»Den *Honigschlecker* meinst du.«

Erna nickte. »Ich würde ihn so gerne einmal sehen.«

»Dann kommst am Sonntag mit mir mit.«

»Wirklich?«

»Freilich! Der Honigschlecker, des ist ein hübscher Putto mit einem Bienenkorb. Und weil's auch ein frecher Putto ist, schleckt er mit dem Finger den Honig raus ausm Bienenkorb.«

»Ah!« Erna lächelte verschmitzt. »Dann sind bestimmt ein paar Bienen ausgeschwärmt!«

»Ja, da schwirren schon welche herum.«

Erna kicherte. »Aber …«, überlegte sie weiter. »Warum ausgerechnet Honig? In einer Kirche?«

»Der Honig, der verweist auf den heiligen Bernhard«, erklärte Pater Fidelis. »Es geht die Legende, dass ihm die Worte wie Honig von den Lippen gefloss'n sind.«

»Wer ist denn der Bernhard?«, hakte Erna nach.

»Der Bernhard von Clairvaux«, erwiderte Pater Fidelis, »der hat den Zisterzienserorden groß gemacht … mei, des is lang her. Siebenhundertfünfzig Jahr'. So ungefähr jedenfalls.«

»Danke, Pater Fidelis.« Erna biss in ihr Schinkenbrot.

»Am Sonntag wirst alles sehen.«

»Ich freu mich schon.« Erna kaute zufrieden.

»Die Birnau hat ja so viele Kunstschätze und Heiligenfiguren.« Gustav griff nach seinem Krug mit dem goldgelb schimmernden Bier darin. »Da werdet Ihr gut zu tun haben, um alle wieder erstrahlen zu lassen, Pater Fidelis.«

»Ja, mei … Des wird schon viel. Aber wenn nachher wieder Wallfahrten gemacht werden, dann isses doch recht.«

»Ab wann, schätzt Ihr, können wieder Gläubige zur Birnau pilgern?«

Pater Fidelis schenkte sich Bier nach. »Im Herbst. Wenn alles gut geht.«

»Heilige werden auch in der russischen Kirche sehr verehrt«, erklärte Maxim. »Schon als Kind haben mich die Ikonen fasziniert, auf denen sie dargestellt sind. Gibt es denn eine Heiligenfigur, die Ihr ganz besonders verehrt, Pater Fidelis?«

Der Mönch dachte nach. »Maria«, verkündete er schließlich.

»Maria? Weil sie so hübsch ist?« Maxim grinste.

Helena, die neben ihm saß, gab ihm einen sanften Stoß in die Rippen.

»Nein. Net weil s' so hübsch war.« Pater Fidelis schien unbeeindruckt. »Weil s' so schlau war.«

»Schlau?«, hakte Gustav nach.

»Na, da wird s' schwanger, unsere liebe Jungfrau Maria. Und es ist net klar, von wem – und wie des zugegangen ist.« Er beugte sich verschwörerisch vor. »Und da behauptet s' einfach, es sei vom Heiligen Geist. Also – ich find des sehr schlau!«

Einen Augenblick lang war es still am Tisch. Dann brach schallendes Gelächter aus. Gustav Lindner hielt sich den Bauch, Helena wischte sich die Tränen aus den Augenwinkeln, Erna prustete in ihre Serviette, und selbst die sonst so beherrschte Käthe zeigte deutlich ihre Erheiterung.

»Da müsst Ihr aber aufpassen, Pater Fidelis«, riet Gustav Lindner, noch immer lachend, »dass Ihr nicht der Blasphemie beschuldigt werdet!«

»Aber, des ist doch wahr! Deshalb ist unser Herr Jesus ja trotzdem Gottes Sohn. Aber halt anders.« Er lehnte sich wieder zurück. »Ich finde, wenn unser Herrgott doch so groß ist und so barmherzig, dann spielt's doch keine Rolle, wie des Jesuskind in den Bauch von der Maria neig'schlupft ist. Wichtig ist für mich, was er für eine Botschaft g'habt hat. Und die ist wunderbar. Und gilt bis heut.«

Maxim, der Pater Fidelis bisher nicht ganz ernst genommen hatte, zog in Gedanken seinen Hut vor dem Geistlichen. Erfrischend kritisch und ehrlich, auch wenn er dabei die gängige Kirchenlehre anzweifelte – und dennoch unerschütterlich überzeugt von seinem Glauben. In diesem Augenblick wünschte Maxim, er selbst hätte noch diese unbedarfte Gottergebenheit. Aber das Leben hatte ihm zu viel zugemutet. Für ihn gab es keine göttlichen Selbstverständlichkeiten mehr.

Er spürte Helenas Hand, die sich unter dem Tisch auf seinen Oberschenkel gestohlen hatte, zugleich sah sie ihn von der Seite an. In ihrem Blick lag inniges Verstehen, und Maxim überlief eine Woge der Zuneigung für diese Frau, die ihm half, sein zerschlagenes Ich Stück für Stück wieder zusammenzusetzen.

Vielleicht gab es doch einen Gott?

52. KAPITEL

Meersburg, eine Woche später

Auf der Suche nach Kasia eilte Helena das Treppenhaus hinunter, dessen frisch getünchte Wände bereits in hellem Weiß erstrahlten. Das *Grandhotel Lindenhof* nahm sichtlich Gestalt an. Es grenzte an ein Wunder, dass sie so gut vorankamen, denn nicht nur Handwerker waren kaum zu bekommen, auch an Baumaterialien herrschte dramatischer Mangel. Und doch fügte sich eines zum anderen. Die betagten Handwerksmeister, die Horn ausfindig gemacht hatte, waren sehr erfahren und stimmten sich unerwartet souverän und gelassen ab. Als Glücksgriff hatte sich zudem der Fischer erwiesen, der von Maxim beauftragt worden war: Eddi hatte nicht nur eine erkleckliche Anzahl von Arbeitskräften aus allen Ländern rund um den See rekrutiert, sondern trieb auch Holz, Stein, Werkzeug, Farben, Mörtel, Dachziegel und alle Arten von Metall auf, die gebraucht wurden.

»Er ist ein Schmuggler«, erklärte Maxim achselzuckend, als Helena ihm ihre Verwunderung über Eddis unerschöpfliche Ressourcen kundtat. »Er beschafft das meiste über die Schweiz.«

Schon seit Wochen glich der Lindenhof also einem Taubenschlag. Vom ersten Morgenlicht bis Sonnenuntergang wurde gewerkelt. Gerüste umgaben die Mauern, außerdem hatte man für jeden Gebäudeflügel einen Materialaufzug installiert. Die Außenfassade war ausgebessert worden und neu verputzt; sobald alles getrocknet war, würde ein neuer Anstrich in zartem Rosenholz für eine edle Ausstrahlung sorgen. Helena war gewiss, dass der zarte Braun-Roséton perfekt mit den weißen Stuckelementen der Außenwände kontrastieren würde.

Am Durchbruch zum Küchentrakt traf Helena auf Käthe.

»Ich habe heute schon zwei Meersburger Schlosstorten fertig gemacht«, sagte die Köchin, »beide sind ausgeliefert, und dabei ist es noch nicht einmal zehn Uhr! Ich hab die Erna nach Mehl und Zucker geschickt, damit ich die nächsten Bestellungen vorbereiten kann.«

Schon seit einigen Wochen stieg die Nachfrage nach der Meersburger Schlosstorte beständig an, nachdem Helena sie spontan zu einer Besprechung mit dem Kur- und Verkehrsverein mitgenommen und dort vorgestellt hatte. Vor allem die neue Form der Königskrone – ein Anregung von Erna – hatte begeistert, auch wenn im Meersburger Schloss einst keine Könige, sondern die Fürstbischöfe residiert hatten.

»Sobald die Küchenerweiterung abgeschlossen ist, werden Sie ein oder zwei Hilfskräfte bekommen, Käthe. Bis dahin können wir leider noch nicht alle Wünsche erfüllen.«

»Es ist ja eh schwierig … in all dem Schutt!« Käthe rang die Hände.

Das Innere des Lindenhofs war eine große Baustelle und derzeit kaum wiederzuerkennen. Überall standen Arbeitsmaterialien und Werkzeuge, Tröge und Eimer mit Zement und Farbe und anderem mehr. Baurückstand wartete darauf, entsorgt zu werden.

Zugleich aber konnte man das künftige Grandhotel bereits erahnen. Durch das Einreißen einiger Wänden waren großzügige Räume entstanden, die – wo statisch notwendig – von eleganten Travertin-Säulen strukturiert wurden. Elektrische Leitungen waren verlegt worden, eine zentrale Heizanlage garantierte auch in der kühlen Jahreszeit wohnliche Behaglichkeit in allen Zimmern, die zudem über eigene Bäder verfügten. Das alte Mobiliar wurde derzeit aufgearbeitet, um es für die anstehende Neueinrichtung wieder verwenden zu können.

Noch war längst nicht alles fertiggestellt – dennoch erwarteten sie in drei Wochen bereits die ersten Gäste. Die Zeit drängte. Zumal Maxim angedeutet hatte, mit ihr noch vor der Neueröffnung nach Genf reisen zu wollen. Helena fragte sich, wie um Himmels willen sie dieses Vorhaben unterbringen sollte – auch wenn es nur für zwei Tage wäre.

Helena fand Kasia in der Eingangshalle, wo diese mit kritischem Blick ihr eigenes Werk betrachtete – ein Fresko auf der Wand hinter der künftigen Rezeption.

»Es ist wunderschön!« Helena trat zu ihrer Freundin. »Und bald fertig, nicht wahr?«

Kasia – völlig versunken – drehte sich überrascht um. »Ah, Helena! Guten Morgen, meine Liebe! Ich werde in den nächsten Tagen noch einige Feinarbeiten machen müssen, aber ansonsten ist es fertig.«

»Das Fresko war einfach eine wundervolle Idee!«

»Ich wollte mich schon lange an einem versuchen. In Konstanz begegnet man immer wieder Fresken an oder in Bürgerhäusern. Ich finde das sehr reizvoll.«

»Du hast hier Meisterhaftes erschaffen«, Helena deutete auf die großflächige Wandmalerei, die in Kasias einzigartigem Stil den Blick vom *Fürstenhäusle* über Meersburg und den See bis hin zu den Alpen einfing. »So etwas wird man in der Gegend so schnell kein zweites Mal finden.«

»Danke. Du solltest einmal mit zum Fürstenhäusle hinaufkommen. Die von Droste zu Hülshoffs sind ganz reizende Leute. Sie haben mir sogar Kaffee und Kuchen angeboten, als ich bei ihnen im Garten saß und meine Skizzen anfertigte.«

»Gerne! Sobald ich ein bisschen Zeit dafür finde.«

»Ach, das Thema Zeit …« Kasia schmunzelte. Dann legte sie den Arm um Helena. »Weißt du, am Anfang war ich mir nicht sicher, ob meine Art zu malen und die Technik eines Freskos überhaupt zusammenpassen«, gab Kasia zu. »Nun bin ich aber doch recht glücklich damit.«

»Es ist absolut gelungen, Kasia!«

»Das finde ich auch!«, sagte Maxim, der in diesem Augenblick zu den beiden Frauen stieß. »Es hat Tiefe und Atmosphäre.«

»Maxim! Charmant wie immer!« Kasia lachte.

»Wollen wir uns zusammensetzen, meine Damen?« Maxim war bestens gelaunt. »Es gibt einiges zu besprechen.«

»Die Reklame?«, mutmaßte Kasia.

»Eigentlich brauchen wir gar keine Reklame mehr, Maxim. In Meersburg sind alle Zimmer für die Sommermonate bereits vorbestellt.« Helena genoss die schnelle Umarmung, in die Maxim sie zog.

»Ihr wollt das erste Haus am Platz werden. Also müssen wir es entsprechend darstellen«, widersprach er. »Nicht nur für diese Saison. Sondern für die nächsten Jahre und darüber hinaus.«

»Da hat er allerdings recht«, befand Kasia.

Gemeinsam gingen sie in die Küche und setzten sich um den großen neuen Küchentisch. Damit nahmen sie zwar Käthe und Erna Platz weg, aber im Augenblick gab es kaum andere Möglichkeiten, sich zu versammeln. Maxims kleine Suite und Gustavs Arbeitszimmer waren ausgeräumt. Gustav wohnte neben Maxim in der Mansarde, Akten und Unterlagen waren vorübergehend in den Kellerräumen untergebracht.

Maxim hatte Papier und Bleistift dabei und schob Helena beides hin. »Möchtest du dir Notizen machen?«

Helena nickte und legte sich die leeren Blätter zurecht.

Käthe servierte herrlich duftenden Bohnenkaffee und einen frisch gebackenen Hefezopf.

»Du hast eine Künstlergruppe gegründet, Kasia?« Maxim nahm ein Stück vom Hefezopf, teilte es und gab eine Hälfte davon Helena. »Das ist wirklich interessant.«

»Ja, *Breidablik*.«

»Den Begriff kenne ich aus der nordischen Mythologie.«

Kasia nickte. »Breitglanz. Ich finde, dieser Bezug passt gut zu uns. Allerdings ist es im Augenblick ein eher loser Zusammenschluss. Viele Künstler haben sich bisher leider nicht dafür begeistern lassen. Ich werde sehen, wie sich die Gruppe entwickelt.«

»Vielleicht sollte ich beitreten?« Maxim zwinkerte ihr launig zu.

»Du bist jederzeit willkommen!« Kasia trank von ihrem Kaffee. »Aber jetzt lasst uns erst einmal das neue Grandhotel bewerben.«

»Ich habe so gut wie keine Erfahrung mit Reklame«, bekannte Helena. »Bisher haben wir so etwas kaum gemacht.« Sie knabberte an Käthes herrlich locker gebackenem Hefezopf.

»Das hat mir dein Vater bereits gesagt«, erwiderte Maxim. »Und darin dürfte auch einer der Gründe liegen, warum der Lindenhof bisher zu wenig Gäste angezogen hat.«

Helena nickte. »Deshalb habe ich mich in letzter Zeit mehr damit beschäftigt. Und an eine Broschüre gedacht, in der sowohl der Bodensee als Ziel für eine Reise als auch das Grandhotel Lindenhof als exklusive Unterkunft beworben wird.«

»Willst du es nach wie vor Grandhotel Lindenhof nennen, Helena?«, fragte Kasia. »Mir würde als Name auch Grandhotel See-Palais sehr gut gefallen.«

»Über den Namen habe ich mir schon viele Gedanken gemacht, Maxim weiß das.« Sie lächelte Maxim zu. »Und jedes Mal komme ich zu dem Schluss, dass es für mich der Lindenhof ist und bleibt. Alles andere passt irgendwie nicht richtig. Nicht zu Meersburg und nicht zu uns.«

»Wie du meinst«, erwiderte Kasia. »Ich könnte Fotografien machen, sobald alles fertiggestellt ist. Von innen und von außen.«

Helena nickte. »Das wäre wundervoll. Foyer, Speisesaal, Veranstaltungssaal und die verschiedenen Zimmer und Suiten. Da wir alles individuell einrichten, ist das sehr wichtig.«

»In der Tat«, bestätigte Maxim. »Zudem sollten wir die Anreisemöglichkeiten erwähnen. Meersburg hat nun einmal keinen Bahnhof. Das könnte Gäste irritieren, die noch nie hier waren.«

»Stimmt.« Helena notierte sich alles. »Wichtig ist auch der Hinweis auf die ausgezeichnete Küche und die feinen Kuchen und Torten, die wir anbieten. So könnten wir Tagesausflügler anlocken, die sich ein Stück Luxus gönnen möchten.«

»Natürlich! Das muss dazu! Ich fotografiere die Meersburger Schlosstorte!« Kasia zupfte an dem bunten Schal, den sie um ihre Schultern gelegt hatte.

»Dann wäre es sicherlich sinnvoll, das Unterhaltungsangebot festzuhalten, das die Gäste erwartet«, fuhr Helena fort. »Die Kurse in Malerei, aber auch die sportlichen Betätigungen. Wir werden Bootsausflüge zu den schönsten Stellen am See anbieten, inklusive eines rustikalen Picknicks und Vorträgen zu allem Sehenswerten, an dem wir unterwegs vorbeikommen.«

»Ein Fokus sollte auf Meersburg selbst liegen. Es hat so viel zu bieten«, fügte Maxim hinzu.

»Genau! Die vielen zauberhaften Ausblicke und eben all die Künstler, die schon hier waren.« Auch Kasia geriet ins Schwärmen. »Wie Annette von Droste-Hülshoff, die immer wieder bei ihrer Schwester auf der Meersburg lebte, dort schrieb und sogar komponierte. Ich mag ja die Geschichte mit dem Kanarienvogel am liebsten, der ihr dabei Gesellschaft geleistet hat. Der fraß ihr sogar aus der Hand und versteckte wohl auch immer wieder ihre Schreibfedern.«

»Das historische Ambiente, die unterhaltsamen Anekdoten, dazu eine unglaublich schöne Natur.« Helena lächelte. »Das ist es doch, was die Menschen suchen.«

»Für mich ist auch die Meersburg selbst ein starker Magnet.« Kasias Augen glänzten vor Begeisterung. »Man fühlt sich direkt ins Mittelalter und die Ritterzeit zurückversetzt. Ich mag ja besonders die Räume, die einen gruseln lassen, wie die Folterkammer oder das Burgverlies.«

»Darauf muss man natürlich noch einmal besonders hinweisen.« Helena nahm ein neues Blatt.

»Auch die Gassen und die verwinkelten alten Häuser hier zeugen von vergangenen Tagen.« Maxim ließ sich von Käthe Kaffee nachschenken. »Die Mühle, die vielen Brunnen, die Burgweganlage … das alles lässt die Fantasie auf Wanderschaft gehen.«

»Hoffentlich erkennen wir unser Meersburg dann noch wieder, wenn so viele Fremde kommen«, sagte die Köchin und füllte auch Kasias und Helenas Becher noch einmal mit frischem Kaffee auf.

»Ach, Käthe.« Kasia gab etwas Milch in den Kaffee. »Meersburg hat bisher vor sich hin geträumt wie eine vergessene Puppenstube. Jetzt ist es an der Zeit, dass die Welt es entdeckt. Dieses Städtchen wird nur noch hübscher werden, wenn es endlich die Mittel hat, um sich richtig herauszuputzen.«

»Das hast du schön gesagt, Kasia. Und als Grandhotel bieten wir zudem die passende Unterhaltung.« Helena nickte Käthe lächelnd zu, die sich achselzuckend einem Berg Kartoffeln zuwandte, der als Salat zum Abendessen serviert werden sollte.

»Woran denkst du da?«, fragte Maxim.

»Im Veranstaltungssaal werden wir Konzerte, Liederabende und Theatervorführungen geben. Vielleicht mit jahreszeitlichem Bezug zum Brauchtum hier, wie der Fasnet. Und natürlich Tanzabende und Bälle. Wie wäre es, einen Bodenseeball auszurichten? Einmal im Jahr, am besten im August. Und um Mitternacht gibt es ein Feuerwerk auf dem See?«

»Ganz wunderbar!« Kasia klatschte in die Hände. »Ich freu mich schon darauf!«

»Und ich frage bei den Druckereien im Umkreis an, ob und wie schnell sie für uns Reklameheftchen herstellen können«, bot Maxim an. »Damit wir sie bald verteilen und verschicken können.«

»Es ist ein Wunder.« Helena strahlte. »Vor einem Jahr waren wir noch mitten im Krieg – und heute stehen wir mitten in einer wundervollen Zukunft. Ich bin euch so dankbar.«

Maxim drückte ihre Hand. »Es ist deine Kraft, die alles hier antreibt! Und das wird sich auszahlen, du wirst sehen!«

53. KAPITEL

Paris, Mitte April 1919

Nikita hatte sich an einem kleinen Tisch in der Brasserie des Bords am Boulevard Saint-Germain niedergelassen und wartete auf einen Klienten, der einige wertvolle Silbergegenstände veräußern wollte. Da Oleg in Moskau bereits einen Abnehmer dafür gefunden hatte, war Nikita sich sicher, heute noch ein schnelles und lukratives Geschäft abzuschließen.

Das Lokal füllte sich mit Mittagsgästen, und auch wenn Nikita die französische Sprache selbst nicht besonders gut beherrschte, so vermittelte sie ihm doch eine zwanglose Leichtigkeit, die er genauso genoss wie das kühle Bier, das vor ihm stand. Das war genau das, was er jetzt brauchte. Denn die letzten Wochen waren alles andere als erfreulich gewesen.

Pronsky hatte ihn von seinem Auftrag entbunden und nichts mehr bezahlt. Seit seiner Abreise nach London hatte Nikita keinen Dollar mehr gesehen, trotz der hohen Kosten, die er vorgestreckt, und der zahlreichen Aufforderungen, die er dem Fürsten nach Genf geschickt hatte. Dabei war er kurz vor dem Durchbruch gewesen, hatte Baranows Firma ausfindig gemacht. Dass diese nur wenige Tage zuvor ihren Sitz in die Vereinigten Staaten verlegt hatte, war ärgerlich gewesen, hätte Nikita aber nicht aufgehalten. Mit Pronskys Unterstützung wäre er in die Staaten weitergereist.

Noch während er in zahlreichen Telegrammen und Schreiben versucht hatte, den Fürsten zur Zahlung der Reisekosten zu bewegen, hatte ihn weiteres Unheil in Gestalt eines schwarzen UNIC Taxis ereilt. Das Gefährt samt bierseligem Fahrer war von der Straße abgekommen, hatte ihn auf seine messingumrandete Motorhaube geladen und unsanft wieder hinuntergestoßen. Erst einige Tage später war er im *Great Northern Central Hospital* wieder zu sich gekommen – weich gebettet und auf hübscheste Weise umsorgt, aber unfähig, sich zu bewegen. Ein angebrochener Wirbel und diverse weitere ärgerliche Unfallfolgen hatten ihn mehr als zwei Monate dort festgehalten. Um wieder zu Kräften zu kommen, war er in ein Seebad an der Südküste des Vereinigten Königreichs gereist. Allerdings hatte ihn die Untätigkeit dort bald so unruhig gemacht, dass er bei stürmischem Wetter über den Ärmelkanal nach Frankreich übergesetzt hatte.

Der Kontakt zum Fürsten war in dieser Zeit ganz abgebrochen. Nikita hatte zwar weiterhin Telegramme nach Genf geschickt, da Oleg in Moskau einem möglichen Hinweis auf Olga Pawlowa nachgegangen war. Pronsky aber hatte nicht reagiert, und die Moskauer Spur war erkaltet, bevor sie greifbare Ergebnisse geliefert hatte.

Der Pawlowa-Schmuck allerdings ließ Nikita genauso wenig los wie die enormen Summen, die der Fürst ihm noch schuldete. Deshalb forschte er weiter. Vorerst auf eigenes Risiko, allerdings war er sich sicher, den Fürsten spätestens dann wieder an Bord zu haben, wenn er das Collier gefunden hatte: Nikita hatte die Gier in dessen Augen gesehen.

Um Geld zu verdienen, war Nikita in Frankreich geblieben, hatte vor allem in Paris neue Geschäfte akquiriert. Dass sich die exilierten Adelsfamilien in der Regel zu weitgehend abgegrenzten Gruppen zusammenfanden, erleichterte Nikitas Arbeit ungemein.

Ein schlanker, mittelgroßer Mann in feinem Zwirn betrat die Brasserie, nahm seinen Hut ab und sah sich suchend um. Nikita hob dezent die Hand, um auf sich aufmerksam zu machen.

Der Mann nahm ihn wahr und kam an seinen Tisch. »Nikita?«

Nikita nickte.

»Ich bin Leonid.« Der Mann nahm Platz. »Sie haben bereits bestellt?«

»Nur ein Bier. Mit dem Essen wollte ich auf Sie warten.«

Leonid gab dem Garçon ein Zeichen, legte seinen Hut auf den Tisch und wandte sich wieder an Nikita. »Es ist bodenständig hier. Und das Essen eine schlichte Sensation. Sie werden sehen.«

»*Bonjour Messieurs.*« Der Kellner trat zu ihnen. »*Qu'est-ce que vous prenez?*«

»Ich hätte gerne ebenfalls ein Bier«, sagte Leonid und sah

auf die Karte. »Was möchten Sie essen, Nikita? Empfehlenswert ist alles, aber ich rate zum Klassiker – Cervelat Rémoulade als Vorspeise und zum Hauptgang das Choucroute garnie.«

»Dann folge ich Ihrer Empfehlung, Leonid.«

Leonid bestellte für sie beide und beugte sich dann zu ihm herüber. »Sie haben angedeutet, dass Sie bereits einen Käufer haben?«

»So ist es. Mein Kontaktmann in Moskau besitzt ausgezeichnete Beziehungen zu den Bolschewiki.«

Leonid runzelte die Stirn. »Sie verstehen, dass es mir widerstrebt, das Silber meiner Familie denjenigen zu verkaufen, die uns aus unserem Land getrieben haben?«

»Wenn Sie den Preis erfahren, der im Raum steht, dann werden Sie sich ins Fäustchen lachen. Diejenigen, die Ihnen alles genommen haben, bezahlen nun ein Vielfaches des Wertes – und Sie können sich mit diesem Geld ein weitaus besseres Leben in Frankreich leisten, als es irgendwo in Russland derzeit möglich wäre.«

»Das mag sein.« Leonid rieb sich mit einer Hand nachdenklich über die Stirn.

»Sie werden keinen besseren Preis bekommen.«

»Um das geht es nicht allein.«

»Sie müssen wissen, was Sie wollen. Ich kann Ihnen nur dringend abraten, sich von Gefühlen leiten zu lassen.«

Leonid schüttelte unmerklich den Kopf. »Wenn das so einfach wäre. Dennoch ... Sie können das Geschäft bestätigen, Nikita.«

Nikita nickte zufrieden. Mit ähnlichen Widerständen hatte er bereits unzählige Male zu tun gehabt, und seine Argumente waren ebenso simpel wie wirkungsvoll.

Der Garçon servierte Leonids Bier und die Vorspeise.

Sie stießen an. Nikita widmete sich seiner als Salat angerichteten Brühwurst. »Das schmeckt ganz ausgezeichnet!«, stellte er fest.

»Nicht wahr?«, erwiderte Leonid. »Eine Offenbarung. Wenigstens bekommt man hier anständiges Essen.«

Einige genussvolle Minuten lang widmeten sie sich ihrem Entree, dann tupfte sich Leonid den Mund mit einer Stoffserviette ab. »Nikita«, sagte er, »ich hätte noch eine zweite Sache.«

»Die wäre?«

»Einige Gemälde aus unserem Moskauer Stadthaus sind in Russland geblieben. Das betrifft vor allem Porträts unserer Ahnen und einige Malereien, die unser Landgut zeigen. Wie Sie sicherlich erahnen, sind diese Bilder vor allem von ideellem Wert für uns. Wäre es Ihnen möglich, diese ausfindig zu machen und nach Frankreich zu bringen?«

»Grundsätzlich ja.« Nikita hatte seinen Teller geleert und legte das Besteck ab. »Ich brauche dazu möglichst detaillierte Beschreibungen der Werke. Vor allem auch zum Entstehungsjahr und zum Künstler.«

»Das lässt sich machen. Ich erstelle Ihnen eine Liste.«

»Je schneller, desto besser. Mit jedem Monat, der vergeht, wird es schwieriger, die Wege nachzuvollziehen, die ein Bild genommen hat.«

»Ich reise morgen für einige Tage nach London. Sobald ich zurück in Paris bin, bekommen Sie eine Übersicht.«

»London? Da bin ich erst gewesen. Eine lebhafte Stadt. Führen Sie Geschäfte dorthin?«

»Unter anderem. Ich bin mit einem Partner im Stahlhandel tätig.«

Nikita wurde hellhörig. Ein Russe im Stahlhandel und mit Bezug nach London? »Ist Ihr Partner denn auch aus Russland?«, hakte er nach.

»Ja«, erwiderte Leonid. »Schon vor den ersten größeren Aufständen haben wir Teile unseres Unternehmens von Russland ins Ausland verlagert. Das kommt uns nun entgegen.«

»Sicherlich klug, solche Unternehmensverlagerungen. Ausschließlich nach London?«

»Und Paris. Allerdings sind die Dinge im Fluss. Wir expandieren derzeit in die Vereinigten Staaten und haben kürzlich unseren Hauptsitz dorthin verlegt. Die Dependance in London verkleinern wir. Sie soll künftig vor allem als Achse für die Geschäfte zwischen Europa und den Staaten fungieren. Für mich und meine Familie bedeutet das einen baldigen Umzug nach Chicago.«

Nikita merkte, wie seine Sinne sich schärften. War es möglich, dass er hier ganz unverhofft seine Fährte wiederfand? »Wird Ihr Partner ebenfalls in die Staaten ziehen?«, fragte er.

»Das ist nicht geplant. Einer von uns muss in Europa bleiben.«

»Verstehe.« Nikita leerte sein Bierglas. »Könnten Ihrem

Geschäftspartner meine Kontakte nach Russland unter Umständen ebenfalls dienlich sein?«

»Warum nicht?«

»In diesem Fall wäre ich Ihnen verbunden, wenn Sie mich weiterempfehlen würden.«

»Ich habe Baron Baranow das letzte Mal im Februar persönlich getroffen.«

Nikita fühlte sich wie ein Panther vor dem Sprung. »Das hört sich nach einer komplizierten Zusammenarbeit an.«

»Ganz im Gegenteil. Wir sind eingespielt. Jeder kennt die Stärken des anderen. Das macht uns erfolgreich.«

Nikita nickte bedächtig. »Wir Exilanten müssen zusammenhalten. Hätten Sie eine Adresse für mich? Ich würde mich gerne mit ihm austauschen.«

»Er hält sich derzeit in einer kleinen Stadt in Süddeutschland auf – Meersburg am Bodensee. Das kennen Sie sicherlich nicht.«

»Nein, aber das spielt ja keine Rolle«, entgegnete Nikita. »Wird er dort länger bleiben?«

»Vorerst ja. Was genau ihn dort festhält, kann ich Ihnen nicht einmal sagen. Vermutlich eine Frau.« Leonid grinste. »Und wissen Sie was? Ich würde es ihm gönnen. Nach allem, was er durchgemacht hat.«

»Wie so viele.« Nikita setzte einen mitfühlenden Gesichtsausdruck auf. »Jeder, der es ins Exil geschafft hat, darf sich glücklich schätzen.«

Der Garçon brachte die Hauptspeise.

»So ist es. Wir sind hier und blicken nach vorn.« Leonid

bestellte zwei weitere Bier. »Und mit einem gut gefüllten Magen lässt sich das Exilleben gleich viel besser ertragen.« Er hob das Glas.

Die Würstchen in ihrem Bett aus Sauerkraut waren deftig und schmackhaft. Dazu tranken Nikita und Leonid viel Bier und anschließend Wodka, sodass die Erde ein wenig schwankte, als sie sich verabschiedeten und Nikita den Weg zu seinem Hotel antrat.

Aber das spielte keine Rolle.

Sobald er wieder nüchtern war, würde er sein nächstes Ziel ins Visier nehmen: Meersburg am Bodensee.

54. KAPITEL

Genf, Ende April 1919

»Wir hätten nicht herkommen sollen.« Helena seufzte leise. »Zu Hause gibt es so viel zu tun.«

»Wenn nächste Woche das Grandhotel Lindenhof eröffnet wird, wäre es noch unpassender gewesen«, erwiderte Maxim lächelnd und bot ihr seinen Arm. »Dies hier ist wichtig für *uns*.«

Gemeinsam schlenderten sie den Quai du Mont-Blanc entlang.

»Das sagst du so leicht.« Helena fühlte sich müde und ungewohnt unleidlich. Erst vor knapp zwei Stunden waren sie in Genf angekommen, hatten ihre Hotelzimmer bezogen und waren anschließend zu einem kleinen Spaziergang aufgebrochen. Nach der langen Zugfahrt wollte Maxim unbedingt ein paar Schritte gehen.

»Es ist eine Reise in deine Vergangenheit und in unsere Zukunft, Helena.« Maxim sah sie von der Seite an. »Lass sie uns genießen.«

Helena drückte seinen Arm. »Ich bin dir auch sehr dankbar. Nur – es ist alles ein bisschen viel. Der Umbau daheim und die Sache mit meiner Mutter hier …«

»Am besten ist, du lässt es einfach geschehen. An den Tatsachen ändert sich nichts. Nur dein Blick wird ein anderer sein. Vollständiger.«

»Ja.« Helena entspannte sich etwas. Zugleich wurde sie sich der herrlichen Umgebung richtig bewusst.

Die Abendsonne goss ihr flüssiges Gold über die eleganten Gebäude der Stadt und spielte auf den kleinen Wellen des Sees, der hier ein Becken bildete. Noch tummelten sich einige Segelboote auf dem Wasser, und am Hafen legte gerade ein Dampfschiff an. Die Wege waren mit Schatten spendenden Bäumen bestanden und von zahlreichen Menschen bevölkert.

»Es ist schön hier, nicht wahr?«, fragte Maxim.

»Oh, ja.«

»Dort ist der Pont du Mont-Blanc«, erklärte er und deutete auf eine recht flache Brücke, die sich quer über den See spannte. »Er verbindet das linke mit dem rechten Seeufer.«

»Es ist ein bisschen wie am Bodensee – und doch so ganz anders.«

»Ja. Den Bodensee empfinde ich als heimeliger. Der Genfer See hat etwas Mondänes.«

Sie setzten sich auf eine Bank in der Nähe der Schiffsanlegestelle. Mehrere blumengesäumte Rasenflächen bildeten hier ein geometrisches Muster.

»Man vermag sich kaum vorzustellen, dass es hier vor

etwa eintausendfünfhundert Jahren eine Riesenwelle gab«, erzählte Maxim. »Angeblich brach sie mit über acht Metern Höhe über die Stadtmauern herein.«

»Wirklich?« Helena mochte das kaum glauben. »Wie kann sich in einem See eine so hohe Welle bilden?«

»Man vermutet einen gewaltigen Bergsturz am östlichen Ende. Ganze Dörfer entlang des Ufers wurden damals ausgelöscht.«

»Oh. Das ist eine schaurige Geschichte.«

»Und ich habe noch eine.«

»Oh, nein!« Helena knuffte ihn in die Seite. »Ich denke, ich soll mich hier amüsieren. Mit solchen Gruseleien fällt mir das schwer.«

»Das ist die letzte. Versprochen. Aber wenn wir gerade an diesem Bootsanleger sitzen – hier wurde vor mehr als zwanzig Jahren die Kaiserin von Österreich-Ungarn ermordet.«

»Das war genau an dieser Stelle?«

Maxim nickte. »Sie war auf dem Weg zum Schiff, als der Attentäter sie angegriffen hat. Und dann ist sie im Beau-Rivage gestorben.« Er deutete in Richtung ihres Hotels.

»Und *dort* verbringen wir nun zwei unvergessliche Nächte«, stellte Helena trocken fest.

Maxim grinste. »So ist es.« Er griff nach ihrer Hand.

Helena lehnte sich an. So blieben sie noch eine Weile sitzen und sahen auf den See hinaus, bis die Sonne sank.

»Hast du Hunger?«, fragte Maxim schließlich.

»Oh, ja! Sogar sehr großen Hunger!«

»Darf ich Sie dann zum Abendessen einladen, Fräulein Lindner?« Er löste sich von ihr, stand auf und bot ihr schmunzelnd den Arm.

»Aber gern, Herr Baranow!« Sie hakte sich bei ihm ein.

Es waren nur wenige Schritte zurück zum Beau-Rivage. Während Maxim die Zimmerschlüssel holte, ließ Helena das Foyer des luxuriösen Hotels auf sich wirken. Stuck, Säulen und Kübelpflanzen, ein bisschen wie im neuen Lindenhof, nur größer und prächtiger. Ihr Blick wanderte das über mehrere Etagen reichende Atrium hinauf und erfasste die umlaufenden, mit einem Eisengeländer begrenzten Flure, die zu den Zimmern führten. Kassettendecken unterstrichen die Opulenz. Bei Tag fiel das Licht durch eine Glaskuppel bis in die Eingangshalle, aber um diese Uhrzeit, da es draußen dämmerte, brannten bereits überall elektrische Lampen.

Hier hatte vor mehr als zweiundzwanzig Jahren ihre Mutter gestanden. Was sie wohl empfunden haben mochte, als sie damals angekommen war? Schwanger und einsam, begleitet nur von einer älteren Dienerin, die auf sie aufpassen sollte? Helena lief ein leiser Schauer über den Rücken. Unwillkürlich rieb sie sich die Arme.

»So. Ich habe die Schlüssel.« Maxim war zurückgekehrt und deutete in Richtung des Fahrstuhls. »Gehen wir nach oben?«

Der Aufzug mit eingebautem Fenster und einem Sofa begeisterte Helena. »Weißt du, seit wann es diesen Luxus-Fahrstuhl gibt?«

»Seit dem letzten Jahrhundert. Deine Mutter ist vermutlich schon damit gefahren.«

»Tatsächlich?« Helena fiel es schwer, diese Brücke in die Vergangenheit zu schlagen. »Ach, Maxim.« Sie schüttelte den Kopf. »Es fühlt sich alles so unwirklich an.«

»Lass dir Zeit, Helena.« Maxim sah durch das Fenster in die Halle hinaus. »Stell dir lieber vor, der Lindenhof besäße irgendwann einen solchen Aufzug.«

»Das wäre sensationell. Aber das ist unbezahlbar.«

»Euer Kredit kann problemlos aufgestockt werden.«

»Aufgestockt? So einfach?« Helena stutzte. Ihr kam eine Ahnung. »Maxim?«

»Ja, Liebes?«

»Dieser Kredit – dahinter steckst du, nicht wahr?«

»Helena ...« Er fuhr sich mit einer Hand durch die Haare, so wie er es immer tat, wenn ihm etwas unangenehm war.

Sie legte eine Hand an seine Schulter. »Warum hast du es mir nicht gesagt?«

»Ich ...« Sie hatten ihre Etage erreicht. Mit einem Ruck kam der Aufzug zum Stehen.

»Du kannst offen sein, Maxim«, bemerkte Helena, als sie die Kabine verließen. »Ich bin dir nicht böse.«

»Ich wollte nicht, dass du dich mir in irgendeiner Weise verpflichtet fühlst.« Maxim atmete hörbar aus.

»Wie hast du Papa dazu überredet?«

»Ich habe ihm klargemacht, dass ich mein Geld nur in sichere Unternehmungen investiere.«

Helena lachte leise. »Und er hat dir geglaubt, dass mein Grandhotel eine sichere Unternehmung ist?«

»Ja. Warum nicht?«

Inzwischen waren sie vor Helenas Zimmertür angekommen.

Maxim nahm ihre Hand und legte den Schlüssel hinein. »Darf ich mitkommen?«, fragte er zögernd.

Sie legte den Kopf schief. »Auf einen Begrüßungstrunk?«

»Zum Beispiel.«

»Ich möchte mich erst einmal umziehen …«

»Bitte. Nur einen Moment.«

Helena schloss auf und ging ihm voraus in den üppig ausgestatteten Raum, in dessen Mitte ihr Reisegepäck stand. »Ach ja, und auspacken muss ich auch noch.«

»Das hat doch Zeit.«

»Na gut. Bestellst du etwas zu trinken?« Sie trat vor einen Spiegel im Eingangsbereich und knöpfte ihren Sommermantel auf, als sie darin sah, wie Maxim nach ihrem Koffer griff. Sie drehte sich um. »Was machst du denn da?«

»Ich nehme dein Gepäck und bringe es in mein Zimmer.«

»Aber … warum?« Helena ließ die Arme sinken.

Ein schelmisches Lächeln spielte um seine Lippen. »Das erzähle ich dir nach dem Abendessen.«

55. KAPITEL

Maxim hatte sich in den Wohnbereich seiner Suite zurückgezogen und ihr das Schlafzimmer überlassen, damit sie sich in Ruhe zurechtmachen konnte. Sie, die stets praktisch gedacht hatte, war auf einmal in Sorge, der Noblesse im Beau-Rivage nicht zu entsprechen. Daher nahm sie mit gemischten Gefühlen ein Kleid aus hellblauem Kunstseidentaft aus dem Koffer. Ernas Mutter hatte es aus einem Stoff genäht, den Lilly ihr geschickt hatte – es war zweilagig und schmal geschnitten. Helena schlüpfte hinein und schloss die kleinen Knöpfe. Dann trat sie vor den Spiegel neben dem Bett und betrachtete sich kritisch.

Das Kleid war schlicht und für diese Umgebung möglicherweise nicht ganz passend, aber es saß tadellos. Das helle Blau stand ihr gut, denn es spiegelte die Farbe ihrer Augen und unterstrich den Kontrast zu ihrem dunklen Haar, das sie etwas kunstvoller aufgesteckt hatte als sonst. Mit einem Mal merkte sie, wie schön es war, sich ausnahmsweise mit so etwas Banalem wie der angemessenen Garderobe zu befassen. Die letzten Jahre hatten keinen Raum für Eitelkeiten gelassen.

In ihrem Koffer lag die Schatulle mit dem Herzmedaillon. Einen Augenblick lang überlegte sie – dann nahm sie das Schmuckstück heraus, schlüpfte in ein Paar schwarzer Spangenschuhe mit kleinem, eckigem Absatz und ging ins Wohnzimmer.

»Helena!« Bewunderung stand in Maxims Augen. »Du siehst unglaublich aus! Umwerfend!«

»Danke.« Ein wenig verlegen hielt ihm Helena das Schmuckstück hin. »Würdest du es mir bitte umlegen?«

»Aber gern!« Mit Bedacht schloss er die Kette in ihrem Nacken.

Helena tastete nach dem schwarzen Emaille. Die glatte Kühle war so vertraut und gab ihr Sicherheit.

Er deutete lächelnd zur Tür. »Nach Ihnen, Fräulein Lindner.«

Landschaftsmalereien an den Wänden und reichlich Stuck, kostbare Teppiche, hohe Palmen und frische Blumen in teuren Vasen ließen den großen rechteckigen Saal glänzen, in dem stilvoll gedeckte Tische zum Diner einluden. Das festliche Licht, welches ein runder Lüster und zahlreiche Lampen über das herrschaftliche Ambiente warfen, brachte das Tischporzellan zum Schimmern und die Kristallgläser zum Funkeln. Helena konnte sich gar nicht sattsehen, auch dann nicht, als ein freundlicher Kellner sie an ihren Tisch geleitet hatte.

»Sogar die Decke ist bemalt«, sagte sie atemlos. »Fast wie in einer Kirche!«

»Ja, das Beau-Rivage ist legendär. Stell dir vor, es stünde in Meersburg!«

Helena lachte leise. »Dahinter würde man den Ort ja gar nicht mehr wiederfinden.«

Maxim schmunzelte. »So ist es. Deshalb steht es hier. Und in Meersburg dein Grandhotel Lindenhof.«

»Ich denke, wir haben alles wirklich gut geplant«, sagte Helena. »Er passt sich in die Gegend ein und hat dennoch einen unverkennbar eigenen Charakter.«

Der Kellner schenkte den Champagner ein, den sie bestellt hatten.

»Auf den Lindenhof!« Maxim hob sein Glas. »Und auf uns«, sagte er etwas leiser.

»Ja. Auf uns«, erwiderte Helena und genoss das warme Kribbeln, das sich in ihrer Magengegend ausbreitete. »Das Leben ist so schön. Auch durch dich. Ich danke dir, Maxim.«

Das Menü war exquisit. Genfer Pasteten, Rheinlachs, Rinderfilet, Wachteln in Aspik. Dazu gab es Gemüse und verschiedene Beilagen, ein Speiseeis mit frischen Früchten als Dessert und eine Käseauswahl zum Abschluss. Edle Weine vervollständigten den Genuss.

»Unser Menüangebot wird etwas einfacher sein«, stellte Helena fest, als sie ihren Mund mit einer Stoffserviette abtupfte. »Zumindest jetzt am Anfang. Sobald die Versorgung mit Lebensmitteln wieder besser ist, möchte ich ein ähnlich hohes kulinarisches Niveau entwickeln wie hier.« Sie dachte nach. »Allerdings an die Bodenseeregion angepasst. Dort haben wir ja einen richtigen Garten Eden. Das müssen wir nutzen.«

»Die Lindenhof-Küche wird mit Sicherheit bald über Meersburg hinaus bekannt sein.«

Helena kam ein Gedanke, der sie schmunzeln ließ. »Weißt du, dass ich als Kind gedacht habe, dass unser Garten zu Hause der Garten Eden aus der Bibel sei? Ich hatte tatsächlich Angst, dass in unserem Apfelbaum die Schlange sitzt!«

»Vielleicht sollten wir Pater Fidelis' Expertise dazu einholen«, erwiderte Maxim launig. »Ich finde seine Auslegung der Bibel immer recht interessant. Was er wohl zur Schlange zu sagen hätte?«

Helena lachte. »Oh, ja. Das könnte amüsant werden.« Sie nahm noch einen Schluck Wein. »Ich hoffe, dass Käthe mit der zweiten Köchin zurechtkommt.«

»Du musst klar vorgeben, wer das Sagen hat.«

»Das werde ich.« Helena wurde nachdenklich. »Mich würde noch etwas hinsichtlich deiner Firma interessieren.«

»Nur zu.« Maxim schenkte Wein nach. »Ich stehe dir Rede und Antwort!«

»Du hast erzählt, dass du mit Stahl handelst.«

»So ist es. Mein Partner Leonid und ich haben vor Jahren ein Handelsunternehmen aufgebaut. Wir sind in Europa und neuerdings auch in den Vereinigten Staaten tätig.«

»In den Staaten? Weshalb?«

»Der Stahlmarkt in Europa ist seit dem Ende des Krieges geschwächt. In den Staaten hingegen herrscht eine enorme Nachfrage. Aus diesem Grund haben wir unseren Sitz erst kürzlich von London nach New York verlegt.«

»Warst du deshalb im Februar unterwegs?«

»Ja. Und ich werde wieder losmüssen, wenn die Einweihung des Lindenhofs vorüber ist. In letzter Zeit habe ich meine Geschäfte etwas vernachlässigt.« Er grinste. »Zum Glück gibt es Leonid. Er stemmt nach wie vor den Hauptteil der Arbeit. Aber wenn er demnächst mit seiner Familie in die Staaten zieht, ist es an mir, die Aktivitäten in Europa zu führen.«

»Wirst du dann … auch weggehen?«, fragte Helena vorsichtig.

Maxim schüttelte den Kopf. »Nicht, wenn du mich nicht wegschickst.«

»Aber, wenn du dich in London um alles kümmern musst?«

»Das könnte ich auch von Meersburg aus, vorausgesetzt ich finde einen Geschäftsführer, der etwas taugt.«

»Oder eine Geschäftsführerin.«

»Warum nicht? Ich werde mich dem nicht verschließen. Deine Familie ist der beste Beweis, dass Frauen dafür genauso gut geeignet sind: Du wirst ein Grandhotel leiten, und deine Schwester Lilly ist dabei, eine Seifenfabrik aufzubauen.«

»Sicher.« Helena seufzte. »Ach, Lilly. Inzwischen meldet sie sich kaum noch bei uns.«

»Vermutlich hat sie einfach zu viel zu tun.«

»Das mag sein. So ganz verstehe ich ihre Haltung trotzdem nicht. Sie weiß, dass wir sie immer unterstützen würden.«

»Sie weiß aber auch, dass ihr ebenso reichlich zu tun habt.« Maxim schnitt sich ein Stück Gruyère ab.

»Möglich. Aber vielleicht kommt sie ja nächste Woche

doch zur Einweihung. Ich habe ihr geschrieben.« Sie prostete ihm mit ihrem letzten Schluck Wein zu. »Ich wünsche mir so sehr, dass wir drei Schwestern an diesem besonderen Tag zusammen sein können.«

»Was für ein ausgezeichnetes Abendessen.« Helena legte ihre Handtasche ab und drehte sich zu Maxim um, der gerade die Tür zur Suite hinter sich geschlossen hatte.

»Es war in der Tat exquisit!« Maxim zog sein Jackett aus und krempelte die Ärmel seines weißen Hemdes auf. Dann nahm er Helena in die Arme. »Dank meiner wunderbaren Begleitung.« Er liebkoste ihre Stirn.

Helena ließ ihre Hand über seinen Oberarm wandern.

»Du denkst sicherlich, dass ich dich aus einem ganz bestimmten Grund in mein Zimmer gelockt habe«, fuhr er fort.

»Nun ja ...«

»Dem ist nicht so. Besser gesagt, nicht nur.«

»Du machst mich neugierig«, erwiderte Helena.

»Diese Suite hier, in der wir uns gerade befinden, ist dieselbe, in der deine Mutter damals gelebt hat, als sie mit dir schwanger war.«

Helena erstarrte. »Ist das wahr?«

»Dein Vater hat es mir erzählt. Deshalb habe ich mich darum bemüht, sie für uns zu reservieren, und – wenn du möchtest – mit dir zu teilen.«

»Das ... kommt ein bisschen plötzlich.« Sie entwand sich

seinen Armen, trat ans Fenster und sah auf den See hinaus. Er lag ruhig da, einzig ein beleuchtetes Dampfschiff zog seine Bahn und fand sein funkelndes Spiegelbild im Wasser. Wenn sie sich vorstellte, dass vor mehr als zwanzig Jahren womöglich ihre Eltern an diesem Fenster gestanden hatten, denselben Anblick vor Augen ...

Ihr Blick wanderte in den sternenklaren Abendhimmel. Warum war ihre Herkunft nur so voller Rätsel? Würde sie jemals die ganze Wahrheit erfahren?

Maxim trat hinter sie und legte ihr die Hände auf die Schultern. »Ich habe dich überfordert, Helena. Das tut mir von Herzen leid. Wenn du wieder in deine Suite zurückkehren möchtest ...«

»Nein.« Helena richtete den Blick wieder auf die Promenade und atmete tief ein. »Nein. Das möchte ich nicht. Ich möchte bei dir sein. Aber ich muss nur verarbeiten, dass meine Mutter genau hier, an diesem Platz gewesen ist.« Sie beobachtete ein paar späte Spaziergänger, welche die klare Frühlingsnacht genossen.

»Ich verstehe dich.« Maxim strich ihr mit gleichmäßigen Bewegungen über den Rücken.

Helena schloss die Augen und lehnte sich an ihn. »Lange Zeit«, sagte sie leise, »war meine Mutter für mich ein abstraktes Wesen. Eines, nach dem ich mich unendlich gesehnt hatte und das zugleich unerreichbar schien. Nun habe ich eine Fotografie von ihr. Ich weiß, wie sie ausgesehen hat. Ich weiß einige Dinge, die ihr geschehen sind. Und hier, in dieser Umgebung, versucht meine Seele, das alles zusammenzusetzen.«

»Lass dir Zeit, Liebes.« Er umfing ihre Mitte, legte seine Lippen an ihre Schläfe und zog eine Spur zarter Küsse entlang ihres Halses bis in ihren Nacken. »Lass dir Zeit.«

Helena merkte, wie sie zur Ruhe kam, zugleich erwachte ihr Körper. Sie roch seine Seife und seinen eigenen, vertrauten Duft. Ihre Sinne richteten sich erwartungsvoll auf seine Berührungen, seinen kosenden Mund, seine Hände, die über ihre Taille und ihren Bauch wanderten und kurz innehielten, bevor sie sich schützend und verlangend zugleich um ihre Brust legten. Sein vorsichtiges Streicheln dort erzeugte eine aufregende Wärme in ihrem Schoß.

Schwer atmend ließ er seine Hände zu ihren Hüften gleiten und drehte sie zu sich herum. »Wenn wir jetzt weitermachen, wird es kein Zurück mehr geben.«

Sie legte eine Hand auf seinen Brustkorb und sah ihn an. »Ich weiß.«

Er nahm ihren Kopf in beide Hände und ließ seine Augen über ihr Gesicht wandern. »Du bist einzigartig. Weißt du das?« Dann senkte er seinen Mund auf den ihren, küsste sie drängend und voller Begehren. Seine Hände berührten sie überall, fachten das Feuer weiter an. Als Helena leise stöhnte, öffnete er mit geübten Fingern die Verschlüsse ihres Kleides. Leise raschelnd glitt es zu Boden.

Er zog die Haarnadeln aus ihrem Knoten, eine nach der anderen, und vergrub eine Hand in dem dunklen Vlies, das über ihren Rücken bis zur Taille hinabflutete. Dann hob er sie auf seine Arme und trug sie zu seinem Bett.

Im milden Licht der Nachttischlampe befreite er sie aus

Unterkleidung und Wäsche, streichelte sie mit warmen Händen und erkundete ihren Körper, bis ihr Wunsch, seine Haut an der ihren zu spüren, so zwingend schien wie das Atmen. Doch als sie die ersten Knöpfe seines Hemdes öffnete, hielt er ihre Hand für einen Moment fest. »Du wirst möglicherweise erschrecken, Helena.«

Helena hielt einen Moment inne, dann schüttelte sie den Kopf und setzte sich auf. »Nichts an dir wird mich je schrecken.« Sie streifte ihm das Hemd über die Schultern.

Die Narben waren tief, und sie zogen sich vom Schulterblatt über den Brustkorb bis zu den Rippen. Sie ließen ihn, der stets so große Stärke ausstrahlte, unerwartet verletzlich wirken. Jede einzelne erzählte seine Geschichte, und als Helena begann, sie mit den Lippen zu berühren, schimmerten seine Augen feucht. Sie wollte ihn trösten, ihm ein wenig von dem Schmerz nehmen, den er erlitten hatte. Dabei fielen die letzten Kleidungsstücke.

Es war ein Fest, ihn anzusehen und in seinen Augen zu lesen, wie sehr er sie begehrte. Schließlich drängte er sie sanft in die Kissen.

Behutsam zeigte er ihr die Liebe, ließ sich Zeit, achtete darauf, sie mitzunehmen auf diese wundervolle, gemeinsame Reise der Lust. Und Helena gab sich ihm hin, erwartungsvoll und staunend, schließlich stürmisch und frei, bis sie ihre Erfüllung fanden und einander erschöpft in den Armen lagen.

Niemals zuvor hatte Helena sich so lebendig gefühlt.

Viel später in dieser Nacht stützte Maxim sich auf seinen Unterarm und strich mit der Fingerkuppe vorsichtig über Helenas Brauen. Die Nachttischlampe warf ein warmes Licht auf ihr Gesicht. »Das Erste, was ich gesehen habe, waren deine Augen«, fuhr er fort. »Noch bevor ich den Lindenhof überhaupt betreten hatte.«

»Im Garten. Ich war dort mit Kasia …«

»Genau. Ihr habt gemalt. Und deine aufmerksamen blauen Augen erinnerten mich an Lidias.«

»An … Lidias?« Helena sah ihn irritiert an.

»Dieser Moment war verwirrend, natürlich, wie könnte es anders sein. Doch schon mit den ersten Worten, die wir gewechselt haben, warst du ganz Helena. Die Erinnerung an Lidia trat zur Seite. Gab mir Raum für etwas Neues. Für dich. Für uns.« Er fuhr die Linie ihrer Wangen nach. »Zu Beginn musste ich mich daran gewöhnen, noch einmal so intensiv für eine Frau zu empfinden. Dann wurde mir klar, welch ein Geschenk mir das Leben mit dir machte. Lidia hat ihren Platz in meinem Herzen. Er ist unverrückbar, ebenso wie der meiner Kinder. Aber sie werden nicht zurückkehren.« Er schluckte.

»Maxim …«

»Anfangs«, fuhr er fort und schloss die Lider, »war in mir nichts als Dunkelheit. Ich habe nichts mehr gefühlt außer Kälte. Todessehnsucht. Dann kam die Wut. Ich wollte wissen, wer uns das angetan hat. So kam ich nach Genf und schließlich … zu dir.« Er öffnete die Augen. »Inzwischen sind mehr als zwei Jahre vergangen, und etwas in mir hat sich verändert. Anfangs war es nur ein schwaches Flackern – dann kam tatsächlich das Licht zurück, wurde stärker und machte meine Dunkelheit hell.«

Helena sah ihn aufmerksam an. Ihre Augen schimmerten feucht. Liebevoll streichelte sie seinen Unterarm.

Er vergrub sein Gesicht in ihrer Halsbeuge, atmete ihren Duft, fühlte ihre weiche, zarte Haut. Dann hob er den Kopf. »Ich habe Gerechtigkeit gesucht und dich gefunden, Helena. Das lässt mich ruhig werden. Ich werde die Suche nicht einstellen. Aber ich werde Hass und Wut nicht mehr mein Leben beherrschen lassen.«

»Wut wird zu Liebe ...«

»Ja. Wut wird zu Liebe.« Er strich ihr zärtlich über das Haar. »Und damit zu neuem Leben.«

»Meinst du, das geht so schnell?« Mit einem Lächeln legte sie die Hand auf ihren Unterleib.

»Für mich kann es gar nicht schnell genug gehen.« Er streichelte ihre Schulter mit den Lippen. Dann richtete er sich auf. »Ist dies hier eigentlich der angemessene Rahmen für eine wichtige Frage?«

»Das kommt auf die Frage an ...«

Er griff nach einem kleinen Schmuckkästchen, das er auf dem Nachttisch abgelegt hatte, öffnete es und betrachtete den schmalen Goldring, der darin lag. »Er ist von meiner Mutter. Ich habe nur wenige Erinnerungsstücke von ihr.« Mit einem tiefen Atemzug nahm er den glänzenden Reif heraus. Dann sah er sie an. »Möchtest du den Platz an meiner Seite einnehmen, Helena?« Seine Augen verdunkelten sich. »Den Weg mit mir gemeinsam weitergehen? Als meine Frau?«

Helena setzte sich auf und schlang die Arme um ihn. »Zu jeder Zeit und an jedem Ort wäre meine Antwort dieselbe: Ja, ich will an deiner Seite sein. Du bist schon längst ein Teil meines Lebens geworden, und ich freue mich auf jeden einzelnen Tag mit dir!« Sie sah ihn verschmitzt an. »Und auf jede einzelne Nacht!«

56. KAPITEL

Genf, das Beau-Rivage, am Abend des nächsten Tages

Fürst Igor Sergejewitsch Pronsky hatte einen dunklen Anzug angezogen und begab sich von seiner Suite im ersten Stock des Grandhotels Beau-Rivage zum Abendessen ins Restaurant. Meistens speiste er in seinen Räumen, aber heute Abend war ihm nach Gesellschaft.

Er wurde freundlich empfangen und zu seinem Tisch geleitet, bestellte Suppe und Fisch und einen leichten Weißwein.

Noch fiel es ihm schwer, hier allein zu sitzen, nachdem Wera gestorben war. Vier Wochen lang hatte die spanische Krankheit in ihr getobt. Er erinnerte sich an den Kampf, das hohe Fieber, das Ringen um jeden Atemzug. Schließlich war ihre Haut ganz blau geworden. Wenige Stunden später war sie tot gewesen. Und hatte ihn einfach zurückgelassen.

Der Wein half ihm über die schwersten Stunden hinweg. Dass ihn ihr Tod so mitnahm, hatte er nicht erwartet. Vielleicht war es die Gewohnheit nach über zwanzig Jahren

Ehe, vielleicht machte ihn das Alter sentimental – sein einundsechzigster Geburtstag stand unmittelbar bevor. Geliebt hatte er Wera nicht, und doch vermisste er sie. Sie war eine angenehme Gefährtin gewesen, standesbewusst und ihm ohne Einschränkungen ergeben.

Der Kellner servierte eine feine Tomaten-Consommé, so transparent, dass Pronsky den Boden des Tellers erkennen konnte. Er tauchte den Silberlöffel hinein.

Dass er heute Abend hier sitzen konnte und sein Diner einnahm, grenzte an ein Wunder. Nicht nur Wera, auch er selbst hatte die Grippe gehabt und war wochenlang an der Schwelle des Todes gestanden. Noch hatte er sich nicht ganz erholt, aber fühlte sich täglich besser.

Wie sollte es nun weitergehen? Allmählich wurden seine Mittel knapp. Lange würde er sich das teure Beau-Rivage nicht mehr leisten können. Immer häufiger dachte er inzwischen daran, in die Vereinigten Staaten zu emigrieren.

Die Consommé war ausgezeichnet, würzig und delikat. Während er sich der Suppe hingab, betrat ein junges Paar den Speisesaal und wurde an ihm vorbei zu einem Tisch am gegenüberliegenden Ende des Speisesaals geleitet.

Zunächst war es nur ein vages Erkennen, das Pronsky innehalten ließ. Dann, als der Mann Platz nahm und in seine Richtung schaute, überkam ihn Gewissheit. Der Silberlöffel rutschte ihm aus der Hand. Mit einem leisen Klirren landete er auf dem Rand seines Suppentellers.

Baranow.

Monatelang hatte er nach dem Baron suchen lassen. Nicht

nur wegen des Colliers, sondern auch, um ihn im Auge zu behalten. Baranow war ein Risiko.

Wenn nur dieser Windhund von Makler mehr getaugt hätte. Pronsky hatte große Hoffnung in Nikita gesetzt, doch nach dem letzten Debakel mit London war ihm die Geduld ausgegangen. Nikita hatte viel gekostet und kaum geliefert, dazu waren Weras Tod und seine Erkrankung gekommen, sodass Pronsky die Zusammenarbeit schließlich entnervt aufgekündigt hatte. Hin und wieder hatte er diese Entscheidung bereut – einen neuen Agenten zu finden, war alles andere als leicht.

Nun begegnete ihm Maxim Baranow wie aus dem Nichts heute beim Abendessen. Pronsky schüttelte den Kopf.

Sein Blick fiel auf die junge Frau, die bei ihm war. Auch sie hatte Platz genommen, ein Kellner schenkte ihr Champagner ein. Sie war außergewöhnlich hübsch, mit dunklem Haar und hellem Abendkleid.

Pronsky stutzte.

Nicht ihr ebenmäßiges Gesicht, sondern das Glitzern auf ihrem Dekolleté zog seine Aufmerksamkeit auf sich. Er beugte sich vor und kniff die Augen zusammen, um auf die Entfernung besser sehen zu können. In diesem Moment wandte sie sich jedoch Baranow zu und entzog den Schmuck damit seinem Blick. Pronsky hielt die Augen weiterhin auf sie gerichtet. Er konnte nicht anders.

Als sie sich kurz darauf umsah, weil der Kellner erneut an den Tisch trat, durchlief Pronsky das Erkennen wie ein Blitz.

Am Hals der Schönheit funkelte das Pawlowa-Collier.

Obwohl in diesem Augenblick der Kellner den Fisch servierte, stand Pronsky auf und warf die Serviette auf den Tisch.

»Ist etwas nicht nach Ihren Wünschen?«, fragte der Kellner irritiert.

»Doch ... doch, alles bestens. Ähm ... lassen Sie mir zwei Flaschen Château Latour auf mein Zimmer bringen. Und eine Flasche Wodka.«

»Selbstverständlich.«

Erregt verließ Pronsky den Speisesaal. Auf dem Weg zu seinem Zimmer wurde er vom Concierge aufgehalten. »Fürst Pronsky?«

»Ja, bitte?«

»Ein Telegramm für Sie.«

Er bekam ein versiegeltes Schreiben überreicht. Pronsky murmelte einen Dank und eilte weiter. Auf seinem Zimmer schenkte er sich zunächst einen Rotwein ein, trank aus, goss nach. Dann setzte er sich in einen Sessel, stellte das Glas auf ein kleines Tischchen neben sich und erbrach das Siegel.

Telegramm – Télégramme – Telegramma

Pronsky nahm noch einen Schluck Wein und las die wenigen Zeilen:

**Baranow lebt in Meersburg/Bodensee, verfolge Spur.
Hinweis auf Olga Pawlowa. Bitte um Rückmeldung.
Nikita.**

Ruckartig setzte sich Pronsky auf und verschüttete dabei den Rotwein. Wie wässriges Blut lief er über den Text des Telegramms. Er stellte das Glas zur Seite.

Baranow lebte in Meersburg? Und führte in Genf eine junge Frau aus, die das Collier trug? Und die dazu, das wurde ihm erst jetzt bewusst, Olga Pawlowa recht ähnlich sah?

Wie elektrisiert hielt Pronsky inne. Das war unmöglich. Er schloss die Augen, schüttelte den Kopf. Schenkte sich mit zitternden Händen Wein nach, leerte das Glas, stellte es wieder weg und legte stöhnend den Kopf in den Nacken.

Die Gedanken in seinem Kopf jagten ihn unerbittlich, zwangen ihn dazu, sich der Frage zu stellen: War Baranows Begleiterin Olgas Tochter Jelena?

Er fuhr sich mit beiden Händen über das Gesicht, sammelte sich und richtete seinen Fokus auf das, was für ihn wichtig war: Der Pawlowa-Schmuck war in seiner Reichweite, genauso wie Baranow. Und am Ende vielleicht auch – Olga?

Er würde Nikita eine letzte Chance geben.

Pronsky nahm die Rotweinflasche und trank in langen Zügen den darin befindlichen Rest. Dann ließ er den Concierge kommen, um seinerseits ein Telegramm aufzugeben.

57. KAPITEL

*Das Meersburger Spital,
zwei Tage später, Anfang Mai 1919*

Heute Morgen war eine Nachricht von Lilly angekommen. Darin hatte sie Helena mitgeteilt, dass sie nicht zur Eröffnung des Grandhotels Lindenhof kommen würde. Ihr Vater hatte nicht viel dazu gesagt, aber Helena spürte, dass er genauso enttäuscht war wie sie. Von Katharina, die heute erst später zum Dienst musste und mit ihnen gefrühstückt hatte, war schließlich der Vorschlag gekommen, ob Helena nicht das Spitalstelefon nutzen wolle, um in Stuttgart anzurufen.

Katharina hatte Wort gehalten und Doktor Zimmermann gefragt, ob er den Apparat zur Verfügung stellen würde. Inzwischen war es kurz nach Mittag. Der Arzt hatte sie allein gelassen und darum gebeten, den Telefonapparat innerhalb von zehn Minuten wieder freizugeben.

Helena hielt den Hörer in der Hand und wartete darauf, dass die Verbindung zustande kam. Doch noch war außer einem starken Rauschen in der Leitung nichts zu hören.

»Hoffentlich ist der Apparat nicht kaputt«, sagte sie leise zu Katharina.

Katharina schüttelte den Kopf. »Das hätte der Doktor doch gewusst.«

Sie warteten eine weitere Minute.

»Immer noch nichts? Soll ich den Doktor holen?«, fragte Katharina.

Helena zuckte ratlos mit den Achseln, dann hörte sie plötzlich ein Knacken und machte Katharina ein Zeichen.

»Ja? Guten Tag? Wer ist denn da?« Das war Lillys Stimme.

»Ich bin es, Helena!«

Katharina hielt ihr Ohr dich an die Ohrmuschel, damit sie mithören konnte.

»Helena!?«, rief Lilly überrascht. »Ich habe dir doch telegrafiert!«

»Ich weiß, Lilly. Aber wir wollten einfach wissen, ob es euch allen gut geht. Wir machen uns Sorgen.«

»Das braucht ihr nicht. Ich wäre gern gekommen, aber hier gibt es so viel zu tun. Und der Kleine brüllt gerade jede Nacht, sodass ich kaum Ruhe finde.«

»Was ist mit Arno?«

»Wir haben in letzter Zeit nichts von ihm gehört.«

»Das sind aber keine guten Nachrichten.«

»Wir sind nicht die Einzigen. Viele Soldaten sind noch nicht zurück.«

»Möchtest du nicht nach ihm suchen lassen?«

»Ähm ... ja. Onkel Fritz hat dem Roten Kreuz schon Bescheid gegeben. Die vermuten, dass er in Gefangenschaft geraten ist. Sie kümmern sich.«

»Du scheinst dir nicht allzu große Sorgen zu machen.«

»Ich mache mir schon Sorgen, aber ich muss halt sehen, dass es hier weitergeht. Da kann ich nicht den ganzen Tag darüber nachdenken, was mit Arno ist.«

»Nun ja, dann wollen wir hoffen, dass er bald nach Hause kommt.«

»Ja ...« Auf einmal setzte lautes Weinen im Hintergrund ein.

»Ist das Hans?«, fragte Helena, ganz gerührt, ihren Neffen wenigstens einmal zu hören.

»Allerdings. Helena, ich muss aufhören. Er hat Hunger.«

»Gut! Dann schreib uns bald, hörst du?«

»Ja, das mache ich.« Das Kind schrie jetzt so laut, dass Helena fast nichts mehr verstand.

»Lebe wohl, Lilly«, sagte sie.

Lillys Antwort ging sowohl im Gebrüll von Hans als auch im Knacken der Leitung unter.

Helena wartete noch ein paar Sekunden – dann war die Verbindung tot. Sie legte auf und sah Katharina an: »Hast du alles verstanden?«

»Sie hat nichts von Arno gehört, und das Kind hat Hunger«, fasste Katharina zusammen.

Helena seufzte. »Ich hoffe, sie meldet sich, wenn sie Hilfe braucht.«

»Du musst dich jetzt um dein Hotel kümmern, Helena. Sie hat ihr Leben, du deines.«

»Ja, du hast recht. Sie ist erwachsen.«

Katharina begleitete ihre Schwester zum Ausgang des Spitals.

»So ein Telefonapparat ist wirklich praktisch«, befand sie, als sie sich von Helena verabschiedete.

»Sobald die ganze Technik fertig installiert ist, werden wir einen im Hotel haben«, erwiderte Helena.

»Tatsächlich?« Katharina lächelte. »Weißt du, dass ich sehr stolz auf dich bin? Es ist schon unglaublich, was du innerhalb so kurzer Zeit geschaffen hast.«

»Ich war es ja nicht allein. Maxim, Vater ... alle haben geholfen. Sonst wäre das nicht möglich gewesen.«

Katharina wurde plötzlich nachdenklich. »Unsere Welten sind schon sehr verschieden. Deine ist so voller Luxus und Genuss, meine ...«, sie machte eine ausladende Handbewegung, »... riecht nach Desinfektionsmittel.«

»Deine Arbeit hier im Spital ist wichtiger als ein Grandhotel.«

»Beides hilft den Menschen, Helena. Darauf kommt es an.«

Die beiden Schwestern umarmten sich zum Abschied. Dann machte Helena sich auf den Heimweg über die Burgweganlage.

Zur selben Zeit auf der Steigstraße in Meersburg

»Ich hoffe, dass Ihr Plan diesmal aufgeht, Nikita«, sagte der Fürst, während Nikita mit ihm die steile Straße hinaufging, die von ihrer Unterkunft im Wilden Mann zum Gasthaus Ochsen führte.

Nikita ignorierte Pronskys sarkastischen Unterton. »Das Geheimnis guter Arbeit liegt darin, nicht aufzugeben, auch wenn es zwischendurch aussichtslos erscheint.«

Denn manchmal kam die Wende unvermittelt, das hatte Nikita bereits einige Male erlebt. In diesem Fall war es Nikitas Kontakt zu Leonid und das zufällige Aufeinandertreffen von Pronsky und Maxim in Genf. Wobei man solche Zufälle relativieren musste – die russischen Exilgemeinden waren überschaubar, insbesondere die der Adligen. Dass man sich innerhalb dieser irgendwann begegnete, war nahezu unvermeidbar.

»Der Kontakt, den wir nun aufsuchen – ist er zuverlässig?«, wollte Pronsky wissen.

»Ein gewisses Risiko besteht immer«, erwiderte Nikita. »Aber die Nachforschungen der letzten Tage haben alle in etwa dasselbe ergeben.«

»Gut.« Der Fürst räusperte sich. »Meinen Sie nicht, dass Sie bereits aufgefallen sind, Nikita? In diesem kleinen Ort?«

»Hier ist man an Fremde gewöhnt. Kurgäste, Sommerreisende, aber auch Künstler und Literaten. Also habe ich mir gleich am zweiten Tag einen Skizzenblock und ein paar

Stifte besorgt und mich als Maler ausgegeben. Die Leute waren dann sehr freundlich. Und haben gerne Auskunft gegeben.«

»Hoffen wir, dass niemand vorgewarnt ist.«

»Sehen Sie, Fürst Pronsky.« Nikita schnippte mit dem Finger. »Ich habe eine plausible Geschichte entwickelt. Die braucht es immer, wenn man heikle Ermittlungen durchführt. In diesem Fall musste sie erklären, warum ich Deutsch mit russischem Akzent spreche und ausgerechnet ein doch eher unbedeutendes Städtchen wie Meersburg besuche. Meine Geschichte passt zu meiner vorgeblichen Identität – also stellen sich auch keine Fragen.«

»Letztlich ist es mir einerlei, wie Sie ermitteln und an Ihre Informationen kommen.« Pronsky ließ seinen Gehstock auf das Kopfsteinpflaster klappern. »Solange wir dieses Mal ans Ziel gelangen.«

»Ich erreiche immer mein Ziel, Fürst.« Nikita setzte seinerseits den Spazierstock in einer energischen Bewegung auf die Straße. »Früher oder später, auf die eine oder auf die andere Weise. Aufgeben ist keine Option.«

»Was genau wollen Sie von mir?«, fragte der Wirt des Gasthofs zum Ochsen, als sie kurz darauf in der Gaststube Platz genommen hatten. Mit harschen Bewegungen servierte er ihnen zwei Bier in zinnernen Krügen.

Nikita nahm in aller Ruhe einen Schluck. »Nikita mein Name. Ich bin Ermittler, und dies«, er deutete auf Pronsky, »ist mein Klient Fürst Pronsky.« Er schob eine Dollarnote neben sein Glas. »Es geht um Maxim Baranow, der sich angeblich im Lindenhof einquartiert hat.«

»Ah! Im neuen Grandhotel in Meersburg«, höhnte der Mann und setzte sich mit Blick auf das Geld zu ihnen. Anschließend genehmigte er sich eine kräftige Prise Schnupftabak und bot Nikita und Pronsky davon an.

Nikita machte sich nichts aus Schnupftabak und lehnte ab. Auch Pronsky schüttelte den Kopf.

»Wir haben gehört, dass das Grandhotel in wenigen Tagen eröffnet werden soll«, griff Nikita die Bemerkung des Ochsenwirts auf. »Es ist schon jetzt in aller Munde.«

Der Mann runzelte die Stirn. »Der Lindenhof war heruntergekommen und so gut wie pleite. Aber der starrsinnige Wirt wollte sich nicht helfen lassen. Dann plötzlich, seit der Russe da unten ist, werfen sie mit Geld nur so um sich.« Der Wirt nieste. Einmal, zweimal, dreimal. Nach dem vierten Mal holte er ein Taschentuch aus seiner Hosentasche und schnäuzte kräftig hinein. »Keine Bank hätte dem Lindner einen Kredit gegeben.«

Nikita beobachtete ihn. Ein missgünstiger Konkurrent, der eine gewisse Skrupellosigkeit vermuten ließ und im besten Fall bestechlich war – aus einem solchen Holz waren Helfershelfer geschnitzt. »Baranow könnte noch mehr Schwierigkeiten bereiten.« Er sprach langsam. »Wir kennen seine Vergangenheit und sind hier, um ihm endlich das Handwerk zu legen. Wenn Sie uns helfen, soll es Ihr Schaden nicht sein.« Bedächtig legte er einen zweiten Schein auf den Tisch. »Bei Ihnen lebt doch eine Weibsperson aus dem Lindenhof.« Nikita war Gerede um die Wirtsleute des Lindenhofs zu Ohren gekommen.

Der Ochsenwirt räusperte sich. Dann stand er ruckartig auf und verließ die Gaststube. »Elisabeth!«, hörte Nikita ihn brüllen.

Als er zurückkehrte, folgte ihm eine große, dünne Frau. Sie blieb hinter dem Stuhl stehen, auf dem der Ochsenwirt wieder Platz genommen hatte.

»Wie kann ich helfen?« Ihre Stimme war farblos, das Gesicht hager und früh verblüht.

»Der da«, er deutete auf Nikita, »ist Russe und sucht nach dem Liebhaber deiner Tochter.«

»Sie ist meine Stieftochter.«

»Das ist doch alles eine Brut da unten.« Er machte eine auffordernde Handbewegung zu Nikita. »Nun, fragen Sie sie schon. Elisabeth ist mit dem Lindenhof-Wirt verheiratet!«

Nikita grinste innerlich. Sein Instinkt hatte ihn nicht getrogen.

»Der Liebhaber Ihrer Stieftochter hat ein Schmuckstück in seinen Besitz gebracht, das eigentlich dem Fürsten gehört.« Nikita machte eine Handbewegung zu Pronsky hin. »Und die Polizei hat es bisher nicht geschafft, ihm das Handwerk zu legen. Deshalb hat er mich als Privatermittler engagiert.«

Die Frau, die der Ochsenwirt Elisabeth nannte, folgte seiner Geste mit den Augen. Ihr Blick blieb am Fürsten hängen.

»Wenn Sie beide uns dabei helfen, dieses Collier zu finden«, fuhr Nikita fort, »werden Sie entsprechend entlohnt werden.«

»Was bedeutet *entsprechend*?«, wollte sie wissen.

Nikita legte mehrere Scheine zu den beiden Dollarnoten auf den Tisch.

»Einhundert Dollar.«

»Für jeden von uns?« Ihr Blick tastete ihn argwöhnisch ab.

Nikita deutete auf das Geld und nickte. »Hier liegen jetzt zwanzig als Anzahlung. Für jeden. Den Rest zahle ich aus, wenn wir erfolgreich sind.«

»Was haben Sie vor?«, fragte der Ochsenwirt.

»Eine Möglichkeit wäre, im Haus nachzuforschen«, erwiderte Nikita. »Dafür bräuchte ich einen genauen Plan, wie es darin aussieht und was sich wo befindet. Wenn Sie dort gelebt haben, dann wissen Sie möglicherweise Bescheid?«

Elisabeth legte den Kopf ein wenig schräg. Wieder sah sie Pronsky an. Er schien ihr zu imponieren.

»Durch den Umbau kann ich dazu leider nichts mehr sagen. Ich weiß nicht, was gleich geblieben ist und was geändert wurde. Vielleicht könnte meine Tochter Katharina Auskunft geben, die im Spital arbeitet.«

»Ach was«, fuhr der Ochsenwirt dazwischen. »Wenn du Katharina fragst, dann wird sie das brühwarm Helena weitererzählen. Nein, Elisabeth, das muss richtig gemacht werden.«

Elisabeth zuckte zusammen.

»Also? Was schlagen Sie vor?«, hakte Nikita nach.

»Eine Entführung«, sagte Pronsky.

Der Ochsenwirt sah überrascht von Elisabeth zu Nikita

und dann zu Pronsky. »Eine Entführung?« Er strich sich über den Bart. »Da müssen Sie noch etwas drauflegen.«

»Hundertfünfzig.«

Der Ochsenwirt schlug mit der flachen Hand auf den Tisch. »Sie verkaufen mich für dumm. Fünfhundert.«

Nikita lachte schallend. »Bescheidenheit ist Ihre Sache nicht, Wirt.«

»Nein.« Der Ochsenwirt runzelte die Stirn. »Vierhundert. Hundert sofort. Für jeden.«

Pronsky holte eine Geldbörse aus der Tasche seines Jacketts und zählte die Dollarnoten auf den Tisch. »Wir sind im Geschäft«, sagte er dann. »Vierhundert.«

Nikita kratzte sich verärgert am Hinterkopf. Es kam selten vor, dass ein Klient an ihm vorbei die Verhandlungsführung übernahm. »Wollen Sie Baranow haben, Pronsky?«

»Nein«, erwiderte Pronsky. »Jelena.«

Nikita sah ihn überrascht an. »Jelena?«

Pronsky nickte.

Nikita kam es so vor, als habe der Fürst diese Möglichkeit von Anfang an in Erwägung gezogen. »Warum nicht Baranow selbst?«, hakte er nach.

Pronsky räusperte sich. »Baranow ist zu kampferprobt.«

»Allerdings«, bestätigte der Ochsenwirt. »Ihn zu überwältigen, wäre eine Herkulesaufgabe. Allerdings, wenn man es genau plant ...«

Pronsky unterbrach ihn mit einer schnellen Handbewegung. »Ich gehe davon aus, dass Baranow Gefühle für diese Helena hat. Jedenfalls hat er sich wie ein verliebter Jüngling benommen, als ich die beiden in Genf gesehen habe. Da ich ihn ein wenig einschätzen kann, gehe ich davon aus, dass er alles tun wird, um ihr zu helfen. Und das Collier wird der Preis sein.«

Der Ochsenwirt sah ihn an. »Woher kennen Sie ihn denn so gut?«

Die Augen des Fürsten flackerten. »Er gehörte zur Familie meiner verstorbenen Frau. Wir sind uns hin und wieder bei Familienfeiern begegnet.«

Nikita ließ sich die Sache einige Minuten durch den Kopf gehen. Auf eine Entführung hatte er bisher noch nie zurückgegriffen, aber in diesem Fall könnte es tatsächlich der schnellste Weg zum Ziel sein. Allerdings auch ein riskanter. »Mit einer Verschleppung begeben wir uns auf gefährliches Terrain«, sagte er. »Da darf kein Fehler passieren. Das muss Ihnen allen bewusst sein.«

Elisabeth wandte den Blick zur Seite, Pronsky griff nach seinem Bier. Der Ochsenwirt zog die Augenbrauen zusammen. »Wie würden Sie vorgehen?«

»Zunächst planen wir jede einzelne Etappe. Die Entführung selbst, die Verwahrung der Geisel an einem geeigneten Ort, dann die Übergabe des Colliers.« Nikita verdeutlichte seine Ausführungen, indem er mit der Handkante den Tisch in imaginäre Abschnitte unterteilte. »Sobald das Collier in unserem Besitz ist, muss die junge Frau sicher zurückgebracht werden. Zeitgleich ist es wichtig, alle Spuren sorgfältig zu verwischen. Die entsprechenden Legenden – falls wir befragt werden – sollten wir uns bereits im Vorfeld zurechtlegen. Wichtig ist es zudem, Fluchtwege vorzuzeichnen. Für jeden von uns und unabhängig voneinander.«

»Was geschieht, wenn etwas nicht nach Plan geht?« Elisabeth hatte eine Hand in die Hüfte gestemmt und richtete ihre Augen auf Pronsky, der mit dem Elfenbeinknauf seines Gehstocks spielte.

»Für jede einzelne Phase brauchen wir fest abgesprochene Alternativen.« Nikita lehnte sich in seinem Stuhl zurück. »Und die Möglichkeit des geplanten Abbruchs. So verhindern wir, dass wir bei Schwierigkeiten den Kopf verlieren.«

»Das hört sich vernünftig an.« Pronsky nickte zustimmend.

Nikita wandte sich an den Ochsenwirt. »Wissen Sie einen Ort, wo wir sie hinbringen und bis zur Übergabe festhalten können? Einen, der sicher ist?«

Der Ochsenwirt trank einige Schlucke Bier. »Wir bringen sie zur Kargegg«, sagte er dann und fügte hinzu: »Das ist eine Ruine in der Nähe der Marienschlucht am gegenüberliegenden Seeufer. Die Elisabeth wird Helena zum Hafen locken.«

»Sind Sie sicher, dass sie Ihnen folgen wird?«, fragte Nikita.

Endlich sah Elisabeth ihn direkt an. »Ich denke schon.«

»Ich organisiere Ihnen zwei Leute und ein Boot«, bot der Ochsenwirt an. »Und packe selbst mit an.«

»Gut.« Nikita sah in die Runde. »Dann müssten wir noch den Tag bestimmen. Gibt es demnächst einen Zeitpunkt, der sich anbietet?«

Für kurze Zeit herrschte nachdenkliche Stille. »Nächste Woche eröffnen sie den umgebauten Lindenhof.« Elisabeth richtete sich ein wenig auf. »Da wird viel Umtrieb sein, sodass es vielleicht nicht so schnell auffällt, wenn sie fehlt.«

»Das hört sich schlüssig an.« Nikita fuhr sich mit der Hand über das Revers. »Wenn wir Helena haben, wäre es an Ihnen, das Schreiben mit den Bedingungen für die Freilassung übergeben zu lassen oder zu deponieren.«

Sie nickte. »Ich werde einen Weg finden.«

»Nun müssen wir die Zeit bis zur Eröffnung nutzen, um alles genauestens abzustimmen.«, fügte Nikita hinzu.

»Eines müssen Sie mir versprechen«, wandte Elisabeth unvermittelt ein.

»Was denn?«, fragte der Ochsenwirt unwirsch.

»Dass Helena nichts passiert.«

Der Ochsenwirt schnaubte.

»Keine Sorge«, beruhigte Nikita. »Das ist auch uns wichtig.«

Der Wirt nahm das Geld vom Tisch und steckte es in die Tasche seines Kittels. »Dann ist es also abgemacht!« Er reichte Nikita und dem Fürsten die Hand. »Schlagt ein! Und Elisabeth – bring uns noch drei Bier!«

58. KAPITEL

Das Grandhotel Lindenhof in Meersburg,
am 3. Mai 1919

Das Licht der Morgensonne fiel in die neu eingerichtete Rosen-Suite im zweiten Stock des Lindenhofs und kitzelte Helena in der Nase. Sie schaffte es gerade noch, das Tablett abzustellen, das sie trug – dann musste sie niesen. Anschließend nahm sie zwei der gläsernen Vasen, die sie heraufgetragen hatte, und arrangierte sie auf den beiden Fensterbrettern. Sofort verfingen sich die Sonnenstrahlen darin und brachten die Farben der Wiesenblumen und Heckenrosen zum Leuchten, die sie gemeinsam mit Katharina und Kasia heute in aller Frühe aus dem Garten geholt hatte.

Helena stellte eine dritte Vase auf den Tisch und kontrollierte die beiden bezugsfertigen Zimmer der Suite. Alles war tadellos.

Horn hatte ein Wunder vollbracht. Mit den eingeschränkten Mitteln, über die sie verfügt hatten, waren wunderschöne Räume entstanden, die mit Dielenböden, cremefarbenen

Vorhängen und weiß gestrichenen Wänden aufwarteten. Bilder von Kasia, Maxim und ihr selbst setzten moderne Farbakzente. Die Betten waren mit heller Leinenbettwäsche bezogen, den Handtüchern feine Seifen beigegeben, die Lilly seit Kurzem in ihrer kleinen Manufaktur in Esslingen herstellte.

Schließlich durfte Käthes Gebäck nicht fehlen. Die Köchin hatte große Mengen an Walnuss-Honig-Plätzchen gebacken, welche in einem Porzellanschälchen darauf warteten, vernascht zu werden.

Helenas Blick flog ein letztes Mal über die Einrichtung. Jedes Zimmer war individuell eingerichtet. Einige hatten eine moderne Anmutung, andere zeigten ein barockes oder klassisches Ambiente. Eine fein abgestimmte Dekoration schuf eine stilistische Verbindung zu Eingangshalle, Speisesälen und Festsaal. Das größte Wunder für Helena war allerdings die Tatsache, dass nun jedem Zimmer und jeder Suite ein eigenes Badezimmer angegliedert war. Noch war deren Einrichtung schlicht. Aber bereits ab dem nächsten Jahr würden sie nach und nach mit modernstem Komfort ausgestattet werden.

Helenas Nacht war unruhig gewesen. Zum einen, weil sie dem heutigen Tag der Hoteleröffnung entgegengefiebert hatte, zum anderen, weil sie sich zu später Stunde noch in Maxims Zimmer geschlichen hatte. Aber sie fühlte sich nicht müde oder erschöpft. Eher erwartungsvoll aufgeregt.

Sie nahm das leere Tablett und machte sich auf den Weg in die Küchenräume. Ein wenig betrübt war sie noch immer über die Tatsache, dass Lilly heute nicht dabei sein konnte. Helena hoffte auf ein Wiedersehen mit ihr im Sommer.

Als sie die Eingangshalle durchquerte, blieb Helena einen Augenblick stehen. Der Raum war grandios geworden. Fast wähnte man sich in Italien, mit den feinen Holzmöbeln, den Korbstühlen und den prächtigen Pflanzen in Verbindung mit dem hellen Gauinger Travertin. Über allem leuchteten Kasias Wandfresken, auch die Decke hatte sie bemalt.

Helena durchströmte Erleichterung. Nach den Tagen im Beau-Rivage hatte sie Sorge gehabt, dass ihr das Grandhotel Lindenhof nach ihrer Rückkehr zu provinziell erscheinen könnte – aber das Gegenteil war der Fall gewesen. Im Lindenhof verband sich geschmackvoller Glanz mit einer verspielten Heimeligkeit, die das Genfer Prachthotel nicht bieten konnte.

Noch waren sie nicht fertig. Der Glasanbau fehlte, und auch mit den Gartenanlagen hatten sie noch nicht begonnen. Nicht nur weil die Zeit dafür gefehlt hatte, sondern auch das dazu benötigte Material. Die Idee eines Wohnhauses, das an die Stelle des Glashauses treten sollte, hatte Helena vorläufig verworfen.

Aber all das tat ihrer Freude keinen Abbruch. Im Gegenteil. Sie war voller Lust, ihre vielen Ideen reifen und Wirklichkeit werden zu lassen. In den nächsten Jahren würde der Lindenhof seinen Gästen jedes Jahr etwas Neues bieten können.

»Da bist du ja, Liebes!« Maxim kam aus Richtung der Speisesäle und hatte einen großen Karton im Arm. Er wuchtete ihn auf den hufeisenförmigen Tresen der Rezeption und öffnete die Klappen.

»Was ist das?«

»Warte es ab!«

Helena sah neugierig zu, wie er auspackte. »Das sind ja die Reklamehefte!«

»So ist es!« Maxim reichte ihr eines.

Sofort begann Helena, darin zu blättern. »Sie sind wirklich ansprechend geworden!«

Maxim nickte. »Ich hätte nicht gedacht, dass die Farben so gut wirken.«

Helena betrachtete die kolorierten Bilder und Fotografien. Auf dem Umschlag war eine Malerei von Kasia abgedruckt: eine Ansicht der Meersburg vor dem Blau des Bodensees, mit den Alpen im Hintergrund. Auf dem hellen Himmel stand in großen Lettern:

DER LINDENHOF
IHR GRANDHOTEL

»Bald werden wir farbige Drucke machen lassen, nicht nur kolorierte. Ich habe bereits Kontakt zu einer Druckerei aufgenommen, die in absehbarer Zeit solche Farbdrucke anbieten wird.« Maxim fuhr mit den Fingern über die Titelseite der Broschüre.

»Das ist gut.« Helena klappte das Exemplar zu, das sie in der Hand hielt. »Hoffen wir, dass die Welt nicht noch einmal beschließt, sich die Köpfe einzuschlagen ...«

In diesem Moment öffnete sich das Eingangsportal. »Grüß euch!« Pater Fidelis schritt den säulenbestandenen Gang entlang, als führe er eine Prozession an.

»Guten Morgen, Pater Fidelis! Wie gut, dass Ihr da seid!«

»*Carpe diem!*« Er strich sich entspannt über den Bauch. »An so einem Tag darf ich doch net fehlen!«

»Nein«, erwiderte Helena. »Auf keinen Fall! Ihr müsst schließlich für Bier und Wein sorgen.«

»Und für Ordnung!«

Helena lachte. »Ich denke nicht, dass es so schlimm werden wird, Pater Fidelis.«

»Sagts des net. Gerade hab ich schon drei nackerte Sonnenanbeter verscheucht!«

Maxim lachte. »Mag sein, dass ein kleiderloses Bad verlockender ist als eines im Badekostüm.« Er zwinkerte Helena verschwörerisch zu, denn auch sie gingen hin und wieder ohne lästigen Stoff am Leib im derzeit noch recht kalten See schwimmen. Allerdings stets zu nachtschlafender Stunde, sodass sich niemand dadurch belästigt fühlte.

Pater Fidelis grinste. »Soll'n s' machen – mich geniert's net! Außer heut, da passt das net. Ich schau danach!«

»Einverstanden!«, schmunzelte Helena. »Dann ist für die Einhaltung der Sitten gesorgt.«

»Und zwar zuverlässig.« Er machte ein zufriedenes Gesicht. »Ich schau mal zur Frau Käthe. Bestimmt hat s' einiges für mich zu tun!«, sagte er dann und machte sich auf den Weg ins Souterrain.

Helena sah ihm nach. »Ich muss auch weiter, Maxim.«

»Ist gut.« Er nahm sie in die Arme und küsste sie ausgiebig. »Und ich bringe die Reklamehefte zu deinem Vater.«

»Papa ist im Arbeitszimmer.« Ein wenig atemlos steckte Helena eine Haarnadel zurück, die sich unter seinen kosenden Fingern gelöst hatte.

Maxim betrachtete sie zufrieden. »Ich weiß.«

Helena setzte ein gespielt strenges Gesicht auf. »Jetzt müssen wir weitermachen, Maxim Baranow.«

»Jederzeit ...«

»*Das* muss heute warten.« Helena schüttelte lachend den Kopf. »Wir sehen uns dann gleich bei der Auftaktbesprechung.«

Eine gute Stunde später waren sie im Festsaal versammelt: Helenas Familie und Maxim, Boris, Kasia und Pater Fidelis. Auch Architekt Horn war anwesend. Käthe hatte ihre neu zusammengestellte Küchenbrigade um sich geschart. Außer Erna gehörte die zweite Köchin Lucia dazu, eine resolute Italienerin. Zudem gab es zwei weitere Mädchen: Paula und Minna, wobei Paula vorrangig in der Küche und Minna hauptsächlich als Zimmermädchen eingesetzt werden sollte.

Als sie ihre kleine Ansprache hielt, war Helena ungewohnt nervös: »Noch im Winter hätte kaum jemand für möglich gehalten, dass in diesem Jahr wieder Sommerreisende und Kurgäste nach Meersburg kommen. Dass es so ist, zeigt auf wunderbare Weise, wie das Leben selbst nach schwersten Zeiten immer wieder weitergeht. Es hat sich gelohnt, die Hoffnung zu bewahren und unsere Träume nicht aufzugeben. Dafür steht unser Grandhotel Lindenhof. In den letzten Monaten haben wir alle unser Bestes gegeben, sind an die Grenzen unserer Kräfte gegangen und darüber hinaus – und haben gemeinsam Unglaubliches geschaffen. Diese herrlichen Räume, in denen ab heute die Welt zu Gast sein wird, sind der Beweis, wie Mut und Zuversicht Kräfte bündeln und zu etwas ganz Großem werden lassen. Jeder von euch ist Teil davon – Teil des neuen Lindenhofs. Und Teil einer neuen Zukunft.«

Leises Klatschen durchdrang den Raum.

»In einer Stunde erwarten wir die ersten Gäste«, fuhr Helena fort. »Ich möchte deshalb noch einmal kurz die einzelnen Aufgaben durchgehen, die jeder hat. Katharina und ich werden an der Rezeption sein. Minna führt die Gäste auf ihre Zimmer. Boris hat sich bereit erklärt, den Gepäckdienst zu übernehmen, ebenso den Transport der Gäste mit dem Fuhrwerk vom Hafen hierher. Käthe, Lucia, Erna und Paula werden die Mahlzeiten kochen und servieren. Kasia übernimmt die Koordination in den Speisesälen. Pater Fidelis fühlt sich für die Getränke zuständig.«

»Jawoll! Das geistige Wohl is meine Spezialität!«, feixte der Mönch.

»Mein Vater, Maxim Baranow und ich sind jederzeit für alle ansprechbar – und springen ein, wo immer es nötig ist«, schloss Helena lächelnd. »Heute ist ein ganz besonderer Tag, und ich hoffe, wir können ihn genießen – trotz der vielen Arbeit, die uns erwartet. Ich wünsche uns viel Erfolg! Und viel Freude!«

Als alle wieder an ihre Arbeit gingen, trat Käthe an Helena und Maxim heran: »Wir haben ein großes Problem in der Küche«, sagte sie mit gedämpfter Stimme. »Es ist nur ein Bruchteil der bestellten Lebensmittel geliefert worden.«

Helena sah sie ungläubig an. »Wie meinen Sie das, Käthe?«

»Gestern schon war eine große Lieferung mit Fleisch, Milch, Butter und Rahm überfällig, aber da mir versichert wurde, dass sie heute eintrifft, habe ich nichts weiter unternommen. Zudem hatte ich Mehl und Zucker nachbestellt. Auch davon habe ich noch kein Gramm gesehen.«

»Es ist überhaupt nichts angekommen?«, hakte Maxim nach.

Käthe schüttelte den Kopf. »Nein.«

»Wir kümmern uns sofort darum!«, versprach Helena.

59. KAPITEL

Eine Stunde später

»Es ist mir ein Rätsel, was mit den Lebensmitteln geschehen ist«, sagte Helena. Zusammen mit Maxim stand sie am Schreibtisch ihres Vaters.

»Wie lange werden die Vorräte reichen?«, fragte Gustav mit nachdenklicher Miene.

»Wir können im Augenblick überhaupt keine richtigen Mahlzeiten anbieten«, erwiderte Helena. »Fleisch und Kartoffeln fehlen. Ich möchte am ersten Abend auf gar keinen Fall Kohlsuppe servieren!«

Gustav Lindner rieb sich über die Stirn. »Nein, das wäre eine Zumutung!«

Es klopfte, und Boris streckte den Kopf herein. »Ich fahre jetzt zum Hafen. Das Dampfschiff mit den ersten Gästen wird demnächst eintreffen.«

»Danke, Boris.« Gustav nickte. »Dann bis gleich!«

»Es geht los!« Maxim drückte Helena ermutigend die Hand. »Wir werden eine Lösung finden. Ich schau nach den

Lebensmitteln, vorrangig dem Fleisch. Und du empfängst die ersten Besucher deines Grandhotels.«

Helena warf Maxim ein schwaches Lächeln zu, dann ging sie rasch zu ihrem Vater und schlang die Arme um seinen Hals. »Danke, dass du dich um all die vielen Papiersachen kümmerst, Papa. Ich weiß, dass das viel Arbeit ist, die man nicht sieht. Und danke, dass du immer an mich geglaubt hast!«

Kurze Zeit später stieß Helena zu Katharina, die bereits hinter dem Tresen der Rezeption stand.

»Ich bin aufgeregt!«, bekannte Katharina. Sie hatte sich hübsch gemacht, trug ein ähnliches dunkelblaues Kleid wie Helena, das hellblonde Haar hatte sie aufgesteckt.

»Ich glaube, das sind wir alle«, antwortete Helena.

Die Tür schlug auf. »Sie sind gleich da!«, jubelte Pater Fidelis und schleppte einen großen Sack an ihnen vorbei. »Und Kartoffeln hab ich welche aufgetrieb'n!«

»Der Gute«, flüsterte Katharina.

»Ja, er ist ein Segen«, wisperte Helena zurück. »Trotzdem sollten wir ihn bitten, künftig den Lieferanteneingang zu nehmen, wenn er Lebensmittel bringt.«

Kurz darauf erschienen tatsächlich die ersten Gäste. Mit zurückhaltender Neugier betraten die drei Ehepaare die Empfangshalle. Boris folgte ihnen mit dem Gepäck.

»Frau und Herr Müller aus Frankfurt?«, fragte Katharina.

»Ja, Fräulein«, erwiderte der Mann.

»Das ist aber schön hier bei Ihnen!«, bemerkte seine Ehefrau bewundernd.

»Herzlich willkommen im Grandhotel Lindenhof!«, sagte Helena und merkte, wie trotz aller Sorgen ein Strahlen ihr Gesicht überzog.

Der Tag verging wie im Flug mit Anreisen, den Fragen der Gäste und der einen oder anderen Unsicherheit. Maxim und Pater Fidelis taten, was sie konnten, um die wichtigsten Vorräte zu besorgen. Helena atmete gerade ein wenig auf, als sie völlig unerwartet Elisabeth auf sich zukommen sah. Ihre Stiefmutter trug einen großen Korb unter dem Arm, dessen Inhalt mit einem blau-weißen Leinentuch abgedeckt war.

»Mutter!«, rief Katharina und eilte auf sie zu.

Helena wunderte sich. Elisabeth war ein seltener Gast im Lindenhof. Sie wusste, dass Katharina ihre Mutter hin und wieder im Ochsen aufsuchte, der Kontakt zu Helena und Gustav aber war nahezu abgebrochen.

»Was hast du mitgebracht, Mutter?« Katharina hob das Tuch und spickte in den Korb.

»Ich habe gehört, dass euch Lebensmittel fehlen«, antwortete Elisabeth.

»Das hat sich aber schnell herumgesprochen«, wunderte sich Katharina.

Elisabeth zuckte mit den Schultern. »Meersburg ist nicht gerade groß.« Sie sah zu Helena. »Ich habe Milch und Butter dabei, dazu einen Schinken und etwas Käse.«

»Ich danke dir, Elisabeth.« Helena war Elisabeths Hilfe unangenehm. Sie abzulehnen, wäre jedoch einem falschen Stolz geschuldet gewesen.

»Ich bringe alles zu Käthe in die Küche«, bot Katharina an. »Möchtest du mitkommen, Mutter?«

Elisabeth schüttelte den Kopf. »Ich warte hier bei Helena. Den Korb bräuchte ich wieder.«

Katharina nickte und machte sich auf den Weg. Helena blieb mit Elisabeth an der Rezeption zurück.

»Ich habe eine Quelle für frisches Fleisch und Wurst.« Elisabeth betrachtete Kasias Fresken.

»Wie meinst du das?«

»So wie ich es sage. Ich dachte, euch fehlt das. Gerade heute, am allerersten Tag.«

»Maxim wollte danach schauen.« Er war seit zwei Stunden unterwegs, um die Bauern in der Gegend nach Fleisch zu fragen.

»Dann hoffe ich für euch, dass er Glück hat.« Elisabeth sah auf ihre Armbanduhr. »Es ist gleich vier Uhr. Ich muss weiter.«

In diesem Moment kehrte Katharina zurück und händigte ihrer Mutter den leeren Korb aus. »Käthe ist überglücklich. Ich danke dir, Mutter!«

Helena kämpfte mit sich. »Könntest du uns dann möglicherweise … Fleisch und Wurst besorgen, Elisabeth?«, brachte sie schließlich heraus. Es fiel ihr nicht leicht, ihre Stiefmutter um diesen Gefallen zu bitten.

»Also doch?« Elisabeth sah Helena an. »Ich weiß, dass es Fleisch bei einem Bauern in Nussdorf gibt. Ich selbst kann aber nicht hin. Wie gesagt habe ich anderweitig zu tun.«

Helenas Blick wanderte zu ihrer Schwester. »Könntest du hingehen, Katharina?«

»Gerne!«

»Nein.« Elisabeth schüttelte den Kopf. »Nicht Katharina. Sie hat in solchen Dingen keine Erfahrung. So gut sie als Hilfsschwester ist, aber die Bauern ziehen sie über den Tisch.«

»Ich traue mir das zu, Mutter«, widersprach Katharina.

»Du kennst die Leute nicht, Katharina«, entgegnete Elisabeth. »Ich würde dir empfehlen, selbst zu fahren, Helena.«

»Aber ich kann doch hier nicht weg! Gerade heute! Und nach Nussdorf laufe ich zwei Stunden!«

Elisabeth zuckte mit den Schultern. »Du musst entscheiden, wie dringend ihr das Fleisch braucht. Im Hafen liegen die Boote zweier Fischer, die mir schon seit Jahren bei Tauschgeschäften behilflich sind. Ich könnte fragen, ob dich einer der beiden fahren würde.«

Helena dachte nach. Elisabeths freundliches Angebot erschien ihr verwunderlich. Am liebsten hätte sie Maxim oder Boris geschickt, aber die waren unterwegs. Sie wog kurz ab. Die Gäste waren versorgt, Käthe und Lucia bemühten sich nach Kräften, die Mahlzeiten vorzubereiten – wenn frisches Fleisch zur Verfügung stünde, wäre die Versorgung für die nächsten Tage gesichert.

»Also gut«, gab Helena nach. »Ich ziehe mich rasch um. Wirst du es allein hier schaffen, Katharina?«

»Ja, aber natürlich! Wenn nicht, dann bitte ich Kasia um Hilfe.«

»Ich danke dir.« Helena umarmte ihre Schwester und verließ dann ihren Platz hinter der Rezeption.

»Vergiss nicht, Geld mitzunehmen«, sagte Elisabeth. »Ich warte draußen auf dich.«

Zehn Minuten später waren Helena und Elisabeth auf dem Weg zum Hafen. Der Tag war frühsommerlich warm, lediglich die schneebedeckten Alpengipfel in der Ferne erzählten noch vom vergangenen Winter. Weit breitete sich der See aus, wie ein blauer Spiegel lag er zu ihrer Linken, während sie die Uferstraße entlanggingen.

Helena sah ihre Stiefmutter von der Seite an. »Warum hilfst du uns, Elisabeth?«

»Eine Art ... Wiedergutmachung?«

»Geht es dir nicht gut beim Ochsenwirt?«

»Ich möchte nicht darüber sprechen.«

Helena drang nicht weiter in sie.

Am Hafen herrschte reger Betrieb. Ein Dampfschiff hatte festgemacht und entließ eine Menschentraube in Richtung der Promenade, während dort wiederum Ausflügler darauf warteten, die Rückreise antreten zu können. An den kleineren Anlegestegen drängten sich die an- und ablegenden *Gondeln*, die mit ihrer zahlenden Kundschaft kleinere Rundfahrten auf dem See unternahmen.

»Dort!« Elisabeth zeigte auf zwei Fischerboote, die am äußersten Steg lagen und bereits die Leinen einholten. »Wenn du mitfahren möchtest, musst du dich beeilen.« Elisabeth drückte Helena den Korb in die Hand. »Ich bringe dich hin.«

Die beiden Männer in den Booten schienen nicht überrascht, als Elisabeth ihnen ihr Anliegen erklärte und Helena anschließend aufforderte zuzusteigen. Helena beschlich ein ungutes Gefühl, als Elisabeth sich nahezu brüsk wegdrehte und den Steg zurückging. Dabei rempelte sie beinahe einen der Hafenarbeiter an.

»Nussdorf?« Den hageren Mann, der das Boot führte, hatte Helena noch nie zuvor gesehen. Eigentlich kannte sie die Fischer dieser Gegend, auch die, die hin und wieder schmuggelten.

Helena war versucht, wieder auszusteigen, aber der Gedanke an den Grund dieser Fahrt ließ sie dem Impuls widerstehen. »Ja, Nussdorf«, sagte sie stattdessen und nahm auf der hölzernen Bank im Heck Platz, während der Fischer ablegte. Im letzten Augenblick sprang der Mann aus dem benachbarten Boot zu ihnen und setzte sich neben sie. Helena rückte von ihm weg, soweit es unter den beengten Gegebenheiten eben ging. Die beiden – Helena schätzte sie auf etwa fünfzig Jahre – sprachen kein Wort, weder mit ihr noch untereinander.

Helenas Unbehagen wurde nicht weniger, selbst als sie feststellte, dass sie tatsächlich in Richtung Nussdorf unterwegs waren. Sie beschloss, sich dort nach einer anderen Rückfahrgelegenheit umzusehen.

Der Elektromotor schnurrte leise und hinterließ eine aufgeschäumte Wasserspur. Von Konstanz drang das Tuten eines Dampfschiffs herüber und mischte sich mit den Schreien der Möwen, die sich am Himmel jagten. Ein Segelboot zog vorbei in Richtung Obersee, der Schiffsführer grüßte freundlich herüber.

Helena stellte den Korb zu ihren Füßen ab, um ihren Sonnenhut festzuhalten, an dem der Fahrtwind zerrte. Sie war gerade dabei, die Bänder neu zu knoten, als der Mann, der neben ihr saß, sie unvermittelt packte und ihr ein Tuch auf Nase und Mund presste. Sie gab einen erstickten Laut von sich, versuchte, ihr Gesicht wegzudrehen und sich seinem Griff zu entwinden, doch der Mann hielt sie fest umklammert.

Panik durchflutete sie. Der süßlich-stechende Geruch aus dem Lappen stieg ihr zu Kopf, zugleich hatte sie das Gefühl, keine Luft mehr zu bekommen. Verzweifelt trat sie um sich. Schwindel erfasste sie, und urplötzlich ließ eine matte Schläfrigkeit ihren Widerstand erlahmen. Wirre Traumbilder zogen vorbei und mischten sich mit den Schaukelbewegungen des Schiffes. Sie merkte, wie sie an eine Brust gezogen wurde, wähnte sich kurzzeitig in Maxims Armen, dann verlor sie sich in einem angenehmen Nichts.

In diesem Zustand zwischen Wachen und Schlafen verlor Helena Orientierung und Zeitgefühl. Irgendwann nahm sie ein unangenehm schabendes Geräusch wahr, zeitgleich gab es ein starkes Ruckeln – als ob ein Boot über eine Kiesbank glitt. Sie wollte nach ihrem Korb greifen, aber ihre Arme gehorchten nicht. Stimmen schwirrten durch ihre Gedanken, irgendjemand sagte, man solle aufpassen, Helena meinte, dass sie dem Ochsenwirt gehörte. Derbes Lachen jagte ihr einen Schauer durch den Körper, rasch gewechselte Worte hallten in ihrem Kopf wider. Sie wurde hochgehoben, gleichzeitig spürte sie wieder etwas Weiches auf ihrem Gesicht. Helena versank in völliger Dunkelheit.

60. KAPITEL

Gegen fünf Uhr nachmittags am selben Tag

Maxim hatte einiges an Lebensmitteln organisiert und räumte nun alles in die Küchenräume des Lindenhofs, wo Käthe und Lucia vor blubbernden und rauchenden Töpfen standen und das Abendessen vorbereiteten.

»Jetzt haben wir wirklich mehr als genügend Fleisch«, stellte Käthe fest und legte den Kochlöffel zur Seite. »Da hätte das Fräulein Helena gar nicht eigens losgehen müssen.«

»Helena wollte Fleisch besorgen?«, fragte Maxim irritiert.

»Hat das Ihnen keiner gesagt, Herr Baranow?« Käthe trat an den Tisch, wo Boris gerade Pause machte und einen Kaffee trank.

Maxim schüttelte den Kopf und sah Boris an. »Weißt du etwas?«

»Nein.« Boris zuckte mit den Achseln.

»Das ist seltsam. Wie kam sie denn dazu? Eigentlich hat sie heute mehr als genug hier zu tun.«

»Die Frau Lindner war da und hat Milch und Butter und

noch ein paar Sachen gebracht. Sie hat gehört, dass uns so viel fehlt, und wollte helfen.«

»Das ist im Grunde ja sehr freundlich von ihr.« Maxim wunderte sich. Sollte Elisabeth Lindner plötzlich ihre menschliche Seite entdeckt haben?

»Ich weiß auch nicht, was sie sich davon verspricht, aber uns hilft es.« Käthe wischte sich die Hand an ihrer Schürze ab. »Sie ist dann wohl mit dem Fräulein Helena weggegangen, um Fleisch zu besorgen, falls Sie nicht genügend würden herbringen können.«

»Elisabeth ist mit Helena unterwegs?«

»Ja, das hat das Fräulein Katharina zu Pater Fidelis gesagt.«

Maxim schüttelte den Kopf. »Das ist eigenartig ... Ich frage gleich bei Katharina nach. Kommst du mit, Boris?«

Boris trank seinen Becher aus und stand auf. Gemeinsam machten sie sich auf den Weg zur Rezeption.

Katharina stand hinter dem Tresen und bediente gerade ein Urlauberpaar, als sie die Eingangshalle erreichten. Gustav Lindner, der in einem der Korbsessel saß, sah Maxim und Boris kommen und winkte sie zu sich. »Elisabeth hat Helena mit zum Hafen genommen. Mir ist ganz und gar nicht wohl bei der Sache.«

»Käthe hat gerade davon erzählt«, erwiderte Maxim und sah zu Boris. Der nickte.

Inzwischen hatte Katharina ihr Gespräch beendet und gesellte sich zu ihnen. »Du suchst bestimmt Helena, Maxim. Sie kann noch nicht zurück sein, sie ist erst vor einer Stunde los. Das war etwa gegen vier Uhr.«

»Wo genau ist sie denn hin?«

»Mutter sagte etwas von einem Bauern in Nussdorf«, erwiderte Katharina und wandte sich an Gustav. »Mach dir keine Sorgen, Papa. Heute Abend wird sie bestimmt gesund und munter wieder da sein. Was sollte Mutter ihr denn tun wollen?«

In diesem Augenblick spürte Maxim ein Zupfen am Ärmel. Als er sich umdrehte, stand dort ein etwa zwölfjähriger Bub. »Ich soll was abgeben.« Er hielt Maxim einen Umschlag hin.

»Von wem?«, fragte Maxim, als er ihn entgegennahm.

Der Junge hielt die Hand auf. Gustav holte eine Münze aus seiner Jackentasche und legte sie hinein.

»Das ist von einer Frau«, sagte der Junge, drehte sich um und lief davon, ehe Maxim weitere Fragen stellen konnte. In der Tür stieß er mit Eddi zusammen. »Hoppla!«, rief der Fischer, was den erschrockenen Burschen dazu veranlasste, schleunigst das Weite zu suchen. Eddi sah ihm kopfschüttelnd nach und schloss die Tür.

»Eddi, mein Freund!« Gustav stand auf und ging dem Fischer entgegen, der sie in den letzten Monaten sehr unterstützt hatte. »Was führt dich hierher?«

»Ich brauch ein Zimmer!«, scherzte Eddi, wurde aber gleich wieder ernst. »Ich wollt euch was sagen, wegen dem Fräulein Helena.«

Maxim, der gerade den Umschlag öffnete, sah alarmiert auf. »Hast du sie gesehen?«

»Ich net, aber Konrad hat beobachtet, wie sie mit zwei

Fremden im Boot weggefahren ist. Die beiden waren ihm schon davor aufgefallen, weil er sie noch nie zuvor im Hafen hat anlegen sehen.«

Maxim runzelte die Stirn, zog ein Schreiben aus dem Umschlag und entfaltete es.

Sein Herzschlag stockte.

»Maxim?« Katharina sah ihn beunruhigt an.

»Sag schon!«, drängte Gustav. »Was steht denn drin?«

Maxim schüttelte den Kopf.

Sie waren da.

Und sie hatten Helena.

Kälteschauer jagten über seinen Rücken, sein Puls begann zu rasen. Mit einem Mal stand ihm wieder alles vor Augen. Die Rufe in der Nacht, die dunklen Gestalten. Die Dienstboten, die in Panik das Haus verließen, die herzzerreißenden Schreie der Kinder, die Todesangst in Lidias Blick …

Er hatte geglaubt, Frieden gefunden zu haben. Doch nun holte die Vergangenheit ihn ein, grausam und unerbittlich. Drohte ihm abermals das zu nehmen, was er am meisten liebte. Lag ein Fluch über seinem Leben?

Maxim reichte Gustav wortlos das Papier und zwang sich zur Ruhe. Er brauchte klare Gedanken und seine ganze Kraft.

»Maxim! Kann ich helfen?«, fragte Eddi.

»Boris, Eddi, wir müssen sofort zum Hafen.«

Die beiden nickten.

»Was ist denn?«, fragte Katharina. »Kann ich irgendetwas tun?«

»Das ist nicht wahr!«, entfuhr es Gustav. Er ließ den Brief sinken. »Wer tut so etwas? Wegen eines Schmuckstücks? Das hätten wir ihnen freiwillig gegeben und ein paar Hundert Mark noch dazu …« Ihm war alle Farbe aus dem Gesicht gewichen.

»Es gibt Menschen, deren Gier unermesslich ist.« Maxim fuhr sich mit der Hand in den Nacken. »Das Schlimmste aber ist, dass meine Anwesenheit sie hierhergelotst hat.«

»Die sind aus Russland?«

Maxim legte Gustav eine Hand auf die Schulter und suchte seinen Blick. »Ich werde sie dir zurückbringen, Gustav.«

»Du musst!«

Gustavs Verzweiflung bewirkte, dass Maxims Schock sofort nachließ und einer ruhigen Kaltblütigkeit Platz machte. »Gustav, du und Katharina, ihr sucht nach Elisabeth. Sie muss euch sagen, was sie weiß!«

»Ich kann mir nicht vorstellen, dass Mutter damit zu tun hat!« Katharina war fassungslos. »Sie ist zwar eine schwierige Person, aber so etwas … das traue ich ihr nicht zu!«

»Jetzt gehen wir erst einmal davon aus, dass jemand Elisabeth benutzt hat, um seinen perfiden Plan zu verwirklichen«, sagte Maxim beruhigend.

»Fahrt ihr gleich raus auf den See?«, drängte Gustav.

»Ja. Wenn sie vor einer Stunde mit ihr los sind, dann können wir sie noch einholen – und wenn es stimmt, dass sie zu einer Ruine auf dem Bodanrück wollten, wie Konrad es mitgehört hat«, antwortete Eddi.

»Hier steht, dass die Übergabe morgen in Konstanz stattfinden soll.« Gustav sah auf das Schreiben in seiner Hand. »Vielleicht wäre das eine bessere Möglichkeit …«

»Nein«, widersprach Maxim sofort. »Wir können nicht bis morgen warten. Erst dann, wenn wir sie heute nicht finden, planen wir neu.«

»Du … du kennst diese Leute besser.« Gustav faltete das Schreiben zusammen. Seine Finger zitterten.

Katharina sah Maxim an. »Ich gebe Kasia Bescheid. Sie soll die Rezeption übernehmen.«

Maxim nickte und wandte sich an Boris und Eddi. »Geht voraus. Ich muss noch etwas holen.«

Nur wenige Minuten später jagte Maxim hinter Eddi und Boris her und holte sie ein, kurz bevor sie den Hafen erreichten.

»Hast du es dort drin?«, fragte Boris und deutete auf Maxims Rucksack.

»Ich habe den Zobel dabei, ja«, antwortete Maxim. Helena und er hatten das Collier nach ihrer Rückkehr aus der Schweiz dort wieder eingenäht. Es war ihnen sicherer erschienen, da durch den Hotelbetrieb unzählige Fremde ins Haus kamen.

Boris nickte wissend.

Maxim wandte sich an Eddi. »Du sagtest etwas von einer Ruine. Aber angenommen, sie haben Hilfe von Leuten, die sich hier auskennen – wäre es da nicht naheliegender, dass sie sie direkt nach Konstanz gebracht haben?«

»Das glaub ich net. Sie sind Richtung Überlinger See gefahren, wollten zur Kargegg. Das hat wie gesagt der Konrad mitbekommen.«

Sie bogen auf einen der Holzstege ein, an dessen Ende Eddis Fischergondel lag. Konrad hob grüßend die Hand, als er sie erkannte. Er hielt bereits die Leine in der Hand.

Eddi bestieg sein Boot und startete den Außenbordmotor. »Die Kargegg, stimmt's?«, vergewisserte er sich noch einmal bei Konrad.

Der Hafenarbeiter nickte.

»Gut. Wenn wir in zwei Stunden net zurück sind, stellst einen Suchtrupp zusammen, Konrad.«

»Mach ich, Eddi.«

»Kommt, steigt ein!«, sagte Eddi zu Maxim und Boris, er wartete, bis sie Platz genommen hatten. »Los!«, rief er dann Konrad zu. »Und behalt den Hafen im Auge!«

»Du kannst dich auf mich verlassen, Eddi!« Konrad warf ihm die Leine zu.

»Die Kargegg liegt am Überlinger See. Ist eine Ruine«, erklärte Eddi, als sie den Hafen verließen und durch das Wasser pflügten. »Der Bodanrück fällt dort steil zum See ab. Und ist bewaldet.«

»Ein ideales Versteck also?«, fragte Maxim.

»Net unbedingt.« Eddi jagte den Motor hoch. »An manchen Tagen sind schon Leute dort oben unterwegs, machen Ausflüge zur Ruine oder zur Marienschlucht. Lange werden die sicher net bleiben. Sondern schauen, dass sie sie weiterschaffen, zum Untersee.«

»Vielleicht hat Konrad sich verhört«, gab Maxim zu bedenken.

Eddi schüttelte den Kopf. »Der ist es gewohnt, die Ohren offen zu halten. Das ist ein Teil seiner ... Arbeit für uns.«

»Das ist wichtig fürs Schmuggeln«, stellte Boris fest.

Eddi grinste, dann sah er Maxim an. »Wenn der Konrad sie von der Kargegg hat sprechen hören, dann sind sie auch dort hingefahren. Es sei denn, sie haben sich unterwegs anders entschieden.«

Die kleine Bucht, in der sie schließlich anlandeten, schien verwaist. Maxim befürchtete schon, dass die Fährte aller Versicherungen zum Trotz hier versandete, doch nachdem Eddi sein Boot sicher vertäut hatte, ging er zielstrebig auf einen schmalen Trampelpfad zu und gab ihnen ein Zeichen, ihm zu folgen.

Maxim nickte Boris zu und schulterte den Rucksack. Hintereinander stiegen sie den steilen Weg bergauf, der an manchen Stellen von Unterholz überwuchert war. Bereits nach wenigen Metern verlangsamte Eddi seinen Schritt und deutete auf ein paar abgerissene Zweige. »Hier ist kürzlich jemand vorbeigekommen.«

Maxim nickte. »Fragt sich, zu wievielt die sind.«

Eddi sah auf die Fußspuren am Boden. »Vier oder fünf, schätze ich.«

Sie gingen weiter.

Kurz darauf blieb Maxim mit seinem Hemd an einigen Dornen hängen und rutschte aus. Er stützte sich mit einem

Arm ab und konnte sich abfangen, doch bevor er sich wieder aufrichtete, fiel sein Blick auf ein Stück Stoff, das sich im Dickicht verfangen hatte. »Wartet!«

Eddi drehte sich um.

Boris kniff die Augen zusammen. »Der hängt da noch nicht lange.«

Maxim schüttelte den Kopf, bog die Zweige auseinander und nahm den Stofflappen an sich. Unwillkürlich hielt er ihn an die Nase. »Äther!« Er hustete und reichte ihn Boris weiter.

Boris roch ebenfalls daran und nickte. »Er ist noch feucht.«

Schweigsam gingen sie weiter durch den Buchenwald, dessen Winterkleid braun am Boden lag, während das satte Grün der frischen Blätter an den Zweigen und Ästen über ihnen leuchtete. Nur das leise Rascheln ihrer Schritte im Laub war zu hören. Hin und wieder blieb Eddi stehen und lauschte.

Sie hatten die Anhöhe fast erklommen, als er ihnen ein Zeichen gab. Aufmerksam hielten sie inne und horchten.

Zwischen Vogelgezwitscher und dem Hämmern eines Spechts waren Männerstimmen zu vernehmen.

»Wir sind auf der richtigen Fährte«, raunte Boris.

Langsam und bemüht, möglichst wenig Geräusche zu machen, arbeiteten sie sich die letzten schroffen und felsigen Meter hinauf, bis eine graue, mit Efeu und Moos bewachsene steinerne Wand vor ihnen aufragte. Dunkle Fensterhöhlen deuteten darauf hin, dass sie hier vor den Überresten eines Wohnturms aus längst vergangenen Tagen standen.

Sie blieben stehen und warteten ab. Zunächst war alles ruhig, doch dann erhoben sich die Stimmen erneut.

»Wir wollen unser Geld«, blaffte einer. »So war es ausgemacht.«

»Das Geld bekommt ihr, wenn morgen die Übergabe erfolgt ist.« Der Mann sprach mit einem schweren russischen Akzent, die Stimme allerdings kannte Maxim nicht.

»Geht nach Hause!«, befahl eine andere, sehr tiefe Stimme. »Und meldet euch morgen Abend im Ochsen. Da gibt's euren Lohn.«

»Der Ochsenwirt«, raunte Eddi.

Maxim nickte. Zugleich war ihm klar, dass Elisabeth wohl tatsächlich den Lockvogel gespielt hatte. Die Erkenntnis war bitter.

»So war es nicht ausgemacht. Wir könnten euch auffliegen lassen!«, drohte jetzt eine weitere Person, bei der es sich vermutlich um den zweiten Mann handelte, der mit Helena im Boot gefahren war.

»Legt euch lieber nicht mit mir an. Ihr habt selbst genügend Dreck am Stecken!« Der Ton des Ochsenwirts wurde drohend. »Morgen um diese Zeit!«

»Sie sind auf der anderen Seite der Wand«, sagte Eddi leise zu Maxim und Boris.

Von Helena war bisher nichts zu hören, und Maxims Sorge um sie wuchs. Hatten sie ihr zu viel Äther verabreicht? Er wusste, dass das Zeug tödlich sein konnte, wenn es falsch dosiert wurde.

In diesem Moment zeugten rasche Schritte im Laub davon, dass sich jemand näherte. Eddi reagierte sofort und deutete auf ein dichtes Gebüsch in der Nähe. Vorsichtig zogen sie sich dorthin zurück.

Durch das feine Netz aus Zweigen beobachteten sie zwei Männer mittlerer Größe, die zunächst ein Stück auf ihr Versteck zukamen, dann aber abbogen und sich an den Abstieg machten.

»Was tun wir jetzt?«, fragte Eddi flüsternd.

»Ich schätze, es sind noch zwei Männer in der Ruine. Der Ochsenwirt und dieser Russe.«

»Wie genau sieht es denn auf der anderen Seite dieser Wand aus?«, wollte Maxim wissen. »Ähnlich wie hier?«

»Auf der anderen Seite ist ein kleiner ebener Bereich mit ein paar niedrigen Mauerresten.«

»Aber auch dort geht es wieder steil nach unten?«

»Die Kargegg steht auf einem Sporn, überall geht es steil runter. Die gerade Fläche ist also net groß. Nur da, wo früher die Burg und der Wohnturm waren, da ist es einigermaßen eben.«

»Dann halten sie Helena vermutlich dort fest?« Sich ihr so nah zu wissen, machte Maxim ungeduldig.

»Ich denke schon. Ansonsten wären sie in die Marienschlucht gegangen, um sie dort zu verstecken.«

»Dann müssen wir also nur achtgeben, dass wir nicht herunterfallen«, stellte Boris fest. »Den Ochsenwirt und den Russen, die schaffen wir.«

»Auch wenn der Ochsenwirt Kraft für zwei Ochsen hat«, erwiderte Eddi.

Boris grinste, aber Maxim war nicht nach Feixen. Er bemühte sich, die Lage objektiv einzuschätzen. Sie waren zu dritt, die anderen wahrscheinlich zu zweit. Die Situation könnten sie beherrschen, vorausgesetzt, die anderen hatten keine Feuerwaffen bei sich.

Sie verließen das Gebüsch.

»Bleiben wir hier heute Nacht?«, fragte der Russe in diesem Moment.

»Es ist zu riskant, sie jetzt noch an einen anderen Ort zu bringen. Es ist ja nur für ein paar Stunden.«

Maxim konnte nicht mehr länger warten. Er sah Eddi und Boris an. »Ihr nehmt den Ochsenwirt, ich den anderen!«

61. KAPITEL

Sie bewegten sich vorsichtig entlang der Mauer, darauf bedacht, unentdeckt zu bleiben und in dem abschüssigen Gelände nicht den Halt zu verlieren. Schließlich standen sie an der breiten Stirnseite des Wohnturmrests. Sobald sie einen weiteren Schritt taten, würden sie ihren Schutz verlassen. Mit einem letzten Blick versicherte sich Maxim, dass seine Begleiter bereit waren, und trat aus der Deckung.

»Nikita!« Der Ochsenwirt erfasste als Erster, was geschah, und brüllte eine Warnung.

Der Russe reagierte sofort. Mit einem kehligen Laut wollte er sich auf Maxim stürzen, doch Boris war schneller und trat dem kleinen, muskelbepackten Mann im letzten Moment in die Kniekehlen, sodass er unmittelbar vor Maxim zu Boden ging. Boris warf sich auf ihn und hielt ihn fest.

Derweil war der Ochsenwirt auf Eddi losgegangen. Doch der drahtige Fischer erwies sich als geschickt, packte den Ochsenwirt an Handgelenk und Oberarm, brachte ihn durch zwei rasche Seitwärtsbewegungen in eine ungünstige Position und umklammerte mit der Armbeuge seinen Kehlkopf. Als er den anderen Arm über den Nacken des Ochsenwirts legte, sackte dieser bewusstlos zusammen.

Maxims Blick suchte derweil die Szenerie ab.

Dort, auf der anderen Seite der hohen Mauer, wo der einstige Innenbereich des Wohnturms ein lang gezogenes Rondell bildete, saß ein älterer Mann. Maxim kniff die Augen zusammen. Was zum Teufel hatte Fürst Pronsky hier zu suchen? Nur einen Wimpernschlag später stockte ihm das Blut in den Adern, als er erkannte, dass auf Pronskys Schoß eine junge Frau lag: Helena. Sie war offenkundig nicht bei Bewusstsein.

»Bleib wo du bist, Baranow!«, rief der Fürst auf Russisch und hob die Hand.

Maxim erkannte die Gefahr sofort und warf sich zu Boden.

Der Schuss peitschte über ihn hinweg, ein Mann brüllte getroffen auf. Hinter Maxim brach Tumult los, aber er hatte nur Augen für Helena. Als Pronsky noch einmal abdrückte und Maxim nur ein metallenes Klicken vernahm, war er sofort wieder auf den Beinen, überwand mit wenigen Schritten Mauerreste und niedriges Buschwerk, stürzte sich auf Pronsky und schlug ihm die Waffe aus der Hand.

Pronsky schrie auf und stieß Helena zur Seite. Ihr Kopf schlug gegen einen der vielen hervorstehenden Ziegel der alten Mauer. Obwohl Maxim ihr schwaches Stöhnen durch Mark und Bein ging, zwang er seine Aufmerksamkeit auf den Fürsten, zog ihn hoch, packte ihn bei der Kehle und drückte ihn gegen die Mauer. Erst als er sah, dass Pronskys

Gesicht sich bläulich verfärbte, lockerte er seinen Griff. Der Fürst schnappte nach Luft und begann, sich zu winden. Maxim drückte erneut zu.

»Maxim!« Boris' Stimme enthielt eine unverkennbare Warnung.

Maxim wandte den Kopf und sah, wie Pronskys Kumpan, Nikita, auf ihn zukam. Boris selbst lag weiter hinten im Gras und hielt sich die Schulter – offensichtlich hatte ihn der Schuss aus Pronskys Pistole getroffen.

Maxim ließ Pronsky los und hatte sich kaum umgedreht, da traf ihn bereits der erste Schlag. Sein Kopf dröhnte, doch er blieb auf den Beinen und konnte dem nachfolgenden Angriff gerade noch ausweichen, bevor sich eine Faust in seine Magengrube rammte. Maxim ignorierte die aufkommende Übelkeit, fixierte das Gesicht seines Gegners und setzte einen zielsicheren Hieb auf dessen Nase. Es knirschte. Der Russe geriet ins Wanken, aber er fing sich sofort. Obwohl ihm das Blut über Lippen und Kinn lief, griff er Maxim erneut mit beiden Fäusten an. Maxim wich ihm aus, Nikita stolperte ins Leere und fiel rückwärts auf den felsigen Untergrund. Mit einem gezielten Schlag schickte Maxim ihn in die Bewusstlosigkeit.

Sofort wandte er sich wieder zu Pronsky um, der noch immer nach Luft schnappte. Maxim packte ihn erneut und grub seine Finger in den Hals des Fürsten.

»Lass … lass los, Baranow«, stieß Pronsky hervor. »Ich … ich erzähle … aber lass … los!«

Maxim verringerte den Druck.

»Sie sollten ... niemanden töten. Wirklich nicht«, röchelte Pronsky.

Maxim stutzte verwirrt. Wovon redete der Fürst?

»Die Männer, die zu euch ... gekommen sind«, fuhr Pronsky fort, »sollten nur ... den Schmuck holen.«

Als Maxim begriff, was der Fürst soeben gestanden hatte, stand einen Augenblick lang die Welt still. »Lidia? Meine Kinder? Du ... du hast sie umbringen lassen?«, fragte er leise.

»Nein! Ich wollte nur den Schmuck ...«

Ein lang gezogener Schrei entrang sich Maxims Kehle. »Fahr zur Hölle, Pronsky!« Mit aller Kraft presste er seine Finger in Pronskys Kehle, hörte auch dann nicht auf, als Pronsky bedrohlich nach Atem rang.

»Maxim!« Boris' Stimme ließ ihn innehalten. »Er ist es nicht wert!«

Maxim stieß den Atem aus. Dann ließ er von Pronsky ab. Mit einem lauten Stöhnen sank der Alte auf die Knie.

Maxim wandte sich zu Helena um. Sie lag auf einem Grasstück und sah ihn aus müden Augen an.

Er kniete neben ihr nieder und nahm sie vorsichtig in die Arme. Aus einer Wunde an ihrer Stirn sickerte Blut. »Mein Liebes ...«

»Ich hätte ...«, stotterte Pronsky heiser, »ich ... hätte ihr nichts getan!«

Maxim sah zu ihm hin. »So, wie du meiner Familie nichts angetan hast? Ich glaube dir kein Wort!« Er hatte die Stimme gedämpft, aber sein Ton war messerscharf. »Du hast gemordet. Wegen eines Schmuckstücks!«

In Pronskys Augen trat auf einmal fiebrige Gier. »Du weißt nicht, was der Pawlowa-Schmuck wert ist, Maxim. Ihn zu besitzen …«

»Halt den Mund!« Maxim konnte das rechtfertigende Gewinsel des Fürsten nicht mehr ertragen. »Eine Frage allerdings habe ich noch: Wie lebt man mit einer solchen Schuld, Pronsky?«

Maxims Arme gaben ihr Halt in einer verzerrten Wirklichkeit. Die Müdigkeit wollte sie immer wieder überwältigen, aber Helena zwang sich, die Augen offen zu halten. Sie sah Maxims Gesicht über dem ihren, las die ausgestandene Angst in seinen Augen und hörte zugleich die raue Stimme des alten Mannes, der sie auf seinen Schoß gezogen und ihr immer wieder dieses übel riechende Tuch auf die Nase gelegt hatte.

Helena konnte nicht verstehen, worüber er sich mit Maxim unterhielt, da die beiden russisch miteinander sprachen. Aber sie spürte Maxims Anspannung und Wut.

»Du hast sie entführt«, sagte Maxim und wechselte ins Deutsche. »Hättest du auch sie umgebracht? Wegen des Colliers?«

»Ich habe … niemanden umgebracht. Es war ein Unglück.« Der alte Mann hustete. »Und Jelena – Helena … ist meine Tochter. Ihr wäre nichts geschehen.« Er hatte auf Deutsch geantwortet. Und Helena hatte jedes einzelne Wort verstanden.

Das Entsetzen kam mit Verzögerung, wurde zur Welle und riss sie aus ihrer Lethargie. Mühsam richtete sie sich auf, umklammerte Maxims Arm. »Nein.« Ihre Stimme war so schwach. »Nein!«, rief sie lauter. »Er lügt!«

Der Alte starrte sie mit einem seltsamen Flackern in den Augen an. »Du hast das Collier getragen ... im Beau-Rivage.«

Woher wusste er das?

»Du warst dort, Pronsky?«, fragte Maxim fassungslos.

»Ich lebe dort. Und ich habe euch ... erkannt.«

Plötzlich trat Boris vor den alten Russen. Er hielt eine Pistole in seinen Händen und spielte mit dem Magazin. Auf seinem hellen Hemd sah Helena einen angetrockneten Blutfleck. Dann war der Schuss, den sie vorhin gehört hatte, kein Traum gewesen.

Angesichts der Waffe geriet Pronsky in Panik. »Nicht!«, krächzte er.

»Wartet. Boris ... Maxim«, kam es leise von Helena. »Er soll ... erzählen.«

Maxim zog sie fester an sich. Dann machte er eine grobe Handbewegung zu Pronsky hin. »Sie hat das Recht, alles zu erfahren.«

Pronsky sah zu Boris. Der ließ das Magazin einrasten.

»Olga Pawlowa«, begann er, ohne die Augen von Boris zu nehmen, »war meine große Liebe.«

»Nein«, wisperte Helena.

»Du hast Wera geheiratet, obwohl du Olga wolltest?« Maxims Ton war beißend. »Was sagt deine Gattin denn dazu?«

»Wera ist tot.«

Maxim schnaubte. »Noch eine Frau, die du auf dem Gewissen hast.«

»Sie hatte die Grippe.«

Maxim lachte laut auf.

»Das muss alles ein Irrtum sein. Ich bin ... nicht seine Tochter!« Helena versuchte, auf die Knie zu kommen. Maxim verlagerte sein Gewicht, um sie zu stützen.

»Ich wusste nicht, dass Olga schwanger war.« Pronsky schien sich nur mit Maxim zu unterhalten. »Die Familie hatte sie weggeschickt, nach Genf. Als ich den Grund dafür erfahren habe, war ich bereits mit Wera verheiratet.«

»Woher nimmst du die Sicherheit, dass Olgas Kind von dir war?«, fragte Maxim. »Offensichtlich hatte sie Gefallen an einem Burschen aus dem Dorf gefunden ...«

»Niemals hätte Olga sich unter Wert hergegeben. Sie war unberührt, als ...« Er biss sich auf die Lippen.

»Als was? Als du ihr ... deinen Willen aufgezwungen hast?« Helena hörte die Fassungslosigkeit in Maxims Stimme.

»Nein.« Pronsky schüttelte den Kopf. »So war es nicht.«

»Sie hätte sich dir niemals freiwillig hingegeben!«

»Was verstehst du schon ...«, keuchte der Alte.

»Ich glaube, ich verstehe nur zu gut. Olga hat dich abgelehnt. Sie hat sich geweigert, dich zu heiraten, obwohl sie schwanger war«, fuhr Maxim fort. »Da hast du dir die Schwester genommen, um in ihrer Nähe zu bleiben. Und Wera war froh, dass sie versorgt war.«

»Ich hätte Olga auf Händen getragen!«, rief der Fürst aus. »Keine Frau im ganzen Zarenreich wäre so geliebt worden!«

»Aber sie hat nichts für dich empfunden, Pronsky. Im Gegenteil. Sie konnte deine Nähe nicht mehr ertragen, nachdem du ihr Gewalt angetan hattest, nicht wahr?«, erwiderte Maxim.

Helena schloss die Augen. Das, was sie gerade erfahren hatte, war unerträglich. Sie ließ sich in ihre Erschöpfung fallen, wollte nichts mehr sehen, nichts mehr hören und wünschte inständig, dass dies alles nur ein Albtraum war, aus dem sie bald sicher und behütet in ihrem Bett erwachte.

Maxim spürte, wie Helena zusammensank, ließ den Fürsten aber nicht aus den Augen. Der alte, weißhaarige Mann wirkte auf einmal, als hätte eine unsichtbare Macht von ihm Besitz ergriffen. Sein Blick war in die Ferne gerichtet, sein Gesichtsausdruck wirkte auf unheimliche Art entrückt.

»Es war nur zu Olgas Bestem!« Pronskys Stimme hatte einen sentimentalen Unterton, der Maxim Übelkeit verursachte. »Sie hätte irgendwann gemerkt, dass sie mich liebt.«

Maxim wurde klar, dass Pronsky Olga Pawlowa in einem unerträglichen Ausmaß bedrängt haben musste.

»Wenn sie nicht diese Lügengeschichte mit dem Bauernjungen erfunden hätte, wären wir sehr glücklich geworden«, fügte Pronsky an.

»Du hast sie verfolgt!«, sagte Maxim verächtlich. »Das ist keine Liebe.«

»Nein, ich habe sie beschützt!«

Helenas Schultern zuckten. Maxim strich ihr über das Haar und sah, dass sie weinte.

»Du bist Abschaum, Pronsky.«

»Sollen wir ihn …«, begann Boris, doch ein Ruf unterbrach ihn.

»Maxim!« Das war Eddi. Völlig außer Atem kam er aus dem Wald. »Der Russe, dieser Nikita, ist abgehauen«, japste er. »Richtung Untersee. Ich habe ihn net mehr erwischt.«.

»Wer war das überhaupt?«, fragte Maxim.

»Irgendein zwielichtiger Händler. So eine Art Agent«, erwiderte Boris. »Kerle wie den habe ich in Moskau einige gekannt. Ich denke mal, dass er zusammen mit Pronsky hinter dem Collier her war.«

»Was ist eigentlich mit dem Ochsenwirt?«, fiel Maxim ein.

Eddi deutete grinsend hinter sich. Dem Fischer war es gelungen, den riesigen Mann zu fesseln und ihm einen Knebel zwischen die Zähne zu schieben.

Maxim sah auf. »Gute Arbeit, Eddi. Kümmerst du dich um ihn?«

»Mit Vergnügen!«

»Boris, du nimmst Pronsky mit. Und ich«, Maxim sah Helena sorgenvoll an, »werde Helena nach Hause bringen.«

62. KAPITEL

Meersburg, in derselben Nacht

Elisabeth packte ihren Koffer. Viel war nicht zu verstauen. Drei Kleider, zwei Nachthemden, ein paar Wäschestücke. Eine Seife, einige Handtücher, Bürste, Kamm, ein Gebetbuch. Den meisten Platz nahmen die Lebensmittel ein, die sie aus dem Keller entwendet hatte. Ganz unten befand sich ein Etui, in dem sich ihr Vermögen befand. Sie hatte es abgezweigt, als Gustav im Krieg gewesen war. Immer wieder kleine Beträge, aber in Summe reichte es ihr nun für einen Neuanfang. Die Vorauszahlung von Herrn Nikita war auch dabei.

Auf das restliche Geld konnte sie nicht mehr warten. Elisabeth wusste, dass ihre Zeit in Meersburg zu Ende ging.

Ein schlechtes Gewissen, die Lebensmittellieferungen für den Lindenhof umgeleitet und Helena zum Hafen gelockt zu haben, hatte sie nicht. Im Gegenteil, es bereitete ihr eine gewisse Genugtuung.

Denn wenn sie an den Lindenhof dachte, der sich jetzt als

das Grandhotel präsentierte, das sie sich immer gewünscht hatte, keimte Wut in ihr auf. Sie fühlte sich von allen betrogen. Als Gustavs Frau hatte sie hart dafür gearbeitet, das Gasthaus zur Blüte zu führen, ihn unterstützt, wo immer es möglich gewesen war, und daneben noch drei Kinder großgezogen. Aber Gustav hatte versagt und sie zum Dank für ihre Plackerei von allem abgeschnitten.

Otto war anders. Ein richtiger Mann, einer, der sich durchsetzen konnte, der sie beeindruckt und auch angezogen hatte. Mit dem zusammen sie noch einmal hatte darum kämpfen wollen, eine erfolgreiche Wirtin zu werden. Dafür war sie weit gegangen, hatte ihm Einsicht in die Bücher des Lindenhofs verschafft und sogar kleine Giftmengen ins Essen der Lazarettpatienten gemischt – auch wenn es ihr unangenehm gewesen war. Die Soldaten hatten ja nichts für Gustavs Unvermögen und Sturheit gekonnt. Aber was war ihr denn anderes übrig geblieben, um Helena und Gustav endlich zum Verkauf des Lindenhofs zu bringen? Doch erst mit dem Auftauchen der spanischen Krankheit hatte es dann so ausgesehen, als wende sich nun alles zum Guten für sie: Gustav hatte endlich verstanden, dass er den Lindenhof nicht würde retten können – und an Otto verkauft.

Und am Ende? War alles gescheitert, weil sich Otto den Kaufvertrag hatte abjagen lassen, von diesem russischen Baron, der wie aus dem Nichts in Meersburg aufgetaucht war und Helena schöne Augen gemacht hatte. Das war der Moment, an dem Elisabeths Bindung zu Gustav und Helena endgültig zu Bruch gegangen war. Ihre Stieftochter war nur auf den eigenen Vorteil bedacht und Gustav zu schwach, sich ihr gegenüber durchzusetzen.

Und noch eines war Elisabeth in den letzten Monaten klar geworden: Otto teilte zwar gern die vergnüglichen Stunden mit ihr, aber er hatte keinesfalls vor, sie zu seiner Frau zu machen. Er würde sie selbst dann nicht heiraten, wenn Else einmal nicht mehr sein sollte. Einem Reisenden gegenüber hatte er kürzlich erwähnt, dass er sich bereits nach einem jungen Mädchen umsah, das ihm einmal den fehlenden Erben gebären sollte. Seine Ehe mit Else war kinderlos geblieben.

Elisabeth drückte den Kofferdeckel zu und ließ die Verschlüsse einrasten.

Ein wehmütiges Gefühl stieg in ihr auf, wenn sie an Lilly und Katharina dachte. Beide würde sie vermutlich so schnell nicht wiedersehen. Doch irgendwann, darauf wollte sie vertrauen, würde sie sich mit ihren beiden Töchtern aussöhnen und ihnen ihre Beweggründe erklären können.

Sie zog ihren Mantel an, nahm den Koffer, schlich die Treppe hinunter und verließ den Ochsen.

Sie hatte einen Plan.

Aber der Weg, der vor ihr lag, war weit.

Das Grandhotel Lindenhof, am 4. Mai 1919, gegen Mittag

»Wie geht es dir jetzt? Hast du noch ein bisschen schlafen können?«, fragte Maxim und hielt Helena eine Tasse Kaffee unter die Nase.

Der starke, würzige Duft belebte Helenas Sinne. Sie setzte sich auf. »Danke, Maxim. Es geht mir schon besser. Ich habe noch ein bisschen Kopfschmerzen, aber mehr nicht.«

Maxim setzte sich an ihre Bettkante und strich ihr zärtlich über das Haar. »Das kommt vom Äther. Ich darf gar nicht daran denken, was alles hätte passieren können.«

»Ich habe Glück gehabt. Meinst du, sie hätten mich freigelassen, wenn du ihnen das Collier übergeben hättest?«

Maxim zuckte mit den Schultern. »Ich denke schon. Durch den Äther konnten sie davon ausgehen, dass du nicht wusstest, wer dich verschleppt hatte. Allerdings hätten sie dich weiterhin betäuben müssen – und eine zu große Dosis kann tödlich sein.«

Helena nippte nachdenklich an ihrem Kaffee.

Das, was sie in der vergangenen Nacht hatte erfahren müssen, ließ ihr keine Ruhe. »Ich kann ... Ich möchte ihm nicht glauben!«

»Ich befürchte, dass er die Wahrheit gesagt hat«, erwiderte Maxim. »Wirklich wissen kann das aber nur deine Mutter.«

»Meine Mutter ...« Helena kam plötzlich eine Idee. »Gib mir das Medaillon, Maxim!«

»Das Medaillon?«

»Ja. Bitte!«

Maxim wusste, wo Helena die Schatulle aufbewahrte, nahm den Anhänger heraus und reichte ihn ihr.

Hektisch klappte sie ihn auf. »Auf dem Frisiertisch liegt eine Pinzette«, sagte sie.

Maxim brachte ihr das Gewünschte. »Was hast du vor?«

Helena antwortete nicht. Stattdessen versuchte sie, das Glas über der Gottesmutter zu entfernen.

»Lass mich das machen!«, bot Maxim an.

Sie reichte ihm das Medaillon. Er sah es sich an. »Einen Moment!«, bat er und verließ das Zimmer.

Unruhig wartete Helena darauf, dass er wiederkam.

Sie wusste, dass es ihm nicht besser ging als ihr, auch wenn er sich Mühe gab, es zu überspielen. Die ganze Nacht hatten er und ihr Vater mit dem Fürsten geredet. Pronsky hatte wohl immer wieder beteuert, dass weder er noch Wera den Tod von Lidia und den Kindern gewollt und dass die für den Überfall gedungenen Männer gegen die Abmachungen gehandelt hätten. Mehr noch, dass er erst sehr viel später erfahren habe, was wirklich geschehen war. Doch Maxim glaubte ihm nicht. Für ihn war Pronsky geisteskrank. So krank, dass er ein junges Mädchen vergewaltigte, um die Ehe mit ihr zu erzwingen. So krank, dass er bis heute davon überzeugt war, mit dieser abscheulichen Tat in Olgas Sinne gehandelt zu haben. So krank, dass er für das Pawlowa-Ensemble hatte morden lassen.

Vor einer Stunde war Pronsky den Beamten der Kriminalpolizei übergeben worden. Seither war es Helena leichter. Sie wollte diesen Mann niemals wiedersehen.

Für Helena war das Gefühl, die Folge dieses Leides zu sein, das ihrer Mutter angetan worden war, kaum zu ertragen. Maxim hatte sie getröstet, und auch ihr Vater hatte ihr versichert, wie sehr ihre Mutter sich trotz allem auf Helenas Geburt gefreut und welche Liebe sie für ihr Kind empfunden hatte. Und dass Pronsky nicht die Macht besaß, ihr die Gewissheit zu nehmen. Das, so hatte ihr Vater gesagt und sie in den Arm genommen, hätte ihrer Mutter mehr Schmerz zugefügt als alles, was Pronsky ihr angetan hatte.

Seither ging es Helena ein wenig besser.

Maxim kehrte ins Zimmer zurück. Er hatte das Medaillon und die Pinzette auf einen weißen Porzellanteller gelegt, die beiden Glasscheiben, welche die Ikonenmalerei und das Bildnis ihrer Großmutter geschützt hatten, befanden sich daneben. »Ich habe den Schutz entfernt. Das wolltest du doch?«

»Ja. Danke!« Sie zog seinen Kopf zu sich herunter und küsste ihn.

Dann nahm sie das Medaillon in die Hand und löste mit der Pinzette die beiden Bilder heraus.

Hinter der Gottesmutter befand sich ein winzig klein zusammengefalteter Zettel.

Sie entfaltete ihn mit bebenden Händen, stutzte aber sofort. »Ich kann das nicht lesen, Maxim.«

»Ist es zu klein geschrieben?«

»Nein.« Sie hielt ihm die Nachricht hin. »Das ist Kyrillisch.«

»Stimmt. Kyrillisch *en miniature*.« Maxim kniff die Augen

zusammen. Dann las er vor: »*Weil du ein Recht darauf hast, es zu wissen, kleine, unschuldige Jelena, auch wenn ich es kaum ertrage: Du entstammst der Familie Igor Sergejewitsch Pronsky. Mache dein Recht geltend! Ich liebe dich.*«

Maxim gab ihr den Zettel zurück. »Woher wusstest du das?«, fragte er verblüfft.

»Ich kann es dir nicht sagen, es schien mir einfach eine Möglichkeit zu sein.« Mit einer bedächtigen Bewegung strich Helena über die Botschaft, dir ihr ihre Mutter vor so vielen Jahren geschrieben hatte.

»Das ist wohl die besondere Verbindung zwischen einer Mutter und ihrem Kind. Über alle Zeit und Entfernung hinweg.«

Helena spürte, wie ihr Herz leichter wurde. Die Vergangenheit konnte sie nicht ändern. Sie würde ihre Abstammung akzeptieren müssen. Aber die Zukunft, die konnte sie gestalten.

»Lass uns nach vorn schauen, Liebste«, sagte Maxim, als habe er ihre Gedanken gelesen. »Wir haben viel verloren. Aber wir haben uns.«

Helena nickte. Auch er trug seine Bürde.

»Eines verspreche ich dir, Helena.« Maxim nahm sie fest in den Arm. »Wir machen uns auf die Suche. Eines Tages werden wir deine Mutter finden. Ich habe Pronsky das Versprechen abgenommen, uns dabei zu helfen.«

»Ich will ihn nie wiedersehen!«

»Das musst du auch nicht. Aber er hat mit Sicherheit Informationen, die uns nützlich sein können. Im Übrigen hat er dir den gesamten Pawlowa-Schmuck überlassen. Die Schatulle liegt im Arbeitszimmer deines Vaters.«

»Er hat den Schmuck dabeigehabt? Und hergegeben?«, fragte Helena ungläubig. »Einfach so? Freiwillig?«

»Mag sein«, erwiderte Maxim und zwinkerte ihr zu, »dass ich ihn bei seiner Entscheidungsfindung ein klein wenig unterstützt habe.«

Helena spielte mit ihrem Zopf.

»Was ist eigentlich mit seinem Helfer? Diesem russischen Mann, der auch dabei war?«

»Nikita. Der ist über alle Berge. Aber ich werde seine Spur nachverfolgen lassen.«

»Weißt du«, sagte Helena nachdenklich, »der Schmuck ist mir nicht so wichtig. Er hat so viel Leid gebracht. Vielleicht sollten wir ihn verkaufen.«

»Du bist die einzige lebende Pawlowa, und der Schmuck wird innerhalb der weiblichen Linie weitervererbt. Er ist eine einzigartige Verbindung zu deiner Familie – und auch ein Gedenken an meine. Nachdem Lidia und meine erstgeborene Tochter nicht mehr leben, wirst du ihn an unsere gemeinsamen Töchter weitergeben. Das ist doch ein wunderschöner Gedanke!«

»Ja. Das ist es.« Helena schmiegte sich an ihn. »Aber was ist, wenn wir nur Buben bekommen?«

Maxim nahm ihren Kopf in seine Hände und betrachtete ihr Gesicht. »Wir werden nicht ruhen, bis ein Mädchen dabei ist.«

63. KAPITEL

Das Grandhotel Lindenhof, am 14. August 1919

»Du siehst wundervoll aus!« Kasia klatschte in die Hände. »Hach! Was für ein wundervoller Tag!«

Helena lächelte. Sie war fertig angezogen und frisiert und betrachtete sich im Standspiegel der Rosen-Suite, die für sie und Maxim reserviert war. Obwohl Meersburg von Sommerreisenden überrannt wurde und die Nachfrage nach Zimmern alle Vorstellungen sprengte, hatte ihr Vater darauf gedrängt, dass sie ihre ersten Nächte als Ehepaar in Helenas Lieblingssuite verbrachten.

»Helena, du musst dich beeilen, Maxim ist schon …« Katharina kam ins Zimmer, gefolgt von Lilly und Minna, die sich Lillys neun Monate altem Söhnchen Hans angenommen hatte. Alle blieben verblüfft stehen, als sie Helena erblickten.

»Du bist so schön«, flüsterte Lilly.

Helena drehte sich zu ihnen um. »Kommt her!«

Lilly und Katharina nahmen ihre große Schwester in die Mitte.

»Traumhaft!« schwärmte Katharina angesichts des Bildes, das der Spiegel zurückwarf, und Helena nickte. Die lavendelfarbenen Kleider ihrer Schwestern bildeten einen zarten Kontrast zu ihrem weißen Hochzeitsgewand mit den aufwendigen Spitzenapplikationen. Ein Kranz aus frischen Wiesenblumen hielt den transparenten Spitzenschleier, der über den schimmernden Stoff des Kleides floss und in einer kleinen Schleppe auslief. Den runden Ausschnitt zierte eine schlichte Kette mit einem Kreuz. Helena hatte bewusst auf den opulenten russischen Schmuck verzichtet. Das Kreuz war ein Geschenk ihrer schon lange verstorbenen Singener Großmutter.

»Dein Hochzeitstag ist klug gewählt, Helena.« Kasia arrangierte die letzten Blüten an Helenas Brautstrauß. »Denn er beschert uns nicht nur ein herrliches Fest, sondern auch eine neue Verfassung. Und nach dieser Verfassung sind Frauen und Männer endlich gleichgestellt.« Kasia zwinkerte ihr zu. »Das sollte Maxim sich gleich hinter die Ohren schreiben!«

Helena lachte. »Ich denke, das hat er bereits gemerkt.«

»Ganz gerecht finde ich das alles aber noch nicht.« Lilly entfernte eine Fluse von ihrem Kleid. »Ich durfte im Januar nicht wählen, weil ich noch nicht zwanzig bin. Dabei habe ich bereits ein Kind!«

»Auch Männer müssen zwanzig Jahre alt sein, wenn sie wählen wollen«, erwiderte Kasia. »In diesem Sinne ist es dann wieder gerecht.« Sie trat zu den drei Schwestern und übergab Helena den Strauß aus immergrünen Zweigen und weißen Rosen. »Ihr seid ein hübsches Trio!«

»Genau genommen sind wir nicht einmal Halbgeschwister«, sagte Helena leise.

»Trotzdem könnten wir uns nicht näherstehen«, entgegnete Katharina.

»Du warst immer unsere große Schwester.« Lilly drückte Helenas Hand. »Und du wirst es immer bleiben!« Ihr kleiner Sohn quäkte, beruhigte sich aber sofort, als Minna ihm leise ein Liedchen vorsummte.

»Ich denke, es wird Zeit für dich, Helena.« Kasia lächelte ihr zu. »Wir sollten deinen Bräutigam nicht länger warten lassen!«

Sie war wunderschön. Maxim wischte sich verstohlen eine Träne aus dem Augenwinkel, als Helena in einem knöchellangen weißen Kleid und einem Schleier über ihrem dunklen Haar die Treppe herabkam. Ein Strahlen lag auf ihrem Gesicht, und der Blick ihrer funkelnden Augen war fest auf ihn gerichtet. Hinter ihr gingen Lilly und Katharina, gefolgt von Kasia, deren breites Lächeln zeigte, wie sehr sie das Glück dieses Tages teilte.

Für einen Moment kehrten Erinnerungen an einen klirrend kalten Dezembertag in Petrograd zurück. Damals hatte er Lidia zur Frau genommen, jung und voller Hoffnung auf eine erfüllte, gemeinsame Zukunft. Er spürte diesen Gedanken nach, sah einen Augenblick ihr vor Aufregung gerötetes, hübsches Gesicht vor seinem inneren Auge, wusste um die Ecke seines Herzens, in der sie und die Kinder immer ihren Platz haben würden. Heute aber schrieb er seine Geschichte weiter, und er wusste, dass Lidia sein Glück mit vollem Herzen teilte und im Himmel, sofern es einen gab, mit ihnen tanzte.

Gustav Lindner trat neben ihn. »Passt gut aufeinander auf«, sagte er leise.

Maxim nickte: »Jeden einzelnen Tag.«

Als Helena schließlich vor ihm stand, durchlief ihn eine Woge an Liebe und Dankbarkeit. Vorsichtig schloss er sie in die Arme. »Ich habe ein solches Glück mit dir«, flüsterte er in ihr Ohr.

»Und ich mit dir«, wisperte sie zurück und nahm lächelnd seinen Arm.

Sie gingen durch die weit geöffneten Flügel des Portals hinaus in einen lichtdurchfluteten Hochsommertag. Wärme umfing sie, ein wolkenloser Himmel spann sich über die liebliche Landschaft, und die hellen Strahlen der Sonne ließen das azurblaue Wasser des Bodensees am Ende der Lindenallee festlich glitzern. Maxim atmete tief ein, bevor er Helena die breite Steintreppe hinab und über den Kiesplatz hinaus in den Garten führte.

Das quietschende, rostige Gartentörchen war durch einen Bogen aus roten Rosen ersetzt worden. Ihr feiner, sinnlicher Duft hüllte Helena und Maxim ein, als sie hindurchgingen und vom üppigen Grün des Lindenhof-Gartens empfangen wurden.

Auf dem zurückgestutzten Gras erwartete sie bereits die

Hochzeitsgesellschaft – neben der Familie hatten sich Boris, Kasia und ihr Mann Otto Ehinger, Eddi und Konrad, Doktor Zimmermann und der neue Bürgermeister Karl Moll eingefunden, zudem die meisten ihrer Hotelgäste. Auch Ernas Mutter war anwesend – sie hatte Helenas Brautkleid geschneidert.

Pater Fidelis strahlte von einem Ohr zum anderen, als sie vor den unter einem weißen Baldachin aufgebauten Tisch traten. Dort hatte er mithilfe zweier Messdiener alles bereitgestellt, was er für die Zeremonie benötigte – mitsamt einem bis zum Rand gefüllten goldenen Weinkelch. »Ja, wie freut's mich, dass ich euch verheirat'n darf!«

Zunächst hatte es so ausgesehen, als würde Helenas inniger Wunsch nach einer Hochzeit im Freien an den strengen Vorgaben der Kirche scheitern, wonach nur die in einem Gotteshaus vollzogene Trauung Gültigkeit hatte. Aber Pater Fidelis hatte nicht geruht, bis er für die *Gartenhochzeit*, wie er sie nannte, eine bischöfliche Ausnahmegenehmigung erhalten hatte.

Maxim drückte Helenas Hand.

Mit leisem Murmeln versammelte sich die Hochzeitsgesellschaft hinter ihnen. Gustav hatte einige Bläser organisiert und selbst die Posaune ausgepackt. Ihre Instrumente glänzten in der Sonne, als sie *Nun danket alle Gott* intonierten. Die festliche Melodie stieg in den wolkenlosen Augusthimmel.

»Also, so arg lang werd' ich net reden«, kündigte Pater Fidelis an, nachdem der letzte Ton verklungen war. »Aber ein bisserl was hab ich doch zu sagen.« Sein Blick glitt über den sommerlichen Garten. »Als ich über eure Hochzeit nachgedacht hab, ist mir als Erstes der Korintherbrief eingefallen. Der erzählt vom Glauben, von der Liebe und der Hoffnung. Alles drei habts ihr ja schon brauchen können, vor allem in der letzten Zeit. Aber dann hab ich zurückgeblättert, im Alten Testament und wieder mal das Hohelied Salomos durchgelesen. Das g'fallt mir besonders gut.«

Er räusperte sich und zitierte:

> *»Denn vorbei ist der Winter,*
> *Verrauscht der Regen.*
> *Auf der Flur erscheinen die Blumen;*
> *Die Zeit zum Singen ist da.*
> *Die Stimme der Turteltaube*
> *Ist zu hören in unserem Land.«*

Nach einer kleinen Pause sprach er weiter: »Letztes Jahr um die Zeit war noch ein großer Krieg in der Welt. Keiner hat gewusst, wann der Frieden wiederkommt. Und jetzt ist es so weit, jetzt ist der Regen verrauscht. Und die Zeit zum Singen ist wieder zurück. Und geturtelt wird auch wieder ...«

Er sah Maxim und Helena an. Der Schalk in seinen Augen blitzte. »Ihr wisst ja, dass das Hohelied Salomos von der Liebe erzählt. Denn zur Liebe gehört alles dazu. Sie sitzt net nur im Kopf und im Herzen. Sie sitzt auch im Leib.« Er zwinkerte. »Das ist ja der Grund, warum Mann und Frau zusammenkommen.«

Hinter ihnen war leises Lachen zu vernehmen. Maxim schmunzelte. Helena sah ihn verschmitzt von der Seite an.

»Ja, liebe Gemeinde«, fuhr Pater Fidelis fort, »dann lassts uns die beiden fix verheiraten. Damit alles seine Richtigkeit hat.«

Als er die Trauformel sprach, war Pater Fidelis so gerührt, dass er sich von den Messdienern noch einmal reichlich Wein nachschenken ließ. Mit geröteten Wangen sprach er schließlich seinen Segen über das Brautpaar.

Sobald er geendet hatte, zwinkerte Maxim ihm zu, nahm Helenas Hände und küsste sie liebevoll. »Du bist die ganze Welt für mich«, sagte er ihr leise ins Ohr, während ringsherum Jubel aufbrandete und ein Regen aus Blütenblättern über ihnen niederging – von Kasia, Lilly und Katharina mit vollen Händen verstreut.

Der kleine Hans gluckste zufrieden, als Helena ihn für einen Moment auf den Arm nahm.

Pater Fidelis sah dem fröhlichen Treiben eine Weile zu, dann erhob er seine kräftige Stimme: »So, *Freunde, eßt und trinkt, berauscht euch an der Liebe!* Das heißt's an einer anderen Stelle im Hohelied. Und weil wir uns ja net alle an der Liebe berauschen können, müss'mer halt mit Bier und Wein vorliebnehmen. Ich würd sagen ... lasst uns feiern.«

Unter dem Apfelbaum war eine lange Tafel aufgebaut und liebevoll eingedeckt mit hellem Geschirr und bunten Blumen. Die Mädchen Erna und Paula standen bereit, um Getränke auszuschenken und das Essen zu servieren. Helena hatte mit Käthe und Lucia ein Menü ausgetüftelt, das nicht nur zur Wärme dieses Augusttags passte, sondern auch jeder

der beiden selbstbewussten Köchinnen gerecht wurde – einschließlich einiger italienischer und russischer Spezialitäten.

Nachdem alle ihre Plätze an der Tafel eingenommen und Gustav einen Toast auf das Brautpaar ausgesprochen hatte, schlemmten sich die Gäste durch Blini und Oliviersalat, Bodenseefelchen und Zander, Kalbsschnitzel mit Salbei, Sauerbraten und Bœuf Stroganoff. Dazu gab es Kartoffeln und schwäbische Spätzle.

Anschließend wurde Kaffee ausgeschenkt und ein separater Tisch aufgebaut. Kurz darauf schleppten die beiden Köchinnen ein riesengroßes Tablett über die Wiese.

Die Torte, die darauf stand, war ein Wunder in Weiß und Rosé. Über zwei aufeinandergesetzte Etagen erstreckte sich der Traum aus Buttercreme. Erdbeeren und Sahne, reichlich verziert und geschmückt mit Rosenblüten und Mandeln.

»Das ist unser Geschenk, Fräulein Helena«, sagte Käthe. Ihre Wangen waren ungewöhnlich rot. »Für Sie und den Herrn Baron!«

Lucia fuchtelte mit einem Messer in der Luft herum. »*La sposina!* Die Braut schneidet die Torte an!« Sie lachte breit.

Helena stand auf und legte ihrem Bräutigam die Hand auf die Schulter. »Lass uns die Torte gemeinsam anschneiden, Maxim!«

Unter den erwartungsvollen Augen der Gäste und der beiden Köchinnen tauchten sie das Messer in die helle Creme. Als das erste Stück auf dem eilig angereichten Teller lag, ging ein anerkennendes Raunen durch den Garten.

Dunkler und heller Biskuit war schachbrettartig mit Erdbeersahne und Vanillecreme aufgeschichtet. Dazwischen leuchteten rote Erdbeerstückchen und verbreiteten ihr unverkennbar süßes Sommeraroma. Kandierte Rosenblüten bildeten die knackige Krönung.

»Ihr habt ja eine Schlosstorte *de luxe* gebacken!«, sagte Helena zu Käthe und Lucia, als sie ihre Gabel in das Festtagsgebäck tauchte und probierte. Der Geschmack war himmlisch. Sahnig und süß und fruchtig.

Sie sah zu Maxim, der ebenfalls gekostet hatte und ihr nun zuzwinkerte. »Das ist keine Meersburger Schlosstorte«, erklärte er. »Das ist die Meersburger Hochzeitstorte!«

Damit stellte er seinen Teller zur Seite, nahm Helena in den Arm und küsste sie noch einmal vor aller Augen – innig und liebevoll.

EPILOG

Anderentags, am Abend des 15. August 1919

Sie waren gemeinsam zum Seeufer gegangen, Helena, Lilly und Katharina. Barfuß standen sie auf dem schmalen Kiesstreifen, der nach dem heißen Hochsommertag eine angenehme Wärme ausstrahlte. Das leise Glucksen der auslaufenden Wellen untermalte die tief vertraute Idylle, genauso wie die Silhouetten der Fischerboote auf dem Wasser, die nun, am Abend, den Fang des Tages nach Hause brachten.

Die vergangenen Jahre hatten den drei Schwestern viel abverlangt. Sie waren erwachsen geworden, während das Leben die Träume ihrer Kindheit neu geschrieben hatte. Nun stand die Zukunft vor ihnen, verheißungsvoll und herausfordernd zugleich.

»Aus deiner Geschichte könnte man einen Roman machen, Helena«, sagte Lilly, während sie sich nach einem Kieselstein bückte. »Das hätte sich doch kein Schriftsteller spannender ausdenken können.« In einem hohen Bogen flog der kleine Stein ins Wasser.

»Wie wäre es, wenn du alles aufschreibst, Lilly?«, fragte Katharina. »Von uns allen hast du die meiste Erfahrung mit Romanen.«

»Ich?« Lilly schüttelte den Kopf. »Oh, nein! Ich lese lieber. Einen ganzen Roman aufschreiben, das könnte ich nicht.« Sie suchte einen neuen Stein. »Außerdem hätte ich weder Zeit noch Ruhe dafür.«

»Du musst viel in der Fabrik arbeiten.« Katharina strich sich eine Haarsträhne zurück.

»Das auch. Aber vor allem braucht mich mein Kind.« Mit einem leisen Platschen landete der zweite Kiesel im Wasser.

»Bei mir wird es ab jetzt ganz ruhig und langweilig zugehen«, prophezeite Helena. »Ich hatte genügend Aufregung. Das reicht für den Rest meines Lebens. Außerdem werde ich künftig zu tun haben. Mit dem Lindenhof – und als Mama.«

Lilly und Katharina starrten sie an. »Du bist schwanger?«, fragten sie wie aus einem Munde.

Helena lachte glücklich. »Im Februar oder im März wird es so weit sein. Das schätzen jedenfalls Maxim und ich.«

»Oh, wie schön!«, rief Katharina.

Lilly fiel Helena um den Hals. »Dann bekommt Hans einen Cousin! Oder eine Cousine!«

»Bis ich ein Kind bekomme, wird es noch dauern«, murmelte Katharina. »Vielleicht will ich aber auch gar keines.«

»Du hast doch noch Zeit«, erwiderte Helena. »Und du hast große Pläne. Wenn du irgendwann bereit bist für ein Kind, wirst du es spüren.« Sie machte ein paar Schritte in den See hinein, der an dieser Stelle sehr flach war.

Lilly und Katharina folgten ihr und legten die Arme um sie. Das sonnenwarme Wasser umspielte ihre Knöchel und nässte den Saum ihrer hellen Sommerkleider.

Gemeinsam blickten sie auf den See hinaus. In einem spektakulären orangeroten Farbenspiel ging die Sonne unter, brachte die kleinen Wellen des Sees zum Glänzen und beleuchtete seine Ufer. Eine warme Brise strich über die drei jungen Frauen hinweg und verlor sich in den Gipfeln der Alpen in der Ferne.

»Was auch geschieht«, sagte Helena und drückte ihre Schwestern fest an sich. »Wir werden immer füreinander da sein.«

ENDE

ANHANG

PERSONENVERZEICHNIS

Fiktive Personen

Die Schwestern
Helena Lindner (geb. 17. Juli 1896)
Lilly Lindner (geb. 16. Januar 1900)
Katharina Lindner (geb. 4. April 1901)

Die Eltern
Elisabeth Lindner (geb. Mai 1870): Stiefmutter von Helena, leibliche Mutter von Lilly und Katharina
Gustav Lindner (geb. Februar 1865)

Sonstige Personen
Maxim Baron Baranow (geb. August 1888): Unternehmer, Künstler
Boris: Ehemaliger Diener und enger Freund von Maxim
Pater Fidelis: Fröhlicher Ordenspriester aus dem Kloster Mehrerau bei Bregenz. Hat Münchner Wurzeln. Soll den Rückkauf der Wallfahrtskirche Birnau für sein Kloster vo-

rantreiben. Lebt im Lindenhof. Rezitiert mit Vorliebe lateinische Sprichworte.
Käthe: Köchin und Bäckerin im Lindenhof, später Küchenchefin
Otto, Ochsenwirt: Besitzer des Gasthauses Ochsen in Meersburg
Fürst Igor Sergejewitsch Pronsky: Russischer Adeliger
Wera Pronskaia: Gattin von Fürst Pronsky
Njanja: Ehemalige Kinderfrau der Pawlowa-Mädchen
Nikita: Zwielichtiger russischer Makler für Antiquitäten und Kunstgegenstände
Leonid: Maxims Geschäftspartner im Stahlhandel
Andrej: Kontaktmann Nikitas mit guten Verbindungen zur bolschewistischen Regierung
Oleg: Zweiter Kontaktmann Nikitas in Moskau
Eddi: Fischer am Bodensee
Konrad: Hafenarbeiter in Meersburg
Architekt Horn: Plant und leitet die Umbauarbeiten des Lindenhofs.
Hans Reichle: Lillys Sohn (geb. November 1918)
Arno Reichle: Lillys Ehemann
Thomas von Bogen: Chirurg aus München
Lucia: Zweite Köchin (Souschefin) im Grandhotel Lindenhof
Minna und Paula: Zimmermädchen, Küchenhilfen

Die Pawlowa-Frauen

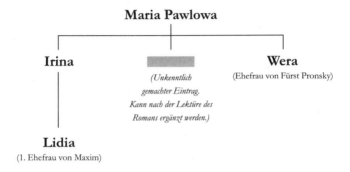

Maria Pawlowa

Irina

(Unkenntlich gemachter Eintrag. Kann nach der Lektüre des Romans ergänzt werden.)

Wera
(Ehefrau von Fürst Pronsky)

Lidia
(1. Ehefrau von Maxim)

Reale Personen

Annette von Droste-Hülshoff (1797–1848): Meersburgs bekannte Dichterin spielt nur indirekt eine Rolle im Roman. Da ihre Bedeutung für Meersburg allerdings immens ist, sei sie dennoch im Personenverzeichnis erwähnt. Sie besaß nicht nur ein literarisches Talent (u. a. *Die Judenbuche*, 1842), sondern auch ein musikalisches, welches sie ebenso pflegte. Den Winter 1841/42 verbrachte Annette von Droste-Hülshoff erstmals auf der Meersburg, wohin ihre Schwester Jenny geheiratet hatte. Die Umgebung inspirierte sie zu zahlreichen Gedichten. 1848 starb sie auf der Meersburg, ihre Räume dort sind heute zu besichtigen. Geheiratet hat sie nie. Ungesicherten Quellen zufolge wohl aufgrund eines enttäuschenden Jugenderlebnisses und der Tatsache, dass sie möglicherweise Frauen zugetan war.

Dr. Otto Ehinger (1882–1979): Jurist, Brauereibesitzer in Meersburg, 1946 bis 1948 Bürgermeister von Meersburg. Ehemann Kasias von Szadurskas. Die Gründe für das lange »Getrenntleben« der Eheleute werden unterschiedlich definiert. Manche Quellen sprechen davon, dass Ehinger seine Frau »geheim hielt«, andere – denen ich im Roman gefolgt bin – gehen davon aus, dass Kasia unabhängig in Konstanz leben wollte und deshalb lange Zeit nicht zu ihrem Mann gezogen ist.

Wassily Kandinsky (1866–1944): Geboren in Moskau, studierte der spätere Maler zunächst Jura und Volkswirtschaft (Promotion). Doch seine Berufung sah er in der Malerei. 1896 übersiedelte er nach München, wo er sein Wunschstudium aufnahm. Obwohl verheiratet, führte er eine jahrelange Beziehung mit Gabriele Münter, einer Schülerin. Wassily Kandinsky entwickelte in diesen Jahren seinen Stil weiter, gründete mit Franz Marc die Künstlervereinigung »Der Blaue Reiter«.

1914 musste Kandinsky Deutschland verlassen und kehrte nach Russland zurück, die Beziehung zu Gabriele Münter zerbrach. Anfang 1917 heiratete er Nina Nikolajewna Andreevskaja, lebte mit ihr in Moskau in der Nähe des Zubovskaya Platzes, dort wurde der gemeinsame Sohn Wsewolod geboren (das Kind starb bereits mit drei Jahren). Mit der Oktoberrevolution hoffte Kandinsky auf eine Erneuerung der Kunst in Russland, doch obwohl er 1920 an den kunstwissenschaftlichen Lehrstuhl in Moskau berufen wurde, verließ er Sowjetrussland und reiste 1921 mit seiner Frau nach Berlin aus. 1922 wurde er von Gropius ans Bauhaus in Weimar berufen. 1928 erhielt er die deutsche Staatsbürgerschaft. Nach der Schließung des Bauhauses 1933 durch die Nationalsozialisten übersiedelte er mit seiner Frau nach Neuilly-sur-Seine bei Paris. Dort starb er 1944.

Dr. Karl Moll (1884–1936): Bürgermeister von Meersburg von 1919 bis 1936. Er hat die touristische Entwicklung Meersburgs stark gefördert.

Kasia von Szadurska (1886–1942): Malerin und Grafikerin polnischer Abstammung. Ihre Frauen-Akte aus den Zwanzigerjahren, die in der Meersburger Sammlung vertreten sind, stellen eine intensive Auseinandersetzung mit dem weiblichen Körper dar: »Im weiblichen Körper sieht sie die herbe Pracht, welche Michelangelo entzückte; nicht üppige Fülle, sondern den Kampf weiblicher Weichheit mit der schlanken Kraft von Muskeln voll Willen« (Zitat: Dr. Ehinger. Quelle: *Meersburg. Spaziergänge durch die Geschichte einer alten Stadt.*)

1919 gründete Kasia in Konstanz die Künstlergruppe *Breidablik*, die sich allerdings schon nach wenigen Monaten auflöste.

Kasia war die Ehefrau von Dr. Otto Ehinger. Das Ehepaar lebte einige Zeit getrennt – sie in Konstanz, er in Meersburg. Das führte in manchen Kreisen zu Unstimmigkeiten, sodass Kasia 1922 zu ihrem Mann nach Meersburg zog. Das Paar bekam zwei Söhne. Die Ehe wurde 1935 geschieden.

Kasias Auftreten im Roman ist allerdings in die fiktive Geschichte eingebettet und erzählt keine Episode aus ihrem Leben. Auch hat sie keine Fresken gestaltet.

Dr. Fritz Zimmermann (1873–1959): Chefarzt am Meersburger Spital. Eigentlich war er das erst ab 1919, im Roman habe ich mir die Freiheit genommen, ihn bereits vorher diese Position innehaben zu lassen. Zudem ist seine Figur im Roman fiktiv ausgearbeitet, weder hat er ein Lazarett in einem Gasthaus genehmigt und betreut, noch gab es ein Abkommen mit Konstanz zur Übernahme dortiger Patienten. Dr. Zimmermann war ein hoch geschätzter Arzt und Chirurg. Seine Biografie habe ich dem Buch *Ehre für Meersburg* entnommen (Museums- und Geschichtsverein Meersburg).

Zum Gebrauch der Vatersnamen:

Russische Namen bestehen aus drei Elementen:

Dem Vornamen, dem Vatersnamen (das ist der abgewandelte Vorname des Vaters) und dem Nachnamen. Um den Leser mit der Namensvielfalt nicht zu verwirren, habe ich im Roman bis auf wenige Ausnahmen auf den Vatersnamen verzichtet, wohl wissend, dass dieser eigentlich fester Bestandteil russischer Namen (männlich wie weiblich) ist. Im Roman ist dies bei Fürst Igor Sergejewitsch Pronsky exemplarisch dargestellt.

HISTORISCHER HINTERGRUND

Vorbemerkung

Die Frage, wie tief gehend historische Ereignisse in einen Roman eingebunden werden, hängt zum einen vom Genre ab, zum anderen aber auch von der Entscheidung des Autors. Da die geschichtlichen Ereignisse der Jahre 1917 bis 1919 von enormer Komplexität waren, habe ich mich entschlossen, die Historie als eine Art roten Faden mitzuführen und dort zu vertiefen, wo sie die Romanhandlung wesentlich mitbestimmt hat.

Eine kurze Ausarbeitung zu den historischen Hintergründen soll die Geschichte deshalb ergänzen. Ebenso finden sich interessante Einzelheiten im Glossar.

Zu Meersburg und seiner touristischen Entwicklung

»Es fehlt in Meersburg an einem großen, modernen Hotel, das ... an sich eine große Anziehung wäre.«

So schreibt der Bürgermeister Meersburgs, Karl Moll, im Sommer 1919 im Gemeindeblatt der Stadt.

Hätte es damals schon den Lindenhof gegeben ...

Obwohl ich die Bodenseeregion gut kenne, war die erste Recherchereise zur vorliegenden Saga unglaublich eindrücklich. Es war ein herrlicher Hochsommertag in Meersburg, das Blau des Himmels wetteiferte mit dem des Wassers, zahlreiche Besucher drängten sich in den Gassen, auf den Plätzen und der Promenade. Ich erkundete das pittoreske Städtchen, seine Wege und Ecken, im Geiste bereits besetzt mit den Figuren meiner Geschichte. Wie viele Touristen zog es mich auf die Burg, eine der ältesten Burgen Deutschlands (erbaut im 7. Jahrhundert). Der Blick vom Burggarten hinweg über die Dächer Meersburgs bis hinein in die Schweizer Alpen, davor der See mit den Segelbooten – mit mediterranem Flair zeigte sich der Bodensee als Sehnsuchtsort von internationaler Bekanntheit. Dazu kommt die Tatsache, dass sich gleich drei Länder seine Ufer teilen: Deutschland, Österreich und die Schweiz. Die perfekte Romankulisse.

Meersburg entwickelte sich deutlich später zum Fremdenverkehrsmagnet als andere Ferienorte am Bodensee. Lange war es ein verschlafenes, aus der Zeit gefallenes Städtchen, geprägt von Landwirtschaft und Handwerk – *»Misthaufen, Holzbeigen, rennende Hühner und von Kühen gezogene Futterwagen gehörten zum alltäglichen Straßenbild.«* (Quelle: *Meersburg. Spaziergänge durch die Geschichte einer alten Stadt*). Bis heute gibt es keine direkte Anbindung an das Eisenbahnnetz. Nichtsdestotrotz zog es Fremde nach Meersburg. Zunächst entdeckten Künstler wie Carl Spitzweg die Ursprünglichkeit des Ortes, dann kamen die Sommerfrischler und Kurgäste – allerdings eine Klientel mit eher bescheideneren Ansprüchen oder Tagesausflügler. Eine Promenade besaß Meersburg seit den 1870/80er-Jahren. Auch wenn es immer wieder Initiativen gab, den Aufschwung des Fremdenverkehrs zu fördern, so fehlte Meersburg das Kapital für eine bedeutende Entwicklung. Mit Ausbruch des Ersten Weltkriegs kam auch diese bescheidene Entfaltung zum Erliegen.

Doch schon der erste Sommer nach Kriegsende deutete eine neue Dynamik an.

»Der Meersburger Fremdenverkehr hat in diesem Sommer einen nie gekannten Umfang angenommen … unser Städtchen ist plötzlich so überlaufen, wie früher die berühmten Fremdenorte der Schweiz und des Südens.«

So schrieb Bürgermeister Karl Moll im Meersburger Gemeindeblatt im August 1919. Von jenem Sommer an zählt Meersburg zu einem der meistbesuchten Orte am Bodensee.

Es bot sich an, diesen touristischen Aufschwung in einem Roman zu würdigen. Und so erzählt Helenas Geschichte nicht nur von einem großen Familiengeheimnis und den Sorgen während des letzten Kriegsjahrs, sondern auch von ihrem Traum, aus dem Lindenhof ein Grandhotel zu machen – selbst wenn mir bewusst ist, dass ein solches Vorhaben in der ersten Saison nach dem Krieg recht ambitioniert gewesen wäre.

Der *Lindenhof* besitzt dementsprechend kein historisches Vorbild. Allerdings orientiert er sich an einigen der märchenhaft gelegenen herrschaftlichen Gebäude, die entlang des Uferwegs (der heutigen Uferpromenade) standen. Manche haben die Zeit überdauert, andere kamen hinzu.

Heute reiht sich Meersburg ein in die vielen touristischen Perlen des Bodensees – und ist dank seiner historisch markanten Gebäude, seiner gut erhaltenen mittelalterlichen Kulisse und des reichen kulturellen Erbes dennoch einzigartig.

Noch eine Anmerkung: Elektrifiziert wurde Meersburg erst ab 1921 und nicht schon ab 1919, wie im Roman angegeben.

Etwas anderes ist allerdings tatsächlich belegt, denn vom Sommer 1919 berichtet Bürgermeister Moll: *»Es ist in den letzten Tagen auch vorgekommen, daß einige ›Erholungsbedürftige‹ an der Seestraße im Adamskostüm Sonnenbäder nahmen und daß einige Fremde zu drei viertel nackt die Meersburger Sehenswürdigkeiten besichtigten. Gegen die Einführungen derartiger ... Sitten kann man nur mit ebenso natürlichen Mitteln vorgehen, die sonst nicht in den Strafmitteln unserer Zeit vorgesehen sind.«* Was er damit konkret meinte, konnte ich leider nicht herausfinden.

Das Ende des Ersten Weltkriegs und die Deutsche Revolution 1918/19

Durch den Separatfrieden mit Russland Anfang März 1918 hoffte die Oberste Heeresleitung, die Kräfte an der Westfront bündeln und damit den Krieg zugunsten des Deutschen Reiches entscheiden zu können. Doch die breit angelegte Frühjahrsoffensive in Frankreich *Michael* war wenig erfolgreich, die Gegenoffensive der Entente (1918: Frankreich, das Vereinigte Königreich und Irland, die Vereinigten Staaten und Italien) bewirkte schließlich den militärischen Zusammenbruch des Deutschen Reiches. Das deutsche Heer befand sich in Auflösung. Bereits Ende September 1918 wurde die Forderung nach sofortigen Waffenstillstandsverhandlungen laut. Es dauerte allerdings noch bis zum 11. November 1918, bis die Waffenstillstandsvereinbarung unterzeichnet war (*Waffenstillstand von Compiègne*).

Auch die deutsche Bevölkerung war kriegsmüde und zermürbt. Versorgungskrisen bestimmten den Alltag, und der Unmut darüber zeigte sich in zunehmenden Streikbewegungen. Als am 24. Oktober 1918 viele Matrosen den Befehl der Admiralität zum Auslaufen der deutschen Flotte gegen die englische Seestreitmacht verweigerten (Kieler Matrosenaufstand), entwickelte sich eine Revolutionsbewegung, die am 9. November 1918 Berlin erreichte. Philipp Scheidemann rief die Republik aus. Der Kaiser musste abdanken, der Rat der Volksbeauftragten bildete die provisorische Regierung Deutschlands. In dieser Übergangsphase gab es mehrfach Versuche, eine Räterepublik zu gründen. Alle wurden gewaltsam niedergeschlagen, die Führer der KPD – Karl Liebknecht und Rosa Luxemburg – ermordet. Auf dem Reichsrätekongress entschied sich die Mehrheit für die parlamentarische Demokratie.

Am 19. Januar 1919 wählten die Deutschen die verfassungsgebende Nationalversammlung. Zum ersten Mal durften auch Frauen an die Urnen. Die Weimarer Verfassung wurde Ende Juli 1919 verabschiedet und trat zwei Wochen später in Kraft.

So ging das Deutsche Reich aus den revolutionären Erschütterungen nach Kriegsende als parlamentarische Demokratie hervor.

In diesem Roman wird der Lindenhof bereits ein halbes Jahr nach Kriegsende als feudales Grandhotel wiedereröffnet. Das war sicherlich nicht die Regel. Dennoch war auch damals für Geld nahezu alles zu bekommen. Tatsächlich hatten manche der exilierten russischen Adeligen ihr Vermögen rechtzeitig in Sicherheit gebracht und ihre Geschäfte weitergeführt oder wieder aufgenommen. Wohlsituierten Menschen wie Maxim wäre es also zumindest möglich gewesen, ein solches Projekt zu unterstützen.

Die Russische Revolution, der Adel und der Bürgerkrieg

Vorweg möchte ich anmerken, dass der Blickwinkel dieses Romans aus dramaturgischen Gründen beim russischen Adel liegt und dementsprechend dessen Perspektive der Historie betont.

Die Russische Revolution ist vielschichtig und komplex. Daher sei an dieser Stelle nur ein kurzer Abriss der revolutionären Vorgänge gegeben, der die Umstände von Maxims Schicksal etwas näher beleuchtet:

Bereits im Jahr 1905 hatte es Aufstände und Unruhen in Russland gegeben, in deren Folge das Volk – zumindest dem Namen nach – mit der *Duma* eine parlamentarische Mitbestimmung erhalten hatte. Tatsächlich regierte der Zar jedoch nach wie vor autokratisch und stellte im Laufe der Folgejahre die alte Ordnung weitgehend wieder her.

Der Erste Weltkrieg brachte Hunger, Not und Elend, nicht nur den Soldaten, sondern auch den Menschen an der russischen Heimatfront. 1917 brodelte es deshalb gefährlich in den Großstädten des Zarenreichs. Als der Zar die Aufstände blutig niederschlagen ließ, schlossen sich in Sankt Petersburg (damals Petrograd) Zehntausende Soldaten den protestierenden Bürgern an – die Februarrevolution brachte die Abdankung des Zaren, aber nicht den ersehnten Frieden. Lenin und die Bolschewiki nutzten die instabile Situation aus, um sich an die Spitze der Revolution zu setzen, zugleich schlossen sie einen Separatfrieden mit Deutschland, der Habsburgermonarchie und deren Verbündeten.

Für die russischen Aristokraten bedeutete die Etablierung der Sowjetrepublik nicht nur den Verlust ihrer Güter und Privilegien, sondern den Beginn einer jahrzehntelangen Verfolgung. Viele Adelige wurden eingesperrt oder verbannt, starben an Krankheiten und Entkräftung, wurden in Massen hingerichtet. Manche suchten ihr Heil im Exil, insbesondere in Genf und Paris, aber auch in den USA entwickelten sich Exilgemeinschaften.

Der Krieg und die Wirren der Revolution mit dem sich anschließenden Bürgerkrieg (1918–1922) forderten einen hohen Tribut. Zwischen 1917 und 1921 starben etwa zehn Millionen Russen durch Krankheit, Hunger, Hinrichtungen und Kriegsverletzungen. Weitere Millionen, darunter viele der am besten ausgebildeten Bürger (Militärs, Geistliche, Adelige, Unternehmer, Geistesschaffende u. a.) emigrierten. Die Wirtschaft und die industrielle Infrastruktur brachen zusammen. (Quelle: *Douglas Smith: Der letzte Tanz. Der Untergang der russischen Aristokratie.*)

In den 1920er-Jahren wurde mit Schmuck, Antiquitäten und Kunstgegenständen der Adeligen tatsächlich ein florierender Handel getrieben. Oftmals engagierte man dafür Makler wie Nikita im Roman.

Ihre Macht sicherten sich die Bolschewiki übrigens nicht mit der Oktoberrevolution, sondern in dem sich daraus entwickelnden Bürgerkrieg, in dem die *Roten* (die Bolschewiki) gegen die *Weißen* (das Sammelbecken insbesondere monarchistischer politischer Kräfte) kämpften. Hinzu kamen Auseinandersetzungen der autonomen bzw. unabhängig gewordenen Regionen (Ukrainische Volksrepublik, Weißrussland, Kaukasus, Mittelasien), die sich nicht in den bolschewistischen Herrschaftsbereich eingliedern wollten. Bemerkenswert ist ebenfalls der Kampf der *Grünen* (Bauern, die in die Wälder geflohen waren). Sie schlossen sich zu Armeen zusammen und setzten den Bolschewiki ihre Vorstellung eines gerechten Staates entgegen. Der Krieg gegen die Bauern dauerte bis 1922.

So hatte der Bürgerkrieg fortgesetzt, was der Erste Weltkrieg begonnen hatte: die Verwüstung und Zerstörung des Landes, begleitet von Entwurzelung, Verarmung und Verrohung der Menschen.

Die Spanische Grippe

Zwischen 1918 und 1920 suchte eine schwere Pandemie die Welt heim: Die *Spanische Grippe* oder auch *spanische Krankheit*. Während die erste Erkrankungswelle im Frühjahr 1918 zwar viele Ansteckungen, aber verhältnismäßig wenig Todesfälle auslöste, war die zweite im Herbst 1918 verheerend. Neben der rasanten Ausbreitung führte sie in einem erschreckenden Ausmaß zum Tod, vor allem in der Altersgruppe der Zwanzig- bis Vierzigjährigen. Die meisten Patienten starben an akutem Lungenversagen. Oftmals verfärbte sich die Haut der Erkrankten aufgrund des Sauerstoffmangels dunkelblau.

Die Menschen fühlten sich an die Pest erinnert, die Ärzte diagnostizierten ein Grippe-Bakterium, auch wenn diese Theorie nicht unumstritten war. Das auslösende Influenzavirus entdeckte man erst 1933. Die dritte Grippewelle zum Jahreswechsel 1918/19 verlief weniger tödlich als die zweite. Der Begriff *Spanische Grippe* weist fälschlicherweise auf Spanien als Ursprung der Pandemie hin. Die Forschung geht davon aus, dass sie von US-Soldaten aus Amerika eingeschleppt wurde.

Zu den damals ausgegebenen Hygieneregeln:

Die Zeitung »Douglas Island News« aus Alaska druckte am 15. November 1918 unter anderem folgende Hinweise auf ihrem Titelblatt:

Tragen Sie eine Maske.

Waschen Sie Ihre Hände vor und nach jedem Essen.

Umgeben Sie sich häufig mit frischer Luft, tagsüber und nachts.

Halten Sie sich warm.

Gurgeln Sie regelmäßig mit Salzwasser (und immer wenn Sie sich draußen aufgehalten haben).

Beachten Sie die Quarantäne-Regeln.

Halten Sie sich von Gruppen fern. Sie können die Grippe nur dann bekommen, wenn Sie sich in der Nähe einer infizierten Person befinden.

Vernachlässigen Sie nicht Ihre Maske.

Gehen Sie nicht davon aus, dass Sie selbst die Krankheit nicht bekommen könnten oder sie nicht weitergeben könnten.

Berühren Sie Ihren Mund nicht mit den Händen.

(Quelle: https://www.br.de/nachrichten/wissen/schon-1918-gab-es-dieselben-hygieneregeln-wie-heute,SFYKH7Z*)*

GLOSSAR

Basilika Birnau: Die 1750 eingeweihte Basilika ist ein malerisch gelegener Wallfahrtsort und eines der bekanntesten Bauwerke des oberschwäbischen Barocks. Der beeindruckende Innenraum folgt dem ornamentalen Stil des Rokokos und beherbergt zahlreiche kunsthistorische Schätze. Über hundert Jahre lang, von 1803 bis 1919, war die der Jungfrau Maria geweihte Basilika unter anderem als Folge der Säkularisationsbestrebungen im Reich geschlossen und wurde als Schuppen für landwirtschaftliche Geräte und auch als Ziegenstall genutzt. 1919 konnten die Zisterzienser vom Kloster Mehrerau in Vorarlberg ihr Heiligtum zurückkaufen und es als Priorat verwalten. Pater Fidelis ist eine fiktive Figur und dass er entsandt wurde, um den Rückkauf der Basilika einzufädeln, eine Idee von mir.

Birnenwähe: flacher Blechkuchen (Deutschschweiz, Elsass, Baden-Württemberg) meist aus Mürbeteig, mit Früchten (in diesem Fall Birnen) oder auch pikant belegt

Brasserie des Bords: Heute Brasserie Lipp. Die Brasserie am Boulevard Saint-Germain in Paris wurde im Jahr 1880 gegründet und zählt zu den Café-Legenden der französischen Hauptstadt.

Breidablik: expressionistische Künstlergruppe am Bodensee um Kasia von Szadurska, die allerdings nur wenige Monate bestand

Burschui: Abgeleitet vom Wort Bourgeoisie, wurde der Begriff *Burschui* für die russischen Arbeiter und Bauern zum Sinnbild für eine verhasste Oberschicht, die es zu bekämpfen galt. Viele Adelige, auch diejenigen, die mit der Revolution zunächst sympathisiert hatten, waren durch die Umwälzungen an Leib und Leben gefährdet. Dabei war die Definition keineswegs statisch. Um 1917 als *Burschui* zu gelten, reichte oft schon aus, einen gepflegten Eindruck zu erwecken (Quelle: *Douglas Smith: Der letzte Tanz. Der Untergang der russischen Aristokratie.*).

Butyrka: Gefängnisfestung in Moskau

Dampfschiff Kaiser Wilhelm: Die *Kaiser Wilhelm* war das erste Dampfschiff auf dem Bodensee. 1871 in Dienst gestellt, fuhr es bis 1919 unter badischer Flagge, bekam im selben Jahr den Namen *Baden* und ging 1920 in den Bestand der Deutschen Reichsbahn über. Ausgemustert wurde es 1930 und sein Rumpf im Bodensee versenkt.

Delaunay-Belleville: Französische Luxusautomarke, zu Beginn des 20. Jahrhunderts bevorzugt gefahren von Industriellen, Bankiers und Monarchen. Zar Nikolaus II. hatte diese Fahrzeuge geliebt, und Lenin bediente sich später gerne am hinterlassenen Fuhrpark des abgesetzten russischen Herrschers.

Der Arme Poet (1839): Gemälde von Carl Spitzweg. Gilt heute als eines seiner populärsten Werke.

Der Blaue Reiter: Bedeutende Künstlergemeinschaft der Klassischen Moderne um Wassily Kandinsky und Franz Marc. Gemeinsam mit Gabriele Münter, Paul Klee, August Macke und anderen jungen Künstlern entwickelte sie eine neue Art der Malerei, expressiv, mit kräftigen Farben und zunehmend abstrakt. Der Name entstand laut Kandinsky folgendermaßen: »Den *Blauen Reiter* erfanden wir am Kaffeetisch in einer Gartenlaube in Sindelsdorf. Beide liebten wir Blau. Franz Marc die Pferde, ich die Reiter.«

Die Biene Maja und ihre Abenteuer: Roman von Waldemar Bonsels, erstmals 1912 im Schuster und Löffler Verlag, Berlin erschienen

Favorit-Moden-Album: Modezeitschrift mit Schnittmuster-Veröffentlichung, Internationale Schnittmanufaktur Dresden

Februarrevolution: Zusammenfassung aus *Hintergrund aktuell* der Bundeszentrale für politische Bildung: »*Im Zarenreich wa-*

ren die Folgen des Ersten Weltkriegs und der Reformfeindlichkeit von Zar Nikolaus II. unübersehbar. Hunger trieb viele Menschen auf die Straße. Im März 1917 (Februar nach dem julianischen Kalender in Russland) kam es in der russischen Hauptstadt Petrograd verstärkt zu Streiks und Demonstrationen für eine bessere Versorgung. Als der Zar auf Demonstrierende schießen ließ, wechselten viele Soldaten entsetzt die Seite. Unter dem Druck seiner Militärs dankte der Zar am 15. März ab.«

Im Roman habe ich – unabhängig von einem möglichen zeitgenössischen Sprachgebrauch – den Begriff *Februarrevolution* verwendet, weil er das Geschehen klar zuordnet.

Friede von Brest-Litowsk: Im März 1918 geschlossener Friedensvertrag zwischen Sowjetrussland und den Mittelmächten Deutschland und Österreich-Ungarn (und weiteren Staaten). Der Friedensschluss beendete den Ersten Weltkrieg an der deutschen Ostfront und setzte Kräfte frei für den Krieg an der Westfront.

Fürstenhäusle, Meersburg: Umgeben von Weinreben liegt das um 1600 erbaute, schlichte Weinberghaus auf einer Anhöhe über der Meersburger Altstadt. Der Blick von dort über Ort und See bis hinein in die Alpen ist legendär. Lange Zeit im Besitz der Fürstbischöfe, ersteigerte es um die Mitte des 19. Jahrhunderts die bekannte Dichterin Annette von Droste-Hülshoff. Sie ließ es nach ihren Vorstellungen umbauen, konnte es aber durch ihren frühen Tod kaum mehr als Refugium zum Schreiben nutzen.

1924 wurde es in ein Museum umgewandelt. 1960 erwarb es das Land Baden-Württemberg. Das Fürstenhäusle kann besichtigt werden.

Gasthöfe in Meersburg: Der Bär, der Wilde Mann und das Schiff sind historische Gastwirtschaften. Der Bär und das Schiff werden heute noch betrieben. Der Wilde Mann steht noch malerisch am Seeufer, träumt aber leer vor sich hin und wartet auf einen Investor (Stand 2020).

Gauinger Travertin: Der Süßwasserkalkstein wird in der Gegend um Riedlingen/Zwiefalten im heutigen Baden-Württemberg abgebaut. Man nennt ihn auch *Gauinger Marmor*. Seine Färbung reicht von Hellbraun bis Hellbeige. Da er im Tertiär am Grund eines Süßwassersees entstand, finden sich darin zahlreiche Bruchstücke von Muschelschalen, kleinen Krebstieren, Schnecken und Pflanzenfragmenten. Er wird sowohl für Außenfassaden (u. a. Barockkirche Zwiefalten) als auch in Innenräumen verwendet.

Gnadenbild der Muttergottes in Birnau: Die etwa achtzig Zentimeter hohe hölzerne Marienstatue wurde 1420 von einem unbekannten Meister gefertigt. Das Birnauer Gnadenbild galt als wundertätig. Während der Aufhebung befand es sich im Münster von Salem, bis es im November 1919 in einer feierlichen Prozession zurück in die Birnau geleitet wurde.

Gondel: Im Kontext des Romans: Boot mit Außenantrieb (wird auch in historischen Quellen so benannt)

Great Northern Central Hospital: 1856 gegründetes Allgemeines Krankenhaus in der Holloway Road in London

Gredhaus: Das historische Gebäude an der Meersburger Seepromenade, zu Beginn des 16. Jahrhunderts erbaut, war einst städtischer Stapel- und Ladeplatz für Handelswaren, insbesondere Korn und Wein. Im Jahr 1899 wurde es modernisiert. Der Name hat seinen Ursprung im lateinischen *gradus* (Stufe). So wurden einst die staffelartigen Gerüste bezeichnet, auf denen man die Waren präsentierte.

Gute Fee/Zahnfee: Die Geschichte der Zahnfee, so wie wir sie heute kennen, stammt aus Amerika und verbreitete sich um die Mitte des 20. Jahrhunderts in Deutschland. Allerdings existieren Rituale rund um ausgefallene Zähne bereits seit dem Mittelalter in Europa. Zunächst vergrub oder vernichtete man die Zähne. Dahinter stand der Aberglaube, dass Hexen über ausgefallene Zähne oder andere Teile eines Menschen Macht über ihn gewinnen konnten. Schließlich übergab man ihn einer guten Fee, damit keine Hexe Unfug damit treiben konnte. Bereits ab der Mitte des 19. Jahrhunderts tauchte die Fee dann in Verbindung mit Goldmünzen auf, die sie gegen die verlorenen Milchzähne eintauschte. Auswanderer aus Großbritannien brachten den Brauch in die Neue Welt … und von dort fand er den Weg zurück zu uns. Weitverbreitet war ein solcher Brauch zu Zeiten von Helenas, Lillys und Katharinas Kindheit sicherlich nicht – aber wer weiß, ob nicht die eine oder andere Familie ein solches Ritual gepflegt hat.

Honigschlecker: Diese Knabenfigur ist Teil des rechten Seitenaltars der Basilika Birnau. Der berühmte Putto aus Gips nascht mit dem Finger Honig aus einem Bienenkorb. Geschaffen wurde die Skulptur des Hochbarocks von Joseph Anton Feuchtmayer. Der Honigschlecker verweist auf Bernhard von Clairvaux, dem die Worte einst wie Honig aus dem Munde geflossen sein sollen (doctor mellifluus – honigfließender Lehrer).

Jardin Anglais in Genf: 1854 im englischen Stil angelegte Parkanlage am Ufer des Genfer Sees

Jet d'eau: Das Wahrzeichen der Stadt Genf hatte ursprünglich eine technische Funktion. Ein Sicherheitsventil regulierte seit 1886 den Überdruck im Netz eines Wasserkraftwerks. Immer wenn es geöffnet wurde, schoss eine Wasserfontäne in die Höhe. Da dieses Schauspiel zunehmend an Beliebtheit gewann, beschloss die Stadt Genf, den Springbrunnen zu einer Attraktion zu machen. Dazu wurde 1891 die neue neunzig Meter hohe Wasserfontäne eingeweiht.

Kalodont: Die weltweit erste Zahncreme in Tuben wurde 1887 von der chemischen Fabrik F. A. Sarg's Sohn & Co. auf den Markt gebracht und bald ein internationaler Verkaufsschlager. Vertrieben wurde sie sogar bis 1981.

Kreuzerhöhungskathedrale in Genf: Sakrales Bauwerk in byzantinisch-moskowitischem Stil. Die russische Kirche wurde 1866 geweiht, ihre vergoldeten Kuppeln sind weithin sichtbar.

Laneps: Salbengrundlage, die in Ermangelung tierischer Fette (die vorrangig als Nahrungsmittel verwendet wurden) entwickelt wurde.

Lysol: Markenname eines Desinfektionsmittels, das Ende des 19. Jahrhunderts entwickelt wurde.

Matrjoschka: schachtelbare Puppen aus Holz, oft fälschlicherweise als *Babuschka* bezeichnet

Meersburger Schützen-Bier: Dieses Bier wurde tatsächlich von der Brauerei hergestellt, die Dr. Otto Ehinger leitete.

Mittelmächte: Bündnis im Ersten Weltkrieg. Hauptverbündete waren Deutschland und Österreich-Ungarn.

Nikolaibahn – Nikolaibahnhof: Die Nikolaibahn (benannt nach Zar Nikolaus II.) verbindet seit Mitte des 19. Jahrhunderts die beiden wichtigsten Metropolen Russlands – Sankt Petersburg und Moskau. Die rund 650 km lange, zweigleisige

Strecke verläuft weitgehend gerade, 184 Brückenbauwerke überspannen die zahlreichen Flüsse des Landes, darunter die Wolga.

Imposant sind die beiden Kopfbahnhöfe, die in Moskau und in Sankt Petersburg errichtet wurden und sich sehr ähneln. Der Architekt Konstantin Thon vereinte in beiden Gebäuden die italienische Renaissance mit Alt-Moskauer Baukunst. Ein zentraler Uhrturm und große venezianische Fenster treffen auf ein elegantes Innenleben mit Eichenparkett und Öfen aus Marmor.

Im Erdgeschoss befinden sich die Eingangshalle, Wartebereiche der Klassen 1–3 und bis zur Revolution 1917 die Räume der Zarenfamilie.

Der einstige Nikolaibahnhof in Sankt Petersburg trägt heute den Namen *Moskauer Bahnhof*, der damals ebenfalls Nikolaibahnhof benannte Endpunkt in Moskau heißt nun *Leningrader Bahnhof*.

Njanja: Kindermädchen russischer Adelsfamilien

Oktoberrevolution: Nachdem die Februarrevolution zwar die Herrschaft des Zaren beendet, nicht aber die Probleme des Landes gelöst hatte (Hungersnot, soziales Elend, Krieg), stand die *Provisorische Regierung* (Übergangsregierung nach dem Sturz des Zaren) Russlands unter großem Druck. Die Bolschewiki nutzten die Situation und nahmen am 7. November 1917 (25. Oktober nach julianischem Kalender) mit dem Winterpalast den damaligen Sitz der Regierung in Petrograd ein. Der eilig zusammengerufene *Allrussische Sowjetkongress* billigte den Staatsstreich. Lenin rief die *Sozialistische Sowjetrepublik* aus. Der Machterhalt mündete in einen grausamen, opferreichen Bürgerkrieg, den die Bolschewiki 1922 für sich entscheiden konnten. Im selben Jahr erfolgte die Gründung der Sowjetunion. Nach Lenins Tod 1924 riss Stalin die Macht an sich.

Petrograd/Sankt Petersburg: Die durch Peter den Großen gegründete Stadt an der Newa löste 1712 Moskau als Hauptstadt des Zarenreichs ab. Sie blieb es (bis auf wenige Unterbrechungen) bis 1918. Sankt Petersburg wurde ab 1914 in Petrograd umbenannt, 1924 in Leningrad. Heute heißt die Stadt wieder Sankt Petersburg. Mit ihren vielen Kanälen wird die Stadt als Venedig des Nordens bezeichnet und ist bekannt für ihre prächtigen Paläste und Boulevards und die Weißen Nächte, die schon Dostojewski in der Mitte des 19. Jahrhunderts literarisch verarbeitete.

Priorat: Niederlassung eines Ordens

Provisorische Regierung: siehe *Oktoberrevolution*

Putto: nackte, oft geflügelte Kindergestalt (kleine Engelsfigur) in Malerei und Skulptur

Ritz-Carlton Hotel de la Paix, Genf: traditionelles Luxushotel in Genf

Rosengewächse: Neben den klassischen Rosen in all ihrer Vielfalt zählen auch bekannte Obstsorten und sogar Mandeln zu den Rosengewächsen. Erdbeeren fallen genauso darunter wie Äpfel und Birnen, Quitten und Pflaumen, Himbeeren und Kirschen und viele andere mehr. Insgesamt umfasst die Pflanzenfamilie der Rosengewächse etwa 3000 Arten.

Rorschacher Sandstein: Der graue, manchmal grün-, gelb- oder blaustichige Stein aus der Schweiz wird seit mehr als 600 Jahren im Gebiet Rorschach-Staad-Wienacht und Unterbilchen abgebaut. Viele historische Gebäude der Bodenseeregion wurden aus *Rorschacher Sandstein* (auch *Bodensee-Sandstein* genannt) errichtet, darunter das Konstanzer Münster, der Hafen in Lindau und auch zahlreiche Häuser in Meersburg.

Rote Armee: Die als *Rote Arbeiter- und Bauernarmee* bezeichneten Streitkräfte Sowjetrusslands bildeten laut ihrem Gründungsdekret von 1918 »... eine Armee, welche in der Gegenwart die feste Stütze der Sowjetmacht ist ...«. Im russischen Bürgerkrieg kämpfte sie gegen die *Weiße Armee*, aber auch gegen Kräfte anderer Unabhängigkeitsbewegungen.

Ruine Kargegg: Die Burgruine aus dem 13. Jahrhundert liegt verwunschen auf dem Bodanrück, einer Halbinsel, die den Überlinger See vom Untersee trennt.

Salambo: Ballett nach dem gleichnamigen Roman von Gustave Flaubert. Libretto von Alexander Gorski, Komposition von Andrej Arends. Uraufgeführt am Bolschoi-Theater in Moskau am 10. Januar 1910.

Sammelnussfrucht: Man nennt Sammelnussfrüchte auch Scheinfrüchte, da die Einzelfrüchte (Nüsschen) auf bzw. im hochgewölbten Blütenboden sitzen. Neben der Erdbeere zählt auch die Hagebutte zu den Sammelnussfrüchten.

Schimmelbuschtrommel: Metallgefäß zur Sterilisation und Lagerung chirurgischer Instrumente, Verbandstoffe und OP-Wäsche. Entwickelt wurde der Behälter gegen Ende des 19. Jahrhunderts von dem deutschen Chirurgen Curt Theodor Schimmelbusch.

Seeblatt: Zeitung, Tag- und Anzeigeblatt der Stadtgemeinde Friedrichshafen

Sozialistische Sowjetrepublik: siehe *Oktoberrevolution*

Taganka-Gefängnis: Haftanstalt in Moskau, in der neben Kriminellen auch politische Gefangene inhaftiert waren. Nach der Oktoberrevolution wurden viele Adelige dort eingesperrt.

Tscheka: Die erste Geheimpolizei Sowjetrusslands entstand im Dezember 1917 und war ein früher Vorläufer des russischen Geheimdienstes KGB.

Villiger: Schweizer Zigarrenhersteller, gegründet 1888

Weiße Armee: Truppen der *Weißen Bewegung*, die gegen die Herrschaft der Bolschewiki kämpften.

Ypern: Die flandrische Stadt wurde im Laufe des Ersten Weltkriegs immer wieder zum Schauplatz grausamer Schlachten. Gustav Lindner im Roman wurde in der Dritten Flandernschlacht, auch Dritte Ypernschlacht genannt, so schwer verwundet. Diese Schlacht dauerte vom 31. Juli bis zum 6. November 1917. Den Weihnachtsfrieden von Ypern, von dem Otto erzählt, gab es 1914 tatsächlich. Die verfeindeten Soldaten feierten miteinander Weihnachten – um sich später weiter gegenseitig umzubringen.

Die lateinischen Sprüche des Pater Fidelis (chronologisch):

Omne initium difficile est. – Aller Anfang ist schwer.

Non omnibus unum est quod placet! – Es gibt nichts, was allen gefällt!

Ergo bibamus. – Drum lasst uns trinken.

Nisi Dominus frustra. – Den Seinen gibt's der Herr im Schlaf. Sprichwort, angelehnt an Psalm 127

Carpe diem. – Pflücke den Tag.

ZUCKER. ZAUBER. BODENSEE.

Zu einem Roman von Maria Nikolai gehört feiner Genuss – und so habe ich gemeinsam mit Dorte Schetter vom Marzipanatelier in Metzingen eine eigene Torte für diesen Roman kreiert: *Die Meersburger Schlosstorte*. Sie wartet mit köstlichen Sommeraromen auf und nimmt Sie auch kulinarisch mit auf die Reise durch meine Geschichte.

Deshalb – viel Freude beim Nachbacken!

DIE MEERSBURGER SCHLOSSTORTE

Für 12 Personen
Vorbereitungszeit ca. 1 Stunde 30 Minuten
Backzeit 30 Minuten
Rezept von Dorte Schetter

Mandelbisquitboden:

- 4 Eier
- 50 g Butter
- 100 g Zucker
- 80 g Mehl
- 80 g Weizenstärke
- 80 g Mandelgries
- 1 Prise Salz
- 2–3 Tropfen Vanillearoma
- 2–3 Tropfen Zitronenaroma

1.) Für den Mandelbisquit die Eier, Zucker, weiche Butter und die Gewürze in eine Schüssel geben und cremig schlagen. Mehl, Weizenstärke und Mandelgries mischen und vorsichtig unterheben.
2.) Backofen auf 180°C vorheizen. Eine Springform mit 26 cm Durchmesser einfetten, den Teig einfüllen und ca. 20 Minuten backen.

Schokoladenbisquitboden:

4 Eier
100 g Zucker
125 g Mehl
25 g ungesüßter Kakao
1 Prise Salz
2–3 Tropfen Vanillearoma
2–3 Tropfen Zitronenaroma

1.) Für den Schokoladenbisquit die Eier, Zucker und die Gewürze in eine Schüssel geben und cremig schlagen. Mehl und Kakao sieben und vorsichtig unterheben.
2.) Backofen auf 180 °C vorheizen. Eine Springform mit 26 cm Durchmesser einfetten, den Teig einfüllen und ca. 20 Minuten backen.

Füllung:

800 g Sahne
50 g Puderzucker
250 g Quark
100 g Erdbeeren (außerhalb der Saison mit Erdbeermarmelade)
20 g gefriergetrocknete Erdbeeren
5 Blatt Gelatine (wahlweise auch ersetzbar durch Agar-Agar)

1.) Die Sahne mit dem Puderzucker sehr steif schlagen, davon 200 g zurücklassen für die Ausgarnierung.
2.) Gelatine in sehr kaltem Wasser einweichen, auswringen und erhitzen, dabei darauf achten, dass diese nicht kocht, sondern sich komplett aufgelöst hat. Nun relativ zügig etwas Sahne zur Gelatine untermengen, dann die restliche Sahne unterrühren, sodass eine cremige Masse entsteht. Schließlich den nicht zu kalten Quark unterheben.
3.) Zuletzt die vorher klein geschnittenen, gewaschenen Erdbeeren oder die Marmelade und die gefriergetrockneten Erdbeeren vorsichtig unterheben.

Zubereitung:

1.) Die Bisquitböden in gleich große Scheiben schneiden, den obersten Boden vom Schokoladenbisquit für die Ausgarnierung komplett lassen.
Die restlichen Böden mittels eines runden Ausstechers (ca. 10 cm Durchmesser) mittig ausstechen und die Mittelstücke zwischen den beiden Böden austauschen, sodass eine Farbkombination entsteht.
Hat man keinen solchen Ausstecher zur Hand, kann man sich in gleicher Größe mittels eines Deckels einer Dose oder eines Glases zu helfen wissen.
2.) Die Bisquitscheiben mit einem Drittel der Sahnefüllung bestreichen, eine weitere Scheibe darüberlegen, dies so lange fortführen, bis die Füllung aufgebraucht ist.

3.) Mit der restlichen Sahne die Torte einstreichen und für 30 Minuten kühl stellen.
4.) Den Schokoladenbisquitboden für die Ausgarnierung in 12 gleich große Stücke schneiden, oberhalb die Torte in 12 Stücke einteilen.
5.) Nun die Bisquitspitzen an den Rand der jeweiligen Tortenstücke andrücken, sodass es wahrlich königlich aussieht.

Mit der übrig gebliebenen Sahne kann die Torte noch mit Rosetten oder Tupfen auf den Stücken verziert werden.

Tipp:

Zu dieser königlichen Torte passen gut etwas Goldstaub oder goldene Perlen, wenn man sie zur Hand hat.

MEIN DANK

Mein allererster Dank geht an meine Lektorin Dr. Britta Claus. Liebe Britta, wieder einmal sind wir zusammen in ein neues literarisches Abenteuer aufgebrochen, haben Ideen gesponnen und überlegt, was die Leserinnen und Leser begeistern könnte. Ich danke dir, dass du wieder an meiner Seite bist, auch wenn du als Programmleiterin des Penguin Verlags mehr als genug zu tun hast. Von Herzen *Dankeschön* sagen möchte ich auch der Verlagsleitung des Penguin Verlags, Eva Schubert. Liebe Eva, du hast mir eine zweite Trilogie anvertraut, und ich freue mich riesig, meinen festen Platz bei Penguin zu haben. Im Lektorat unterstützt uns inzwischen Magdalena Heer, und auch dir, liebe Magdalena, ganz herzlichen Dank für deinen wertvollen Input. Das Außenlektorat hat wieder Sarvin Zakikhani übernommen. Zum Glück! Denn diese Aufgabe ist ebenso wichtig wie aufwendig, und auch diesmal hat der Text maßgeblich von deinem geschulten Auge und deiner Genauigkeit profitiert, liebe Sarvin.

Und meine Penguine – Christopher, Stef, Laura, Christiane – über die intensive Arbeit an und mit den gemeinsamen Buchprojekten sind wir unglaublich zusammengewachsen.

Ihr seid ein großartiges Team, und ich freue mich auf viele weitere Bücher mit euch! Das fertige Buch in die Welt zu tragen – dafür setzt sich der Vertrieb von Penguin Random House auf unglaubliche Weise ein! Ich bin euch so dankbar, dass ihr meine Werke mit so viel Verve und Kompetenz zu den Menschen bringt!

Ein herzliches Dankeschön auch an meinen Literaturagenten, Dr. Uwe Neumahr von der Agence Hoffman, der mich seit drei Jahren kompetent und souverän (beg)leitet.

An dieser Stelle ein besonderer Dank allen Buchhändlerinnen und Buchhändlern! Es ist wundervoll, die Begeisterung zu spüren, mit denen Sie meine Bücher den Leserinnen und Lesern anempfehlen.

Wenn ich in meine Schreibphase abtauche, betrifft dies insbesondere mein allerengstes Umfeld. Meine beiden Kinder tragen diese Zeit jedes Mal bewundernswert mit. Und sie sorgen dafür, dass ich immer wieder ins Hier und Jetzt zurückkehre. Simon und Anna, ich nehme euch fest in den Arm und danke euch, dass wir so ein starkes Team sind und jeder sich auf den anderen verlassen kann. Ihr seid einfach großartig!

Auch meinen Eltern Franz und Marianne sei ein ganz liebes *Danke* gesagt. Sie haben die künstlerischen Talente ihrer drei Kinder von Anfang an gefördert, und diese Entfaltungsmöglichkeiten sind ein grundlegender Teil unserer Leben geworden. Für jeden auf eine eigene Art und Weise, und für uns alle zusammen in der Musik. Auch meine Geschwister drücke ich an dieser Stelle – Ursula, Martin, wir sind eine Familie mit einem großen Zusammenhalt und füreinander da! Auch das ist Teil dessen, was mir Kraft und Zuversicht gibt.

Mit meinen engen Freundinnen – Petra, Ines, Michaela und Julia – besteht eine feste Basis in meinem Leben. Ihr nehmt mich, wie ich bin – akzeptiert die Zeiten, in denen ich mit dem Schreibtisch verwachsen und den Gedanken ganz woanders bin. Dasselbe gilt für meine AutorenfreundInnen Bettina Storks, Gabriele Diechler, Eva-Maria Bast, Jørn Precht, Monika Pfundmeier – wir haben einen wunderbaren Zusammenhalt und nehmen Anteil an unserem Wachsen und Werden, wir unterstützen uns, hoffen und bangen mit jeder Neuerscheinung und freuen uns über jeden Erfolg. Dafür bin ich zutiefst dankbar. Auch den Betreuerinnen der verschiedenen Fangruppen – Simone Gerken und Susanne Edelmann – ein herzliches Dankeschön, wie auch den zahlreichen Mitgliedern dieser Gruppen und den Bloggerinnen und Bloggern, die mich so wunderbar unterstützen.

Und nicht zuletzt gibt es einen ganz besonderen Menschen, den ich an dieser Stelle fest drücke.

Meine Danksagung beschließen möchte ich mit denjenigen, für die ich meine Geschichten schreibe – Ihnen, liebe Leserinnen und Leser. Es ist mir jedes Mal eine große Freude, Sie mitzunehmen auf den Flügeln meiner Fantasie – und damit meine Träume und Sehnsüchte mit Ihnen zu teilen.

Von Herzen
Maria Nikolai

Lesen Sie weiter >>

LESEPROBE

Der Auftakt der großen Bestsellersaga

Stuttgart, 1903: Als Tochter eines Schokoladenfabrikanten führt Judith Rothmann ein privilegiertes Leben im Degerlocher Villenviertel. Doch eigentlich gehört Judiths Leidenschaft der Herstellung von Schokolade. Jede freie Minute verbringt sie in der Fabrik und entwickelt Ideen für neue Leckereien. Unbedingt möchte sie einmal das Unternehmen leiten. Aber ihr Vater hat andere Pläne und fädelt eine vorteilhafte Heirat für sie ein – mit einem Mann, den Judith niemals lieben könnte. Da kreuzt der charismatische Victor Rheinberger, der sich in Stuttgart eine neue Existenz aufbauen will, ihren Weg ...

PENGUIN VERLAG

1. KAPITEL

*Die Bonbon- und Schokoladenfabrik Rothmann in Stuttgart,
Ende Januar 1903*

Das Glöckchen der Eingangstür gab sein vertrautes helles Bimmeln von sich, als Judith Rothmann das Ladengeschäft der Zuckerwarenfabrikation ihres Vaters betrat. Sorgfältig schloss sie die Tür hinter sich und streifte ihre nassen Stiefel flüchtig auf dem dafür vorgesehenen Teppich ab. Das Wetter war wirklich furchtbar. Wind und Nebel, dazu kam der Regen, und das seit Tagen.

Doch kaum war die unwirtliche Außenwelt ausgesperrt, versöhnte sie der unverwechselbare Duft von Schokolade und Zuckerwerk, der sie im Laden umfing. Ihre Laune stieg. Mit raschen Schritten durchmaß sie den mit Spiegeln, Goldleisten und reichlich Stuck ausgestatteten Raum und ließ ihren Blick routiniert über die Auslagen schweifen.

Unzählige feine Köstlichkeiten präsentierten sich auf der blank polierten Verkaufstheke und in den weiß lackierten Vitrinen entlang der Wände. Wo man auch hinsah, standen Schalen und Etageren, gläserne Bonbonnieren und kunstvoll gestaltete Dosen mit verführerischem Inhalt. Schokoladeumhülltes Konfekt aus getrockneten Früchten oder Marzipan fand sich neben schokoladenüberzogenen Zuckerstäbchen, verschiedenste Sorten Tafelschokolade neben allerlei Arten von Bonbons. Eine exklusive Auswahl Rothmann'scher Leckereien wartete, sorgsam auf heller Spitze in hübsch bemalten Holzkästchen arrangiert, auf die gebotene Aufmerksamkeit.

An diesem Donnerstagnachmittag war der Laden gut besucht. Während Judith umherging und hier und da einige Schalen neu arrangierte, steckte sie sich heimlich ein Stückchen ihres Lieblingskonfekts in den Mund und genoss die herbe Süße der zart schmelzenden dunklen Schokolade mit Beerenfüllung. Nebenbei taxierte sie unauffällig die Kundschaft.

Ein Herr im vornehmen Anzug hatte seinen Hut abgenommen und suchte offensichtlich ein passendes Präsent für eine nachmittägliche Visite. Möglicherweise wollte er seine Angebetete entzücken, denn er entschied sich für eine Mischung feiner Pralinés und einige filigrane, rot gefärbte Zuckerröschen. Neben ihm standen zwei Mädchen im Backfischalter und beugten sich kichernd über eine Silberschale mit bunt gemischten Dragees. Einen Tresen weiter ließen sich drei in teure Seidenkostüme gekleidete Damen eine Auswahl des Besten zeigen, was das Haus zu bieten hatte, während eine Mutter Mühe hatte, trotz der tatkräftigen Hilfe ihrer Gouvernante die lautstark geäußerten, überbordenden Wünsche ihrer vier Kinder zu zügeln.

Kommenden Sommer sollten wir Gefrorenes verkaufen, dachte Judith beim Anblick der stürmischen Rasselbande und beschloss, ihren Vater darauf anzusprechen. Sie hatte kürzlich ein gebrauchtes Rezeptbuch von Agnes Marshall erstanden und fasziniert von der darin beschriebenen Eismaschine gelesen, mit deren Hilfe Milch, Rahm, Zucker und Aromen zu einer kühlen Creme verarbeitet wurden. Die zahlreichen Zubereitungsideen der Engländerin hatte sie in ihrer Fantasie längst weiterentwickelt und sah die Firma Wilhelm Rothmann bereits als ersten Hersteller von Quitten-, Ananas-, Vanille- und vor allem Schokoladeneis in Stuttgart. Vielleicht würde ihr Vater gar zum Hoflieferanten bestellt?

Judith war stolz auf das, was ihre Familie erreicht hatte. Und es war ihr ureigenes Metier. Sobald sie in die Welt der Schokolade eintauchte, sprudelte sie vor Eifer und Einfällen. Insgeheim hoffte sie darauf, eines Tages die Geschicke der Rothmann'schen Fabrik mitbestimmen zu dürfen, auch wenn ihr Vater sämtliche dahingehenden Andeutungen stets als unsinniges Weibergeschwätz abtat. Seiner Meinung nach hatten Frauen ihren Platz im Hintergrund, sollten den Haushalt führen und die Kinder erziehen. Doch Judith war nicht entgangen, dass dies keineswegs eine unumstößliche Einstellung sein musste. In Städten wie München oder Berlin drängten Frauen mehr und mehr in kaufmännische Geschäfte. Warum sollte das nicht auch in Stuttgart möglich sein?

Unterdessen hatte sie ihren Rundgang fortgesetzt und wandte sich schließlich an eine der drei Verkäuferinnen, die in schwarzen Kleidern und frisch gestärkten weißen Schürzen die Kunden bedienten.

»Fräulein Antonia, empfehlen Sie den Kunden heute unbedingt auch die frischen Pfefferminzplätzchen. Am besten legen Sie die Schächtelchen direkt auf den Verkaufstischen aus.«

»Sehr wohl, gnädiges Fräulein«, antwortete das Mädchen und machte sich sofort daran, den Auftrag auszuführen.

Unterdessen hatte die Mutter samt Gouvernante und Kinderschar ihren Einkauf beendet und schickte sich an, den Laden zu verlassen. In der Eingangstür kam es zu einer kleinen Rangelei, da jedes der Kinder als erstes hinauswollte. Die Gouvernante, beladen mit unzähligen kleinen Päckchen, wurde dabei unsanft gestoßen und ließ im Taumeln einen Teil ihrer Last fallen. Während sie versuchte, sich zu fangen, stolperte das kleinste der Geschwister über eine der Schachteln, schlug der Länge nach auf den gefliesten Boden und brach sofort in heftiges Geschrei aus.

»Willst du wohl still sein!«, entfuhr es der Gouvernante, während die Mutter lediglich über die Schulter sah und ungerührt den Rest ihres Trosses ins Freie schob. Das Heulen wurde lauter, der Junge lag noch immer auf dem Boden, die Gouvernante zischte eine weitere Ermahnung, rappelte sich auf und machte sich daran, die Päckchen einzusammeln.

Damit die Situation nicht weiter eskalierte, schnappte sich Judith ein Quittenbonbon, gab es dem weinenden Buben und half ihm auf. Gleichzeitig wies sie die Verkäuferin Trude an, der Gouvernante mit den am Boden liegenden

Geschenkkartons zu helfen, und schloss schließlich erleichtert die Tür, als alle hinaus waren.

Die übrigen Kunden hatten das Malheur teils pikiert, überwiegend aber amüsiert verfolgt und widmeten sich nun wieder ihren eigenen Wünschen. Mit einem kurzen Nicken verabschiedete sich Judith von den Angestellten und trat durch eine Verbindungstür in ein geräumiges Treppenhaus, welches das Ladengeschäft mit der Fabrik verband.

Hier begann das pulsierende Innenleben des Unternehmens, ein Zauberreich aus Kakao, Zucker und Gewürzen, das Judith liebte, seit sie als Kind zum ersten Mal mit fasziniertem Staunen die Schokoladenfabrik betreten hatte. Zugleich spürte sie ein ungewohntes Unbehagen in der Magengegend.

Bereits beim Frühstück hatte ihr Vater anklingen lassen, am Abend etwas Wichtiges mit ihr besprechen zu müssen, und Judith fragte sich seither, worum es sich wohl handeln könnte. Derart vage Andeutungen waren untypisch für ihn, und weil ihre unruhige Neugier ständig größer wurde, hatte sie beschlossen, ihn gleich im Comptoir der Firma aufzusuchen. Vielleicht gab er ja schon etwas preis, auch wenn sie wusste, dass er private Visiten zu Geschäftszeiten nicht schätzte.

Die mahnende Stimme in ihrem Inneren ignorierend, stieg sie entschlossen die Stufen in den oberen Stock des Verkaufsgebäudes hinauf, wo sich die Büroräume des Unternehmens befanden.

Geschäftige Stille begrüßte Judith, als sie das Comptoir

betrat. An Schreibpulten aus lackiertem Eichenholz arbeiteten über ein Dutzend Herren in Anzug und Krawatte. Konzentriert führten sie Buch über die Geschäfte und Waren der Schokoladenfabrik. Hier roch es nach Tinte und Papier, nach Politur, Bohnerwachs und dem Eau de Cologne der Angestellten. Als diese Judiths Anwesenheit bemerkten, eilte einer von ihnen auf sie zu.

»Was kann ich für Sie tun, Fräulein Rothmann?«

»Ist mein Vater in seinem Bureau?«

»Gewiss. Ich gebe ihm Bescheid.«

»Das ist nicht nötig. Ist er allein?«

»Im Augenblick ist niemand bei ihm, gnädiges Fräulein.«

Judith nickte. Während der Herr an seinen Platz zurückkehrte, ging sie zu einem abgeteilten Raum, der am gegenüberliegenden Ende des Comptoirs lag, klopfte an die mit buntem Glas filigran verzierte Tür und trat ein.

Ihr Vater stand am Fenster und sah hinaus auf die Straße vor der Fabrik. Als er Judith bemerkte, drehte er sich abrupt um, so als hätte sie ihn bei etwas Verbotenem ertappt.

»Judith!« Er klang unwirsch. »Was willst du hier?« Rasch kehrte er hinter seinen imposanten, akkurat aufgeräumten Schreibtisch zurück, auf dessen Platte ein aufgeschlagenes Kontobuch lag. »Haben deine Brüder wieder etwas angestellt?«

»Nein, Herr Vater«, begann Judith, vorsichtig lächelnd. »Diesmal nicht.«

»Dann wäre es gut, du würdest nach ihnen sehen, bevor etwas passiert.«

»Keine Sorge, Robert hat ein Auge auf sie, Herr Vater.« Der Hausknecht der Familie hatte ihre achtjährigen, umtriebigen Zwillingsbrüder mit auf einen Botengang genommen. »Ich bin hier, weil ich Ihnen einen Vorschlag machen möchte«, setzte Judith an. Sie hoffte, ihm durch ein unbefangenes Gespräch entlocken zu können, was er ihr denn so Wichtiges zu sagen hatte.

»Ich habe jetzt keine Zeit«, erwiderte ihr Vater und nahm einen Bleistift zur Hand. »Am besten gehst du gleich nach Hause. Oder hilfst beim Vorbereiten der Musterpäckchen für die Reisenden. Wir reden dann heute Abend.«

»Aber ich halte es für wichtig.« Judith ließ sich nicht so leicht abwimmeln. »Sie sind doch immer auf der Suche nach neuen Verkaufsartikeln, nicht wahr?«

»Und dazu hast du wieder einmal etwas beizutragen?«

Judith überhörte seinen gereizten Unterton. »Ja, wenn Sie erlauben. Es ist zwar noch ein bisschen früh im Jahr, aber manche Dinge müssen gut geplant werden. Das sagen Sie uns doch immer wieder, Herr Vater. Und deshalb habe ich mir überlegt, ob es nicht gut wäre, im Sommer Gefrorenes anzubieten.«

Ihr Vater lachte spöttisch. »Das verstehst du unter wichtig? Sei so gut, Judith, und lass mich meine Arbeit machen. Hier läuft es drunter und drüber. Da kann ich mir nicht über Gefrorenes Gedanken machen.«

»Manche Ideen kann man nicht aufschieben«, beharrte Judith. »Gerade waren Kinder im Laden, die würden so etwas mögen. Man müsste natürlich vieles bedenken, die Kühlmöglichkeiten und den Transport, aber ...«

»Ach, sei doch bitte still.« Ihr Vater wurde ungeduldig. »Sie mag überlegenswert sein, deine Idee, aber mir steht hier das Wasser bis zum Hals. Mach dich auf den Weg nach Hause. Am besten, ich lasse Theo kommen, er soll dich fahren. Und über den Sommer wirst du ohnehin anderes zu tun haben, als dich um die Herstellung von Gefrorenem zu kümmern.«

Judith horchte auf. »Wie darf ich Sie verstehen, Herr Vater?«

»Da gibt es nichts zu verstehen.« Er trommelte mit den Fingerspitzen auf die Tischplatte. »Du weißt wohl selbst am besten, was ein Vater von seiner erwachsenen Tochter erwarten kann. Deshalb wirst du bald damit beschäftigt sein, deine Aussteuer zu vervollständigen.«

Einen Augenblick lang herrschte angespannte Stille im Raum, und Judith versuchte, das Gesagte zu begreifen. Schließlich fand sie stammelnd ihre Sprache wieder.

»Heißt das, ich soll …«

»Du wirst heiraten. Exakt das heißt es. Mit einundzwanzig Jahren bist du wirklich alt genug dafür. Eigentlich wollte ich es dir heute Abend mitteilen, doch sei es drum. Nun weißt du es.«

Er wandte sich wieder seiner Arbeit zu.

»Aber wen soll ich denn heiraten?«, fragte Judith entsetzt. Sie konnte kaum glauben, was ihr gerade verkündet worden war, auch wenn sie seit geraumer Zeit eine leise Ahnung gehabt hatte. »Es gibt doch niemanden, oder?«

»Noch nicht, aber das wird nicht mehr lange dauern«, meinte ihr Vater nur und begann, eine Seite des Kontobuchs mit Anmerkungen zu versehen. »Ich werde dich rechtzeitig in Kenntnis setzen. Du solltest mir ein bisschen vertrauen.«

Judith zitterten die Knie. Ihr ungutes Gefühl hatte sie nicht getrogen. Das also hatte er ihr kundtun wollen. Sie sollte verheiratet werden, und das ohne jedes Mitspracherecht.

Mühsam unterdrückte sie den Impuls, etwas Unangebrachtes zu erwidern. Eine spitze Antwort würde alles nur noch schlimmer machen. So ballte sie nur die Hände zu Fäusten, drehte sich auf dem Absatz um und verließ fluchtartig das Comptoir. Mit laut klappernden Stiefeln eilte sie die Treppe hinunter, über ihr Gesicht liefen Tränen, die sie eigentlich gar nicht weinen wollte.

War es denn zu viel verlangt, mit der Ehe noch ein wenig abzuwarten? Bis sie sich selbst für jemanden entschied? Einen Mann, den sie mochte. Und der akzeptierte, vielleicht sogar schätzte, dass sie die Arbeit in der Schokoladenfabrik liebte und nicht zu Hause verkümmern wollte, so wie ihre Mutter.

Judith zog ihren Mantel enger um sich und trat hinaus in den feuchten Nachmittag. Sie spürte weder Regen noch Kälte, als sie ziellos durch Stuttgarts Straßen lief und sich schließlich vor der Station der Zahnradbahn am Marienplatz wiederfand. Sie bestieg einen der Wagen nach Degerloch, dem der Residenzstadt vorgelagerten Luftkurort, wo sie mit ihrer Familie in einem Anwesen innerhalb der neu erbauten Villenkolonie wohnte. Auf der Fahrt nach Hause wandelte sich ihre Verzweiflung in vertrauten Kampfesgeist. So leicht durfte niemand über ihr Leben und ihre Zukunft entscheiden. Auch nicht ihr Vater.

2. KAPITEL

Die preußische Festung Ehrenbreitstein bei Coblenz,
Ende Februar 1903

Aus einem dunstigen Morgenhimmel fiel fahles Licht, ohne die Erde wirklich zu berühren. Weder vertrieb es die Kälte der vergangenen Nacht noch ihre Schatten. In der nebligen, mit dem Rauch zahlreicher Schornsteine geschwängerten Luft verloren sich Farben und Stimmen, verschwammen die Umrisse der Zitadelle, schien selbst der große Strom verstummt, der seit Urzeiten am Fuße des steil aufragenden Felssporns mit den Wassern der Mosel zusammenfloss.

Das vertraute Zurückschnappen der Querriegel seiner Zellentür durchbrach die morgendliche Stille. Victor, der am vergitterten Fenster gestanden hatte, das den kargen Raum mit Tageslicht versorgte, wandte sich um und nickte dem eintretenden Aufseher zu.

Es war Zeit.

Ein letztes Mal flog sein Blick über die Stube mit ihrer schlichten Holzmöblierung und dem eisernen Bettgestell, dessen blau-weiß karierte Decke er sorgfältig zusammengelegt hatte. Dann schlüpfte er in seinen abgetragenen Mantel, hob seinen schäbigen Koffer auf, nahm seinen Hut und folgte dem Wärter aus der Landbastion hinaus in diesen abweisenden Morgen. Sie querten den Oberen Schlosshof und erreichten die Hohe Ostfront. Vor den vier Säulen des Portikus blieben sie einen Augenblick stehen, und Victor ließ noch einmal die hellgelben Fassaden der Gebäude ringsherum auf sich wirken, deren klassizistische Architektur in einem geradezu spektakulären Gegensatz zur martialischen Erscheinung der übrigen Festung stand. Schließlich wurde er in das Dienstzimmer des Festungskommandanten im ersten Stock über der Hauptwache geführt.

Als er eine halbe Stunde später wieder ins Freie trat, bat er den Aufseher um einen kurzen Moment für sich. Dieser nickte und blieb stehen, während Victor an einer Gruppe exerzierender Soldaten vorbei über den weitläufigen Hof ging und an die halbhohe Außenmauer trat. Ruhig setzte er sein Gepäck ab und beugte sich über die massive Begrenzung.

Nur andeutungsweise ließ sich der grandiose Ausblick erahnen, der sich an klaren Tagen von hier oben auf Coblenz und die beiden Flüsse bot, die sich an dieser Stelle in einer lang gezogenen Schleife auf ihre gemeinsame Reise gen Norden begaben. Lediglich Schemen von Häusern, Wiesen und Feldern deuteten sich an. Von den fernen Gipfeln der Vulkaneifel mit ihren stillen Seen und den dunklen Wäldern war überhaupt nichts zu sehen.

Victor seufzte.

Diesen ersten Augenblick nach seiner Haftentlassung hatte er sich anders vorgestellt. Unzählige Male hatte er in Gedanken an dieser Mauer gestanden, wie ein Vogel, der seine Flügel ausspannt. Er hatte diese schiere Weite in sich aufnehmen wollen, die Welt von einer höheren Warte aus betrachten, bevor er sie neu in Besitz nahm – und sie ihn.

Die neblige Unbill des feuchten Februartags minderte den Genuss dieses Moments, aber er wollte nicht hadern. Nach den bittern Lektionen der letzten Jahre musste ein fehlender Ausblick zu verschmerzen sein. Es war vorbei, und das war alles, was zählte. Brüsk drehte er sich weg, nahm seinen Koffer und ließ sich die letzten Meter eskortieren.

Der Weg in die Freiheit führte durch die Felsentorwache zum vorgelagerten Fort Helfenstein und von dort aus abwärts, an etlichen Wachposten und weiteren Toren vorbei bis in den Ort Ehrenbreitstein.

Mit jedem Schritt entlang des schroffen, bewachsenen Felsgesteins schaffte Victor Abstand zwischen sich und der weitläufigen, als uneinnehmbar geltenden Festung über ihm. Auf dem matschigen Untergrund verloren seine dünnen Sohlen mehr als einmal den Halt. Dass es ihm jedes Mal gelang, sich abzufangen, erfüllte ihn mit übertriebenem Stolz. Vereinzelte Windböen wehten kalte Feuchte in seinen Nacken und ließen ihn frösteln. Als er endlich in der Residenzstadt ankam, zitterten ihm vor Anstrengung die Knie.

An der Schiffbrücke musste er warten, bis sich die ausgefahrenen Joche hinter einem kleinen Dampfer wieder geschlossen hatten, dann überquerte er den Rhein, entrichtete die zwei Pfennige Brückengeld und erreichte schließlich die Coblenzer Rheinanlagen.

Die Wolkendecke hatte sich gelichtet.

Victor zögerte.

Dann blickte er ein letztes Mal zurück auf das trutzige Monument hoch oben auf der Felsnase, dessen grobe, unverputzte Mauern im heraufziehenden Tag allmählich Konturen annahmen.

Zwei Jahre lang war der Ehrenbreitstein sein Gefängnis gewesen; dieses kantige Zeugnis preußischer Macht im Westen des Reiches, mit seinem weitläufigen Gewirr aus Gängen, Brücken und Versorgungswegen, den Soldatenstuben, Wohnquartieren, Arbeitsstätten und Geschützkasematten, den meterdicken Mauern, Gräben und Toren. Dort hatte er gebüßt für ein Duell, das er gerne vermieden hätte und dessen unglücklicher Ausgang ihn überdies in den Rang eines verurteilten Straftäters katapultiert hatte. Wenigstens war er in den Vorzug einer Ehrenhaft auf der Festungs-Stubengefangenen-Anstalt bei Coblenz gekommen, weit weg von Berlin und den erdrückenden Erinnerungen, die Victor mit dieser seiner Heimatstadt verband.

Er vernahm Rufe und Lachen, ein Schiffshorn, das Bellen eines Hundes. Die Welt hatte ihre Sprache wiedergefunden, und selbst die winterlich trübe Luft empfand er als belebend.

Er schritt kräftig aus. Immer schneller schienen ihn seine Beine zu tragen, und ein jähes Glücksgefühl durchströmte Kopf und Glieder. Doch bei aller aufkeimenden Euphorie war ihm sehr wohl bewusst, dass seiner neu gewonnenen

Freiheit nicht nur unendliche Möglichkeiten innewohnten, sondern auch eine vage Gefahr. Und mit demselben Willen, mit dem er seine Zukunft beginnen wollte, würde er mit seiner Vergangenheit Frieden schließen müssen.